谨以此书献给下辽河石油的建设者！

上

董征宇　著

春风文艺出版社

·沈　阳·

图书在版编目（CIP）数据

下辽河：全2册/董征宇著. -- 沈阳：春风文艺
出版社，2024.10. -- ISBN 978 - 7 - 5313 - 6746 - 8

Ⅰ. I247.5

中国国家版本馆CIP数据核字第2024TN2550号

春风文艺出版社出版发行

沈阳市和平区十一纬路25号　邮编：110003

辽宁新华印务有限公司印刷

责任编辑：孟芳芳　　　　　　　　责任校对：陈　杰　张华伟
封面设计：杨天宇　　　　　　　　幅面尺寸：170mm × 240mm
字　　数：1371千字　　　　　　　印　　张：68
版　　次：2024年10月第1版　　　印　　次：2024年10月第1次
书　　号：ISBN 978-7-5313-6746-8
定　　价：99.00元（全2册）

一

赵玉明仔细想了想，他的爱情是从到下辽河的第二年夏天的一天开始的，是那个穿白大褂叫金鸿雁的年轻女大夫漂亮的大眼睛，叫他一下子心动了，这一动就一发不可收拾了！

确切地说，这一天早晨的天空湛蓝湛蓝的，空气非常清新，阳光格外明媚，浓郁的绿色厚重地铺满了大地，透出湿润的水色，呈现出一派欣欣向荣的景象，令人神往。

赵玉明当时住在下辽河大堤旁的一个叫沙岗子的小村落边。村落边有一片一个足球场大小的青沙土空地，是这个村落的人故意留下的，说故意留下一点也不过分，虽然这片青沙土地的地势有些凸起，可庄户人家谁会在这样杂草都不能生长，没有多少墒情的沙土地上盖房居住呢？好像岁月知道这里就是留给下辽河石油人似的，下辽河的石油人来到这个地方就看上这里啦。

这是前一年初春时节，乍暖还寒，大地还是苍黄的，只有北飞的大雁在空中一声声鸣叫，传递着春的讯息。石油人的汽车停在上面，车上卸下铁架子、木杆子、帐篷什么的，很快就在这块土地上横竖成行地码起几十栋帐篷来，人就搬进去生活、工作了。看来那些帐篷应该是不够用的，当时，这块沙土地上有一座十分破败的土坯房和两个牛棚，也被他们拾掇拾掇住上人了。

赵玉明就住在那座收拾出来的破败土坯房中的一个房间里。

这天早晨起来，身材偏高的赵玉明伸了一个大大的懒腰，精神抖擞地走出了宿舍，拐进了顶头的队部，到队长闻昭那里领去 LN12 井取资料的工作任务。一旁的指导员吴卫东说："哎，赵玉明，上井时你顺路去一趟农垦局的职工医院，去看一下何劲松怎么样了。"

赵玉明昨天跑的是 LN6 井，回来的路上自行车链条断了，推着自行车回到驻地已经午夜了，这时就问："指导员，何劲松怎么啦？"

"闹肚子，拉得够呛，说是传染性痢疾，留院观察治疗呢。"

"好的，指导员，我知道了。"

"赵玉明，你走前去何劲松家里去一趟，看看白雪梅有什么事情没有哇。"

"好的，指导员，我这就过去。"

赵玉明说罢出了队部，奔向公路对面不远处何劲松的家。

何劲松这时候租住在当地一家住户的房子里，房东是位当过兵的叫刘铁柱的伤残荣誉军人，说是在大山军工施工时被滚石挤压失去了一只脚，现在是农场畜牧场的场长。刘铁柱中等身材，腰杆挺直，方脸略有些黑红，这时候一个腋下正挂着一根木拐杖，在房前的菜园里给豆角秧搭架子，隔着齐胸高的高粱秸秆篱笆看到赵玉明走过来，笑着打招呼："赵技术员来啦。"

"刘大哥，忙着呢?"赵玉明笑着回应道。

"没啥忙的，抓空儿给豆角搭个架，赵技术员，你这是忙啥呀?"

"上井去，顺路到县城的农垦局职工医院看看何劲松，来问问白雪梅有什么事情没有。"

"何老师怎么啦?"刘铁柱有些诧异地问。

"拉肚子，细菌性痢疾，挺重的，昨晚送的医院。"

"我说怎么没见何老师回来呢。"刘铁柱说着，转脸冲着屋里吆喝道："桂花! 桂花! 王桂花!"见没有什么反应，声音就又高了八度，"王主任! 王桂花主任!"

一个中等身材、穿着旧蓝布褂子、眉目清秀、团脸的女人从房门急急地出来，一边擦着手，一边笑盈盈地说："我说当家的，你乱喊个啥呀? 急三火四的，啥事这么急呀?"这时看到赵玉明站在院子的过道上，马上有些不好意思了，有些娇嗔地说："我说刘铁柱哇刘铁柱，你这一大早儿不羞臊我你不得劲咋的?"

"王桂花，我发现我不喊你官称，你不带痛快出来的。"刘铁柱嬉笑着说。

"我这不是忙着做饭吗，这玉米饼子刚贴到锅沿上，快说，你啥事呀?"

刘铁柱清了一下嗓子，一板一眼地说："何老师有病住职工医院了，赵技术员去看他，你拿上些鸡蛋给捎上吧。"

"当家的，那些鸡蛋不是给何老师家里坐月子攒的吗?"王桂花回了一下头，放低了声音提醒说。

"咳，我说你这个妇女主任可咋当上的呀，先把眼前的事做了你不会呀，你可真愁死我啦。"刘铁柱笑着说，还有些夸张地捂了一下脸。

"行了，我知道了还不行吗? 你呀，就能和我厉害吧。"王桂花笑着说道，匆匆进屋去了。

"赵技术员，你说这女人家真的有些头发长见识短，就这样的还整上大队妇女主任了，就这样的脑袋瓜子她能干好吗?"刘铁柱有些叹息地说。

"刘大哥，你还别说，我看大嫂行，就凭大嫂这个好性格就能行!"

刘铁柱鼻子里哼了一声，笑着说："赵技术员，要说行也是赶鸭子上架，对付闹吧。"

正说话间，何劲松的妻子白雪梅挺着隆起的大肚子，有些笨拙地迈出房门，手里拎着一只土黄色的旧帆布旅行袋。白雪梅身材修长，白净的瓜子脸，原本应该是非常耐看的，这时候的脸有了些浮肿，再盖上些褐色的蝴蝶斑，就有些羞于见人的感觉，这时候看到赵玉明笑了一下，说："赵副组长，早哇！"

赵玉明急忙上前接了旅行袋，说："白雪梅，还有什么事吗？"

"你把这些带给劲松，麻烦了，谢谢呀。"白雪梅笑着说，把一沓钱和粮票交给了赵玉明。

"白雪梅，我和劲松什么关系呀，你这样说就见外啦。"赵玉明接过清点了一下说。

"能行的话我也想去看看，我这是实在不方便哪。"白雪梅有些无奈地说。

"白雪梅，你照顾好自己就行了，劲松有我们呢。"赵玉明安慰说。

这时候，王桂花拎着一个白绿相间的细柳条编织的收口小圆筐出来了，身边一个五六岁的女孩儿牵着她的衣襟，王桂花把小圆筐交给了赵玉明，红皮鸡蛋陷在嫩黄的稻壳里，煞是好看，王桂花笑着说："生鸡蛋不太好拿。"

白雪梅说："嫂子，你这是干什么呀？"

"何老师病了，我们这也没啥好带的，让赵技术员带几个鸡蛋过去，都是家里鸡下的，你的我也预备下了。"王桂花笑着说。

"大嫂，谢谢啦！"

"雪梅妹子，这话让你说的，咱们之间还谢个啥呀？俗话说得好，远亲不如近邻，近邻不如对门，你这样说显得生分哪。"王桂花说。

白雪梅笑了笑，没有再说话。

这时，女孩儿拽着王桂花的衣襟，有些赖叽地说："妈，我也要吃鸡蛋！"

"秀儿，乖，明个妈就给你煮。"王桂花抚摸着女孩儿的头顶说。

"不嘛。"秀儿鼻腔有些哼哼唧唧的声音。

王桂花眼睛盯住了女孩儿，脸色有些严肃，转头对着屋子里喊："忠伟！快来带你妹玩去呀！"

"妈，来啦！"一个八九岁的男孩子从屋子里跳了出来，手里拿着一个网抄子，看到赵玉明打着招呼，"赵叔叔好。"过去拉起女孩儿的手，说，"妹儿，走，哥带你去抓螃蟹，抓到了给你烧着吃。"

秀儿立刻高兴起来，笑着拍手说："哥哥带我抓螃蟹去喽，哥哥给我烧螃蟹吃啦。"

"忠伟这孩子真懂事。"赵玉明说。

"马马虎虎，还算说得过去吧。"刘铁柱笑着说。

"大哥，大嫂，白雪梅，我走啦。"赵玉明说。

"赵技术员，给何老师带好哇！"刘铁柱说。

赵玉明回到队部门前，坐上队里的解放卡车上了路。开解放卡车的司机叫张志远，是汽车兵转业，一张和善的方脸膛，浓眉大眼，戴着一顶洗得有些发白的单军帽，年龄和赵玉明相仿。张志远这时握着方向盘，目视前方笑着说何劲松是昨天傍晚发病的，晚上在调度室值班实在挺不住了，之后是他开值班车送往县城农垦局职工医院的，人都说好汉架不住三泡稀屎，何劲松不是三泡，少说也有个六七泡，何劲松开始觉得自己体格不错一直硬撑着，最后一次去厕所回来，人扶着门框，竟滑倒在调度室门口了，是另一个值班调度刘辉去调度室时发现的。

农垦局职工医院所在的县城很小，一条一眼就能看到头的东西主街，沙石路有些坑洼不平，街两边有几栋红砖到顶红瓦盖顶的房子，砖坯混搭黄泥抹顶的拱顶房子居多，房顶泥土上生长的稀疏的茅草在风中招摇着。农垦局医院是个红砖到顶红瓦盖顶的人字架房子，四边构成了一个大四合院落，前排正房是门诊，后排正房是住院部，东厢房是办公室，西厢房是医护宿舍和食堂，全部由走廊串联着。

赵玉明看到何劲松时，何劲松颀长的身体窝在病房的白色木床上，眼眶有些黯黑，腮帮子有些塌陷，这时候驯服得像一只病猫，任滴流瓶子中的药液滴进身体。赵玉明这时候吃惊不小，何劲松怎么会有这种时候呢？他可是身体倍棒，吃嘛嘛香的主，这时候就打着哈哈说："呦！真想不到你何劲松也有这种时候哇。"

何劲松闻声睁开眼睛，苦笑了一下，说："喊，师兄，我自己都没有想到哇，来，拉兄弟一把！"

赵玉明伸手刚要去拉何劲松，一个有些严肃的女声说："同志，请你不要和病人直接接触，这样会传染的！"随着声音，一个穿白大褂、身材适中的女大夫已经站到了赵玉明和何劲松之间，白口罩里发出轻柔的新指令："同志，如果没什么特别的事情，你出去吧，这里是传染病病房，不适合你们长时间逗留，病人也需要好好休息！"赵玉明看到的是一双灵动明亮的大眼睛，听到的是有些委婉清丽的声音，他竟然有些愣了神儿。那声音接着说："同志，请你配合一下我们的工作好吗？"

"啊，好！"赵玉明看了何劲松一眼，有些无奈地摆了一下手，说："劲松，看来我得走了，这是刘大嫂带的鸡蛋，白雪梅带的钱、粮票，你好好养病吧，我去上井了，有时间我再来看你，有什么事你给队里打电话呀。"

"好的，师兄。"何劲松举手示意着。

"大夫，不好意思，给您添麻烦啦。"赵玉明向外走，绅士地一笑说。

"没什么，这位同志，你等一下！"赵玉明立刻站下了，女大夫说，"同志，我听说你们是石油的，你回去和你们领导说一声，何劲松患的是传染性痢疾，你们是集体食堂，进入夏季，集体就餐，食堂里要定期消毒，认真做好传染病的预防工作。"

"大夫，谢谢您！我一定把您的指示带回去，传达给我们队领导。"赵玉明笑着说。

"瞎说，我可没有什么指示，最多算是一个医生善意的提醒。"女大夫抿嘴笑了一下。

"您对工作这样负责任，我们就要更好地落实了，还有什么指示吗？"

女大夫明丽的眼睛看了看赵玉明，嫣然一笑，说："没有，再见！"转身走开了。

"再见！"赵玉明说，看着那个背影竟有些愣神儿。

"哎，'领导'，想什么呢？"张志远这时碰了赵玉明胳膊一下说。

赵玉明在地质队是共青团的负责人，还是综合组的副组长，同宿舍的年轻人都戏称他是"领导"，他立刻醒过神儿来说："啊，没事。"

"没事你愣什么神儿啊？"张志远继续说。

"没什么，张师傅，走吧。"赵玉明笑着搂了一下张志远的肩膀。

赵玉明去了LN12井，收集了地质资料，了解了井上钻进的情况，忙碌工作的间歇里，他的眼前总是闪现那位年轻女大夫灵动明丽的大眼睛，耳边总会回响那个轻柔悦耳的声音。他不禁有些愣神儿，疑惑自己怎么了？难道是遇到心仪的最爱了吗？是呀，他已经二十七岁，按说也该成家了。过去在萨尔图的三年，弹指一挥间，也曾接触过两个年轻的异性，都是没有什么感觉的那种，关系自然就不了了之了，难道这个一见钟情的机缘就是他的爱恋吗？他有些迷蒙，真的有些说不清楚，难道这里会有什么宿命吗？彻底的唯物主义者是无所畏惧的！三年前，他大学毕业，学校内定推荐他去北京工作，可他坚决响应了党中央的号召，到农村去！到边疆去！到祖国最需要的地方去！他是学地质的，积极申请去了萨尔图，那里发现了大油田，那里在建设大油田！萨尔图，那里的冬季千里冰封，万里雪飘，在那里他感受着建设大油田火热的激情，轰轰烈烈忘我的创业精神，在那里的日子里，他们每天都要工作到午夜，十天才有一个休息日，就是这样，他们还是嫌时间不够用，如果没有吃饭和睡觉，那会省下多少时间，那能多做多少工作呀！那里有的是什么样的火热和激情绽放啊！在萨尔图，我为祖国献石油就是那么一种工作状态！

下辽河是一个崭新的词语，过去没有人说过。在萨尔图的动员会上，领导介绍说，下辽河这个区域是1955年进行地质航测工作的，1960年有人在一个叫南欢喜岭的某个地方踏勘时发现了可燃自喷气，之后是地质部的普查大队实际进行的地质调查，框定了下辽河的区域范围。1964年开始，地质部的队伍在七个构造带上打了十三口探井，在四个构造带上获得工业油流，从而得出了辽河凹陷有着丰富油气资源的结论。这个成果转交给了石油部，石油部把任务交给了萨尔图，由萨尔图组织力量去下辽河，进行进一步的石油地质勘探工作，这是一个新的石油勘探区域，按上级领导动员会的激情说法，要在下辽河地区再发现一个大庆，为新中国石油工业发展做出更大的贡献，把中国贫油的帽子甩到比太平洋还远的地方去！

这是一个新的宏伟蓝图，激动着赵玉明那颗年轻澎湃的心，他能不积极报名吗？更何况他在萨尔图工作的三年里已经得到了一次特别的殊荣——去年，他以优秀青年技术代表的身份跟随着铁人去北京参加了国庆观礼，一种兴奋感油然升起，他觉得自己已经预支了崇高的荣誉，他不应该在下辽河石油勘探工作中做出更大的贡献吗？石油是个四海为家的事业，他这时候是赤条条一个人，有更大的活动空间。

下辽河这里太平静了，沙岗子就是一个依傍在乡村小镇边的小村落，下辽河的这片区域本来就是辽宁偏僻的"南大荒"，荒僻是可想而知的。

萨尔图到下辽河的队伍有钻井队、试油队、地质队、地震队、运输队等，都是精干的队伍。初来乍到，注定了他们前一阶段的工作不那么紧张。这倒不是他们不积极努力地工作，主要是这里的自然环境太差了。这个地区仅有一条南北贯通的日伪时期修建的铁路，说是新中国成立后扒掉了铁轨，改建成一条双向沙石公路，钢箱的桥体向北跨越时称双台子河（辽河）通向外界，最近的有火车站的地方是沟帮子。还有一条通往港口，有开往营口的轮渡，另一条是通往牛庄、海城方向的三叉河的浮桥。"南大荒"境内基本都是泥土路，晴天一身土，雨天一身泥，交通状况极差。在这里要建一座新井场，需要很大的土方量，主要靠人工来完成，还要以秋冬施工为宜。井场面层的沙石硬料，全部需要从外面运进来。当地的道路运输力量本来就十分有限，五吨的解放车拖个拖斗车要到几十千米外去拉运沙石铺垫井场，每天运进的沙石料的数量是很有限的。井场就是垫好了，他们还要等待稍好些的天气才能将钻井设备搬迁进去，夏季里那些泥土路是泥泞不堪能陷车的。

赵玉明在LN12井完成工作回返时，天光还是大亮的，他就对张志远说："张师傅，时间还早，咱们再去看看何劲松吧。"

"行啊'领导'，又是顺路。"说话间，卡车已经拐进了医院的路口。

何劲松这时在病床上已经坐起来了，在和同屋的病友侃大山，扭头看到赵玉明进来，有些惊讶地说："师兄，你们怎么又来啦？"

"还不是有些不放心你吗？"赵玉明笑着说。

"师兄，你看我现在是不是好多啦？"何劲松挺挺腰杆说。

"看你早晨那会儿的样子可够吓人的，张师傅，你说是不是？"

"可不是吗，看着都有点没孩子样啦。"张志远调笑着说。

"咱是谁呀，放心吧，要不是大夫不批准，我就和你们一起回去了。"

"你恢复得真快，好好养着吧。"赵玉明说着，开始东张西望着。

"师兄，你是在找什么人吧？"何劲松凑到近前笑着说。

"劲松，你可真能瞎掰，这里除了你，我谁都不认识，能找谁呀？"赵玉明脸上一时有些热。

"师兄，你就别嘴硬了，你的眼睛早就把你出卖了，就你那点小伎俩我会看不出来？说实话，你这次来是不是想看看金大夫哇？"

"你说谁？谁是金大夫哇？"

"喊，我的主治大夫，早晨你见过的，年轻漂亮的女大夫金鸿雁哪。"

"她叫金鸿雁？"

"看看，看看，师兄，你这不是不打自招了吗？"何劲松接着拉着长声说，"只——可——惜——呀。"

赵玉明心里咯噔了一下，心底下不由得有些发凉，勉强笑着说："你可惜什么呀？"

"金大夫是昨晚的夜班，今天又忙了一上午，中午刚刚回去休息，今天你是没机会见到她啦。"何劲松说完，看了看赵玉明说，"哎，师兄，你还别说呀，我看你俩真挺般配的，等明天见了金鸿雁金大夫，我给你们俩撮合撮合，怎么样啊？"赵玉明看看何劲松，笑了笑，没说话。何劲松笑着说："师兄，我就知道你心里藏着这个道道呢，好了，等有了结果我会第一时间给你打电话的，行了，你们还是早点回吧。哎，对了，师兄，你想着点啊，下回有谁过来的时候给我带二斤全国粮票，我得还给金鸿雁金大夫哇。"

"好，劲松，这个事我记下啦。"赵玉明说。

"同志，这里是传染病房，你们别在这里待太久哇。"一个护士进来看看说。

"好，我们这就走！"赵玉明马上回应说，"我走啦。"

"我送你们！"何劲松说着起来，和赵玉明、张志远一块儿出来，三个人说着话刚走到医院大门口，突然，正东方向传来一阵喊叫。

"师兄，县城挺乱的，你们还是早点回去吧。"何劲松马上说。

"劲松，我看这里不太安全，要不你也和我们一起回去吧。"

"师兄，医院还是安全的，我是传染性痢疾，说是传染性强，不能走，你们走你们的吧。"

"劲松，你自己可一定要注意安全哪。"

"师兄，放心吧，你那个重要任务我还要努力完成呢。"

"好，那就拜托啦。"赵玉明笑着说，用力拍了拍何劲松的肩膀。

这时候，几个医护人员背着药箱，扛着担架从医院大门匆匆跑出来，上了大门旁边一辆中吉普改制的救护车，救护车鸣着刺耳的笛声呜哇呜哇地扬尘而去了。

稍后，医院大门口匆匆地跑出一个女大夫，一边系着白大褂扣子，一边紧步跑着，还急急地向救护车挥动着手臂，许是救护车里坐满了人或是根本没有人发现她，救护车绝尘远去了，女大夫有些遗憾地跺了一下脚。

"是金鸿雁！"何劲松说着立刻走过去说，"金大夫，你干什么呀？"

金大夫看了何劲松一眼，说："小白楼那边有人受伤了，我想跟着去抢救伤员哪！"

"金大夫，你不是下午才休息的吗？"

"休什么息呀，现在最要紧的是救死扶伤，我刚刚知道得晚了，出来得慢了点，何劲松，你病刚好点怎么就跑出来啦，快回病房休息去！"

"金大夫，你看我这不是好多了嘛！"何劲松笑着说。

"那也不行，你这样的病人还是要多卧床休息的！"金鸿雁强调。

"遵命，金大夫，送走他们我就回去！"何劲松马上举手敬礼示意说。

"好了，好了，不跟你说了，我得走啦！"金鸿雁说。

"金大夫，你还要去小白楼哇？"

"是呀，也不知道那边伤员的情况怎么样啦？"金大夫说。

"金大夫，我们这里有车，他们可以送你过去！"何劲松说着，在赵玉明肩膀上拍了一下，还挤咕了一下眼睛，赵玉明立刻心领神会。

"不用了，那边很危险的！"金鸿雁看了他们一眼说。

赵玉明笑了，看看张志远说："你一个女同志都不怕，我们大男人还会怕吗？来，金大夫，你上车，我们送你过去！"赵玉明说着就将金鸿雁让进了驾驶室。

"师傅，你行吗？"金鸿雁看着张志远说。

"放心吧，金大夫，我是扛过枪的呀！"张志远笑着说。

"那就麻烦你们啦！"金鸿雁说。按照金鸿雁的指引，卡车向小白楼的方向疾驶。

小白楼是一座四层高的楼房，是农垦局管理部门的办公场所，坐落在县城主街中央北侧的位置上，是县城里最新建成的唯一一座地标性建筑。

乘坐救护车先行到达的医院外科主任蔡多华，高声喊叫着："你们都不要动，伤员由我们医务人员过去处置！"说着，就带领几个医务人员一起跑到移动掩体后边，处置那里的几个伤员，虽然这几个伤员有些血肉模糊的，好在都是轻度的皮外伤，做些简单的包扎处置就没什么大碍了。

张志远将汽车停在了救护车旁边，金鸿雁下了车，急忙跑过去跟着处置最后一个伤员，这个伤员额头上有一块挺大的擦伤，血流得脸上到处都是，金鸿雁进行了擦拭和包扎，赵玉明一直跟在金鸿雁的身边，四下察看着周围的动静，默默地守护着金鸿雁。

这时，小白楼的里边传出一阵儿吆喝，有个人破着嗓音喊："大夫，我们这里有一个重伤员！你们赶快过来接一下吧！"小白楼里的人显然是不敢轻易将伤员送出来的。

听说有重伤员，蔡主任高喊道："你们稍等一下，我们这就过去！"说着，挺直腰杆，率先向小白楼的大门跑去。

有个男护工扛起担架跟了上去，其他几个人左顾右盼地有些迟疑，金鸿雁起身要跟上去，赵玉明拉了她一把，说："金大夫，你在这里等着，我去！"说着猫下腰快步追上了那个男护工，金鸿雁愣了一下，随即，猫下腰也跟着跑了过去。

小白楼里的伤员腹部中了一枪，血在不停地往外溢，蔡主任脸色有些凝重地将伤员平放在担架上，把伤口简单地处置一下，立刻说："快抬上救护车，送医院手术室，马上进行抢救！"

赵玉明和男护工稳健地抬起担架，小跑着将伤员送上了救护车，蔡主任上了救护车，救护车呜哇呜哇地向医院疾驶，张志远驾车跟在后面，金鸿雁看看赵玉明，笑着说："真看不出来，你还挺勇敢的。"

"金大夫，您过奖了，怎么说我也是个男人吧？"赵玉明说。

"咱们之前是不是见过面哪？"

"是，金大夫，我叫赵玉明，何劲松的同事，早晨来看过何劲松，还被您认真指示过呢。"

"哦，我想起来了，对了，早晨在何劲松的病房里，不好意思，谢谢你呀。"

"您客气了，救死扶伤也是我们应该做的。"

"这可不一样，我们是医生，救死扶伤是我们的天职。"

"特殊时刻，每个人都有这样的责任和义务。"

"你说得对，但不是每个人都能这样想，还敢这样做呀。"

"希望大家都能这样想，也能这样做。"

"你说得很对，我也希望能够这样。"

"我们都是来自五湖四海嘛。"赵玉明笑着肯定地点点头。

车到了医院门前，重伤员被紧急送进手术室，金鸿雁下车说："赵玉明同志，谢谢你们了，不好意思，我马上要去手术室。"

"金大夫，你忙你的，我们也该回单位了，再见啦。"赵玉明伸出了手。

金鸿雁礼节性地握了一下，笑着说："我叫金鸿雁，再见。"挥了挥手，快步向医院的大门里走去。

赵玉明心里默念着金鸿雁，金鸿雁，直到那个婀娜的身影消失在医院的大门里。

张志远这时按了一下喇叭，熟练地挂上挡说："'领导'，你这次出来收获不小哇！"

"什么收获呀？"

"认识了一个漂亮的女大夫哇!"

"八字还没一撇的事情。"

"有何劲松的帮忙,又有你刚才出色的表现,我看这事就八九不离十啦。"

"但愿吧,这只是万里长征的第一步。"

回到沙岗子驻地,天光还大亮着,赵玉明先去白雪梅家里报了个平安。白雪梅当时正拖着笨重的身子在外屋的灶台上烧火做饭。赵玉明说了何劲松病情大为好转,已经能下床了,你就放心吧之类的话,白雪梅说:"他怎么没一起回来呀?"

"我听金鸿雁说,劲松患的是传染性痢疾,有罗门氏什么菌的,传染性挺强,需要住院治疗,还得用几天抗生素才行啊。"

"你说的金鸿雁是谁呀?"

"啊,医院的一个年轻的女大夫,名叫金鸿雁,人长得挺漂亮的。"

白雪梅看了赵玉明一眼,脸微微地有些沉下来,自言自语:"我说的呢。"

赵玉明没有听清楚白雪梅的话,就说:"白雪梅,你说什么?"

"啊,没有什么。"

赵玉明有些疑惑地看了白雪梅一眼,然后,到水缸前看了看,说:"白雪梅,我去给你挑担水吧。"

"赵副组长,那就麻烦你啦。"白雪梅若有所思地点了点头说。

"你就别客气啦。"赵玉明说着,在门外担起了水桶,出了院子,奔向了取水的水泡子。

水泡子是村里饮用取水点,在村落的最南端,是一个人工挖掘修缮的长方形大水坑,四周有半人高的堤坝环绕着,南边堤坝中间有个豁口和田地里的一条上水灌渠连通着,这使得这个水泡子一直能保持一定的水位。

赵玉明来到水泡子边,环视一下,水泡子四周有好几处长着稠密的芦苇和蒲草,清亮亮的水波闪动着夕阳的波光,几只大白鹅在水中游弋,不时地"曲项向天歌,白毛浮绿水,红掌拨清波",十几只褐色的麻鸭子环绕在大白鹅的周围,或潜入水中,或振翅拍水,好不快活的样子。

赵玉明来到那个用杂色原木搭建的取水栈道上,放下水桶,用水瓢将水面拨开,舀起一瓢水看了看,清晰地看到水中的悬浊物里有浮游生物在不停地游动着,他将水倒掉,向前换了个地方,舀起一瓢水看了看,亦是,他有些无奈地摇摇头,只好将水舀到桶中,难怪大家都管这个水叫"鸭子汤"。

赵玉明将挑回的水倒入何劲松家的水缸里,水缸刚好满。白雪梅听到声响,从里屋挪出来说:"赵副组长,谢谢啦!"说着,拿起一个装明矾的纱布袋,丢在水缸里荡了几荡,这种方法能让水中的悬浊物沉到缸底。

“白雪梅，这水一定要烧开用啊。”赵玉明说，他知道这水泡子的水就是烧开了，还是去不掉里面有些苦涩的味道。

“谢谢，我知道。”

“白雪梅，劲松要二斤全国的粮票，你想着让人带过去呀。”

“好，我记住啦。”

“没什么事我走啦。”

“再见。”

赵玉明回到队里，刚好食堂吹响晚饭的哨声，人们开始聚集到食堂。

这时候，一个身材中等、瘦瘦的、面色苍白的年轻人走进来，在北墙上找到一处空白，贴了一张告示，上面醒目的题目是：我们的探井为什么打不到油层？下面的署名是革命群众刘克家。

刘克家是去年萨尔图毕业的工读生，毕业实习安排在萨尔图的采油队，不久，就被送来下辽河了。如果有谁说起去北京，去井冈山，他总是有些意犹未尽的，那里有着他未了的心愿。

刘克家提出的问题是有一定针对性的，主要问题是地质部普查大队之前在下辽河东线区域里打了十三口勘探井，绝大多数的井位都有油气显示，还发现了四个有油的构造带，而这次下辽河的队伍打的这三口探井怎么会口口落空呢？这是什么问题呀？一石激起千层浪，大家就开始从议论到辩论，有人说井位设置有问题，也有人说是油层的目的层选定有问题。刘克家就说，这里是不是还有人的问题呀？有人就说刘克家，你可别瞎掰了，什么人的问题？谁的问题？开玩笑呢？谁有这本事呀？井位是北京那边专家组最后敲定的，你去北京问问吧！刘克家脸像挨了一巴掌，可还是说，北京方面不是也得我们这里先拿出具体意见吗？大家就笑，有人说该干啥就干啥去！然后坐成一个圈子，又说起了别的话题。刘克家见没有人理他，看了大家一眼，嘴里不知道嘟囔了一句什么，悻悻地出去了。

二

闻昭这些天里一直很挠头，这个年近不惑，搞了十几年石油地质的科技人捏着宽阔的额头，坐在那把光板木椅上苦思冥想着，自从接手地质部普查大队的勘探资料开始，他就一直在研究下辽河的石油地质情况。

闻昭认真借鉴着地质部普查大队这些年地质勘探积累下的结论：下辽河凹陷含有丰富的油气资源，东部比西部有更好的油气远景；背斜构造控制着油气聚集，断层对油气聚集也起作用；岩性变化大，岩性对油气层有很大的影响；下第三系田庄台组（东营组）、沙岭组一段为主要目的层；油气分布区域上主要是南油北气，在纵向上为下油上气。人家打到油了，形成了这样的结论，可是在这个结论的基础上，咱们实施的这几口探井为什么这样不理想呢？他真的有些百思不得其解。

闻昭这时候真希望老天能给自己一双慧眼，穿过厚厚的地层，看清里面的地质结构情况，他苦笑了一下，摇了摇头。在他所了解的下辽河石油历史情况中，1863年，德国人理希·霍芬曾带着人踏上过这块土地，寻找过石油矿产，他们背背包，钻芦苇，敲石块，向当地村民打听见过黑色的石膏吗？结果是一无所获；1903年，美国人也曾踏上过这块土地，还是一无所获；1909年，日本人小藤文郎在东北地区调查矿藏，成立了南满地质调查所，对石油矿产还是一无所获。这和这里石油的埋藏深度关系重大，现在有了石油的结论，可他隐隐地意识到，下辽河的东部凹陷应该是"这一个"，极可能具有其特殊性，需要他们继续不断地去追寻其中的奥秘。闻昭之前在萨尔图的石油研究院是副总地质师，就是为了这个探区开拓勘探工作的新局面才安排兼任这个地质队队长的，谁会想到他们首先遭遇了出师不利的尴尬局面，所有人的目光都看向他，他背有芒刺之感。

赵玉明也深切地感受到"这一个"的特殊性，这里地下的世界还需要他们不断地去探究再认识，在众多的资料里进行比对，和新取得的资料比对，去发现它特有的规律性的东西。这一段时间里，赵玉明发现闻总的脸更加瘦削了，白头发好像又多了一些，这是这里未知的石油地质世界赋予他的，让人怜惜。

赵玉明这天中午正在食堂吃饭，值班调度刘辉从调度室窗口用嘶哑的嗓子喊着赵玉明的名字，说是何劲松的电话。赵玉明一听就明白了，马上端着吃了一半的高粱米饭的饭盒，快步跑进了调度室，身材瘦高的刘辉这时借机去食堂吃饭了。

赵玉明拿起电话听筒刚说了声喂，何劲松就在电话那头嬉笑着说师兄啊，干什么才接电话呀，你不着急呀？赵玉明说我正在食堂吃饭哪。何劲松说师兄，我已经和金鸿雁把你们的事情说白了，金鸿雁很坦然也很直率地说，她原来根本没有和什么石油上的人谈恋爱的概念，她的脑子里只有亲人解放军，或是搞科学研究的技术人员，可是那一天那一次生死危险面前的表现，她对你的印象还是相当不错的，对我们石油人有了崭新的认识，咱们又是搞地质工作的，鉴于这些因素关系，金鸿雁同意和你先接触接触，做些基本的了解，我本来想看看你明天能不能来县医院的，没有想到金鸿雁刚刚接到一个通知，明天一早，她就被派往离咱们驻地不远的辽河大堤下边那个叫蓝河湾的村子，那里有一处新建设的水利工程工地，她去那里做临时医务工作，这下方便了，你们认识，你有时间就直接去那里找金鸿雁吧。师兄，你可要抓住机会呀，机不可失，时不再来！赵玉明说谢谢，我知道了，你怎么样啊？

何劲松说挺好的，就是大便里还有点菌，还得在医院住两天。

这真是一个绝好的消息呀，赵玉明这几天一直祈盼着，这时候，有一大簇灿烂的鲜花在赵玉明绿色心田里一下子怒放了，他眼前的世界一下子色彩斑斓了，他放下电话，不由得唱道，朝霞照在阳澄湖上，芦花放，稻谷香，岸柳成行，全凭着劳动的人民一双手，创造出美好江南五谷香，啊……

吃完饭的调度员刘辉这会儿走了进来，用大大眼白的眼睛有些不解地看着赵玉明，赵玉明毫不理会地走了出去，刘辉在后面用嘶哑地嗓子喊："我说'领导'，你这个饭还吃不吃啦？"

赵玉明听了这话，幡然醒悟，急急忙忙反身跑回来，从刘辉手里夺下饭盒说："吃，当然得吃了，人是铁，饭是钢，一顿不吃饿得慌，我这点定量刚刚够填饱肚子的，敢不吃吗？"

"'领导'，什么事把你美成这个样子呀？"

"这是军事秘密！"赵玉明笑着说，端着饭盒有些美美地往外走。

"喊，还军事秘密呢，'领导'，没事你就扯吧。"刘辉用鼻子哼了一声说道。

"信不信由你呀。"赵玉明举了一下手说。

说到蓝河湾水利工程工地，赵玉明是知道的。那里离他们现在钻探的LN9井相距多说百八十米，离他们驻地沙岗子也就十里八里的路程，如果从大辽河大堤上走那就更加便捷了。前几天，赵玉明去LN9井收取资料，从那个水利工程工地旁边路过，很关注地看了一下那里的建设情况，大约有千八百号人在工地紧张地施工着，有闸口混凝土浇筑，有总干渠堤坝修筑，人欢马叫的，东方红—54链轨拖拉机不时吐着黑色烟圈轰鸣着。赵玉明还真认真打听了，工地上一个和他年纪相仿的水利工程技术员说，这里要建设一个大型的提水站，把大辽河的水提升到这条新修建的总干渠里，一是向不远的水库——"八一"水库里边蓄水，再是向附近的几条新干渠送水，扩大新开垦水稻田的灌溉面积，落实伟大领袖关于"深挖洞，广积粮"的指示精神和"备战、备荒、为人民"的伟大战略部署。

大辽河大堤蜿蜒地伸展着，像搭上了远方蔚蓝的天空，给人以行走在天梯上的幻象。大堤堤坡被青翠的绿草覆盖了，堤顶边的柳条子长到肩头高了，柳条子下的绿草挤窄了堤顶的路面，青青绿草中的蒲公英、苣荬菜伸展出金灿灿的黄花，苦麻子开放着洁净的细小白花，攀上柳条子上粉白红的喇叭花，伸展着向往的天空，肆意次第地绽放着，东方大苇莺在柳条子的枝头上欢快地蹦跳着，荡动着秋千的韵律，张大嘴巴不停地鸣叫着："家家喜！家家喜！家家喜！"见到有人离得近时，才突地飞向前面不远处的柳条子梢上，继续荡着秋千，继续欢快地鸣叫着。清亮亮的大辽河水在夏季殷勤的雨水滋润下已经宽泛起来了，风的手推出悠远的波光粼粼，基岸上的芦苇已经齐腰地淹没在河水中，随风儿摇动着身子，熙熙攘攘，荡出了万种风情。

这是接到何劲松电话的第三天，赵玉明才有时间去看望金鸿雁。他骑着自行车在大辽河堤坝顶上狂奔，面前的一段河堤是一处交叉路口，干涸的车辙、牲畜的蹄印、人的脚印交叠在一起，自行车在上面不停地颠簸，赵玉明不得不下了自行车，推着车子走过去。水利工地那边拖拉机的轰鸣声和人工号子声已经隐约能听到了，不远处一小片红色小花在堤坝外坡上开得嫣红灿烂，一下擦亮了赵玉明的眼睛，让他的心不由得一动，他立刻支好自行车，下到堤坡上，仔细地采摘着。

金鸿雁所在的蓝河湾工地医务室，是这片工地上唯一拥有的两间固定的土坯房，这是原来那个小型提水站固有的居所，许是一直使用，有人修缮的缘故，房子还算没有破败掉。赵玉明出现在这座土坯房医务室门口时，金鸿雁正和一个女孩子在屋子里分拣消过毒的医疗器械，金鸿雁这时候看看那个转动头颈的女孩子，说："玲子，怎么啦？"然后看了一眼门口，门口是空的，屋地上是斜照的半米明亮的阳光。

被叫作玲子的女孩子又转动了一下头颈，继续看向门口，赵玉明这时候在门口出现了，手里捧着一个火红的花束，一下擦亮了玲子的眼睛，玲子惊喜地看向金鸿雁，说："金大夫！"使劲地向门口努努嘴。

金鸿雁的目光再一次投向门口，真的有人来了，门口那半米明亮的阳光里站着赵玉明，那捧火红的花束把她的眼睛一下子擦亮了，脸上不由得浮上一丝红晕，她笑吟吟站起身，说："你来啦。"

"金大夫，您好，好久没见了，您在这里还好吧？"赵玉明说着，把花束捧了过去。

"真漂亮，谢谢呀！"金鸿雁接过花束，凑到跟前闻了闻，嗅到了一种淡淡的奶香，说："这是什么花呀？好看又醇香。"

"我还真不知道，是大自然的馈赠，来的路上遇到的，看着挺喜庆的，就采了些送你。"

"金大夫，我们这里都叫它红满天。"玲子笑着说。

"红满天，好名字，唉，玲子，我记着咱们屋子里有个空罐头瓶来着？"

"是，金大夫，在里屋的墙角呢，我去拿。"玲子说着，转身进屋拿出一个空罐头瓶子来。

"我去把它刷干净。"赵玉明拿过玲子手里的罐头瓶说。

"我去吧。"玲子笑着说。

"还是我去吧。"赵玉明说。

玲子笑了一下，看了一眼金鸿雁，交给了赵玉明。

赵玉明将装着半下清水的罐头瓶端进来，金鸿雁将花束放到瓶里，捧着端详了一下，笑着说："真漂亮！赵技术员，请到里屋坐吧。"

印有红十字的半截白门帘一挑，赵玉明随金鸿雁进到里屋，里屋北面是一铺土坯炕，炕边通长是根厚五厘米、宽二十厘米的木制炕沿，炕面上铺着一领新芦席，土墙用旧报纸新糊着二尺高的围裙，炕面上并排摆放着两套行李。金鸿雁将花瓶摆在正阳的窗台上。指指炕沿，笑着说："赵技术员，你坐，今天不忙啊？"

"还好，听劲松说你被派到这个工地了，早就想过来看你，今天才有些时间，听说你来这里挺突然的？"

"是，一直在这里工作的李医生家里有急事突然离开了，卫生局一时找不到合适的人，就把人选的任务交给我们医院了，我们医院的医生现在也比较紧张，特别是男医生，院领导衡量来掂量去的，没有找到合适的男医生，就找我征求意见，问我能不能过来先顶几天，等找到合适的人，就把我换回去，你也看到了，这么大的工地，这么多的人在施工，没有个医护人员还真的不行。"

"工地情况是实际，你还是有觉悟，按说一个年轻女大夫在这里工作也不算太合适。"

"是呀，我也知道，这也是没办法的事儿，咱都'预备'了，又是单身，要不医院领导也不会想到安排我来的。这不，来前我就和领导说了，领导也和工地指挥部领导做了沟通，要他们给我找个人做伴，能找个聪慧些的女孩子更好，既能给我做伴，我也能教她些简单的医护技能，真不错，他们找来了于小玲，这孩子十六岁，心灵手也巧，是干这行的料，玲子，你进来呀。"金鸿雁喊着，于小玲进来了，看着赵玉明有些扭捏地笑了笑，金鸿雁说："玲子，这是石油战线上的赵技术员。"

"你好哇，玲子。"赵玉明笑着说。

"赵技术员，我知道你们，你们是不是住在沙岗子边上啊？"

"是呀，玲子，你去过沙岗子呀？"

"去过，过年的时候还去串过门呢，去我舅舅家。"

"是呀，你舅舅是谁呀？"

"刘铁柱，伤残军人，拄着一根木拐杖。"

"是呀，玲子，这可太巧了，你舅舅我熟悉。"然后对金鸿雁说，"金大夫，玲子的舅舅就是何劲松的房东。"

"啊，这样啊。"金鸿雁笑着说。

这时，一阵儿急促的脚步声传来，有人在外边急巴巴地喊着："大夫！大夫！"

金鸿雁和于小玲急忙出去，赵玉明也跟了出来，见两个汗津津的年轻人架着一个眉头紧皱的小伙子站在门口，金鸿雁马上问："他怎么啦？"

"大夫，他屁股上起了一个包，火烧火燎地疼，疼得实在受不了啦。"其中一个年轻人说。

"让他趴在病床上！"金鸿雁说。

患病的小伙子被放在白色的木诊床上，裤子褪了下来，一个鸡蛋大小的凸起赫然出现在小伙子右屁股的上部，红肿得有些光亮。金鸿雁手指在那个包上轻微地按了一下，小伙子"嗷"的一声尖叫，身体差一点弹起来。金鸿雁想了想，从器械盒里取出一个最大号的针管，安上一枚最粗的针头，用镊子夹起一个酒精棉球在那个红肿边缘位置擦了擦，然后对站着的俩年轻人说："来，你们帮着按住他！"两个年轻人立刻说好，金鸿雁就将那个大号针头斜刺进那个凸起的地方，被刺的地方似乎抽搐了一下，针管开始缓缓地抽动，黄色的脓水里带着些许红血丝聚满了白色的针管里。看着已经瘪下去的地方，金鸿雁说："小伙子，你现在感觉怎么样啊？"

小伙子重重地呼出一口气，略显轻松地说："大夫，这下好多了，刚才火辣辣胀呼呼地疼啊，疼得我有些抓心挠肝的，头直想往墙上撞啊！"

金鸿雁给小伙子的患处贴了一贴黑色的拔毒膏，用白纸包装了几片药片，写上时间和剂量，交给其中一个年轻人，说："按时吃药，脓包要是还起来你就再过来，我想应该不会啦！"

"谢谢大夫！"小伙子按了一下屁股鼓包的地方，自己走出去了，同来的两个年轻人也跟着出去了。

"金大夫，你在医学院学的是什么专业？"赵玉明说。

"临床！"

"你这是全面发展哪！"

"全面发展谈不上，参加工作四年多了，支农、防疫也有两年多的时间了，遇到的情况挺多也挺复杂的，咱们农村缺医少药的，哪个科的都需要，什么情况都可能遇到，我也算是从干中学吧。"金鸿雁不无感慨地说。

"真敬佩你的工作精神哪。"

"玲子，你把这里收拾一下，我和赵技术员出去走走哇。"金鸿雁笑了笑说。

"好的，金大夫。"玲子清脆地答应着。

"赵技术员，咱们在附近走走吧。"金鸿雁说。

"金大夫，好哇。"

赵玉明、金鸿雁在工地大喇叭《大海航行靠舵手》的高亢激扬的歌声中，信步走上了大辽河大堤的堤坝顶上，前行了二百多步，来到大堤的横断面处，整个水利工程工地便尽收眼底了。靠近河道这边是修建提水站的地方，围了一个环形的高大的堤堰，堤堰内有人在挖坑基础、有人在钉模版支模、有人在制作钢筋预制件、有人在搅拌混凝土进行浇灌，每个工序上的人都在紧张有序地忙碌着。靠近大堤外边有几台东方红—54拖拉机轰鸣着，排气管吐着黑色的烟圈，在空中渐渐地消散着。

几百人在修建总干渠的大堤，人们人抬肩扛车推的，不断向堤坝上运送着泥土。金鸿雁有些感叹地说："这些农工的劳动热情可真高哇！"

"是呀，他们期望创造出更美好的生活。"

"县城里现在更加混乱了，也不知道以后会是个什么样子呀。"金鸿雁透着忧虑说。

"不会总这样下去的，一切都会好起来的。"

"那要什么时间哪？"

"这个我可说不好，或许半年一年？"

"赵技术员，谢谢你来看我，你的基本情况何劲松跟我说了一些，你父亲抗日时就是区小队的武工队长，解放战争期间又当了人民政府的区长，你姐姐是村妇救会主任，你的家庭不用说了——根红。你也很优秀，在萨尔图，作为青年知识分子优秀代表参加了国庆观礼，见过毛主席，受到周总理的接见，你是苗壮。我的情况和你不太一样，我想在我们深入了解前，先把我的情况说清楚了，供你参考和选择！"

"金大夫，你是不是说得有点太严肃认真了，你已经是中国共产党预备党员了，你的表现应该没说的吧？"

"实事求是地说，我个人的表现应该说还是说得过去的，赵技术员，我觉得有些话咱们应该说在前面，它很重要，是我们开始的基础，或许它会影响到你今后的发展和进步呢？"

赵玉明看着金鸿雁有些执拗的神情，便说："那好，金大夫，你说吧。"

"我父亲五岁的时候父母就双亡了，是小叔爷用箩筐挑着从山东到东北的，进关以后他们几经辗转，最后在通源堡那个小镇子落的脚。小叔爷最初是以砍柴卖柴为生的，经过十几年的辛勤努力，积累了一些资金，就在镇子上开了一个木材店，生意日渐红火起来，后来就把木材店开到凤凰城了，小叔爷的一家也去凤凰城里生活，便把通源堡的这个店铺留给父亲经营了。父亲从小和小叔爷一起生活，耳濡目染，做人又谦和，生意做得很好，每年都会有些盈余。父亲有了一些盈余，就会在通源堡的街里建一处房产，若干年后，父亲已经有了十几处院落几十间房子了。父亲一直出租房子，又有一些收入。父亲那时候已经有了五个儿女，后来，父亲的前房患病故去了，再后来，父亲经人介绍认识了一个在大户人家当使唤丫鬟的少女，也就是我的母亲宁氏，母亲给父亲做了续弦，但父亲没把我母亲娶进他的老宅家门，而是安排在外边的一处院落里，主要的原因是父亲前房的子女坚决反对后妈进门。父亲就两处地方住，和我母亲又生育了我们三个子女。解放战争期间，父亲前房的子女有三个参加了革命，新中国成立以后，父亲把大多数房产交给了人民政府，在划定阶级成分时，父亲定的是开明绅士，还当选了县上的政协委员，一直参加着社会革命活动。去年，我被批准中共预备党员时，是没有受到父亲什么影响的，可现在社会形势发生了很大的变化，我有些搞不清楚了，不知道你是怎么看待这个问题的？"

赵玉明听了，感觉金鸿雁是个责任感很强的人，就说："金大夫，你都说得这样清楚了，还会有什么问题呀，再说党和政府一直把重在个人表现放在十分重要的位置上，我对你和你的家庭没有什么想法。"

"赵技术员，有什么问题你可以说，咱们可要知无不言哪。"

"我知道，金大夫，你父亲现在和你母亲一起生活吗？"

"没有，他老人家去年因病过世了。"金鸿雁有些泪眼婆娑。

"对不起，没想到会触动你伤心的地方。"赵玉明说，递上一块手帕。

"没什么！"金鸿雁揩了一下眼角的泪滴说，"我父亲的年龄毕竟大了，近些年来又体弱多病，我知道也有这个思想准备，只是他过世时，我没能见上最后一面，这是我一直以来的心结。"

"金大夫，你说的我能够理解，父母养育了儿女，做儿女的长大成人了，是应该好好回报他们，我想，你当时没能回去一定是有比较特殊的原因吧？"

"是呀，当时农垦局下边的一个×农场正巧爆发了一场较大规模的'流脑'疫情，大有持续扩展的趋势，农垦局的防疫站组织了几个防疫小分队下乡防疫，我所在的防疫小分队连续工作了好些天。×农场的疫情刚刚稳定了，相邻的B农场又爆发了新的更大疫情，我接到医院转来父亲病危的加急电报就向医院请了假，可医院里派不出医务人员来接替我的工作，这种情况下我是走不掉的，也不可能一走了之呀。不知道是冥冥之中有什么庇护，就是父亲过世的那天晚上，我们医疗小分队将一个家里已经准备好了寿材的'流脑'患者，从鬼门关里拽了回来。那个晚上，我在电话里咨询省里搞防疫工作的高教授，我超剂量给病人注射了阿托品，终于使这个病危的'流脑'患者起死回生了，他的妻子一下跪在我们面前放声大哭，我抱着她也哭了起来，她是感恩我们，我是挂记着我的父亲，不知道他老人家那时候怎么样了？我在用心祈祷着！防疫工作完成，我回到老家的时候，父亲他老人家已经入土为安了，我在他的坟前哭得昏天黑地的。"

赵玉明的心颤动了一下，他们的心和心之间好像有一条宽敞的通道，这是他梦寐以求的爱人，他要抓住她，希望能够和她手拉手去面对今后的人生，他立刻宽慰地说："金鸿雁，实际上你也知道的，自古忠孝是很难两全的，我相信你父亲在天有灵，一定能够理解你的。"

金鸿雁看了赵玉明一眼，轻轻地舒出一口气说："赵玉明，你说得真好，我一直的心结今天终于打开啦。"

"你母亲还好吧？"

"她很好，赵技术员，你还有什么问题吗？"

"没有。"

这时候，于小玲在堤坡底下喊："金大夫，咱们该去村里巡诊啦！"

"好，玲子，我这就下去呀。"金鸿雁回应着，说，"赵玉明，不好意思呀，咱们今天就这样吧，我在村子里还有两个重病号需要治疗。"

"好的，金鸿雁，你忙你的，有时间我再来看你吧。"

"好，欢迎你再来呀。"

"一定。"

"再见。"

"再见。"

三

暗红色的北京客车风尘仆仆地在沙岗子村边公路停下了，何劲松费了好大的劲，才从狭窄拥挤的车厢里挤出来。夏日当空，他抹了一把头上的汗，重重地呼出一口浊气，拎着那只黄色帆布旧旅行袋，迈开大步，向路东的家里走去。

转眼在医院里住了一个星期，实际上入院第三天，何劲松的身体已经恢复得很好了，他心里急，可传染病菌一点也不急，迟迟不肯全部离开他的身体。他惦记着白雪梅，可他更怕传染给她，白雪梅的身孕已经六个多月了，这可不是闹着玩的！是他的真诚感动了传染病菌，谢天谢地，昨天它们终于全部离他而去啦。

何劲松走进了院子，刘忠伟这会儿正在菜园子葱垄里掐葱叶，看到何劲松回来高兴地喊道："何老师！"三步并作两步地跳到何劲松的跟前说，"何老师，你好啦？"

何劲松摸着刘忠伟的头顶说："好了，这些天写作业了吗？"

"何老师，一天都没落过，不信一会儿我拿给你检查！"

"这就对了，忠伟，老师相信你，一定要好好学习呀。"何劲松拍拍刘忠伟的头顶说。

"我向毛主席保证！"

这时，刘铁柱拄着拐杖，站在堂屋门前说："何老师，你好利落啦？"然后对西屋歪歪头，示意说，"何老师，你病刚好，一路挺劳累的，还是早点回屋歇着吧。"

何劲松心领神会地说："好的，刘大哥。"便进了门，拐进了西屋。

白雪梅头朝里躺在炕头，脸对着墙无声无息。何劲松看了一眼，说："雪梅，我回来啦。"放下旅行袋，见白雪梅没有反应，便走到近前看了看，伸手摸摸白雪梅的额头，不热，说："雪梅，怎么啦？你哪里不舒服哇？"

白雪梅鼻子哼了一声，说："你舒服就行了，怎么这么好心问起我来啦？"

"这话让你说的，我不问你问谁呀，雪梅，你到底怎么啦？"何劲松笑着说。

"我还以为你乐不思蜀了呢！"白雪梅一下子坐起来，脸涨得通红，抹了一下齐耳短发，似乎在压抑着喷薄而出的怒气说。

"乐不思蜀？白雪梅，你说什么呢？"何劲松不由得一愣。

"我说什么难道你不明白吗？"白雪梅冷笑了一声。

"你说什么了我就明白呀？"何劲松压低声音说。

"你装什么呀，你就是一个伪君子！"白雪梅瞪着眼睛说。

何劲松盯住了白雪梅，刚刚他进到院子时，明明看到白雪梅还在灶台前，刘忠伟招呼他时，白雪梅向外边看了一眼，才转身进屋的。何劲松知道白雪梅的不易，便想以一种低姿态换回一种谅解，没想到是这样一个结果，他心里的火刺啦一下就被点燃了，这时候还是压住了怒气，说："白雪梅，你到底什么意思呀？"

"什么意思？没想到你这个人这么健忘啊。"白雪梅有些冷嘲热讽。

"白雪梅，有什么话你就直接说清楚，你觉得你这样说话有意思吗？"

"好，何劲松，那你就说说金鸿雁是谁呀？"

"金鸿雁？你说金大夫哇，她是我的主治医生啊。"

"是不是又年轻长得又漂亮啊？"

"是呀，怎么啦？"

"何劲松，你可真无耻！"白雪梅有些歇斯底里啦。

"白雪梅，我怎么无耻啦？难道说别的女人就不能年轻，也不能漂亮吗？"

"能，从你嘴里说出来就有问题，就是无耻！"

"哎，哎，哎，白雪梅，你等会儿啊，咱们慢一点，金鸿雁年轻长得又漂亮刚才可是你说出来的呀，我只是肯定了你的说法而已，是不是呀？"何劲松强调说。

白雪梅愣了一下，说："是，可不管怎么说，你和那个金鸿雁搞得那么近乎就不应该！"

"白雪梅，你讲点道理好不好，我和金鸿雁近乎什么啦？怎么近乎了？我们就是医患关系，对了，你是怎么知道金鸿雁的？你又怎么知道她年轻长得又漂亮的？"

"这个你不要管，我就是知道，要想人不知，除非己莫为！"

"白雪梅，你也算是这个时代年轻的知识女性吧？金鸿雁的情况是赵玉明说的吧？"

"是又怎么样啊？"

"白雪梅，我是真的不知道跟你说什么好哇！赵玉明去医院看我，一看到金鸿雁就有些心动了，我就是给他们俩当个介绍人，说不定现在他们俩已经见面谈上恋爱了，金鸿雁年轻漂亮和我有什么关系呀？你这简直是不可理喻！"

白雪梅听到何劲松这样说，有些红了脸愣在了那里，可还是马上说："你也没说清楚哇。"

"白雪梅，进门你让我说话了吗？"何劲松看了白雪梅一眼，哼了一声，出了房门，在堂屋开始烧火做饭。

有过刚刚前奏曲的演绎，何劲松他们的这顿饭就吃得有些清汤寡水的，一切收拾停当，何劲松躺在炕上时，不由得一声轻轻的叹息。

何劲松上大学读的是核军工矿藏学院，实行的是准军事化的管理。何劲松和白雪梅是一个学院的同学，他们是在大三的时候相识的。这里头真应了世俗上的一句话，"不是冤家不聚头"！他们之前不是一个系的，是学院内部进行结构性调整，白雪梅专业的两个班整合到何劲松他们系这边来。何劲松当时是这个系里的学生会主席，人长得又高又帅，学习好，爱好广泛，组织能力又强，特别是在篮球场上，身材高大，弹跳好，控球能力强，因为姓何，同学们就戏称他"大拿"，何劲松得到系里女生的广泛青睐。白雪梅是整合过来两个班级中一个班的班长，人长得白美，学习成绩突出，性情有些高傲，组合过来也进入了学生会，两个人开始学生会工作的必然联系。聊天的时候，他们才知道两个人是一个县的，两家相距不过几十里，是正宗的老乡，他们没有泪汪汪，可之后在一起的时间肯定要比其他女生要多一些，除了工作，白雪梅有时也会约何劲松出去散步什么的，何劲松也欣然领受。有好事者怀疑他们有了恋情，便告到了系领导那里去啦！

那时候，学院是绝对不允许学生们谈情说爱的，这是一条铁律，系领导当然也怀疑了，先是找了何劲松谈话，何劲松对系领导做了实事求是的解释，系领导松了一口气，表示了对他的信任，可要求他一定要拿出实际行动来，不要再给别人以口实，这是关系到他个人前途命运的大问题，党支部正在研究发展他入党的问题，现在看来他还不够成熟！何劲松和白雪梅本来没有男女恋情，那种情况下当然做了保证，他愿意继续接受党组织的考验。之后，除正常的工作关系，何劲松基本上在白雪梅的视野里消失了。

不久，有人说白雪梅生病住院了，再不久，白雪梅通过邮局寄给何劲松一封信，信里白雪梅说自己生病住院了，在病床上想了很多很多，她感觉自己年轻的生命已经没有什么意义了，希望在生命最后的时刻能够见何劲松一面。何劲松读了信，心里一阵儿惶恐，他不明白白雪梅这是怎么啦？他知道白雪梅是个高傲的女孩子，她的话语怎么让她的美好形象变得模糊起来，像是要遁向天宇之外，她现在怎么样？她会走向暗夜吗？她也许像一个精灵一样，像夜空里划过的流星一样，一亮一闪就那样消失得无影无踪了吗？他不敢再这样想下去，每个生命都是美好的，不该就这样消失呀！他急匆匆赶去了医院，去看望白雪梅！

白色的病房里，仰身倚在床头上的白雪梅失去了往日的鲜亮，她的脸瘦削了许多，这时显得更加苍白了，眼窝有些深陷发暗，那双大眼睛里少了些高傲的神采，透露着淡淡的哀怨和无尽的忧伤。何劲松看到这一切时，他的心一下子柔软到了极致，他忘记了他对系领导的保证，他的眼里盛满了怜爱，定定地看着她，透露出全是似水的柔情。白雪梅紧蹙的眉头微微舒展了，她挪了挪身子，拍了拍床头边，低哑的声音说何劲松，你坐到这里来好吗？何劲松犹豫一下，看了一眼病房里的病人。病房里的两个女病人微笑着看了何劲松一眼，便借故一起出去了。

何劲松这才放松地坐到了那里，扭头看着白雪梅说白雪梅，你到底是怎么啦？白雪梅摸索着握住了何劲松的一只手捧着，有些呜咽地说我不知道，我真的不知道！何劲松感觉一串泪水滴到自己的手上，说白雪梅，你怎么生病啦？你怎么会变成这个样子呢？你不应该呀。白雪梅呜咽着说何劲松，我不知道，不知道从什么时候开始，你疏远了我，我见不到你，听不到你的声音，看不到你的模样，我就开始焦虑不安，我的天空里没有了太阳和光明，我不知道你在哪里？和谁在一起？在干什么？我开始坠入重重的黑暗之中，我开始失眠，厌食，这个时候，我才真正知道我不能没有你，你来感觉一下吧！是你的到来，我的心才开始这么强劲地跳动！白雪梅抓住何劲松的手按在自己左侧的胸脯上，何劲松感受到了白雪梅强烈的心跳，感觉更深的是那个馒头大小，饱满富有弹性的乳房，有一股电流一下子击中了他。他想把手抽回来，可那只手正被白雪梅牢牢地抓住，按在了那里，他从莫名的有些尴尬的境地渐渐地走向了一种神奇的美妙。白雪梅哽咽着说劲松，你不要不理我好吗？没有你的日子里，我会失去了我自己，我真的想到我还是死掉算了，是你的到来拯救了我的生命、我的灵魂，让我重新看到了光明和希望，现在我知道我这一生都是要和你在一起的，你是我生命的源泉和不竭的动力，你知道吗？你会给我吗？你能告诉我吗？白雪梅开始热吻何劲松的手，散发着狂热的气息，何劲松点头了，默默应承着，他放弃了对系领导的承诺，他开始钟情于白雪梅的亲吻，那是一种非常美妙的东西，让他流连忘返！幸好他们面临毕业了，幸好学院突破军工系统分配的体制，学院也发出一样的号召，号召他们到边疆去！到艰苦的地方去！到祖国最需要的地方去！作为学生会干部的何劲松，壮怀激烈地报名去萨尔图，白雪梅也义无反顾地跟定了他。

他们是去萨尔图报到前，在回家探望家人的时候匆忙登记结婚的。他们一直期盼着这个美妙的时刻，这个时候终于到来了，他们不要任何的形式，就要年轻的彼此，这是最重要的。结婚的半个月时间里是他们疯狂的日子，成就了他们的成人礼，成就着他美好的憧憬。之后，他们双双去了萨尔图，他们分别住在各自的"干打垒"的男、女宿舍里。按照单位对新毕业大学生的要求去基地锻炼，去顶岗实习，去成就我为祖国献石油的伟大梦想。没有多久，白雪梅就出现了妊娠反应，而且反应在不断加剧。萨尔图还在艰苦创业建设的初期，组织上没有能力给他们独自生活的空间，白雪梅在集体宿舍里已经严重影响到其他人的生活和工作了，领导经过综合考虑，决定给白雪梅提前放假回老家待产的特别待遇。

　　白雪梅告别了何劲松，告别了萨尔图，回到了思念的江南水乡。她是独生女儿，她在母亲的关照下生下了女儿何琼，那一段美好的日子很快就结束了，两个月后她不得不告别女儿回到萨尔图。白雪梅非常思念女儿何琼，他们在一起的时候，白雪梅总会情不自禁地哭上一鼻子的，说咱们是不是失去的太多了？何劲松只能好言相劝，他也思念女儿何琼，可这身不由己的现实他又能怎么样呢？况且他们都在为国家的石油事业奋发有为地工作，个人的情感只是他们生活很小的一部分，你不放弃都不行，这里进行着伟大的事业，这里又不是你一个人，国家的利益高于一切。

　　何劲松当时在钻井队里顶岗实习，他不是学石油专业的，自然有自己的短板，但是他不甘人后，肯于学习。一有空闲的时间，他就到井队各个岗位学习各项劳动技能，他拜井队司钻、司机、井架工、泥浆工、地质工为师，他不但学会了每个岗位的基本工作技能，还知道为什么要这样干。井队长徐天亮就说何劲松，你这个"大拿"看来有些名副其实呀！何劲松随和，和井队每个人都建立了良好的关系，当然也包括地质女徒工王慧。王慧是个还不满十八岁的花季少女，白皙的圆脸透着红润，明净的大眼睛里透出清纯，她是当地的一名初中毕业生，学习较好，涉世未深，没有远足的经历。在不长时间的接触中，她非常高兴能和何劲松聊天，听何劲松讲大城市，讲大学，讲书本藏着的很多新鲜事物。何劲松开启了她心灵上的一扇窗子，她从那扇窗子看到一片更为广阔的令人神往的天地，这让她的眼睛里充满着美好和期望，而她能帮助何劲松的就是把他没来得及洗的脏衣服洗洗干净。这是一个令她敬仰的老师和兄长，在他的面前，她总是会有那么多的问题，她能将很多的疑惑变成美好的收获，这让她十分欣喜。

　　那一天，是白雪梅休完产假刚刚回到萨尔图不久的一个假日，何劲松和白雪梅相约一起去街上转一转，这时候，刚好碰到拿着一本书在街上间或跳着走路的王慧，王慧见到何劲松非常高兴，她和白雪梅打了招呼，就眉飞色舞地和何劲松谈论起手里的书——《钢铁是怎样炼成的》，何劲松在井队给工人讲过保尔·柯察金的故事，当然也讲到了冬妮娅。白雪梅的脸这时渐渐地开始变冷了，何劲松发现了就给了她暗示，可怎么暗示也不起作用，王慧侧目时发现了白雪梅有些冷峻的眼神和面孔，愣了一下，脸不由得一下子红到了脖颈，有些慌乱地匆匆告辞了。何劲松这时候看着白雪梅说你这是干什么呀？白雪梅说她在干什么呀？当我不存在呀？何劲松说她就是个孩子！白雪梅冷笑着说人小鬼大，还孩子呢，快孩子他妈了吧！何劲松皱了一下眉头说雪梅，你怎么这样说话呢？白雪梅说我说她什么啦，你心痛了，我说的呢……何劲松说白雪梅，你说什么呢？白雪梅说我说我回家待产时，你怎么会在这里待得这么安逸呢！何劲松说白雪梅，你到底想说什么呀？白雪梅说我要说什么你还不清楚吗？何劲松盯着白雪梅看了好一会儿说白雪梅呀白雪梅，我真没想到你这个人这么狭隘、阴暗！一甩手，独自气冲冲地回井队了。

顶岗结束了，何劲松回到了研究院工作，他被分到了赵玉明所在的地质所，他们都师从闻昭，赵玉明这时候成了他的师兄，他们住在同一个宿舍里，在很短的交流中，他从心里佩服赵玉明，也诚恳地叫他师兄。

白雪梅主动找上门来了，何劲松是个男人，他叹息一下子就天高云淡了。这个时候，何劲松和白雪梅可以天天见面了，可以在食堂一起就餐，可以一起散步，可以花前月下，就是之后还得各回各自的宿舍就寝。

何劲松的宿舍里除去赵玉明外，还有四个人，六个人的关系一直相处得非常融洽，白雪梅一来，大家都主动地回避。一个休息日的下午，白雪梅来了，在宿舍里的两个人都借故出去了，何劲松就急急地插上了房门……赵玉明不知道，这时候从办公室回宿舍取一份急用的资料，推了一下门没有推开，就开始敲门，由轻到重，里面一点反应都没有，赵玉明有些疑惑也有些心急，嘴里说谁睡得这样死呀，不会是二氧化碳中毒了吧？想着，抬脚就想将门踹开，何劲松这时候在里边说师兄，是我，我在屋里呢！赵玉明说你小子在屋里我这样叫门你怎么不开哪？我以为谁煤气中毒了，差一点就踹门啦！何劲松说师兄，我现在不方便！赵玉明这才一下子醒悟了，一拍脑门说劲松，这事闹的，哎，我枕头下边有份资料急着用，你给我扔出来吧。

事后，白雪梅见到赵玉明的时候，脸还会有些红的。大家就拿这事开何劲松的玩笑，何劲松坦然自己的美好。赵玉明说劲松，你这事很正常，咱们还是有个明确约定吧，你再有情况时就在门玻璃上放上夜班休息谢绝打扰的字样，我们一看就明白了，免得都尴尬！何劲松喜笑颜开，抱拳作揖说还是师兄想得周到，谢谢各位师兄弟了，如此甚好，小生这厢有礼啦。

入秋的时候，何劲松收到父亲的一封来信，信里有一项内容是父母年事已高，逐渐在失去劳动能力，今年家乡又遭水灾，家庭生活遇到了一定的困难，需要何劲松给予一些经济上的支持。何劲松看完信后，眼睛一下子湿润了，哥哥、嫂子是乡村的代课教师，收入极其微薄，还有两个孩子需要抚养，弟弟、妹妹都成家单过了，在农村土里刨食的生活好不到哪儿去，说到赡养父母只有他的能力要强些，他立刻给父亲写了回信，到邮局给父母寄去五十块钱。钱寄出去，他的心里稍稍安慰了些。按照他了解的家乡生活状况，父母两人每个月生活费怎么也得十块钱，才能保障基本的生活，这是一件长期的责任和义务，他要和白雪梅说明白，需要得到她的理解和支持。

那是一个秋高气爽的夜晚，明月高悬，路上洒落着皎洁的月光，微风送来一缕缕草的芬芳和花的芳香，给人以无尽美好的遐想。何劲松、白雪梅在这样美好的夜色里徜徉在马路旁，之后坐在一截有些腐朽的木桩上，白雪梅的头偎依在何劲松的肩头上。他们已经说了很多，特别是面对着这样的皓月，他们想象着，何琼是不是被姥姥抱着，在看着月亮纳凉？他们都在看着同一个明亮的月亮。何劲松不由得一声轻轻的叹息，白雪梅说劲松，你怎么啦？何劲松说雪梅，我爸来信了，他们年龄大了，生活有了困难，我想每月给他们寄去十元钱，保证他们的基本生活！白雪梅沉吟一下说劲松，我觉得你这样做不太合适！很希望能听到一个"行"字的何劲松，这时候一下子愣住了，说雪梅，你说怎么不合适啦？白雪梅说劲松，你看哪，你们兄弟姊妹五个，每个人都有赡养老人的义务吧，你爸妈每月需要十元钱，也应该由你们家子女平均分摊，我们每月给他们两元钱是最合理的，你说是不是呀？何劲松这时看着白雪梅，心里有一股火烧了起来，女儿何琼是在姥姥家里，何琼的姥爷是村支书，家里没有什么负担，他们每月寄去十五元的奶粉钱，另外还寄去十元钱，白雪梅跟他说这事时，他给予积极的支持，换到自己家这边有这个事情白雪梅竟这般说，他真的有些想不通，还是压住了火气说雪梅，我家的情况你也知道，哥嫂代课老师的工资很微薄，他们又有两个孩子要抚养，弟弟、妹妹们根本没工资收入，他们自己生活都比较困难，暂时没有能力尽这个义务，只有我的经济条件好一些，每月拿出十元钱对我们的生活不会有什么大影响的！白雪梅说劲松，那可不行，这是原则问题！何劲松说这是什么原则问题呀？白雪梅说我刚才说得还不够清楚吗？何劲松说雪梅，我真的没明白！白雪梅说劲松，你看哪，第一是我们不该拿的钱我们拿了，第二是你父母和你哥嫂在一起生活，我们拿的钱就一定会是你父母用了吗？何劲松这时候脑袋有些大了，说雪梅，你这都是什么理论哪，咱们寄钱是尽咱们赡养父母的义务，父母的钱怎么用是他们自己的事情，给你家寄钱时我可什么都没有说过呀！白雪梅立刻说哎，哎，哎，何劲松，这个事情咱们得说清楚哇，我妈可是给咱们带着何琼，咱们不应该给她一点辛苦钱，让她心里舒坦些吗？再说了，我们家也没有其他人哪？何劲松说雪梅，我什么时候说过不应该给你妈辛苦钱啦？白雪梅说那你什么意思呀？何劲松有些不耐烦了，说算了，算了，这都扯哪儿去了，雪梅，你就说你到底什么意见吧？白雪梅说劲松，我不是已经说得很清楚了吗？何劲松心里的火一下子烧起来了，立刻说那好，就按你说的，两元就两元，每月多寄出的部分算我暂时欠你的，等我有的时候会加倍还给你的！白雪梅有些冷笑地说劲松，看你这话说的，你的不也是我们的吗，你怎么还呢？何劲松这时咬着后槽牙说既然你这样说了，我一定会有办法的！然后，独自迈开大步走了。

回到了宿舍，何劲松的脸色还有些铁青，赵玉明看看他说劲松，你这是怎么啦？何劲松欲言又止，扯了一下脸上的肌肉说没事，师兄。赵玉明笑着说没事你怎么整得笑比哭还难看呢？何劲松张了张嘴，还是把想说的话咽了下去，洗巴洗巴钻进了被窝，轻轻呼出一声悠长的叹息，眼睛空洞地盯着"干打垒"的棚顶愣神儿，他以为很简单的事情，到了白雪梅那里竟会变得这么复杂和艰难，"你的也是我们的，你怎么还呢?"这句话一直在敲击着他的耳鼓,是呀,我怎么还呢?他和她就是我们,除非他们离了婚?何劲松被这个念头吓了一大跳,离婚,这在人们看来是件非常丢脸的事情,想都不要想!可给父母的生活费该怎么落实呢?这是个长期的事儿,总是要解决的,应该说这是一件丑事,是家丑,家丑不可外扬!他想到了岳父白敬良,他是村支书,何劲松从白家把白雪梅接走时,白敬良曾私下里对他说过劲松啊,我们家雪梅是个独女,娇生惯养得有些任性,你可要多多包容她呀,真有什么事情的时候你就跟我说,啊。看来现在他只有找岳父白敬良来开白雪梅这把锁了,他马上翻身起来给岳父白敬良写了信。

一个星期天的中午,白雪梅在食堂里等着何劲松。他们已经有些日子没在一起吃饭了,为了不让别人看出端倪,何劲松总把吃饭的时间错到最后的时间里,成就着他们的冷战模式。今天,何劲松进来,看到白雪梅站在那里愣了一下,他本想拐弯或转身离去的,白雪梅笑着说劲松,我有事和你说。何劲松只好站在那里,白雪梅马上走过来,从衣兜掏出一封信来说劲松,你给我爸写信啦?何劲松说没有,何劲松本不想这样说的,是白敬良来信叮嘱他这样说的。白雪梅说写没写信没关系,我爸说得对,老家受灾那么重,我们是应该帮助你父母渡过难关的,给你父母寄钱的事就按你说的办吧。何劲松说我知道。白雪梅说劲松,人家在这儿等你好长时间了,饭可都没有吃呢。何劲松说你等会儿,我这就买饭去。

吃过饭,白雪梅挽住何劲松的胳膊,说劲松,你怎么还生气呢?何劲松说没有哇。白雪梅说还说没有,看你的脸绷的,一点笑容都没有,别生气了好不好哇?何劲松勉强笑了一下,说你看现在怎么样?白雪梅说不好,一点也不真诚,人家可想你了呀。何劲松说好,那我们走吧!

下辽河工作一动员,白雪梅就积极主张报名,虽然她不知道下辽河这里什么样子,但从渤海湾的地理位置上看,这里离老家的路途会又近一程,纬度要比萨尔图低一些,气候条件一定会好于萨尔图很多的。

下辽河,三月,大地还是满目苍黄的时节,大雁北飞,野鸭、丹顶鹤正在野外的沼泽地里停留驻足,接着带着江南春的气息又北飞了。队上在沙岗子建了简易的基地,很多勘探设备还在火车上托运,这里的一切都要从头开始,这需要时间,况且这时候造反夺权的运动已经风起云涌了,谁知道运送设备和器材的军列开到哪里会搁置呢?

这里没有特别的要求,按照规定单位还是没有能力给他们提供住房,但允许他们自己就近租房,何劲松、白雪梅就是这时候开始有了自己的窝,开始了二人世界的生活,这让白雪梅非常满意,他们终于结束了两年在萨尔图一起工作还得分居的生活状态,漫漫长夜里他们可以尽诉情话,可以相拥而眠,这是白雪梅一直向往的美好生活。

工余时间，何劲松在单位里的时间少了，一起的年轻人就开玩笑，说他有色忘义了，怎么整天围着白雪梅的石榴裙转哪？每当这个时候何劲松就会和大家嘻嘻哈哈地多扯一会儿闲篇。实际上何劲松在年轻人中也算一个中心，他思想活跃，爱好广泛，视野开阔，做事洒脱，这自然就会成为一个磁场，他有时候中午也会在食堂就餐，能和大家多谈论一会儿时事。

有一天，何劲松和白雪梅商量，我们自己有窝了，条件方便了，该请相关的人等来家里吃顿饭，以报答大家，特别是同宿舍人在萨尔图时给予的无私帮助，白雪梅当即就答应了。那天来的有萨尔图同宿舍下辽河的赵玉明、林胜平、张国安，新结识的是赵玉明宿舍的陆鸣、郝学仁，同调度室的刘辉。白雪梅做饭马马虎虎，请人吃饭自然上不了台面，何劲松就请房东大嫂王桂花帮忙，入席时，何劲松自然要请刘铁柱过来，刘铁柱起初是不肯过来的，说你们都是文化人，我就是一个大老粗，说不到一起去，怕影响大家的情绪，算了吧！算了吧！何劲松就笑着说刘大哥，伟大领袖教导我们走和工农兵相结合的道路，我们和工人一直结合着呢，就差和农民和解放军相结合了，你过去是农民，后来当过兵，还是荣誉军人，是个不可多得的人，正好有机会，大家就结合一下吧！刘铁柱听了这话就不好意思再拒绝了，便挂着木拐杖过来，在场的人掌声欢迎。王桂花一会儿工夫又端了一盘咸鸭蛋，拍了一个嫩黄瓜送过来佐酒。

何劲松就把在场的人给刘铁柱一一介绍，赵玉明是队里共青团负责人，综合组副组长，被大家称作"领导"，也是师兄；林胜平石油专业能力突出，知识广博，是地质组副组长，大家都称他"博士"；张国安是地质技术员，可兜里老揣着个素描本，不时就画上几笔，作画还真的了得，大家就称他"画家"；陆鸣的业余爱好是诗词，没事就喜欢吟咏几句，大家就叫他"诗人"；郝学仁有一架手风琴，嗓子也不错，说是有弦的都能拉出调，有孔的能吹出响来，大家就叫他音乐"大师"；刘辉在队里做调度工作，没什么特长，还长着一脸的青春痘，总有一两个闪闪发光的，大家从团结出发就叫他"疙瘩"。何劲松这边刚介绍完，张国安就送给刘铁柱一张素描头像，刘铁柱睁大眼睛说难怪呀，这国安老弟真是了得，你这个画家可真是名副其实呀，这我得好好保存哪！张国安连连摆手说刘大哥，过奖了，业余的，业余的。

酒过三巡，菜过五味。大家的情绪逐渐高涨起来，何劲松就请"领导"赵玉明发挥带头作用，出个节目助兴，赵玉明清了一下嗓子，高歌一曲《满怀深情望北京》。这样节目就不能停下来了，陆鸣激情朗诵了《沁园春·雪》：北国风光，千里冰封，万里雪飘。望长城内外，惟余莽莽；大河上下，顿失滔滔。山舞银蛇，原驰蜡象，欲与天公试比高。须晴日，看红装素裹，分外妖娆。江山如此多娇，引无数英雄竞折腰……郝学仁口袋里装着口琴，演奏了一首《北京的金山上》，刘辉也不含糊，挽起衣袖，用手掌打出山东快书的节奏，嘴里念叨着当嘟个当，当嘟个当，闲言碎语不要讲，咱说说英雄武二郎，那一天，武松正在街上走，遇见一条狗乱汪汪，武松使了个连环步……刘铁柱的兴致一下子给提上来了，有些军人的血脉偾张，高声喊着王桂花！王主任！快把咱的家伙儿给我拿过来！王桂花闻声立马来，送上一把黄澄澄的铜唢呐，刘铁柱试了一下音，鼓起腮帮子，吹了一曲《抬花轿》，一下惊艳了所有的人，高手在民间，热烈的气氛一下子到达了顶点。

郝学仁看看刘铁柱说刘大哥，你这功夫可是有传承的吧？刘铁柱说兄弟，小孩儿没娘——说起来话长，你们看现在咱们这沙岗子冷冷清清的，没有多少人烟，过去可不是这个样子呀！刘辉摸着脸上一个新鼓起的青春痘晒笑说刘大哥，不这样还能什么样啊？刘铁柱说这里还是有些历史的，早先这里叫西平堡，堡里光驻军就有三千多人，你说小吗？赵玉明说刘大哥，是呀！大家都有愿听其详的意思。

"西平堡建于明朝的正统七年，也就是一四四三年，方城的边墙长有六百米，外边绵延着十几座烽火台，是广宁镇的重要门户。据说是一六二二年的冬季，后金老汗王努尔哈赤亲率五万大军从辽阳出发，想要取下广宁，当时明朝广宁的主将叫王化贞，他的手里有十四万多兵马，得到报信后，立刻派兵到西平堡前哨，将三万多人马在大辽河沿岸一线进行了布防。当时清军是由大贝勒代善、四贝勒皇太极率兵与明军交战的，两军拼死厮杀，清军善于野战，明军的大辽河防线还是被清军冲垮了。明军大败后，西平堡成了一座孤城，西平堡的明军守将叫罗一贯，率领着三千余名将士死守西平堡。战斗达到白热化的程度，罗一贯眼睛中箭了还在指挥战斗，清军兵马的尸体堆积得和西平堡的城墙一样高，清军是踩着自己阵亡将士的尸体攻进西平堡的，守将罗一贯见大势已去，怕被俘受辱，立刻自刎殉国。这一场大战，西平堡一带生灵涂炭，有几万具尸体遗弃在这片荒野里，他们被野兽撕咬，风吹日晒，磷火点点，惨不忍睹；据说当时有个和尚路经这里，见状，便出去化缘，之后雇用了大批人力来此清野埋尸，超度亡魂，我家祖上应该就是这个时候过来的。"大家听了不禁唏嘘。

陆鸣说真没想到这里还有这么厚重的历史呢。刘铁柱说那是，这里还有好些传说，张作霖早年就是在这片当胡子起家的！陆鸣说是吗？刘辉说刘大哥，真的呀？刘铁柱说那还有假，民间有好多传说呢。刘辉说刘大哥，有什么好的，说出来听听。

夜深了，白雪梅有些困顿，打了一个大大的哈欠，大家有些意犹未尽，赵玉明立刻笑着说各位，各位，咱们来日方长啊，改天借劲松这块宝地，我请大家！

大家欢呼雀跃，好哇，那就先谢谢"领导"啦。

从赵玉明开始，基本是两个星期一次，大家轮流坐庄，白雪梅就有些厌烦的意思了。那一次是陆鸣牵头坐庄，天还没有太晚，白雪梅就表现出逐客的意思了。陆鸣看了何劲松一眼，高声喊了一声时候不早了，大家散了吧！有些悻悻地率先而去了，弄得何劲松的脸一阵儿白一阵儿红的。送走众人回来，何劲松收拾完，关紧了门，碰了一下佯睡的白雪梅说哎，你是怎么回事呀？白雪梅说我怎么了？何劲松说你没看到陆鸣有些不太高兴了吗？白雪梅说他高兴不高兴关我什么事，这是在我家，我又不欠他的！何劲松说雪梅，他们来是我同意的，还有师兄他们哪，你这样做我会很没面子的！白雪梅说我可不想死要面子活受罪，又搭东西又耗时间的！何劲松说雪梅，你这样说可不对头哇，在萨尔图时，师兄弟他们宁可出外找宿也给咱们腾地方，这事咱们不能忘啊，忘记过去可就意味着背叛，他们现在住单身，咱们有点条件，给他们一点方便有什么呀，再说了，鸡鸭鱼肉菜都是人家买来的，就是在咱们这个锅里做熟了，用点盐、油、醋的，这算得了什么呀？白雪梅说我可没你那么大方，就说你们调度室的那个刘辉吧，每次来都是两手空空的，净吃白食不说，还没有深沉，把汤都喝得干干净净的！何劲松说这是做东的人请他来的，和咱们没有关系，实际上刘辉这个人还是不错的，要不谁会请他来呀？白雪梅说也就你说他不错吧，是他和你一个班上，人家是看着你的面子，算了，算了，不说了，你们就是一群酒肉朋友，我可不想在家里再见到他们了，我困啦！白雪梅说完倒头就睡下啦。

何劲松气得鼓鼓的，又不好再说什么，躺在炕上，想想不欢而散的人，脸上就有一股热辣辣的感觉，不由得一声叹息。

白雪梅有了。那一天，白雪梅把这个好消息告诉了何劲松，何劲松表现得异常冷静，他不想要这个孩子，他们目前进行的是前期的石油勘探工作，基本属于居无定所，关于今后还未可知，不具备在这里生育这个孩子的条件，何琼还寄养在姥姥家里，这个孩子怎么生养啊？何劲松的家里也不具备帮助他们的条件，哥哥有两个孩子，都是父母帮助带着呢，但父母明确表示，愿意帮助他们带孩子，包括何琼，父母说一个羊也是赶，两个羊也是放，怎么也不差第三只第四只吧，这绝对没有问题，万恶的旧社会，那么困难的条件下，我们都可以把你们五个拉扯大，现在是没有地主老财的新社会，有了吃有的喝，当然就更没有问题了。实际上当时白雪梅怀何琼时，何劲松给父母写信就说到过这个问题，父母明确表示了鲜明的态度和立场，何家的子嗣就应该由何家来抚育，你们有工作我们来带，这是天经地义的事！白雪梅却表现出强烈的鄙夷，她对何劲松说，你爸妈他们真当是放羊呢，就是养羊我们也得单槽饲养，弱肉强食，你哥哥那两个大的还不把咱们孩子欺负死呀？何劲松笑着说，照你的理论，我都活不到现在啦？总之，白雪梅的反对，使他们暂时不具备要这个孩子的条件，可白雪梅特别想要这个孩子，她说，这个孩子来了，就是老天的意思，我们一定要留下他。立场是坚定的，旗帜是鲜明的，态度是坚决的，实际上还有最为重要的一个因素，这一次她的妊娠反应和上一次是截然不同的，这让她惊喜不已，母亲只生育她一个，这在母亲的内心里一直是愧疚的，她没能为老白家这一股很好地传宗接代，这在经久岁月的唠叨中，在白雪梅内心里留下很深的印记。白雪梅说劲松，你什么都不要说了，我无论如何都会生养这个孩子的，这次我们自己来带！何劲松说雪梅，这里还只是个探区，是石油勘探的非常时期，一切都不明朗，我觉得目前要这个孩子真的不太合适。白雪梅看着何劲松说何劲松同志，我说得难道还不够明白吗？你怎么连亲骨肉都不想要哇？不管怎么样我都要定这个孩子了！

白雪梅的决绝让何劲松无话可说，房东大嫂王桂花也表现了对白雪梅的大力支持，有了孩子生下来是天经地义的事情，这也是响应伟大领袖的号召嘛。

马蹄钟的闹铃突兀地响了起来，下午上班时间到了，何劲松一骨碌爬起来，下地擦了一把脸，白雪梅抬头看看说："你干什么呀？"

"上班！"何劲松穿着衣服说。

"刚出院回来就上班去？"白雪梅有些鄙夷的意味。

"你有事啊。"

"没有。"

何劲松出了家门，跨过公路，走进队调度室。指导员吴卫东这会儿正坐在调度室，手握着电话听筒挠着脑袋，看到何劲松进来，有些喜出望外地说："何劲松，你小子回来得可真是时候哇，要不我还想往医院里打电话呢。"

"指导员，有什么事啊？"

"LN11井试油发现了高压天然气，这在咱们萨尔图是没有过的，这个情况比较特殊，闻总上井去了解情况了，这个情况厂里已经汇报给萨尔图和石油部勘探司了，部里军管会听到汇报非常重视，要我们立刻送油气样品到部里，到部开发规划研究院进行油气鉴定，厂里安排咱们队里出人，事关重大，我和闻总商量过了，想派赵玉明和你去北京走一趟，你怎么样哇？"

"指导员，没问题，什么时间走啊？"

"当然是越快越好了，赵玉明去LN9井，等他回来了你们商量，具体情况还要问一下闻总。"

"明白了，指导员，保证完成任务！"

"好！"吴卫东笑着拍了拍何劲松的肩膀出去啦。

"'头'，你好啦？"刘辉捏着脸上的一个青春痘说。

"好了，这些天都是你一个人值班，怎么样啊？"

"这活也累不着人，在哪儿都是睡觉，就是有点板身子。"

"辛苦啦。"

"'头'，看你说的。"

"现在我盯着，你出去活动活动吧。"

"好嘞！"刘辉说着就出去了。

何劲松这时翻看着这些天的调度日志，了解工作情况。

赵玉明从金鸿雁的医务室出来就去了LN9井，在井上了解完情况，骑车回到队里已经夕阳西下了，他将自行车锁好，想将钥匙交到调度室，刚好何劲松从调度室里出来，便说："劲松，你好了，什么时候回来的？"

"晌午，师兄，你怎么才回来呀，该不是去见金鸿雁了吧？"何劲松笑着说。

"劲松，还真让你说着了，我还真的去看金鸿雁啦。"

"师兄，看你的样子就知道结果了，可喜可贺呀。"

"万里长征才迈出第一步，离目标还远着呢。"

"迈了步就是好的开始，有苗还愁长啊。"

"这话在理。"

"师兄，我们一起去部里的事你知道了吧？"

"去部里，什么事啊？"

"送LN11井的高压气样和凝析油样去部里鉴定啊。"

"不知道，咱们什么时间走哇？"

"指导员说厂里的意思是尽快，具体的情况还要问闻总。"

"闻总还没回来呀？"

"说是取油、气样品了，一会儿就能回队里。"

"凌晨倒是有趟进京的火车经过沟帮子火车站，劲松，你家里能行吗？"

"这有什么不行的，师兄，我回家准备一下，闻总到家咱们就出发。"

"那好，就这么定啦。"

四

绿皮火车咣咣当当了十几个小时，拥挤的车厢里面传递着各种流言和消息。

到了北京，赵玉明、何劲松不敢停留，一路小心地打听着道路，急匆匆将气样和凝析油样送到了部勘探开发规划研究院，转头又到部勘探司向吴总地质师呈上了闻总的下辽河探区的情况汇报。吴总看了情况汇报，详细询问了LN11井出高压天然气的具体情况，由于事先闻总有过交代，赵玉明就细致汇报了一下知道的情况。吴总说："情况我都知道了，一会儿我去向部军管会汇报，你们先去招待所休息，等我的消息吧。"

赵玉明、何劲松去了研究院招待所，美美地睡了一大觉。吃过早饭，见吴总那边没有什么动静，何劲松就说："师兄，现在没什么事咱们出去活动活动吧。"

赵玉明知道何劲松有些闲不住，就说："你想去哪儿？"

他们过去都来过北京。赵玉明是去年国庆节观礼时来的，何劲松是前年去萨尔图报到途经的北京，和白雪梅在这儿特意逗留了两天，城里的一些主要景观他们基本都看过了。何劲松说："师兄，要不咱们去八达岭登一把长城吧。"

"不行，咱们有紧急公务，吴总有事找不到咱们就不好啦。"

"你说得也是，要不咱们到服务台去问问，看看附近有什么好的去处？"

"这样最好啦。"

两人起身去了服务台，服务台值班的年轻女服务员正在接电话，肉肉的胖手放了电话，抬头看见他们说："哎，同志，您是673厂的吧？"

"是，敢情印象挺深哪。"何劲松嘻哈着说道，这源于他们昨天住宿登记，报的单位就是673厂，服务员很陌生，特别核实了一下，就多说了一些话。

"勘探司吴总来电话要你们马上过去呢！"服务员说。

赵玉明、何劲松相互看了看，知道事情有了眉目，说了声"谢谢呀"马上回屋收拾了行装，匆忙奔了勘探司。

吴总给他们开具了介绍信，说是要他们直接去四川油气田，学习试气和采气技术流程，这件事来京前闻总是有过交代的，主要是取决于送来气样的化验结果，看来结果一定是理想的。

绿皮火车在炎热的夏日里疾驶，不知疲倦地翻山越岭地奔向四川的成都，火车里挤满了人，车窗大开着，还是弥漫着挥之不去的汗味，仿佛那味道已经浸润在车厢里。想来这趟行程并不容易。

蜀道难，路漫漫其修远兮。这让赵玉明、何劲松有时间进行更多的交流，他们从小都生活在贫苦家庭，学习的经历也差不多，工作上都有舍我其谁的进取精神。

下午三点多一点，赵玉明、何劲松走出了成都火车站，街上的行人脚步匆匆，空气仿佛有些凝滞，赵玉明、何劲松相互看了看，见到一个从旁边匆忙走过的中年男人，何劲松上前拦住人家说："同志，问个路，一号桥怎么走？"

那个人听到他们是外地的口音，看看他们，往前一指说："好远哪，你们去哪儿啊？"

"四川石油管理局！"何劲松说。

"这么乱你们还出哪门子差呀，公共汽车都停开了，那边有三轮车、平板车，你们去问问他们去不去吧。"那个人说完就走掉了。

他们来到三轮车、平板车停放的地方，几个拉车的人蹲在一处墙根下闲聊着，何劲松上前说："我们去一号桥，你们谁去呀？"

几个人晃晃脑袋说："不去！不去！不去！"

两人正在踌躇，一个人拉着平板车来到了近前，墙根下的一个人说："哎，马大傻，他们要去一号桥，你去吗？"

被叫作马大傻的人矮矮壮壮的，看看他们，抹了一把汗水，憨憨的声音说："去！"

墙根下那个人就说："马大傻去，你们坐他的车子吧。"

赵玉明、何劲松相互看了看，坐上平板车，被叫作马大傻的人也不多说话，稳稳地拉起车子在路上跑起来。

赵玉明看着马大傻厚实的脊背说："哎，同志，他们怎么都不去一号桥哇？"

"害怕呗。"

"你怎么不害怕呀？"

"我又不真傻，怎么不害怕呀？我家里有病人，我要给她看病吃饭，我只能送你们到一号桥最近的一个街口，想要过一号桥，你们只有自己走过去啦。"

"行，你只要把路给我们指明白就行。"赵玉明说。

"这个肯定没问题。"

平板车轻巧地穿街过巷，不久就转到了一个街口处，马大傻停下了车，用那条看不清颜色的破旧毛巾擦了一下头上的汗水，站在街角处，拉着他们指着前面不远处，说："你们看见没有，那个就是一号桥，过了桥再转两个弯就是你们要去的地方，你们过桥的时候一定要小心，说不定那一边的人会动手。"

"真的会吗？"赵玉明说。

"有人是这样说的，说不好哇。"马大傻说。

"谢谢你呀。"赵玉明给了车脚钱。

"不谢。"马大傻拉起板车就走了。

赵玉明、何劲松相互看了看，四下里打量了一下，便小心翼翼地走出了那个街口，走在有些斑驳的水泥路面上，他们离着一号桥不远，只是街道上空荡荡的，两边是葱郁的树木，街道更加静谧，感觉有些凶险。来到了一号桥前，赵玉明、何劲松又四下里望了望，见没有什么异样，便稳定心神，挺起胸膛，昂起头，有些忐忑地迈着脚步，走上了一号桥。几十米的桥这会儿是这样漫长，过了桥，他们不由得擦了一下头上的汗，快步走进街巷里，这才长长地松了一口气。顺路转了两个弯，看到了那个二层楼的石油招待所。进了大门，服务台没有人，何劲松用力吆喝了两声，一个矮胖的中年女服务员从楼上下来说："你们喊啥子吗？"

"住宿。"何劲松说。

服务员皱起眉头看看他们说："你们这时候还出啥子差嘛。"

"我们也不知道你们这里是这个情况啊。"何劲松说。

"你们怎么过的一号桥哇？"服务员看了一眼墙上的挂钟。

"走过来的呀。"何劲松说。

"你们的胆子也忒大了，一到下午五点钟，桥面就彻底戒严了。"服务员说。

"真的这么严重啊？我们刚才过来的时候看着街上挺安静的呀。"赵玉明说。

"你以为呢，今天你们是走运了，没有特别的事情当地人都不上街，更不会走上一号桥的，你们住在这里也要当心哪，晚上睡在床上不要随便起身，不能靠近窗子，夜里更不要开灯。"服务员使劲剜了他们一眼告诫说。

"同志，管理局规划院在哪里呀？"赵玉明问。

"就在后面，现在不会有人了，戒严时间到了，你们也不要乱走哇。"服务员说着，引着他们上了二楼，开了房门，就匆匆地离开了。

赵玉明看看何劲松，何劲松看看赵玉明，撇了一下嘴，笑了一下，权当服务员危言耸听。两个人进了房间，先去洗漱间洗漱，然后躺在床上想缓个乏，等一会儿天凉爽了，再出去找地方吃晚饭。他们刚刚躺下说了几句话，一楼服务台的那架挂钟清脆地敲了五下，接着，开始戒严。两人这时面面相觑，情况不明，还吃什么饭哪，只能悄无声息地躺在床上。他们掏出包里仅有的几块饼干咀嚼着，喝着竹皮暖壶里的温开水，说着不咸不淡的话，等待着第二天的天明。

天光大亮，周围静谧得让人有些不能相信，服务员不知道什么时间来的，看见他们说："谢天谢地，你们没事就好哇。"

两人早就饥肠辘辘了，按照服务员的指点，他们快步来到街上找寻吃食，终于在一个街角处寻到一处小店铺，每人来了一大碗担担面，那红红的油汤吃得他们每根汗毛孔都通畅了，精神一下也振作啦。

他们迈着有力的脚步来到了石油管理局的规划院，廖院长见是北京的介绍信，马上找来李副总给他们讲解试气和采气的全过程，还给他们拿了一些技术资料。李副总说："同志，这里的情况你们也看到了，很危险，我看你们还是去红村前线吧，我们搞试气的主要人员也都在那里，现在正好有气井正在试气，你们学习得会更加直观些。"

"李副总，这可太好了，这是个难得的好机会呀。"赵玉明高兴地说。

"一会儿刚好有辆去前线的给养车，让他把你们捎上吧。"廖院长说。

"这可真的太好了，谢谢院长。"赵玉明说。

"谢什么，咱们都是搞石油的，都是为国家献石油，这种时候你们能来这里学习已经很不容易了，事不宜迟，还是快走吧。"廖院长说。

"嘎斯六九"在蜿蜒的盘山路上颠簸，车厢里给红村前线运送的配给物资盖着苫布。开车的胡师傅三十岁出头，是个很健谈的人。赵玉明他们这时候知道红村前线离这里还有二百多公里的山路，沿途还有不少个关卡，都是武斗派别设立的，说是检查形迹可疑人等，防止对方的探子渗透过来，有些草木皆兵的意味。

正说话之际，卡车在一个关卡前被人叫停了，一个荷枪的头发微微有些卷曲被叫"卷毛"的年轻人上来查看证件。"卷毛"看了胡师傅的驾驶证还给了胡师傅，拿着赵玉明他们的介绍信仔细研究着，"卷毛"认真打量着他们，有些质疑地说："你们真是从北京来的？"

"介绍信上不是写得清清楚楚，还会有假吗？"何劲松说。

"卷毛"抖动一下介绍信说："什么是673厂啊？"

何劲松有些讥笑地说："673厂就是673厂呗。"

"卷毛"说："这个厂子在哪里？干什么的？"

何劲松说："这些可是保密的！"

"卷毛"看看何劲松说："北京人可不是你这样说话的，你是探子吧？"

何劲松马上说："哎，什么探子呀，我们介绍信上不是写得很清楚吗，北京人怎么说话的呀？"

"卷毛"立刻说："你嚷嚷什么呀，你当我没去过北京啊，老实告诉你，老子刚从那边回来没几天，你们在这儿好好待着，等我们查清楚了，再放你们走！"

赵玉明马上上前笑着说："同志，同志，我们真的是从北京来的，我们去红村前线还有重要工作任务呢。"

"卷毛"说："抓探子才是我最紧要的任务，你们先等着吧。"

何劲松有些火起了，说："哎，我说你这人怎么不讲道理呀？"

"卷毛"马上瞪起了眼睛，枪口一下子戳到何劲松的胸口，说："你说什么，谁不讲道理，你个龟儿子，马上给我退后！退后！还反了你啦，啥子是理，在这里老子的枪就是理！你想吃枪子呀？小心老子把你个龟儿子当探子给毙啦！"说着，真的将枪的保险打开，拉动了枪栓。

赵玉明见状，忙上前拉回了何劲松，对"卷毛"赔着笑脸说："同志，同志，你别误会，你先忙着，我们等会儿就是。"何劲松有些气哼哼地盯着"卷毛"看，赵玉明使劲拽了他一下说："劲松，你就别多事了，这个时候能讲出什么理呀，咱们还有工作任务。"何劲松"喊"了一声，才收回了目光。

一辆"嘎斯"吉普携着一股烟尘疾驰而来，戛然停下了，一个挎着匣子枪的年轻人跳下车，正了正新军帽，按了按腰间的驳壳枪，挺直细瘦的身板走过来说："'卷毛'，怎么回事啊？"

"卷毛"马上双脚立正敬了个礼，说："报告胡队长，这两个人说是北京来的，我怀疑他们是对方派来的探子。"

被叫作胡队长的点点头，向赵玉明这边看看说："你做得很对，非常时期，如果发现可疑的人就给我先扣下来！""卷毛"得到了夸奖，有些自得的模样。

司机胡师傅这时候上前说："哎，幺弟。"

被叫胡队长的人见到胡师傅，笑了说："四哥，又去红村前线哪？"

"可不是嘛！"胡师傅指指赵玉明他们说，"这两个人是跟我车过来的，是北京派我们这里学习考察气井生产过程的，我们院领导让我把他们捎到红村前线去。"

赵玉明见状马上凑到近前，笑着说："胡队长，我们是来气矿学习的，那个同志手里有我们的介绍信。"

胡队长拿过"卷毛"递过来的介绍信看了看，把介绍信还给了赵玉明，挥挥手说："你们现在还出来干什么呀，不要命啦，快走吧。"

赵玉明马上说："谢谢胡队长。"拉了何劲松一下，马上上了汽车。

汽车开动了，赵玉明说："胡师傅，亏得遇到你幺弟啦，不然这事真就有些麻烦啦。"

胡师傅说："现在这个时候，这样的事真的很难说，我们这里太乱了，也没有什么道理好讲的，就说我这个幺弟吧，工作不好好干，过去就是个二混子，现在人五人六地当上什么稽查队长了，咳，你们呀，能早些回去就早点离开这里吧。"

赵玉明说："你说得对，胡师傅。"

路上有运送伤员撤下来的车辆，也有运送弹药和新的战斗人员开上去的卡车，赵玉明、何劲松交流了一下眼神，这里真是个是非之地呀，看看胡师傅还在向前开进，也不知还会遇到什么样的情况？胡师傅这时候看出他们的心思，说："你们别担心，前面不远拐过一个岔路口，就到我们军管的地界，咱们就安全啦。"

汽车终于拐上了去红村方向路标的岔路口，他们的心稍稍放了下来。

到了红村前线，他们直接去了气井作业现场，刚好气井现场还在作业，他们参观了整个生产作业流程后，便马不停蹄地奔向最近的火车站。上了火车，火车车厢里的话语流动着密集的血腥和死亡，引发乘客们忍不住的叹惋！

何劲松有些担忧白雪梅了，赵玉明也一直在想，回去以后就去找金鸿雁，就是不知道金鸿雁现在还在不在蓝河湾啦？

五

金鸿雁还在蓝河湾，只是这个早晨她有些困倦。

昨天半夜，金鸿雁和于小玲刚刚睡下，就传来急促的敲门声，她们马上起来。一个满脸鲜血的年轻人被两个人扶到她的面前，手里拿着一块有些暗黑的手巾捂着下巴，金鸿雁问他怎么啦？一个送伤者来的人说大夫，他的下巴被反转的柴油机摇把打破啦。金鸿雁说坐下吧，把手拿开。手巾一拿开，血立刻从下颌的那道口子里不断涌出来，金鸿雁马上用纱布压到伤口上，可是鲜血又透了出来，压一层纱布透一层，压了好多层，血还是透了出来。金鸿雁有些疑惑，这是怎么啦？她让伤者躺到病床上，拿开纱布，扒开伤口，血是从一根小动脉里激情澎湃地涌出来的，她忙找到止血钳夹住那根血管，流血才停止了，接下来该怎么处置？她的额头有些出汗了。于小玲及时发现了这个问题，马上帮她擦去了汗水，这给了她在记忆里搜索的时间，她开始找寻关于外科知识和实践中的记忆，这样重大的东西在她的记忆里留存得太少了，幸好前些天，她观看了那个中枪伤员的抢救工作，她知道应该先把血管扎住，然后给伤口打上麻药，再对那条六七厘米长的伤口进行缝合。她很长时间没有上手做这方面的手术了，她多数的工作是内、妇、儿科和基础病的防治。现在她必须拿起针线缝合那个伤口，针穿透了皮肤，线拉扯出咝咝的声响，仿佛是心弦在她心里颤动回响着，她极力稳定心神，将伤口的皮肤将平，把伤口缝合得平整一些，第一个绳结她打得有些笨拙，她暗暗鼓励着自己一定能行的，她一共缝合了六针，做完一切已经很晚了，她的脊背已经被汗水湿透啦。

金鸿雁这时很想睡下去，只是清晨工地嘈杂的声浪又一次把她唤醒了，她眨动一下眼睛，实际上她的大脑皮层早就醒着呢，好些天了，赵玉明怎么一点音信都没有？难道说那天走时候的话只是随便说说的吗？金鸿雁这些天心里实在是有些闹腾，不光是为了赵玉明，还有弟弟金鸿鹄来信了，说是母亲病卧在床啦！金鸿雁很想回家去看望一下母亲，可蓝河湾这里根本就走不开。金鸿雁很想找个人来倾诉一下心里的烦闷，于小玲显然不是这样的对象，她一下子就想到了赵玉明，可赵玉明现在在哪里？他还会来吗？去现场抢救伤员时的保护，来这里送她红满天的花束，在大堤顶上诚挚的谈话，这些场景不断浮现在她的脑海里，使得赵玉明的身影更清晰，金鸿雁确信这是她在这里能够信任的人。天光已经大亮了，金鸿雁赶紧起来，收拾妥当，吃过饭，坐在诊桌前，看着那束有些凋谢的红满天，她想扔掉的，想一想，还是放到里屋的窗台上。回来拿起古老的《千金方》来翻阅着，不知怎么，纸面的那些字乌成一片，幻化出赵玉明的身影，浮现在她眼前。

"金大夫，你怎么又愣神儿啦？"于小玲笑着说。

"是吗，也许是没怎么睡好吧。"金鸿雁眼睛离开《千金方》，揉了揉眼睛，微笑着掩饰着。

"我看不是，是赵技术员一直都没有来看你吧？"

是让人看透了心底的隐秘，金鸿雁的脸不由得有些热了，却摇头否认说："玲子，你这丫头净胡说，怎么会？我们才认识几天哪，总共才见过两次面，还只是一般的同志关系！"

"我奶奶常说，男人和女人的事是讲缘分的，所谓有缘千里来相会，你和赵技术员兴许就是这样的！"于小玲说得很认真。

"你这个丫头，人小鬼大，是不是有对象啦?"

于小玲脸有些红，有些扭捏起来，笑着说:"也不算对象，他就是有事没事老爱找我说个话，去年参军走了，前些天托亲戚上我家来说亲，我还没答应他呢。"

"当解放军多好哇。"

"金大夫，说心里话，我还真没怎么看好他，你看人家赵技术员，要个头有个头，要模样有模样，要文化有文化，说话稳重得体，多有'派'呀。"

"嘿，你这丫头眼光不低呀，等赵技术员来了，我跟他说说，让他在石油那边给你介绍一个怎么样?"

"金大夫，谁不往好的地方想啊，可我不行，我初中还没念完，没法跟你比呀。"于小玲说完有些凝神地望着窗外，一会儿忽然说:"哎，金大夫，好像是赵技术员来啦?"金鸿雁看了于小玲一眼，以为她是说着玩的，笑了一下，眼睛又回到书本上，于小玲这时高兴地说:"我说的嘛，真是赵技术员来了呀。"

金鸿雁这时候向外边看去，赵玉明已经骑自行车来到房门口了，于小玲马上跑到门口笑着说:"赵技术员，你怎么这么长时间才来呀?"

"玲子，你好哇，我临时出了趟远门。"

"我说的嘛，赵技术员，你去哪儿啦?"

"北京，还有四川。"

"你去北京了，真好! 哎呀，四川是不是好远好远哪?"

"是，两千多公里呢。"

"哎哟，那么远哪，坐火车也要走几天哪，我说你怎么这么些天都没有来呢，金大夫等得都有些着急啦。"

"玲子!"金鸿雁说，于小玲立刻吐了一下舌头。

"玲子，给你的，北京的特产——果脯。"赵玉明从黄挎包里掏出一个纸包送给了于小玲。

"谢谢赵技术员，你快进屋，金大夫还等着你呢，我出去有点事。"于小玲笑着说。

赵玉明和微笑的金鸿雁四目相对，里面似有千言万语，赵玉明关切地说:"金鸿雁，你怎么有些瘦了，挺疲惫的样子，这些天工作很累吗?"

金鸿雁听了这话，心里一热，眼睛有些湿润了，忙拿出手帕擦了一下，说:"还好，不好意思，刚才眼睛进了灰眯了一下，你坐吧!"说着，拿起暖瓶倒了一茶缸白开水，放在赵玉明面前。

"谢谢。"

"你怎么还去四川啦?"

"这里勘探的油井出了高压天然气，我和何劲松一起送气样到北京去检验，样品合格，我们就去四川学习高压天然气井试气、采气的作业流程啦。"

"听说四川那边特别特别的乱，是真的吗？"

"是，真的很乱，都超出我们的想象啦。"赵玉明就把去那里的经过简略地说了一遍。

"这么厉害呀，看来咱们这里只能算是小巫见大巫，应该说连小巫都算不上啊。"

"可不是嘛！咱们不说这个了，金鸿雁，你到底怎么啦？"

金鸿雁看看赵玉明，说："这里的工作是累了点，我是二十四小时接诊，休息一直不太好，另外还有是家里的事，我妈的事让我很忧心。"就把弟弟金鸿鹄来信的内容说了一下。

赵玉明听了，安慰说："我觉得有你舅舅在，你妈妈不会有什么事的，现在这种情况，你又不具备把你妈妈接过来的条件，又没有其他太好办法，只能自己想开些啦。"

"你说得是，我也想过了，但愿她老人家没事。"

"我相信一定会没事的。"

"你今天还要上井吗？"

"不去，我就是专门过来看你的，那天我走得有些急，没时间告诉你，一走又好些天，不知道你还在不在这里啦。"

金鸿雁脸热了一下，看着赵玉明说："你想清楚啦？"

"上次我就说过了，你呢，鸿雁？"

"我也是。"金鸿雁微笑着点点头。

"这可太好啦。"赵玉明上前抓住金鸿雁的手，立刻将金鸿雁拉进怀里，金鸿雁轻轻地推开赵玉明，红着脸摇摇头，赵玉明说："鸿雁，你怎么啦？"

"这样感觉有点太快了，在这里这样也有些不太雅观。"

"鸿雁，对不起呀，我是太高兴也有些太激动啦。"

"我知道也理解。"

"我回来啦！"于小玲这时候在门外大声喊道，好一会儿，才进了门，展示一下手里的面布口袋说："金大夫，今天咱们有螃蟹吃了，是屁股上长疖子那个叫狗剩儿的小伙儿送的，赵技术员，你等着，咱们一起吃螃蟹呀。"说着，就把螃蟹一股脑儿地倒进水桶里，洗了几下，然后，一个个麻利地抓进铁锅里，撒了一把大粒盐，盖上锅盖，抓了一把柴草点燃，锅灶里的火就噼噼啪啪地烧了起来，锅里的螃蟹不停地爬动着，挠得人心麻麻的。

赵玉明看了一下手表，说："鸿雁，时间不早了，下午我有一个汇报会，我得回去了。"

"赵技术员，你别急，螃蟹马上就好，吃了螃蟹你再走吧。"于小玲说。

"不了，谢谢玲子，以后还有机会。"赵玉明说。

"怎么也不差这么一小会儿啊？"于小玲极力挽留着。

"玲子，赵技术员有正事走就走吧。"金鸿雁拍了于小玲肩头一下，对赵玉明说，"玉明，我送送你。"

"好哇。"赵玉明高兴地说。

艳阳高照，大堤上绿草茵茵，正是草长莺飞的时节，空气中流淌着芬芳的气息，蚂蚱在眼前振翅飞腾，落到不远的草丛中；洁净的白鹭衔着食物在空中掠过，落入河堤下那片老柳树林子里；大堤外的水田里已经推起了一层嫩黄，大田里的玉米、高粱在奋力最后地拔节，玉米抖擞着白色的粉色的盔缨，点染了绿色，高粱举起初燃的火炬，播种着希望的火红；大堤内清亮丰腴的河水浩浩汤汤向东流淌着，一叶白帆乘风划开粼粼的波光，几只水中泊着的木船上的渔人在悠然地放网和收网，一声声高亢的号子游走在大辽河悠远的碧空中，荡气回肠。

赵玉明推着自行车，金鸿雁走在旁边说："本想和你好好说会话的。"

"心有灵犀呀，我也是这么想的。"赵玉明看着金鸿雁。

"你不是下午还有会吗？千万别耽误啦。"金鸿雁说。

"开会还有一些时间，我们可以走一会儿。"

"可惜那些螃蟹啦。"

"真的可惜吗？咱们现在回去吃吧？"

"如果你真想吃的话？"

"你呀你。"

"我怎么啦？"

"你真是个好同志。"

"真的吗？我怎么听着有些言不由衷呢？"

赵玉明有些夸张地举起一只手，说："我向毛主席保证，金鸿雁是个好同志！天地良心。"

"作为好同志，我可以问你一个问题吗？"

"好同志，请讲。"

"玉明，咱们同龄，我比你还早工作了一年，我觉得我已经非常努力工作了，你怎么会做得那么优秀呢？"

"好同志，这个问题非要回答吗？"

"好同志非常希望你能够如实地回答。"

"这个问题有些突然，我得好好想一下，给好同志一个满意的答案。"

"好同志，我没有让你为难吧？"

"那倒没有，好同志，这个问题我也问过自己，有和我一起工作的人，有比我早参加工作的，有比我工作晚一些的，像林胜平、何劲松等，他们工作上也都相当努力和进取，我们在那个大环境下，按组织的要求做的工作几乎是一样的，付出的大体也差不多，后来我发现，我虽然参加组织活动比他们积极些，努力的也多那么一点点，实际上这也并不能使我比他们能突出多少，而最为关键的事情只有一次，我们那时学习报纸上的时事政治，那是美帝国主义在一个小国家残害那里的人民，我的心中非常愤慨，我很想支持他们反对美帝国主义的斗争，就给这个国家在中国的大使馆写了信，还夹着寄了去一百元钱，以实际行动支持他们反对美帝国主义侵略斗争的事业，我没想到这个大使馆给我寄了收条和感谢信，收条和感谢信是在组织审查时被发现的，审查人就把这封信交给我们单位的党委书记，这件事情就成为我表现突出非常重要的事迹了。"

　　"难怪呀，你的这个表现是伟大领袖毛主席说的国际主义精神哪。"

　　"鸿雁，你千万别这么说，我当时学习了报纸的时事报道，对美帝国主义侵略行径和犯下的滔天罪行非常愤慨，我就是想尽自己的一点绵薄之力就那样做啦。"

　　"你说的这个报纸我也看过，我们党支部也组织我们的党员和积极分子学习过，我们也进行了热烈的讨论和表态，表现我们极大的愤慨，仅此而已，这说明你是有真觉悟，动了真感情的。"

　　"谢谢你的肯定。"赵玉明没再说什么，他也不能再说什么，这也许就是一个环境下，你的有意识变成别人的有意识，你会拒绝后来发生的一切吗？实际上他肩上一直背负着一种沉重——预支荣誉的荣光，他这时候当然要告诉金鸿雁，让他了解自己内心的东西，包括他这个年龄了，怎么会一个人，他过去也接触过两个异性，是各种各样的原因让他们没能走到一起的。

　　"玲子早晨还跟我说过，她说她奶奶常说，男女之间的事是讲缘分的，有缘千里来相会，你相信吗？"金鸿雁笑着说。

　　"我当然信了，你呢？"

　　"你说我信吗？"

　　"我想你也是相信的。"

　　金鸿雁笑了笑，指着堤外的村落，说："那里就是你们的住处吧？"

　　他们走到一处能清晰地看到沙岗子村落的大堤上，在树木的缝隙处，赵玉明指着沙岗子边的一片驻地说："我们住那里，要不要去我们驻地坐一坐呀？"

　　金鸿雁脸有些红了，立刻摇摇头说："还是以后吧。"

　　"好，鸿雁，那我送你回蓝河湾吧。"

　　"你不是还要开会吗？我还是自己回去吧。"

　　"那怎么行，你坐上来，很快的。"赵玉明拍拍自行车后座说。

金鸿雁坐在自行车的后座上，乖巧地抱紧赵玉明的腰，头贴紧赵玉明的后背。赵玉明脚下用劲儿，自行车在河堤上狂奔着，这没影响他们的交流，他们说了很多也很细致，包括他们都喜欢读书，都读过保尔·柯察金的《钢铁是怎样炼成的》，从读书说到参加学校的文艺活动，赵玉明喜欢唱歌，金鸿雁还是年级里合唱队的领唱呢！到了蓝河湾，赵玉明擦了一把汗，掉转车头说："鸿雁，我想和组织上说明一下我们的个人问题，可以吗？"

"我们的个人问题还要和你们组织上说明啊？"金鸿雁有些疑惑地问。

"我们单位目前的工作性质对我们处理个人问题是有一些纪律要求的，特别是党员干部，组织上还要对你的情况进行外调和审查呢。"

"这样啊，你决定吧，万一你们组织审查通不过怎么办哪？"

"不会的，我相信你。"

"我不知道。"

"鸿雁，你唱首歌吧。"

金鸿雁爽快地说："好哇。"她看着赵玉明放开歌喉：一条大河波浪宽，风吹稻花香两岸，我家就在岸上住，听惯了艄公的号子看惯了船上的白帆……歌声高亢悠远。

赵玉明骑上自行车挥挥手，急驰而去，金鸿雁挥着手，看着那个身影消失在大堤绿色的转弯处。

六

何劲松一大早就赶往沟帮子火车站去接父母亲，到了车站才知道，这趟火车要晚点一个多小时。何劲松坐在候车室简陋的木条椅上等待着，他离家三年多了，一直没有回去，父亲是不是苍老了呢？父亲的出身非常穷苦，很小的时候，父亲就到地主家里做了小伙计，三十岁出头了，才和在另一家地主家做丫头的母亲勉强成了一个家，他们艰难地拉扯着五个子女，尽管生活那么艰难，父亲凭着在地主家当伙计得到的见识，还是鼓励子女能读书就读些书，不然就不会有哥哥，特别是他的今天。他最初是在地主家私塾伴读开始的，新中国成立了，人民政府给了他更多读书的机会，过往的事情历历在目。

那趟绿皮火车终于抵达了，火车在车站上只停靠三分钟。头顶着霜花般的头发，身材高大的父亲已经有些佝偻着身体，右手拎着暗褐色的竹编箱，左手牵着头发一样花白，身体矮小的母亲。他们立在车厢门口，风尘仆仆地张望着，何劲松看到这一幕，泪水不由自主地盈满了眼眶，他胡乱地抹了一把脸，快步奔了过去，喊道："爸！妈！"接过父亲手里的箱子，引着他们出了车站，攀上了油田接站的敞篷卡车。

坐在车上，何劲松发现母亲的眼疾加重了，视力更加不好，何劲松说："妈，你没有去医院看看吗?"

"看什么呀，老毛病啦。"母亲轻描淡写地说。

"你妈说是老毛病，看也没有用，实际上你妈还是怕花钱哪。"父亲说。

"有时间我带妈去这里垦区职工医院看看。"何劲松说，接着，问了老家的一些情况。父亲说家乡今年水情很大，收成又不好，生活只能说将将过得去，亏得有你寄的钱帮助才能安稳生活，你哥哥这个小学校长因为过去的"右派"言论，已经靠边站了，在小学校里打扫卫生、淘厕所、种菜。

关于父母这次来下辽河，是不在何劲松生活计划中的，是父母得知白雪梅又有了身孕，在来信里强烈要求的，在临产日子迫近的时候，又毫无商量余地地提前从老家赶过来。父母在来信说得很清楚，何琼那时我们没有帮上忙，尽上力，这个娃我们一定要帮上忙，以弥补我们对你们的亏欠。何劲松尽管不同意父亲的用词，但是从心里还是非常高兴父母的到来的。他上次和赵玉明去北京，厂里报上去的勘探报告已经有回音了，下辽河的石油勘探工作又开始紧锣密鼓了，三个钻井队都部署到新的井位上，又开始和下辽河的特殊地质情况来一次新的博弈，以洗前一轮的落空之耻。LN11井出了高压天然气，他和赵玉明去四川学习考察天然气的试气和开采流程，回来后，他们向闻昭做了汇报，经厂领导研究决定，关于天然气试采技术生产前期工作由何劲松全面负责，这对何劲松来说既是信任也是挑战，他开始挑灯夜战，翻阅带回来有关天然气开采的资料，全面掌握和深入熟悉天然气开采和生产流程，培训和指导作业队人员在井上的生产作业工作。

何劲松一直都在问自己，我何劲松比谁差吗? 他是比赵玉明晚来萨尔图一年，但不管是刚入厂锻炼考验，还是去农场基地割那一望无际的大豆垄，还是顶岗实习在钻井队，在寒冷的冬季里历经零下三四十摄氏度的冰冻，他都很好地经历了! 再往前数数，他读高中的时候，就参加了全省人民空军的招飞选拔，实际上那一次他已经成功选拔上了，如果顺利地走下去，他现在已经唱着"我爱祖国的蓝天"，驾驶着银色的战鹰，翱翔在祖国的蓝天了。可世事难料，许是这一年国家资金困难或是其他特殊的原因，这一年的招飞工作发生了很大的变化，原定的招飞人数减少一半，他成为那一次二分之一出局的人。前年，当他看到赵玉明披红戴花被欢送去北京参加国庆观礼时，他心里羡慕极了，他把赵玉明当作自己追赶的目标，他们一起去吉林调查油苗，他们一起来下辽河，这一次又一起去四川学习、考察天然气生产流程，他对自己充满自信。他现在又要忙碌了，白雪梅又是这样一种状况，父母的到来对他来说是个好消息，他可以后顾无忧了。他不知道白雪梅是怎么想的，就把父母的来信给白雪梅看了。白雪梅当时表现得还是挺高兴的样子，说你妈来就行了，你爸跟来干什么呀？何劲松说这么远的路，他们都没出过这样的远门，年龄又大了，我爸一定是不放心我妈，他可能更想看到大孙子吧。哥哥前两个孩子都是女孩，还有何琼。白雪梅说不会是秤杆离不开秤砣，老头儿离不开老婆吧？何劲松说你怎么说话呢，狠狠白了白雪梅一眼。白雪梅说开个玩笑嘛，何劲松就没再说什么。

何劲松为父母的到来是做了一些准备工作的。父母初次大老远的过来，他得用心设计一下，说是给父母接风洗尘，更是让父母高兴和安心。他从家里考大学出来是村子里学历最高的人，到大学里学习和表现一直很优异，现在在单位里呢？他仍然表现不俗，身边有一帮同志和朋友。他备下了酒菜，提前跟王桂花打了招呼，让她帮忙准备今天的午饭，王桂花爽快地答应了，在商量菜肴时，王桂花还帮助添了几样菜，一是他们家门前就有菜园，有现成的时令蔬菜；二是他们住房的后面就是一条流进大辽河的下水干渠，刘铁柱在下水干渠里设了一具三米见方的搬网，搬网一落一起，搬上几网，就有些河蟹、鲇鱼、鲫鱼、鲤鱼、白鱼等河鲜的收获，多做几道菜都行。菜肴商量妥了，何劲松还要请些人来，主要还是日常的熟人，赵玉明、林胜平、张国安、陆鸣、郝学仁、刘辉，他还想着邀请吴卫东和闻总过来坐席，这是个长脸面的事情。吴卫东去厂里开会去了，说是如果能赶回来一定会到场的，闻昭不喜欢这样的活动，他心里想得更多的是石油地质的工作，所以就直言谢绝了！

对于请人的事情，白雪梅最初是有些异议的，何劲松就说，不论是我的父母，还是你的父母和其他亲戚，到咱们家里来了，一个来看望的人都没有，你自己觉着脸上好看吗？白雪梅想了想就收回了异议。

这天，何劲松家里出现另外一个人，他就是刘克家。刘克家现在被安排在调度室值班，还跟着何劲松学习天然气开采流程，就一口一个师傅地开始积极追随何劲松左右了，刚刚拎着两瓶白酒、两个罐头进的门。白雪梅见了他有些意外，她没有想到刘克家会来，一时不知说什么好了，刘克家笑着说："白师母，何师傅父母远道而来，我过来看看他们！"

"谢谢你，何劲松去火车站接站了。"

"白师母，有什么需要我帮忙的吗？"

"没有，你进屋随便坐吧。"

"不了。"刘克家在堂屋看了看，和赵玉明打了个招呼，看也插不上什么手，听到屋子后面有些动静，就走出堂屋的后门，看见沟渠里一个栈道连着的那个木架平台，上面陆鸣、郝学仁和刘忠伟他们在弄那个搬网，有鱼、河蟹落在被搬出水面坑状的方网片的网底，被长木杆的网抄子舀起来，挺有趣味的，他就参加到这项活动中去了。

赵玉明是最先到何劲松家里的，他先去水泡子挑了一担水回来，接着就帮王桂花打下手。白雪梅这时候捧着肚子过来和王桂花又说些辛苦之类的客气话，王桂花笑着说："雪梅妹子，你这书读得多了，怎么这么多的讲究，你这么客气，我们这邻居都不好做了，还是何老师说头少些好哇。"

"劲松就是个粗粗拉拉的人。"白雪梅说。

"我们都是大老粗，又是东北人，就是喜欢何老师这样粗拉着点的。"王桂花笑着说。

"礼该讲还是要讲的。"白雪梅强调，然后说，"赵副组长，你和那个金鸿雁金大夫的关系怎么样啦?"

"见过了几次面，总的感觉还不错。"

"什么时候吃你的喜糖啊?"

"恐怕还早呢。"话是这么说，实际上，赵玉明上次回来就找了吴卫东，说了认识金鸿雁的一些情况，请组织上做个外调，批准他们的恋爱。吴卫东后来说已经跟厂里政工组报告过了，政工组已经发了外调函。

"赵副组长，你年龄也不小了，该抓紧点啊。"白雪梅说。

"我这个人嘴笨，不会谈恋爱，不像劲松。"赵玉明说。

"你可别学他呀。"白雪梅鼻子哼了一声说。

"何老师人挺好的，大人、孩子都联络，接触的人谁不说他的好哇。"王桂花说。

"他那个人傻啦吧唧的，就那么回事吧。"白雪梅说。

"赵技术员，你对象是哪儿的呀?"王桂花这时问。

"垦区职工医院的，现在在蓝河湾水利工地支农呢，嫂子，有个叫于小玲的女孩儿跟她在一起，说是你家刘大哥的亲戚呀?"

"你说的是玲子呀，那是我大姑姐家的孩子，家住蓝河湾，这孩子心灵手巧，能跟着大夫学点东西也是好事，哎，赵技术员，有空你叫金大夫过来串门呗。"王桂花笑着说。

"现在她还不肯过来。"

"怎么的呢?"

"我们的关系还没确定，她不好意思，那里的工作忙也离不开人。"

"赶明儿我捎话过去，让玲子带她过来到我家来不就行了嘛。"

"还是嫂子想得周到，这样或许她还真能来呀。"

何劲松这时候陪着父母走进来，白雪梅见了说了声："来啦。"跟着后面进了屋，站在了一边。

何劲松当时皱了一下眉头，又马上舒展眉头笑着说："爸，妈，你们坐，先休息会儿吧。"

赵玉明马上端了两个有纪念字样的白搪瓷茶缸送到老人面前说："大叔，大婶，一路辛苦了，先喝口水吧!"

何劲松父亲看了看赵玉明，连忙站起身来，说："谢谢啦。"

赵玉明立刻说："大叔，别客气，您坐，您坐，我是劲松的同事赵玉明，以后您就叫我玉明吧。"

何劲松父亲立刻拉住了赵玉明的手，笑着说："知道了，知道了，劲松写信时常常说到你，你是他师兄，你们处得像亲兄弟似的，你没少帮助他，有你这样的师兄好哇。"

"大叔，您过奖啦。"赵玉明说。

王桂花端来一盆洗脸水说："劲松，时候不早了，歇息一会儿，让二老擦把脸，菜都好了，一会儿可以开席啦。"

"行，嫂子，就按你说的办。"何劲松说着看了看门外。

炕上两个炕桌拼在一块，人挤得满满的。何劲松的母亲最初是不肯上桌的，说是老家有这样的规矩，是在何劲松强烈要求下才勉强上桌的。

桌上的菜肴摆满了，最显眼的是中间的杂鱼乱炖和煮河蟹，赵玉明客串主持，首先有请何劲松讲话，何劲松非常高兴，先是给父母郑重介绍所有人员，接着是激情致辞，情感至深，赢得阵阵掌声。

"下面有请何大叔讲话!"赵玉明接下来说。

何劲松父亲从小就在大户人家做伙计，是个见过些世面的人，讲话既有应有的热诚，又谨慎而谦卑。

吴卫东这时候来了，赵玉明马上起身让座，吴卫东推辞说："我还有事，过来主要是看望一下二位老人家，我敬杯酒就走。"说着，就坐到炕沿边上了。

"指导员，什么事这么急呀?你就多坐会儿吧。"何劲松说。

"当然是抓革命，促生产。"吴卫东笑着说，然后向何劲松父母说了些问候的话，敬了杯酒，便起身告辞。

吴卫东一走，大家就有了些猜测，说是指导员去厂部开了好几天的会，回来脸上也没有什么高兴的色彩，是不是又挨批啦?也是，前一阶段布置的几口井打一口落空一口，还赶不上人家普查大队那时候还有个对折，真是活见了鬼了。刘克家这时候有些大着舌头说："我就说这里面有事嘛，你们都不信，不然怎么是这个结果?"

"你知道个啥呀，有什么事?别没事老瞎扯啦!"陆鸣立刻教训他说。

"我怎么就不知道了，你知道哇?你知道你说吧!"刘克家反驳道。

"我也不太知道，要说真正知道的人，这个桌上也就数'博士'啦。"陆鸣说。

"不敢，不敢，人家闻总搞了那么多年地质工作还在努力探索呢。"林胜平马上说。

"我说你们哪，这点事情都看不清楚?"刘克家说。

"刘克家，既然你明白，那你就说说吧。"陆鸣有些揶揄。

"要我说这是有人在蓄意捣乱破坏。"刘克家的头一扬说。

"说你瞎扯吧，你还不认账，咱们大家都在积极全力地找油，谁会蓄意破坏呀？谁能蓄意破坏呀？"陆鸣说。

"当然是管布井定井位的人啦。"刘克家说。

"刘克家，你喝多了吧？"何劲松这时有些严厉地说。

"师傅，我没有，我清醒得很。"

"还说没喝多，那你怎么胡说八道哇，你喝好没有？喝好下去歇着吧！"何劲松沉着脸说。

刘克家还想说点什么，看到何劲松脸色有些变了，嘴角动了几下，没有发出声音来。

空气一时有些凝滞，赵玉明看看大家说："哎，哎，哎，各位，酒过三巡，菜过五味了，两位老人家车马劳顿了几天了，今天就这样吧，咱们撤吧。"

"我们不累，大家来了就多坐会儿吧，好容易聚在一起的。"何劲松父亲笑着说。

大家都说二老辛苦了，还是早点歇息吧，说着就散去了。

白雪梅吃过午饭就躺下了，何劲松开始收拾桌子，母亲要上手，何劲松说："妈，您先歇着吧。"

"歇啥，我不累。"母亲强调说。

"那您也先歇着，以后有您忙的。"

"有啥忙的，这么多年都做习惯啦。"

"妈，您的头发又白了很多。"

"白就白吧，又不耽误干活。"

"妈，您和我爸也躺下歇会儿吧。"

"也好。"父亲说。

何劲松的西屋是一铺丈二长的土坯炕，按本地屋内的设置，中间有一副半截木屏风间隔，父母的到来，为了住着更加方便，按照白雪梅的意思，何劲松就在中间的过梁上又挂了一道布帘，将炕面整个彻底地一分为二了，何劲松、白雪梅住在里面。

白雪梅的身子越来越沉重了，公婆的到来让她感觉轻松了，不管何劲松回来的早晚都有人生火烧饭。当然了，老公公在，也有了一些的不便，主要是晚上上厕所，过去小便她已经在屋里了，现在不得不到外面去，尽管婆婆一再地说，咱们都是家里人，你就在屋里方便吧，白雪梅实在是不好意思呀。

这样的日子没有过多久，一天早晨，白雪梅赶着和何劲松一起走出了家门，何劲松有些疑惑地说："雪梅，你干什么这样早哇？"

"我班上有点急事。"白雪梅有些遮掩地说道。

何劲松"嗯"了一声，有些疑惑地搀扶着白雪梅的胳膊往外走，说："都这个时候了，能不去你就别去啦。"

"我也不想去，大家都说多活动活动好，我主要是有话想跟你说。"白雪梅回头看了一眼家门说。

"有什么话在家里不能说呀？"

"你这不是废话吗，在家能说我干什么非跑出来说呀？"

"好了，好了，有什么事你就说吧。"何劲松息事宁人地说。

白雪梅沉吟了一下，说："你爸什么时候走哇？"

何劲松更加疑惑地看了看白雪梅，说："我爸去哪儿啊？"

"当然是回老家啦。"

"我不知道哇。"

"哎，你怎么会不知道呢？"

"我没问，他没说，我怎么会知道哇？"

"那你就问一下呗？"

"干什么，他大老远的来了，一定会等孩子出生的，他肯定是想看到他大孙子的。"

"他不是送你妈过来的吗？"

"是呀，既然来了，想多住些日子就住着呗，你到底什么意思呀？"

"我的身子更沉了，住在一个房子里，感觉特别不方便。"

"我们现在就这个条件，这也是没办法的事。"

"你爸可以回老家嘛，你妈一个人在这就行啦。"

"这怎么行，他又没说走，你还是克服一下吧。"

"我怎么都能克服，可肚子里的孩子克服不了哇，我吃不好睡不好的，这对孩子能好吗？"

"看你这话说的，有这么严重吗？"

"我知道你是个大孝子，你不好说我来说，这样总行了吧。"

"你给我歇着吧。"

"何劲松，你可想清楚了，到时候孩子真有个一差二错的，你可别后悔呀。"白雪梅说完，冷着脸去她的班上了。

何劲松真想追上去说白雪梅，闭上你的臭嘴！可话到嗓子眼又咽了回去，进了办公室，他就在桌子前运气，白雪梅明摆着要撵父亲走，只是借为孩子好的名，他心里非常生气，可又气不起来，他和白雪梅的关系不睦，父母怎么住得安稳哪？实际上母亲的眼睛已经很不好了，看东西模模糊糊，何劲松问是怎么回事？母亲说是老花眼，人花不花四十七八，我都五十岁了，能不花吗？何劲松说我爸比你年龄还大呢，也没像您花成这个样子，抽时间咱们去县城医院看看吧。母亲说不用了，有你爸呢。是呀，父亲可以当母亲的眼睛，两个人搭手做的事情轻松也完美了。面对白雪梅的要求他该怎么办？其他的先不去管他，他得抽时间带母亲去农垦局医院看眼睛，这件事情他已经对父母承诺了，前两天他还跟值班车司机张志远打过招呼，说有去县城的机会提前告诉他一声。这时候，门开了，张志远走了进来，何劲松马上笑着说："人都说，说曹操，曹操就到，我刚想到你，你真的就来了呀。"

"你说的真的假的呀？"张志远笑着说。

"我啥时候说过假话呀。"

"你说的话我信，你忙啥呢？"

"还能忙啥，干活呗。"

"这回的工作责任重大吧？"

"还行吧，怎么的，有事啊？"

"明天我去县城，你还去不去呀？"

"去，方便吗？"

"看是谁呗，明早我去你家接你呀。"

"先谢了呀。"

"别客气，学习雷锋好榜样嘛。"

何劲松带着母亲去了农垦局职工医院。上一次住院，何劲松和医院很多科室的医生都混熟了，便轻车熟路找到眼科的戚大夫，戚大夫检查了一下说你家老太太是白内障，已经比较严重了，随着年龄增长会越来越严重，甚至失明，只能手术治疗，我们医院目前还不具备这方面的治疗条件，得去省城的大医院。何劲松点点头，拿了两瓶眼药水，带着母亲在街里转了转，等着张志远的车回去。

车回到沙岗子，天色已经擦黑了，何劲松留张志远吃饭，张志远不肯，说："我回车队吃就行啦。"

"这时候你们车队食堂早就凉锅冷灶了，有没有饭都不好说了，就在家里吃口热乎的吧。"何劲松说着，就把张志远拽下了车。

见司机在家吃饭，何劲松的父亲麻利地炒了个瓜片鸡蛋，吃饭时，何劲松发现父亲的神情有些异样，目光里多了些刻意的回避，何劲松有些疑惑，陪张志远吃完饭，送走张志远回来，父亲在灶台上刷碗，何劲松说："爸，我来吧。"

"不用，我这就好啦。"

"爸，有什么事情啊？"何劲松压低声音说。

"没有，累了一天了，你也进去早点歇着吧。"父亲笑着，何劲松有些疑惑地看着父亲，父亲推了他一把说，"去，你先进去，我这就好啦。"

清早上班，何劲松问了声白雪梅说："你今天还去班上吗？"

"去呀。"

"我等你呀。"

白雪梅出来了，看看何劲松，说："今天怎么这么好哇？"

"这样说过去我一直都不好？"

"那倒不是，你一直都是工作第一，吃完饭就走，今天的太阳从西边出来啦？"

何劲松回过头看看家门，说："我昨晚回来后发现我爸的神情怎么有点不太对劲呢？"

"有什么不对劲？"

"说不好，和往常不太一样，我问过了，我爸说没有事。"

"你是不是有些疑神疑鬼呀？"

"怎么会，我是他的儿子，你没跟我爸说什么吧？"

"喊，我跟他说什么呀。"

"那就怪啦。"到了办公室门前了，何劲松说，"你慢着点啊。"白雪梅"嗯"了一声，走了，何劲松看着雪梅的背影，有些若有所思。

傍晚下班，何劲松出了办公室，远远看见父亲站在公路这边，他加快了脚步，走到近前说："爸，你怎么在这儿站着哇？"

"等你，有句话想跟你说。"父亲笑着说。

"爸，有什么话咱们回家说吧。"何劲松说。

"就在这儿说吧，松儿，我想这一两天回家去了。"

"爸，你急着回去干什么呀？"

"你们这里窄窄巴巴的，我住着一直都不太习惯。"

"爸，孩子马上就要出生了，你不是想看到大孙子吗？"

"看大孙子还不容易呀，等我接你妈的时候不一样能看到，我本来想着能在这个镇子上找个事情做做的，不要工钱，有个吃住的地方就行，我问遍了，这里太小了，根本没有这样的地方，我想还是回老家去吧，我也出来一个多月了，还真的有点想家了，也惦记你弟你妹他们。"

何劲松感觉父亲说的不是实话，就说："爸，是不是雪梅和你说什么了？"

"别胡说八道哇，她跟我说什么呀，我是真的不习惯，这事就这么定了呀，松儿，你抽空把火车票给我买了，走，咱们回家吧。"

吃晚饭的时候，何劲松说："雪梅，爸说他想回老家。"

"这样急干什么呀？"白雪梅说。

"我待在这里不习惯，也惦记着你弟你妹他们。"父亲说。

"松儿，你爸想回就回去吧。"母亲这时说。

"那好吧，我抽空送您，爸，你走前给孩子取个名字吧。"

父亲看看白雪梅，沉吟一下说："你们都是文化人，名字还是你们自己取的好。"

何劲松暗示着白雪梅，白雪梅佯作没看见，何劲松心里有些气，可又不能发作。

何劲松送父亲去沟帮子火车站，候车的时候，何劲松说："爸，我知道，有些话你一辈子都不会和你儿子说的。"

"怎么会呢，松儿，你可不要想得太多，小心眼儿啊。"父亲笑着说。

"爸，你不说我也知道，是儿子对不住你。"

"说什么呢，松儿，你千万不要这样想，你这样想我会担心的！"

"爸，你放心，我知道，我会好好的。"何劲松说，眼睛有些湿润，父亲的包容是他做伙计多年里修下的。

父亲走的第十二天，白雪梅分娩了，诞下了一个男婴，一家人都是笑脸，何劲松和白雪梅商量着给这个男婴取名叫何聪。

何聪出生后的这些天里，何劲松的工作更加忙碌了，最主要的是单位天然气的初步使用实验——气化沙岗子油田的住宅区。这是件大事情，气化成功不仅可以节省燃料资金，也可以有效地利用清洁能源。天然气是从距离沙岗子最近的LN4井接取的，那里采气成功后，天然气一直空放着，昼夜通亮，特别是晚上，远远地就能看得见，看到的人都说那是社会主义的大蜡烛。工程建设一开始，何劲松就跟着这个临时组建的油建队施工，铺管子、焊管线，分支到各个房间、各个帐篷，他们得大干快上，天气已经深秋了，那些简易的住房想经受冬天的考验，天然气应该是冬季取暖最好的支撑。

何聪满月那天，LN4井的供气总阀门打开了，天然气马上就到达了沙岗子的驻地，经过扫线检查，没有发现漏点。第一个用火实验是在职工食堂里进行的，当那只自制的天然气火管噗的一声燃起金灿灿的火焰时，在场的人欢呼雀跃，这个冬季，他们可以用自产的天然气对抗冷冬严寒了，这是673厂取暖的一次划时代的革命。

何劲松带着刘克家到队里各个房间和帐篷检查天然气管线接头的捆扎情况，又将蜡刻板油印的《天然气安全须知》发到各个房间，贴在门口显著的位置上，要求每个房间的每个成员好好学习，掌握天然气使用的常识，切实保证用气安全。何劲松还特别叮嘱，人都说水火无情，这个天然气要是耍起脾气来，更是无情，绝对猛于虎，大家切莫儿戏呀。大家都说知道啦。

晚上，何劲松回到家里，何聪满月，天然气化沙岗子的成功让他高兴，他喝了杯满月酒，看了会儿白白胖胖的儿子，安然入睡了。夜半，何劲松听到孩子的哭声，睁开眼睛，白雪梅把孩子抱起来喂奶，孩子的哭声停止了，他翻了个身又睡去了。

那是入冬后的一个上午，天然气在办公室的火炉里呼呼地燃烧着，屋子一会儿就温暖起来了，何劲松想着下一步的工作——高压天然气的外输问题，他的前期工作已经做完，就等着上级最后决策了。门开了，刘忠伟进来了，探头探脑地四下里打量了一番，一副小大人的样子，何劲松笑着说："忠伟，你干什么?"

刘忠伟嘿嘿嘿地笑了，走到近前说："何老师，我看你这里有没有别的人，奶奶说让你回家一趟。"

"奶奶没说叫你白阿姨也回去吗?"

"没有! 没有!"刘忠伟连连摆手摇头说。

"奶奶没说有什么事情吗?"

"没有，奶奶就说让你快点回去，我先走了，何老师。"刘忠伟说完，就悄声地消失在门外了。

何劲松有些疑惑，自己刚从家里出来没一会儿，这么一会儿工夫母亲就叫我回去会有什么事? 刘忠伟来去又有些神秘的意味，他连忙穿上棉衣，快步向家里走去。

进了家门，母亲坐在炕边抹眼泪，王桂花抱着孩子劝慰着，何劲松说："妈，你怎么啦?"

"松儿，我要回老家。"母亲说。

"妈，好好的你怎么想起要回老家啦?"

"我惦记你爸了，这几天老做不好的梦。"

"妈，你不是说梦这东西都是反的吗? 我爸没事的，要不我打个长途电话问问吧?"

"松儿，还是我回去的好。"

"妈，我们这里需要你，你大孙子也需要你呀，你不是稀罕你大孙子吗?"

"松儿，妈求你了，你就给妈买票送妈走吧，啊!"母亲恳求着说。

"妈，您怎么就不明白呢? 我现在很忙，雪梅也上班，何聪就得靠您帮着带着哇。"

母亲不说话了，默默地抹眼泪，何劲松深深地叹了一口气，看看王桂花："嫂子，我妈这是怎么回事啊，怎么就认准这条道了，她从来不这样啊?"

"劲松，这事得问你媳妇哇?"王桂花说。

"嫂子，雪梅怎么啦?"

"劲松，我是外人，这事按说我不该插嘴，我是有些看不下去了，你想，不是你媳妇，你妈好好的干吗非要走哇，她稀罕大孙子还稀罕不过来呢?"

"妈，您说到底是怎么啦?"可母亲只摇头不说话，何劲松就有些生气地说，"我这就把白雪梅找回来去!"说着，就要往外走。

母亲一把拽住何劲松说:"松儿，千万不要哇，你们一打咯叽，雪梅的奶水要是没有了，何聪可就遭罪了，你们也都要跟着遭罪呀。"

何劲松的泪水盈满了眼眶说:"妈，不管怎么样，您得让儿子知道您这到底是怎么回事吧?"

母亲摇着头抹着眼泪，就是不开口。王桂花说:"劲松，你这个媳妇真的不太像话，一点孝道都不讲，你妈这么辛苦地侍候她的月子，她不领情也就算了，怎么也不该不是叱责就是辱骂，这样的事情我和你大哥都听到过，你媳妇在月子里，你工作又忙，你妈不能和你说，怕影响你的工作，也怕你们两口子闹意见，把你媳妇的奶水弄下去，她不能跟你说，只能一个人默默地抹眼泪，忍受着。"

何劲松一下子跪在了母亲面前说:"妈，这样的事你怎么不跟儿子说呢，白雪梅到底是为的啥呀?"

母亲长叹了一声，拉起何劲松说:"松儿，你起来，妈知道你孝顺，这件事也是妈不好，妈的眼睛不好，你们的衣服和孩子的尿布都洗得不干净，做的菜也挑不净，雪梅说我，我没有什么想法，可她的话真的太伤人了，妈的眼睛不好，什么都帮不好你们，真的不适合在这里待下去了，你就让妈走吧! 还有，松儿，就算妈求你啦，你千万不能因为这个事和雪梅闹意见，雪梅真要没了奶水，何聪受罪，你们也跟着遭罪呀。"

"妈，事情都这样了，您还在替我们着想，您让我这个做儿子的说什么好哇?"

"谁让我是你妈呢!"

"可我是您的儿子呀，是您生我养我的呀，妈，我已经长大了，我应该好好地孝敬您才是呀。"

"松儿，你能听妈的话，就是对妈最大的孝敬，你明白吗? 你说话呀。"

王桂花感慨地说:"多好的老人哪，劲松，赶快答应你妈吧。"

"妈，我一定听您的话。"何劲松点头说，他的心里有一种被揪着的痛。

"白阿姨回来啦。"刘忠伟这时在门口探头说。

白雪梅是回来喂奶的，看见何劲松在家里，有些奇怪地说:"劲松，你工作不是很忙吗，怎么这个时候回来啦?"

"妈说要回老家去，要我给她买火车票。"何劲松有些冷冷地说。

白雪梅抱过王桂花手里的何聪，淡淡地说:"她想回就回吧，强扭的瓜不甜!"便去了里边给何聪喂奶了。

何劲松眼睛瞪起来就要发作，母亲一下拽住他的手，看着他，使劲摇着头说:

"松儿，你抽空把火车票给妈买了吧。"

"好。"何劲松狠劲跺了一下脚，转身出去了。

何劲松给哥哥拍了封加急电报，送母亲去沟帮子上了火车，安排好了座位，又和母亲邻座的几个旅客攀谈了几句，请他们务必帮忙照看一下眼睛不太好的母亲，几个旅客都满口答应着。火车就要开动了，母亲催促他下车，何劲松说："妈，实在对不起，儿子的工作实在是太忙了，就不能送您老回去了。"

"傻儿子，说啥呢，你可一定要记住妈跟你说过的话呀。"母亲叮嘱着。

"妈，您就放心吧，儿子记下啦。"何劲松说着走下了车厢，他的眼泪一串串地流下来。火车一声长鸣，哐噔，哐噔的声响仿佛敲击在他的心头，他的心仿佛跟着不断加快的声响驶向了远方。

七

蒹葭苍苍，白露为霜。

从这个深秋开始，队长闻昭就安排赵玉明他们一组人跟着地震队开始了东部凹陷重点区域野外调查工作。每天早六点在驻地吃过早饭，摸黑爬上了值班的卡车，在凛冽的寒风中一路颠簸着奔向茫茫的荒野。天刚擦亮儿，刚好到达目的地，便开始在荒野里跟着地震队行进，定跑位，钻炮眼，下炸药，放炮，记录数据，他们一走就是一身汗。中午小憩，找一处背风的沟渠或坑洼处，捡拾一些茅草，拢起一蓬篝火，几个人围着篝火烤吃着已经凉透了的玉米窝头，嚼着酱色的咸菜条，喝着铝壶里的冰水。吃完喝完，手揣进棉道道服的衣袖里，系紧了棉帽带，歪在沟坡边眯瞪那么一会儿。一阵儿尖厉急促的哨子声响起来，他们便跃起身来，随着扛着大线的队伍，在逆风或顺风的荒野中继续行进，直到夕阳沉入天边，薄暮渐渐地拉起，他们才爬上回归的卡车。

这是这年冬天的第一场雪，比萨尔图的雪来得要晚很多。这次的雪细细地，痒痒地、润润地落在脸上，苍茫的荒野飘落在迷蒙中。

赵玉明从野外调查回到了沙岗子，进食堂吃晚饭的时候，正往外走的吴卫东说："赵玉明，吃完饭你到我队部来一趟啊。"

"好的，指导员。"

赵玉明吃过饭就过来了，吴卫东正俯身灯下学习毛主席的哲学著作《矛盾论》，赵玉明进来，吴卫东的眼睛离开了书，说："赵玉明，你坐。"

"指导员，什么事啊？"

吴卫东用力清了一下嗓子，说："赵玉明，找你来就是通知你，组织上对金鸿雁的外调已经有结果啦。"

"指导员，没有什么问题吧?"

"看你急的，也可以这样说。"

"指导员，也可以这么说是什么意思呀?"

"这也是厂里委托我和你谈话的关键。"

"指导员，你说吧。"

"赵玉明，根据组织部门的外调，医院组织部门对金鸿雁同志的个人表现还是给予充分肯定的，她是中共预备党员，但是金鸿雁的家庭背景还是有一些问题的，她的父亲在旧社会是有产阶级，新中国成立后虽然定的是开明绅士，可他真的能和咱们工农劳苦大众一条心吗? 而你根红苗正，又是咱们青年知识分子的优秀代表，有着大好光明的政治前途，客观地说，金鸿雁的家庭背景一定会影响到她个人的政治生命的，比如她的预备期已经过了，组织上还没有给她转正就已经说明了这一点，如果你们谈恋爱以至于结婚，能不影响到你吗? 所以，组织上希望你能从现实和长远出发，认真考虑这方面的问题，不要因为这一点点，影响到你今后的进步和发展哪。"

"指导员，医院对金鸿雁的表现是肯定的吧?"赵玉明沉吟一下说。

"可以这样说。"

"指导员，组织部门对我和金鸿雁谈恋爱没有其他意见吧?"

"没有。"

"指导员，非常感谢组织上的关心和爱护，我在和金鸿雁的几次交往中发现金鸿雁是一个非常好的同志，她心地善良，工作兢兢业业，对患者如亲人，是我非常希望找寻的生活伴侣，如果没有特别情况和组织上的要求，我是不会放弃她的。"

"赵玉明，作为一级党的组织，我们对你政治上是关心和爱护的，婚姻上你有选择的自由，既然你的态度这样坚决，我也没什么好说的，只有祝福你们啦，好，那就这样吧。"

"谢谢指导员，我走啦。"

"好，对了，赵玉明，这里还有你一封信哪。"吴卫东指了指墙上的信袋说。

赵玉明拿到信看了看，信皮上只有他的名字，字迹娟秀，没有邮票和邮戳，他拿着信有些疑惑地出了队部，难道是金鸿雁的来信? 这信是怎么到队部的呢? 难道说金鸿雁来过沙岗子啦? 赵玉明有些不解地回到了宿舍里，这时，林胜平从办公桌上抬起头，说："'领导'，有什么好事啊?"

"'博士'有点心明眼亮啊，你从哪儿看出来的?"赵玉明笑着说。

"都说人逢喜事精神爽，这里呀。"林胜平指指脸上说。

"不怪大家叫你'博士'，这种事你都看得出来？"

"'领导'，要不都说群众的眼睛是雪亮的，不管你有什么蛛丝马迹和风吹草动，都逃不脱大家的眼睛，你说是不是呀？"陆鸣躺在床上说。

"什么叫我有蛛丝马迹、风吹草动啊？我怎么了我呀，'诗人'？"赵玉明说。

"咳，我说的就是那么个意思，'领导'，你就快说说有啥好事吧。"陆鸣说。

"就是呀。"林胜平说。

"也不是什么大事，金鸿雁的外调情况过来了，组织上基本通过了。"

"这可是大好事啊？'领导'，你可得请客呀。"陆鸣从床上坐起来说。

"客我是一定会请的，但不是现在。"赵玉明说。

郝学仁回来了，进门摘下了眼镜，擦着眼镜片说："大老远就听到你们嚷嚷了，什么事说得这么热闹哇？"

"'大师'，'领导'媳妇的外调情况落实了，可他不想马上请客。"陆鸣说。

"'领导'，这就是你的不对了，你不会等到结婚时候一块请吧？"郝学仁说。

"这种可能性是完全有的，我这儿八字刚有一撇，你们就跳出来打劫，怎么也得等我那笔捺画出点模样吧？"赵玉明笑着说。

"哎，'领导'，你这样说还有点道理，我们大家拭目以待，哥几个，到时候咱们得多提醒着他点，不能让他轻易地就这样滑过去呀。"林胜平说。

"对，同志们，革命的战友们，在这个问题上，咱们要抓住关键环节，比如说金鸿雁要是到我们这里来的时候，一定让'领导'之前就把咱们的嘴抹得油油的，甜甜的，这样咱们才会说出美好动听的语言，你们说是不是呀？"郝学仁说。

"'大师'说的没错，咱们就这样说定了。"林胜平说。

"我表示最强烈的响应啊。"陆鸣说。

"你们这是威逼利诱，我是不会屈从的呀。"赵玉明笑着说。

"'领导'，那你就等着瞧好啦。"三个人几乎异口同声地说。

"我现在还真没工夫搭理你们，咱得看看情书了。"赵玉明有些得意地说。

"真的假的呀？"陆鸣急忙下地走过来说，"'领导'，让咱也开开眼呗。"

"一边待着去，'诗人'，你不怕闹眼睛啊。"赵玉明笑着说着躺到了铺位上，拆开了信。

"哎，'领导'，念念，念念。"陆鸣催促说。

"亲爱的赵玉明同志……"赵玉明高声念道，接着就没下文了。

"'领导'，费了这么大的劲，你才酸溜溜地整出这么几个字来，也不知道是真是假，你还是自己慢慢享受吧。"陆鸣有些失望地说。

"'诗人'，你还真想分享啊？"郝学仁说。

"学习学习嘛。"陆鸣说。

"你可得了吧，自己抓点紧什么都有了。"赵玉明说。

"就这点优势，也值得骄傲哇。"陆鸣说着，回到铺位上。

信是金鸿雁写的，抬头是赵玉明同志，您好！接着说的是蓝河湾工地原来工作的李大夫已经回来了，医院派车接我去参加一个支农医疗队，巡回下乡支农了，由于走得太急，不能前去告别，只好请于小玲带信过去告知，我感觉我们的接触是愉快的，但仍然需要进一步了解，现在我们的工作都比较忙，不能见面，只有以书信的形式进行联系和沟通了，你的来信就寄到我们医院吧，医院会有办法转交给我的，来信时请务必把你的通信地址在信里写清楚，以便我们的联系，此致，革命的敬礼！金鸿雁。

赵玉明看看信的日期，正是他们东线进行野外地质调查工作启动的第三天。他想，金鸿雁就是真有时间来找他告别，他们也是没有机缘见面的，他们这次调查一下子走了一个多月，回来先有一个好消息，现在拿着金鸿雁的信，他心潮起伏，思绪万千了，他有着强烈的思念，他要马上给金鸿雁写信，把组织外调结果这个好消息告诉她，当然也包括组织上的忠告，我是下定决心的，让我们的心脏开始一起剧烈地跳动，让我们的热血开始一起沸腾，我对你已经比较了解了，深入的了解只会让我们走得更近，进而走到一起来的，去共同奔向灿烂美好的明天。

野外勘探阶段性调查完成，按照闻昭的工作部署，参与调查工作的人员全部进入紧急工作状态，这个原因是不言而喻的，他们先前部署的这一轮三口井的钻探，这一次基本又落空了，这也是他们这次特别申请一支地震队出去实地调查的重要原因之一，只是这次调查的范围扩展到了西线，这和这个冬季的地震勘探是有一定关联的，也是为下一年石油重点勘探做好相应的准备工作，是下辽河石油勘探工作的一部分。现在他们要搞清楚的是再部署井位的合理性问题，按常理说，这三口井是上面已经批准部署的井位，可连续两轮钻探的基本落空让他们真的迷惑了，这里的地下情况确确实实是"这一个"，有着极强的独特性，这里是另外一种形态的地下迷宫。有人说萨尔图的石油矿藏如果是一个完整盘子的话，那下辽河盆地的这个盘子极有可能已经被摔成碎片了。可它到底破碎成什么样子？这需要石油地质人对地震和钻探的结果进行深入的研究、分析、确认，那些油气矿藏到底藏在什么地方啦？为了给今后的勘探工作提供更加切实的技术支持，他们必须要加快步伐，紧锣密鼓地工作。

俗话说"腊七、腊八、冻掉下巴"。

这一天是腊八，没有人冻掉下巴，可傍晚时，北风吹得更紧迫了，呼啸着不停地拍打着房门，还不时地从什么地方吹出一阵儿尖厉的呼哨声儿。陆鸣搓着有些发木的手，起身来到火炉前，想旋大天然气阀门，可阀门已经开到最大了，说："我说

'领导'，你说今天这天然气啥毛病啊，天越冷，这气咋还越小了呢？"

赵玉明从办公桌上抬起了头，哈了一下手，搓搓说："是不是大家都在用气，气压有些不太足哇？"

"不对吧，'领导'，你来看看，要是这样下去还不冷死人哪！"

赵玉明站起身，跺了跺有些麻木的脚，走过来看看炉膛里面，天然气管头上的火苗"呼嗒呼嗒"的，比蜡烛头火大不了多少，就说："这样是有些不太对劲，不应该呀。"

"你说啥毛病啊，'领导'？"

"该不会是气管线给冻住了吧？"赵玉明想想说，话刚说完，那一点点的蜡烛火也"噗"的一下熄灭了。

"嘿，这下彻底凉快啦。"陆鸣说。

"我去看看。"赵玉明随手将天然气阀门关闭，穿上棉衣说。

这时候，其他房间也有人开门出来，还有人扯着嗓子喊着："这咋还没气了呢？"

有人立刻回应着："谁没有气啦？"

这边立刻有人接着喊："你没气啦！"

回应的人说："你才没有气了呢！"

接着，一些人拥向了调度室。刘辉今天当班，这会儿正对着小镜子处理一个大个的"美丽痘"，陆鸣进了门就说："我说'疙瘩'，你不冷啊？"

"谁不冷谁孙子！"刘辉头也不抬地说道。

"天然气怎么回事啊？"赵玉明说。

"不知道哇。"刘辉说。

"是不是管线冻住啦？"赵玉明说。

"'领导'，这事我真的不知道，要问你得问何劲松或刘克家去，天然气管线是他俩具体负责的。"刘辉抬起头说。

这时候，刘克家睡眼惺忪地走进来，陆鸣说："刘克家，天然气怎么回事啊？"

刘克家也不说话，拉开办公桌抽屉找到手电筒，装上电池，按了一下，亮了，才说："应该是气管线冻了吧？"

"刘克家，知道哪个地方冻了吗？"赵玉明说。

"差不多少吧。"刘克家冷冷地说，开了手电，独自向外走去，手电筒的光点在夜路上向前晃动着。

赵玉明看着刘克家的背影，对人群指指说："你，你，你，回去穿好棉衣，跟我一起去看看。"

吴卫东这时进来，看看说："赵玉明，怎么回事啊？"

"指导员，可能是气管线冻住了，我马上带几个人跟刘克家一起去看看。"

"好，赵玉明，注意安全哪。"吴卫东叮嘱说。

"知道了，指导员。"赵玉明跑回宿舍，戴好狗皮棉帽和手套跑出来，外面已经站着几个人，赵玉明招呼一声，大家一起追赶着刘克家手电的光亮。赶到了光亮处，刘克家正撅着屁股在路边管线一个气水分离处拧着阀门，刘克家的嗓子眼里都拧出动静了还是没有拧动阀门，赵玉明马上说："刘克家，你别费劲了，肯定是冻住啦！"

刘克家站起身，有些气恼地踢了一脚管线，大概劲用大了踢疼了脚，不由得龇了一下牙，抽了一口凉气。

"刘克家，这怎么办哪？"陆鸣说。

刘克家没说话，赵玉明说："只有生火烤！刘克家，一共几处这样的阀门哪？"

"前面还有一个。"刘克家说。

"气管线的总阀门在哪里？"赵玉明说。

"在井场分支上。"刘克家说。

"留一个人和陆鸣在这里，先捡些柴草烤阀门，其他的人跟我来！"赵玉明对一起来的人说，他们沿着管线向前走，刘克家寻到了第二个阀门，又留下两个人准备柴草。赵玉明和刘克家一起去了井场，关闭分支管线的总阀门。

赵玉明回到了第二个阀门处，点燃了堆积的柴草，熏烤着阀门。赵玉明说："你们这里先等着，陆鸣那边打开阀门放完了水，这个阀门再放水！"说完就赶往陆鸣这边。

陆鸣这边阀门旁的柴草堆暗红了，赵玉明伸手摸了摸管线，有些温热，这时候，夜色的路上有一点手电光晃来了，陆鸣说："这是谁跑来了呀？"

摇晃的手电光越来越近，到了近前，是何劲松，陆鸣说："'大拿'，我说你咋才来呀，看给这帮哥们儿冻的。"

"刘克家，你怎么搞的呀？"何劲松说。

"我忘记放水啦！"刘克家的声音有点像蚊子。

"你一天天的都想什么呢？"何劲松生气地说，转头对赵玉明说，"师兄，辛苦了，你带大家先回去吧。"说着，弯腰摸摸管线，踢散了柴草火踩了踩，将阀门拧开了，一股辛辣气味的水流出来。看到水滴干净了，何劲松关闭了阀门，向上一个阀门处走去，刘克家有些无精打采地跟在后面。

回到宿舍，陆鸣试开了一下阀门，天然气已经到了，陆鸣将天然气火管点燃了，黄色的火焰在炉子里回响，屋子里一会儿就感到了暖意，陆鸣说："天然气就应该是这个样子嘛。"

这时，外面突然有人高声喊叫着："着火啦！着火啦！"

赵玉明、陆鸣吃了一惊，拉开门，是西边帐篷出现的火光，他们赶忙穿上道道服，拿起脸盆、水桶跑出去。一座帐篷烧着了，火势挺大，烟火从帐篷门口的棉帘和几个小窗口的布帘缝隙向外蹿着，很多人拎着水桶，端着脸盆从食堂取水，往来穿梭着向帐篷上一个劲地泼洒，火终于浇灭了。

吴卫东揭开一角有些焦煳的帐篷门帘，用手电照照说："这是谁住的帐篷啊？"

"指导员，应该是刘克家的！"何劲松过来说，然后喊，"刘克家！刘克家！"

刘克家在黑暗里走出来说："我在这儿。"

"这屋子里还有谁呀？"吴卫东说。

"今晚就我一个人。"刘克家说。

"刘克家，你是怎么搞的！管天然气的人还能出这种事情？写个事情经过，做出深刻的检查！"吴卫东生气地说，一甩袖子走啦。

很多人也跟着散去了，马上就有人喊："咋又没有气啦？"

何劲松马上喊："大家都注意了，是我刚才把天然气阀门闭了，各屋人都先回去把自己房间的气阀门关好了，全部检查一下，我马上就去送气！"何劲松说着，先将刘克家帐篷里的气阀门拧紧了，然后说："师兄，你帮我在那边的各个房间都看一遍。"

"好。"赵玉明说，他们一人一面，挨个屋敲门，确认阀门都关好了，何劲松才去打开供气阀门。

进到帐篷里，刘克家打着手电在里面收拾东西，帐篷里到处都是积水，湿漉漉的，有些积水已经开始结成冰碴儿，何劲松说："刘克家，漆黑的你收拾什么呀，这屋里今天晚上还能住人吗？走，你先去调度室住一宿吧。"

进了调度室，才看清楚刘克家狼狈的样子，面皮黑黑的，眉毛有些秃了，前面的头发梢焦出了黄尖。刘辉给他倒了一盆热水说："乖乖，你怎么搞成这个样子，快洗洗吧。"

刘克家哼了一声，说："真他妈的倒霉！"开始哗哗地洗脸。

"还倒霉呢，你够走运的了。"何劲松沉着脸，对刘辉说，"'疙瘩'，今晚让刘克家在调度室睡吧。"

"行。"刘辉说着就回宿舍了。

刘克家和何劲松将井场里的分支阀门打开后，一起往回走，刘克家几次想和何劲松说点什么，见何劲松走在前面挺挺的，就没好意思开口，是呀，他犯的错误简直太低级啦！早晨，何劲松就提示过他想着把分离器里的水放一下，防止冻结，他竟然鬼使神差地给忘记啦。何劲松是故意不理他的，就是想让他长点记性，所以在路口处，何劲松话都没有说就直接回家了。刘克家看到何劲松真的生气了，心里挺忐忑的，他自责，就这么点事，自己怎么就会忘记呢？他回到帐篷前，撩开棉门帘，伸手去拽灯绳时，嗅到了天然气的味道，他意识到不好，可手已经拉动了灯绳，他马上蹲下身子，灯光一闪，帐篷里就火光一片了，他顺势倒下滚了出来，火焰还是扑到了他。

赵玉明、何劲松回去了，刘克家在调度室的灯下写事情经过：他吃过晚饭一个人躺在帐篷里睡着了，可一泡尿来得很急，他只好起身。刘克家回到帐篷里感觉有些冷，见炉子里没有火了，开大了阀门，没有一丝天然气气息，这时听到人们的喊叫声，这才猛然想起何劲松曾经提示他的事情，便匆匆地穿好道道服，去调度室拿了手电，去管线上去解冻，却忘记关闭自己帐篷里的天然气阀门啦！

八

这个春节因紧锣密鼓的勘探工作使得年味稍显不足。在地质工作的分析中，辽河凹陷东线中段应该是一个长垣式的中央构造，以东营组、沙一段为目的层，部署整体解剖方案，采用了先打高点，后打鞍部和两翼的方法，可钻探的结果，高部位有油气显示，鞍部和两翼的井位又落空了，这个沮丧高于收获的结果让他们不能接受。闻昭带着地质技术人员坐下来分析，用实践和矛盾的关系来解释，他们的脑袋被搞得老大老大的，还是没有确切的结论。

春节后的一天，那天的一大早就飘起了雪花，雪花纷飞，熙熙攘攘，天地一片苍茫，陆鸣开了房门，对着飘雪高声吟咏着："梅花欢喜漫天雪，冻死苍蝇未足奇！"

就在这个时候，一辆吉普车从风雪中冲了进来，戛然停在院子中间，厂核心领导小组副组长慕自清穿着军大衣，精神抖擞地从副驾驶位子上跳下来，后面跟着驻队军代表马烈、甄士理，工宣队队员孙德田、赵有财。指导员吴卫东、队长闻昭从队部里迎出来，吴卫东向慕自清请示了一下，就陪同着慕自清一行人等直接进了食堂，和队里的全体人员见面。慕自清旋即宣布以马烈为首的军代表和工宣队对地质队进行接管和全面的领导。军代表马烈在部队里是副连长，到队上任政治指导员，甄士理同志在部队是排长，到队里任政治副指导员，孙德田同志在井队是大班司钻，到队里任队长，赵有财同志在井队是司钻，到队里任副队长，吴卫东同志免去队指导员的职务，去厂部报到，等待分配新的工作，闻昭留队继续做地质工程师的技术工作。慕自清宣布完厂部的这一重大决定后，就带着吴卫东离开了沙岗子。

军代表、工宣队的进驻代表着时代的风向标。一段时间里，军代表和工宣队不停地找队里的人个别谈话，进行深入地摸底排查工作。这项工作完成后，指导员马烈组织召开了一次由可信任群众骨干参加的阶级斗争形势分析会。赵玉明是队综合组副组长，仍然担任着团组织和青年工作的负责人，参加了会议；何劲松也参加了会议，他的手底下有六个人，其中两个主要成员，一个是刘辉，一个是刘克家。

副指导员甄士理发言："如果有人故意把井位设置在没有石油的位置上，让我们的井队去钻探，你们说我们的井队怎么能钻探到石油呢？"

队长孙德田这时嘬完最后一口卷烟，烟蒂一扔，一拍大腿说："甄副指导员说得对呀，我怎么就没有想到这一层呢，要不说还是咱们军代表政治思想觉悟高，认识问题深刻，到底是大学校培养出来的，大熔炉里锤炼出来的，值得我们好好学习呀！"

赵有财马上附和："可不是吗，我文化水平低，思想认识浅，当然想不到这样深刻的问题啦！"

甄士理立刻自得地接着说："咱们队的那个叫闻昭的地质师就是大地主家庭出身，在学校还参加过国民党外围组织——三青团，这样的人会和我们一条心吗？能不搞破坏活动吗？那六口井的位置最初是不是他选定的？"

"那咱们还等什么呀，马上把他揪出来斗争啊！"孙德田立刻说。

"孙队长，这只是甄副指导员在调查摸底时发现的一些问题的苗头，是不是，准不准确，需要拿出来大家一起研究讨论。"马烈立刻制止说。

"马指导员，既然是讨论问题，我就说说我个人的意见。"赵玉明立刻举起手说。

"好，赵玉明，你说。"马烈说。

"甄副指导员刚才说的关于地质师闻昭的家庭出身是确定无疑的，关于他参加国民党三青团组织的事情，据我所知他早在多年前就跟组织上说清楚了，之前在地质学院上学时，学院党的组织已经有过结论了，那就是当时的社会情况下的一般历史问题，我觉得这一点咱们不应该总抓着不放，这不符合党的一贯政策。"赵玉明说。

"赵副组长，谁是我们的敌人，谁是我们的朋友，这是革命的首要问题。不解决这个问题就分不清敌友，就不能很好的抓革命，促生产哪。"甄士理强调说。

"甄副指导员，分清敌友是对的，我是说闻昭个人的具体问题，过去组织上是有过结论的，现在没有必要再提起啦。"赵玉明也在强调。

"为什么不能重提，万一之前是被他蒙混过关的呢？万一是做结论的组织里的人有问题呢？在这样的问题上我们绝不能放松警惕呀。"甄士理态度强硬地说道。

"甄副指导员，这怎么会呢，结论是哪一个组织哪一个人可以随便下的吗？你这不是怀疑一切了吗？"何劲松举手发言说。

"我们现在是党的一级组织，要对革命事业负起责任来！"甄士理说。

"甄副指导员，你这样说就不全面了，难道说只有你对革命负责，别人都不负责任了吗？"何劲松说。

"我这样说了吗？"甄士理说。

"那你说的是什么意思呀？"何劲松说。

"我说的是前一个阶段，咱们这个队定的六口探井都没有打到油不是问题吗？"甄士理说。

"甄副指导员，你可能不太了解每批井位的部署程序，关于井位的部署并不是某个个人就能决定的，它是按一定程序审批进行的。首先是由队里的有关技术人员根据地震数据分析提出井位部署的资料和方案，经过多个部门的反复研究和论证，确定后才会向厂部汇报，厂领导集体研究决定后，再上报到石油部勘探司。勘探司接到报告，要召集石油部勘探开发规划院负责区域勘探的专家们研究同意后，再向主管的副部长报批。这六口井没有打到油只能说明我们对这个地区的地质情况掌握的还不够清楚，应该在勘探工作上提高地质方面的认识，继续找寻规律，这里绝对不存在闻昭个人故意破坏石油勘探工作的问题。"何劲松笑着说。

　　"何组长，照你这样说闻昭什么问题都没有啦?"甄士理说。

　　"甄副指导员，你怎么老混淆概念哪，咱们刚才说的是关于确定井位的程序问题，你可以找人了解，是不是我说的那样，你想他有什么问题呀?"何劲松说。

　　"怎么是我想? 我们就是要提高警惕，就是要深挖身边的阶级敌人，绝不能放松革命的警惕!"甄士理说。

　　"深挖没有错，但是要重事实，讲证据，不然就会伤害到一些无辜的人，也不符合党的政策和策略。"何劲松说。

　　甄士理还想说什么，马烈立刻一摆手，说:"同志们，我们是为了一个共同的革命目标走到一起来了，这件事先不要争论了，队里所有嫌疑人审查和外调工作还是有必要进行的，具体工作由无产阶级群众专政小组负责管理，先搞好内查，再进行外调，所有人的内查工作交由何劲松同志负责，外调工作根据具体人和情况再安排人员进行，今天的会议就先开到这里吧。"

　　一天晚上，赵玉明在汇总井队近期的地质工作情况，林胜平说:"'领导'，我想去见一下闻总，你说能行吗?"

　　"应该行吧。"赵玉明头也没抬地说。

　　林胜平给闻昭倒了一茶缸的热水，便向闻昭仔细汇报了RHN3井钻探中的地质情况和自己的一些疑虑。RHN3探井现在已经钻探到设计井深和目的层了，可勘探显示的结果，这口井肯定又要落空了，但是根据现有地质情况的分析，和与之前其他勘探井资料的比对，加深钻进新的目的层应该会有油层的。

　　闻昭听了想想说:"林胜平，我完全同意你的看法，可是这种时候这件事你是要承担一定风险的，你可要想清楚哇。"

　　"我明白，闻总，不入虎穴，焉得虎子，有了您的肯定，我觉得这个风险是值得一冒的，不然就打不开咱们下辽河石油勘探工作的新局面哪。"林胜平坚定地说。

　　"林胜平啊，敢于坚持是科研人不可多得的一种精神，你既然有这个心里准备了，那就坚持干吧。"闻昭赞许地点头说。

"好，闻总，我知道啦。"林胜平说。

九

初春一个明媚的上午，队里人盼望已久的一件大事终于实现了。

一辆装着水罐的卡车驶进了驻地，司机将水罐尾部那根长皮管放进那个新修建的面积有六平方米大小一米多高的蓄水池，阀门打开，清凌凌的水流进了蓄水池里，围观的人们都迫不及待地下了家伙开始品尝，这是地下的深井水，比起含着苦涩味道还有混浊物的水泡子里的"鸭子汤"甜美多了，人们这时候是一定要欢呼万岁的，接着就打开水龙头，将水放进储水桶里，拎回宿舍慢慢享用了，这才有苦尽甜来的感觉呀！

傍晚时分，林胜平迈着轻快的脚步，踩着明亮的月光，哼着欢快的曲调回来了，一进门，他就兴奋地拉住赵玉明的手，激动地说："'领导'，我们终于找到新的目的层啦！"

"'博士'，你说的是真的吗？"赵玉明睁大眼睛说。

"千真万确！"

"这可太好了，'博士'，真有你的呀！"赵玉明一下子抱住了林胜平，拍打着他的后背，十分兴奋地说，"哎，咱们应该马上告诉闻总，让他也高兴高兴，再听听他有什么想法和意见。"

"对，好，走！"林胜平兴奋地说。

他们来到调度室，今天是刘辉当班，赵玉明让刘辉开了禁闭室，林胜平把好消息告诉了闻昭。闻昭听后激动得低着头一边在屋里不停地走动，一边搓着手，嘴里不停地叨咕着："这就对了，这就对了，就应该是这个样子嘛。"

"闻总，你说什么呢？"林胜平笑着说。

"我真想去 RHN3 井去看看哪。"闻昭压抑着心中的兴奋说。

林胜平看了看赵玉明，赵玉明说："这个好办，明天早晨你和何劲松说一声，让他把闻总的劳动地点安排到 RHN3 井场就行了嘛。"

"闻总，你看这样行吗？"林胜平说。

"能够这样最好啦。"闻昭说。

"闻总，您看我还应该做些什么呢？"林胜平说。

"发现新的目的层现在下辽河石油勘探的意义非常重大，总结，林胜平，你要好好地做一个总结，材料一定要翔实，论证一定要清晰。"闻昭强调说。

"好的，闻总，我知道啦。"林胜平说。

RHN3井发现新的目的层，试油自喷，产量喜人，这标志着RH油田的发现，意义十分重大；两个月后，YLN1井钻探完成，试油自喷，YL油田被发现；又一个月后，HJN1完钻，试油自喷，HJ油田又被发现。东线上三个油田的相继发现，下辽河石油勘探的形势十分喜人了。

林胜平在RHN3新目的层的发现功不可没，为三个油田发现做出了革命技术性的贡献，为此，马烈把林胜平推荐去参加大会。

赵玉明这些天一直在采集RH、YL、HJ三个油田的综合数据，汇总基础材料。这样大好的形势，厂部军代表是要向萨尔图军管会汇报，也要向石油部军管会呈报的，等待上级新的决策精神。在YLN1井现场，厂核心领导小组主管勘探生产的副组长慕自清说："现在下辽河探区形势一片大好，应该适时增加钻探队伍，加快下辽河石油勘探工作的步伐。"

赵玉明说："慕组长说的是，这三个油田的发现有好些井位要打，向西线发展是今后勘探的主要方向。"

向西线发展，是厂部之前预定的勘探方向，也是上级军管会新近批准的，闻昭带领地质人员之前已经初步实施了，只是后来军代表的进入，阶级斗争形势发生了根本性的变化，影响到了这一格局的继续实施，慕自清说："赵玉明，闻昭现在怎么样？"

"慕组长，还好，在井队监督劳动，有时间还帮助井队翻译进口柴油机说明书！"

"应该让闻总发挥更大的作用啊。"

"是呀，慕组长，很多都在尽力保护他，一些重大技术问题还要私下请教，和他交流。"

慕自清点点头，说："下辽河现在到了非常时期，时不我待呀。"

很多话都是心照不宣的，赵玉明点点头，说："慕组长，闻总一直都在关注下辽河的地质勘探进展情况啊。"

"这是他的作风，赵玉明，见到闻总代我问他好。"

"好，慕组长，我一定会把你的话带到的。"

赵玉明傍晚回到队里，刚好遇到副队长赵有财，赵有财说："赵玉明，队部有你一封信。"

"谢谢啦！"赵玉明拐进队部，在墙上的信袋里找到自己的信，一看字迹知道不是金鸿雁的，想想，三天前他才接到金鸿雁的来信。一段时间以来，金鸿雁一直跟着那支医疗队在乡下巡回医疗，尽管这样，赵玉明还是一星期就能收到金鸿雁的一封来信，他也每个星期给金鸿雁写一封信，他们在信中不断交流，为的是让对方了解自己，了解得更深更广，推进情感向纵深发展。这封信应该是封家书，他过去每个月会给家里写一封信，这次忙一点，时间应该是长了些，家里不会有什么事情吧？他拿着信件回到了宿舍。

陆鸣见赵玉明进来马上说："'领导'，你怎么才回来呀？"

"在现场遇到慕组长了，说话耽误了一会儿。"

"'领导'，你怎么总这样忙啊？差不多少得了呀。"

"'诗人'，你什么意思呀？"赵玉明看着陆鸣。

"要不说你是'领导'呢，脑瓜子反应就是快，从话里就能听出弦外之音来。"陆鸣立刻笑着说。

"戴什么高帽哇，有什么事你就直说吧。"

"我能有什么事啊，是'博士'有事。"

"'博士'有事，你跟着起什么哄啊。"赵玉明看看林胜平说。

"'博士'不是面子矮嘛，看你一直忙，不太好意思跟你开口。"

"'博士'，'诗人'说的真的假的呀？"

"'领导'，真的。"林胜平马上笑着附和说。

"'博士'，你有什么事啊？"赵玉明有些奇怪地说。

"马指导员交给'博士'一项重要的任务，写材料，这家伙把'博士'给愁的呀，唉声叹气了老半天了，到现在一个字也还没写出来呢，我看着都跟着难受，那是真痛苦哇。"陆鸣挤眉弄眼地说道。

"得，得，得，'诗人'，让你说的，就'博士'的水平至于吗？"

"什么叫至于吗，'博士'，你自己说说。"

"'领导'，是真的，我坐在这好长时间了，马指导员也真是的，我从来也没有写过什么材料，我说写不好，可我想不写都不行啊。"林胜平说着，继续摆弄着钢笔。

"'诗人'，你就不能帮'博士'一把呀，别整天'春风又绿江南岸'的。"赵玉明说。

"'领导'，我要是有你那两把刷子，我还会等到现在跟你说呀？都在一个宿舍里住着，谁用不着谁呀，是不是呀？"陆鸣嬉皮笑脸地说。

"'诗人'，你是偷懒，不愿意去动这方面的脑子。"赵玉明说。

"'领导'，这个脑子不是谁都能动得了的，我要是行的话我不也是'领导'了，不管怎么样，这个时候你总不能见死不救吧，再说了，'领导'你也不是那样的人哪。"陆鸣嬉笑着说。

"我是真的没空，我这儿有报刊上面登载着几份材料，可以供'博士'参考！"说着，从抽屉里翻出一沓报纸递给了林胜平。

"'领导'，这样能行吗？"林胜平接在手里说。

"怎么不行，世上无难事，只怕有心人，'博士'，你先学习学习，自己先整着，等有时间时我再帮你看看。"说着，就躺在铺上看信。

"行，'领导'，我也只能这样先试试啦。"林胜平苦笑着说。

"我说嘛，又是金鸿雁来信了，这人哪，真是见了色就忘义呀。"陆鸣说。

"我愿意，'诗人'，我说你怎么什么心都操哇，有时间多学习学习语录。"赵玉明说。

"得，'领导'，我说错了还不行嘛。"陆鸣马上说。

父亲信中说，今年他从区长的岗位上退休了，大弟当兵两年多了，转年就退伍回家，现在已经有人来家里给你大弟做媒了，家里的三间房子烂得实在不成样子了，准备翻盖，父亲的工资实在是有限，这些年除去家里的生活开销，基本上没攒下多少，翻盖房子是远远不够的，你如果有能力就帮助一下家里吧。赵玉明看完了信，眼眶有些湿润，父母年事已高，几个弟弟、妹妹开始成年，家里房子什么样子他心里十分清楚，特别是大弟要处对象，房子是必须要翻盖的，这是赵家的脸面。说是为大弟，也是为父母和弟弟、妹妹，是为了一家人。他过去一直每月给家里寄些钱的，现在工作三年多，手里有几百元的积蓄，这次就一次性寄给家里吧。他马上起身给家里写了信，决定明天把钱寄出去，如果不够，他再想办法，毕竟他是有着工资收入的人哪。

"爱情啊，快给我力量吧！"陆鸣突然情绪激昂的来了一嗓子，吓了人一跳。

"'诗人'，没事你就抽风吧。"赵玉明说。

"'领导'，咱不带这样表扬人的。"陆鸣说。

"你就自作多情吧。"

"真伤自尊哪，'博士'，救命啊！"

"我怎么救你呀，'诗人'，我自己还在水里扑腾着呢。"林胜平眼睛离开材料说。

"'博士'，你就没有一点启发吗？"赵玉明说。

"大概的意思明白了，怎么感觉有些牵强呢？"林胜平低声嘟囔着。

"看来你是学习领悟了，就这样写吧。"

"我怎么感到有些难为情啊。"林胜平说。

"'博士'，最重要的是你得完成这项任务哇。"赵玉明说。

"'领导'，你说得也是。"

"还是'领导'好哇，爱情甜如蜜，前途一片光明。"陆鸣说完，躺倒在铺位上，屋子一下静了下来。

"没事我熄灯啦？"赵玉明说。

"好吧。"林胜平说。

咔嗒一声，屋子一下隐入了黑暗，如银的月光立刻从窗棂爬进来，亮到了人的心底。赵玉明歪了一下头，看到了夜幕上挂着一枚皎洁的银盘，一缕白云在银盘上流过，他这时候想到了金鸿雁，不知道她现在巡诊到哪里啦？金鸿雁的多封来信中总是不可避免地谈到她的工作，她的工作里总有故事，也许这是一种人生、工作态度的交流吧，他们的情感虽然还在起步阶段，可就像那么多的粮食存放在酒厂的库房里，就等着发酵上烧锅蒸馏呢！

金鸿雁有一封信里说到她赶巧抢救了一位患者的经过，这个患者因手指外伤感染，在那个农场卫生院打青霉素，那天拿着处置票和药瓶又来注射青霉素。他已经打了三天了，注射前做过皮试，并无不良反应，新来的小护士就给他注射了，当针头刚刚拔出的时候，患者立刻躺倒在地上，面色苍白，双眼紧闭，不省人事。小护士一声惊呼，金鸿雁马上赶过来，见病人的状况立刻给患者注射了脱敏药，大约过了三十秒钟，患者慢慢地睁开眼睛，见此情景金鸿雁马上又给患者挂葡萄糖加VC、氢化可的松输液，守护了两个多小时，患者终于恢复正常了。

另一封信里说是在一个施工工地，有一名操作工人的手臂绞进机器里，她们赶到工地时，那个工人悬在五六米高的机器上，身体蜷曲着贴在冰冷的钢梁上，面色苍白，昏昏欲睡。她见此情形，立刻蹬在梯子顶上，一边给伤者打针输液，一边不停地呼唤，要他坚持，要他挺住，要他清醒，不要睡过去，几个工人在快速拆解着绞住那只手臂的机器部件……那个罪魁的机器部件被拆解开了，伤者手臂已经不能称为完全意义上的手臂了，那辆一直等在那里的解放卡车急速地运送伤者去了农垦局职工医院。路上，她们给患者输氧、包扎止血、输液，实际也就是二十多公里的路，却走得那么漫长，手臂肯定是要和身体分离了，最重要的是要保住患者的生命，车子到达了医院，伤者的生命终于保住了。

金鸿雁最近的这封信写的是她接到医院革委会的通知，要她返回医院，参加医院的整党活动，她是预备党员，她被要求必须参加，她已经很久没有过这样的组织生活了，她一直渴望和期待着这样的时刻。

十

金鸿雁怀着满腔热忱回到了职工医院，她一直期待着过上党的组织生活，她的心满怀着崇敬，她的心在激情地飞扬着。

金鸿雁是六年前读大学的时候提出申请要求加入党组织的，她的家庭成分比较高，这对她加入党组织是一个不小的障碍，可政治辅导员吴琳老师热情鼓励她，要她坚信"世上无难事，只怕有心人"这个信条，她是在这种坚信中不断努力前行的。她经过了一年半的工作中的考验，工作队队长和副队长都愿意做她的入党介绍人。她作为预备党员的组织关系，是上报到省委批准的，为此，农垦局党委书记专门找她谈过话，说她是可以教育好子女里的优秀代表之一，勉励她放下"包袱"，继续轻装上阵。她相信党的政策，一直以孙云杰（全国可教育好子女的典型代表）为榜样，在工作中积极努力轻装前进着。

金鸿雁在医院办公室见到了和自己同龄的院办秘书，好友刘兰芝。

刘兰芝身材适中，鸭蛋脸白皙透粉，明眸顾盼生辉。刘兰芝已经结婚了，丈夫是一名人民空军轰炸机飞行员，说是已经任职副大队长了，这是这个县城的骄傲。刘兰芝生得漂亮、柔和聪慧，护校毕业，工作几年很快做到护士长，因政治上可靠，文笔不错，一年前调到院办做了秘书。金鸿雁到医院工作后，两个人开始相识、相知，年龄又相当，关系一直很好，很快到了无话不说的程度。这次，两人又有一段时间没见面了，自然是拉着手，亲热地说着体己的话，刘兰芝说话时几次看着门外，欲言又止的样子，金鸿雁笑着说："兰芝，你想说什么呀？"

"啊，没有！没有！"刘兰芝笑了一下说。

金鸿雁有些疑惑，她有些不相信刘兰芝说的没有，可那会是什么呢？她们当然谈到了这次整党的活动，她们都是在组织上的人，这是她们都关心的。刘兰芝说这次活动一定要端正认识，积极主动，要接受任何方面的考验，金鸿雁说："我一直在接受组织上的考验，我一定会经受住组织考验的！"

刘兰芝说："我完全相信！"

金鸿雁认真参加整党文件精神的学习，积极提高思想上的认识。

金鸿雁认真撰写了个人工作总结，认真细致地进行了自我批评，她期待着在这次活动中能够转为正式党员。

整党活动进行到了相互批评评比阶段。金鸿雁所在的医院第二党支部召开会议，会议是由驻医院工宣队长高大壮主持的，高大壮名副其实，长得高大粗壮，他的嗓子也和身体配套来的一般，声音粗犷，据说他是来自县机械厂的锻工，运动中做的车间副主任，这次被派进驻了医院。会议首先请军代表周志国讲话。周志国身材中等，一身草绿军装，有些英姿勃发的模样，脸上稍显清瘦，嗓音略有些沙哑，他这时使劲地清理了一下嗓子说："我们这次整党运动的目的和重大意义文件里已经讲得非常清楚，就是要彻底地纯洁党的队伍……"

初秋的清晨，阳光明媚，微风送爽，大地升腾起丝丝水汽，田野的水稻开始抽穗扬花，推出一片淡淡的鹅黄，空气里流淌着淡淡的芬芳，沟渠边粗壮的芦苇出穗了，那紫红色的穗子像一队队士兵的盔樱，在微风中有些招摇。

金鸿雁挎着药箱走在田间的土路上，整党活动还有总结的第四阶段，金鸿雁决定继续下乡支农，她这次去的是Q农场。今天早晨，金鸿雁去兴隆屯一线巡诊，离着村子渐近，从田间的一条埝埂上走出一个上了些年纪的农民，右手握着一把镰刀，肩上扛着一捆稻秧草，两个人照了一个面，农民愣了一下神儿，有些不由自主地说："你是金大夫吧?"

金鸿雁看了看农民，有些似曾相识地说："大叔，您是?"

"金大夫，真的是你呀，我一直都想着找到你，好好地感谢你，可就是找不到哇!"农民有些激动地说。

金鸿雁仔细看看，农民五十出头的样子，头发有些花白，脸膛红润，目光有神，她认真想想，还是没能想起这个农民是谁来，就说："大叔，我们认识吗?"

"你真是贵人多忘事呀!"农民笑着说，"金大夫，我姓周，你忘记了，去年开春的时候，你来我们屯儿巡诊，你特意到我家里给我看的病，还给了我五块钱，我才能去农垦局医院化了验，治好了我的钩虫病贫血病的。"

农民这样一说，金鸿雁想起来了，立刻说："啊，您就是那个军属周大叔哇，您的变化太大了，您要是不说明白了，我怎么也不敢认您啦。"

"金大夫，这都得感谢你呀，没有你的帮助就没有我的今天哪! 你这是去哪儿啊?"

"还是到你们屯儿巡诊。"

"是呀，这可太好了! 金大夫，今个中午你来我家吃饭哪，我这就回去让老太婆准备去，咱们说好了，金大夫，你可一定要来呀。"周大叔高兴地说。

"不用了，周大叔，我自己带干粮了，就不给您老添麻烦啦。"

"金大夫，这话让你说的，不麻烦，不麻烦，你可一定来呀，我们在家等着你呀。"周大叔笑着坚持说。

金鸿雁去年春种时来兴隆屯这边巡诊，屯里的罗支书向金鸿雁介绍了一位姓周的军属病人，说他浑身没有劲，整天躺在炕上连地都不爱下，请金鸿雁去家里给看看是什么毛病，金鸿雁就跟随着罗支书来到了这个军属家里，军属病人就是这个周大叔。周大叔当时软软地躺在土炕上，一点精气神儿都没有，说是患病大半年了，最初浑身乏力，有些不爱动，之后就越来越不想动了。金鸿雁仔细察看了一番，见患者面色苍白、消瘦，口唇、耳郭、指甲、睑结膜均显苍白，呈重度贫血貌，又浑身无力，基本上失去劳动能力。金鸿雁怀疑患者是患了钩虫病贫血，就说大叔，您这病一直没有看吗? 周大叔说，在农场卫生院看过，他们要我去县城医院去看看，我没去。金鸿雁说，周大叔，您得去县医院化验一下大便里有没有钩虫卵! 周大叔一时没明白，金鸿雁就耐心地解释着，周大叔这时候听明白了，不由得苦笑了一下，摇了摇头。这时候踮着小脚，端着一碗开水进来的周大婶说，金大夫，不怕你笑话，我们没有钱去县里的医院去做这个化验哪。金鸿雁说，大叔、大婶，这个化验用不了多少钱，有个两三块钱就足够啦! 周大叔摇摇头，叹了一口气，周大婶说，金大夫，不瞒你说，我儿子在部队参军，说是在部队里干得不赖，一直在争取转干，一时间也顾不上我们，我们也不想让孩子为我们分心，他的前途要紧哪，老头子病了半年多了，什么活都干不动了，我们也没有告诉他，现在就是两三块钱我们也没有哇！说着还抹了把眼泪。金鸿雁看了看两间旧土坯房里，除了个旧木箱子和炕上的两床旧行李，什么都没有，不由得心生感慨，立刻掏出五元钱，说，大叔，这个钱您先拿着用，您可一定要去医院化验哪，等化验结果出来了，您拿着化验单到农场卫生院来找我。周大叔立刻推辞说，金大夫，这怎么行啊，我怎么好拿你的钱呢？周大婶说，就是，这大夫来看病怎么还搭钱呢！金鸿雁说，大叔，大婶，治病要紧，这钱就算我借您的总行了吧！周大叔说，金大夫，真没有见过你这样的好医生啊。金鸿雁叮嘱说，大叔，您可一定抓紧时间去看病，要早诊断早治疗哇。周大婶说，金大夫，你真是个好心人，这可让我们怎么谢谢你呀。金鸿雁说，大叔，大婶，咱们还是抓紧先把病看好是最重要的呀。一个星期后，周大叔拿着化验单到了农场卫生院，找到了金鸿雁，金鸿雁看了化验单，周大叔果真是钩虫病贫血，便马上开了驱虫药和补血药，给周大叔拿上，周大叔千恩万谢的，金鸿雁说，大叔，你千万别这样，我是人民的医生，就是为咱们贫下中农服务的。周大叔说，金大夫，你真是我们的好医生，等我能干活了，有了钱一定会还给你。金鸿雁说，大叔，您先别想这么多了，先治好病，养好身体是最重要的。周大叔说，金大夫，我是托了你的福哇。说着抹了一下泪。

金鸿雁到了屯子的大队部，一些村民已经在门前等候了，金鸿雁立刻进屋坐下来给前来就诊的村民看病，一直到了中午还有两个人没看上，罗支书就说："金大夫，已经到饭时了，咱们吃过饭下午再看吧。"

"罗支书，就这几个人了，还是先看完吧。"金鸿雁坚持说。

"金大夫，你每一次来都是废寝忘食地工作，这种精神真值得我们好好地学习呀。"

"罗支书，你过奖了，废寝我肯定没有，忘食也不存在，只是晚吃那么一小会儿，不碍事的。"

"没想到金大夫还喜欢咬文嚼字呀。"

"那倒不是，我只是实事求是。"

"金大夫不但是个好医生，还是一个好同志呀。"罗支书说着哈哈大笑起来。

最后一个进来的是周大叔，周大叔笑着说："金大夫，你可算看完了，我一直等着你呢，走，咱们家里吃饭去！"

"大叔，谢谢您了，我自己带干粮了，就在这里吃一口，我一会儿还去东跃屯哪。"

"那可不行，金大夫，这顿饭你怎么着都要到大叔家里去吃，你大婶已经把饭菜做得妥妥的啦。"

金鸿雁想，周大叔家里那么困难，这个饭她是绝不能去吃，罗支书这时候却说："金大夫，周大叔诚心诚意的，饭也已经准备了，你还是去吧，他家现在的条件可比过去好多了，这也多亏你的帮助哇。"

"可不是吗，金大夫，罗支书，你也一块来吧。"周大叔笑着说。

"老周大哥，我还有些事情，金大夫，你就去吧。"罗支书劝说着。

金鸿雁有些过意不去，只好跟着周大叔走了，她也想看看周大叔家里的现状。

周大叔家还是那两间土坯房，可墙身和屋顶都抹过了新泥，院落用芦苇夹起了新篱笆，肩头高，齐齐整整的，两架秋黄瓜绽出点点黄花，一畦秋韭绿得正旺，一片白菜苗，一片萝卜苗在垄背上挤挤地绽出了青绿，几只母鸡在院落里闲散地啄食着，一只山羊叫了一声……金鸿雁这时候有些不敢相信，这才一年多一点，周大叔家里竟有这样大的变化。进到屋子里，土墙被新糊的旧报纸覆盖了，看着有了些亮色，墙正中是伟大领袖的半身画像。周大婶看到金鸿雁进来，立刻牵住金鸿雁的手高兴地说："金大夫，可把你给盼来了，这一年多里，我们真的没少念叨你的好哇！"

"老婆子，别光顾着说话，这都过晌了，金大夫也忙乎一上午了，早就饿了，还是快请金大夫上炕吃饭吧。"

"就是，就是，我这是见到亲近的人，一高兴就光顾着叨叨了，金大夫，来，先擦把脸吧。"周大婶说。

一个有先进纪念字样的新白搪瓷脸盆放在一个新制作木脸盆架上，上面搭着一条新的有部队纪念字样的白毛巾。金鸿雁擦了把脸看看脸盆架说："大叔，这是您新做的呀？"

"是，是我儿子回来帮着做的，金大夫，来，快上炕吃饭吧，菜都有些凉啦。"周大叔高兴地说。

金鸿雁没有上炕，她不习惯盘腿，坐不了炕里，就坐在炕沿边上。炕桌上一盘焦黄的炒鸡蛋，一小盆菠菜炖粉条，周大婶送上一大碗米饭说："金大夫，你可劲吃，锅里还有呢！"

"这可有点太多了，我吃不下。"金鸿雁笑着说。

"不多，不多，金大夫，你就慢慢吃吧。"周大婶笑着说。

"不行，大婶，吃不了浪费啦。"金鸿雁说着往一个空碗里拨了一些饭说。

三个人边吃饭边说话，周大叔说那次吃了药后打下了好多的虫子，之后身体开始逐渐恢复了，干什么也都开始有劲了，后来儿子来信说是已经转干了，能在部队继续干下去，还会有发展的前途，前一段时间回家探了一回家，刚到家住了没两天，就接到部队一封电报归了队，说是部队组织学习，再后来说是参加部队的军宣队要到地方。

"金大夫，你成家了吧？"周大婶说。

"大婶，还没有。"

"那一定有对象了吧?"周大婶说。

"也算是有了吧。"

"该有了，该有了，他是做啥工作的呀?"周大婶说。

"搞石油勘探的。"

"啥是石油勘探哪?"周大婶有些奇怪地说。

"我知道了，金大夫，是不是在大野地里立着个大铁架子，在那里边工作的人哪?"周大叔说。

"差不多，周大叔，他们应该是一起的。"

"老头子，你咋知道的呀?"

"东跃屯东那边的路边上刚刚立起一个大铁架子来，嘿，老高老高了，我昨天还过去看过热闹呢。"周大叔笑着说。

"这要是谁家娶了金大夫这样的媳妇，真是谁家的福气呀。"周大婶有些感慨地说。

"大婶，看您说的。"金鸿雁有些脸热地说。

"我是没有这样地福气呀。"周大婶说。

"大婶，您的福气会更好的。"

"别光说话了，金大夫，你吃菜呀。"周大叔说。

"我吃着呢，对了，周大叔，你儿子叫什么名字呀?"

"小名叫拴柱，大名叫个周志国。"

金鸿雁一下子愣住了，她看了周大叔一眼，心里想，怎么这么巧哇，就立刻扒拉净碗里的米饭，放下碗，说："周大叔，周大婶，我吃好了，谢谢你们了，我该走啦。"

"金大夫，你急什么呀，吃饱了吗? 再吃点吧，要不坐着喝口水再歇会儿吧。"周大叔恳切地说。

"我真的吃好了，周大叔，东跃屯那边还等着呢，我得尽早赶过去，我走啦。"金鸿雁背上诊箱，匆匆地出了门。

"怎么这么急呢? 金大夫这是怎么啦? 是不是我们有什么话说错啦?"周大叔看看周大婶说。

"没有哇。"周大婶说。

"金大夫，你等等啊，你能找到路吗? 你慢着点，我送送你，大叔还有事要跟你说呢。"周大叔这时高声说着，打开家里的那个旧木箱找东西。

"大叔，不用了，我认识路的。"金鸿雁大声回应着，快步走出了兴隆屯，奔向西北方向的东跃屯。

按说，金鸿雁去东跃屯应该向兴隆屯北走上一段乡间土路，然后在一处丁字路口拐向正西的土路，就可以直接到达东跃屯，那样要走十里左右的路途。金鸿雁没有这样走，她出了兴隆屯，一直向西北方向走下去了。兴隆屯的西边有一片很大的芦苇地，沿着西北方向穿过芦苇地，可以直抵达东跃屯。芦苇地里有一条自然的毛毛道，应该是多年形成的，金鸿雁去年春天来这里时有人指引她走过的，大约只有个六七里路的样子，现在，她就沿着这条毛毛道走下去的。

　　艳阳高照，芦苇青青，金鸿雁走了一会儿就隐在芦苇丛中了。大苇莺在芦苇尖上欢快地叽叽喳喳地鸣叫个不停，仿佛每天它们都有好多喜事似的，苇叶不时地牵一下金鸿雁的衣裳。她干吗要这么急匆匆地离开呀？是因为听说周志国的名字而不能接受周大叔、周大婶吗？周大叔、周大婶是善良的，他们什么也没有做错，你这样可不应该呀。金鸿雁对自己说，她这时心里涌起了几分愧疚感，她有些自责。眼前的毛毛道突然断掉了，横在她面前的是一条沟渠，里面泛着清亮的流水，有些肆意地漫到了她的脚下。金鸿雁一下子疑惑了，在她的记忆里，这里是没有这条沟渠的，看看堤坝上的泥土，这条水渠应该是新挖出来的。她站在坝埂上回望，高高的芦苇遮住了她的视线，已经看不到兴隆屯了，前望，也看不见东跃屯的影子。金鸿雁在芦苇丛中开着路，她拨开密匝匝的芦苇，脚下躲避着陈年锋利的苇茬子。秋阳似火，走了好一会儿，她有些汗津津的，不时还有蚊虫扑到脸上、脖颈上叮咬，她不时地用手扑撸着，驱赶着扑面的蚊虫。她陷在芦苇丛中，举目望去，四周全是苍茫茫的芦苇，还有就是蓝天和悬在头顶秋日里火热的骄阳，她这时已经辨别不清方向了。她知道自己迷路了。这样不行，她想原路返回，走了一段路，她又找不到来的路啦！她站住芦苇丛中，深深地呼出一口气，定了一下神儿，看看头顶上的太阳，她必须向西面这一个方向走，有水的地方只能直接踏过去。她闭上眼睛，默默笃定了这个方向，开始一直走下去，走了好一会儿，她还在芦苇丛中，她站定了，喘息着，看着前方，依然是一片苍茫。这时候，她拼足了力气高声喊叫着："有——人——吗？有——人——吗？有——人——吗？"

　　"有！你是哪个？"有人回应着。

　　金鸿雁听到了，疑似幻觉，又一次高声确认着："有——人——吗？"

　　"有！"那个声音回应着，接着喊，"你是金大夫吗？"

　　"是我，我在这边哪！"金鸿雁高声喊道。

　　"金大夫，我在这边！你朝我这个方向来，我过去接你啦！"那个人高声回应着。

　　"好！"金鸿雁听着声音辨明了方向，那个人离她很近，已经听到拨开层层叠叠芦苇的声响了，走到近前，金鸿雁愣了一下说："周大叔，是您哪？"

　　"金大夫，把药箱给我，你快出来，这里又潮又湿的，还有蚊虫！"周大叔亲切地说。

他们上到了黄土路上，东跃屯的几个村民也从不同的地方聚拢过来，东跃屯于支书说："金大夫，幸亏老周来屯子里看看，要不我们还不知道你在芦苇荡里面转向了呢。"

"谢谢周大叔哇。"金鸿雁说。

"谢啥，你走得急，我让你等一会儿，你自己走掉了，我一路赶过来了，到了屯子里没有见到你，知道你一定是走芦苇地里迷路了，现在没有事就好哇，对了，金大夫，这是上次你给我拿的看病钱，现在还给你呀。"周大叔笑着说。

"周大叔，不用了，当时我就说是送给你的。"

"那哪行，金大夫，你的钱也是开工资挣的，咱们谁都不宽裕，这我就够感谢你的了，你收下，一定收下呀！"周大叔把钱塞到了金鸿雁的手里，说，"金大夫，我回了，有空就到大叔家里呀。"

"好，周大叔，再见。"金鸿雁挥着手。

"金大夫，再见。"

金鸿雁在东跃屯前的路边看到了那座高耸的井架，这让她想到了赵玉明，不知道他现在忙什么呢？接没接到自己新写的信？她来到大队部，大队部的院子里挤满了候诊的村民，她进到屋里换上了干爽的布鞋，就开始给村民瞧病了。

天色很快就暗了下来，于支书便对候诊的村民说："乡亲们，今天有些晚了，金大夫累了一大天了，就让她歇着吧，没看上病的先回去，明早再来吧。"村民们听了就散去了，金鸿雁收拾好东西，于支书说："金大夫，你就住在大队部吧，一会儿妇女主任能来陪你，吃饭我这就带你去。"

"吃饭就不用了，鸿雁，我给你带来啦！"赵玉明这时端着饭盒走进来笑着说。

"玉明，你怎么在这里呀？"金鸿雁有些惊喜地说。

"有井架的地方我都有可能到达呀。"赵玉明笑着说。

"金大夫，这位是？"于支书问。

"于支书，我叫赵玉明，我和金大夫是这个关系。"赵玉明说着就把两个拳头顶在一起，两个大拇指对着动了动，笑着说。

金鸿雁脸红了，有些羞怯地扭开了脸，于支书笑着说："啊，明白！明白！"然后转头对金鸿雁说，"金大夫，饭你真的不去吃啦？"

"当然啦！"赵玉明说着，将饭盒放在桌子上，说，"鸿雁，这饭还热着呢，你趁热吃吧。"

"那好，金大夫，你们谈吧，我就先走了。"于支书见此情形笑着说。

"于支书，再见。"金鸿雁说。

"金大夫，再见。"于支书说着，消失在薄暮中。

"玉明，你怎么知道我在这里呀？"金鸿雁明媚的眼睛看着赵玉明说。

"大名鼎鼎的金大夫来了，村子里还不传开了，我会听不到吗？"赵玉明笑着说。

"净瞎说，哎，玉明，你来这里干什么呀？"

"亲爱的金鸿雁同志，你怎么这么多的问题呀，还是先吃饭吧，吃完了饭你尽管问，我一一回答，好不好哇？"赵玉明打开饭盒说。

金鸿雁脸红了一下，看了赵玉明一眼，笑着接过赵玉明擦了又擦的羹匙，扒了一口米饭就着鸡蛋炒瓜片吃了起来，说："真好吃!"

"好吃你就多吃点啊。"

"玉明，你是不是还没吃呢？"

"你先吃吧，我吃过啦。"

"你骗人!"

"我骗你干什么。"

"你看着我的眼睛。"

"骗人是小狗!"

"谁是小狗哇？你一定是小狗了，一定是，一定是，一定是!"金鸿雁说着眼泪不由得滴落下来。

"鸿雁，你这是怎么啦？有什么事情吗？"赵玉明有些慌了，忙拿出手帕给金鸿雁擦脸，金鸿雁马上拿过了手帕。

"玉明，这次我给你写的信你还没有收到吧？"金鸿雁抹了一下眼睛说。

"是，我接到的就是你说的回医院参加整党活动的那封信。"

"玉明，这次整党活动，我的预备党员的资格被医院二支部给取消了。"

"怎么会呢？鸿雁，为什么呀？"

"说来话长。"

这时候，村妇女主任和一个青年妇女进来了，她们抱来了两床被褥，妇女主任将被褥铺好，青年妇女在堂屋将一把稻草点燃了塞进锅灶里开始烧炕，还不时友善地微笑着看他们一眼。

"玉明，我吃好了，我们出去走走吧。"金鸿雁悄声说道。

"好哇。"赵玉明说。

金鸿雁和妇女主任说了一声，他们就出了大队部。

月上柳梢头。赵玉明、金鸿雁在屯中的那条两边种植着白杨树的土路上慢慢地走着。金鸿雁讲述了整党讲评阶段的过程，最后说："玉明，情况就是这样，我之前就跟你说过，我的家庭背景是个很大的问题，不管我如何努力，它还是会影响到我的，可我不想让它影响到你。"

"鸿雁，你什么意思呀？"

"我想我们以后就不要再联系啦!"金鸿雁有些哽咽地说。

赵玉明拉起金鸿雁的手说："鸿雁，你怎么能这样想呢？我对你已经比较了解了，也是信任的，请你明确地告诉我，你是不是心里不喜欢我呀？"

"怎么会呢，如果是那样，我们是不可能开始的，玉明，我觉得你的前途更重要，我不想影响你呀。"

"鸿雁，你不要说这个，你就说真的喜欢我吗？"

"当然是真的！"

"鸿雁，我现在郑重地请求你，嫁给我好吗？"

金鸿雁一时有些错愕了，说："玉明，你说什么呢？"

"鸿雁，我请求你嫁给我，我们结婚吧！"赵玉明提高着声量说。

"你真的决定啦？"

"真的！鸿雁，相信我！"

金鸿雁看着赵玉明，喜极而泣，有些不能自持，赵玉明把她轻轻地揽进怀里，在她的额头上轻轻地吻了一下，他们紧紧地相拥着，静静中感受着彼此，赵玉明的臂膀是那样坚强有力，让金鸿雁感受到了一种坚强的依靠。月亮在白莲花般的云朵里穿行，田野里送来芬芳的晚风。

十一

天高云淡，望断南飞雁的一个清晨，何劲松骑着厂里那辆宝贝三轮摩托车在灰土公路上潇洒地行进着，清凉的秋风吹得他的面皮有些发紧发涩，幸好有那个大风镜护住他的眼睛，才不会影响他的视线，摩托车的声音让他的心里格外愉悦。何劲松此行是去TN1井交底，由于沙岗子离TN1井路途比较远，又是他一个人去，厂部就把这辆三轮摩托车借给他使用。三轮摩托车对许多人来说是一种新的交通工具，但不是谁都能上手的，主要是它不是谁都可以触碰的。有时候有些东西叫你去触碰，你可能还不会使用，那时候就会有一种尴尬。何劲松没有这种尴尬，这源于他一直对陌生、新奇的事物有一种好奇心的驱使，就像伟大领袖说的那句话："你要知道梨子的滋味，你就得变革梨子，亲口吃一吃。"另一方面是何劲松和三轮摩托车管理者和使用者有着良好的个人关系，有机会准许你触碰，去"吃一吃"，何劲松就真的去"吃一吃"了。是使用者坐在挎斗里指导他如何驾驶稳步前进的，这离风驰电掣还是有着一些距离的，可是这就已经足够了，这为何劲松今天能够使用这辆三轮摩托车奠定了基础性的条件。

RH、YL、HJ油田的发现，让上级领导看到了下辽河的光明和希望，在去冬今春地震勘探的基础上，石油勘探由东线向西线开始过渡，TN1井就是这个过渡西线南端的一个重要支点，何劲松就是组织去交这个点的负责人之一。井队是刚刚从萨尔图新调来的两个钻井队中的一个，新调两个钻井队过来就是要加快下辽河石油勘探的步伐。按照最新厂生产会议的精神，这个冬季还将有一场地震勘探的大会战，抽调的地震队都选好了，都在向下辽河集结，大家也都在拭目以待呢！

何劲松行驶的公路是一条新修建的白灰拌黄土路，一个雨季留下的坑洼已经被公路养护人修补平整了，摩托车在上面行驶得很平稳，路上的车辆和行人很稀疏，何劲松行驶一段路后，开始不满足于那种平稳行驶的感觉，他的手在转动把套，引擎开始加劲轰鸣，摩托车开始了疾驶，路边的新栽的小杨树在不断向后倒闪着，何劲松这时感觉格外爽儿，他的嗓子不由得发出一声呼喊，心也一起飞翔起来啦。

公路上远远地有一长溜三挂马车从对面驶来，车上装满大捆的芦苇，远远如小山般移动着，车老板在路上迈着脚步，拿着短鞭挥动吆喝着，不时还打出个响鞭，有些显示鞭子技巧的意味，那也是一种号令，马儿上了劲，大车就骨碌碌地跑动起来。拉苇子大车的装载宽度显得公路有些狭窄，何劲松见状就收了油门，摩托车开始在路边平稳地行进，离得渐近时，头一挂大车的一匹草黄色的梢马，盯住何劲松来的方向突然狂躁起来，咴儿咴儿的一声嘶鸣，前蹄离地，身子竖起了，车老板一声吆喝，短鞭一记炸响，那匹马前蹄落地，猛然疯狂地扭头折返回去，把装满苇捆的大车一下横挡在整个路面上，何劲松这时一个猝不及防，摩托车直接冲向了大车，他急忙刹车转把，摩托车转向了路肩，人猝不及防地飞了出去，摔在地上，一下子失去了知觉。

何劲松醒来时躺在 W 农场卫生院的急诊病床上，他睁开眼睛，眼前朦朦胧胧一个白色的身影，随即开始渐渐明晰起来，面前是个年轻的男医生，脸有些微黑，男医生用手在他的眼前晃了晃，说："同志，你醒了，感觉怎么样？"

何劲松最初感觉脑袋有些沉，坐起来有些晕晕乎乎的感觉，他活动了一下手臂，活动自如，又动了一下腿脚，感觉也没有什么问题，便说："还好，应该没有什么事。"

"你真的没事吗？"医生说。

何劲松又动了动脖颈，感觉头还是有点晕，说："头好像有点晕。"

"这就对了，你应该是轻微脑震荡，留院观察吧。"医生说。

"脑震荡？还要留院观察呀？"

"当然啦，同志，你刚才是昏迷着抬进来的，对了，是这位老同志送你来的。"医生指着一个穿着光板羊皮坎肩的老同志说。

"是呀，同志，刚才拉苇子大车的马惊了，你骑着'屁驴子'撞在大车上摔到地下迷糊过去了，你还记得吗？"老同志上前说。

何劲松有些想起来了，立刻握手笑着说："同志，谢谢你，我是怎么来的卫生院哪?"

"我开手扶拖拉机给你拉过来的。"老同志说。

何劲松立刻下了床,继续握着老同志的手,笑着说:"同志,真的太感谢你了,您贵姓?"

"免贵姓罗,罗成的罗。"

"老罗师傅,谢谢了呀,我还得麻烦你,你从哪里把我拉来的,就麻烦你给我送回那里,好吧?"何劲松笑着说。

医生马上拦阻说:"同志,你真得留院观察呀。"

"大夫,我好好的,观察什么呀?我单位上还有急事要办,井场上有一大帮人都等着我呢。"何劲松笑着说。

"你不是头晕吗?有没有恶心、呕吐的感觉呀?"医生说。

"没有,大夫,我没事了,真得走啦。"何劲松坚持说。

"同志,你如果这样就走了,要是出了什么问题,我们卫生院可不负责任哪,这位老同志,你留下你的姓名和住址,到时候你可得给我们证明啊。"医生对老罗师傅说。

"大夫,你就放心吧,有什么事情我绝不会找你们的。"何劲松说,"老罗师傅,麻烦您送我一趟吧,我真的有急事要去办哪。"

老罗师傅看了医生一眼,说:"那好吧。"

何劲松坐上手扶拖拉机,一路颠簸地回到了事故现场。事故现场这时候聚拢着不少人,马车顺在了路边,惊马儿这时也温驯了,车老板抱着鞭杆子靠在苇车上,一脸的茫然和沮丧。

手扶拖拉机停下,老罗师傅领着何劲松径直来到车老板的面前说:"同志,就是这个车老板的大车,我没让他走,你看看你们的事怎么办吧?"

"这位石油的同志,我们这匹马平时挺温驯的,今天不知道怎么了,简直像撞见鬼啦!"车老板这时挺憋屈地说道。

"好了,车老板,你不要说了,我的摩托车呢?"何劲松摆摆手,四下看看说。

"同志,你说的是那个'屁驴子'吧?"车老板一指前边的人群说,"在那个道边上呢!"

何劲松马上走过去,对围观的人们说:"哎,借光!借光!麻烦大家伙儿让一下呀!"人们立刻自动地让开了一条通道,何劲松走了进去,见摩托车斜躺在路坡上,立刻上前将摩托车扶正了,想推到路面上,可惜路坡太陡,感觉有些吃力,这时候,两个挺有眼力见儿的小伙子立刻上了手,一个在后面推,一个在旁边拥的,摩托车一下子就顺到路面上了。何劲松四下看了看,跨上摩托车,拧了一下油门,脚下使劲一踹,摩托车欢快地轰鸣起来。有人就说"屁驴子"这玩意儿真皮实,摔一下都没咋样！何劲松这时对开手扶拖拉机的老罗师傅说："老罗师傅，谢谢您的帮忙，让车老板走吧，我还有急事要办，再见了。"说着，油门一拧，摩托车在路上疾驶了起来。

何劲松到了TN1井场，比约定时间晚了一个多小时。有一群人在井场上等待，三三两两地说着话，见到何劲松骑着摩托车进来，很多人立刻围拢上来，上上下下打量着他，像看一个稀罕物似的，何劲松笑着说："干什么！干什么！你们干什么呀！不认识我啦？"

新调来的108队井队长徐天亮笑着说："何劲松，我怎么听说你在来的路上差点光荣了，这不是好好的吗？"

"徐队，我这人福大命大造化大！"

大家就笑，有人就说是不是你舍不得你漂亮的媳妇白雪梅吧？

"说得没错，这也是非常重要的原因之一吧。"何劲松笑着说。

"何劲松，分开没两年，你小子还那个德行，就喜欢满嘴跑火车。"徐天亮说。

何劲松在萨尔图实习时，最初就在108队，徐天亮也算是他的老领导，说话一点也不见外，这时笑着说："徐队，主要还是您教导有方啊，人不都说跟啥人学啥样吗？"

"嘿，好你个臭小子呀，把毛病都算到我头上来啦。"徐天亮说。

大家就又一阵儿哄笑。

这时候，慕自清的吉普车开进来，慕自清下车说："何劲松，人都到齐了，该交的事情都交代清楚，按要求各司其职！"说完，坐上吉普车就走啦。

按说这样的工作交接慕自清是不到现场的，今天是个例外，何劲松说："慕组长今天怎么来了，什么命令都没下就走啦？"

"还不是你给闹来的嘛，我们等你等不到就给你们调度室那边打电话，调度室说你早就出来了，我们疑惑你怎么回事啊？这时候你去的那个农场卫生院有人给厂部打电话，说一个骑摩托车的石油人撞上拉苇子大马车上昏迷了，慕组长就从厂部赶过来了，到了卫生院得到消息说你没有事走了，是一场虚惊，他就到这边来了，我说你小子挺有面子呀。"徐天亮说。

"徐队，您可千万别抬举我，您这样说我很容易骄傲自满的。"何劲松有些贫嘴地说。

徐天亮举起一只手，笑着说："你是找抽吧，快点，干活！干活！"

何劲松就和各个单位来的人落实井队的需要。工作落实了，人都散去了，徐天亮说："劲松，你没事到队上坐一会儿吧。"

"好哇，好长时间没见老领导了，那就去坐一会儿。"

108队驻地使用的是苇塘冬季盘塘闲置的两栋砖坯混砌的房子，经过简单的拾掇，有了些许驻地的模样。何劲松和队里的人大多都熟悉，见面打着招呼，进了队部，两人说了一些萨尔图的情况，也谈了下辽河的一些情况，最后说到108井队的事，108井队也是整建制下辽河的，唯一缺少的是地质技术员，原来的地质技术员由于种种原因留在了萨尔图，说这话时，徐天亮眼睛一亮，看着何劲松说："劲松，你能不能屈尊来几天我108呀？"

何劲松敞亮地说："徐队，我就是一块砖，党想咋搬就咋搬，你徐队的需要就是我的志愿！"

"真的假的呀，劲松，这话可是你说的，你要是没意见我可就真去厂领导那里点你的将啦。"

"徐队，我这绝对没说的，领导批准我肯定来，干什么不是干哪，况且还是到你这。"

"好，劲松，有你这句话咱们可一言为定啊。"

"男子汉大丈夫，吐口吐沫就是钉。"

"那就这样说定啦。"

"好，徐队，那我就先回啦。"

"路远，回去时你可慢点啊。"

"好的，领导放心吧！"两人握了手，何劲松就向外走，出门遇到了一个女工，女工看到何劲松有些惊喜地说："何老师，您好哇！"还伸出了手。

"哟，王慧呀，你也来下辽河啦？"何劲松愣了一下笑着说。

"是呀，何老师！"

"两年没见，你成熟多啦。"

"谢谢何老师的肯定，您这是干什么呀？"

"回我们的驻地。"

"你们驻地在哪儿？"

"沙岗子。"

"沙岗子在哪里呀？"

"那边，大概有三十多公里吧。"何劲松指指东北方向说。

"这么远，何老师，您怎么来的呀？"

"骑它。"何劲松指指旁边的挎斗摩托车说。

"何老师总有新变化，到我那儿坐一会儿吧？"王慧有些兴奋地邀请着。

"不了，今天不早了，以后吧。"

"何老师，什么时候您还能来呀？"王慧显得有些失望。

"说不好，也许很快吧。"说完，看了看徐天亮。

"如果我点将成功的话，何老师很快就会来咱们队工作啦。"徐天亮笑着说。

"真的呀，这可太好啦!"王慧笑着说，满眼透着喜悦。

"王慧，再见。"

"何老师，再见。"

何劲松踹着了摩托车，挥了挥手，摩托车扬起一溜儿轻尘远去了。

何劲松不排斥来108队，完全是因为徐天亮的个人魅力，一是徐天亮是个科班出身的儒将，对井队有一套自己的管理方式；二是他关心人，理解人，很有凝聚力。这是他顶岗实习时深切感受到的，他实习结束想留在108队的，可上级组织部门把他召回勘探研究院统一安排了工作。何劲松是先期一年参加下辽河一个多月的实地考察和踏勘的，接收了地质部普查大队对下辽河的石油勘探情况，次一年就有了673厂的下辽河啦。

何劲松永远记得在萨尔图108队那个隆冬的深夜，带班的冉副队长派他去不远处的新井场看那个蓄水池的蓄水情况。那是一个飘着细雪的夜晚，朔风猎猎，细雪落在脸上有些针刺般的感觉，何劲松扛着铁锹打着手电筒，顶着细雪来到了蓄水池，借着手电光一看，蓄水池里就蓄了一点点水，它的水都从蓄水池围堰的冻土缝隙里流走了，这个蓄水池明天要用的，何劲松就下到池水里挖泥土堵塞围堰上的缝隙，他环绕着蓄水池的围堰转着圈子，挖泥土培着围堰，一圈，两圈，三圈，水位一点点涨起来，他站在池水里出不来了，他的工鞋这会儿不知道落到哪里啦，幸好灌进蓄水池的水是热水井的水，水温还保留着一些，他要是站到地面，零下二三十摄氏度的低温，他的脚马上就会被冻住的，可他也不能老站在蓄水池里呀，水位在上升着，水温却在下降，他这时有些焦急，一时又不知道怎么办好，一柱手电光晃动着过来了，一个声音传过来，小何! 何劲松! 何劲松高声回应着，徐队，我在这里! 徐天亮来到了近前，手电筒照到何劲松，说何劲松，你怎么还不上来，你的工鞋呢? 何劲松说徐队，不知道，找不到啦。徐天亮说小何，你等会儿啊。徐天亮说着，脱掉外面的棉工衣放在冻土上，拉着何劲松站到上面，徐天亮用棉工衣将何劲松的两腿裹严实，用工衣带子捆扎结实，扛起何劲松就往井队驻地走，何劲松的体格有些高大，走了一会儿徐天亮就有些气喘吁吁了，何劲松几次要求徐天亮停下来，还说徐队，你放我下来，我可以立定跳远前行的，每一次徐天亮都说你别动! 老实待着吧! 幸好这时候冉副队长带着几个工人赶来，替下了徐天亮，徐天亮蹲在地上，捂着嘴巴，喘息了好一阵子，好半天才站起身回到队部的。

何劲松回到沙岗子，摩托车刚一停下，刘克家就从调度室跑出来，说:"师傅，你真的没事啊?"

"大家都知道啦?"何劲松看看刘克家说。

"可不，就瞒着白雪梅呢。"

"真是好事不出门哪。"

"师傅，到底怎么回事啊，吓死人啦。"

"马惊了，和拉苇子的马车撞了一架，没什么，我回家了。"何劲松轻描淡写说道。

"师傅，你走吧。"

何劲松回到了家，白雪梅坐在炕上奶着何聪，见何劲松进来了，说："咱这个单位就数你忙啦！"

何劲松看了白雪梅一眼，欲言又止，转身出来生火烧饭，白雪梅一会儿抱着何聪出来，看着何劲松说："何劲松，我跟你说话，你怎么不理我呢？"

"你说什么啦？"

"我说这个单位就数你忙啦！"

"你说的这是个问题吗？"何劲松看看白雪梅，有些讥讽的意味说。

"不是我为什么要说呢？"

"你有闲呗。"何劲松继续地讥讽道。

"何劲松，你以为我愿意呀？"白雪梅升高了嗓门。

何劲松看了一眼对门，在白雪梅面前做了个篮球叫停的手势，白雪梅白了何劲松一眼，身子一扭，抱着何聪进了屋。

白雪梅的工作在构造组，由于孩子小的关系，在组里做一些内勤工作，她也想参与一个具体课题的研究，组长宗林劝导说何劲松工作那么忙，你又有孩子，等孩子大一点再说吧。白雪梅知道组长是照顾自己，可她也是大学毕业，还是高才生，工作一晃四年多了，一点工作业绩都没有，光生孩子玩了，想到这她就有些生气。虽然单位新办了个托儿所，何聪只是白天送过去，中间还得喂次奶，她还得以孩子为中心，参与课题研究是要上现场的，很多时候还要在井队住上一段时间，这样的事情对她来说是可望而不可即的，心里不由得生出些叹息。而何劲松可以忙得如鱼得水般的自在，让她好生羡慕，她不由得时时感慨做女人的悲哀。

何劲松将饭菜端到了炕桌上，白雪梅将何聪放好，他们面对面地吃饭，白雪梅看着何劲松说："你刚才什么意思呀？"

"什么什么意思呀？"

"你不是说我有闲吗？你当我愿意呀？"

何劲松轻声一笑，息事宁人地说："我就是这么一说，没什么特别的意思。"

"你觉着我说的话很可笑吗？我也是大学毕业，我也想做些事情，是咱们家的实际情况不允许，不是吗？"

"是，这确实是个实际情况啊。"

"那你笑什么呀，是挖苦还是讥讽啊？"

"你怎么会这样想，这些都不存在呀。"

"难道我给你们老何家生孩子生错了吗？"

何劲松这时候脑袋开始大了，这是一个老问题，它被白雪梅漂洗过多次了，何劲松在多次的解读中的标准答案必须是诚心诚意地告知白雪梅："你绝对没有错，你是我们老何家的功臣，我们老何家的八辈祖宗都会感谢你的！"

"你不要敷衍了事好不好？"

本来何劲松这次还说我说的是真的，这件事情也许就过去了，可是何劲松今天另有选项，说："白雪梅，实际很多事情是有多个选择的，比如说，我父母如果留在这里帮助咱们带何聪，就没有什么能绊住你了，是不是呀？"

"何劲松，你什么意思呀？"白雪梅的声音立刻高亢起来。

"我说得不够清楚吗？你可以有好多时间，可以做你喜欢的事情，不是吗？当然我说的只是一种假设，现在已经不存在的假设了。"

"何劲松，你不要含沙射影啊！你当我蠢听不出来吗？"

何劲松立刻偃旗息鼓，说："白雪梅，你要是不愿意听，就当我没说，咱们是说话，不是争论是非曲直，也没必要，你知道吗？"说完，就开始收拾碗筷。

白雪梅嘴巴动了动，看看何劲松，没有再说什么。

何劲松一想到父母的走，心中就有一种痛，一种内疚感就会在胸中弥漫升腾，要白雪梅做老婆是自己选的，他能怎么样呢？他们已经有了两个孩子，从负责任的角度说，也要继续生活下去。母亲说得对，白雪梅的母乳很重要，对孩子，对他们，他已经忍了，一切还算风平浪静，他不想掀起波澜，事关脸面，他想把一切矛盾都关在房子里。只是白雪梅似乎看不清楚这些，总是不时地勾起他的不快，她自己竟还在浑然不觉中，这是不是一种悲哀呢？

按照惯例，何劲松每天晚上都会看两小时的技术资料什么的，一天的奔波，他有些困乏，洗完脸早些上炕睡下了，屋子陷入黑暗。

这是一个霜落的早晨，天气有些温润，何劲松刚在调度室里安排完工作，马烈通知他到队部去，何劲松坐定，马烈看看他笑着说："老何，和你说一件事啊。"

何劲松觉得马烈笑得有些内容，说："马指导员，你说。"

马烈整理了一下思路，说："昨天我去厂部开了一个党委扩大会，咱们厂当前一项极重要的工作就是抓革命、促生产，你也知道，咱们厂现在的石油勘探形势是越来越好了，萨尔图又派来了两个钻井队，就是要加快下辽河探区石油勘探的步伐。新来的108队眼前遇到了一个实际困难，他们缺少地质技术员，井队长徐天亮在厂里点了你的将，厂部领导研究原则上同意了，就是想听听你个人的意见。"

"马指导员，厂部都研究决定了，还听我什么意见哪？"

马烈沉吟一下，说："老何，你和别人不一样，在咱们队，你工作做得相当不错，是队领导班子依靠的重要骨干力量，我这里真的很需要你，所以我是不同意借调你过去的，可108队坚持，我们的工作一切都为了石油勘探开路，最后协商的结果是你暂时借调过去，一旦有了合适的人选，你立刻就可以归队，你觉得怎么样啊？"

"马指导员，我没有意见。"

"老何，我知道你是从108队出来的，再回去应该有个说法，也许因为我的坚持就没有这个说法了，希望你能够理解。"马烈解释说。

"马指导员，看你说的，就是个临时性工作，我没有什么想法。"何劲松笑着说。

"老何，你家的孩子小，这件事你用不用和白雪梅商量一下呀？"

"不用，这又不是家事。"

"老何，真的很难得呀，这也让我对你有更深的了解，难怪徐队长会坚持点你的将啊，家里这边有什么困难队里会尽量帮助照顾的。"

"谢谢马指导员，主要还是因为我在108工作过，过去大家都熟悉。"

何劲松刚回到家里，白雪梅就急不可耐地说："怎么，听说要调你去108队呀？"

"是，是临时借调，马烈刚刚和我谈过啦！"

"你同意啦？"

"厂部已经研究决定啦。"

"何劲松，你没毛病吧，你是从108出来的，怎么还去那里呀？"白雪梅声音高亢了起来。

"从108出来怎么了？那时候是顶岗实习，现在是工作需要。"

"关键是你还去当那个小技术员，你怎么那么没有身价？你有什么想头哇？"

"白雪梅，怎么说话呢？你会不会好好说话呀？"何劲松的脸当时就有些沉下来了。

"本来就是嘛，工作需要，行！怎么就没有个条件哪，怎么也该挂个副队长吧？你在单位还管着调度室和专政领导小组呢。"

"行啊，有点像管组织的人了，该去厂部工作啦。"

"何劲松，你不要用挖苦的口吻说话，我说的是事实，你现在在单位也算是重要骨干力量吧，井队需要，给你任命个副职理所当然，有什么好奇怪的呢？"

"你可真能高抬我，没有任命你倒是觉得奇怪啦？"

"好多人都这样说，这怪不得别人，是你自己没有要求！"

"我的脸皮还没有那么厚！"

"我就不明白了，你这样撇家舍业的，到底为的是啥呀？"白雪梅叹息着。

"有啥为啥的，不就是一个工作安排吗？还是临时性的，咱们石油行业一直不就这个样子吗？你是新来的吗？说了这么一大堆！咱们毕业时，组织上号召到最需要的地方去，你没去吗？下辽河你不是也来了吗？不都是一个共同的目标，为国家找油，大同小异，你可真是的！"

"我当时是上了你的贼船了，现在又让我一个人带孩子过活，我觉得冤得慌。"

何劲松嘴巴动了一下，还是把要说的话咽了回去，这才是白雪梅的真实想法呢！他收拾着去108队要带的生活用品。

十二

TN1井是西线T区域的第一口探井，关系重大，这是徐天亮要何劲松来当地质技术员的主要原因。他们刚刚从萨尔图过来，对下辽河的一切都是陌生的，要开拓钻探工作的好局面，何劲松的到来是至关重要的一环。下辽河和萨尔图的地质情况不同，徐天亮已经耳闻了，有何劲松，他们就可以睁大眼睛少走弯路，何劲松来的那天，他们的钻机就轰隆隆地钻响了。一有闲暇，徐天亮就和何劲松聊下辽河一些井的钻探情况，何劲松是知无不言，言无不尽，收获是可想而知的。

两年多没见，王慧已经亭亭玉立，面容姣好，退去了许多的稚嫩，她虽然还做地质工，已经掌握许多钻井相关的技术知识，她勤学好问，跟着原来的地质技术员在萨尔图学习，有了不小的收获。何劲松来了，她自然是要继续向何劲松学习的，学习之外，她还会和何劲松交流一些读书心得体会。王慧还是那个纯洁的姑娘，她的脑子里有那么多浪漫的幻想和期望，这是非常美好的东西，是需要好好呵护的，尽管那些东西在何劲松眼里已经显得稚嫩了，可谁没有从稚嫩时走过呀？那里毕竟有一份美好的纯真和希冀呀！

一天中午，徐天亮急急地找到何劲松说："劲松，你马上回沙岗子，白雪梅来电话了，你儿子何聪生病啦！"

"徐队，这里行吗？"何劲松听了心里十分焦急，还是说。

"没事，有我呢，你和王慧交代一下，还是抓紧回去吧。"徐天亮说。

"那好，徐队，我尽量早去早回。"

"劲松，你别急，还是要看好孩子的病。"

"明白。"

何劲松和王慧交代清楚了，便急忙跑到不远的公路上去拦车。TN1这里比较偏，没有通往沙岗子的直通车，就是换乘的中转车也早就过了时间，刚刚有一趟经过的大客车还是南辕北辙，何劲松只能有什么车就搭什么车，只要是向沙岗子大方向的就行，可路上一直空荡荡的。何劲松心急如焚，不由得迈开了大步，他先是遇到了一辆三驾马车，车老板还不错，带他走了十多里路，马蹄声声，敲击着他那颗焦躁的心，马车的目的地到了，他又开始了步行，走了三五里的样子，又搭了一程手扶拖拉机，又走了一会儿，才搭上了一辆油田的卡车。

傍晚时分，何劲松终于到达了沙岗子，他汗津津地走进了家门，白雪梅坐在炕上逗着何聪玩，何劲松见状大大地松了一口气，有些疑惑地看着白雪梅说："何聪的病好啦？"

"何劲松，我要是不这样说，你就不会回来吧？"白雪梅冷笑了一声说。

"白雪梅，你说什么？有你这样的吗？你能不能积点口德呀？你怎么好拿孩子生病了说事呢？"

"何劲松，你以为我愿意呀，要说我这样说事也是让你给逼出来的！"

"白雪梅，我怎么逼你了，逼你什么啦？"

白雪梅摸出一封信来，一下拍在炕席上，说："何劲松，要想人不知，除非己莫为，你自己好好看看吧！"

何劲松看了看白雪梅，有些疑惑地拿起信，抽出信纸抖开了，信是一个叫李月红的大学女同学写来的，前一段是回忆叙说同窗之情，交往之谊，情真意切，之后是想了解一下一个叫齐勇的男同学的为人。大学的时候，何劲松在二班，李月红在一班，是一班的文娱委员，他们接触比较多的主要是系里有较大的文艺活动的时候。李月红人长得挺漂亮的，又有较好的舞蹈功底，越剧唱也不错，是系里重要的文艺骨干之一，学校里有什么活动，系里一定要组织文艺排练，他们的关系就有一些火热，也有人说过，他们是郎才女貌天仙配，这在系里是有过一些历史印记的；齐勇是何劲松同班的同学，和何劲松一个宿舍一起住了四年，算是非常了解的，李月红现在和齐勇在一个城市里工作，从同学的交往开始走向谈婚论嫁了，不知道李月红怎么会给他写来了这样的信件？认真想一想，毕业后何劲松和李月红并无往来，倒是和齐勇时而有些书信的往来，想来应该是李月红从齐勇那里拿到了自己的联系地址吧？何劲松就说："白雪梅，这封信有什么问题呀？"

"你看这个李月红在信里和你腻歪的，我看了都觉得脸红，这种事她为什么问你呀，你们以前有什么关系呀？"

"有哇，就是大学里的同学关系呀。"

"就这么简单纯洁吗？"

"你想是什么关系？你后来不是和我们都在一个系吗？"

"这个恐怕只有你们自己才知道啦。"

"白雪梅，你没毛病吧，就因为这样一封信，你就编造谎话把我从井队骗回来？"

"这件事能怪我吗？是你们让我睡不好觉啦！"

"白雪梅，我是真没有想到你是一个心胸这样狭窄的人，是你私拆的信件，这是你自找的！"

"何劲松，是我心眼小吗？你说那个叫王慧的，是不是也跟着108下辽河啦？"

何劲松听了愣了一下，说："白雪梅，你不要侮辱一个和你毫不相干的人好不好！"

白雪梅实际上只是一时说起的猜测，见何劲松并没有否认王慧存在的真实性，就说："哼，她不相关，她一直都在勾引你，你早就知道她来了是不是？要不然你怎么会去108？会心甘情愿地去做那个什么小破地质技术员？"

"白雪梅，你不要把别人想得那么龌龊好不好？"

"是你们做了，不然我会说吗？"

"谁做了？做什么啦？"

"你们，就是你们！"

"白雪梅，我看你是找抽哇！"何劲松这时怒不可遏了，一个巴掌扇过去，一记耳光十分响亮。

白雪梅捂着热辣辣的脸一时愣住了，这是她完全没有想到的，她随即"嗷"的一嗓子叫起来，说："何劲松，你敢打我，你打！你打！"说着号啕大哭着，抱起何聪冲了上来，何聪这时候哇的一声大声哭叫了起来。

"白雪梅，你把何聪给我放下！"何劲松指着白雪梅说。

"我不，何劲松，有本事你就打死我们娘俩！"白雪梅放泼地哭叫着。

何劲松上前要把何聪夺下来，白雪梅坚决不放，何聪哭得更厉害了。

有人敲了两下门，推开门的是王桂花，后面站着拄着拐杖的刘铁柱，王桂花进来说："咳，这好好的，刚回来怎么就吵起来了，看你们把孩子吓的。"说着，马上把何聪从白雪梅的手里抱过来，摩挲着何聪的头顶说，"摸摸毛，吓不着，摸摸毛，吓不着，聪聪乖呀。"哭得一抽搭一抽搭的何聪这时候才慢慢地安定了下来，王桂花有些责怪地说："何老师，没有你们这样的呀，抱着孩子干架，这要是有个闪失，后悔你们都来不及呀。"

"何劲松，你敢打我，我妈我爸还没有打过我呢！"白雪梅哭着说。

"白雪梅，你是找打，我看你是早晚不等！"

"何劲松，来呀，你打呀！你打呀！"白雪梅有些咬牙跳脚的架势说着。

"何老师，来，你先到我们屋里坐会儿吧。"刘铁柱这时说。

"不了，刘大哥。"

"何老师，你就过来吧。"刘铁柱坚持说。

王桂花对何劲松使个眼色，推了他一把，说："大哥叫你去，你就过去吧。"

"何老师，来吧。"刘铁柱上前拽了何劲松衣袖一下，何劲松才跟着过去啦。

进了东屋，刘忠伟趴在被窝里，手里拿着书，正伸头往这边看哪，见何劲松进来了，叫了一声："何老师。"

何劲松有些尴尬地点点头，刘铁柱马上说："忠伟，早点睡觉吧。"刘忠伟"嗯"了一声，把书本放在枕头边，头转向里面睡下了。刘铁柱把炕上的被褥卷上去，转身把炕桌拎到炕上，去大柜里摸出一瓶白酒，端上几个咸鸭蛋和一碗菜饺子，说："何老师，知道你还没吃饭哪，来，咱哥俩喝两盅吧。"

"大哥，我吃不下。"何劲松摇着头说。

"何老师呀，老话说得好，天上下雨地下流，两口子打仗别记仇，事已经过去啦。"

"大哥，真的丢人哪。"何劲松长叹了一声说。

刘铁柱将酒倒下了，说："何老师，你快坐过来，咱哥俩喝一个，有什么不痛快的话，咱哥俩慢慢唠着。"

刘铁柱端起杯，示意何劲松也端起来，刘铁柱碰了一下，仰头喝了一口，何劲松放下杯子，说："大哥，我怎么这么倒霉呀，找了个这么四六不懂的老婆呀。"

"何老师，咱们住对门这么长时间了，有些事情我也知道一点，可你们已经有两个孩子了，好歹都得过下去，咱是男人，不能耍脾气打老婆，就是她有一万个不是，拌拌嘴行，就是不能动手，一动手伤得可就大了，你明白吗？来，咱们再喝一个。"

"大哥，这个道理我也知道，就是那股气蹿到头顶了，也就不管不顾啦。"

"咳，何老师，实际上我也是说得明白，真到时候也不一定啥样子呢。"

"大嫂也不会做出这样没道理的事情啊，大哥。"

"何老师，你别光喝酒，先吃几个菜饺子垫垫底。"

"好。"何劲松重重地叹出一口气。

"何老师，什么事你要往开处想，从另一个方面说，白雪梅可能太在乎你了，你说是不是呀？"

"大哥，总这个样子谁受得了哇。"

"那你就得慢慢适应啊。"

"大哥，我真的不行。"

这时，门开了，王桂花进来了，坐在炕沿上，看看何劲松说："何老师，雪梅是有不对的地方，可是再怎么着是她带着孩子，也不容易，你不能伸手就打呀。"

"嫂子，你说说这事她做得对吗？"

"是，嫂子知道，可从另一个方面说，许是她太在乎你了，雪梅没事了，你回去也就别再跟她较真啦，啊？"

"大嫂，我知道了。"何劲松点点头说。

"何老师，来，咱们再喝一个。"刘铁柱说。

何劲松回到屋里，白雪梅已经哄着何聪睡下了，何劲松看了一眼，熄灯也躺下了。回想着刚才的种种，何劲松就是想不明白白雪梅怎么会是这样的女人哪？从萨尔图时的王慧，到上次住院时的金鸿雁，到这次李月红的来信和这一次的王慧，这不就是个拎着个醋瓶子过生活的女人吗，她的猜忌无处不在，我该怎么办哪？我不可能生活在真空中吧？只能避免，可怎么避免哪？仅仅满足于她的花前月下，这是你要的生活吗？何劲松在叩问自己，回答是否定的，可这样下去，以后一定还会出现矛盾的，我该怎么办哪？何劲松在这样的叩问中蒙蒙眬眬地睡去啦。

何劲松上午到队里去了一趟，马烈对他说单位整建党工作马上就要开始了，要他写一份思想汇报，他是单位主要党外积极分子，是组织上重点发展培养的对象。何劲松又到调度室去了一趟，见刘辉和刘克家都在，出来时，遇见值班司机张志远，两人说了会儿话，张志远说明天要去108队送物资，何劲松说正好我可以搭车过去啦。

吃过晚饭，何劲松收拾完了，一边抱着何聪哄着玩，一边说："白雪梅，明天我回108啦。"

"行，劲松，有一件事咱们现在说清楚哇。"

"你说吧。"

"劲松，你忙我知道，你努力工作我也明白，但不能建立牺牲我的基础上，我也有工作，我也想做出一些成绩，不敢说多高，怎么也得对得起我的学历和文凭吧，我这一辈子不能总是这样，我这个要求不过分吧？"

"你说得不错，你就说说你具体的想法吧。"何劲松点头说。

"孩子不是我一个人的，何琼是我母亲带着，何聪你就应该多尽些心，是，你母亲是因为我离开的，可她一点都不讲卫生，我也是为了咱们孩子着想，希望你能够理解，我要说的就是希望你尽快从108出来，回到队上工作，我们在工作、生活上都有个照应，我这样说没有问题吧？"

"雪梅，你说的这些我能理解，关于从108队回来，我只能说尽力尽快，马烈和我谈这件事的时候，说厂部也在物色人选，如果没有人选，我想怎么也得把这段工作做完吧。"

"这个我不同意！"白雪梅的态度非常坚决。

"事情已经这样啦！"何劲松强调说。

"这是你的事情！"

"那你说怎么办？"

"何聪咱们轮流着带。"

"你说，怎么个轮流法呀？"

"我带一个月，你带一个月。"

"那好吧。"

"劲松，咱们就这样说定了，何聪我先带着，一个月之后你回来接班，我说的是真的，按照这个时间表，我可申请研究课题啦。"

"你想做就做吧。"

"劲松，这事我可是认真的呀。"白雪梅强调说。

"好，我知道啦。"

何劲松回到了108队，TN1井钻进顺利。几天后，赵玉明来过一次，收集了井队的综合地质情况，闲聊时说到了白雪梅，白雪梅在组里已经确定研究课题，正在着手准备工作，看来也要一试身手啦。何劲松这时候才明确，白雪梅这回是要动真格的了，算了一下日期，一个月很快就要到了，自己该怎么办哪？看来只能走一步算一步啦。

一个月期满的前一天，白雪梅把电话打到了108队，何劲松接了电话，听筒里沙沙啦啦地传来白雪梅的声音，白雪梅说："何劲松，你该回来换班啦。"

何劲松压低声音说："白雪梅，你来真的呀？"

白雪梅冷笑一声说："你以为我跟你说着玩哪？别做梦啦！"

何劲松说："白雪梅，你容我几天，这几天就要打到目的层啦。"

白雪梅说："何劲松，你说的事和我没有任何关系，什么都不要说，你明天如果不回来，后天我就把何聪给你送到108去，这个事你自己看着办吧！"

何劲松还想说什么，白雪梅果断地将电话给挂断了，何劲松看看电话的听筒，思虑再三，他不能铤而走险，白雪梅真的把何聪送到108来，他这个人可就丢大了，以白雪梅的脾气，真就可能干出这样的事来。何劲松只好和徐天亮先告了这个月的月休假，又跟王慧认真交代了一下工作上的事，便乖乖地溜回了沙岗子，实地考察一下白雪梅的动向。

白雪梅这一个月里准备得很充分，最直接的表现就是何聪已经喝奶粉了，听人说这事是很不容易做到的，不知道白雪梅做这个事的时候，经过了怎么样的心路历程？再有就是那个旅行袋里已经装好衣物，就等着主人拎起背包就出发啦！

"真看不出来，准备得还挺充分哪。"何劲松有些嬉皮笑脸地说道。

"何劲松，你是个大男人，要懂得遵守诺言，希望下次不要我再打电话提醒你呀。"

"一定，一定，我保证！"何劲松嬉皮笑脸地说。

"破瓶子——嘴好！"白雪梅说着白了何劲松一眼，开始演示给何聪冲泡奶粉及一些注意事项，何劲松虚心地学习着。

第二天早晨，白雪梅打起了背包，出发时抱了何聪一下，眼里似有泪水盈眶，抿了一下嘴巴，好像又咽了下去，她将何聪交给何劲松，拎起旅行袋，头也不回地走了。

何劲松休假的这几天，关于他的纳新问题，在党支部会上隆重地提出，绝大多数党员对何劲松的工作表现予以积极的肯定，可党支部女委员方敏却提出了异议，说何劲松同志工作表现是可以充分肯定的，但是他有歧视妇女问题，主要是有打骂妻子白雪梅的行为，这不是共产党人的作风，是地主黄世仁、恶霸南霸天的行为，就这一条他就没有达到共产党员的标准，有这种行为的人入党会在广大革命群众中树立什么样的榜样啊？众多的目光像一束束梅花针撒了过来，落在何劲松有些泛红的脸上，他的脸上立刻火烧火燎了起来，有些无地自容了，他动了动嘴唇，最终还是默言了，他不能辩解和解释，这样会越抹越黑，他更不想家丑进一步外扬！

何劲松这次不能纳新了，马烈代表支部找何劲松谈话，马烈和风细雨地说："老何，你什么都好，应该能处理好夫妻关系呀。"

"马指导员，说心里话，我已经尽力啦。"何劲松看看马烈说。

"不是尽力，要全力以赴哇，这后院起火可真不是闹着玩的呀。"马烈有些感慨地说。

"马指导员，有什么话你就直说吧，你是不是不太相信我呀？"何劲松有些疑惑地看着马烈说。

"老何，你这是什么话呀，从组织原则上说，我是不应该跟你讲这个问题的，但考虑到你确实是个好同志，还是要跟你交一下心的，有人反映了你的问题，是当地的组织把你的这些问题给澄清的！"

何劲松皱了皱眉头，想了想说："这些不会是白雪梅反映的吧？"

"老何，这个已经不重要了，重要的是问题搞清楚了，所以呀，你一定要吸取教训，正确处理好家庭和一切方面的关系呀。"

"我明白了，谢谢马指导员。"

"我是希望你处理好这方面的问题，不要因小失大呀。"

中午下班，何劲松去托儿所把何聪接回来，给何聪喂了奶粉，然后逗着何聪玩，想想和马烈的谈话，不由得有些凝神了，他和白雪梅的夫妻关系难道真的已经到了崩溃的边缘了吗？不然，白雪梅怎么会到了搞揭发的程度呢？何聪这样轮班带下去终究不是办法，这样下去自己什么都不要干了，要不把何聪送给爷爷、奶奶带？这时候，刘忠伟推门进来了，手里拿着算术课本说："何老师。"

"忠伟，什么事啊？"

"这里有道算术题我不会做啦。"

"是吗，什么题能难住咱们忠伟呀，我来看看吧。"何劲松拿过课本看了看，就给刘忠伟讲解了起来，然后说，"忠伟，明白了吗？"

"明白了，何老师。"

王桂花这时走进来说："何老师，雪梅真的去上井啦？"

"是。"

"这个雪梅可真是的，何老师，何聪我抱过去带一会儿，你歇会儿吧。"

"谢谢嫂子，我正好有点事想出去一下呢。"

"何老师，你忙你的去吧！"王桂花说着，抱起何聪去了东屋。

何劲松出了家门，奔了镇上的邮电所，他给哥哥发了个加急电报：何聪欲送父母处。

第三天上午，何劲松接到哥哥的回电：雪梅父母去！何劲松看着电文有些疑惑，白雪梅的父母怎么会突然来这里呢？难道是送何聪去父母家的事情岳父家里知道了？也是，何聪刚刚六个月，突然要送爷爷奶奶处，一定是父亲洞晓了什么，告知岳父他们了？他们两家距离不过几十里，骑自行车也就三二个小时时间。这时候，有人敲门，何劲松说："进。"

进来的是方敏，方敏说："何劲松，你家白雪梅家里的加急电报。"

何劲松接过了电报，眼皮没抬也没有让方敏坐的意思，有些懒洋洋地说："方委员，谢了呀。"

"何劲松，你是不是有些嫉恨我呀？"方敏率直地说。

何劲松看看这个有些瘦高的女人，说："方委员，鄙人不敢。"

"何劲松，支部大会上我的发言是不是实际情况啊？"

"是，方委员，我说什么了吗？"

方敏看看何劲松，欲言又止，只能离开了。

何劲松抽出了电报：父母明上午九时到沟站。

何劲松想了想，马上抱起何聪送了托儿所，回到调度室给白雪梅蹲点的井队打电话，队长孙德田这时候刚好在调度室里坐着，电话在接转中，孙德田就说："何劲松，你老婆才走几天哪，你就打电话找哇？"

"孙队长，我老婆长得多漂亮你不是不知道，我是怕她叫人给拐跑了呀。"

"何劲松，你可得了吧，你要是这样的话，还会动手打老婆呀？"

"孙队长，这是两回事嘛，你没听人常说打是亲骂是爱吗？我们老家还有一句话，叫打出的老婆揉出的面，这事很正常啊。"

"何劲松，你可拉倒吧，反正吹牛也不用上税。"

何劲松还要说什么，电话接通了，白雪梅在那边说了话，何劲松告知她家来电报的内容，白雪梅起初并不相信，还有些哂笑地说："何劲松，才这么几天你领教到滋味了，是不是何聪闹得你受不了吧？"

"白雪梅，你爱信不信！"何劲松说着就把电话给挂了。

想到岳父母要过来，何琼一定也会带回来，何劲松看看屋里的东西，马上着手做了一些必要的准备工作。

白雪梅是傍晚时走进的家门，进了门还有些狐疑的眼神，何劲松指指木箱上的电报，白雪梅看了电报才焦急起来了，问这又问那是怎么安排的？何劲松说都安排完了，只有一个问题请你定夺，就是给你父母接风要不要请人？白雪梅的心这时落了地，说，不请。白雪梅这时候疑惑父母怎么会突然来下辽河呢？便不时地看一眼何劲松，想从何劲松的脸上看出些内容来，可何劲松的脸上没有内容，白雪梅也只好作罢啦。

早晨，何劲松、白雪梅坐通勤车去沟帮子火车站去接两位老人和何琼，刚见面时，何琼有些怯生生地看着他们，何劲松就将何琼抱在怀里，哄逗着她，一路下来，何琼就接纳了何劲松。

回到家里，岳父白敬良只说他和老太婆闲着说话的时候有些想念他们了，特别是想看看这个大外孙子，说着话就坐火车过来了。

一家人其乐融融地一起待了三天，何劲松积极表现了三天，然后有些愧疚地跟岳父、岳母告假说，108队那边有十分重要的工作任务还没有完成，不能在家里多陪二老啦。白敬良拍拍何劲松的肩膀，表示理解和大力支持，还说："一个好男人就要以工作为重，以事业为重，以国家为重，你快去忙你的吧，家里有我们哪。"

白雪梅剜了何劲松一眼，意思很明显，这下你可如意啦！何劲松佯作没有看见。

实际上作为村支书的白敬良的眼睛里是有些疑问的，有时他就以阅人的目光看着何劲松，也很想听到何劲松能吐露些心声，可何劲松竟半个字都没有，这倒让白敬良有些不安了，何劲松是个不一般的女婿，他得好好管好自己的闺女，不然可能就会危险了，这不是他想看到的。

十三

秋天的清晨，天空瓦蓝瓦蓝的，透着下辽河一种别样的清爽。

赵玉明和炊事班长鲁大海从食堂里出来，在厨房的房山处看看自来水进食堂的位置，鲁大海比量着具体的位置，赵玉明点头应承着。这时，向不远处望去，一组油建队的电焊工正将水管线焊向食堂这一边。考虑到快入冬了，露天蓄水池盛水会结冰，附近的LN5井场打到了一口甜水井，厂部实施用水进户食堂计划。何劲松去了108，指导员马烈就安排赵玉明兼管一下这个事，具体事宜和油建队的焊工班联系。实际上，赵玉明的手上还有不少事情呢，可领导安排的工作他从来都不会拒绝。他这会儿就去找焊工班班长，那个矮胖的生着一脸笑意的焊工班班长姓乐（yuè），乐班长听了赵玉明的来意，就随着他来到食堂这边，看清管线进户的位置，又进食堂的屋里看了看，便说："赵技术员，外边管线走直线可以后挖沟，可进户这一块你们得先挖好沟，管线从地下进户后，这里还有个直角弯上来，上边还有分叉要接水龙头，这些需要现场做好了才行啊。"

"乐班长，我知道啦。"赵玉明就对鲁大海说，"鲁班长，你一会儿让咱们炊事班的同志辛苦一下，先把这段进户管沟挖了吧。"

"赵哇，咱们炊事班的人力有限，早晨起大早做的饭，刚刚拾到完，一会儿又该点火做午饭了，怕是挖不完，能不能让调度室派人过来帮一下忙啊？"鲁大海有些为难地说。

"行，鲁班长，那你们先挖着，我去调度室说一声，一会儿让调度派人过来。"

"赵哇，这样最好啦。"鲁大海高兴地说。

"鲁班长，那就这样啊。"赵玉明转头对焊工班长说："乐班长，我有个事还要麻烦你一下。"

"赵技术员，有事你就说。"乐班长爽快地笑着说。

"乐班长，我想在那里接个气管线的进户阀门。"赵玉明指着不远处的蓄水池说。

"你在那里接气阀门干什么呀？"乐班长有些疑惑地看着赵玉明说。

"废物利用，我想盖间房子住人。"

"用蓄水池？谁住啊？你呀？"

"不是，我们队上的住房一直比较紧张，特别是有家属来探亲的，住着实在不方便，有了这间房子，好歹还能应个急呀。"

"赵技术员，你的想法挺好哇，是件好事，这个忙我帮啦。"

"乐班长，谢谢呀。"

"不客气。"

赵玉明回过头去找刘辉。刘辉这时坐在调度室桌子前对着小镜子，手指挤压着一个大"美丽豆"有些凝神，赵玉明说："'疙瘩'，想什么呢？"

"'领导'，有事啊？"刘辉放下小镜子，笑着说。

"你的班呢？"

"我是副班，刘克家带人去管线防腐去啦！"

"'疙瘩'，你一会儿安排两个人去找鲁班长，把食堂水管线的进户管沟帮着挖好，还有把蓄水池墙上凿个洞，接个天然气管头进户，你明白吗？"

"明白是明白了，我还是跟你看一下吧，别弄拧啦。"刘辉说着，跟着赵玉明出来，他们先去看了食堂，又去看了蓄水池，刘辉说："'领导'，一个废弃的蓄水池还接天然气干什么呀？"

"我想盖间房子。"

"才屁股大的地方有啥用啊？"刘辉明显有些不屑地说。

"住两个人你说不行吗？"

"谁住啊？"

"我呀。"赵玉明笑着说。

"'领导'，你没毛病吧？"刘辉疑惑地看着赵玉明说。

"你看我像有毛病的样子吗？对了，'疙瘩'，你还想着呀，在这里开出一道门口。"赵玉明说着，在墙边捡起一块红砖头，在水泥墙的南墙面上画出门口宽的一块地方来。

"明白啦。"刘辉有些懒散地说。

"'疙瘩'，我怎么看你这两天老是没精打采的呢？"

"'领导'，我大姐又来信了，让我回去相对象，我一直犹豫呢。"

"这不是好事啊，怎么，方敏没戏啦？"

刘辉一直在想方设法地追求方敏，方敏对他却不屑一顾，便说："'领导'，人家能瞧上咱吗？上赶着你，你还不干。"

"'疙瘩'，你什么意思，是有些放不下呀？"赵玉明笑着说。

"放不下也得放下，我大姐这次介绍的人挺不错，市里有工作的，人长得也说得过去，你看看。"刘辉说着，从上衣兜里掏出一张二寸免冠照片，递到赵玉明的眼前。照片上的姑娘长像端庄，有些灿烂地笑着。

"'疙瘩'，可以呀，这你还犹豫什么呀？"赵玉明说。

"我知道不错，就是不知道人家能不能看上咱哪，别白折腾一趟啊。"刘辉说。

"'疙瘩'，不见面你怎么知道呢？你要对自己有信心，咱们石油工人有力量！"赵玉明笑着拍拍刘辉的肩膀说。

"好，'领导'，我听你的，那我就抓紧回去一趟。"刘辉有些下定了决心。

"这就对了，'疙瘩'，我走了，你马上找刘克家安排人把这些活给干了呀。"

"'领导，'你就放心吧。"刘辉说，转头就去找刘克家，要闻昭他们六个人暂停给水管线刷防腐沥青，先过来帮食堂挖进户管线沟。

赵玉明安排好这些事情，便骑上自行车奔了107井队。

田野里的稻谷一片嫩黄，高出稻谷的一撮撮绿色的芦苇和稻稗穗有些抢眼和招摇，高耸入云的井架就在眼前，钻机声轰隆隆作响。林胜平这时候在107队蹲点，他在对比研究RH区域的各个探井的地质情况。井队定的新井位，从开钻到现在，林胜平一直盯在现场，说是马上就要打到目的层，关注度就更高，干脆住在井上了。赵玉明想到林胜平不由得笑了。

前两天，林胜平回宿舍取换洗的衣服，和赵玉明说起他在北京的妻子王雅茹，王雅茹来信说是要来下辽河看他。赵玉明说"博士"这是好事啊，咱们得热烈欢迎啊。林胜平说好什么好哇，咱这里连个住的地方都没有，我不打算让她来啦！赵玉明说你们多长时间没见面啦？林胜平说来这之前，回北京过春节时结的婚，之后回去一次，现在又一年多了，一直我也没有回去。赵玉明说你不想她呀？林胜平说你这不是废话嘛。赵玉明说这不就完了，你放心，没有我们住的，也得有你们住的，这点无产阶级革命感情我们还是有的！林胜平说那你们住哪儿去？住露天地里去呀？我可不想我媳妇来了，整得你们几个像无家可归的孩子似的到处打游击！这种情况在队里其他宿舍里确实发生过，人家媳妇来一次容易吗，同宿舍的几个人就得到处去找宿儿。赵玉明就说"博士"，你就放心吧，咱们团结一致，一定会共渡难关的。林胜平还是摇头。这事一直在赵玉明的心里呢，指导员马烈交代自来水进户食堂的事情，赵玉明就想到了要废弃的蓄水池，蓄水池虽然只有六平方米大小，可是那是红砖砌的墙，水泥里外罩的面，非常结实，池子里的水泥地面很光洁，如果把墙身加高个几十厘米，再弄上个屋顶，砌铺火炕，开个门，安个窗子，里面住个两三个人绝对不会有问题的，今天刚好焊工班过来焊接水管线，他就求人家帮忙把天然气阀门安装了，先把取暖的问题解决啦。

驻107队的地质技术员是"画家"张国安，张国安现在的画技在这一片地方已经涨到"人过留名，雁过留声"的水平了。赵玉明骑车到了107队井场大门口时，刚好迎面遇到了张国安，张国安和一个当地年轻人从井场往外走，看到赵玉明立刻停下了脚步，笑着说："'领导'来了，今天怎么这么闲，有什么指示呀？"

"了解107的地质情况，'画家'，你这是要干什么去呀？"

"给他们大队画幅画，这位是J大队的民兵连晏连长。"张国安指指身边的年轻人说。

"你好，晏连长。"赵玉明和年轻人握握手。

"你好，'领导'，我姓晏，晏宝贵！"晏宝贵壮实的中等身材，方脸，眉毛有些浓重。

"晏连长，你画画还是改日吧，我和'画家'今天有些工作要交流呢。"赵玉明说。

晏连长看看张国安，有些焦急地说："'领导'，我们这次的画像急着用，再晚时间就来不及了，你就行个方便吧。"

赵玉明看了看张国安，张国安立刻笑着说："'领导'，107地质的事'博士'全都清清楚楚的，有事你就找他吧，我和队长肖永利已经请好假了，走了呀。"说完拽了晏宝贵的衣袖一下，走了。晏宝贵这时和张国安小声说了句什么，张国安应了一声，晏宝贵回头看了赵玉明一眼，笑了一下。

赵玉明摇了摇头，他知道张国安一有画画的事，手就痒得不行不行的，人的爱好真是了不得呀！赵玉明推车来到地质间，地质间里一张铁床一个办公桌，林胜平伏在桌上写着什么，听到门响抬起了头，看到赵玉明，就说："'领导'，怎么又来检查工作啦？"

"谁敢在'博士'面前称'领导'哇，不想混了，要说请教和探讨还差不多呀。"

"'领导'，真的说不过你，今天有什么贵干哪？"

"专门过来给你报喜的。"赵玉明笑着说。

"报喜？你可算了吧，我何喜之有哇？"林胜平有些疑惑地说。

"你的房子这下有着落啦！"

"房子，什么房子呀？"林胜平更是一头雾水了。

"就是你媳妇来住的房子呀。"

"你说这个呀，我已经给王雅茹写信，告诉她不要来了，就是还没寄出去，'领导'，你哪儿来的房子呀？"

"用蓄水池改建哪，十天之内保证能住上人，告诉你媳妇来吧，到时候是住宿舍或这个房子由着你们选。"

"要是这样的话，我们还是住蓄水池改建的房子吧。"

"'博士'，你的选择是正确的，咱们宿舍是宽敞，可放个屁隔壁都能听到，这个房子小了点可僻静啊，我们快说工作上的事吧。"

林胜平把手里的笔记本拍在赵玉明面前说："'领导'，都在这里面哪，你看有什么需要就自己选，我得出去走走啦。"

"那好吧。"赵玉明坐下，开始翻阅工作笔记，摘取自己需要的东西，林胜平的记录非常翔实和细致，表现出认真的研究态度。做完了记录，赵玉明站起身来，伸展了一下有些酸楚的胳膊，重重地舒出一口气。这时候，外面传来一阵嘈杂声，赵玉明忙开了房门，只见井架下的场地上围拢了一些人，对着一个躺倒的人招呼着，井队长肖永利匆匆地跑了过去。见状，赵玉明也急忙跑过去，到了近前才知道，刚刚井口出现井涌的迹象，钻机要换方钻杆，忙乱中场地工孙连忠被钢丝绳扫到了头部，伤口有少量的出血，人却昏迷了，怎么招呼都不醒。林胜平这时候将手指放在孙连忠鼻孔上，感觉到了里面的微弱气息，说："他应该就是昏迷了。"

"快送农场卫生院！"肖永利急切地说。

有人立刻扛来一个自制的铁担架，铺上一块破毛毡，将孙连忠小心翼翼地抬到担架上，四个人抬起上了肩，匆匆地奔向三里路外的农场卫生院。肖永利这时候说："赵技术员，你和林技术员先跟着过去，我给厂里打个电话。"

"好的，肖队长。"赵玉明说着，就和林胜平一起匆匆地赶了上去。

农场卫生院是一栋红砖瓦房，临着一条有些破旧的沙石公路，卫生院有内、外、妇科三个门诊，孙连忠被抬到外科门诊室里，一个中年男大夫问了一下情况，翻了一下眼皮，又照了照瞳孔，就出去找他们院长了。

院长姓张，女性，团脸，面目清丽，白皮肤有几颗浅浅的雀斑，三十多岁的样子。张院长看了一下孙连忠的伤情，问了情况，立刻说："同志，患者应该是颅内损伤，我们这里没有这种救治能力，你们还是赶紧转院吧！"

"张院长，你是说患者得去垦区医院吗？"赵玉明确认说。

"咱们的垦区医院也没有这种救治能力，最起码你们也得去锦州。"张院长说。

"人命关天，现在连台汽车都没有，这个院可怎么转哪？"赵玉明有些焦急地说。

"柏大夫，要不你去请一下王老师，让他给看看？"张院长对那个男大夫说。

"好，院长，我这就去。"柏大夫包扎好孙连忠的伤口说。

肖永利和井队技术员康勇为这时候进来，肖永利急切地问："赵技术员，孙连忠的情况怎么样？"

"肖队长，不好，院长要咱们立刻转院，最起码也要去锦州，可现在咱们连台汽车都没有哇。"赵玉明说。

"我已经跟厂部汇报了，厂部已经派车过来了，还联系了农垦局医院。"肖永利说。

"能有车是最好的。"赵玉明说。

说话间，柏大夫陪着一个梳着大背头，有些清瘦的中年男人走进来，张院长马上笑着说："王老师，又麻烦您了。"

被叫作王老师的人神情庄重地点点头，没有说话，径直走到孙连忠跟前，打开伤口上的纱布看了看，伤口不大，出血已经停止，有些微微地凝结，王老师俯下身子，看看凝结的血块，发现里面有几点白色的东西，他皱了一下眉头，摸了摸孙连忠脖颈的脉搏，说："张啊，这个病人目前情况还算稳定，不要随便乱动了，先给补上糖，要尽快送省城医院去治疗哇。"

"王老师，总是给您添麻烦，谢谢您啦。"张院长点点头，转头对肖永利说："肖队长，王老师的意见你们听清楚啦？"

"这里的道路这样不好，又不能乱动，什么时候能送到省城医院哪？"肖永利有些为难地说。

王老师看了肖永利一眼，说："你们这个伤员的情况比较特殊，不行你们可以叫空军直升机帮忙啊。"

这个话着实把赵玉明吓了一大跳，肖永利面带难色说："空军直升机，这是我们能叫得动的吗？"

"不试试你们怎么知道哇？汽车一路颠簸的，什么情况都可能发生的。"王老师转头说，"张啊，那我就先回去了。"

"谢谢王老师，我送您。"张院长笑着说，送王老师出去了。

"空军直升机。"肖永利嘴里念叨着，开始搓着手，脑袋有些大，看着赵玉明，赵玉明这时的脑子也有些短路。

张院长回来了，赵玉明立刻说："张院长，这位王老师是？"

"省城下放的脑外科专家，他只能做这么多，你们还是赶快想办法联系空军的直升机吧。"张院长说。

"肖队长，看来只有这条路啦，怎么都得试试，走，咱们去邮局打个电话吧。"赵玉明建议说。

"那好吧。"肖永利说。他们一起出了卫生院的门口，这时，刚好农垦局医院的救护车、慕自清的吉普车和一辆解放卡车同时到达，救护车里下来的是垦区医院外科主任蔡多华一干人等，张院长立刻接了进去，去门诊看孙连忠。

看到慕自清，肖永利一下有了主心骨，马上向慕自清做了汇报，慕自清立刻说："赵玉明，你和林胜平去邮电所打电话，马上联系空军直升机。"

"是，慕组长。"赵玉明、林胜平应了一声，立刻奔向了邮电所。

邮电所离卫生院不远，都在一条穿镇而过公路的路边上，分分钟的路，邮电所门前立着一个敦实但有些斑驳的绿色铁皮邮筒，一棵海碗粗的柳树活在旁边，葱郁的树冠被修剪掉小半边，一根锈迹的八号铁线当作天线绑在树头指向天空，下端系一根电话线连到邮电所的屋子里。赵玉明、林胜平进了邮电所，来到服务台前，赵玉明说："您好，我们要打个长途。"

服务员从台里把黑色的电话机捧出来，送到了赵玉明面前的台面上，赵玉明拿起电话听筒，夹在肩头上，开始用力摇了几圈电话机手柄，一会儿，听筒里传来一个女话务员甜美的声音："您好，请问您要哪里？"

"沈阳，沈阳空军司令部。"

女话务员好像没听清似的重新问了一遍，电话才在接转中。

赵玉明看了林胜平一眼，握着听筒，焦急地等待着，听筒里不时有沙沙的声音。

"您好，我是沈阳，请问您要哪里？"女话务员的声音遥远而有些缥缈。

"我要沈阳军区空军司令部！"赵玉明马上说，连续说了三遍，话筒里空旷了，不时还有沙沙的声音，赵玉明拿话筒的手有些出汗了，握得有些酸楚了，他换了一只手，将话筒紧贴在耳朵上，集中精力倾听着。这时，一个更为遥远缥缈的声音传过来，断断续续的，赵玉明一半凭着感觉，马上述说自己这边的情况，他说了三遍，那边应该是听明白了，请他稍等。赵玉明对着林胜平的眼睛说："他们应该是向上级首长请示呢。"

这时候，井队技术员康勇为匆匆地跑进来，急切地说："林师兄，慕组长问空军直升机联系得怎么样啦？"

林胜平指指赵玉明，说："我们刚刚联系上沈阳空军司令部，在等回音，康技术员，怎么啦？"

"孙连忠刚刚又出现了异常反应，那个王老师又来帮助处置了一下，说是要咱们抓紧联系空军直升机。"

"知道了，我这儿在等回音。"赵玉明说道，康勇为点头跑了出去。这时候，听筒里传来断断续续遥远而缥缈的声音，赵玉明将听筒压紧在耳朵上仔细辨析着：我们所有直升机都出去执行任务了，一时间回不来，我们已经帮助你们联系了沈阳军区总医院，总医院已经派脑外科专家乘快车去你们那里了，十六时零五分到达沟帮子火车站，请你们务必准时做好接站！我再重复一遍……

赵玉明放了电话，和林胜平快步跑回卫生院，向慕自清汇报了刚才的情况。慕自清听了汇报，眉头有些皱起来，他抬腕看了一眼手表，说："赵玉明、林胜平，你们马上坐我的吉普车去沟帮子接站吧。"

"是！"赵玉明说着，便坐上了吉普车向沟帮子火车站疾驰。时间就是生命啊，赵玉明清晰地记得他在井队实习时，一个钻工被井架上掉下的一个螺丝帽打破了头，血流不止，井队当时没有汽车，联系的汽车在赶往井队的路上，可那个钻工失血过多，脸色变得越发苍白，他们不能再等了，井队长要工人们抬起这个钻工去迎那台赶来的汽车。那个钻工是在汽车的摇晃中离世的，赵玉明这时候知道这个钻工的血小板低，基本没有凝血的功能。

沈阳军区总医院来的脑外科专家是位四十出头的吴姓军医，吴军医来到卫生院病房看了看孙连忠，说："张院长，伤者是谁处置的？"

"一个省城下放到我们这里的脑外科专家王医生！"张院长犹豫一下说。

"张院长，你们前面的救治很得法呀，伤者存活的希望是很大的，关键的问题是你们还是要抓紧时间联系空军的直升机，尽快送到省城总医院去救治。"吴军医这样说道。

"沈阳空军司令部说部队的直升机都去执行任务了。"慕自清有些无奈地说。

"你们还可以直接联系北京空军司令部哇。"吴军医提示说。

"赵玉明，林胜平，你们和我一起去邮局。"慕自清看了吴军医一眼说。

"我也跟你们一起去。"吴军医说。

"我也去。"康勇为说。

"咱们走吧。"慕自清果断地说。

一行人快步来到了邮电所，看到邮电所负责人下班刚刚锁上了门，赵玉明立刻上前说明了情况，邮电所负责人开了门，说："同志，你们打长途电话可以，可马上就要六点钟了，一会儿是农场时事新闻广播时间，那四个高音喇叭一响起来，长途电话里就什么都听不清楚了。"

慕自清看了一眼手表，说："这不马上就要到新闻广播时间了！"立刻，广播大喇叭里果然有了些声响。

"同志，那我们该怎么办哪？"赵玉明立刻问邮局负责人。

"你们马上派人去农场的广播站，和他们协商一下，看能不能让广播停播呀！"邮电所负责人说。

"慕组长，我去吧？"赵玉明自告奋勇地说。

"我和你一起去。"康勇为立刻接上说。

"那你们快去吧。"慕自清立刻挥手说。

赵玉明问清了方向，两个人瞄准了竖着四个大广播喇叭的高杆子方向快步跑去，高杆子引导他们来到一栋红砖房下的顶头一个房门，门框上挂着广播站字样的白牌子，赵玉明跑上台阶，猛然拉开房门，里面的一个年轻女广播员"妈呀。"一声叫了起来，脸色有些惨白，尖厉的声音说："你干什么呀？"

赵玉明喘息着连忙摆手说："同志，对不起，实在是不好意思，我们来就是想和你商量个事，你们的新闻广播先不要播放了。"

"你是干什么的？你们说新闻广播不播放就不播放啊。"女广播员有些没好气地抢白着。

"同志，是这样的。"赵玉明刚说话，后面一个男声大声说："哎，哎！你们干什么？哪个单位的？没看见广播重地，闲人免进吗？"

"站长，他们说不让我们播放时事新闻啦！"女广播员马上大声说。

"你们干什么的？捣乱破坏呀！走！走！走！马上！要不我叫武装民兵把你们抓起来呀！"站长的眼睛这时瞪起来说。

"站长同志，您误会了，刚才是我的心太急了！"赵玉明马上谦和地说，然后，就把井队的一个工友受了脑外伤需要长途电话联系空军直升机的事情说了一遍。

站长有些天方夜谭般的感觉，还是看着赵玉明说："你说的是真的吗？"

"站长同志，千真万确，病人就在农场卫生院，这可是人命关天的大事啊！"康勇为马上说。

"广播站停播时事新闻这个事忒大，我可做不了主，你们稍等一会儿，我去请示一下我们农场的革委会主任，宝霞，你先等一会儿啊！"站长说着，疾步向不远处的农场场部办公室走去。

"同志，这时候你们革委会主任还能在农场吗？"赵玉明有些担心地问。

"应该在吧。"女广播员说。

赵玉明看着场部的方向，站长一会儿回来了，随同的是那个民兵连连长晏宝贵，还带着两个武装民兵，手里掐着半自动步枪，站长说："宝贵，就是他们!"

晏宝贵立刻严肃地说："你们是哪个单位的，到底怎么回事啊?"

"事我和站长说过了，晏连长，早晨咱们见过面的。"赵玉明立刻说。

"早晨?"晏宝贵看看赵玉明有些疑惑。

"是呀，在107井场，你去找'画家'给你们画画，你们一起走的。"

"啊，你是'领导'同志吧，不好意思，恕我眼拙呀。"晏宝贵立刻笑着对站长说："这人我见过，和我们大队请的画家是一块儿的。"

"那行了，同志，今天的广播可以停播了，我们马上说明一下呀。"站长说。

"站长同志，非常感谢呀。"赵玉明握了握站长的手。

"不客气。"站长说。

"'领导'同志，别误会呀，我们主任怕有人搞破坏和捣乱，就喊我过来啦。"晏宝贵笑着说。

"没关系，晏连长，你们提高警惕是对的，再见哪。"赵玉明说着，就和康勇为向邮电所跑去。这时候，大广播喇叭里播送着今天时事新闻广播停播的说明，救死扶伤，发扬革命的人道主义精神，为的是救护一名受伤的石油工人老大哥，打长途电话联系直升机的需要。

回到邮电所，慕自清正将电话听筒紧贴在自己的耳朵上，电话还在接转中，电话里好像是有了些声响，慕自清听得不太清楚，一直在说，你大点声！你大点声！连续几声之后，他就有些气馁了，慕自清也是井队长出身，许是那段职业生涯让他的听力受了损伤，他把听筒交了出来，说："林胜平，你来接听吧。"

林胜平将听筒紧紧地贴在耳朵上，他听清楚了，那边说是北京中国人民解放军空军司令部，林胜平立刻说明了需要直升机帮助的请求，对方问有没有着陆场地，林胜平重复了一遍，吴军医马上说有，这旁边有个小学校，里面那个操场就可以用。林胜平对着听筒说，有！有！有！林胜平听了一会儿说，问咱们这里的天气情况?吴军医回答说，晴朗！晴朗！晴朗！林胜平说问病人状况，就把话筒给了吴军医，吴军医接过话筒，自报家门沈阳军区总医院，说伤员伤情比较稳定，急需直升机运送。吴军医一会儿说空军问你们所属单位?慕自清说，石油部673厂！吴军医说明了，又听了一会儿，这时把听筒交给林胜平说："北京空军在汇报研究决定中，要你们和石油部方面马上取得联系，要石油部和北京空军方面联系和确认。"

大家的目光都投向了慕自清，慕自清立刻说："林胜平，你先联系石油部勘探司。"

林胜平马上要了石油部勘探司，这次电话接转得很顺利，石油部勘探司说马上会汇报给石油部军管会，由他们尽快和北京空军司令部方面取得联系。

窗外，天空渐渐地黑下来，大家你看我我看你的，不时看电话机一眼。吉普车司机陈耀光进来了，怀里抱着一个纸盒箱子，里面装着些饼干和面包等吃食，慕自清说："时候不早了，大家先吃点东西垫吧垫吧吧。"

邮电所负责人进了里面的办公室，拿出一个竹皮暖壶和两个斑驳的白搪瓷缸子，倒上了开水，大家嚼着饼干和面包，耐心等待着。这时候，屋里除了咀嚼声，还能听到慕自清手表指针的走动声。

电话铃突然响了起来，林胜平立刻拿起了电话，是石油部勘探司打来的，说是和空军司令部已经联系好了，那边要下辽河673的准确位置。林胜平报送了大地坐标，又开始了漫长的等待。铃声又一次响起，林胜平忙拿起电话，还是石油部勘探司，说是空军方面要经纬坐标，林胜平马上报送了，又在等待中。铃声又一次骤然响起，林胜平认真接听着，开始复述电话的内容：北京空军司令部研究决定，由锦州空军派遣直升机，一个小时可以到达下辽河上空，请你们在着陆点燃起四堆篝火为号。林胜平说明白了，放下了电话听筒。

"赵玉明，你马上组织人员准备柴草，搬到小学校操场上去！"慕自清发出了命令。

"是！"赵玉明应着，快步向小学校方向跑去，康勇为跟在后面。小学校操场旁边正好有一户人家，屋前有一个挺大的稻草垛，那户人家的一个中年男人刚好从院子里走出来，赵玉明立刻上前说："哎，同志！我们想用你家几捆稻草，你记个数，我好给钱哪。"

中年男人看看赵玉明，说："你用稻草干什么呀？"

赵玉明说了原委，那个男人听了有些新奇，立刻慷慨地说："行，你们随便用！"还和赵玉明他们一起拎起几个稻草捆，一同往小学校的操场里走去。

按照吴军医的指点，四堆篝火的稻草捆已经在小学校操场的四角上码好。慕自清安排林胜平去卫生院那边听信号，看到这边直升机落了地，就指挥人员抬着孙连忠赶过来。慕自清站在操场的南边看着手表，计算着直升机到达还要多少时间。

直升机没有到，看热闹的村民们却在不断增加，熙熙攘攘的人群加剧鼎沸的声浪，特别是一些孩子，上蹿下跳的，像是参加一年一度的社火活动。一会儿，一队荷枪的武装民兵跑步开进了操场，那个叫晏宝贵的民兵连长进来问明了情况，开始组织武装民兵对操场里的闲杂人等进行了一次大清场，围出很大的一个大圈子，维持操场内的秩序。许多人都在仰望着夜空，不时看着明亮的月亮在莲花般的云朵中穿行。

二十二点过了些，隐隐一阵儿引擎的轰鸣声从空中传来，而且越来越大，闪着灯盏的直升机终于从西边飞临了小学校操场的夜空，在空中盘旋轰鸣着，寻找着合适的着陆点，现场的人们一下子欢腾了起来。慕自清高亢的声音喊叫着："点火！"

四支火把扔到四个已经洒上柴油的稻草捆堆上，火焰一下腾空燃烧了起来，整个操场亮如白昼，直升机旋动着强烈的风尘，徐徐地降落在操场正中央处，机舱门打开了，林胜平带着抬孙连忠的担架跑过来，吴军医低着头，引导着担架将孙连忠送上了直升机，直升机关上舱门，引擎的轰鸣声不断加大着，直升机开始慢慢地升腾着，灯盏一闪一闪的，跃升到一定的高度悬停了一下，机头开始转动了，在人们的目光中，很快消失在东北方向的月夜中。

赵玉明、林胜平、康勇为一起走向了107队，赵玉明说："康技术员在107工作呀?"

林胜平笑着说："看这一通忙乎，我都忘记介绍了，赵玉明，我们队的'领导'，康勇为，107队新来的技术员!"

康勇为马上握住赵玉明的手，笑着说："赵副组长，久仰! 久仰啊!"

赵玉明感觉康勇为虽然年轻，看得出是个十分精明强干的人，不由得说："很高兴能认识你。"

十四

深秋里的一轮金灿灿的太阳，照在身上暖洋洋的。金鸿雁兴冲冲地回到了医院，马上去院办找好友刘兰芝，刘兰芝见她高兴地说："鸿雁，你这一走又有两个多月了，怎么也不想着回来看看我呀，是不是谈恋爱把我都给忘记啦?"

"怎么会呢，我这不是回来了吗，兰芝，你还好吧?"金鸿雁笑着说。

"别说我，说说你自己，你看着有些瘦了，这一段时间下乡怎么样啊?"刘兰芝认真审视着金鸿雁说。

"很好哇，空气清新，民风淳朴，村民友善。"

"看你的精神状态就知道你很不错，怎么个好法呀，鸿雁，说得具体点。"

"兰芝，你猜猜看。"

"这可让我怎么猜呀，鸿雁，你就别绕弯子了，还是乖乖地交代吧。"

"我巡诊在东跃屯遇到了赵玉明，他向我求婚了!"

"真的吗?"

"当然是真的。"

"这么说你是答应他啦?"

"是呀，我怎么能不答应他呢。"

"鸿雁，咱们是好姐妹不是?"刘兰芝看着金鸿雁。

"兰芝，这还用说嘛。"

"既然是这样，鸿雁，我有话可就说在前面哪，实际上赵玉明我是没怎么看好的。"

"兰芝，你怎么这样说呢？"金鸿雁惊讶地看着刘兰芝，有些不解。

"鸿雁，你千万别误会呀，我说的并不是赵玉明这个人有什么不好，而是他的工作，你没有听见人们是怎么说他们的吗？'远看像要饭的，近看像逃难的，仔细一打听，是搞石油勘探的'，他们走南闯北，居无定所的，我总觉得他对你不是太合适。"

"兰芝，这方面我不在乎，我在乎的就是赵玉明这个人，他有担当，有责任感，在我最需要的时候给了我极大的安慰，让我感到特别的踏实，我不找这样的人还会找什么样的人哪？"

"鸿雁，你说得不错，可是一旦结婚了，有了家庭，你们要有孩子的，你们的家安在哪里呀？你们将过一种什么样的生活你想过吗？林梅护士长你不是不知道，她的一切不值得你参考借鉴吗？"

林梅是他们医院妇产科的护士长，金鸿雁是熟悉的，林梅的丈夫是个军人，说是守卫在北疆高寒的大兴安岭地区，林梅不能随军，也不可能去随军，林梅带着孩子生活在这个县城一个叫王家的大院里，大院里丈夫的亲戚都在尽心地帮助和照顾她，她是有所依托的。但是在那个冬季的夜晚，林梅回来晚了，她累了，她睡得太沉了，以至于两岁的妞妞从炕上跌到了地炉子上，碰翻了铝壶，开水烫伤了妞妞半边的脸和脖子，性格开朗的林梅一下子变得抑郁了，一说起妞妞，她就泪流满面，一直生活在痛苦的自责中。

金鸿雁知道刘兰芝是关心爱护自己，但她不会因为这个原因放弃赵玉明，她笑着轻松地说："兰芝，这些问题我也考虑过，他们现在石油勘探的形势越来越好了，应该很快就会在这里建立永久性的生活基地，那样，一切就很快解决的！"

"鸿雁，看来你把一切都想清楚了，赵玉明是最重要的，这样我只能祝福你们了，你这次回来是不是要开介绍信结婚哪？"

"兰芝，没有这么急，我想先回家里看完我妈回来再说。"金鸿雁笑着说。

"是呀，婚姻大事是该跟妈妈说说，听听老人家的意见，你也好久没有回家了，是该回去看看啦。"

"是呀，一会儿我就回家去。"金鸿雁说。

金鸿雁回到了阔别了两年的那个小镇，走向那个熟悉的院落。那个院落已经让她不那么熟悉了，院落里又搬进了两户人家，院落里的格局发生了根本性的变化。弟弟金鸿鹄不在城（镇）里吃闲饭，已经下乡到偏远的农村插队落户去了，母亲和在镇郊插队的妹妹金鸿霞退居到两间小耳房里，是舅舅带人帮着把那个月亮门用旧砖堵住，断了连通那个院落的路，仿佛这样就和那个院落没有任何关系了。母亲金宁氏瘦了，脸上堆积出了细微的核桃纹，长发剪成了清汤挂面，有一种霜落的感觉。

金鸿雁奇怪母亲怎么会心甘情愿地蜗居在两间小耳房里？母亲笑着说这样我们才会安定的，特别是那个月亮门堵塞之后。

母亲是穷苦人家出身，她经历过了，品味过了，心里就透彻啦。金鸿雁明白没有道理可讲的时候只能退而求其次，她不是也一样吗？她和母亲说到了和赵玉明的种种，母亲笑了，是那种很欣慰的笑，她问母亲："妈，你笑什么呀？"

"不怪你姥姥说，我们家鸿雁的命真的不错呀。"母亲说。

金鸿雁明白母亲的意思，金鸿雁曾经被当作一个弃儿处理过。那是她刚出生时候，她一出生就有两个小虎牙的牙苞，接生婆看了说是不吉利，父亲就把她的生辰八字拿去找人看了，看八字的人说这个女婴命里"克"父母和家人，有这种说法按这里的规矩她是应该被溺亡的，可是母亲将她包得规规整整，让父亲将她抱出放在镇南大路旁的石头界碑处，躲在远处远远地看着，希望能有个人将她抱走。姥姥是一大清早来他家的，听说了这个情况，马上拐着小脚飞一般地跑出去，找到被丢弃的金鸿雁抱起了她。据说，那时她哭得已经有些气衰了，姥姥将她抱回了家，正色地对所有人说我昨天晚上做了一个很奇异的梦，梦到有一只凤凰衔了一颗明亮的珠子放在我女儿的家里了，这是个大吉大利的好兆头哇，所以，我一大早就跑来看个究竟！这是所有人都乐于相信的事情，鸿雁也一下子有了些传奇的色彩，成为让人另眼相看的掌上明珠啦。

晚上，母亲教授了金鸿雁女人之道。

金鸿雁和妹妹金鸿霞一起上山拜祭了父亲。妹妹说他们也很久没有上山看望父亲了，这样才能表明他们和父亲已经彻底划清了界限。父亲的坟土矮下去了半截，被丛生的野草覆盖着，那个石刻的墓碑不知被什么人拉倒歪在一旁，看着这一切，金鸿雁满心凄凉。她们圆了坟，扶好了墓碑，摆放祭品，一起跪在父亲的坟前，金鸿雁向父亲默告着自己经历的一切，她马上将要面对新的生活了，这不是您老人家期待的吗？她祈祷父亲九泉之下安息，也祈求父亲在天有灵，能够佑护家人。

下山的路上，金鸿霞说："姐，那个赵玉明真像你说的那样好吗？"

"鸿霞，你什么意思呀？"

"我是在想你是不是为了安慰咱妈呀。"金鸿霞看着远处说。

"我为什么要骗妈呀？"

"你是怕妈担心你呗。"

"姐姐不会的，姐姐要的是幸福，没有幸福，姐姐宁可不要！"

"那他怎么没有和你一块儿回来呢？"

"我没有邀请他，就是邀请，他也不一定有时间，他们石油勘探工作很忙的！"

"石油勘探是一个什么样的工作呀？"

"我也说不太好，简单地说就是在地底下找到有石油储存的地方。"

"石油好找吗?"

"肯定不好找,不然他们怎么总是在荒原里行走,还要立上井架钻探呢。"

"他们里面没有女人吗?"

"有,好像不是很多。"金鸿霞默默地点了点头,金鸿雁说,"鸿霞,姐和鸿鹄都不在家里,你一定要照顾好妈妈呀。"

"姐,这个你就放心吧。"

金鸿雁回到医院,和刘兰芝聊了一会儿回家的事情,发了些感慨,最后说到要开婚姻登记介绍信,刘兰芝说:"鸿雁,你先坐一会儿,我去请示一下院领导哇。"

"好,你去吧。"金鸿雁说,看着刘兰芝出去了,她拿了介绍信就要联系赵玉明,确定婚姻登记的事。

刘兰芝回来了,说:"鸿雁,领导说了,要看见赵玉明单位的介绍信,才能给你开具介绍信。"

"这是周志国说的?"金鸿雁皱了一下眉头说。

"不是,是高大壮。"

"高大壮,周志国呢?"

"说是去省里参加学习班学习啦。"

"我去找高大壮,这是什么规定啊?"金鸿雁有些生气地说。

"鸿雁,你就算了吧,俗话说'不怕官就怕管',你和他置个什么气呀,这件事清清楚楚明明镜镜的,你犯不着找他,还是算了吧,不就是多跑一趟路的事吗,多一事不如少一事啊。"刘兰芝劝解说。

听人劝,吃饱饭。金鸿雁想想也是,人家现在是医院的领导,嘴大,说啥就是啥,便说:"周代表什么时候回来呀?"

"不知道,好像得一些日子吧,你想找他呀?"

"是呀,我想问问取消我预备党员资格的事情他了解得怎么样啦。"

"你的事已经上报卫生局了,情况怎么样还不知道呢。"

"这么说周志国没有调查?"

"也不能这么说,他和我问过你的问题,我想他主要是不会因为你得罪高大壮的。"

"咱们共产党人不是最讲认真吗?"

"鸿雁,你也别太较真了,那个事就先那样吧,现在你的婚姻大事是最重要的。"

金鸿雁想了想,就给赵玉明队上打了电话,接电话的是刘辉,刘辉喊了一嗓子,一会儿说赵玉明现在不在队里,应该是外出了,可能要晚些时候才能回来。金鸿雁想这事只能和赵玉明直接说,等到晚上再打电话过去吧,就让刘辉给传了个口信。

傍晚时分，赵玉明上井回来，直接去食堂吃饭，在门口遇见林胜平和一位衣着雅致的年轻女人从里面出来，赵玉明笑着说："'博士'，这位就是嫂夫人吧？"

　　林胜平笑着对女人说："雅茹哇，这位就是我们的'领导'赵玉明。"

　　王雅茹落落大方地和赵玉明握了握手，用纯正地京腔说："您好，'领导'，常听胜平说起您，幸会，我是王雅茹。"

　　"欢迎您来下辽河。"赵玉明说。

　　"谢谢您。"王雅茹说。

　　"'领导'，你先去吃饭，一会儿到小屋来坐吧。"林胜平说。

　　"好的，'博士'，嫂子，一会儿见哪。"

　　"一会儿见。"王雅茹微笑着说。

　　食堂的晚饭是高粱米饭白菜片炒胡萝卜，高粱米饭微微有些串烟的味道。赵玉明端着饭盒坐在了刘辉的对面，刘辉说："'领导'，医院有个姓金的女的下午来电话找你来着，你不在，她说晚上还会给你打电话的。"

　　"'疙瘩'，谢谢呀。"

　　刘辉笑了笑，吃完饭，起身说："'领导'，我先走啦。"

　　"嗯。"赵玉明点点头，想金鸿雁一定从老家回来了，她打电话有什么事呢？是婚姻登记介绍信开好了？还是有其他重要的事情？不然不会说再打电话过来的！吃了饭，赵玉明立刻去了调度室，刘辉在床上倚着，见赵玉明进来，立刻坐起来说："'领导'，你来等电话呀？"

　　"不是，我手里有个材料要赶出来，我先回屋，有了电话你喊我呀。"

　　"行，'领导'，哎，这姓金的女的谁呀？不会就是你那个医院的对象吧？"

　　"是呀，她不光是我对象，很快就会做我老婆了。"

　　"'领导'，真的假的呀？"

　　"'疙瘩'，我什么时候骗过人。"

　　"'领导'你可真行啊，上手就进行得这么快，有机会帮咱也踅摸一个呗。"

　　"'疙瘩'，你大姐不是给你介绍了吗，那个女孩儿不是挺好吗，你怎么还没回去看哪？"

　　"我是想去了，调度室有些忙，不是还没有请下假嘛。"

　　"'疙瘩'，你还是抓紧去看看吧，千万别耽搁了呀。"

　　"谁说不是，我大姐来电话也催我呢。"

　　"那你还不尽快回去，这路又不算远。"赵玉明说完就往外走，刚刚走到宿舍门口，刘辉就从窗口探出头喊："'领导'！你的电话来啦！"

　　赵玉明立刻折了回来。电话是金鸿雁打来的，赵玉明问了一些金鸿雁家的情况，说完后就想说一些有点情调的话，看看刘辉竖着耳朵在旁边听着，就捂住话筒说："我说刘辉，你就不能出去溜达一会儿啊。"

刘辉嘿嘿嘿地干笑着，站起身来说："'领导,'实在不好意思，我就是想从'领导'这里取点经。"

"去你的，我有什么'经'可取的，这方面你跟我学不到什么东西，有时间你还是多多请教何劲松吧。"

"'领导'说的也是呀，我怎么把这个茬给忘了呢。"刘辉笑着说，消失在门外了。

赵玉明这时就问金鸿雁是不是有什么特别的事，金鸿雁说了高大壮刁难自己开结婚介绍信的事，赵玉明宽慰说："算了，鸿雁，你别生气了，和他那种人一般见识没什么意思，你等着，我明天开完介绍信就给你送过去，你也早些休息吧，做个好梦。"

"玉明，你是不是手里有事情要做呀?"

"鸿雁，你怎么知道的?"

"猜的呗。"

"这么厉害呀，看来什么事都逃不出你的法眼哪。"

"别拍马屁了，玉明，工作再忙也要注意身体呀。"

"好的，遵命!"赵玉明在电话里吧嗒了一个吻声。

"没羞，快去忙你的吧。"

"好的，晚安! 想我你会梦到我的。"

"越说你越起劲了，晚安!"

赵玉明出了调度室，看到蓄水池改建的小屋窗子亮着灯，就走向了那里。小屋建成有几天了，屋顶的举架有点低，偏高的人进去几乎挨到了头顶，屋子里暖暖的，温润的气息中还有几分潮湿，门开着，陆鸣等六七个人在里面，已经挤坐到炕里边去了，大家说笑着，含着糖，嚼着果脯。刘辉在门口站着，见赵玉明进来了，忙让出地方说："我得回调度室值班啦。"

王雅茹见赵玉明进来，连忙让座，赵玉明说："我们这里的条件实在有限，请嫂夫人多多谅解呀。"

"谢谢'领导'，这个条件还是你想办法帮助创造的呢。"王雅茹笑着说。

"这是队上的年轻人共同努力的结果。"赵玉明说。

"群雁高飞头雁领啊。"王雅茹说。

"嫂子，惭愧，我是实在不敢当啊，要说头雁，'博士'才当之无愧，没有他的石油地质新发现，哪有咱厂现在的好局面哪。"赵玉明说。

"'领导'，这是说你，你怎么转到我这儿来了。"林胜平笑着说。

"我是实事求是，大家说是吧。"赵玉明笑着说。

"是!"众人说。

"大家看到了吧，'领导'一直都是谦虚谨慎的。"陆鸣说。

"是呀!"众人也说。

和大家说笑了一会儿，赵玉明便说："你们大家坐呀，我手里有个材料要赶出来，先走啦。"

"'领导'，有时间过来坐呀。"王雅茹送出来说。

赵玉明回到宿舍，马上坐到桌前赶写那份汇报材料，这是关于下辽河前一阶段地质勘探情况的一个整体综述，因为这份材料的专业性比较强，厂部就将撰写材料的工作直接交给技术队，马烈交给了综合组，要赵玉明执笔，要求他明天早晨务必交稿! 赵玉明这两天将手里掌握的全部材料好好地滤了一遍，按上边的要求拟了一个大纲，这时候就可以奋笔疾书了。不管多晚，他必须完成这个材料，明天他还有重要的事情要做! 幸好他有写材料的底子，运用自如，书写就进入了快车道。

赵玉明一大早晨就爬了起来，他刚刚睡了不到三小时。洗漱完，吃过饭，他就去找方敏。方敏开门看到赵玉明，忙捋了几下头发笑着说："赵玉明，是你呀，快进来。"

赵玉明进去坐在椅子上，方敏送上一茶缸开水，还加了一勺红糖搅拌着，说："赵玉明，你喝水。"

"谢谢。"赵玉明没有碰那个搪瓷茶缸。

"赵玉明，你有事吧?"

"啊，我开张结婚登记介绍信。"

方敏有些诧异地看了看赵玉明，有些酸楚地说："是哪位姑娘这么幸运，能得到你的垂青啊?"

"她叫金鸿雁，是农垦局职工医院的医生。"

"你们认识多长时间啦?"

"半年多啦。"

"这么快，她一定很漂亮吧?"

"人都说情人眼里出西施，我感觉还说得过去吧。"

"对了，赵玉明，昨天马指导员跟我交代说，你要是开婚姻登记介绍信，一定要到他那里先去一下，说是有些事情要和你交流。"

赵玉明有些疑惑地看着方敏，说："方委员，你说的真的假的呀?"

方敏有些不太高兴地说："赵玉明，你看我像是在开玩笑吗?"

"你没事老闹哄哄的，我都有点拿不准。"赵玉明笑着说。

"赵玉明，真的没有想到，我在你的眼里就是这个印象啊。"方敏有些哀怨地说。

"方委员，开玩笑的，你可千万别当真，我走了。"赵玉明立刻笑着说，转身出来，有些不解地去了队部。

马烈这时正伏在桌子上，认真看着两报一刊社论，手里握着红蓝铅笔在上面画着摘要重点，抬头见是赵玉明进来，便坐直了招呼赵玉明坐下，问了一下工作上的情况，重点是那个汇报材料完成的情况，赵玉明笑着说："指导员，汇报材料我已经托人带到厂部去啦。"

"好哇，赵玉明，你的工作一向认真、守时。"

"马指导员过奖了，我刚刚去方敏那开婚姻登记介绍信，方敏说你有事情找我呀？"

"是，老赵，我这有一个情况想和你交流一下。"

"马指导员，你说！"

"老赵，你和谁结婚哪？"

"农垦局职工医院的医生，叫金鸿雁。"

"你对她很了解吗？"

"应该说还可以吧，之前，厂部组织上已经对她进行了外调，基本上没有什么问题。"

"老赵，我这里得到了金鸿雁的一些新情况，你想知道吗？"

"马指导员，你说！"

"昨天农垦局职工医院那边的一个领导给我打来电话，说了金鸿雁的一些情况，我觉得真要是这样的话，你和她登记结婚是不太妥当的。"

"马指导员，你说什么地方不太妥当啊？"

"医院那边的那个领导说，金鸿雁剥削阶级思想严重，没有和她的剥削阶级家庭彻底划清界限，所以，在这次整党时，被医院二支部取消了预备党员的资格，已经报送上级党组织批准，还说她在个人感情问题上见异思迁，多次玩弄别人的感情，在群众中造成很恶劣的影响。"

"这简直是胡说八道！马指导员，这是医院哪个领导说的？"

"老赵，这个我不能告诉你。"

"马指导员，这个人是不是医院工宣队的高大壮啊？"

"老赵，我只知道他姓高，你知道这个人哪？"

"是，马指导员！"赵玉明就简要讲述了高大壮和金鸿雁之间的恩怨关系。

马烈听了之后，笑着说："我说嘛，我最初就感觉他一个医院工宣队的领导怎么关心起别人婚姻这种事情，还主动找到咱们单位，听他说的意思主要是替你负责任，怕你了解不深，上当受骗，我还挺感谢他，没想到会是这个样子，这可真是知人知面不知心哪，事情既然都清楚了，你去找方敏开介绍信吧。"

"马指导员，开好了介绍信，我还要马上送到金鸿雁那边去。"

"好，老赵，你去吧。"

白云悠悠，秋阳灿烂。赵玉明到达农垦局职工医院快要中午了，金鸿雁正站在医院大门口翘首以盼，看到了赵玉明，马上迎上来笑着说："玉明，我还以为你有事来不了。"

"这么大的事情我怎么会不来呢，早晨临时有点小事耽搁了一小会儿，鸿雁，你等急了吧？"

"没有，我想你真要是不来一定会打电话过来的，咱们走吧。"

他们一起去了刘兰芝的院办，刘兰芝看见赵玉明笑着说："赵玉明，真是闻名不如见面哪，我们鸿雁真有眼光啊。"

"谢谢！谢谢！"赵玉明把介绍信交给了刘兰芝。

"你们坐一会儿啊。"刘兰芝拿了赵玉明的介绍信出去了一会儿，回来就给金鸿雁开具了结婚介绍信，说："鸿雁，祝福你们哪。"

"今天是个好日子，我请你们俩去向阳饭店吃饭。"赵玉明笑着说。

"我家里有事，你们去吧。"刘兰芝笑着说。

"兰芝，一块儿去吧。"金鸿雁拉着刘兰芝的手笑着说。

"鸿雁，我家里真的有事，你们去吧。"刘兰芝笑着就把他们推出了门外。

赵玉明和金鸿雁来到了向阳饭店，两人看着黑板上写的菜单和价格表，赵玉明说："鸿雁，我不知道你爱吃什么，你喜欢什么就点！"

"我来一碗混合面的打卤面吧。"金鸿雁看看说。

"鸿雁，咱们头一次到饭店吃饭，你就吃这个呀？不行！不行！"赵玉明说。

"玉明，咱们是来吃饭的，我喜欢这个，吃饱了就行啊。"

"鸿雁，我可带钱了呀。"

"玉明，我知道，有钱咱们也没必要铺张浪费。"

"那好，那咱们就来两碗打卤面吧。"赵玉明说，两个人相视而笑。

赵玉明之前去过驻地政府婚姻登记处咨询了，沙岗子这里结婚登记的时间是每周的周一，今天是周五，他们就约好下周一在沙岗子婚姻登记处门口会合。吃过午饭，他们在街上转了一会儿，找到个照相馆，照了一张结婚照，出来去了百货商店，看看需要买的东西，他们浏览一下，心里有个数，家还不知道安在哪儿，一切还是未知的。金鸿雁说她想回到农场卫生院，赵玉明就送金鸿雁去了客运站，上了去T农场的客车，他们依依惜别。

周日，赵玉明期待着周一登记大喜的日子，他从木箱底下将那件藏蓝色人民装翻出来，套在身上比量了一下，大小还合适。这件衣服是他那次去北京参加国庆观礼时特意买的，之后的日子里基本没有上过身。刘克家这时推门进来，说："'领导'，马指导员叫你过去，怎么的，'领导'，你这是要出门哪？"

"出什么门哪，我就是穿着试一试。"赵玉明系着衣服扣子说。

"'领导'，今天什么日子呀？"

"星期天哪。"

"星期天都要试新衣服哇？"

"应该是吧。"赵玉明笑着说。

"真没听说还有这个说法。"刘克家有些疑惑地看了看赵玉明说，推门出去了。

赵玉明笑了笑，脱下了人民服，铺在床上，认真地叠好了，放进木箱，出了宿舍，进了队部。

马烈在看一份材料，见赵玉明进来，收起来说："来，老赵，你坐。"

赵玉明在木条椅上坐下，看着马烈，说："马指导员，有什么事啊？"

"老赵，是这样，你上次写的那个汇报材料厂领导看了，很不错的，已经报到上边去了，在即将召开的北京石油勘探工作会议上定为重点发言之一，可这次会议有一个新要求，要求发言人脱稿发言，经过厂领导班子研究决定，这次发言任务就由你来完成，这个任务非常重要，你有什么困难吗？"

"我？能行吗？"赵玉明愣了一下说。

"怎么不行啊？"

"我也说不好，马指导员，开会是什么时间哪？"赵玉明问。

"厂部要你下午两点之前到政工组报到，你们应该是晚上进京的火车吧。"

"这样啊，马指导员，我知道了，没什么事我先走啦。"

"老赵，坐会儿吧，你有什么急事啊？我一直想和你好好谈谈心，可你一直都在忙。"

"马指导员，我和金鸿雁约好的，明天她要到咱们这里办理结婚登记，我得马上通知她改日期呀。"

"这样啊，老赵，那你快去吧。"

"马指导员，咱们以后吧。"赵玉明有些歉意地说着，立刻去了调度室，刘克家说："'领导'，有事啊？"

"我打个外线。"

刘克家马上把电话推给赵玉明，赵玉明先拨了总机，从外线要到了 T 农场卫生院，农场卫生院的电话是忙音，赵玉明放了等了一会儿，再要过去还是忙音，是电话没放好？还是电话有问题啦？赵玉明有些急，想了想，马上打垦区职工医院的电

114

话找刘兰芝，刘兰芝办公室的电话无人接听，想必周日休息在家呢。赵玉明有些冒汗了，他又打了职工医院的值班电话，希望值班人能帮忙找一下刘兰芝，值班人说她是新人，现在走不开，就是走得开，她也不知道刘兰芝家具体住在哪里，也没有办法去找她，这个事她记下了，她一会儿找人问问，只能尽力而为。赵玉明只好寄予希望，回头想想还是有些不妥，就去找了白雪梅，跟白雪梅说了个中的情况，白雪梅说："赵副组长，你放心，金鸿雁的事交给我吧。"

赵玉明吃过午饭就坐交通车去厂部报到，来到厂政工组，见到副组长吴卫东（主持工作）。吴卫东下辽河前是萨尔图三矿组织部的一名干事，当技术队指导员就是为了增加基层工作经验的，现在修成了正果。吴卫东把材料拿给他，说："赵玉明，你的材料写得真不错，你得抓紧准备，这次发言要求完全脱稿，原定是慕自清慕副组长发言的，现在换了你，希望你能有很好的表现，这是代表咱们下辽河673这个群体的大事啊。"

"老领导，你放心，我一定会努力做好的。"

"赵玉明，不是努力，是要尽全力，这个稿子本来就是你写的，基本没有太多的改动，你肯定能行的，从现在起，你就开始背诵，就是不吃饭不睡觉，也要全部背下来，牢记于心，这是全国石油系统一次十分重要的工作会议，有那么多的领导和专家参加，这对咱们下辽河673事关重大，你明白吗？"

"老领导，我明白！"赵玉明提高了声音说。

吴卫东拍拍赵玉明的肩膀，指指隔壁说："你现在就去隔壁房间背诵，有什么事情我会叫通讯员通知你的。"

"好！"赵玉明看看吴卫东桌上的电话，他想再给医院打个电话，问问找到刘兰芝没有，想想还是算了吧，就是找到刘兰芝，也不知道刘兰芝能不能把消息传递给金鸿雁，他拿起稿子，去了隔壁的房间。

这是一个供比较重要客人临时休息的房间，里面有两张木板床，床上摆放着军用行李，叠得四面见线，非常整齐，一张办公桌两把木椅。赵玉明坐到一张床上，拿起稿子先顺了一遍，稿子的结构没有大的变化，基本都是他熟悉的，多了些大好形势的肯定和思想认识高度的议论，这些应该出自吴卫东的手笔。赵玉明开始背诵，一遍，三遍，五遍，他感觉可以了。通讯员这时敲门进来说："赵技术员，该吃晚饭了。"

赵玉明随着通讯员来到厂部机关食堂，通讯员带他到小餐厅的一张桌子坐下就走了，赵玉明刚一张望，一个年轻的女炊事员端来两个混合面大馒头、一碗白菜炖粉条、一碟酱油泡芥菜咸菜丝，赵玉明吃得沟满壕平的。赵玉明去交饭钱，女炊事员说："这是特餐，不要钱的。"赵玉明到下辽河以来还是第一次享受这个待遇。

回厂部的路上，赵玉明看到厂部调度室亮着灯，便走了进去，值班调度有些面熟，赵玉明点点头，说："您好，我有急事要打个电话。"值班调度看看他，就把电话推给了他。赵玉明要了T农场卫生院，那里的电话还是忙音，要了垦区医院，那边的电话已经无人接听了。赵玉明只能默默地说鸿雁，实在对不起了，明天让你白跑一趟了。

赵玉明从调度室出来，通讯员从食堂方向小跑着过来，有些焦急说："赵技术员，你去哪儿了，让我好找哇！"

"不好意思，我去调度室打个电话。"

"快走吧，领导们都等着你呢。"通讯员说。

赵玉明跟着通讯员疾步来到了厂部小会议室，军代表，党的核心领导小组组长刘胜利、副组长慕自清，还有吴卫东等几位领导坐在蒙着草绿色军毛毯的条桌后边说着话，见赵玉明进来，吴卫东说："赵玉明，稿子熟悉得怎么样啦？"

"应该可以了吧。"赵玉明说。

"那好，你在我们大家面前先过一遍，就当实地练兵了。"慕自清说。

"好吧。"赵玉明说着走到台前，屏住呼吸定了下神，实地演习了一遍，除去两个地方稍微有些小磕绊外，一切还好，赵玉明有些紧张地看着领导们。

"赵玉明，真不错，你比我念的都顺溜。"慕自清笑着肯定地说。

"赵玉明，这是一次非常有规格的会议，你代表的是下辽河673，发言还是要精益求精啊，现在离开会还有一段时间，你要见缝插针地继续抓紧背诵，需要有感情的地方要适当地增加一些感情色彩，求得更好的效果。"吴卫东这时强调说，还具体提了几点要求。

"这个工作做得不错，希望你们继续发扬光大呀。"刘胜利指示说。

"明白，请各位领导放心，我会继续努力做得更好的。"赵玉明立刻表态说。

绿皮火车在暗夜里咣当、咣当地穿行着，慕自清和吴卫东已经在卧铺上睡下了，赵玉明在卧铺车厢的走廊窗前站立着，看着车窗外一闪即逝的一串串灯光。实际上他什么也没有看到，他的眼睛是空的，他的心是实的，那些文字在他的心间流动着，已经融入他的血液中！他猛地想起了金鸿雁，白雪梅不会忘记自己的托付吧？

会议是在石油研究院的会堂举行的，全国很多家石油单位的领导都来参加了会议，聚集了很多高层领导和精英。赵玉明的发言得到在场人极其热烈的掌声，这是对下辽河673勘探开发工作的积极肯定，也是对发言人的礼赞。从讲台下来后不久，主管会务工作的研究院办的副主任魏义强，主动找到了赵玉明，和他聊了一会儿天，对他的一些基本情况问得非常详细，这让赵玉明有些疑惑不解。

晚上，魏义强来到了赵玉明住宿的招待所，招待所一位年轻女负责人到房间请赵玉明，说是单位有个领导要见他。赵玉明有些疑惑，和吴卫东说了一声，便随着年轻女负责人来到招待所的一间办公室，赵玉明见是魏义强，有些奇怪，魏义强笑着请赵玉明入座，年轻女负责人倒好茶就出去了，魏义强笑着说："赵玉明同志，我找你来就一件事，我就开门见山了。"

"魏副主任，您请讲！"

"你能来我们单位工作吗？"

赵玉明解开了疑惑，摇摇头说："魏副主任，我从来没有这样的想法。"

"是，赵玉明，你现在可以有哇，说实话吧，我们的领导看好你了，就想要你！"

"魏副主任，非常感谢你们领导的厚爱，我目前还不想去。"

"赵玉明，这里可是首都北京啊，不是谁想来就能来的。"

"我知道，魏副主任，说实话，如果想来也许我毕业时就来了。"

"这样啊，赵玉明，你不要一下子就回绝了，此一时彼一时，也不是每个人都有这样的机会的，况且我们领导是个很有能力的一个人，他特别爱惜人才，是个不可多得的伯乐，你来这里前途会一片光明的，回去后你还可以好好想想，什么时候想好了，给我打这个电话。"说着，魏义强拔出钢笔，在茶几的便笺上写下一个联系电话，交给了赵玉明。

"谢谢魏副主任！也非常感谢你们的领导！"赵玉明接过便笺看看说。

"赵玉明，我期待能听你的好消息呀。"魏义强笑着握住赵玉明的手说。

"非常感谢您的领导好意呀！"赵玉明说。

十五

入冬的这个周一是一个十分温润的日子。

清晨，一辆客车在那条沙石路上疾驶，天地有些迷蒙，挂满雾凇的榆树在排排地闪过着。这时的金鸿雁心里满是欣喜，她起早登上东去的客车，奔向了沙岗子方向，一路上她都想象和赵玉明登记的情形。那个红彤彤的结婚证一领到手，他们就是一家人了，她心里有些忐忑，而更多的是幸福和对未来的憧憬。

客车到了沙岗子街里停下了，金鸿雁下了车，按照赵玉明说的方向，她在路对面找到了国有农场的婚姻登记处。一栋红砖瓦房东头的一间房子里，一张桌子，一个齐耳短发的中年女办事人员，有两对穿着整齐的新人在等待着登记。金鸿雁往里面看了看，没有赵玉明，再四下看了看，也不见赵玉明的影子，她有些疑惑，原来说好是赵玉明等她的，难道说赵玉明临时有什么事情绊住脚啦？她站在门边来回踱着步子，不时地四下里张望，耐心地等待着。

两对登记的新人已经登记完，拿着结婚证书，走出了婚姻登记处，兴高采烈欢欢喜喜的样子。怎么还不见赵玉明的影子？她左顾右盼着，真是奇怪了呀！这时候，一个穿银灰列宁服，身材高挑，梳着齐耳短发的年轻女人向她这边走了过来，脚步匆匆，步伐轻盈，远远地向这边张望着。渐近时，女人的目光在她身上聚焦了，面对陌生女人注视的目光，金鸿雁左顾右盼了一下，旁边没有其他的人，她就接住了这个目光。年轻女人亭亭玉立地在她面前驻足，眉目清秀，齿白唇红，有些探询地问："同志，请问你是金鸿雁吗？"

金鸿雁立刻点头说："是，我是金鸿雁，你是？"

"我叫白雪梅，是赵副组长的同事，是他委托我来找你的。"

金鸿雁马上伸出手说："你好，白雪梅，早就听赵玉明说起过你，赵玉明怎么啦？"

"实在不好意思，赵副组长昨天中午接到了厂部的紧急任务，安排他去北京开一个非常重要的石油地质工作会议，他给你所在的农场卫生院打了好多次电话就是打不通，后来还打了农垦局职工医院的电话，也找不到你的好朋友，就让我今天早晨来这里找你说明情况了，我家里有小孩儿，早晨起来一忙乎就给耽搁了，让你久等了。"

"没关系的白雪梅，麻烦你了，谢谢呀！"

"你客气了，赵副组长和我同事好几年了，我们的关系一直都不错，走吧，金鸿雁，咱们还是去我家吧。"

"不了，我这就回去了。"金鸿雁说着，她们一起离开农场那个院子往外走。

"金鸿雁，你都已经来了，还是到家吧。"白雪梅邀请说。

"白雪梅，谢谢了，一会儿有一趟回去的客车，我这就回去了。"走到车站处，金鸿雁笑着说。

"金鸿雁，你第一次来沙岗子，都到家门口了，怎么都该吃了饭再走哇。"

"谢谢你，白雪梅，农场卫生院那边人手少，工作也挺忙的，这趟车是直达农场的，再晚就没有车了，你回去吧，这趟车一会儿就来了。"

"没车没关系，何劲松不在家，你可以住下来，我家挺方便的。"

"以后还有机会的，白雪梅，你回去忙你的吧。"

"金鸿雁，你实在要走，我就在这儿送送你。"

金鸿雁笑了笑，看着白雪梅说："谢谢，你长得真漂亮！"

"漂亮什么呀，有个孩子真累人哪，和你没法比。"白雪梅笑着说。

"何技术员能够帮助你呀。"

"他这个人成天就知道工作，也乐意往外跑，像没有这个家似的，有什么事都别想指望他。"白雪梅皱了一下眉头说。

"男人以事业为重也是对的。"

"你这话倒是不错，那我们呢？金鸿雁，你也是大学毕业，成了家你的工作就不做了，事业就不要了吗？"

"这事说起来还真是挺矛盾的，看来就得有人做出一些牺牲了。"金鸿雁笑着说。

"谁做出牺牲啊，我们？我觉得我们做得已经够多的了，先是九月怀胎十月分娩，生了孩子要哺乳，还要接着牺牲，我们做女人的命就这么苦吗？我真的心有不甘哪。"

"可总得有人牺牲吧，不然怎么办哪？"

"明确分工，各尽其责！"

"这样行吗？这样的工怎么分哪？"

"我就想做第一个吃螃蟹的人。"

"水至清则无鱼呀。"说这话时，客车来了，停靠在路边，金鸿雁说："白雪梅，再见啦！"

"再见！"白雪梅挥挥手说。

客车带起一股烟尘，将白雪梅的身影遮蔽了，金鸿雁看了看，她感觉白雪梅这个人挺有个性的，就是不知道她和何劲松是以一种什么样方式生活的？她今后的生活又是什么样的？

回下辽河的火车在哐当哐当行进着，赵玉明有些归心似箭，他希望早点回到下辽河，早点见到金鸿雁，他知道金鸿雁一定来过沙岗子了，应该是高兴而来扫兴而归吧？这让他心生愧疚。这时候，吴卫东的脸上表现了一些探寻的意味，最初赵玉明没有太在意，后来发现持久性探询的目光，赵玉明便出了卧铺车厢，走到这节车厢的接合处活动活动，吴卫东果然走过来了，他们面对面站着，吴卫东笑着说："赵玉明，你和魏副主任过去就认识呀？"

"老领导，不认识。"

"我看他常找你，以为你们早就认识呢。"

"老领导，他找我就是聊一聊工作的事。"

"赵玉明，我看他对你的关注度很高哇？"

"要不说你们当领导的目光就是敏锐呀。"赵玉明笑着说，然后就把魏副主任找自己的事情说了。

"赵玉明，你真的没有答应他吗？"

"老领导，真的没有。"

"赵玉明，你这样做就对了，天涯何处无芳草哇？"吴卫东笑着说，先回卧铺车厢去了。

赵玉明又站了一会儿回到了车厢，看到慕自清的眼睛里有了一些内容，慕自清清了一下嗓子，说："赵玉明，年轻人的进步还是要从基层做起呀，要脚踏实地一步一个脚印地向前走，这样才有牢固的基础，你过去的工作一直做得很不错，这次会议上的表现更是相当地突出，以后到厂部来工作怎么样啊？"

"慕组长，这个事我还真的没有想过。"赵玉明说。

"年轻人谦虚谨慎好哇，你想也很正常，回去好好工作，等消息吧！"慕自清说。

赵玉明一时没有理解慕自清的意思，吴卫东马上提示说："赵玉明，你怎么还不谢谢慕组长啊。"

赵玉明这时才顿悟地说："谢谢慕组长。"

慕自清立刻摆手说："谢什么，都是为了做好革命工作，好钢就是该用在刀刃上嘛。"

赵玉明傍晚时回到了沙岗子，他先到队部见了马烈销了假，一并汇报了去北京开会的基本情况，马烈听了高兴地说："老赵哇，难怪吴副组长会点名找你，你这一次去真是不辱使命啊。"

赵玉明笑了笑，他来见马烈主要是来请假的。他回来见的第一个人就是白雪梅，白雪梅说了周一见到金鸿雁的情形，还夸赞赵玉明有眼光，金鸿雁长得文文静静，很有大家闺秀的风范。赵玉明听了当然高兴，能入白雪梅眼的女人是不多的，他总觉得有些对不住金鸿雁，想做个弥补，他想周日去农场卫生院去接金鸿雁，周一他们一起回沙岗子婚姻登记，这时就说："马指导员，下周一我得请个假，这个周一金鸿雁来了，白跑了一趟，周日我想去接她，做个弥补！"

"应该的，应该的，就冲你这次会议上的优异表现，多几天假也该给你呀！"

"谢谢马指导员。"

周日早晨，在茫茫浓雾的温润下，大地落上了一层白霜，银色的世界一下变得明净和圣洁。赵玉明坐上了开往 T 农场的客车，今天客车上的人不多，有些破败的客车透进了寒意，在有些坑洼的公路上不时地颠簸着，表现一种别样的情致。太阳渐渐地有了些影子，苍白，朦胧地时隐时现地玩了好多次"藏猫猫"，最后才肯一下子破雾而出，金灿灿的圆脸，一下辉耀在空中，白霜也随着消融了，世界还是那个世界，清晰地涂抹着冬日里的苍黄。

赵玉明寻到了农场卫生院，问了院长才知道，金鸿雁巡诊出去两天了，现在应该在最偏远的南屁岗子，今天能不能回来还真的不好说。赵玉明想了想，决定去南屁岗子找金鸿雁，院长就给他指明了方向。

下了县域沙石公路，通往南屁岗子的是一条狭窄的乡间土路，土路在一片低洼的芦苇丛中蜿蜒而去，路面上是两条深深的大车辙和散落杂乱的牲口蹄痕。萋葭苍苍，暖阳给它们镀上一层苍黄的亮色。赵玉明在路中行进着，路上没有一个人，青天白日下的静谧中，竟然会散发出几分惊恐，嗷，嗷，嗷，不远处有什么鸟的啼鸣，赵玉明也敞开了喉咙高声吆喝着：嗷！嗷！嗷！他侧耳听了听，那个啼鸣竟然没有了，这让他多少感到有一些失落。前面还是苍黄的芦苇荡，土路在蜿蜒中不断伸展着，是刚刚的喊叫刺激了他的喉咙，他敞开嗓门唱起：锦绣河山美如画，祖国建设跨骏马，我当个石油工人多荣耀，头戴铝盔走天涯，头顶天山鹅毛雪，面对戈壁大风沙，嘉陵江边迎朝阳，昆仑山下送晚霞，天不怕地不怕，风雪雷电任随它，我为祖国献石油，哪里有石油，哪里就是我的家……

赵玉明唱完一首歌，身体有些热了起来，他感到有些意犹未尽，就又放开了嗓子：青天一顶星星亮，荒原一片篝火红，石油工人心向党，满怀深情望北京，满怀深情望北京。要让大草原石油像喷泉，勇敢去实践，哪怕流血汗，心中想着毛主席，越苦越累心越甜……

歌声一落，赵玉明隐隐听到一阵儿吆喝牲口的声音，驾！驾！喔！喔！喔！驾！果然，远远地一架老牛车悠悠而来，一个老牛倌扬着一根三角带绑的短鞭不时地吆喝着，短鞭在空中舞动着，鞭头上的三角带就是不肯落到老牛的身上。牛车且近时，赵玉明闪到了路边上，老牛倌看了他一眼，有些陌生好奇的眼神。赵玉明这时看到车上坐着一个穿白大褂的女人，面对着车后低着头，老牛车从身边驶过了，赵玉明不由自主地喊了一声："鸿雁！"

金鸿雁抬起了头，猛然看到赵玉明，有些蒙眬的眼睛一下子亮起了，惊喜地说道："玉明，真的是你呀？"

"鸿雁，是我呀！"

"葛大叔，快，你快停下来！"金鸿雁对着老牛倌喊。

老牛倌"吁"的一声叫着老牛，拉紧了缰绳说："金大夫，什么事啊？"

"葛大叔，有人来接我了。"金鸿雁说着，跳下了牛车，走到赵玉明跟前说："玉明，你怎么来啦？"

"我来找你，接你去登记呀。"

金鸿雁的脸微微有些红了，看了老牛倌一眼，说："你小点声。"

"这你怕什么呀，咱们是光明正大的。"赵玉明笑着说。

"金大夫，你们认识呀，那就上车说话吧。"老牛倌说。

"葛大叔，你等一会儿啊！"金鸿雁说，"玉明，我不想坐牛车了，摇摇晃晃的弄得我直犯困，咱们还是走着回去吧。"

"还有好长一段路呢，你能行吗？"赵玉明关切地说。

"没问题，我已经锻炼出来了。"

"那行吧。"赵玉明说。

"葛大叔，您老回去吧，我们走着回去了。"金鸿雁说。

"金大夫，你昨天晚上累了大半宿了，能行吗？"老牛倌关切地说。

"葛大叔，没事的。"

"金大夫，这个是你夫婿呀？"

金鸿雁脸上浮起绯红，看了赵玉明一眼，点点头："嗯。"

"一表人才呀，金大夫，你们真是天生的一对呀。"老牛倌赞叹地说，就"喔喔喔"地拉着缰绳吆喝着老牛掉头回去了。

"把它给我。"赵玉明指指诊箱，拿过来挎在了肩头说，"鸿雁，咱们走吧。"

"好。"金鸿雁说，偎依着赵玉明走着，边走边说着这些天里各自的情况，金鸿雁说，"玉明，魏副主任让你去北京的事，你真的一点都没有动心吗？"

"真的没有，我都没有去想它。"

"玉明，我觉得你应该去，这是一次多好的机会呀！"

"鸿雁，你知道的，要说机会我之前就有过，我觉得我还是在基层多学习一些东西更重要，贡献也更直接，再说了，现在我又有你了。"

"玉明，不管什么情况，我都是支持你的。"金鸿雁马上声明说。

"鸿雁，我知道，所以我就更应该留下来和你在一起呀。"

金鸿雁好看的眼睛有些动情地看了赵玉明一眼说："玉明，真的谢谢你。"

赵玉明拉住金鸿雁的手，说："鸿雁，我们还用说谢吗？对了，刚刚葛大叔说你忙碌了大半宿，是怎么回事啊？"

"南屁岗子村里有个产妇昨晚刚好临产了，是我帮忙接的生，是个漂亮的小公主！"

"很累也很有成就感吧。"

"玉明，你说得太对了，哎，对了，我刚才在牛车上睡着了，做了一个梦，梦见你在大辽河大堤上唱着歌，我正想和你对唱的时候，一下子让你给我喊醒啦。"

"鸿雁，刚刚我真的唱歌来着。"

"真的吗？"

"当然啦。"赵玉明放开了歌喉：青天一顶星星亮，荒原一片篝火红……

"对，我在梦里听到的就是这首歌呀。"接着就唱道，北京的金山上光芒照四方，毛主席就是那金色的太阳，多么温暖多么慈祥，把我们农奴的心儿照亮，我们迈步走在社会主义幸福的大道上。哎，巴扎嘿！

"鸿雁，还是你唱得好，再唱一个吧。"赵玉明立刻鼓掌说。

金鸿雁想了一下，唱道：我们心中的红太阳，照得边疆一片红，长白千里歌声嘹亮，海兰江畔红旗飞扬……

赵玉明唱道：东海扬波红日升，南岭起舞飘彩云……

路旁有一块空地，是一个小土包，上面铺着一些芦苇，应该是一处人们路过临时歇息的地方，赵玉明说："鸿雁，要不咱们坐下歇会儿吧。"

"好哇。"

两个人坐了下来，金鸿雁挽住赵玉明的胳膊，头倚在他的肩头上，看着蓝天碧蓝如洗，一块儿白云悠悠地游走着，金鸿雁轻声唱道：深夜花园里，四处静悄悄，树叶也不再沙沙响，夜色多么好，令我心神往，在这迷人的晚上……

赵玉明握住金鸿雁的手，低声唱道：正当梨花开遍了天涯，河上飘着柔曼的轻纱，喀秋莎站在峻峭的岸上，歌声好像明媚的春光……

"真好听。"金鸿雁笑着指着赵玉明鼻子说，赵玉明抓住她的手，他们的手握得紧紧的，四目相视而笑，赵玉明抱着金鸿雁，忘情地吻着她甜蜜的嘴唇。

金鸿雁今天穿了一件紫红的格呢上衣，将白净的脸庞衬出几分粉润。赵玉明和金鸿雁下了客车就去了沙岗子婚姻登记处，那个中年女登记员看了他们的结婚介绍信，在他们的介绍信上面写上同意结婚的字样，然后盖上了婚姻登记的红色大印。金鸿雁有些奇怪地说："同志，我们怎么没有婚姻登记证书哇？"

"同志，实在不好意思，我们的婚姻登记证全部用完了，什么时候有还不知道呢。"

"这样啊，你吃糖。"金鸿雁抓了几颗糖给了登记员，看看赵玉明，他们欢喜中有几分的遗憾。

从婚姻登记处出来，赵玉明和金鸿雁来到了队里，见面的人要么打着招呼，要么是探询的目光，要么直截了当地问这位谁呀？赵玉明笑着给人介绍说这位是我爱人，农垦局职工医院的全科医生金鸿雁。金鸿雁红着脸扯一下赵玉明的袖子，意思说你不要乱讲。赵玉明说我这样说他们也不会全当真的。说这话时他们进了宿舍，陆鸣这时候在宿舍里正在吟咏：春江潮水连海平，海上明月共潮生。滟滟随波千万里，何处春江无月明！这时看到赵玉明和金鸿雁进来就是一愣，马上笑着说："'领导'，这就是嫂子吧？"

金鸿雁脸红了一下，赵玉明说："'诗人'，你叫得不错，真有眼光。"然后给金鸿雁介绍说，"鸿雁，这位是我们队的大'诗人'陆鸣。"

陆鸣马上握住金鸿雁的手说："幸会，幸会，嫂子真是沉鱼落雁，羞花闭月呀，'领导'没少说，真是名副其实呀。"

"陆鸣，你好，吃糖。"金鸿雁笑着说着，之后就看赵玉明。

"'诗人'，你干什么呢，差不多少该把手松开了吧？"赵玉明笑着说。

"哎呀，'领导'，这事可不能怪我呀，怪只能怪嫂子长得太漂亮了，这手就有点不由自主啦。"陆鸣笑着说。

"你给我一边歇着去吧！"赵玉明笑着说。

"谢谢嫂子，'领导'，你就是不说我也知道我在这里碍眼了，我走还不行吗？"

陆鸣说着，剥了一块糖放到嘴里，出了门，走到门外嚷嚷说："哎，你们想看就进去看呗，还有糖吃，站在门口干什么呀？"

赵玉明从窗户看了看，真有一伙人站在对面的调度室门口望着他们宿舍指点着说着话，便笑着指指自己的铺位说："鸿雁，你累了就躺下歇一会儿吧。"

"我不累！"金鸿雁坐在铺位上打量着屋说，"玉明，你们住宿、办公在一起呀？"

"可不，这是石油的老传统，先生产后生活！"

"说真的，玉明，你们现在的生活环境真的不怎么样啊。"

"鸿雁，搞石油勘探都是这样的，我们厂现在发展还是不错的，厂部已经初步选点建基地了，再过一段时间，各方面的条件都会有所改善的。"

"那好哇。"金鸿雁说，这时听到门口有人大声说话，你们都站在这里干什么呀？有人说，没什么事。那人笑着说，没事站在这里干什么，不冷啊。接着就敲了几下门，赵玉明立刻笑着说："快进来吧，别整的像挺有礼貌似的。"

进来的人是何劲松，何劲松笑着说："师兄，咱可从来都是有礼貌的人，金大夫你说是吧？"

"你好，何劲松！"金鸿雁起身说。

"恭喜你们，金大夫，你们这下子修成正果了，师兄，走，咱们庆祝一下去！"

"算了，劲松，等定好日子再说吧。"

"师兄，这就是你不对了，喜事是你一个人办的吗？咱们今天庆祝只是一个方面，同时也把你们办喜事的事情议一议，两全其美嘛。"何劲松高调地说。

赵玉明看向金鸿雁，金鸿雁眼神里在说，这个事我听你的。赵玉明马上说："那好，劲松，咱们去镇上的'四新饭店'吧。"

"师兄，去什么饭店哪，就去我家，白雪梅父母和何琼明天要回去了，一方面给他们践行，一方面给你们致喜，我已经安排好了，咱们走吧。"

赵玉明看看金鸿雁，金鸿雁笑着说："何劲松，你先去吧，我和玉明还有点事，一会儿就过去。"

何劲松看看赵玉明说："那好，师兄，金大夫，我先回去候着了，你们可快一点啊。"

"好的，我们一会儿就到！"金鸿雁说。

何劲松出去了，赵玉明说："鸿雁，咱们也走吧。"

"玉明，去哪儿啊？"金鸿雁笑着说。

"考我呀，鸿雁，你是不是想去街里买点礼物什么的呀？"

"真聪明！"

"承蒙夸奖，荣幸之至！"

赵玉明、金鸿雁来到何劲松家门前，何劲松刚好出门张望，见赵玉明手里拎着东西，就说："师兄，咱们不带这样的呀。"

"初次登门，金大夫的一点小意思。"赵玉明说。

"谢谢金大夫，快到屋里坐吧。"何劲松说。

进了门，他们刚好和在灶台忙碌的王桂花照了个面，赵玉明给她做了介绍，王桂花笑着说："哎哟喂，金大夫果然名不虚传，真是个漂亮人，难怪我们玲子可劲地夸你呀！"

"谢谢嫂子！"金鸿雁笑着说。

"你们快进去吧！"王桂花说。

这时，白雪梅抱着何聪出来，脸上似有一丝丝的不悦，金鸿雁看到何聪，就把一个红色拨浪鼓拿出来，转出了悦耳的声响，送到何聪手里说："小宝贝，多大啦？"

"快七个月了，看看阿姨给你买什么啦。"白雪梅脸上放松了说。

"这孩子长得可真结实，来，阿姨抱抱好吗？"金鸿雁伸出手，何聪真张开了小手，金鸿雁抱到怀里说："这孩子真好，一点也不认生。"

"可不，何聪不认生也不黏人，吃饱了就自己玩。"白雪梅自豪地说。

"你可真是个好乖乖呀。"金鸿雁在何聪的额头上亲了一下说。

"来，大家都进屋坐吧。"何劲松笑着招呼说。

赵玉明之前看望过白雪梅的父母，这时候进屋给金鸿雁做了引荐，白雪梅的父母起身，金鸿雁恭敬地给白雪梅的父母行了礼，亲切地问候着，白敬良也给他们送上了美好的祝福。

因为是临时安排，常在一起聚会的人只有林胜平和陆鸣在单位，再有就是房东刘铁柱，大家坐在炕上边吃边聊。最初的大方向是祝两位老人家健康长寿！回去一路顺风！后来何劲松将话题转向赵玉明、金鸿雁结婚的事宜上，首先是择日子，赵玉明说日子我和鸿雁商量了，就定在这个元旦吧，地点就在咱们沙岗子，新房定在哪里再议。陆鸣马上笑着说："当然是住我们宿舍了，我们找个地方搬出去，再把屋子好好布置一下，一定要像模像样的。"

"看看咱们的'诗人'，多高风亮节呀。"何劲松说。

"人生有四大喜，这是最重要的一喜，我必须全力支持呀。"陆鸣笑着说。

"我想还是用'爱情公寓'吧，这名字多喜庆。"赵玉明笑着说。

"名字是不错，就是房间狭小简陋些。"何劲松说。

"那里关键是僻静啊，'领导'，你说是吧。"林胜平看着赵玉明笑着说。

赵玉明佯作没有听到，笑着说："房间是狭小些，好好收拾一下应该没问题，好了，这个事情就先说到这里，一会儿我和鸿雁一起去看看，再做最后的定夺，谢谢大家了，来呀，喝酒！喝酒！"

"爱情公寓"，就是之前赵玉明领人用蓄水池改建的那间小房子，建筑面积仅有六平方米，那次接好天然气阀门后，赵玉明就领着队里的年轻人又在南墙开了一扇窗户，捡来一些红砖头，将墙身加高到头顶高，架了三根黄花松木杆当檩子，割来几捆芦苇，学着当地人的样子粗糙地编了几片苇笆，铺在屋顶的木架上，结实美观，上面又铺了三层稻草帘子，再抹上一层泡好的草末黄胶泥，小屋里盘了一铺四平方米大小的火炕，砌了一个地炉子，天然气一烧，小屋就有了住人的使命。小屋的第一个使命就是接待了林胜平北京的夫人王雅茹，林胜平和王雅茹在小屋里摸爬滚打了十几天，前几天来信报喜，他们努力耕耘获得极大的成功——王雅茹有喜啦！再后来谁个有家属来队上探亲，自己就将小屋子打扫一下，把行李和日用物品往里面一搬，关上门，过起了"只羡鸳鸯不羡仙"的美妙日子，人们发现了这个小房子的美妙，就给它起了个好听的名字——"爱情公寓"。

　　赵玉明和金鸿雁来到了"爱情公寓"。"爱情公寓"有些时日没有人光顾了，简单钉起来的木门有些散架走形，拉开有些刮地，窗户上的塑料布也漏洞透风了，屋顶的苇笆上挂着些许晶莹的霜花，有些寒意，墙围子糊的旧报纸潮湿发霉起皮了，在风中轻声呼嗒呼嗒着，炕面上有老鼠光顾过的痕迹。赵玉明看了金鸿雁一眼，说："鸿雁，你觉得这里行吗？"

　　"玉明，你说行就一定行的。"

　　赵玉明拉起金鸿雁的手说："鸿雁，现在我这里的条件就这样，不过你放心，结婚的那一天，这里一定会是一个像些样子的新房的！"

　　"玉明，其他的都不重要，只要有你。"金鸿雁看着赵玉明说。

　　"鸿雁，有你是我一生最大的幸福。"赵玉明立刻将金鸿雁轻轻地揽在怀里。

　　"别让人家看见了。"金鸿雁轻轻推开了赵玉明。

　　"怕什么，我们是合法夫妻呀。"赵玉明揽住金鸿雁的腰说。

　　"你可真没羞没臊。"

　　"你不想吗？"赵玉明在金鸿雁脸上又吻了一下说。

十六

　　刘辉是周六临近中午的时候走进锦州大姐的家门的，大姐见到他很高兴，还是有些埋怨地说："大辉，你怎么才回来呀？再不回来，这事恐怕真就拉倒了。"

　　"姐，单位里太忙，我这都好不容易才请下假的。"

　　"刚刚在街上，我还碰到介绍人荣姐了，人家还说到你呢，要你尽快回来，这下好了，我现在就去告诉她，让她和女方那边联系，看看你们什么时候见面合适。"大姐说完就出去了。

刘辉坐在炕上，环视一下大姐的家，还是原来的样子。他这时候感到脸上有个地方有些刺痒，一摸就摸到脸上新鼓起的一个"美丽痘"，便站起身来，撅着有些地包天的下巴，凑到东墙上挂着的那面大镜子对着挤，"美丽痘"一下子蹦出一个白点，溅在明亮的镜面上，脸上留下一个粉红的坑洼，这样的坑洼在刘辉的脸上积存了不少，占据了他脸庞不少的面积，很不受看的。这些天来，刘辉一直都在积极地消灭着"美丽痘"，可"美丽痘"还是以生生不息的形态顽强地生长着，他只好望"痘"兴叹啦。

这时候，大姐家两个七八岁的儿子跑进来，挂着两串鼻涕，浑身造得跟两个土猴似的，看见了刘辉，一时间有些眼生，歪着脑袋瞄着刘辉看，刘辉说："钢蛋、铁蛋，你们怎么连舅舅都不认识啦？"

有一年多没见了，两个小孩子当然有些想不起他来了，听到刘辉这么一说，似乎找回了些记忆，便争先恐后地喊起舅舅来了。刘辉从挎包里掏出一包饼干拿给他们吃，又从兜里掏出零钱，每人给了一个五分的钢镚。两个孩子攥着钢镚，吃着饼干，问舅舅从哪里来？下辽河在哪里？下辽河好玩吗？刘辉说下辽河不太远，可好玩了，舅舅有时间一定会带你们去玩！两个孩子欢呼雀跃着。

大姐回来了，说是和介绍人荣姐说过了，荣姐这会儿就去联系女方家了，让咱们在家里听信。这时候，大姐看着吃饼干两个儿子的埋汰样，立刻扬起手，大声嚷嚷着："我的两个小祖宗啊，三天不打，上房揭瓦呀！看你俩这个埋汰样，还不赶快洗洗去！"说着，拿起扫炕的小笤扫撵着两个孩子出去除尘洗脸，顺便在外屋里生火做饭。

一饭一菜很快就做好了，大姐放上炕桌说："大辉，咱们先吃饭吧。"

"等会儿姐夫吧。"

"你姐夫上白班，中午在厂子吃。"

姐夫在机械厂工作，离家挺远的，三班倒，中午带饭。刘辉就叫两个孩子吃饭，两个孩子坐在刘辉的左右，吃着饭，嘴里也不闲着，闹哄哄地讲东说西的，不时征求舅舅的意见。

吃了饭，刘辉头朝里歪着，在炕上拿着小人书给两个孩子讲水手麦贤德的故事，大姐在外屋刷碗，一个女人清脆的声音说："大妹子，拾掇着呢，女方家那边我联系好了，她们一会儿就能来我们家，你们一会儿也过来呀。"

"荣姐，辛苦你了，快进屋坐，喝口水吧。"

"不了，我家里还乱着呢，我得赶紧回去归拢归拢。"

"荣姐，你慢走哇。"

"好，你们也早点过来呀。"

"好，荣姐，我们一会儿就过去。"大姐说着抓紧时间收拾好碗筷，摘下围裙进来说："大辉呀，咱们也早点去吧。"

"行，姐。"刘辉下地穿了鞋。

出了大姐的家，穿过了一个胡同，过了一条正街，来到了荣姐的家。荣姐家的房子和大姐家是一个样式的，可屋子里收拾得整洁亮堂多了。荣姐白白净净，看看刘辉，微微皱了一下眉头，还是笑盈盈地让他们坐下，刘辉摸了一下自己的脸，也知道自己这张脸是有点对不起观众，就是有个个头。他们刚刚坐下一会儿，女方那边的人就到了，进来的是一双个头不高丰腴的姐妹，姐姐矮一些，妹妹稍高一点点。刘辉和大姐赶紧起了身，荣姐马上介绍。女方是妹妹贺桂文，模样比照片上多了几分羞怯和妩媚。贺桂文看了刘辉一眼，微微一笑，刘辉立刻就心旌摇曳了。荣姐最初以为贺桂文不会同意，在相互介绍情况时，看到贺桂文没有什么反感的表示，还不时地瞟了刘辉几眼，荣姐是个解风情的人，知道这是"王八瞅绿豆——对眼了"，就笑着说："刘辉、桂文哪，你们也都老大不小的了，相互要是看着行的话，就一块出去走走，逛个公园，看个电影什么的，相互深入了解一下，刘辉，你是男的你主动点啊。"

"行，荣姐。"刘辉笑着说，先站起身来，走到了门外，贺桂文也跟了出来。

刘辉开始有些紧张地走在前面，见贺桂文没有跟上来，回头看了一眼，贺桂文和他有十几步的距离，刘辉犹豫一下又向前走，贺桂文送来银铃般的声音："哎，刘辉，你走慢点嘛。"刘辉立刻住了脚步，贺桂文赶上来说："刘辉，你走得太快了。"

"不好意思呀。"刘辉看着贺桂文说。

贺桂文妩媚地一笑，说："这不是你的错，是我个矮步子小。"

刘辉的心旌又摇曳了一下，他感觉这个叫贺桂文的女孩儿不光长得漂亮，还挺懂事的，便开启了他们相互了解的谈话。

四年前，贺桂文的父母煤烟中毒双亡了，开始时，贺桂文是跟着姐姐一起生活的，后来姐姐结婚嫁了人，她就住在父母留下的那间房子里独自生活，反正姐姐的家离着也不算太远，左右又都是些老邻居。上山下乡开始的时候，因为花草过敏症，她就被留在城里了，之后，被安排在街道的一个被服厂里工作，跟着姓孙的女师傅学裁剪，现在刚刚出徒。刘辉听完也介绍了自己，他是学石化的中专生，本来是可以就近分配在锦州工作的，只因为萨尔图发现了大油田，一纸命令，他们这批人就都去支援了萨尔图，萨尔图那里的冬天老冷了，最冷的时候在荒野里刚尿出的尿都可以冻成一根棍。刘辉说到这里的时候，贺桂文捂着嘴笑了起来，刘辉这时候看着贺桂文，就有想去抱贺桂文的冲动，只是没敢造次。贺桂文这个时候看了刘辉一眼，示意刘辉继续讲下去，刘辉就讲萨尔图的环境真恶劣，他的同学就有跑回家去不干的，他也一直犹豫着，正好有了下辽河，他就积极报了名，下辽河好哇，离家近了不说，下辽河都是平原，都是水田，种的都是水稻，吃的都是大米，螃蟹多得晚上都往帐篷里爬，抓在水桶里放点水撒把盐就可以了煮了吃。贺桂文说，下辽河真是个好地方。实际上，刘辉在萨尔图也想跑回家的，是前面跑了一个人，队伍管理严格了许多，有一些骨干力量盯着有活思想的人做工作，他就没有跑得掉。但他开始泡病号，"官不踩病人"，单位领导为了挽救他，除了做好思想工作，就安排他在调度室里打个零杂什么，一来二去的，他就成了正式的调度员。方敏看不上他，和他曾经的表现有着绝对的关系，方敏可是积极要求进步的。

刘辉、贺桂文一直说得挺合拍的，这个时候太阳西斜下去了，他们正好走到一个国营饭店的门口，刘辉说时间不早了，咱们在这里吃饭吧。贺桂文说那好哇。进去的贺桂文找个座位坐下来，刘辉去柜台前去看菜谱，好的菜有些贵，要便宜的又怕不好看，心里正有些犹豫着，贺桂文走了过来，刘辉就请贺桂文帮忙点菜，贺桂文看了看，点了两碗馄饨、半斤炸丸子，直接要交钱，刘辉一看马上拦住，说："我是男人，你还是把这个机会让给我吧。"贺桂文没有争，就把机会留给了刘辉。两个人坐下吃饭，边吃边聊，贺桂文只吃了一碗馄饨，吃得很开心的样子，刘辉觉得很有面子，把半斤炸丸子都吃下去，起身时打了一个响亮的饱嗝。

吃完饭出来，天已经蒙蒙黑了，刘辉看看贺桂文有些意犹未尽，就说："桂文，要不咱们去看场电影吧？"

"好哇！"贺桂文积极响应，两个人就朝着电影院方向走去，经过一个文化宫时，见文化宫门前聚了不少的人，贺桂文率先走过去，有人说是毛泽东思想业余文艺宣传队演出革命节目，不要票！贺桂文说："刘辉，我挺喜欢这个的，你呢？"

"我也行。"刘辉说着，他们就进去了。文化宫里的人不是很多，他们找了一处空位置坐下来。一会儿，锣鼓点铿铿锵锵地就敲了起来，紫色大绒的大幕徐徐地拉开，一个人擎着一杆红旗箭步上场挥舞了几下，一会儿跳跃，一会儿翻腾的，紧跟着一群绿军装的年轻人健步上场，忠字舞跳得如火如荼。贺桂文盯着台上，趣味盎然，不时地拍着小手。刘辉兴趣不高，不由得左顾右盼，这时候看到右边座位有一对年轻男女，偎依在一起，男的紧握着女的手，还不时在女的脸上亲吻一下，女的这个时候就会推男的一下，然后哧哧地笑，男的就会再亲一下。刘辉这时候看了一眼贺桂文，贺桂文这时正好也在看他，嫣然笑了一下，继续看她的节目，刘辉这时候就试探地伸手碰了贺桂文的小手一下，小手没有动，他就试探地搭上去，那手光滑柔软地动了一下，他有些紧张地看了贺桂文一眼，贺桂文仍然笑着看着节目，他得到鼓励般地抓牢了那只手，两只手握了一会儿，刘辉开始摩挲起来，两只手交织在一起，一种异常的美妙在刘辉的身体里传导着，欣喜中竟有一丝丝的羞耻感。

灯光一下亮了起来，"大海航行靠舵手"的歌声骤然响起，文艺宣传演出结束了，刘辉连忙松开贺桂文的手，他们一起走出了文化宫。

天幕黑漆漆地闪着晶莹的星光，街道在暗黄的路灯下通向幽暗，有一段路，他们竟一时无话可说了。到了一个路口，刘辉有些踟蹰，贺桂文应该是感觉出来了，笑着说："刘辉，时间不早了，我回家了。"说着，拐向了右边的街口，还回头看了刘辉一眼。

"桂文，路太黑了，我送你吧。"刘辉犹豫了一下说，立刻跟了上来。

"谢谢你呀。"

"你别客气。"

这条街道的路灯几乎全部坏了，黑漆漆的已经没有了行人，刘辉跟上了贺桂文想去拉她的手，又有些犹豫，就在这时，贺桂文"哎呀"一声蹲坐在地上了，刘辉见状吃了一惊，连忙蹲下去扶住贺桂文关切地说："桂文，你怎么啦？"

"不小心脚脖子崴了一下。"贺桂文嗓子里冒出有些痛感的声音。

"你觉得怎么样啊？"刘辉关切地说。

"好疼！"贺桂文抓着脚说。

"桂文，慢一点，你试着看看能不能站起来。"刘辉有些心疼地扶着贺桂文说。

"好。"贺桂文说着在刘辉的搀扶下慢慢地站了起来，可伤脚一沾地贺桂文就忍不住地说，"疼！"

这一声疼让刘辉的心里也跟着疼起来，刘辉忙说："桂文，你别动，我背着你，咱们去医院吧。"

"不用了，刘辉，去医院也没有什么用的。"

"怎么没有用，咱们去拍个片，看看伤到骨头没有？"

"骨头肯定没伤到，就是杵筋了，你还是送我回家吧。"

"桂文，真的不用去医院哪？"

"刘辉，真的不用。"

"那好吧。"刘辉猫下腰，背起了贺桂文，朝着贺桂文指引的方向前进着。

贺桂文家是一间砖坯混搭的平房，进门外屋是个小厨房，里间开门见炕，炕头有一套行李，地下有一对木箱，刘辉将贺桂文放在了炕上，帮她脱下袜子看了看，脚脖子没有明显红肿的迹象，就说："桂文，还痛吗？"

"痛，里面，过去伤过一次，不碍事的，辛苦你了。"贺桂文皱着眉头说。

"咱们就别客气了，桂文，我能为你做点什么？"刘辉感到有了表现的机会。

"让你背回来就挺不好意思的了。"贺桂文妩媚一笑说。

"咳，怎么着我也是男人嘛，背你就是小事一桩，还有什么事情你就说吧。"刘辉充满豪气地说。

"刘辉，你会生炉子吗？"

"会，我在单位调度室前几年净鼓捣煤炉子了。"

"那就麻烦你把外屋的煤炉子生着了，烧些热水，我想洗一洗。"

"这算个什么事啊。"刘辉立刻出去透下了炉灰，装上劈柴和块煤，点燃炉子，用铝壶烧了水。水一会儿就烧好了，刘辉倒进脸盆里，兑了凉水，试了试水温，端进来说："桂文，你看水温行不行？"

"行。"贺桂文试了一下水，看看刘辉笑着说，"刘辉，你去外屋待一会儿，行吗？"

"行。"刘辉说着就出去了，还关紧了门，屋里的撩水声让他有些想入非非。

贺桂文在炕上洗漱了一会儿，说："刘辉，我好了，你进来吧。"

刘辉进来，将盆里的污水端出倒掉了，挂钟刚好打出零点的声音，刘辉看看贺桂文说："桂文，时间不早了，你要是没什么事我就回去啦。"

"刘辉，你去哪里呀？"

"去我姐姐家呀。"

贺桂文瞟了刘辉一眼说："都这么晚了，你姐姐家早就睡下了，你姐家的地方也不宽敞，你要是不嫌弃，就在这里将就一晚上吧。"然后，指指炕梢的炕琴说："那上边有行李，你自己拿，你就睡在炕梢那边吧。"

"那好吧。"刘辉有些求之不得地说着，就在炕柜上拿了一个枕头枕上，扯了一条褥子盖在了身上，对着有些昏黄的白炽灯，他有些忐忑，也有些不知所措。

"刘辉，我熄灯了呀？"

"行啊。"

"咔嗒"一声，屋子一下陷入令人不安黑暗中，刘辉瞪大了眼睛，想着和贺桂文短暂的接触，想着贺桂文滑润的小手给他美妙的感觉，心里升起甜美的躁动。

刘辉早晨回到了大姐的家里，姐夫已经上班去了，大姐有些埋怨地说："大辉，晚上不回来你怎么也不说一声啊？害得我给你留了一宿的门，你这一晚都在哪里呀？真让人担心死了，我正要出去找你。"刘辉嘿嘿嘿地有些幸福地傻笑着，大姐立刻瞪大眼睛说："大辉，你该不是在贺桂文那里住下了吧？"

"大姐，晚上看完了文艺节目，我送桂文回家，桂文的脚脖子崴了一下，我背着她回的家，又生炉子又烧水的忙乎了好一阵子，看看时间太晚了，我就留下来照顾她了。"

"桂文的脚怎么样啦？"

"早晨起来看着好多了。"

"你们谈得怎么样？"

"挺好的。"

"大辉，那你还回不回去看看咱爸咱妈了？他们可都挺想你的呀。"

"回呀，大姐，我想这就回去。"

"那敢情好了，我给爸妈做了新衣服，过年穿的，你正好给他们带回去吧。"大姐说着从箱子里拿出一个包袱来。

"好的，大姐。"

刘辉坐上开往城郊的客车，城区的楼房闪过后就是城郊初冬萧瑟的丘陵，客车像在苍黄的波谷浪间里行驶，给刘辉一种亲切的感觉。刘辉是到下辽河最初那个五一节回了一次家，转眼一年多了，也不知道两位老人家现在怎么样啦？客车停靠在镇子口的终点站上，刘辉拎上包袱，挎着挎包下了车。

初冬的太阳明亮中泛着姜黄色，丘陵荒野里的小北风变得干爽而硬朗，吹到脸上有些针刺感，山沟沟里和城里边就是不一样啊！刘辉缩起脖子将棉帽子耳朵拽下来盖得严实些，便向家走去。这是丘陵间的一条土路，蜿蜒着过了一个长长的高坡，有三里多路，坡下就是养育他的那个小山村。站在坡上，二三十户人家的小山村一览无余，刘辉不由得加快了脚步。来到村子口，迎面遇到一个挑着农家肥担子的人，走得且近，刘辉看清了是堂叔刘广厚，刘辉立刻喊了一声："二叔！"

刘广厚看了一眼刘辉，木着脸说："是大辉回来啦。"挑着担子就过去了。

刘辉"啊"地应了一声，还想说点什么，见刘广厚已经匆匆地过去了，脊背衣服上缝着一块墨写的地主分子字样的长方白布。他知道堂叔刘光厚又被批判和监督改造了，不由得摇了摇头。想想，这个地主分子的名号应该有他父亲刘广仁一半的。就这么点的小村子，很多事情藏是藏不住的。有人说，光复后不久，刘辉他爸刘广仁说是有一次进城赌博输了钱，有债主追着讨债，刘广仁就要把家里的田地全部变卖掉，村子里有能力买下这些地的人也只有富农刘广厚，刘广厚就成为村子里唯一的地主，也有人说，刘辉的爸刘广仁识文断字，知道世道会变成这个样子，就找了这个由头，早早把地卖掉了，赚了个下中农的好成分，实际上，那些年里，他们家里人的肚子是从来就没有亏空过的。

三间土坯房，低矮的土院墙，几只母鸡在院中觅着食，东墙下的那棵老枣树虬枝在寒风中摇曳，几只干枣随着高枝条飘荡着。刘辉推开对开的木板门，堂屋灶台上冒着水蒸气，母亲正闷头往灶坑里添着柴草，刘辉喊了一声："妈！"

母亲抬起头，核桃纹的脸上挂着烟熏的泪滴，这时候看清了刘辉，有些惊喜地冲着东屋喊道："他爸，大辉儿回来了！"母亲说着，上前拉着刘辉的手说："外边冷吧，儿，你快进屋里暖和暖和。"说着，拉着刘辉进了东屋。

父亲戴着一边是一根细线绳拴着的老花镜，端坐在炕头的炕桌前，按着摊开的账本看着，刘辉喊了一声："爸！"

小队会计刘广仁摘了老花镜，看了看刘辉，说："你回来了，工作不忙啊？"

"忙啊，爸。"

"你大姐捎信给你介绍对象的事，你去看了吗？"

"看过了，爸，人挺好的。"

"具体是个什么情况啊？"

"她个子不高，长得挺好的，在市里街道的被服厂上班，做裁剪的。"

"人老实能过日子才行。"

"爸，我看着还行。"

"那就好。"父亲洞若观火地看了看刘辉，说："老婆子，快做饭哪。"

"他爸，这就好了，我再炒个鸡子。"

"中。"父亲拍了拍炕头，刘辉坐了上去，看着桌上的账本，说："爸，你还记账呢？"

"这次捋清了，就交出去了。"

刘辉看看父亲花白的头发说："爸，你是该歇歇了！"

父亲似是冷笑了一下，这点账目是累不到父亲的，交账一定是另有隐情的，父亲不说，刘辉也不去问，就是问了，父亲多半也是不会说的。母亲端菜上来，一盆酸菜粉条，一盘炒鸡蛋，一盘花生米，一盘山楂糕白梨丝。

"大辉，吃饭吧。"父亲说着下到地上，到北墙下的紫色大柜里摸出一个酒瓶，里面有大半瓶的白酒，放到炕桌上。刘辉连忙从挎包里掏出两瓶"大米"酒，放在炕桌上。父亲笑了，将自己的酒倒进酒盅，说："大辉，那个女子叫什么呀？"

"贺桂文。"

"贺桂文，好，人说，不孝有三，无后为大，你读过书，理儿都懂的，不用我再说了吧？"

"爸，我知道，我一定加快结婚的脚步。"

"这才是我的儿子。"父亲端起酒盅，美美地一口喝干了。

刘辉也端起酒盅，倒进嘴里，他明白父亲的意思，他是独子，这关系到他们老刘家这一脉有无子嗣的大问题！自己婚姻有了眉目了，父亲一高兴，酒就喝得十分顺畅，二人推杯换盏起来。

吃过了午饭，小坐了一会儿，刘辉就向父母告了别，下辽河的工作太忙了，是因为婚姻大事才给了一天假，晚上一定要赶回去，石油上的纪律是十分严明的，父母都有些不舍，父亲还是很理解地送他到了村口。在村口，他们又遇到了堂叔刘广厚，刘广厚和刘广仁说了几句话，刘广仁有些夸耀地说："大辉儿这次是回锦州城相亲的，相看妥了，回家来报个信，女子是市里有工作的。"

"大哥，可喜可贺呀。"刘广厚说。

"大辉有了这事我就放心了。"刘广仁面有喜色地说。

刘辉脚步匆匆地赶到镇子上，挎包里装着母亲放的一包熟鸡蛋，坐上了客车，他想贺桂文了，客车到了城里，天光大亮着，刘辉去火车站是能够赶上去下辽河那趟火车的，可他一刻也没有停留地奔向了贺桂文的家里。

贺桂文这时正在外屋里给炉子添煤，看见刘辉进来，妩媚地一笑，刘辉说："桂文，还是我来吧。"

"你怎么回来得这么早哇?"贺桂文说，他们早晨分别时说过这个事，刘辉给了个不太确定的答案，他也不知道父母在家里是个什么情况啊。

"惦记你呗，你的脚怎么样啊?"刘辉笑着说。

"现在好多了。"

"进屋吧，你吃饭了吗?"

"还没有，我吃得晚还不饿。"贺桂文说着进屋上了炕。

"刚好我妈给我带了熟鸡蛋。"刘辉说着拿出了煮鸡蛋，磕开剥了皮，找了一个小盆倒上开水烫上，送到贺桂文的面前。

"谢谢呀。"贺桂文边吃鸡蛋边看着刘辉笑，眼里透露着万般的风情。

沙岗子车站到了，有下车的旅客请提前做好下车的准备！乘务员大声报着站名，刘辉猛然从甜蜜的梦境中醒来，使劲揉了揉眼睛，望了望车窗外冬日里苍黄的原野，有些遗憾美好的梦境，单位简陋的驻地清晰地出现在他的视野里。

客车停稳，刘辉挎着绿挎包下了车，迈着幸福的脚步向队里走去，他得先到队部向指导员马烈销假，同时还要积极、主动、诚恳地检讨超假一天的错误行为！

十七

元旦前的这个星期天，赵玉明已经将"爱情公寓"的门、窗收拾好，房子里也清扫得一干二净了，他今天要做的事就是把炕面和墙围子糊上干净的牛皮纸。天然气火管在地炉子里欢快地低唱着，吐着金黄色的火舌，舔舐着炉体，小屋里洋溢着暖暖的气息，赵玉明将整理好的一沓牛皮纸铺在水泥炕面上，从上面的一张开始刷糨糊，他是先从墙围子边糊起的。

"师兄，你一个人在这里忙活什么呢?"何劲松进来说。

"把炕面糊了！"赵玉明把第一张纸糊到炕边的墙上。

"师兄，有活儿你怎么不招呼一声?"

"大家都忙着，就这么一点活，要那么多人干什么?"赵玉明回头看看说。

"人多好干活嘛。"何劲松拿起刷子，在牛皮纸上刷起了糨糊。

"用不着，我自己一会儿就弄完了，你怎么闲着?"

"没什么事，出来透透气。"

"你这么一说，就好像生活在水深火热之中似的。"赵玉明笑着说。

"谁痛谁知道哇。"何劲松心生感慨地说。

"别说得那么严重，至于吗?"

"师兄，我老岳父临走前和我单独谈了话，态度诚恳，感情真挚，他老人家那么一把岁数了，为了我们的事特意跑过来，说的话让我都有些汗颜了，他也保证了，白雪梅肯定不会再跟我无理取闹了，她要是再闹，你就把她休了! 我当然也表了态，好让他老人家放宽心，现在只能说走着过着看吧。"

"凡事不要太心急，转变是需要过程的，'欲速则不达'就是这个理。"

"师兄，道理是不错，可我的心里一直都在挣扎，人说'江山易改，禀性难移'，对于白雪梅，我真的一点底都没有哇。"

"劲松，还是向好发展吧，修复需要时间，你也得给人家机会呀。"

"但愿吧，我也不想折腾，很累人的。"

"你这样就对了，态度决定方向。"

"师兄，真喜欢和你说话，心里敞亮了一大块儿。"

这时候，"画家"张国安走了进来，看看说:"'领导'，'大拿'，你们这是忙活什么呢?"

"'画家'，这样明显的事你都看不出来?"何劲松说。

"该不会是'领导'要大婚了吧?"张国安看向赵玉明说。

"'画家'，这样说看来画画还没让你彻底走火入魔呀。"何劲松说。

"'大拿'，让你说的，至于吗?"张国安说。

"我看着你是有点悬乎哇，我有好长时间都看不见你的影了。"何劲松说。

"'大拿'，你可拉倒吧。'领导'，我看你这活儿都弄得差不多了，什么忙我也没有帮上，实在不好意思呀，要不要我给你们的新房添些色彩呀?"张国安笑着说。

"'画家'，我可就等着你这句话呢，你一直都在外边忙，我也没好意思开口哇，你现在有时间啦?"赵玉明笑着说。

"有，'领导'的事就是我的事，你等着哇，我去取家什。"说着，张国安就跑回宿舍。

看着张国安的背影，何劲松说:"'画家'这家伙这段时间里一直往×农场跑，精神状态也不错，是不是有什么新情况啊?"

"不会吧，他不是一直帮助×农场画宣传画吗?"

"我看那就是一个借口，什么宣传画会画这么长时间哪，情况应该有，具体不太清楚，有人可看见过他和一个年轻女同志在农场街里走，还说那个女的姓晏，在农场场部里工作！"

赵玉明想起了去107时见过的那个叫晏宝贵的民兵连连长，就说："要是真的也是件好事啊。"

何劲松刷好最后一张纸，说："'画家'这家伙嘴太严，不到一定程度是不会轻易开口的，一会儿你探探他，他对你也许不会严格保密的，师兄，走了呀。"

"谢啦！"赵玉明说。

"开玩笑！"何劲松扬扬手出去了。

张国安拿着作画的家什进来，看了一眼走出不远的何劲松，说："'领导'，'大拿'这家伙怎么走了呀？"

"人家还有一家人呢，能像你我这样闲哪。"

"'领导'，你这不是也快了吗？"

"两个人的时候，还会有一段幸福好时光的。"

"'领导'说得是，你这屋里想画点什么呀？"张国安看看屋里的水泥墙说。

赵玉明指指北墙正中的位置比量说："这里是一幅这样大的《毛主席去安源》的画，剩下就是你的事了，要喜庆点的，也不能脱离政治呀。"

"明白。"张国安说着，拿起白石笔在墙上勾勒着草图，还不时征询着赵玉明的意见。

"'画家'，不是说好全交给你了吗，你就看着弄吧。"赵玉明强调说。

"有句话说得好，'干活不由东，累死也无功'。"

"我这儿没有事，你的功劳最大！哎，对了，'画家'，你这一直忙叨叨地老往×农场跑，现在什么情况啊？"

"'领导'，什么什么情况啊？暂时我还没有情况。"张国安看了看赵玉明笑着说。

"看看，一句话就露怯了，你的情况组织上还是掌握的。"赵玉明开始旁敲侧击。

"'领导'，咱们不带这样的呀！你怎么也学会蒙人啦？"张国安看了赵玉明一眼说。

"'画家'，怎么会呢，我说话从来都是有些依据的，比如说吧，你和农场姓晏的那个女同志是什么关系呀？"赵玉明开始投石问路了。

"'领导'，你这话听谁说的呀？"张国安立刻看向了赵玉明。

"这个你就别管了，还有，她和晏宝贵是什么关系呀？"

"'领导'，连这个你都知道哇？"

"要不怎么说坦白从宽呢。"

"'领导'，你是怎么知道的？"

"这样说我说得没有错啦？"

"'领导'，要不这一两天我也想跟你叨咕一下，让你给我参谋参谋。我认识了一个叫晏宝霞的姑娘，是晏宝贵的亲妹妹，是晏宝贵介绍我们认识的，晏宝霞在农场政工组搞宣传报道兼做广播员，初中文化，写得一手好字，人长得还说得过去，她肯学习，上进心强，我在农场画画时和她有过一些接触，感觉还不错，前些天晏宝贵请我到他们家里吃的饭，他们家里的人都不错，特别是他爸，可我还是有些犹豫，还没有答应。"张国安笑着说。

赵玉明想起了上次叫直升机时去广播站碰到的那个被叫作宝霞的广播员，模样好像说得过去，多少有点黑，便笑着说："你这个家伙，老丈人都见了，人家的饭碗都端了，你不要人家姑娘，这可有点说不过去呀。"

"'领导'，晏宝贵当时跟我说的就是单纯的请我吃顿饭，绝对没有别的意思呀。"

"'画家'，你吃饭的时候有没有炖小鸡呀?"

"有哇，他爸还特意给我夹了个鸡大腿。"

"你看看，你看看，我听说本地可有个风俗哇，叫作'姑爷子上门，小鸡子没魂儿'，人家可是拿你当姑爷子款待的呀。"

"'领导'，还有这说法，这事我也不知道哇。"

"'画家'，这些都无关紧要了，问题是现在你对晏宝霞有没有想法，有，就继续，没有，就赶快放下，你可别耽误了人家姑娘。"

"要不说矛盾呢，就想让你和何劲松给拿个主意。"

"你对晏宝霞感觉怎么样?"

"总的来说还不错。"

"晏宝霞对你怎么样啊?"

"好，不仅仅是好，是有些崇拜的感觉。"

"我觉得这样就挺好的。"

"你说的是真的吗?"

"当然真的了，你还想找什么样的呀?"

"既然你这样说，那就她了。"

"都下定决心了，还不抓紧干活呀?"赵玉明笑着说。

"就这点活，还不快呀。"张国安挤着颜料说道。

元旦早晨，阳光明媚，赵玉明在沙岗子公路边的停车点接到了金鸿雁，他们直接去了"爱情公寓"。

天然气火管在火炉里跳动着金色的火焰，房子里暖暖的，墙围子新糊的牛皮纸泛着亮黄，北墙正中张贴着《毛主席去安源》的画，东墙的水泥墙面上画有一枝时隐时现的枝干，枝条旁是点点红梅，或含苞待放，或凌寒盛开；西墙水泥墙面上画着井冈翠竹，层层叠叠，青翠欲滴；窗子上安装了一块玻璃，上面贴着一个大红喜字，房子棚顶对角拉着纸剪的彩色拉花，给屋子里平添了喜庆的色彩，赵玉明说："鸿雁，你看这样还行吗？"

"这可比我想象的好多了！"金鸿雁有些惊喜。

"鸿雁，真的委屈你了。"

"我不觉得，很好。"

"'领导'，嫂子，联欢会马上开始了，'大拿'叫你们过去。"陆鸣这时跑进来说。

"鸿雁，咱们走吧！"

"玉明，我去干什么呀？"

"参加队里的新年联欢会，之后何劲松会为我们主持一个简朴的婚礼仪式。"

"真的呀？"金鸿雁有些惊喜地说。

"当然，咱们走吧。"赵玉明拿出一朵红色的胸花给金鸿雁戴上。

队里的新年联欢会在食堂里举行，食堂里用彩纸进行了简单的布置，符合上级过好革命化元旦的基本要求。联欢会由何劲松主持，各类节目纷纷亮相，悉数登场，热闹非常。

联欢完毕，何劲松说："今天我们队还有一件大喜事，就是赵玉明同志和农垦局职工医院的医生金鸿雁同志正式结婚，有请他们上台，我们在这里为他们举行一个革命化的婚礼，来，大家先呱唧呱唧！"

赵玉明携金鸿雁走到台前，人们立刻送上热烈的掌声，郝学仁拉起手风琴用琴声点染喜庆的气氛。掌声、琴声过后，何劲松首先有请指导员马烈致贺词。马烈精神抖擞上台给大家敬了个军礼，向一对革命青年的结合致以热烈的祝贺和崇高的敬礼。之后，赵玉明表态发言，一定要做一对革命化的夫妻，为石油建设和地方的医疗工作添砖加瓦。为了感谢大家，赵玉明和金鸿雁给大家演唱了一首革命歌曲，赵玉明、金鸿雁倾情歌唱：太阳啊霞光万丈，雄鹰啊展翅飞翔，高原春光无限好，叫我怎能不歌唱……郝学仁欢快地拉起手风琴，很多人上到台前，一起跳起了"忠字舞"，将喜庆的气氛推向了高潮。

回到了"爱情公寓"，赵玉明搭起了一个临时炕桌，打开几个罐头和两瓶白酒，金鸿雁拿出水果糖、花生、瓜子等吃食装了盘中，摆在临时炕桌上。一会儿，何劲松等人陆陆续续地到来了，十几个人围坐着炕桌，一起喝喜酒，剥花生，吃喜糖，嗑瓜子，开始畅谈青春理想，畅谈家庭人生，畅谈石油勘探，畅谈下辽河，高瞻远望，或慷慨或激昂或沉思或豪迈，其乐融融。

"'疙瘩''画家'都谈上对象了，要加快恋爱的脚步，'大师''诗人'你们可要迎头赶上啊！"何劲松这时说。

"我不急，还是让'大师'奋勇向前吧。"陆鸣喝了口酒说，他的年龄要略小一些。

"你不急我也不急，可我妈急呀，今天又来信了，催我过年回家结婚呢。"郝学仁说。

"'大师'，恭喜你，那就赶紧回去吧。"刘辉拿着酒缸碰了一下郝学仁的酒缸说。

"有什么可恭喜的，我一点兴趣都没有。"郝学仁说。

"'大师'，你媳妇干什么的呀？"刘辉说。

"邻家女，'向阳花'！"郝学仁说。

"童养媳呀？"陆鸣说。

"你才童养媳，算了，不说了。"郝学仁说着喝了一口酒。

"'画家'，你结婚的日子该定了吧？"赵玉明说。

"'领导'，正计划选日子呢！"张国安笑着说。

"'画家'这家伙老不说实话，我看这日子十有八九已经定了，他现在不说，春节前要是结婚，我是肯定不去呀！"何劲松笑着说。

"对，我也不去！"陆鸣跟着起哄说。

又有几个人接着说，对，咱们都不去呀！

"我是真服了你们了，春节，咱们过一个革命化的春节。"张国安笑着说。

"大家看到没有，'画家'这家伙是不是属牙膏的，挤一下出一点啊。"何劲松说。

"可不嘛，咱们看看他还有什么没有交代的？"陆鸣说。

"哎，绝对没有了。"张国安笑着说。

"来，咱们大家先恭喜'画家'一下吧。"赵玉明举起酒缸说。

"好哇！"陆鸣抢先说。

大家继续畅所欲言，引来笑声不断，夜色开始降临了，何劲松说了一声："各位，时候不早了，咱们大家撤吧。"

"好！"一行人鱼贯而出，或牵手或钩肩或搭背，吼了一声："新郎，新娘，新婚快乐呀！"嬉笑着融进夜色中。

金鸿雁将东西归拢好了，赵玉明将炕桌撤下搬到外面，金鸿雁扫净了炕面又要扫地下，赵玉明拉了她一下，几分醉眼地说："算了，算了，晚上不除尘，鸿雁，忙了一天了，你也累了，明天起来再收拾，咱们也早些安歇吧！"

金鸿雁停了手，微笑着："那好吧。"

清晨起来，赵玉明开了门，说："鸿雁，我们去吃饭吧。"

"我这里马上就好。"

"我去把饭买回来吧。"

"也好。"

"师兄，你怎么这么早哇。"何劲松走过来笑着说。

"还早，你看看都几点啦？"赵玉明说。

"良宵一刻值千金，师兄，你们不是新婚大喜嘛。"何劲松有些调侃说。

"鸿雁还要回单位。"

"她怎么这么急？"

"有一个农场有'流脑'疫情的苗头，单位只准了她一天的假，咱们这儿的交通又不方便，她得赶过去。"

"金大夫是个好医生！"

"明天我也有任务。"

吃过了早饭，金鸿雁环视了一下小屋，说："一会儿我就走了，我要记住这个'爱情公寓'，不知道以后还有没有机会住进来啦？"

"鸿雁，你真的还想住进来吗？"

"当然啦。"

"那我就把这个屋子先保留着。"

"当然好了，就是不知道这次'流脑'疫情会怎么样？"

"是呀，鸿雁，我也不知道这次去西线要多长时间，不管怎么样，我们都要记住它，它是我们爱的见证，很多人都会记住它的。"

"玉明！"金鸿雁泪眼凝视着赵玉明，他们紧紧地相拥了好一会儿。

"走吧，时间不早了。"金鸿雁看了一下手表说，有些恋恋不舍地走出了"爱情公寓"，他们来到公路旁，那趟客车刚好过来了，金鸿雁挣脱了赵玉明有些缠绵的手，登上客车，挥了挥手，客车卷起一股烟尘远去了，模糊了赵玉明的双眼。

十八

马烈、孙德田去厂部参加了厂石油勘探工作会议，回来立刻在食堂里召开全队职工大会，传达了厂部的会议精神。

厂石油工作会议的重点是当前厂部对下辽河石油地质工作的最新认识：首先是下辽河油气主要受局部构造控制，局部的面积较小；其次是东部凹陷构造多，含油井段长，含油气目的层多；其三是西部凹陷也应该有良好的含油气远景。为此，石油部决定从兄弟单位抽调四个地震队，配备使用了最先进的模拟磁带地震仪，帮助下辽河开展地震工作，地震工作以详查为主，队里要派出得力人员在现场取资料，进行解释工作，这项工作无疑是一段较为长期艰苦的工作，希望大家踊跃报名参加，积极为下辽河石油勘探开发做出新的更大的贡献。林胜平在这项工作中是首当其冲的，他和赵玉明进行了交流，赵玉明知道责任重大，他要跟上这个技术认识的步伐。

赵玉明回到驻地就去到调度室给金鸿雁打电话，一方面是问候，一方面是告知自己这边近来的工作情况，金鸿雁去的农场"流脑"疫情得到较好的控制，她在卫生院待命。放了电话，赵玉明往外走，刘辉立刻说："'领导'，你慢走。"

"'疙瘩'，有事啊?"赵玉明看着刘辉，刘辉笑着欲言又止。

"我说'疙瘩'，你到底有事没事啊? 没事我可走了。"

刘辉看了一下窗外，勾了一下食指，说："'领导'，来，坐下说。"

"'疙瘩'，什么事这么神神秘秘的呀?"赵玉明在刘辉对面坐下来，挂着桌子探头问。

"大事呗，贺桂文怀上了，'领导'，你说我该怎么办哪?"刘辉压低声音笑着说。

"'疙瘩'，真看不出来呀，你小子挺厉害呀。"

"厉害什么呀，全都是蒙的，'领导'，你赶快给我拿个主意，我该怎么办哪?"

"那贺桂文是什么意思呀?"

"她让我马上开介绍信过去，登记结婚哪。"

"你怎么想的呀?"

"我这不一直犹豫着吗? 总感觉有些突然，像是在做梦。"

"这事突然是突然了点，贺桂文孩子都怀上了，你们是应该抓紧登记结婚哪。"

"'领导'，你也是这个意思呀?"

"'疙瘩'，要不你找何劲松或其他人再问问吧。"

"我已经问过了，何劲松也是这个意思，说孩子都有了，要我负起责任来。"

"怎么，你还有别的想法呀?"

"没有。"

"'疙瘩'，我们的意见仅供你参考，大主意还得你们自己拿，走了呀。"赵玉明拍了拍刘辉的肩膀说。

"'领导'，我听你们的，这两天我就开介绍信，回去登记结婚。"刘辉拿定主意说。

冬季是下辽河地区石油地震勘探的大好时机，在冰封的大地上，石油车辆可以没有什么顾忌地奔驰。赵玉明跟随着地震队在荒野里跋涉着，他的道道服腰带勒紧了，他狗皮帽子带紧系着，抵御着荒野里猎猎寒风的侵袭。

清晨，天刚有一点亮色，他们就开始在荒原行走了，一会儿，棉帽子上就会镶上一圈晶莹的霜花，包括眉毛，直到太阳露出笑脸，才将霜花慢慢地消融了；午饭的时候，几个人会找一处沟渠或坑洼的背风处，捡一些干草枯枝，拢一蓬柴草火，啃着烤热的玉米饼子，吃着咸菜条，饮一口铝壶的凉水，说着不咸不淡的话，之后眯瞪那么一会儿，又开始在荒野中的行走，直到天际拉起夜的帷幕，晚上他们拿到地震数据进行分析。

赵玉明在荒野里已经跋涉一个多月了，他们从东线开始向西线行走，荒野有着他对金鸿雁的思念，虽然他们相距不远，却一直没有机会见面，他们只有电话和书信的联系，只能将思念寄情于那张邮票上。

金鸿雁新年后完成了前一年的支农工作和临时"流脑"防疫工作，春节期间，她回到农垦局职工医院上班了，她这次分配到了妇科门诊工作，她在外面租了一间小房子，比"爱情公寓"只大了一点点，她是为了生活的方便，也是为了赵玉明的到来。

前几天，赵玉明接到金鸿雁的来信，说她怀孕了，这让赵玉明激动不已！他真想去看看金鸿雁，可全厂都在过革命化的春节，地震队一直马不停蹄的，整个队伍都像一只永动的陀螺旋转着，让他们不停地跟着旋转，只有夜深人静的时候，在寒风鼓荡的帐篷里，透过风扯的缝隙，他能看到寒夜里亮晶晶的星星和玉盘般皎洁的月亮，他想象着，金鸿雁是在值夜班，还是在梦乡里？她是否也在看着星星和月亮？他想起他们的新婚之夜，那是一个多么美妙的夜晚哪，想到那个夜晚，他不由得在心里吟咏起来：

> 我喜欢迎寒傲雪的蜡梅，
> 我留恋蔚蓝的海滨之夏，
> 我钟情萨尔图油海的浩瀚，
> 我欢呼天安门缤纷的礼花，
> 我一直悄悄寻觅着她，
> 心儿化作百灵，
> 百灵在高唱，
> 走过海角天涯，
> 环顾茫茫人海，
> 你在哪里？
> 你是娇艳的玫瑰？
> 还是芬芳的桃花？
> 那个清晨，
> 你带着一缕清风飘来，

顶着露珠，
沐浴阳光，
携带轻风，
舞动彩霞，
你在下辽河的岸边，
你是一位白衣天使，
你工作在白求恩之家！

赵玉明拧亮了手电，趴在枕头上将这些诗句记录了下来。他躺在被子里激动着，有些意犹未尽，不由得继续吟咏：

我们的爱情，
像春天的山岩，
盛开着灿烂的花朵。
我们的爱情，
像山岩上的青松，
根子坚实地扎下。
我们的爱情，
像原野上的百花，
总有蜂蝶来配诗画。
我们的爱情，
像海岸的礁石，
经得住风吹浪打。
小小陋室做新房，
火热的情感在一次次交融中升华！

赵玉明再一次拧亮了手电，将这一段诗行记录下来，他想，他要把这两首诗寄给金鸿雁，让他们的情感生活更加丰富，更多一些思念的浪漫色彩。想到了金鸿雁，他甜蜜中有些苦痛，这是结婚之前不曾有的，这种苦痛让他有些愧疚于心，这是工作和个人生活的冲突，让他无法消解。

张国安新婚的日子最后定在小年那天。
赵玉明、何劲松等人组团前往，晏宝贵上桌陪酒。张国安说最初新房想安排在岳父家晏宝霞闺房里来着，是他坚决否决了，怕别人看了有入赘之嫌，后来商量在晏宝贵家的东屋，至于婚后住在哪里就另当别论了。张国安接着要回油田继续工作，晏宝霞回父母家住她的闺房也是情有可原的，没有人会再去理会这些事的。

酒足饭饱，一行人回到驻地。赵玉明有点喝高了，回到宿舍很想睡一会儿，郝学仁却扯着他的衣服说："'领导'！'领导'！别睡，别睡，有个事问你呀。"

"'大师'，你行行好吧，我困着呢。"赵玉明惺忪着眼睛说。

"'领导'，你困我的信没有困哪。"

"'大师'，你说得什么乱七八糟的？"

"'领导'！我姐来信了，我妈病了，说是很重，要我回去！"

"'大师'，那你还等什么呀！还不赶快回家看看哪！"

"'领导'，我想回去，可又怕是陷阱。"

"'大师'，什么意思呀，我没听明白。"

"我妈催我回去结婚的信像十三道金牌，我一直都在推托着，现在这个时候来信说她老人家病了，你说我信还是不信哪？"

郝学仁的母亲早年守寡，一把屎一把尿把姐姐和他拉扯大，很不容易的，赵玉明说："信，当然得信啦，宁可信其有，不可信其无，她可是你亲妈呀。"

"我知道，'领导'，可我真怕掉到坑里呀。"郝学仁强调说。

"'大师'，我说我的想法呀，不管怎么样你都要孝字当先，刀山敢上，火海敢闯！"

"'领导'，我知道啦。"郝学仁叹了一口气说。

"'大师'，这只是我个人的想法呀。"

"'领导'，我明白。"

"'大师'，你明白就好，我真得眯一会儿，晚上还有很多活要干哪。"

金鸿雁回到了医院，医院里已经有赵玉明几封信在等着她，她在租住的小房子里时常会将赵玉明的书信拿出阅读一番，特别是那两首诗，她已经能背诵了，她思念赵玉明，期待着他的到来，好重温"爱情公寓"美好梦境，那是十分令人神往的。闲暇的时候，金鸿雁常常会不由自主地凝神，被人招唤醒过神儿的时候，不由得脸红心跳，仿佛让人看到心底的隐秘。她发现自己怀孕了，有些激动也有些紧张，她马上找到了刘兰芝，跟她倾诉，刘兰芝笑着说："鸿雁，你这只是万里长征的第一步，以后的路会更长更艰难，你一定要有充分的思想准备呀。"

金鸿雁想，苦能苦到哪里去，老话说得好，有人享不了的福，没有人受不了的罪，只要信念在，再苦也是甜的，她对刘兰芝笑笑，说："我知道。"

"好你个金鸿雁，你的心可真够大的，我这么说你还笑得出来，会有你哭鼻子的时候的！"

"兰芝，怎么样我都会咬牙坚持的，绝不会轻易地流泪，起码不会在别人面前流泪，真的。"

"鸿雁，我知道你脾气拗你坚强，我是逗你的，实际上生活就是这样，总是有苦有甜的，谁不是这样走过来的？没事的，医院这里还有我。"刘兰芝安慰说。

"这是我自己选择的生活，不管是苦或甜，我都会用心品味的。"金鸿雁坚定地说。

刘兰芝笑了笑，拉起金鸿雁的手，拍了拍说："鸿雁，我知道，你一直都是好样的。"

人说女人怀孕前三个月是最危险的时候，金鸿雁小心翼翼地度过了这段的日子，她的肚子有些隆起，她怀孕四个多月了。

春夏交替的时节，是渤海湾的季风季，强劲的海风从最北海岸线登陆，像一只巨手拂过这片刚刚泛出绿色的土地，仿佛非要把它吹出皱褶不可似的。而广袤的大地则以新生的绿色努力抗争着，显示新的生命的顽强。就是在这样的季节里，农垦局下边的几个国有农场又发生了程度不同的"流脑"疫情，疫情报到了农垦局防疫站，报到了垦区卫生局，卫生局立刻下达了各医院抽调医护人员，组织防疫医疗队，下乡防治"流脑"的紧急通知。

职工医院开始组织动员，号召医生参加"流脑"防疫医疗队，周志国、高大壮站台动员，希望广大医务工作者，以对广大贫下中农深厚的无产阶级革命感情，积极报名，投身到"流脑"防疫工作的队伍中。"流脑"是一种传染性极强的疾病，去下乡防疫医疗条件比较简陋，生活条件也比较艰苦，不仅工作量大，还有着一定的风险，这是谁都十分清楚的事情，尽管周志国、高大壮鼓动了喉舌，积极主动报名的人实在有限，人们都有着各自的理由。

当"流脑"两个字出现在金鸿雁的耳鼓时，她立刻产生了一种强烈的责任意识，可当她摸着微微隆起的肚子时，不得不熄灭这样的冲动，她知道她现在的身体情况是不允许她参加防疫医疗队的，她只能遗憾地放弃了，以后你还会有这样工作的机会的！她这样安抚自己那颗跃动的心。

这一天早晨，金鸿雁在门诊刚坐下接诊患者，科主任邱丽君进来说："金大夫，我来吧，高副主任找你！"

"主任，什么事啊？"

"我也不清楚！"

金鸿雁想不明白高大壮这时找自己干什么，一直以来她都在回避着高大壮。来到高大壮"革委会"副主任办公室敲了门，里面说进来。金鸿雁推门进去了，高大壮坐在椅子上，冷冷地看了金鸿雁一眼，脸沉沉着，金鸿雁来到近前，说："高副主任，你找我？"

高大壮清了一下嗓子，拿着腔调说："啊，是这样的，目前，下边几个国有农场的'流脑'防疫形势很严峻，咱们医院各科室的医务人员十分紧张，防疫工作又十分紧迫，经医院革委会研究决定，这一次你还得去参加'流脑'防疫工作呀，这主要是考虑到你有着多年的防疫工作经验，能够胜任这项光荣而艰巨的任务。"

"高副主任，我在任何工作上一直都是服从组织安排的，现在我的情况比较特殊，我有四个月的身孕，行动已经有些不便了，不太适合去做'流脑'的防疫工作。"

"金鸿雁，那你怎么还上班呢？"高大壮冷笑一声说。

"上班是我的工作。"

"'流脑'防疫是更重要的革命工作。"

"我目前的身体状况不允许我去做防疫工作。"

"是吗？医院有这方面的规定吗？我怎么不知道，你拿出来让我看看。"

"当然有了，关于××条例里写得十分清楚。"

"金鸿雁，你说得是老一套了，现在都在破旧立新，一切都以咱们医院的规定为准，你有吗？"

"没有。"

"这不就完了吗，金鸿雁，防疫工作是有些艰苦，这谁都清楚，可我们的工作是为人民服务的，是为最广大的贫下中农服务的，干革命工作不能挑肥拣瘦，白求恩同志是个外国人，都能不远万里来到中国，为中国人民的解放事业牺牲自己的生命，相比之下，你去做防疫工作这点困难又算得了什么？你得去，而且必须去，这是对广大贫下中农的思想感情问题，是对待革命工作的态度问题，更是阶级立场问题，是你和你那个剥削阶级家庭彻底没彻底划清界限的大问题，你明白吗？"高大壮有些冷笑地说。看着高大壮鼓动唇舌的嘴脸，金鸿雁气愤得有些无言以对了，她心里清楚，在高小壮的事情上，高大壮对她是不会轻易善罢甘休的，只是有没有机会的问题，现在有了，他就不会停手的。她嘴角微微地翘起，有些嘲讽意味，冷眼看着高大壮，听他振振有词，看着他嘴角泛出的堆积的白沫。高大壮看到了金鸿雁的表情，有些犹疑地停顿了一下，用手指极不自然地抹了一下嘴角，说："金鸿雁，我说得还不够清楚明白吗？"

"高副主任，你说得非常清楚明白了，我一直在洗耳恭听着，你说完了吗？说完我走了。"金鸿雁冷笑一声说。

"没有，金鸿雁，你现在就去农垦局卫生防疫站报到。"高大壮说。

金鸿雁转身从高大壮办公室出来，经过周志国主任的办公室，她略作停留，举手欲敲门，听到里面有人说话，她迟疑了一下，很想进去找个说法，想想还是放弃了，在这是非难以分明的时候，周志国会站在她这边吗？如果会，这样的情况就不会发生了，她被取消预备党员资格上报上级党委足以说明了这一切，她没有必要再抱什么幻想了！

金鸿雁回到了租住的小房子，收拾着行装，房东蔡大姐这时买菜回来，牵着五岁的女儿婷婷，看见她的房门大开着，进来说："金大夫，你这是干什么呀？"

"大姐，我下乡去搞'流脑'防疫。"

"下乡搞'流脑'防疫？我没听错吧，金大夫，你都这个身板了还去下乡，你怎么想的呀？"

"大姐，没有办法，医院工宣队非让我去不可。"金鸿雁的眼泪在眼圈里边转着。

"这个工宣队是谁呀，你和他家有仇哇？这人怎么这么缺德呀？他不是爹生娘养的呀？"

"大姐，我走啦。"金鸿雁拿起了行装。

"这是什么事啊，金大夫，你可要格外当心哪。"蔡大姐叮嘱着。

"大姐，放心吧，我会注意的。"金鸿雁摸了婷婷的头一下，说："婷婷真乖!"走出了院子。

刘兰芝这时匆匆地赶过来，接过金鸿雁手里的旅行袋说："鸿雁，这事我才知道，你就这样去呀？我觉得你还是应该找周志国谈一谈。"

"兰芝，你说我找他谈能有用吗？"

"鸿雁，不谈你怎么会知道？"

"兰芝，最初我是有过这个想法来着，人都说'强龙不压地头蛇'，上次整党的事已经表明了周志国绝对不会站在我的立场上说话的，我想想还是算了吧，再说了，关于'流脑'防疫我确实有一些实际工作经验，这种时候我确实应该贡献力量的。"

"鸿雁，我知道，关键是你现在的身体，还有你肚子里的孩子，这样是很危险的。"

"我姥姥曾经说过，我这个人福大命大造化大，没有事的。"金鸿雁笑了笑说。

"可这是大家谈虎色变的'流脑'哇。"

来到了防疫站门口，金鸿雁接过旅行袋，说："兰芝，放心吧，谢谢你，回去吧。"

"鸿雁，你自己可一定要当心哪。"

"兰芝，你放心吧，我会的。"

金鸿雁来到了防疫站的会议室里报到，里面大多数医生都是过去搞"流脑"防疫的，大家见面相互问候着，防疫站疫情组组长李艳君看得金鸿雁把她拉到一边，看看她的肚子说："金大夫，你这几个月啦？"

"大姐，四个多月。"

"金大夫，我知道你一直都是积极要求上进的，可你现在这个身体情况就别再坚持了，来日方长啊。"

"大姐，我知道，可是没有办法呀，医院'工宣队'的高大壮就是不肯放过我。"金鸿雁苦笑着说。

"金大夫，那你自己可要当心点。"

"谢谢大姐，我知道。"

医疗小分队经过简短的动员，登上了一辆敞篷汽车，向×农场卫生院进发了，敞篷汽车在坑坑洼洼的公路上颠簸，金鸿雁很怕在卡车的颠簸中被拥挤到，她是最后一个上的车，怕摔倒了，车厢箱板矮，人又蹲不下去，她只好叉着腿，站立在别人的后边，紧紧抓住前边人的大衣，她心里的那根弦一直紧绷着，很怕有什么闪失。幸好每一次路途都不是很远，当她感觉有些承受不住的时候，目的地就到达了，她的心里马上开了一扇明亮的窗子。接下来就是紧张的防疫工作，检查的病患很多，他们的工作十分忙碌，饮食不规律，住宿的条件差，睡眠也有些缺乏。李艳君时时提醒说："金大夫，你适当时候到旁边休息一会儿吧。"

"大姐，我没有事。"金鸿雁看看大家都在忙碌着，摇摇头说。

"金大夫，我今天看你的脸色不太好。"

"我感觉还可以，我还撑得住。"

"金大夫，你要小心你肚子里的孩子。"

"谢谢大姐，我会当心的。"金鸿雁这时会摸摸肚子。

这一天，他们来到了Q农场，下了车，大家就投入到紧张的防疫工作中。金鸿雁工作一会儿，突然感觉有些腹痛，隐隐出现了宫缩的现象，她不由得一惊，马上意识到是先兆性流产的征兆，她有些不知所措地坐在椅子上一动不敢动了。李艳君这时看了金鸿雁一眼，发现情况有些不对，忙来到近前，说："金大夫，你怎么啦？"

金鸿雁皱起眉头说："感觉不太好，大姐，有些先兆性流产的征兆。"

"明显吗？"

"不是太明显，我也说不太好。"

"跟你说多少次了，让你悠着点，悠着点，你就是不听，带药了吗？"李艳君有些责备地口吻说。

"带了，在口袋里。"金鸿雁摸出了药瓶。

"金大夫，你坐着不要动，我给你弄点开水来，你先把药吃下去。"李艳君说着出去了，一会儿端来一茶缸热水，说，"你先把药吃下去，然后去歇息吧。"

"大姐，谢谢你。"金鸿雁吃了药。

"谢什么，金大夫，你在这里先坐一会儿，我去打个电话，跟我们站里请示一下，看看这个事怎么办好？"

"好的，大姐。"金鸿雁点点头，心中忐忑，坐在那里一动都不敢动。

过了好一会儿，李艳君回来了，身边跟着一个年轻女护士，李艳君说："金大夫，你现在感觉怎么样？"

"还好，大姐。"

"这就好，我和我们站主任通过电话了，他和你们医院已经联系了，要求医院换医生来，你们医院同意啦。"然后，指着一起来的年轻女护士说，"这是卫生院的护士小王，她陪你先去医生值班休息室去休息，下午一点钟有一趟客车从这里经过，你要是觉着身体能行的话，就坐那趟客车回县城，我这边忙就不陪你了，有什么事情你让小王来喊我。"

"好的，大姐，给你添麻烦了。"

"金大夫，你就别客气了，你为什么呀？小王，你陪金大夫去歇着吧。"李艳君说。

"好。"护士小王答应着，搀扶着慢慢起身的金鸿雁，去了医生值班休息室。金鸿雁上到床上躺下来，小王殷勤地盖好了被子，说，"金大夫，你休息，我就在外边哪。"说着，出去拉紧了门。

金鸿雁躺在床上，这时感觉好一些，她希望这样的感觉能够持续下去，这样她就可以坐那一趟客车回县城了。这一次的防疫工作一转眼就一个多月了，她之前一直庆幸这段时间一切正常，谁会想到刚刚到这里就突然出现了这种状况，她庆幸自己懂得一些专业性知识，不然后果将不堪设想的，那样她将怎么面对赵玉明啊？赵玉明现在在干什么？还在荒野里行走吗？困意渐渐袭来了，她闭上了眼睛。

"金大夫。"小王轻轻地唤醒了金鸿雁，端来了一碗手擀面，里面放了两个荷包蛋，说："吃饭吧。"

金鸿雁应了一声，慢慢坐起来，她感觉还算好，接过了面碗，说："小王，谢谢你呀。"

"金大夫，别客气，李大夫刚刚过来看你，见你睡了就没有叫你，他们那边还在忙，她说如果你身体行的话，吃过午饭先歇会儿，然后让我送你上客车。"

"好的，小王。"

客车上客满了，金鸿雁是这个车站最后一个上车的乘客，上车时，护士小王在车门口喊了一嗓子，说："这位乘客是个孕妇，身体不好，请哪位乘客发扬雷锋精神，给她让个座呀。"

一个坐在中间位置，戴着军帽，挎着军用挎包的年轻人立刻站起来，说："来，同志，你坐这里吧！"

"谢谢你呀。"金鸿雁说。

"别客气，这是我应该做的。"年轻人笑着说。

客车启动了，这是这个地区唯一一条南北贯通的沙石路——日伪时期火车道的路基，坚固平整就不必说了，就是稍稍窄巴了点，也就将将双向双车道，幸好这里没有多少车辆往来，道路才不显得那么狭窄。沙石路两边的高路坡上生长着碗口粗的榆树，说是日伪时期栽种的，也有二三十年的树龄了，许是这里盐碱土壤的关系，榆树长得有些瘦骨嶙峋的，刚泛绿的树冠上冒出黄绿色的苞芽，展示着它们顽强的生命力。

年轻的女售票员开始售票，售完票坐回车门口售票员的座位上，拿出一个小镜子，转动着年轻的团脸左顾右盼照了照，捋了一下胸前的短辫，理了理额头的碎发，掏出一方手帕在脸上擦拭了几下，感到满意了将小镜子放进票夹里。

年轻英俊的司机这时侧头笑着说："高四新，你怎么不换个工作呀？"

被叫作高四新的女售票员笑着说："大海，你说我这个工作不好吗？天天坐车，又能看风景，风吹不着，雨淋不到的。"

"好是挺好的，可还有比这还好的工作。"

"你说什么工作？"

"窗口售票、检票都挺好的。"

"那些工作我不稀罕，我就喜欢坐在车上，也想跟你的客车卖票。"

"你不腻歪呀，天天跑这个线，我都有点干够了。"

"那你想干什么呀？"

"开小车。"

"开什么小车？"

"吉普车呀。"

"你去哪儿开吉普车？"

"不知道，我还想让你找你四叔给说说，应该会有地方的。"

"你瞎说，我四叔也不管车。"

"他是垦区的革委会副主任，肯定能安排这样的地方。"

"喊，我的工作都是我哥找人安排的。"

"你哥不还在医院吗？"

"是呀。"

"他还不是借了你四叔的名。"

"这个我就不知道了。"

金鸿雁这时候听明白了，这个叫高四新的售票员应该是高大壮的妹妹，他们的四叔原来是高俊山！高俊山现在是垦区革委会副主任，军人出身，据说他的枪法十分了得，抽枪扬手就能打碎电线杆子上的白瓷瓶。金鸿雁恍然大悟了，难怪周志国都不去得罪高大壮，真正的原因原来在这里。

"高四新，那你就跟你哥说说，给我研究个开吉普车的地方呗。"

"大海，你是我什么人？我怎么跟我哥说呀？"

"你说我是你什么人就是你什么人。"大海侧脸看着高四新笑着说。

"大海，这话可是你说的。"

"当然是我说的。"

"你这样说那就行了。"高四新笑着说。

"哎，哎，哎！师傅，你开车精力集中点，别老说话好不好？这车上有一车乘客呢！"一个中年男乘客高声提醒着。

大海立刻举手示意了一下，听从了这个乘客的告诫，开始集中精力看着前方。高四新这时有些不高兴了，冲着后面喊道："说不说话咋的了，关你什么事啊，狗拿耗子！"

"你说什么呢？这么一车的乘客，司机开车溜号能安全吗？"中年男乘客理直气壮地说道。

"嫌不安全你别坐车呀！"高四新高声喊着。

"我花钱买票坐车，又不是白坐，凭什么呀，你这车不是为人民服务的吗？"中年男乘客并不示弱地说道。

"你花钱买票，我就不想拉你怎么着？大海，停车，让他给我下去！"高四新起身有些气势汹汹地说。

"车又不是你家的，你凭啥呀？"中年男乘客说。

"就凭我在这个车上卖票！"高四新说。

"卖个票就了不起呀！"中年男乘客说。

"好了，好了，你们都少说两句吧。"大海回过头息事宁人地说。

"师傅，小心哪！"一个乘客急切地声音喊道。

司机大海急忙回头看向前方，对面不远的一个慢弯处，一辆解放拖挂车满载着麻包驶了过来，这时候有些急切地打着气喇叭，客车明显占据了对方的路面，千钧一发之际，大海猛打方向，对面解放车在紧急制动着，主车过去，挂斗的尾部甩到了客车尾部，客车猛地震动了一下，斜刺着冲出了公路，在乘客一片惊恐的呼叫声中，冲破了路坡上的榆树丛，直通通地顶在路坡底下的一处沟沿上，金鸿雁感觉车子一顿，车尾掀起，她被抛了起来，头撞到了客车的顶部，一下子什么都不知道了！

十九

金鸿雁睁开了眼睛，面前是一片熟悉的白色，她疑惑自己怎么会躺在妇产科的病床上，床边木凳上坐着刘兰芝，刘兰芝见她醒来了，攥着她的手说："鸿雁，你可醒过来了，你可急死我了！"

"我这是在咱们医院吗？"金鸿雁瞪着有些空洞的眼睛说。

"是呀，鸿雁，你是在咱们医院里。"刘兰芝立刻说。

"我怎么来咱们医院啦？"

"你坐的客车发生了车祸，客车冲到沟底翻了，鸿雁，你不记得啦？"刘兰芝说。

"车祸？"金鸿雁呢喃着，她努力地想了想，身上有些莫名的痛楚，头顶痛得尤为明显，她摸了一下，那里有个鸡蛋大小的包，一碰钻心地痛。她这时候渐渐地有了些记忆，是客车上那个叫高四新的女售票员和一个中年男乘客吵架了，那个叫大海的司机回头劝解时，对面来了一辆重载解放拖挂车，客车紧急避让时被拖斗扫了一下，客车冲下了公路，碾过了榆树，树枝的折断声，人们的惊呼声，金鸿雁当时双手紧紧抓住了前排靠背的铁扶手，车冲到沟底猛然停住了，车尾扬起，一股力量把她抛了起来，她的头猛地撞在了车厢顶上，立刻什么都不知道了！金鸿雁这时候想试着坐起来，可刚一动身，一阵儿眩晕立刻袭来，伴随而来的是强烈的呕吐感，她一脸痛苦地躺回枕头上不敢再动，眩晕这才渐渐平息了。

"鸿雁，你别动了，你够幸运的！"刘兰芝对旁边一位护士说："小唐，金大夫醒了，你去告诉邱主任一声吧。"

"好。"护士小唐答应一声就出去了。

这时候，门外传来一阵儿哀号声，凄凄切切的，金鸿雁说："兰芝，外面怎么啦？"

"可能是又一个危重的乘客死了吧。"

"怎么，兰芝，这次车祸还死人了吗？"

"你以为呢，当场就死掉了四个，包括那个客车司机，还有六个重伤，两个危重的，你这算是比较轻的了。"

"兰芝，那个女售票员怎么样？"

"你说的是高大壮妹妹吧，她的大腿骨折了，粉碎性的，蔡主任正带人紧急处置呢！"

"这次车祸的罪魁就是她，没想到一下子害了这么多的人！"金鸿雁有些愤愤地说。

"鸿雁，怎么回事啊？"金鸿雁就把事情说了一下，刘兰芝说，"鸿雁，你就别生气了，还是好好休养吧。"

科主任邱丽君这时候进来了，询问了一下金鸿雁的感觉，然后说："金大夫，我已经给你检查过了，放心吧，你主要是脑震荡，虽然有先兆性流产的征兆，不是很明显，你就在这里住着吧，关于治疗我和蔡主任碰一下，你自己有什么想法也可以提出来。"

"好的，谢谢主任。"

"金大夫，我那边还有患者，我先过去了，有什么事你让护士过来喊我！"说完，邱丽君就出去了。

听了邱丽君的话，金鸿雁的心里落了些底。尽管她的头还痛着，身上也有不舒服的地方，她最关心的是肚子里的孩子，想想，自己也真够不走运的，幸亏没有什么大碍，也算是不幸中的万幸。

"鸿雁，你先喝点水吧。"刘兰芝拿着汤匙喂给她，说，"晚饭你想吃点什么？我去给你订，到时候让他们给你送过来。"

"我现在什么都不想吃。"

"不吃东西怎么行，就算为了孩子吧。"

"那就订个鸡蛋羹吧。"

"鸿雁，赵玉明怎么联系呀，我是不是该给他打个电话，把你的情况告诉他？"

"他一直都在忙，你打电话也不一定能找得到他。"

"看看，我过去怎么说的，男人是干什么的，这个时候最能说明问题。"

"兰芝，已经这样了，你说我能怎么样？"

"好了，好了，鸿雁，咱俩是一个命，我好在还有他的家人呢，一会儿我给赵玉明打个电话看看吧。"

"谢谢你，兰芝，你别说得那么严重啊。"

"知道了，鸿雁，你呀你。"

傍晚，刘兰芝给赵玉明打了电话，电话接通了，刘兰芝说找赵玉明！接电话的人说你稍等，接着就破着嗓子高声喊叫赵玉明的名字，还说是农垦局职工医院来的电话，可能是你老婆来的。刘兰芝心里说，美的你吧赵玉明。赵玉明好一会儿才接的电话，这时候很有礼貌地说喂，您好，请问哪位呀？刘兰芝说您好，赵玉明，我是院办的刘兰芝。赵玉明说您好，刘兰芝，咱们见过面，鸿雁在我面前常常提起你，说你们是最要好的姐妹。刘兰芝说是吗？既然这样我就直说了，鸿雁今天下午坐客车出了车祸，在我们医院住院呢，情况还算好，你抓紧过来看看她吧。赵玉明笑着说刘兰芝，你别开这样的玩笑好不好，我是一直没去看鸿雁，这段时间我们的工作真的太忙太忙了。刘兰芝立刻说赵玉明，你想我会拿这种事情开玩笑吗？你可真是的，怎么想的呀？鸿雁知道你忙，本来是不想让我打电话的，是我主张告诉你的，信不信由你！赵玉明马上说刘兰芝，实在对不起，刚才说话唐突是我的错，我向你道歉，鸿雁现在怎么样啦？刘兰芝说还好，不幸中的万幸，脑震荡，她的情况还算稳定，希望你百忙之中抽出些时间过来关心关心她，好吗？不等赵玉明再说话，刘兰芝就把电话挂断，不由得得意地一笑。

刘兰芝进了病房看到金鸿雁就笑，金鸿雁说："兰芝，你傻笑什么呀？"

刘兰芝把打电话的事情说了一遍，说："鸿雁，你家赵玉明怎么回事啊，我看他真的就有工作，就有石油，我说话你别不爱听啊，他这种人成家干什么呀？就应该让他打一辈子光棍！"

"兰芝，他要是没有一点事业心，我还真就看不上他。"

"什么呀，鸿雁，都这个情况了，你还替他说话，真不知道你是怎么想的?"

"兰芝，我说的是真的，是人都该做点事情，特别是男人，要不拿什么安身立命？你家那个飞行员不也这样吗？"

"鸿雁，没想到你看问题还挺深刻的，值得我学习。"

"深刻什么呀，我是没事瞎琢磨，也是用来安慰自己的。"

"鸿雁，你说得还是有一些道理的，男人是该修身齐家。"

"兰芝，不怪你能当秘书，这个有点语出惊人。"

"鸿雁，你还跟我开玩笑。"

"兰芝，我说的是实话。"

"我知道。"

这时候，蔡主任和邱丽君一起进来了，来到金鸿雁的床边，蔡主任说："小金子，那边太忙了，一直没过来，你不会不高兴吧?"

"蔡主任，看您说的，怎么会?"

"你现在感觉怎么样?"

"头还是有些晕，身上也有些痛。"

"这是一定的，我和邱主任商量了，有些药能不用就别用，一切都是为了孩子，你就忍忍吧。"

"蔡主任，一切都按你和邱主任的意见办。"

"好，小金子，那你就好好休养吧。"说完，蔡主任和邱丽君出去了。

"兰芝，时候不早了，你也早点回家吧。"

"好吧，鸿雁，护士那里我已经交代了。"

"兰芝，天黑路不好，你也当心点。"

"鸿雁，你就放心吧。"

金鸿雁这时感觉浑身上下都不舒服，夜越深，这种感觉就越发强烈，她想赵玉明了，真希望赵玉明这个时候能守在自己的身边，这样，她的痛楚也许会消减一些。她清楚，这是不可能的，赵玉明现在干什么？他一定还在忙，忙他的石油地质，这是他的工作，就像自己坐诊看病、下乡防疫一样的，他明天会来吗？

赵玉明接到刘兰芝的电话，心里立刻焦躁了起来，怎么会这样呢？

队里刚刚在食堂开了一个技术工作座谈会，主要汇报他们参与地震队的地震工作情况，从地震情况看，这次工作的势头很好，要把这个很好落在实处是需要做大量具体工作的。为此，慕自清亲自过来参加了座谈会，还专门把闻昭找过来，坐在一边听情况，谈意见，定方案。刘兰芝的电话是刘辉接的，刘辉破刺啦的喊叫声叫停了会议。慕自清看看赵玉明说："咱们这个会也开了一阵子了，大家方便方便，放放风，先休会十分钟。"

赵玉明立刻跑出去接了电话，谁想刘兰芝的话没有完全说清楚就把电话给挂掉了，金鸿雁到底怎么样啦？她是个孕妇，怎么会遇上车祸？孕妇遇到了车祸情况一定不会太好的，他担心是担心，可这个会还要开下去，他这时候是离不开的！孙德田在吆喝着继续开会，他急忙回到了食堂，会议的后边是核心，是这次地震队地震详查后西部凹陷的井位部署，队上还要成立西线勘探现场技术小分队，实时跟踪井队的钻探情况，赵玉明是技术小分队的重要成员之一。西部凹陷的重点井 XN1 已经部署到位了，马上就要下家伙钻进了，随井分析地质情况，要求小分队明天必须到位！慕自清说："大家有什么困难吗？"

大家全都响亮地回答："没有！"

会议结束已经午夜了，下辽河初夏的夜晚还是有些凉意的，静谧的天空繁星满天，牛郎织女隔河相望，他们在等待七夕的相会，那里有多少殷切地期待？

赵玉明来到调度室，刘辉守着电话机坐在椅子上仰脸打着瞌睡。赵玉明看了一下生产运行记录，明天早六点有台值班车去县城采买。

赵玉明早晨五点钟就起来了，他和担任西线 X 区域勘探技术小分队队长林胜平说明了情况，他要先到县城去看看金鸿雁，之后再从县城坐车去西线 XN1 井。

"'领导'，出了这么大的事情你怎么也该跟领导请几天假呀。"林胜平说。

"临时出现的情况，勘探工作这样紧，我先去医院看一看，如果需要再请假也不迟。"

"那也好，今天没有什么特别的事，井队刚开钻，'领导'，你就不用太急着赶过来呀。"

"'博士'，我知道，有什么特殊情况，咱们再电话联系吧。"

"好的。"

赵玉明在县城国营商店门前下的值班车，买了两盒午餐肉、两个水果罐头，拎上匆匆地赶往医院。问了门诊，去了住院部病房，金鸿雁没有在病床上，同屋的人说刚刚出去的，应该是上厕所去了吧。赵玉明便沿路找了出来，出了门不远，看见金鸿雁头顶上裹着白纱布，一手扶着墙壁，一手抱着肚子，慢慢地蹭了回来。赵玉明立刻赶过去扶住了她，说："鸿雁。"

"你来了。"

"鸿雁，你去厕所啦？"

"嗯，你们工作很忙吧？"

"鸿雁，外边风大，咱们先进屋。"

金鸿雁点点头，赵玉明搀扶着金鸿雁慢慢挪进了病房，扶到病床上躺下来，然后端详着，金鸿雁头上的包很明显，带着脸上有些浮肿，看着像大了一号，脸上还有几块瘀青，神情有些倦怠，赵玉明心情沉重地握着金鸿雁的手关切地说："鸿雁，你哪里不舒服？"

"还好，玉明，你黑了也瘦了。"

赵玉明笑了笑说："鸿雁，早饭吃了吗？"

"吃过了。"

"吃个水果罐头吧，吃黄桃还是橘子的？"赵玉明说着找东西想开罐头。

"玉明，你先不要弄了，我现在什么都不想吃。"

赵玉明坐下来，抚摸金鸿雁的面颊，说："鸿雁，怎么这样重，很痛吧？"

"今天好些了。"

"怎么治疗的？"

"为了孩子谨慎用药。"

"这样你不是很痛苦吗？"

"没什么，忍一忍就过去了。"

"让你受苦了，怎么会这样？"

"客车车祸。"金鸿雁就把事情经过说了一遍，说，"真的没想到，刚刚听说给我让座位的那个退伍兵小伙子被抛出车外摔成了重伤，刚刚过世！"金鸿雁说着不由得流出了眼泪。

赵玉明忙用手帕给金鸿雁擦眼泪，他明白金鸿雁此时的心情，金鸿雁拿过手帕来自己擦，赵玉明说："这个司机的安全意识太差了，真是害己坑人！"

"可不是吗，教训深刻呀。"

"这个责任太重大了。"

"咱们不说这个了，玉明，你们现在在哪儿工作呢？"

"我们这次的勘探重点开始转向西线 X 区了！"赵玉明这样说是有保密需要的，

实际上金鸿雁也不知道西线具体是什么地方。

"这次的工作很重要吧?"

"是,厂里要求技术小分队今天上去,我是主要成员,有一口重点勘探井今天开钻。"赵玉明的目光有些游离地说。

"你一会儿还得去西线吧?"

"不急,鸿雁,你都这种情况了,一个人怎么行?我还是请几天假照顾你吧。"

"玉明,医院里打针有护士,吃饭有食堂,没有事的,你在这里什么忙也帮不上,还耽误你的工作。"

"至少我可以扶你去个厕所,给你买个饭,陪你说说话什么的呀。"

"玉明,有你这句话就足够了,我知道你的心有一半已经不在这里了,可是又很难割舍,是不是?"

"鸿雁,你真的非常了解我。"赵玉明的脸有些红了。

"玉明,我们认识到现在已经两年了吧?"

"准确地说是两年零十七天!"

"玉明,你把黄桃罐头打开吧,我还真有些口渴。"

"好!"赵玉明找到一把起子,打开罐头,挖出一块黄桃,喂给金鸿雁。金鸿雁慢慢咀嚼着,品味着黄桃的甘甜。吃过了罐头,金鸿雁说:"玉明,要不你早些去西线吧。"

"不急,鸿雁,我想多陪陪你。"

"不用了,太晚就没有客车了,现在住院部也人满为患了。"

"鸿雁,你一个人能行吗?"

"这是在我们医院里,你放心好了,真有什么事还有兰芝。"

"鸿雁,实在对不起。"

"我们之间没有对不起,只有真正的理解,玉明,你就放心去工作吧。"

赵玉明握紧金鸿雁的手,眼里盈满了泪水,说:"鸿雁,你可要多多保重啊。"

"玉明,你就放心吧。"金鸿雁推开赵玉明的手,目送着赵玉明的身影消失在门外,有些若有所思。

"大妹子,你怎么让你男人走了呀?"邻床刚刚住进来的那个很健谈的预产妇说。

"他们单位的工作特别忙,离不开呀。"金鸿雁说。

"大妹子,听说你是下乡做'流脑'防疫回来受的伤。"

"是,回来坐客车遇上了车祸。"

"你带着'身子'还去做'流脑'防疫,一定是这方面的专家吧?"

"专家可谈不上,就是这个工作我做了有几年了。"

"我说的吗，我最佩服你这样的人了，你这样才叫为人民服务，有什么需要你说话，我们家里人多。"

"谢谢你。"

"大妹子，要说谢，我们都得感谢你们，没有你们这些做'流脑'防疫的，这'流脑'还不一定猖狂成什么样子，就说前年吧，我家有个远房亲戚得了'流脑'，家里都准备好寿材了，竟然被你们做防疫的医生给救活了，救人一命，胜造七级浮屠，这是多大的功德呀！"预产妇非常感慨地说道。金鸿雁笑了笑，她没想到这件事情会流传开来，还会有人记得，心里有些欣慰。预产妇极认真地说："大妹子，我说的这个事可是真事啊。"

"大姐，你说的这个事我知道。"

"就是嘛，有的人听了这事还不太相信。"

刘兰芝这时候走进来，看见床头柜上的罐头说："赵玉明来了？"

"来了。"

"他人呢？"刘兰芝四下看看说。

"回单位了。"

"怎么回单位了，鸿雁，你这里都什么情况啦？"

"实在没办法，他单位有非常重要的工作任务。"

"什么重要任务离开他就不行啊，他这人可真是的。"

"他要请假的，是我不让的，他留在这里也没什么大用，还得跟着熬夜，还耽误重要的工作，何必呢。"

"鸿雁，这可不是那么回事，这是他应该做的。"

"我总不能让他放弃重要的工作吧。"

"你这里就不重要吗？"

"个人的事再大也是小事，工作需要他，我就克服一下吧。"

"鸿雁，我是真服了你了。"刘兰芝有些感慨地说。

"我们这里有人，大妹子有什么需要言语一声，我们可以帮忙的。"那个预产妇说。

"鸿雁，你让我说你什么好。"刘兰芝看了一眼预产妇说。

"兰芝，那就什么也不说了。"

"今天你感觉怎么样？"

"好多了。"

"是赵玉明刚才来过的缘故吧。"刘兰芝浅笑着说。

"让你说的，你这会儿没事啦？"

"什么呀！"刘兰芝附在金鸿雁耳边说，"垦区副主任高俊山刚刚来了，是专门来看高四新的，说是他们老高家三股就这么一个闺女，看着心疼死了，周志国见了围前围后的，可会来事了，看着都有些肉麻，高俊山临走的时候，拍着周志国的肩头说他年轻有为，周志国高兴极了。"

"兰芝，这是你学习的好榜样啊，你这时跑来干什么？"金鸿雁笑着说。

"去你的，鸿雁，这个我可学不来，也不想学！"刘兰芝笑着说。

"和我一个样，你傻吧。"

"那又怎么样。"刘兰芝抓了一下金鸿雁的肋骨几下。

"哎呀！"金鸿雁笑得有些痛苦。

"不好意思呀。"

金鸿雁住院第九天的早晨，在婴儿响亮的啼哭声中醒来，她睁开了眼睛，霞光已经照到了她头顶上的白墙上。她起身穿好衣服，慢慢地挪到洗漱间开始洗漱，她脸上的瘀青已经消了，头顶那个鸡蛋大的瘀肿基本平复，身体感觉恢复得可以了。洗漱完，金鸿雁去食堂吃了早饭，卖饭的小郑姑娘说："金大夫，我看你好多了！"

"是。"金鸿雁笑了笑，端起豆浆、包子到餐桌上就餐。赵玉明在她住院第三天的傍晚来过一次，在病房里陪了她一宿，第二天一大早就匆匆赶回了西线，说是抽时间还会来的。金鸿雁看到他晚上在床前困顿得磕头的样子，知道他工作得很辛苦，就说没时间你就不要跑来跑去的，多辛苦哇！赵玉明只是笑了笑。金鸿雁当然希望赵玉明过来了，他们在一起说说话，都是一件非常幸福美好的事情。

金鸿雁回到了病房，邱丽君带人过来查房，看见她笑着说："金大夫，今天感觉怎么样？"

"主任，我是越来越好了。"

"金大夫，你现在的情况如果有条件还是回家静养的好，在病房里有些休息不好！"

这几天金鸿雁也是这个想法，差的就是吃饭问题，便说："主任，我也这样考虑过。"

"金大夫，这事你自己决定吧。"邱丽君笑着说，带着人出去了。

金鸿雁坐在病床上，这几天不知道是怎么了，车祸伤者刚出院一些，产妇又聚堆地来，病房都有些人满为患了，嘈杂声自然不绝于耳，夜里还常常被吵醒。赵玉明这时候进来了，她有些喜出望外地说："玉明，你怎么又来啦？"

"我去厂部办事，过来看看你，你怎么样？"

"我挺好的，住院部这些天一直有些吵，我正想回家静养呢。"

"行啊，我正好带车过来的，咱们坐车回去吧。"赵玉明说着帮助金鸿雁收拾好东西，告诉护士一声，扶着金鸿雁出了病房，上了值班车，寻到出租屋下了车，张志远开车回新厂部基地——红村。

进了家门，房东蔡大姐带着女儿婷婷刚好进门，蔡大姐说："金大夫，你防疫工作完事啦？"

　　"就算完了吧！"金鸿雁说。

　　"金大夫，你这是怎么啦？"蔡大姐从金鸿雁脸上残留的瘀青看出了些端倪来。

　　"前些天坐客车回来遇到了车祸。"

　　"就是前几天那次大车祸吗？"

　　"是呀，大姐。"

　　"老天保佑，金大夫，你可真是太幸运了。"

　　"还好，就是有些脑震荡。"

　　"这就好哇，金大夫，这位是？"蔡大姐看到了赵玉明。

　　"啊，大姐，这就是我丈夫赵玉明，玉明，这是蔡大姐，咱们的房东。"

　　"蔡大姐你好。"赵玉明笑着说。

　　"好，好！这一看就是个文化人，对了，金大夫，你这屋子里有些日子没有生火了，得生上炉子赶赶屋子里的潮气，你先到我们大屋里歇会儿吧。"

　　"好的，谢谢蔡大姐。"金鸿雁就随蔡大姐进了大屋。

　　赵玉明进了小屋，开始给地炉子生火。炉火很快烧了起来，屋子很快就有了些暖意，赵玉明在地炉子上给金鸿雁下了一碗面条，放了两个荷包蛋，又切了几片午餐肉放在上面，便招呼金鸿雁过来吃饭，自己把饭盒里的玉米面发糕放在地炉盖子上垫张纸烤了烤，就着咸菜条和面条汤吃了起来。金鸿雁把午餐肉夹给赵玉明，赵玉明夹回去，说："鸿雁，这不是你吃，是在给咱们的孩子吃。"金鸿雁就没有再推辞。

　　吃过饭，两人在炕上躺下来歇息，赵玉明说："鸿雁，怎么没见蔡大姐丈夫呢？"

　　"蔡大姐丈夫说是人民解放军，出去执行特殊任务去了，有三年多没有回来了，只有书信往来，要不她也不会把房子租给我们的。"金鸿雁说。

　　"这个蔡大姐也挺不容易的。"

　　"可不是吗，玉明，你今天不忙啦？"

　　"啊，我们的厂部前些日子迁到红村这边来了，还有我们队的实验室，我今天过来是专门做实验的。"

　　"玉明，你说的红村在哪儿啊？"

　　"在县城西南五六公里的样子，厂部接手的是地质部普查大队的一个老驻地，为了工作、生活方便，厂部往县城还通了三班交通车。"

　　"我还真没听说过这个地方。"

　　"那里原来就是一片荒地里搭建的临时性驻地，厂部搬过去，总得有个名字吧，红村，顾名思义红色村落，石油人就给它起了这样的名字，主要是突出政治，别的油田也都用到过这个名字，我去四川时也有这样的驻地。"

"我说嘛，你们要是能搬到红村这边该多好！"

"是呀，这个地方厂部刚刚接的手，暂时还没有听说有这方面的安排，很多事情也说不好，有时候有些事情变数还是很大的，这次我们队的实验室就跟着搬到这边了。"

"是呀，这是为什么？"

"不知道，主要的是这边有一些基础实验设施吧。"

"玉明，你们石油勘探现在的情况究竟怎么样？"

"鸿雁，这话咱们只能在家里说，我们现在的勘探势头是越来越好了，我想肯定会有更好的发展的。"

"玉明，那可太好了。"

"是呀，这是我们的希望！鸿雁，你困了就睡会儿吧，我一会儿得坐交通车去红村实验室去看一看。"

"玉明，你从那边直接回西线吗？"

"不知道，我先去红村看了实验结果再说，如果没有什么特别情况，或许晚上我能回来，你先好好睡吧。"赵玉明说着起了身，下地给地炉子里加了一铲和好的无烟煤泥，还用铁通条在煤泥的中央扎一个孔，看见里面红红的底火，便盖上了炉盖子，说："鸿雁，我走了，没什么事你就不要出去了。"

"玉明，你不用惦记我，我已经没事了。"

"我知道，鸿雁，那你也要注意，我走了。"

"玉明，你也要多多注意点身体。"

"好的，鸿雁，我知道了。"

二十

金鸿雁走在齐腰深葱绿的芦苇地里，阳光明媚，微风和煦，一条羊肠小道引导她走向绿色的远方，那茫茫的绿色和那湛蓝的天际是什么样的地方？她一直这样走下去，芦苇在不断长高着，渐渐地过了她的腰部，到了她的胸部，到了她的肩头，甚至没过她的头顶，她的眼睛里这时只有湛蓝的天空，天空浮起了一个个白色的云朵，不断幻化出神奇的色彩，令人神往。西边一道黑幕在渐渐地拉起，一层层升腾，制造出一种惊恐的黑暗，覆盖了整个天际，金鸿雁陷在其中，她开始大声地呼喊着，这是哪里呀？有人吗？她的呼喊没有得到一点回应，她在无边无际地黑暗中向前摸索着，黑暗无边无际，脚下突然落空了，身体在风声中急速地坠落着，她尖厉地大声呼号着，惊恐地闭上眼睛，她被一个软软的东西接住了，她睁开了眼睛，脚下是一片翠绿巨大的荷叶，荷叶在水面漂荡着，眼前闪动着祥瑞之光，那是近处那朵巨大莲花迸射出来的光芒，莲花上端立着一个慈眉善目的女子，将一个漂亮的婴儿送到她的手里，她说这是给我的吗？那女子只是颔首微微一笑，莲花漂移了，在祥瑞的光芒中悄然地游走了……你是谁？你等等！金鸿雁连忙高声呼唤着，一下睁开了眼睛，金鸿雁有些茫然，她躺在租住的小屋炕上，她闭上了眼睛，仔细回味了一下刚才的梦境，感觉有些莫名。她慢慢坐起来，喝了一口温开水，下到地上，犹豫了一下，还是走出房门，去了街边的厕所。

　　碎砖块铺地的厕所地面肮脏且有些泥泞，让人有些无处下脚，有人新扔了几块旧砖头垫脚。金鸿雁的脚刚落上去就滑了一下，这可把她吓了一大跳，她急忙扶住厕所的墙壁，屏住了呼吸，站了好一会儿，才去方便。方便完了，她慢慢走回家，坐在炕沿上，喘息了一会儿，看到地炉子里的火变得有些暗红，她起身拿起炉铲铲了一些煤泥，填到炉膛里，盖炉盖时感觉好像岔了气，腹部有些隐隐的不适，她感觉不好，立刻爬到炕上躺下来。她这时有些后悔了，赵玉明已经给她准备了便盆，做好了盖子就放在墙角处，她不习惯，就没有用。世上没有卖后悔药的，她乞求这点不适快些过去，可不适变成了腹部的疼痛，还在一点点加剧，她感觉那个地方有些湿润，似有血流出了。她用手去摸，见到了血红，她有些慌了，疼痛还在加剧，流的血在增多，金鸿雁捂住腹部痛苦呻吟着，脸上沁出了豆大的汗珠，她高声呼喊着："蔡大姐！"

　　蔡大姐这时候刚好从门口经过，听到了金鸿雁的声音，急忙推门进来说："金大夫，你怎么啦？"

　　"大姐，快找人送我去医院！"金鸿雁忍住疼痛说。

　　"金大夫，你别急，我马上去喊人！"蔡大姐有些惊慌地说着，匆匆地跑了出去。

　　一会儿，进来了几个街坊邻居，推来了一辆平板车，蔡大姐指挥着众人，一个劲地喊着大家轻着点，轻着点啊！将金鸿雁抬上了平板车，匆匆地送往了医院。

　　邱丽君给金鸿雁检查完说："金大夫，你对这个孩子怎么想的呀？"

　　"主任，我想保，您怎么看哪？"金鸿雁说。

　　几个医生、护士纷纷开口说金大夫，你都流血了，这孩子就是保住也许会落下残疾的，这事你可要想清楚！

　　"主任，会吗？"金鸿雁说。

　　"金大夫，大家说得没错，这样的风险因素肯定会有的，你必须有这样的思想准备。"邱丽君说。

　　"主任，我知道，我愿意承担这个风险。"她想，这不仅仅是一个生命，更是她和赵玉明甜蜜爱情的结晶，她绝对不能轻言放弃。

"金大夫，既然你决定了，咱们就好好保胎。"邱丽君说。

"我相信我一定不会有问题的！"金鸿雁点点头说，她想到了那个奇异的梦境。

"我们也都希望啊。"邱丽君也笑着说。

赵玉明乘交通车到的红村，寻到实验室，张志远已经在实验室门口等待了。赵玉明进去拿到了实验结果，结果令人非常高兴，这是他们所期待的，他将实验结果交给了司机张志远，让他回XN1井时交给林胜平，自己回县城去陪金鸿雁，这是早晨出来的时候他和林胜平已经商量好的事情。卡车刚刚掉过头来，实验室负责人宗林疾步从实验室里蹿出来，连喊带挥手的，赵玉明见状忙叫张志远停了车，赵玉明说："什么事啊，宗排长？"

"刘辉打的电话，说是有急事找你们。"

"刘辉的电话怎么打到这里啦？"赵玉明说着，下车跑进实验室，拿起电话说，"'疙瘩'，我是赵玉明。"

"'领导'，刚好你在，林胜平有一封加急电报：妻难产速归，XN1那边电话一直打不通，我怕耽误他的事，就寻思了这个渠道，你把这个情况告诉林胜平吧，队里指导员马烈已经知道这件事情了。"

"好的，'疙瘩'，我知道了。"赵玉明说。

"'领导'，我这里还有个好消息。"

"'疙瘩'，你说。"

"我老婆早产，母子平安，我当爸爸了！"

"'疙瘩'，恭喜你呀！"赵玉明放了电话，上了卡车说，"张师傅，咱们马上赶回XN1井。"

"'领导'，你不是说回家照顾老婆吗？"

"我还回什么家呀，林胜平家里来了加急电报，他老婆难产了，要他赶回京城。"

"这样啊。"张志远立刻开动了卡车，卡车在公路上疾驶着。

"'疙瘩'的老婆生了，早产，母子平安。"赵玉明说。

"都说七活八不活，可喜可贺，'疙瘩'这小子命不错呀。"

"可不是嘛。"

回到了XN1井，赵玉明立刻找到林胜平，说了京城来加急电报的事，林胜平变颜变色地有些不知所措了，赵玉明说："'博士'，你别磨蹭了，赶快收拾一下回京城吧。"

"这里的工作怎么办？"

"马指导员已经知道你的事情了，这里工作有我呢，有什么要交代的事你说吧，马上抓紧走吧。"

林胜平说了两件要做的事，然后摸了一下口袋，说："'领导'我手里只有这几块钱，买车票都不够哇。"

　　"钱的事你就不用操心了，张志远已经去帮你张罗了，他回来就送你去火车站！"

　　说话间，张志远回来了，把一张借款记录信纸卷着的各种面值的人民币送到林胜平的手里，说："'博士'，大家手里只有这么多了，要说也不算少，买车票肯定绰绰有余了，咱们赶快走吧，你应该能赶上傍晚那趟进京的快车。"

　　"'领导'，这里辛苦你了。"林胜平说。

　　"咱们还客气什么呀，一路顺风啊。"

　　林胜平穿着一身工作服，脚蹬翻毛工鞋，背着一个黄挎包，坐上卡车，风尘仆仆地赶往火车站，回了京城。

　　XN1井的善后工作全部完成。

　　赵玉明兴冲冲回到家里已经是第五天的事情了，他站在蔡大姐家的门口，看着门上的锁头有些疑惑，鸿雁怎么不在家？这会儿会去哪里？这时候，蔡大姐牵手女儿婷婷从外面回来，看见他说："赵技术员，你怎么才回来呀？"

　　"这几天单位有点特别的事情，蔡大姐，鸿雁呢？"

　　"赵技术员，再忙你也该回来说一声啊，你走那天下午，金大夫去外边上厕所动了胎气，我喊了几个街坊邻居用平板车把她送到医院，金大夫一直都在医院里住着。"

　　"蔡大姐，鸿雁怎么样？"

　　"医生说是没有什么大问题，要是没有左邻右舍帮忙，金大夫这次真的就麻烦了。"

　　"蔡大姐，谢谢！"赵玉明心急火燎地往医院跑去，进了病房，看见金鸿雁躺在病床上和刘兰芝说着话，心放下了一大半，说："鸿雁，你怎么样？"

　　"我挺好的。"

　　"赵玉明，你怎么回事啊，鸿雁都这样了，你怎么才露面哪？"刘兰芝有些不满地说。

　　"实在对不起，我那边发生的事情有点太特殊了。"赵玉明苦笑一下说。

　　"那你找老婆干什么呀？你们石油人的老婆都像我们鸿雁这样忍受的吗？"刘兰芝说。

　　赵玉明此时无语了，他只能歉意地笑了笑，看着金鸿雁。金鸿雁看着他一脸疲惫的神情说："玉明，我没什么事，累的话你就回家睡会儿去吧。"

　　"看看，看看，赵玉明，我说你是哪辈子修来的福气呀，能摊上我们鸿雁这样的好女人哪。"

"刘秘书，我知道，我真的知足。"

"你知道就好，光知足是不够的，我走了，该你好好表现了。"刘兰芝笑着说。

"谢谢你，刘秘书。"赵玉明说着送走了刘兰芝，回来坐下看看金鸿雁说，"鸿雁，你又瘦了，中午想吃点什么？"

"玉明，下午你还回去吗？"

"不回去了，这一次我有一个星期的假。"

"你们领导这么好？"

"是我们前一段工作完成得好，刚好有个休整期。"赵玉明眨了一下眼睛。

金鸿雁明白里面有些保密的因素，便没有多问，说："玉明，你要是有假了我想我还是回家去休养。"

"鸿雁，你现在可以回家吗？"

"可以了，就是不敢走太多的路，你去医院食堂借个平板车，推着我回去吧。"

"好，我这就去。"

回到家里，赵玉明开始生火做饭。他给金鸿雁做了家炖鲫鱼汤，一会儿，小锅里就泛出乳白的汤汁。赵玉明说这些鲫鱼是他早晨在驻地旁边的螃蟹沟里摸上来的，金鸿雁听了，吃得非常香甜。吃过饭，金鸿雁静静地看着赵玉明收拾碗筷，赵玉明笑着说："鸿雁，西线这次钻探的效果非常好，过一段时间，我们恐怕会更加忙碌。"

"这段时间你也累坏了，也该好好休息休息了。"

"鸿雁，说真的，工作上苦点累点倒没有什么，没有照顾到你，我这心里真的很愧疚。"

"没有事，玉明，我真的能理解，你也上炕来歇会儿吧。"

"鸿雁，你困就先睡吧，我这儿马上就好了。"赵玉明刷着碗说。

"我不困，这些天都睡得足足的。"金鸿雁这时候就是想和赵玉明说说话，想说说做了保这个孩子的决断后，藏在心底的隐隐忧虑，也想说说那个美好奇异的梦境。

赵玉明躺在了金鸿雁的身旁，轻轻抚摸着金鸿雁的肚子，宽慰她说："别担心，鸿雁，你的心地这么好，孩子一定会平安无恙的。"然后说到了刘辉老婆贺桂文早产，母子平安，林胜平老婆王雅茹难产，母子也平安，咱们也一定会的。

"玉明，我真希望我生产的时候你能够在我身边守候着。"

"鸿雁，你放心，到时候我一定会守在你身边的。"

清晨，朝霞满天，明亮的霞光斜照在医院的宿舍墙上，这又是一个好天气。金鸿雁因产期临近，上班行动有些不便，为了保险起见，经过廖海涛的协调，她又搬回医院的一间宿舍里住下。

近段时间，赵玉明临时接手了一个新任务，他跑Q区域的一口新的勘探井，这口井在红村南边不远处，赵玉明往返于县城比较方便。这些天里，只要有可能，赵玉明都坚持跑回来陪金鸿雁，十分勤勉。能回来最大的便利是厂部早晚往来县城又增开了两趟交通车。

吃过早饭，赵玉明收拾好一切，拿起挎包又要出门，金鸿雁的预产期已经迫近了，虽然暂时没有什么动静，毕竟是头胎，她还是有些担心，所谓"瓜熟蒂落"，生产肯定就是这几天的事情。

"玉明，你今天能不能不去现场啊？"金鸿雁坐在床边说。

"鸿雁，你怎么了，有什么感觉吗？"

"还没有，预产期已经到了，我还是有些担心。"

赵玉明来到金鸿雁跟前，拉住她的手说："鸿雁，别担心，你在医院里住着有什么可担心的？今天是XN1井试油，领导定了，相关的主要人员都要到现场，大家都在等待着这个日子，这是西线勘探的一件大事，事情完了，我马上就回来陪你。"

"那好，你去吧。"金鸿雁点头说。

"鸿雁，我会尽快赶回来的。"赵玉明说着背上黄挎包出门了，一会儿就出现在宿舍后面的那条公路的路边上，厂部的半截篷布的交通车停下了，赵玉明挺身爬上了车厢，交通车开动了，一会儿就消失在金鸿雁的视线中。金鸿雁的心变得有些空落起来，她摸着高高隆起的肚子，默默地说着好孩子，你一定要乖乖的，别着急，一定要等着你爸爸回来呀！然后起身去了门诊。

傍晚，太阳过早地西斜到阴暗的云层里。金鸿雁吃完饭回到了宿舍，她从后窗户看着那条公路，已经过去了两趟交通车了，每一次都没有赵玉明的影子。西北的天边卷起一股浓重的乌云，像是有一条绳子在向空中牵拉着，大片乌云在徐徐地生长着，天空渐渐地变得昏暗起来，一会儿罩住了大半个天空，一阵儿凉风疾步扑在了玻璃窗上，跟随的是一阵儿电闪雷鸣，随即，如注的大雨倾泻了下来，大颗雨滴在地上激起了片片水花，房檐上马上滚下一道密密的水帘，遮挡了看向公路的视线。金鸿雁想，这样的天气赵玉明恐怕不能回来了。夜的帷幕开始渐渐拉起了，和浓重地乌云交融成深沉的雨夜，无边无际。一些凉意袭来，她拉着一个毯子盖在身上，有一丝惊恐袭上了心头，那一次车祸和几次先兆性流产的征兆会不会影响到婴儿？不会的，一个美好在告慰她，是那个奇异的梦境，她的心稍稍安稳了些。

蒙眬中，宿舍的门开了，旋即，鼓进了一股儿凉风，是赵玉明进来了，从头到脚全都淋透了，站在那里只一会儿，地面上就摊了一汪雨水，金鸿雁说："玉明，这样的天气你怎么还急着往回赶？"

"鸿雁，我不是怕你有什么情况嘛。"赵玉明笑着抹了一把头上的雨水。

"傻瓜，快把湿衣服脱下来，小心着凉。"金鸿雁说着要起身。

"鸿雁，你不要动了，我自己来。"赵玉明说着，拿起一条毛巾擦拭着身体，然后换上了一套干衣服，收拾停当，坐在床边上，说："鸿雁，你现在感觉怎么样啊？"

"有一点点反应，不是很明显，你吃饭了吗？"

"还没有，到县城的半路上交通车抛锚了。"

"你是走着回来的呀？"

"是呀。"

"我给你买的饭已经凉了，你用热水泡一下吧。"

"好的。"赵玉明把米饭用热水泡了一下，开始吃饭。

"玉明，今天的试油怎么样啊？"

"非常好，应该说是不同凡响，这次是我们下辽河勘探以来最好的油气显示，西线有了突破性的进展是件大好事！"赵玉明有些兴奋地说。

"那会怎么样？"金鸿雁有些不懂地问。

"我们下辽河两年多的努力没有白费，也就是说我们勘探的区域进一步扩大了，我们在这里已经有站稳脚跟的本钱了。"赵玉明扒完最后一口饭说。

"这可真的太好了！"

"可不是嘛，厂里已经准备向上打报告，相信不久的将来，下辽河一定会有更大动作的。"赵玉明说完，打了个大大的哈欠，躺倒在床上。

"要是这样的话，你们就会在这里固定下来了吧？"金鸿雁不由得也有些兴奋，这对他们个人来说也是一件大好事。

"当然，鸿雁，一般情况下是这样的。"赵玉明有些困倦地说着。

"看你困的，早些睡吧。"金鸿雁看着赵玉明说，她的话音刚落，赵玉明闭上眼睛，马上发出轻微香甜的鼾声，金鸿雁看了看，摇了摇头，熄了灯，安稳地躺着。

夜半时分，风衰了，雨歇了，夜静了，一弯新月现出明亮的身影，将清辉洒在窗棂上，一只蛐蛐在角落里开心地鸣叫，像在即兴激情地演讲……强烈的宫缩将金鸿雁唤醒了，伴随着一阵阵腹痛，时有的剧痛开始撕心裂肺，她不由得在床上翻腾起来，高声喊着："玉明！赵玉明！赵玉明！"

赵玉明在睡梦中睁开迷蒙地眼睛，看着金鸿雁，懵懵懂懂地说："鸿雁，是你喊我吗？"

金鸿雁这时候没有那么痛了，说："啊，没事了，玉明，你睡你的。"

赵玉明"嗯"了一声，立刻合上了眼睛，又睡去了。

一会儿，新的一轮疼痛又开始了，金鸿雁咬着牙，呻吟着、挣扎着、坚持着、忍受着，赵玉明实在是太累太困了，让他再睡一会儿吧。她忍隐着疼痛，咬紧了牙关……胎儿好像已经向下移动了，她这时拉动了赵玉明，说："玉明，赵玉明！你快去叫邱主任！"

赵玉明懵懵懂懂地醒来了，看着金鸿雁说："鸿雁，怎么了？你说什么？"

"我要生了！玉明，你快去喊人哪！"金鸿雁急切地说着。

"啊！"赵玉明一骨碌爬了起来，匆匆地跑向医生值班室去敲门。

邱丽君和护士系着白大褂的扣子，快步跑过来，见金鸿雁的状况，马上查看，发现孩子已经露头了，邱丽君责怪地说："小赵，你怎么才喊我们哪，咱们别动地方了，就在这屋里接生吧。"

护士开始紧张地忙碌，赵玉明跑去打来了开水。

一声响亮的啼哭，又一个新的生命降临到了这个世界上，邱主任将婴儿捧到金鸿雁的面前，说："金大夫，恭喜你，是个千金！"

"主任，她还好吧？"金鸿雁嗓子有些发紧。

"很好，你看看。"邱主任笑着捧给金鸿雁说。

"我的宝贝。"金鸿雁深情地吻了一下女婴，眼中不断涌出泪水，赵玉明抚摸着金鸿雁的头顶，不停地安抚她。

这是一个漂亮的女婴，赵玉明给她起个好听的名字，靓初。

二十一

HJN5井里的那头仰天长啸了二十多个小时的怪兽，终于隐去身形，没了声息，遁回地下了，井场上持续高扬的是抢险胜利的欢呼声，厂部军代表、核心小组组长刘胜利满怀着胜利的喜悦，在野外荒凉的驻地红村通过电台向上级军管会报喜，喜讯层层上传，送达了最高层，最高层领导明确指示：要深入总结，广泛宣传 HJN5井井喷抢险英雄的事迹。

"唉，醒醒！醒醒啦！劲松，你没事吧？"井队长徐天亮轻轻拍着何劲松的脸颊召唤着。

"什么事啊，徐队？"何劲松睁开眼睛，一骨碌坐起来，揉着眼睛，迷迷瞪瞪地说。

"劲松，你都睡了多长时间了，饭也不吃，我怕你饿出个好歹来。"徐天亮笑着说。

"徐队，现在啥时间啦？"何劲松看看窗外，天空铅灰色的阴沉着。

"你说啥时间了？这就又该吃午饭了，你都睡了一大天了，真的一点都不饿吗？"徐天亮这么一说，何劲松还真的有些饥肠辘辘了，他一下子从炕上跳到地下，去穿放在屋子角落里的道道服，手伸过去又停下了，道道服棉衣、棉裤像一副铠甲般直挺挺地靠在屋子的角落里，上面满是亮锃锃的原油，徐天亮马上说："算了吧，劲松，那个棉工服还能穿吗？我这里有套旧的，你先凑合穿着，我已经告诉材料员老余了，他领料去了会给你领套新的回来的。"

"谢谢徐队。"

"谢什么，你没事就好，洗漱一下，赶快去食堂吃午饭。"徐天亮说着就向外走去。

"好的，徐队，我这就过去。"何劲松说着，麻利地套上徐天亮拿来的那套旧棉工装，旧棉工装很温暖，感觉裤子稍稍有些短，那也比那套油棉工作服好多了，首要解除了他的寒冷。这是一间农家牛棚临时改建的宿舍，除了那个火炕是温的，苇笆抹泥的北墙上湿漉漉的，要不人们就说这间房子"炕上身下暖，脸上落霜寒"。何劲松在泥巴灶台的锅里舀了些已经冰凉的水，开始洗漱，这时，他想起刚刚徐天亮说的那句你没事就好的话来，他这时才认真琢磨它的意思，嘴角不由得咧了一下，心想，我会有什么事？不就是参加了二十多个小时的抢险吗，这事是累了困了点，可咱年轻，猛猛地睡上一觉儿就什么事都没有。他蒙眬地想起来，早晨的时候，徐天亮好像就召唤过自己，他当时哼了一声，翻了个身就又睡去了。他这时候想，还是赶快吃饭吧，这肚子真的有些不听话了，已经在不停地抗议。

狭小土坯房的食堂里有一丝潮湿的暖意，井队上的人挤坐在几个自己钉的简易粗糙地黄花松木板子餐桌旁吃着午饭。何劲松来到厨房间壁墙长方形的买饭口前，炊事员牛师傅笑吟吟有些关切地看看他，说："何啊，起来了，你没事吧？"

"没事，牛师傅。"何劲松看看牛师傅，笑着点点头，把铝饭盒递过去。牛师傅没有接他的饭盒，回身去锅灶上揭开一个笼屉，从里面拿出两个饭盒放到他的面前，何劲松愣了一下，看着牛师傅，牛师傅笑着说："这些都是你的，快拿去吃吧。"

何劲松有些疑惑地揭开了饭盒盖，一个饭盒里是白白的大米饭，一个饭盒是猪肉酸菜炖粉条，那大片的五花肉让人有些垂涎，何劲松不由得咽了口吐沫，看了看牛师傅，又看了看身后餐桌上吃饭的人，他刚刚进来看得清清楚楚，大伙儿吃的都是红红的高粱米、喝的是清亮亮的白菜汤，包括时常闹胃病的队长徐天亮。牛师傅一定看出何劲松的疑惑了，笑着说："何啊，这是厂里送来的慰问品，队里昨个晚饭搞了个小改善，你当时睡着，徐队长让给你留了一份，你快拿去吃吧。"

何劲松心头一热，说："谢谢牛师傅。"

"这是你应该得的。"牛师傅说。

吃饭的人已经所剩无几了，徐天亮坐在那里细嚼慢咽着，何劲松端着饭盒坐到徐天亮的对面，把大米饭推到徐天亮的面前。

徐天亮把大米饭推回去，看着何劲松说："我嚼得正香，你吃你的。"

"徐队，你的胃不好。"

"你这一盒大米饭就能治好我的胃病啦？我这个胃病得自己调理，TH1井张家屯儿那个下放的老中医给我开了一个方子，同时还告诉我，以后不管吃什么东西都要细嚼慢咽，他说得真对，我现在吃高粱米都能嚼出甜丝丝的滋味了，效果真的很不错，我的胃好多了，小何，你自己慢慢吃呀。"说着，徐天亮喝下最后一口白菜汤，站起身，拿起饭盒走了，随即想起什么了，又折回来说："对了，何劲松，这次抢险，厂里已经开始群众性评功摆好活动了，试油队那边一致推荐你立大功，做技术干部方面的英模代表，这是一项很高的荣誉，你要有个充分的思想准备。"

"徐队，实际我也没做什么事。"何劲松感觉徐天亮最后的话里有些意味，有些不好意思地说。

"深入总结，广泛宣传HJN5井抢险英雄的先进事迹是最高层的指示精神，能评选你出来是广大职工群众的意愿，人不都说群众的眼睛是雪亮的吗？你不在那个试油队工作，还能积极参加抢险工作，又有非常突出的表现，能被广大群众认同推荐，这是相当不错的，你可要好好珍惜。"

"徐队，我明白。"何劲松庄重地点头说。

"你要好好休息，一定要注意身体的变化情况，有不舒服的地方早点说话呀。"徐天亮叮嘱着。徐天亮叮嘱是有道理的，一些参加抢险的人员因伤和中毒等原因都在住院治疗，何劲松是自己坚持回到队里睡下的。

"你放心吧，徐队，我真的没什么事。"

"这也是厂领导的指示精神。"

"徐队，我知道。"

何劲松吃完饭，感觉还是有些困顿，便回了宿舍，躺在了炕上，放松了四肢，这时候闭上眼睛却又有些睡不着了。

何劲松工作四年了，在萨尔图最初实习顶岗就在108队，108队是第二批下辽河的井队，徐天亮需要技术员，他就答应了，108队最初钻探的是TNI井，完井后刚刚转到HJN9井来，可新的地质技术员还没有到位，他也就随队来到HJ区域了。

前天早晨，何劲松下夜班刚刚睡下，就听到HJN5井方向传来尖厉的嘶鸣声，有人高声喊叫着，HNJ5井那边出大事了！大家全都跑出房间，远远看见HJN5井的方向喷起一条冲天的油气柱，声音高亢。厨师牛师傅拖着瘸腿出来说肯定是HJN5井喷了，这家伙的劲头可真不小哇！牛师傅是老石油，见多识广，他是因为腿伤残了，又不愿意离开井队，才在井队干起炊事员工作的。

险情就是命令！人们都在向HJN5井云集。

HJN5井的井喷十分强烈，高亢地嘶鸣重喷出的油气柱足有五六十米高，整个井场在震耳欲聋中飘洒着油雨，弥漫着雾帐般浓重的天然气，这时候如果有一点明火，井场马上会化成一片火海，不，强烈喷发的油气流如果从井底下带出一颗小石子，打到井架上或有钢铁的地方，只要擦出一点火花，也会引燃井场的天然气，谁都明白它意味着什么……他们要抢险，他们必须抢险，以保证国家财产和人民生命的安全！在发生井喷那一刹那，试油队在现场的作业班长发现了险情，他果敢地一跃，扑到井口，拼尽了全力打开了放喷闸门，人却被强大的油气流冲到井架上，一下子摔晕了！

慕自清来到了现场，靠前指挥，在现场组织成立了抢险队。抢险队的任务就是去井喷井场安装防喷闸门，然后关闭闸门，这个抢险工作就完成了。何劲松毅然走出了人群，举手要求参加抢险队，他年轻，是技术干部，学习的是天然气试气技术，被批准了。何劲松被编在抢险二班，任二班班长，他参加了抢险工作的骨干会议，四个抢险班组按既定方案轮流上井场抢险——抢险的首要工作是在井口上安装防喷闸门。防喷闸门是个大家伙，有好几百公斤重，井场满是油气，这时候只能靠人力来移动和安装，这是个极为艰难和辛苦的过程，尽管抢险队员们经过几轮的努力将防喷闸门平移到井口旁，可是，要靠人力举高防喷闸门坐到喷发的井口上，试比登天，是完全不可能的，一时间大家都有些一筹莫展了。何劲松这时候看着井场上的那个作业井架有些凝神，他的眼前不由得一亮，如果在井架上悬挂一个动滑轮，穿上一条长棕绳，通过人力拉动棕绳就会比较轻松地吊起防喷闸门，再从另一个方向拉扯校正，防喷闸门的安装就完全有了可能。他立刻说出了自己的想法，得到了大家的一致赞同。何劲松是这个方法的主张者，自然成为滑轮悬挂的实施者。他迎着油雨，攀上油腻腻的井架，拴牢了滑轮，穿上了棕绳。在指挥者挥动的旗帜下，在人们拉动棕绳的号子声中，防喷闸门徐徐举高在喷发井口的上方。现在他们要做的就是将防喷闸门准确地坐在喷发的井口上。四个班组，开始抢险的轮换冲锋，多少个波次？耳朵里堵上了棉花，有人还是被声浪震破流了血，还有人在浓重的天然气中窒息晕倒了，他们前仆后继，二十多个小时，他们在不断总结经验，不断完善抢险措施，终于成功地将防喷闸门准确地坐在井口上，紧固了螺丝，关闭了闸门。

真是不幸中的万幸啊，是命运之神眷顾着他们，后怕也如影随形地出现了，何劲松这时不由得打了个寒战，如果井场起火爆炸……这次井喷，从另一个方面说应该是个非常利好的消息，它在明确地告诉下辽河的石油人：这个区域是个油气富集区，这是不容置疑的！过去他们已经打了十几口探井，作业后的效果都不尽如人意，可这次HJN5井喷是一次最好的宣誓，给所有下辽河石油人注入高剂量的强心剂——没有好的油气储量，怎么会发生这么强烈的井喷？可HJN5又怎么发生井喷呢？是油气压太强了吗？信马由缰的思绪在游走着，在考问着何劲松，是地下那高达两百多的大气压吗？不应该呀，那又是为什么？何劲松坐起来，下到地上转开了圈子，他在用自己的所学所知寻找答案，难道说是压井液有什么问题吗？何劲松一直喜欢打破砂锅问到底，这是他上学读书时就养成的一种习惯。

何劲松从屋子出来，铅灰色阴沉的天空飘下稀疏的雨丝，打在脸上凉凉的。他略作思考，便向二里外的105井队的驻地走去。HJN5井是105队刚刚钻探完的，105

队的地质技术员是郝学仁，有个问题他得去找他求证一下。离105队驻地且不远时，何劲松听见有人喊着"大拿！"他闻声侧脸望去，冬日的荒野上泛着白碱面的土黄毛道上走来了郝学仁，郝学仁远远地向他挥了一下手，何劲松举手回应着，站在原地等待。走得近了，郝学仁推了一下鼻梁上的眼镜，说："我说大英雄，你怎么这么闲哪？"

"'大师'，你怎么也学得爱扯这些没用的了，我有个事问你。"

"'大拿'，我是实事求是，走，有什么事到屋子里去说吧。"郝学仁笑着说。

"算了，'大师'，咱们长话短说，就在这儿说吧。"何劲松看看不远处的105驻地说。

"怎么还有些神秘呢？"

"神秘什么呀，就是一句话的事，就想问你HJN5完井后，打井的压井液是不是你们105队给抽走啦？"

"是呀，新井开井急需，这又不是头一次了，有什么不妥吗？"郝学仁看着何劲松说。

"没有，我就是想明确一下。"

"为了赶HJN8井的进度，队长李敢就安排这么做了，哎，我说'大拿'，好好的你怎么想起问这个事啦？"郝学仁看着何劲松。

"'大师'，你说HJN5如果是标准的压井液，会发生井喷吗？"

"按理说应该不会吧。"郝学仁看着何劲松，立刻说，"哎，我说'大拿'，你问这个到底什么意思呀？"

"我就是有点想不明白，HJN5到底是怎么发生井喷的？"何劲松有些皱着眉头说。

"我说'大拿'，你怎么还操上这个心了，这可不是闹着玩的，弄不好会出事，你别忘了莫启友事件哪？"郝学仁略显不安地说。

莫启友事件何劲松当然记得，莫启友是个作业绞车工，前不久的一次油井作业时，把清蜡片掉进井筒里，按照作业规章制度规定作为事故处理追究当事人的工作责任是无可厚非的，可是非常时期，有人以怀疑的态度对莫启友进行了内查外调，查出他在上中学的时候，集体加入过国民党外围组织——三青团，军代表以"阶级斗争，一抓就灵"为纲，把这个事件上报了，不久前，公安机关将莫启友逮捕，以"破坏油田革命生产罪"判处了有期徒刑十五年，一下子搞得人心惶惶的，何劲松说："我当然记得，我心里有数，走了。"

"我说'大拿'，你可千万别多事。"郝学仁高声叮嘱着。

何劲松把手举过了头顶，用力挥了挥，走了。何劲松边走边想，难道说试油队在作业前没有测量压井液？还是配制的压井液比重不够？他和自己井队驻地擦肩而过，奔向了试油队的驻地。

进了试油队队部，队部里只有那个新分来的实习技术员葛前进。何劲松知道试油队队长吴大力在抢险第一波次抬防喷闸门时把腰扭伤了，现在还躺在医院里做牵引，他看看葛前进，葛前进也正看着他，恭敬地说："学兄来了。"

"葛儿，HJN5作业时的压井液什么情况啊？"何劲松说。

"好像新配制的吧。"葛前进看看何劲松，说话有些支支吾吾的。

"葛儿，什么叫好像，哪个老师教你的呀？"何劲松有些不太高兴地说。

"学兄，我当时没在现场，这件事我不清楚。"葛前进红了脸，搓着手，低下了头。

"你是队里的实习技术员，这个事都不知道吗？"何劲松用有些怀疑的口吻说。

"学兄，跟你说真话，那天我不在单位，我真的不知道！"葛前进强调说。

"那压井液的比重多少你总该知道吧？"

"说是和标准是有一些距离。"葛前进看看何劲松，有些怯怯地说。

何劲松明白了，试油队作业前，队里没有安排测量压井液，更别说配制新的压井液了，他们是在井队抽走压井液的情况下进行作业生产的，队长吴大力是个老石油，干这行十几年了，来这个新区域作业了不少口探井，要么是有的井落空了，要么有的井油气显示不太理想，谁会想到HJN5井竟然有这么强大的油气压？情况明摆着，这一次井喷是一起生产事故，是没有按照操作规程作业造成的，幸好这次抢险成功，不然将给国家造成多大的损失呀，想想都让人心痛和后怕。这次井喷也算是个利好的消息，它证明了这个区域是油气富集区，只是油气在地底下存在的形式不同罢了，需要做地质工作的人进一步研究和探索，找出规律。何劲松想着，走出试油队队部，葛前进跟在后面谦恭地说："学兄，你不再坐会儿？"

"不了，葛儿，你回吧。"何劲松走出试油队不远，听到身后有高声大气的说话声，他回头看了一眼，是试油队的副队长王德彪，王德彪和葛前进在说着什么，看见他回了头，还冲着他挥了挥手，他也回应着摆了一下。

何劲松走回108队驻地，远远看到有人在自己住宿的门前徘徊着，便加快了脚步，且近时，看清楚是王慧，走到了近前，王慧笑着说："何老师，你干什么去了，怎么不好好休息呀？"

"睡不着，出去走走透个气，你来了多久？"

"刚刚到，上午过来一次，看你睡着就回去了，想你也不会走远的。"

"走，进屋里坐吧。"何劲松说。

进了屋，何劲松指了指自己的铺位，王慧先拍打几下身上才坐了上去。何劲松用有几处掉了漆、印有纪念字样的白搪瓷缸子倒了些开水，递到了王慧的手里，王慧受用地捧在手里，何劲松说："王慧，你最近在忙什么？"

"我去查一下 HJN5 井的地质资料，想和咱们这口井的情况比对一下。"

"你很用心，好事呀，有什么发现吗？"

"它们是同一个区块，很多数据很接近，有些借鉴作用。"

"真不错，你很有心。"

"谢谢何老师。"

何劲松点点头，从 HJN5 井喷看，这个区域的地下储油气情况和其他油田是大不相同的，这对他们搞地质的人是个全新的挑战，他们要找到这里地下储油气规律性的认识，服务于下辽河石油的勘探，这是需要实践认识和时间积累的，他们交流了一会儿这方面的情况，最后有那么一刻的停顿，王慧用好看的眼睛看着何劲松说："何老师，你这次参加抢险真让人担心！"

许是一次信号传递？何劲松笑着说："谢谢呀。"他没有过多回应。他们都是搞地质的，都在荒原上找油。这样的人恋爱和结婚，一定得有一个人有所放弃，一个家庭两个人如果没有一个人做出牺牲，那么这个家庭将会是什么样子？他和白雪梅就是一个明显的例子。他想，也许他们当初更多地沉湎于感情了，谁会想到会是现在这个样子呀！历史的经验值得注意，何劲松实际上已经在某个机缘巧合的时候和王慧谈到这方面的问题，王慧却很浪漫地说只要两个人相爱，我是愿意做出牺牲的！何劲松告诫说与其知道爱了会痛苦，还不如当初不爱。在爱情和事业上他是"过来人"，想得很清楚，实际上他也是在告知王慧，即使没有白雪梅，他们也是不可能的。

"何老师，抢险时你真的一点都不怕吗？"王慧看着何劲松问。

"王慧，我说不怕你信吗？可是在那种情况下谁还会想那么多呀？我现在是有些后怕，如果真牺牲了，有些太冤枉了。"何劲松笑着说。

"何老师，你怎么这样说呢？"

"据我了解，这次发生的井喷应该是一次生产事故！"

"何老师，你怎么知道的？"王慧瞪大了眼睛说。

何劲松把自己了解到的情况说了一下，然后问："王慧，你觉得呢？"

"何老师，你说是就一定是，你对这件事怎么想的？"王慧点头说。

"我不知道。"

"何老师，这种事情要慎重啊，再说还有军代表呢。"

"他们不懂，也根本不会往这方面想。"何劲松摇摇头说。

"何老师，算了，就让它过去吧。"

"可我的心里总是感觉有些不安，这个教训真的太深刻了，得认真汲取呀。"

"听说厂里已经把你定为技术干部英模代表了，这是试油队积极推荐的。"

"这事我听徐队说了。"

"还是算了吧，何老师，你休息吧，我走了。"

"那好吧。"

送走了王慧，何劲松坐在炕上有些凝神，当他清楚 HJN5 井喷是一次生产事故时，他的心里就开始矛盾了，一边是曾和自己一起共过事的老领导，一边是对工作的责任感，他的天平该向哪一边倾斜？他是雇农家庭出身的孩子，他从小学到大学毕业都是国家供养的，他从心里一直唱着没有共产党就没有新中国的歌成长的，不然他不会放弃在大城市工作的机会，而选择萨尔图荒原找油的，国家建设需要油，这是国家发展的实际，作为新中国培养出的学子，他就该去荒原为国家找油，可这件事远不是找油那么简单的，他该怎么办？

"何劲松，你愣什么？"徐天亮推门进来说。

"徐队，你来了，你坐。"何劲松醒过神儿来笑了笑说。

"王慧这丫头很不错的，悟性强，你要尽快把她培养出来呀。"徐天亮说。

"徐队，我一直在努力。"

"我知道，劲松啊，厂军代表来了电话，让你马上到厂部去一趟，应该是技术干部英模代表的事情，你要有个思想准备。"

"好的，徐队，我知道了。"

"那就快去吧，刚好井场有辆送料车，我让车等你。"

"好的，徐队，我这就去。"

何劲松立刻去了井场，搭上了那辆送料卡车去了厂部。

厂部是夏季决定搬迁红村的。这里已经开始进行了一些新的基础设施建设，稍显了规模。在厂部大门口，何劲松遇到了赵玉明，赵玉明笑着说："劲松，你来了，干什么呀？"

"师兄，军代表找我。"

"那你赶快去吧，没事了来我这里坐一坐呀。"

"师兄，你高就的地方在哪儿？"

"后排最东面，有门牌，很好找的。"赵玉明扬手指指说。

"好的，师兄，回头见哪。"

"劲松，回见哪。"

何劲松寻到厂军代表的办公室，一位身穿全副军装年轻的通讯员领着何劲松来到军代表办公室门口，很响亮地喊了一声："报告！"办公室里传来"进来"的回声，通讯员拉开了门，立正报告说："首长，何劲松到了。"

"请他进来吧。"军代表刘胜利说着，站起身来，上前紧紧握住何劲松的手，说："何技术员，你来得正好，来，我给你介绍一下，这位是北京来的高记者，是专门来深入采访咱们这次抢险英雄事迹的。"

实际上，在 HJN5 井抢险的二十多个小时里，地方上各层级报刊、电台的记者闻讯纷至沓来，一直都在井喷抢险现场持续性地进行采访报道，时实新闻、摄影图片、先进事迹已经最先在各地的报刊、广播电台滚动播放了。北京的记者还是头一次出现，这和中央高层领导的重要批示应该是有着十分密切的关系吧。

高记者三十出头的样子，身材中等，瘦削的脸有些苍白，胸前挎着个 135 相机，手里拿着一个采访本，何劲松还是头一次见到这样的大记者，有些拘谨地和高记者握了一下手，说："高记者好，很高兴见到您。"

"何技术员，幸会，幸会。"高记者十分老练地说。

"来，何技术员，你坐。"刘胜利把何劲松拉到了一把椅子前按下，通讯员立刻送上一茶缸开水，退了出去。

刘胜利身材魁梧，脸阔眉黑，这时候看着何劲松，朗声说："何技术员，据试油队同志们的反映，你是积极主动参加他们队抢险工作的，表现又相当突出，他们对你的评价很高哇，你说说，你当时是怎么想的呀？"

何劲松看了高记者一眼，高记者点点头，眼里透出肯定和鼓励的目光来，何劲松清了一下嗓子，略微有些紧张地说："制服井喷实际就像部队打仗冲锋一样，指挥枪一响就是命令，制服了井喷才是真正的胜利，我过去在这个作业队工作过一段时间，和队里的干部、工人都比较熟悉，这种危急的时刻看着国家财产遭受损失，大家的眼睛都急红了，都拼了命地往上冲，目的就是一个，就是要制服这个井喷，保护国家财产安全，作为一名要求进步的时代青年知识分子，在这种时候我怎么会不奋勇向前呢？"

"说得好哇，何技术员，当时你就没有想到危险没有感到害怕吗？"高记者笑着说。

"这样的环境下，危险是肯定的，可那种时候谁有时间去想那些事情啊，我当时只想着怎么和大家一块儿想办法来尽快制服井喷，保护国家的财产不受损失或少受损失，要说想到危险和害怕，那是制服井喷以后的事情了。仔细想一想，一是当时井场的环境风险因素实在是太高了，再有就是我们那个班有一次轮换班的时候，我们刚刚离开井场那个位置，井架上的一块钢板就被强大的油气流给搞下来了，就落在我们大家刚刚离开的位置上，只要谁稍微晚一会儿出来，谁就有可能被拍成'肉饼'，那是非'光荣'不可的。从我个人来说，我就是咱们抢险队伍里的一分子，做了我应该做的事，大家说我表现突出是对我参加抢险工作的积极肯定，也是对我的鼓励和褒奖，我非常感谢试油队的同志们，今后要更加积极地工作！"

"何技术员，你说得真的太好了，既有高度又有深度，非常值得我学习呀！"高记者点头说。接着，又问了一些抢险工作中的细节和一些技术性的问题，最后说，

"真的特别谢谢你，何技术员。"

"您太客气了，高记者，能向您介绍情况是我的荣幸。"何劲松笑着说。

"何技术员，你介绍得很好，你还有什么要说的吗？"刘胜利说。

何劲松犹豫了一下，看看军代表刘胜利微笑地注视着自己，说："军代表，我个人还真的有个事情想和你汇报一下！"然后，看了看高记者。

高记者心领神会，马上站起身，用力抻了抻胳膊伸了伸腰，说："军代表，你们谈，我出去方便一下。"

"也好，高记者，咱们一会儿见。"刘胜利说。

"好的，刘组长。"高记者说着出去带上了门。

刘胜利目送高记者出去，回头笑着说："何技术员，有什么事你说吧。"

"军代表，关于这件事我一直都有些活思想的。"何劲松有些犹豫地说。

"何技术员，只要是有益于我们厂工作的事，你有什么不好说的。"刘胜利笑着鼓励着。

"那好吧，军代表，咱们这次抢险取得了成功，成绩确实非常值得总结，也值得表彰和大力宣传，但是有一个问题也不容忽视呀！"何劲松说完认真看着军代表。

"何技术员，你说有的是什么问题呀？"刘胜利仍然微笑着说。

"就是这次井喷的原因哪！"何劲松加重了语气。

"井喷的原因？何技术员，你说说到底是怎么回事啊？"刘胜利脸上有些严肃了。

"军代表，根据我个人的了解，这次井喷的原因是进行作业的试油队没有按照作业通知单的程序要求，在没有测量压井液比重的情况下就安排了班组作业生产，这是严重违反试油作业操作规程的，是人为造成的重大生产事故，厂部应该认真总结这样的经验教训，加强生产操作规程教育，提高全员安全生产意识，积极防患于未然哪！"

刘胜利立刻皱了一下眉头，说："何技术员，你说的情况属实吗？"

"军代表，这事我已经进行了多方面的了解，这个事是千真万确的！"

刘胜利"啪"地拍了一下桌子，有些愤愤地说："怎么会有这种事情，这可真的让人没想到！"然后站起身来回在屋子里兜了个圈子，一会儿，停到窗子前面，看着外面阴沉的天空。好一会儿，刘胜利慢慢转回身，坐到何劲松的面前，有些低沉着声音说："何技术员，咱们共产党员是最讲认真的，但现在是非常时期，关于 HJN5 井喷是人为事故的事你对任何人都不要讲了，等我认真查找清楚落实了以后再做处理，你看好吗？"

"军代表，您放心，我明白。"何劲松重重地舒了一口气说。

"好，何技术员，你还有其他事情吗？"刘胜利微笑着说。

"军代表，没有。"

"何技术员，今天咱们就这样吧。"

"好的，军代表。"

何劲松从刘胜利办公室里出来，想去厂调度室看看有没有车去HJ区域，一股旋风扑面而来，他举起手遮头向东面避风时，看到了那边的房子，这才猛然想起赵玉明的邀请。

二十二

赵玉明刚刚调厂政工组下属的人保组任副组长。

关于这个任职，新任命的厂政工组组长吴卫东找赵玉明谈话时，赵玉明是一百个不愿意的，这和他工作的专业离着十万八千里。吴卫东却说为了兑现对你的承诺，调你进厂来，我和慕副主任已经煞费苦心了，厂部里的领导岗位只有这个地方有个空位，也是对你的提拔和重用！赵玉明说老领导，你不用为难，我真的不想来，人保组，有什么意思呀？吴卫东立刻说赵玉明，这是新成立的厂革委会例会专门研究决定的事情，你有点革命觉悟好不好。赵玉明说老领导，我对这个岗位真的没什么兴趣。吴卫东说赵玉明，你的意思我知道，慕副主任也清楚，实际上这个岗位真的很重要，现在全厂人员两千多份的档案关系都归你管理，特别是干部的档案，都在人保组这里封存，这可不是谁都可以接触到的机密，你以为厂领导是随随便便把你放在这里的吗？首要的条件是政治上一定要可靠，这是组织上对你高度的信任！其二是你老婆刚生了孩子，你在这里工作离家近了，没有人要你起早贪黑，你可以天天回家，总可以帮助你老婆一把，两全其美，你何乐而不为呢？赵玉明，你先干着，等厂里工作步入正轨了以后有了机会我再想办法给你调整，把你这样的人才总放在这里我不答应，不光我不答应，慕副主任也不会答应的！要不你说说现在还能怎么办？吴卫东的话已经说到这个份上了，赵玉明就不好再说什么了，他仔细想想，从心里说，从家庭方面说，他还是应该感谢老领导吴卫东的，就高高兴兴来人保组报到了。

人保组是厂部最新成立的革委会扩大的建制部门，全组原来有六个人，石油勘探的区域在不断扩展，新队伍也在增加，厂治安保卫工作也是千头万绪的。人保组组长郝建军，早年是精明强干的侦察排长出身，这时候在这里有了用武之地，带领四个人跑外勤，跑得不亦乐乎的，时间都有些无常了。还有一个就是做内勤工作的宫大姐——宫香茗，她是慕自清的老婆，人长得白净，性情也随和，写得一手好字，她有两个孩子，单位最初也没有太多的事情，她还算有闲，可现在驻地固定红村了，一切管理工作要求开始正规化，特别是人员队伍从最初的六七百人增加到两千余人，人员的档案关系全部过来了，这是一件大事，赵玉明的岗位也是在这样的情况下应运而生的。

赵玉明要做的第一项工作就是对所有的档案进行登记造册，他们忙乎了两个多星期，刚刚理出一些头绪。前两天，赵玉明在查看一摞子群众来信来函中，发现了一封检举信，信是检举108队地质工王慧的，说她生活作风败坏，勾引有妇之夫云云。赵玉明看看字迹觉得有些熟悉，仔细想想，记起应该是白雪梅的笔迹，他就把信件收了起来，这个白雪梅怎么想的？做事完全不计后果，这样的事情都敢做，想来不是和何劲松的关系紧张，就是由疑到嫉到恨，也就不管那些了。赵玉明知道王慧和何劲松的关系是清白的，可是如果让白雪梅这样一抹，传扬出去就会有些说不清楚了，结果就不知道会向哪个方向发展，这样的事情在他们这里已经有过一个先例了。

事情发生在一个基建队里，基建队的一个姓成的副队长和一个叫"一枝花"的女保管员工作接触比较多些，据说最初就是正常的工作关系。成副队长人长得挺标准，他的老婆长得很一般，还是一个疑心比较重的人，手里拿着个醋瓶子，时不时地喝一口，酸味就在胸中泛起，这时就会跑到男人的单位，扒个墙角望个风向，察看一下自己男人的动态。虽然一直没有发现什么真凭实据，可从种种蛛丝马迹看，她还是认定他们之间是有事的，就在某些场合对女保管员"一枝花"敲敲打打，以至于发展到当面吐吐沫、旁敲侧击地辱骂的程度。或许是这样的敲打和辱骂成了一剂催化剂，成副队长和"一枝花"不知道什么时候真的点燃了情欲之火，有一次在库房被老婆带着人保组的人抓了个现行，交代材料写了好几页，有原因，有结果，还有很多细节，不知道怎么流传出去了，成为私下里人们咀嚼的"点心"。历史的经验值得注意呀！赵玉明觉得有必要提醒一下何劲松，正确处理好和白雪梅的关系，他们还是应该走良性发展的道路的。

傍晚时分，赵玉明坐交通车回到家里，女儿靓初在安稳地睡着，金鸿雁正在往地炉子里添煤泥，赵玉明有些责怪地说鸿雁，你怎么又起来了，快上炕歇着去！金鸿雁说没事，我成天躺着有点太腻味了。赵玉明说按蔡大姐的说法，你不是还在月子里吗？人家说的肯定是有道理的，上去！上去！金鸿雁乖乖地上了炕，看着赵玉明淘米做饭。金鸿雁这时候心里有些满足。天意弄人，赵玉明本来那几天假就要到期了，谁会想到毫无征兆地会调到红村厂部这边来了，赵玉明对在人保组的工作是不称心的，可有一失就有一得，他有时间照顾妻女，金鸿雁的这个月子就坐得很滋润。金鸿雁说玉明，今天的工作忙不忙？赵玉明说还是老样子。

老样子是例行的回话，问话也是例行的问话，可总得说点什么吧，总得开个头吧。赵玉明就想到了那封信的事情，就跟金鸿雁说了自己的担心，想听听金鸿雁的意见，金鸿雁说白雪梅这件事情做得真不好，何劲松对人热心是真的，他可不是不正经的人！赵玉明说可白雪梅要是认定呢？金鸿雁说玉明，我觉得最好的办法让何劲松尽快离开108队。赵玉明说我也是这么想的，可怎么才能让他离开呢？金鸿雁说马上找个技术员给何劲松换出来不就完了嘛。赵玉明说你说得是，硬换是肯定不行的，得找个稳妥的办法，我倒是有个机会，就是不知道行不行？金鸿雁说玉明，从对何劲松负责任的角度，这事你得抓紧办。赵玉明说好，我尽快。说完，赵玉明就去拿菜，见洗衣盆里有几条鲫鱼游动着，便说鸿雁，哪来的鲫鱼呀？金鸿雁笑着说光顾着说何劲松的事了，把鲫鱼的事都给忘记了，上午刘兰芝陪于小玲来家了。赵玉明说于小玲这孩子真有心。金鸿雁说玲子是个好孩子，这次被推荐到卫生局举办的赤脚医生培训班学习培训来了。赵玉明说这是好事。金鸿雁说可不是嘛。赵玉明说我把鲫鱼做了吧。金鸿雁说好，做了吧。

赵玉明将鲫鱼下锅炖上，一会儿开锅了，鱼的香气在小屋里飘逸，赵玉明尝了一下汤，放了一点盐说真不错。金鸿雁这时说对了，刘兰芝来了说，周志国马上就要结婚。赵玉明说鸿雁，就是你们医院的那个军代表哇？金鸿雁说是，你猜猜女方是谁呀？赵玉明说你们医院的呀？金鸿雁说不是。赵玉明笑着说鸿雁，你们医院的人我都认不全，这我怎么猜得着？金鸿雁说高四新。赵玉明说高四新是谁呀？金鸿雁说就是那次车祸客车上的那个售票员，高大壮的妹妹。赵玉明说腿骨折的那个，怎么会呀？金鸿雁说为什么不会，高四新住院期间，高俊山多次看过高四新后，周志国每天都去看她，甚至一天两三次，不是买水果就是送礼物的，把高四新哄得很开心，高俊山一来，高四新就说周志国的好，直到有一天高四新坦然说看好周志国了，周志国当即就答应了。赵玉明说高四新的腿好了吗？金鸿雁说好是好了，残疾肯定落下，走路一脚高一脚低的。赵玉明说这样周志国也会看上高四新？金鸿雁说她叔叔是高俊山哪。赵玉明说那又怎么样，周志国又不是和高俊山一起生活呀。金鸿雁说这个关系一确立，周志国马上就调垦区革委会工作了，已经开始提拔了，这个你没想到吧？赵玉明说我的乖乖，这个我还真的没想到，哎，鱼好了，鸿雁，咱们吃饭吧。

HJN5井的抢险工作赵玉明也随队参加了，他最初申请到的是抢险预备队员，在外围做了一些辅助性的工作，后半场才有机会上场，成为被通报表彰的人员之一。HJN5井井喷是一次庄重的宣誓，东部凹陷不仅仅有油，而且有着高产的油气流，该怎么看待这里的地下石油存在形式呢？石油勘探的方式又该如何确定呢？他现在不在那个工作环境就没有人可以交流了，心里多多少少还是有些失落的感觉。

何劲松这时推门进来，四下看看说："师兄，到底是厂机关，环境就是不一样。"

"要不能叫厂机关吗？"赵玉明笑着说。

人保组的办公场所在一栋红砖红瓦房建筑一侧的三间房里，内里红砖水泥抹地，窗口加装了铁栅栏，主要为的是档案的安全。

何劲松拍了拍还搁置在条桌上的档案袋说："师兄，这样的工作有意思吗？"

"我觉得还行。"

"不会是强颜欢笑吧？"

"喊，看怎么说，各有各的乐趣。"

"荣辱不惊，师兄，你这一点特别值得我好好学习。"

"别拍马屁了，用语有误哇，我没那么高的境界，你现在怎么样？"

"师兄，你指的哪个方面？"

"你火线入了党，立功受奖很多人都知道，我这个人你是知道的，不就愿意哪壶不开提哪壶吗？"

"就那么回事吧。"何劲松一声叹息说。

"你还是要注意改善关系呀。"

"我也不想，多累，她就是那么一个人，有什么办法？"

"你们又不是一天两天了，要想办法，你也要检讨一下。"

"师兄，话是那么说，我努力过，我也设想过，我怎么改变都没有用，这个必须是双方共同努力才行，她要是整天端着一杆枪瞄着我，我怎么做都没用的。"

"别说得那么悲观？"

"师兄，白雪梅找你啦？"

"绝对没有，是我关心你，也正好看到你了。"

"师兄，真的谢谢。"何劲松慨叹了一声。

赵玉明知道何劲松自尊心很强，他不想和外人谈及他和白雪梅的关系问题，实际上仔细想想，这个关系也没法谈，说他们关系很不好吧，何聪是怎么来的？有话说一些人就是"床头吵完床尾和"，赵玉明就换了一个话题，开始说108队，简单的蜻蜓点水之后自然会落到王慧身上，便说："王慧这个丫头我见过，看着就挺聪明的，也上进好学，现在进步到什么程度啦？"

"还不错，一般的技术性工作基本能胜任了，文字能力提高得很快，还时常帮助徐队抄写队上的文字材料。"何劲松有点喜形于色地说。

"行啊，你这个师傅值得表扬。"

"说真的，还得说王慧这丫头自己一直很努力，人家是鸡蛋。"

"你说得也是，都说'师傅领进门，修行在个人'，王慧二十出头了吧？"

"应该二十一二了吧。"

"真快，也不算小了，有没有对象？"

"师兄，这个我还真的不太知道。"

"这个师傅叫你当的，怎么连这个都不知道？"

"师兄，我才过去多长时间，这种事我好随便问吗，刘克家倒是有时候去看她。"

"他们是恋爱关系吗?"

"应该不是吧,他们是小学同学,刘克家有那个意思王慧也不一定会看上他的,师兄,你什么意思呀?"

"当然好意了,王慧要是真没有对象,我想给她介绍一个。"

"师兄,你也不是这样的人,怎么突然想起当月老了,说说,男方谁呀?"

"你认识的。"

"我认识?"

"哎,你说'诗人'怎么样?"

"'诗人'?人倒是不错,爱好也有一致的地方,年龄是不是稍大一点?"

"要说相差个五六岁也不应该是太大的问题,这种事情主要还是得看缘分!"

"师兄,你怎么也信这个?"

"我说的缘分是条件和机会,哎,你就帮忙创造一把怎么样?"赵玉明笑着说。

"师兄,这个没说的,你就说我该怎么办吧。"何劲松爽快地说。

"你从108出来,让陆鸣进去带一段时间王慧,给他们创造一个交流的机会,你觉得怎么样?"

"师兄,行是行,这件事是不是得先征得徐天亮的同意?"

"我首先得先征得你的同意呀。"

"成人之美的大好事我没有问题。"

"既然你这样说事情就好办了。"

"师兄,愿听高见。"

"我从单位出来的时候,马烈就谁接管队团支部负责人的工作征求过我的意见,我推荐你了,马烈说是怕你一时离不开108队,会影响到队里团的工作,这次我去找一下徐天亮,你觉得可行吗?"

"按说应该没有什么问题吧。"何劲松想想说。

"好,借你的吉言。"

"师兄,没什么事我走了,我得去找车。"

"好,我送你,陆鸣的事你有机会在王慧那里给推波助澜一下。"

"放心吧,这个我心里有数。"何劲松扬了一下手说。

翌日,厂部门前的广场上红旗招展、锣鼓喧天,厂部隆重地召开了HN5井抢险工作胜利庆功表彰大会,抢险英模个人、功臣集体代表披红戴花受到隆重的表彰。何劲松作为重点表彰的英模代表之一坐在了主席台上,领取了最高荣誉的立功证书。会后,部分英模代表披红戴花坐上大轿车出外巡回讲用去了,何劲松站在欢送的人群里,手里挥动着彩旗,望着远去的大轿车,竟有些凝神。

赵玉明今天去运输队调查一起涉及地方事务的猪肉事件。按说,这个事件应该由管外勤的人保组组长郝建军处理,一是郝建军手里有其他的事情要办,时间上多少有些打不开点了;二来这件事情有些特别,事情是先到的吴卫东那里,是PS县商业局革委会人保组的人找上门来,说是你们石油的车辆在运送生产物资时夹带了猪肉,这是国家管控的生活物品,在县域一个检查站被地方商业稽查人员发现了,说是石油人搞投机倒把活动,要把猪肉扣下来没收。运送物资的司机和押运物资的石油工人一听就不干了,猪肉是我们买来用来改善家庭生活的,你们凭什么没收哇?我们又不是买卖,这算什么投机倒把?一言不合,双方就争吵了起来,猪肉已经到了家门口,还能让你们缴了械不成,几个石油工人毫不客气地将两个稽查人员推推搡搡地轰下了汽车,汽车强行开走了。两个稽查人员当然气坏了,他们记下了车牌号码,将此事上报给了上级主管部门——县商业局革委会,商业局革委会就派人保组的邵组长带人来厂部交涉此事,说是事件性质很严重,石油的司机和工人态度极其恶劣,要求交出涉事人员,他们带走处理。

吴卫东十分清楚石油和当地地方政府之间目前还没有直接的隶属关系,除去用地用电等关系,其他的联系并不多。特别是这种事情说来是可大可小的,一旦交了人就怕没有回旋余地了,郝建军这时候不在厂部人保组,便要赵玉明过来和县商业局人保组邵组长等人先见个面,听人家说事情的原委和要求,再看看如何斡旋。

关于事情如何处理,吴卫东首先绷起了面孔,说:"运输队这个司机和这些押车人员简直太不像话了,把咱们石油人的脸都给丢尽了,石油人为国家找油是风餐露宿,是苦了累了,生活也艰苦了点,可这也不能成为咱们违反地方管理规定的理由哇!有什么事情可以好好商量交流嘛,更不能和地方上的同志发脾气要态度!我们和地方是什么关系,是和人民、军队一样的,就是鱼和水的关系,没有水,鱼怎么活呀?搞革命和建设这么多年了,我们总是在教育,不能连这点起码的道理都不懂吧?邵组长,在这件事情上主要还是我们做领导的疏于管理,纪律要求不严,教育程度不够,我首先代表我们厂革委会郑重向你们承认错误,赔礼道歉!"当即就给邵组长郑重地鞠了一个躬。

人都说"人怕见面,树怕扒皮",态度决定一切,邵组长见状紧绷的脸一下子就缓和了,马上对吴卫东说:"这使不得,吴组长,你也别生气,有些情况我也不是十分了解,我来就是想弄清情况,对商业局革委会和稽查人员有一个交代。"

"邵组长,你说发生这样的事我能不生气吗?我们是大庆人,大庆是什么?是毛主席竖起的工业方面的一面旗帜,这丢人都丢到地方上去,好说不好听啊,我能不愤慨和痛心吗?赵副组长,去!你们人保组马上去查清楚,对涉事的人一定要严肃处理,该关禁闭的关禁闭,该处分的处分,绝不能姑息!"吴卫东说得非常严肃,还狠狠拍了一下桌子。

"报告吴组长，这件事我们人保组已经介入调查了，涉事的司机和押运人员全部被问询了，他们也知道问题的严重性，回来就和他们的队领导汇报了，他们的队领导也来我们人保组汇报了情况，从我们人保组目前掌握的情况看，司机等几个人买猪肉搞投机倒把的事情肯定是不存在的，他们就是通过自家的亲戚朋友在农村买了一头猪杀了，十几二十户人家分一分，为的就是改善一下家庭的生活。邵组长，你们是不知道，我们工人每月供应的那三两油真不好干什么的，大人行，孩子们不行啊，瘦得都不长个了，那是革命的下一代，他们都在长身体呀！这样下去怎么能接革命的班？当然了，这几个工人对地方同志态度粗暴肯定是错误的，就这个问题我们人保组已经责成队里对他们进行了严肃的批评教育，要他们写出深刻的检查，我这就看看他们的检查写得怎么样了，邵组长，你们先坐会儿，我尽快把检查给你们拿过来，如果他们没有写好，我们尽快把检查给你们送过去，好不好？"

"赵副组长，这个不急，不急。"邵组长马上说。

赵玉明看了看吴卫东，吴卫东立刻说："邵组长，你可能有所不知，我们来自黑龙江的大庆，我们的石油工人还是有一定的阶级觉悟的，下辽河，找石油，远离大庆的组织，我们一直坚持有条件上，没有条件创造条件也要上，困难是可想而知的，来这里两年多了，我们都在努力克服，当然也有个别人，像这一次的事件，不管什么情况都不应该发生，我们一定会加强这方面教育的，也一定会给你们一个满意的答复。"

"吴组长，一个巴掌拍不响，这件事情我们也要进行深入地自检自查。"邵组长说。

"听邵组长口音不是本地人。"吴卫东说。

"我是山东兖州的，是部队转业过来的。"邵组长说。

"是呀，老乡见老乡，两眼泪汪汪，邵组长，我老家也是兖州的。"吴卫东笑着说。

两个人一说详细地址，两人的老家相距不过百里，站起身来再次热烈地握手。之后，吴卫东就详细说明了一些下辽河石油勘探的生产、生活实际情况，衣食住行的种种困难处境，邵组长和来人听了都有些动容。邵组长说："过去我们和你们没有什么接触，对你们石油的情况不了解，从这件事看到你们的真诚，也知道你们的困难，回去后我向局革委会领导汇报，听听领导是什么意见，你们是为国家找油的，这是备战备荒为人民的大事，是执行伟大领袖毛主席的战略部署，有需要我们的地方你就来找我，我首先该为老乡分忧解困哪。"

"老乡，谢谢！谢谢！"吴卫东抓住邵组长的手说。

"好，吴组长，情况都清楚了，那我们就先回去了。"

"老乡，来都来了，吃了饭再走吧。"吴卫东诚挚地挽留着。

"老乡，下次，去县城时你找我。"

"好，一定啊，邵组长。"

送走邵组长一行人，按照吴卫东的意思，赵玉明骑上自行车去车队落实司机等人检查材料的事。来到了运输队，见到张志远，张志远现在是新组建的运输队革委会副主任，是"三结合"领导班子里的工人代表，主管车辆运行工作，赵玉明笑着说："张副主任，你挺好呗。"

"好什么呀，简直是给我上眼药，你看这点事弄的，赵副组长，事情怎么样啦?"张志远有些苦着脸说。

"让司机和相关人员每人写份检查材料，要深刻点，尽快送人保组来，抽时间给县商业局人保组送过去。"赵玉明说。

"赵副组长，这样就完啦?"张志远有些疑惑地说。

"那你还想怎么样啊?"赵玉明看着张志远说。

"好，好，好! 赵副组长，我马上落实，马上落实!"张志远脸上有了笑容，说，"这个事弄得我老紧张了。"

"这得感谢吴组长，他遇到老乡了，哎，张副主任，你这里有车吗，我想到沙岗子去一趟。"

"有，'领导'来了敢没有车吗?"张志远招呼一声，一个司机立刻跑过来，张志远说，"刘师傅，开你的磨合车给赵副组长跑趟沙岗子。"

"好嘞。"

陆鸣还住在那个房间里，这时候正在吟咏明月几时有，把酒问青天，不知天上宫阙，今夕是何年……赵玉明轻车熟路进了门，陆鸣看到说："呦! '领导'，什么风把你给吹来啦?"

"东风!"

"咱们又不草船借箭，用得着东风吗?"

"意思差不多，该用就得用啊。"

"不怪是'领导'，去了厂里，越来越深奥了，不才一时没有弄明白。"陆鸣有些一头雾水地说。

"你是不识庐山真面目，只缘身在此山中。"陆鸣看着赵玉明，表现出愿听其详的姿态，赵玉明笑着说，"'诗人'，你个人问题怎么样啦?"

"还能怎么样，孤家寡人呗。"

"看你这点出息吧。"

"那有什么办法，高不成低不就，咱单位的女人像葱花一样少。"陆鸣摊着手笑着说。

"我这儿有个人选，你看怎么样？"

"谁呀？"

"108队的地质工王慧。"

"你说的是何劲松的那个女徒弟？"

"我觉得王慧这丫头挺不错的，有上进心，各方面进步都挺快，还是比较适合你的。"

"她多大？"

"肯定超过法定年龄了，你们先接触接触了解一下。"

"我也接触不上啊。"

"问题的关键是你同不同意接触？"

"照你那样说能接触当然好了，我又不傻。"

"有你这句话就行了，那你去108工作吧。"

"'领导'真当领导啦？管组织调配啦？"

"这个不要你管，你只要点头就行。"陆鸣看着赵玉明笑了笑，赵玉明说，"好，那咱们就这么定了。"

"说得像真事似的！"陆鸣有些半信半疑地说。

"哎，你小子是不是有点小看人，要不这事我可不管了。"

"哎，'领导'，'领导'，我没这个意思，我信！我信还不行嘛。"

"好了，那你就等通知吧，走了！"

"哎，'领导'，你就不能说得再明白点吗？"陆鸣还是一脑袋糨糊，追问赵玉明，赵玉明没有回应。

从陆鸣的屋子里出来，赵玉明拐进了队部，马烈正端坐着看《人民日报》，听到了门响，从报纸上方看见进来的是赵玉明，放下报纸说："老赵，什么时候回来的，有事啊？"

"马指导员，我去别处办点事，顺路过来看看你。"

"谢谢，新单位怎么样？"

"还不错，回家挺方便的。"

"那就好，哎，老赵，听说运输队出了点事，现在怎么样啦？"

赵玉明就把猪肉事件说了一番，然后问："马指导员，咱队的团组织负责人定了吗？"

"还没有，你不是了推荐何劲松了吗，我还没见到他人。"

"是，那天你说过，我回去还真又认真地想了想，觉得这工作还就真的何劲松合适。"

"我也认同他，可也有些犹豫，一方面是他和白雪梅的关系一直有些紧张，怕有影响，最主要的是他还在108队，不知道什么时候能回来？"

"马指导员，何劲松和白雪梅关系紧张基本是过去时了，现在能回来了关系会得到改善的。"

"何劲松现在能离开108队吗？"

"马指导员，你有所不知，何劲松在108培养了一个高徒叫王慧，工作挺出色的，基本上也能够独当一面了，108队目前对何劲松的需要相对弱一些，如果108队还需要技术员，咱们队可以换一个人上去，陆鸣刚好有个研究课题需要去井队实践，这不正好吗？"

"老赵，你对咱们队的情况了解的比我都清楚哇。"马烈看看赵玉明说。

"马指导员，我离开队里这才几天哪，那天你跟我提团组织负责人的事，我不过是格外留意了些，主要是我对咱们队是有着特殊感情的，不是厂里决定了，我都不想离开呀。"赵玉明马上放低了姿态说。

"老赵，我还不了解你吗，你做事一向是从工作出发的，我考虑一下，看看这个事怎么和108队结合。"马烈笑着说。

"谢谢马指导员的肯定。"

"赵副组长，我是实事求是。"

赵玉明笑了笑，聊了一会儿其他的事情，就向马烈告辞了。

徐天亮接到何劲松归队的通知，就将这个消息告诉了何劲松，并说好晚上为何劲松践行，践行的菜品很丰富，且多数取自大自然，是驻地附近水渠里的河鱼和螃蟹。秋高气爽，正是鱼蟹肥美时，大盆的杂鱼乱炖，通红的煮河蟹摆上了桌子，大家开怀畅饮，把酒言欢。何劲松吃饱喝足回到宿舍将自己的东西简单地归拢了一下，装进了旅行袋，然后坐在炕上想想还有什么事情没有交代完。这时候，王慧敲门进来，将一套洗净叠好的工作服放在褥子上，站在那里说："何老师，你什么时候走？"

"明天早晨！"

"能出去走走吗？"

"现在？"

"有什么问题吗？"王慧眉头挑了一下说。

"那好，走吧。"何劲松犹豫了一下说。

一条暗黄的土路，铺展着明亮月色婆娑柳树的影子，在半边路上留下长长的斑驳，何劲松和王慧走在这条树影里。微风习习，送来稻谷成熟的暗香，路在他们的脚步声中拉得很长很长。走上一道大堤坡，面前一片亮亮的水色告诉他们这是这条路的尽头，眼前汨汨流淌的就是那条古老的辽河，他们站在那里静静倾听着，倾听着古老辽河夜色中的密语和风中送来一二声水禽悠长的鸣叫。何劲松看了一眼王慧，王慧这时也转头看向他，何劲松看到了王慧眼里盈盈的水色，他的心底里不由得一声叹息。这么长时间的接触，王慧一直快乐地述说着，她把能说的话都说完了，留下的是一个少女心中的隐秘，王慧说："何老师，你就要走了，难道不想对我说点什么吗?"

"该说的都说过了，又不是不再见面了。"何劲松笑着说。

"再见面我们又能说些什么呢?"

"该说什么就说什么，比如你新读的书，你取得的进步。"

"何老师，我要说的你懂的。"

"我懂? 什么呀?"

"我爱上你了。"

"你这个丫头，开什么玩笑!"

"何老师，我说的是真的!"

"王慧，你错了，这不是爱情，最多算是一点点崇拜。"

"何老师，我已经长大了，我不可能连什么是爱情都不知道吧?"

"王慧，你真的不知道，你真正恋爱的时候才知道什么是真正的爱情。"

"我现在就知道，这个感觉已经很久很久了，我就是不知道怎么办好，你有妻子有孩子，可你生活得并不幸福，你会离开她吗? 我一直都在这样问自己。"

"王慧，你别傻了，你是个好姑娘，你会遇到真爱的，那个时候你就会知道什么是真正的爱情了，你相信我。"

"我不相信又能怎么样? 我一直犹豫着，我喜欢你，我一定要告诉你，我想让你也知道。"

"王慧，时间不早了，我们回去吧。"

"不，何老师，我只想和你多待一会儿，就我们俩，你就不愿意和我再多待一会儿吗?"王慧坚持说。

"那好吧。"何劲松让步了。

王慧站到了何劲松的面前说："何老师，你能抱抱我吗?"说着已经贴进何劲松的怀里抱紧了何劲松，何劲松被这个意外撞了一个趔趄，他不由自主地抱住了王慧，平衡着身体的重心，他让自己稳定下来，看着悠悠流动的河水，和河水里摇晃不定的那一汪明月，是一条鱼在那里荡起了一个涟漪，明月在水波中碎掉了。王慧这时仰脸看着何劲松，何劲松在王慧那双幽深的眼睛里看到了一簇跳动的火焰，他将双手在王慧的肩膀上按了按，避开她的目光说："王慧，咱们真的该回去了。"

王慧在何劲松的脸上用力吻了一下，说："何老师，相信我，我真的爱上你了。"

"王慧，相信我，你会遇到真爱的，我祝福你。"

二十三

陆鸣看到王慧就喜欢上这个美丽的姑娘了，这比他心里的预期要高出很多。记忆里那个毛头小丫头完全没有了过去的影子，取而代之的是一个亭亭玉立的纯情少女。陆鸣在这个秋天，在这个叫沟沿的小村落里不由得感叹地吟咏着：蒹葭苍苍，白露为霜，所谓伊人，在水一方。他在这种感叹中开始描绘着自己浪漫的恋爱旅程。

王慧对陆鸣这个新老师是尊敬的，他有才情，随口就能因景生情地吟咏出一段诗句，还能说出作者的名字和生活的时代及一些历史背景，可以滔滔不绝地讲述，可她除了敬佩之外再也没有什么别的了。工作之外，她和陆鸣基本是不往来的，尽管陆鸣常常借故到她的宿舍来坐一坐，并且向她很明了地示好，可她的眼前总是浮现何劲松那个高大的身影，她的耳边总是回响何劲松充满磁性的声音，总是不由自主地愣神儿，时常会忽略陆鸣的存在，这样的时候会让陆鸣感到有些尴尬，尽管这样，陆鸣还是在努力，可效果甚微。

那一次，王慧着凉感冒了，躺在宿舍的床上，陆鸣熬了一大茶缸姜糖水给王慧送过来，说："王慧，快趁热喝下去，发些汗就会好的。"

王慧看了陆鸣一眼，淡淡地说："陆技术员，谢谢你，你先放那里吧。"

"你烧得厉害吗?"陆鸣关切地去摸王慧的额头。

"还好。"王慧用手将陆鸣的关心阻隔了。

陆鸣这时候彻底领悟到在王慧这里，他爱情的希望是有些渺茫的，可这种渺茫偏偏激起他美好的期望，让他充满了希冀和憧憬，这需要时间，他有时间。

陆鸣闲暇时会一个人出去走走。那天早晨，他从村子前那条黄土路走向那条古老的辽河边，他望着辽河岸边大片散落的灰黄色、紫红色的苍茫茫的芦苇，它们在风中很有韵致地起起伏伏，他望着渺渺辽河水悠悠地流淌，远处白云化成一条亮白的银线，看着空旷中形单影只的自己，陆鸣不由得有"念天地之悠悠，独怆然而涕下"的感触，"领导"的心意绝对是好的，可结果未必尽如人意呀。

一阵悠扬的歌声隐隐约约地传来，陆鸣最初以为是广播喇叭里播放的歌曲，最初并没有在意，一会儿，歌声又一次悠扬地敲击了他的耳鼓，他这时听清楚了，这个歌声是前面河边传来的。歌声牵动了陆鸣的目光，他举目望去，只闻歌声不见人，仿佛是天籁，陆鸣有些奇怪，怎么会? 这专业的歌唱，它怎么会出现在这样一个偏远的小村落旁呢? 他有些疑惑，可它是真实存在的呀。

歌声和好奇拉动着陆鸣的脚步，寻着诱人的歌声，他向那个方向走去，歌声越来越清晰明亮，这时戛然而止了，陆鸣正有些疑惑之际，一个年轻姑娘从河边芦苇丛的小径迎面走出来，一件米黄色老式女兵军上衣，一条藏蓝长裤，年轻姑娘和陆鸣打了一个照面，似乎愣了一下，看了他一眼，面带笑意地微微点了一下头，算是和他打了招呼，然后擦肩而过，走向村子的方向。陆鸣看着姑娘的背影，姑娘的身材适中，腰身很好，一条黑油油的大辫子在腰身上有韵律地摆动着，辫梢舞动着一个粉色的蝴蝶结，有一种风摆柳条的韵味。陆鸣来到这个二十几户人家的小村落也有一段时间了，他过去从没有见过这个姑娘，刚刚的一个照面，他看到姑娘长着圆润的鸭蛋脸庞，眉目清秀，白皙红润，只是额头略显凸出些，这并不影响她良好的气质。陆鸣猜她应该来自大城市，生活在有身份的家庭里，从小受过良好的教育，她二十出头的样子，他被吸引了，她是谁？

陆鸣从这一天开始，只要有时间，一大清早就会去辽河边，去听那个天籁之音，他望着茫茫的芦苇，看着悠悠流淌的河水，听着悠扬的歌声，心灵似乎得到某种抚慰，心境一下子开阔了起来。

姑娘练完声后，会从他身边走过，目光相对时，姑娘会友善地点点头或说声"早"就过去了，陆鸣是想和姑娘攀谈的，可又怕这样太过唐突，他们只是萍水相逢，他只能回应似的点点头或也回应一声"早"也就罢了。陆鸣有些木讷地望着她优美的背影，很有韵律地渐渐走入小村落。

陆鸣这天早晨出来的时间比往常稍稍晚了一些，他在老地方刚刚站了一会儿，那个练歌姑娘竟然神色有些慌张地走过来，还不时地向后面张望，看到陆鸣时，姑娘的神情放松了许多，脚步也放缓了，陆鸣有些奇怪地说："你怎么啦？"

姑娘指指后面说："那里边好像藏着一个人！"

陆鸣向姑娘指的方向张望了一下说："没有哇。"

姑娘向河边一侧芦苇地指着说："在那里边。"

"是吗？"陆鸣看了姑娘一眼，向她指的方向走进去，走了一段路回过头大声说："这里边什么都没有！"

姑娘走了回来，指着不远处的一丛密匝匝的芦苇处，说："刚刚好像就在这里来着。"

陆鸣走到姑娘指点的芦苇丛处看了看，那里确实有些许被踩倒和折断的芦苇，他四下看了看，又向远处望了望，说："这里刚刚还真像有人过，以后你来这里还真得注意点，咱们走吧。"

姑娘点点头，他们一起向村子里走去，陆鸣说："你住在这个村里吗？"

"是呀。"

"我之前没有看到过你呀？"

"我家是下放过来的，我来村子没几天。"

陆鸣想起了，村子东头有一处新建的三间红砖灰瓦独立院落的房子，说是住着一个曾经当过大干部的人，想来就是她的家了，便说："你说的是村东那家吗？"

"是。"

"你家从哪里下放的？"

"省城。"

"我该怎么称呼你？"

"宋爽，你呢？"

"陆鸣，搞石油勘探的。"然后指指不远处矗立的井架。

"看你的穿着就知道你不是这个村里的人。"

"宋爽，你以后练声当心点，不要再去河边了。"

"离村子太近了，会影响到村子里的人。"

"这样啊，那好，有时间我会尽量过来的。"

"谢谢你。"

"我喜欢，就当个免费听众吧。"

"你没有受折磨的感觉就好。"

"怎么会，是天籁之音！"

"谢谢，陆鸣，很高兴能在这里认识你！"宋爽莞尔而笑，展现着青春的魅力。

"彼此，彼此。"

陆鸣从和宋爽的谈话中知道，宋爽的父亲是一位高级干部，"文革"初期就被打倒了，隔离审查了一段时间，刚刚放出来，下放到老家来了。说这里是她父亲的老家，实际上至亲的人在战争年代或牺牲或早就远走他乡了，有的只是些远亲和乡情。父亲身体不太好，宋爽作为最小的孩子被允许陪在父亲的身边。宋爽原来在省城音乐附中读书，喜欢声乐，得到了母亲和一些名家的精心指点，在一些活动中已经崭露头角了。宋爽高中毕业原定选送音乐学院学习成了泡影，只能来这里先陪着父亲。俗话说"拳不离手，曲不离口"，她记着母亲、老师的教导，不管怎样，她都要将歌唱进行到底。说到当前，按照父亲的说法，道路是曲折的，前途是光明的，形势不会总是这样的，她相信父亲，陆鸣当然也相信，形势真的在一点点微妙变化着，不然宋爽的父亲怎么会从隔离室里放出来，下放到这里？

宋爽说着歌唱，陆鸣说唐诗宋词元曲，他们有一些共同的语言，这些他们只是在宋爽练完声后在回去的路上交流的，陆鸣很想去那个红砖灰瓦房的院落里去看一看，宋爽一直没有发出这样的邀请，实际上宋爽不可能会发出这个邀请。那个院落和外边基本上是隔绝的，据村子里的一些知情人士说，一段时间以来，还是有一些人来探望这位"大干部"的，他们基本上都被勤务人员挡在了门外，他们被告知"大干部"在养病，怕风，不方便见客。陆鸣就更不敢企及了。

那一天，他们又说到了唐诗宋词元曲，陆鸣说那个时代的作品都是以歌唱形式出现的，宋爽说："陆鸣，你明白你就应该写些歌词呀。"

"我只是喜欢唐诗宋词元曲，算是一种爱好，却极少写作。"

"你有这么好的基础，不挥洒一下有些可惜了。"

"既然你这样说了，那我就斗胆试试吧。"

"真希望早日看到你的大作。"

陆鸣知道自己不可能天天早晨出现在宋爽练声的河边，即使现在行，探井打完了他也会离开河沿屯的，"那个人"是个挥之不去的影子，陆鸣决定第二天早晨开始到那个芦苇丛不远的地方去蹲守。

第一天早晨的蹲守没有结果。

第二天早晨的蹲守也没有结果。

第三天早晨的蹲守还是没有结果。

陆鸣有些失望了，他甚至有些怀疑宋爽当时是不是眼睛看花了，自己是不是也有些过于神经了。尽管这样想，第四天的早晨陆鸣还是来到了那个蹲守的位置上，他坐在那个已经发干的青芦苇捆上，仰望着瓦蓝瓦蓝的天空，一排大雁在声声呼唤中变换着队形，掠过了蓝色的天空，向南边飞去，一会儿就消失在茫茫的天际了。陆鸣这时想起自己的家乡了，这些大雁会经过自己的家乡，会在自己家乡湖边的那片沼泽湿地和田野里停留、驻足、觅食，接着继续向南飞行，飞向它们向往的地方。

练歌声突然停止了，陆鸣目光很自然地落到了那处芦苇丛，那里确实站着一个人，在凝神注视着宋爽的歌唱，许是宋爽的歌声一下子停住了，或是宋爽朝这个方向注视了，这个人不由自主地回了一下头，陆鸣看清楚这是一位扎着短辫儿的十几岁的女孩儿。女孩儿这时也看见了陆鸣，她急忙走出芦苇丛，快步低下头想躲开陆鸣走掉，陆鸣迎过去挡住了女孩儿的去路，女孩儿仰脸看着陆鸣，清纯的大眼睛里有一丝丝慌乱，同时也现出恳求的神情，好像在说，你别拦着我，你让我过去吧。陆鸣放缓语气说："小姑娘，你在这里干什么呀？"

女孩儿垂下头看着脚尖，低着声音说："听歌。"

"你说什么？"

"听歌！"女孩儿的声音高了些。

"听歌你大大方方的，怎么偷偷摸摸的呀？"陆鸣说。

女孩儿咬着嘴唇没说话，手指在不停地绞着衣襟角。

"哎，你怎么不说话呀？"陆鸣提高了声音。

"叔叔，你让我走吧。"女孩儿抬起头恳求着，说完，试图绕过陆鸣。

陆鸣马上又挡住了她的去路，有些开玩笑地说："你说了为什么我就让你走，要不然我就把你送到民兵指挥部去！"

女孩儿看走不脱了，哇的一声哭了起来，哭得有点天翻地覆的样子，陆鸣一见这样的情形，马上有些不知所措了，连忙说："哎，哎，哎，小姑娘，你怎么还哭上了，快，别哭了，我和你说着玩的。"

"你欺负人！"女孩儿抽泣着说。

"陆鸣，怎么啦？"宋爽走过来说。

"站在那里的人就是她。"陆鸣指着女孩儿说。

"小妹妹，别哭了，你怎么回事啊？"宋爽看看女孩儿说。

女孩儿看了宋爽一眼，有些哭兴未尽，委屈着抽泣说："我就是听你唱歌了，他就拦着我不让我走还要把我送民兵指挥部去，呜呜……"

"小妹妹，叔叔逗你玩的，快，别哭了，啊。"宋爽拉起女孩儿的手说。

女孩儿抬头看了陆鸣一眼，陆鸣笑了笑，女孩儿才止住了哭泣。

"小妹妹，你叫什么名字呀？"宋爽问。

"马凤霞。"女孩儿低头说。

"马凤霞，你为什么躲在那里呀？"

"大姐姐，我就是在听你唱歌。"

"听歌你怎么偷偷摸摸的呀？"

"我不敢。"马凤霞说。

"为什么呀？"

"我爸是下放回乡的。"马凤霞抬头看了宋爽一眼说。

"马凤霞，你喜欢唱歌吗？"宋爽看了一眼陆鸣。

"喜欢。"马凤霞点点头。

"是呀，那你能唱几句给我们听听吗？"

"我唱得不好。"马凤霞有些扭捏的样子。

"没关系的，你随便唱，唱什么都行，我想听听你的嗓子怎么样。"宋爽宽慰着说。

马凤霞看着宋爽，还是有些犹豫，陆鸣立刻说："马凤霞，你唱得好，大姐姐会教你唱歌的。"

"大姐姐，真的吗？"

"当然了。"宋爽说。

马凤霞清了一下嗓子，鼓足了勇气，大声唱道："太阳啊霞光万丈，雄鹰啊展翅飞翔，高原春光无限好，叫我怎能不歌唱，高原春光无限好，叫我怎能不歌唱……"

马凤霞高亢的歌声让陆鸣热烈地鼓起掌来。

"马凤霞，可以了。"马凤霞停下来看着宋爽，透出期望的神情，宋爽笑着说，"马凤霞，你的天资很不错，你愿意和我一起练声吗？"

"大姐姐，我愿意。"

"那好，明天早晨开始你就来这里和我一起练声吧。"

"谢谢大姐姐。"

"马凤霞，你这就不对了呀，你现在得叫老师了，宋老师，知道吗？"陆鸣说。

马凤霞脸红了一下，看看宋爽，马上鞠了一躬，恭恭敬敬地叫了一声："宋老师。"

"这就对了。"陆鸣笑着说。

"好了，咱们回去吧。"宋爽笑着说，马凤霞高兴地走在前面。

"她还行吧？"陆鸣说。

"不错，就看她自己了。"宋爽说。

"陆技术员，徐队找你有事！"王慧匆匆走来了，远远地喊着。

"再见哪！"陆鸣对宋爽说，迎着王慧走了过去，王慧看了一眼宋爽她们，有些好奇地问："陆技术员，她们是谁呀？"

"宋爽，练声的，省城的下放户子女。"

"难怪呀。"

"你说什么呀？"

"那个女生的气质很特别呀。"

"是吗？"

"她唱歌一定很好听吧。"

"我听着还不错。"

"我说有时候怎么找不到你。"

"徐队找我什么事？"陆鸣看了一眼王慧说。

"关于目的层的几个问题要和你一起商量一下。"

"好。"

"陆技术员，我要是去河边听歌的话，她不会反对吧？"

"我想应该不会吧。"

"有时间我一定去。"

这是个有些薄雾初冬的早晨，霜花染得芦苇泛黄了，呈现出了一片久远的苍茫，阳光一现，微风一摇，一些芦絮在空中轻盈地飘飞着。陆鸣是来河边向宋爽道别的，他站在河堤上听着宋爽和马凤霞的歌唱，这是他在河沿屯最后一次听她们练声了，这口探井已经打完了，他们就要离开这里了，新的井位在桃园。

宋爽和马凤霞走了过来，宋爽说："马凤霞，你先回去吧。"

"宋老师，再见！陆叔叔，再见！"马凤霞摆手说。

"马凤霞，再见！"陆鸣说。

"陆鸣，你什么时候走哇？"

"一会儿。"

"多多保重。"

"你也是，不知道还有没有再见面的机会？"

"离得又不远，一定会有的。"宋爽笑着说。

"给你的。"陆鸣掏出两页稿纸送给宋爽。

"这什么呀？"

"我试着写了几首，也不知道能不能叫作歌词，挑了两首，你看看怎么样？"

宋爽打开了稿纸，第一首的题目是《苇笛》：

朝阳映照在绿色的苇海上，
我卷起一片苇叶轻轻地吹响，
勘探石油的哥哥就要远行了，
去下辽河找油的地方，
苇笛声声是我的爱恋，
带着祝福送你去远方，
无论你走到哪里，
青青的芦苇都会为你歌唱。

鸿雁飞翔在湛蓝的天空上，
苇笛声声在碧空上悠扬，
勘探石油的哥哥你可知道，
你的身影印在我心田上，
苇笛声声是我心中的情愫，
送上欢歌伴你去远方，
无论你走到哪里，
我都会倾心地为你歌唱。

第二首是《蛐蛐的歌声》：

在宁静的月光里，
帐篷里变得深沉，
与月光相伴的夜晚，
你的眸子格外分明。

石油在地下流动，
持久寻觅隐秘的踪影，
你的情愫在黑色中，
我捕捉到明亮的一瞬。
持久起伏的鸣叫啊，
牵起我悠远的思绪，
呈现在皎洁的月影上，
是否投射到你的窗棂？

"真不错呀，陆鸣，有时间你多写一些，写好了寄给我。"宋爽有些兴奋地说。

"你可别宽慰我了，我知道自己写得不成样子。"

"陆鸣，我真的很喜欢。"

"那就好。"陆鸣脸热了一下，那里面包含着他的一份情感。

"要是霍普在这里就好了，他或许能给你提出些建议的。"宋爽说。

"霍普，霍普是谁呀？"

"我的同学，喜欢作曲，懂歌词，他插队的地方好像离这里也不是太远。"宋爽的眼睛里有一种憧憬。

"是呀。"陆鸣说。

"陆技术员，走啦!"王慧在不远处招手，高声呼唤着。

"我这就来!"陆鸣挥手回应着，对宋爽说，"宋爽，谢谢你，再见!"

"再见!"宋爽摆摆手。

二十四

何劲松是下午回到沙岗子的，回来先到队部向指导员马烈报到，马烈和他促膝谈了心，有关队上团组织的工作方向，他们进行了较深入的交流，最后一点落到了他和白雪梅的关系上，马烈说他从组织的角度已经委托女工委员方敏负责做好白雪梅的工作了，说是效果颇佳，希望从现在开始他们夫妻关系能开创出一个新纪元，这当然是何劲松期待的。何劲松回到家里，和和气气说话、平平静静地吃饭。小别胜新婚，异性相吸是绝对的真理！谁会想到刚缓和一些，白雪梅又开始找碴儿，真是江山易改，禀性难移呀，何劲松的心中不由得生出一种厌恶和懊悔来。

"哎，你怎么不说话呀？"

"白雪梅，我真的不知道说什么好了，你想让说什么呀？"

"想说什么就说什么，实事求是呗。"白雪梅很无辜地说道。

"我和任何人没有什么见不得人的关系，我一直都想着咱们怎么样好好生活，好好工作，好好教育培养咱们的孩子。"

"你能这样想真是太好了，希望你不要食言。"

何劲松真想说我什么时候食过言？想想这样的话就会越说越多了，便说："我一定会努力的。"

何劲松的工作岗位还在调度室。早晨上班他先到了调度室，刘克家当班，刘克家看见他苦笑了一下说："师傅，你回来了。"

刘克家脸色很差，稀疏的胡须长且不整，何劲松说："怎么了，有什么事吗？"

刘克家瞪着有些空洞的眼神，下巴指向隔壁说："那里已经没有人了。"

"你说谁呀？"

"那些反、坏、右哇！"

"问题基本清楚了，也不能总关着哇，该解放的解放，这也是落实上级的指示精神。"

"怎么会没问题呢，明明都是有问题的嘛。"

"组织上已经调查清楚了，又有新的政策。"

"什么狗屁政策呀！"

"刘克家，你胡说八道什么呢？"

刘克家最初没回应，好一会儿，才有些泄气地说："我该怎么办哪？"

"什么怎么办，继续做好你的工作。"

"我教育帮助过他们。"刘克家冷笑着说。

"你年轻，有些事情一时不明白，有机会的时候跟他们道个歉，他们会谅解你的。"何劲松宽慰着说。

"我不，我绝不，我是响应号召才这样做的。"

"人不怕有错，有错就要勇于承认，人生的路长着呢，这样才能轻装上阵哪。"

"我没错，我有什么错呀。"刘克家有些激动地说。

何劲松一下瞪起了眼睛，看看外面，说："刘克家，你不要胡说八道哇！"

"本来就是嘛，我没有胡说！"

何劲松一个嘴巴扇过去，很响亮的一声，说："你想找死呀！"

刘克家嘴角流出一丝丝鲜血，他看了何劲松一眼，流露出几分嘲讽的意味，抹了一下嘴角，呜呜呜地哭了起来，边哭边说："师傅，我没有错！我错哪里啦？你说说这是我的错吗？"

何劲松拉起刘克家的手，说："好了，刘克家，是我太不冷静了，你不要想得太多，啊。"还按按他的脑袋，拍拍他的肩膀安抚着。

闻昭从禁闭室出来就借调厂部专家组了，单位里还有五个人，按技术特长和需求分配到各个专业技术组里工作，政治上虽然还背着"包袱"，身体上已经是自由身了，在一个单位里，大家整天低头不见抬头见的，这种关系是有些折磨人，何劲松一直开解着刘克家说："人非圣贤，孰能无过，你年轻，他们会谅解你的，一切都会过去的，你相信我。"

"不，师傅，我受不了他们的目光，我得离开这里！"

"你说什么目光啊？"

"那个目光很阴冷，像要杀死我一般。"

"没有哇，他们还是那个样子。"

"你说得不对，你不知道，我必须走。"

"你去哪里？"

"去哪都行，反正就是要离开这里。"刘克家坚持着，眼神有些游离。

"你一直都没有去看王慧吗？"何劲松转移了话题说。

"王慧，人家根本瞧不起我，都不愿意搭理我，我还去看她干什么呀？"刘克家回到了现实。

"你们是同学，应该多走动啊。"

"我热脸去贴她的冷屁股，没意思。"

"'头'，你回来了。"刘辉进来笑着说。

"'疙瘩'，你干什么呀？"

"我找几片药！"刘辉拉开自己的抽屉在里面翻动着，看刘克家有些神情不对，就说："兄弟，你又怎么啦？"刘克家沉着脸没有说话，刘辉就看向何劲松。

"没什么事。"何劲松轻描淡写地说。

刘辉找到了一个药瓶，握在手里说："'头'，我走啦。"

"'疙瘩'，你干什么呀？"

"我老婆贺桂文来了，她肚子有点不舒服，我给她找点药。"

"她一个人来的？"

"带着我儿子。"

"你儿子多大啦？"

"三个月了。"

"你老婆的胆子可真够大的，孩子这么小就敢带这里来？"

"路也不算远，主要是有顺风车，回去时再把她们娘俩捎回去。"

"要是这样还好些，你们住哪里呀？"

"'爱情公寓'。"

"好，一会儿有空了我过去看看。"

"走了。"刘辉说着就出去了。

"看了也白看。"刘克家莫名其妙地叨咕了一句。

"刘克家,你说什么?"何劲松说。

"他儿子长得一点也不像他。"

"也许像孩子他妈。"

"也不像。"

何劲松放松着语气,拍拍刘克家肩头说:"克家,你就别再钻牛角尖了,啊。"

刘克家不置可否地点了点头。

"说话呀!"何劲松看着刘克家。

"嗯。"刘克家勉强地应了一声,何劲松才走出了调度室。

何劲松来到了"爱情公寓",房门半开着,门口挂着棉门帘。何劲松拍拍有些松散的房门板,刘辉在里边说:"进来。"

何劲松掀起门帘,一个女人躺在炕上盖着棉大衣,刘辉抱着孩子轻轻摇晃哼哼着,何劲松看看孩子,孩子头发密而长,脸上肉肉的,说:"这小家伙长得挺结实呀。"

刘辉满足地笑了笑,一个"美丽痘"泛着亮光,说:"桂文的奶水特别足!"说着拽了一下睡着女人的裤角,说:"桂文,何哥来了。"

贺桂文坐起来,脸圆圆的,胸脯鼓鼓的,揉了揉眼睛,理了一下头发,灿烂地笑着说:"何哥好,屋里太窄巴了,我就不站起来了。"

"小贺,你别客气。"

"何哥,刘辉跟我没少说起你,说你这个人特够哥们儿。"

"我们哥俩没说的,小贺,不好意思,我们这里的环境就这个样子。"何劲松转头对刘辉说,"要不换个地方住吧。"

"不用了,就住这两天。"刘辉看看贺桂文说。

"是,何哥,明天我们就回去了,这屋子还行,烧着气一点也不冷。"

"来都已经来了,就多住几天吧。"

"这是有我姐夫的方便车,要不说什么我也不敢带孩子来呀,明天我姐夫回去时,顺路就带我们回去了。"

"刘辉,小贺,晚上去我家吃饭吧。"何劲松说。

"不用了,'头',你刚回来,事情多,还是忙你的,等以后吧。"刘辉说。

"谢谢何哥了。"贺桂文笑着说。

"那好,你们歇着吧。"何劲松说着就出来了。

何劲松在学校就是学生会干部,组织能力强,接任队里的团组织工作就有了想法，一定要把团组织活动大力开展起来，发挥团组织在各项工作中的主力军作用，在学政治、促生产、搞科研方面他以一定量化的方式进行了落实，得到年轻人的积极响应。许多年轻人也提出了一些问题和想法，比如，咱们居住在荒郊野外，这样的生活未免太单调了，能不能让年轻人的生活丰富多彩一些？大家有要求了，何劲松也想过了，主意也有了。不过这是件大事，得跟指导员马烈请示汇报才行。马烈听说何劲松要组织人员业余时间排练文艺节目，定期搞个文艺晚会，表示同意和支持，但强调一定要政治挂帅，排演出一些好的文艺节目，争取参加厂里的迎新春会演。何劲松说保证完成任务！

何劲松召开团员、青年大会，对排练文艺节目进行了动员、部署，落实节目内容。队里是有一些文艺爱好者的，人们的积极性很高，节目报了不少，个人或几个人晚饭后就在食堂饭厅里开始彩排和练习。其间，何劲松去了一趟105，去找郝学仁，看看他的工作情况，郝学仁说105这边事情不少，总往回跑也不太方便，天天排练就不参加了，有时间就回去一趟，有演出需要肯定积极参加，何劲松也不便强求。

郝学仁上个春节回去探了家，回来说母命难违，在家里已经成了亲，散了几块喜糖就完了，有关媳妇的事绝口不提，这半年多一直都在105猫着，赵玉明之前关心了几次，也没有关心出什么结果来。

方敏积极参加这个文艺节目的排练活动，她和那个叫秦月辉的资料员想要演京剧《红灯记》选段，方敏演李奶奶，秦月辉演李铁梅，邀请何劲松演李玉和，何劲松答应了，也抽时间参加了她们的几次排练。实际上秦月辉是心向郝学仁的，她爱好京剧，喜欢听郝学仁拉琴，可郝学仁却不回来排练，这让秦月辉很是失望。

一个周末，何劲松隆重推出了第一次文艺晚会，晚会取得了圆满成功，演出者和观众都有些意犹未尽。何劲松更是高兴，这是他工作能力的体现，笑意写在脸上，他最后一个离开食堂，踏着满地银色的月光走回了家。

家里的白炽灯还亮着，白雪梅抱着何聪去看了晚会，晚会进行到一大半，何聪困了睡了，白雪梅就抱着何聪提前离场了。

月明星稀，何劲松哼着毛主席的战士最听党的话的曲调，兴致勃勃地走进家门，推开房门见白雪梅在炕桌子前坐着，看着资料，何劲松说："你还没有睡呀！"说完，放下手里的笔记本，出外屋舀水回屋洗漱，这时，见白雪梅脸沉着一句话没有，心想，坏了，白雪梅不知道哪根筋又不对头了，想想不应该呀，自己没做错什么呀，就说："雪梅，你怎么有些不高兴啊？"

"我高不高兴算什么，你高兴就行呗。"白雪梅白了何劲松一眼说。

"雪梅，我高兴和你不高兴好像没有必然关系吧？"

"当然没有了，一个当妈一个当闺女，看把你忙的，能不高兴吗？"

"看你这话说的，我们只是演个节目！"

"排练的时候，有说有笑的，是不是更开心愉快呀？我说你怎么天天那么晚才回来，原来是有人相伴。"

"白雪梅，你说话讲点道理好不好？"

"我怎么不讲道理了，你做都做了，我说说都不行啊？"

"我做什么啦？"

"你做什么你自己知道！"

"我知道什么？希望你能说清楚！"

"我说得还不够清楚吗，怎么，非得被人按在一起你才认账吗？"

"白雪梅，你怎么这么不可理喻呀！"何劲松压低声音有些愤愤地说，上了炕，独自睡下了。

"我不可理喻，何劲松，你好自为之吧。"白雪梅有些快意地说。

何劲松气闷得要死，白雪梅这是怎么了，你怎么都不是，他这时候只能叹息，他不想吵架，他感到心累，人说哀莫大于心死，难道真是这个样子？他缩紧了身体，仿佛要躲进一个躯壳里。

何劲松去厂部开冬季管沟会战动员大会，见到了赵玉明，赵玉明笑着说："劲松，工作做得不错呀。"

"不错什么呀，一言难尽。"

"怎么，还是白雪梅？"

"还能有谁。"

"你是不是该多做些自我批评。"

"师兄，不怕你笑话，你说我还得怎么做？"何劲松就把办文艺晚会后的事情说了，说，"师兄，你说说，放在你身上你该怎么办？"

"你怎么想的？"赵玉明这时确实无话可说了。

"先这么样吧，何聪这么小，我不想他受到伤害。"

"你说得对，大人怎么都好说，是该多替孩子想想。"

何劲松苦笑了一下，他工作上还有很多事情要做，不会仅仅局限在家庭，也不会流连在个人的感情上，至于白雪梅，想怎么样就怎么样吧，矛盾是存在的，思想是不同步的，想求同存异已经没有太大的可能了，便说："真羡慕你呀。"

"我现在确实挺好，过去是小两地，回次家都不容易，什么也帮不上鸿雁。"

"这不是最重要的，最重要的是人的精神上的趋同。"

"世界上没有绝对完美的事情，你也不能太求全。"

"现在也只能这样说了。"

"队里现在都忙什么?"赵玉明转换了话题。

"按照厂部的指示精神,全体技术人员对下辽河这几年来的地质情况进行全面的分析和总结,在座谈会上进行了深入交流和探讨,初步取得了一些基本的共识,在此基础上林胜平进行了综合性的概括:第一是油气的聚集主要受局部构造控制,局部构造的面积较小。第二是东部凹陷构造多,含油井段长,含油目的层多,有东营、沙一段、沙三段三套主要含油层,沙三段油层可能受二级构造带的控制,含油面积较大。第三是西部凹陷有良好含油气愿景,XN1井试油的结果已经给予有力的证明。第四是沙一段油页岩,是区域对比的标志层。这些已经形成报告,上报了厂部,厂部研究后再上报上级。"

"从现在勘探的形势看,下辽河会有更大的举动吧?"

"师兄,你是近水楼台,在厂部这边能不知道哇?"

"我这样的工作环境怎么会知道,开会能听到一点点,问多了,人家该说你不安心本职工作了。"赵玉明笑着说。

"队里现在都在忙,我看会有大的举动的,这取决于上边。"赵玉明点点头,若有所思,何劲松笑着说,"师兄,你是不是还想着出来呀。"

"我一直都有这个想法,怕是一时没有机会呀。"赵玉明有些感叹地说。

"机会会有的。"何劲松安慰说,语气和面包会有的是一个样的。

"希望吧。"赵玉明说,"哎,劲松,我一直有个疑问想问你,也不知当问不当问?"

"师兄,咱们你还客气什么呀?你说!"

"那我可就直说了,上次HJN5抢险你是主要立功人之一,英模报告团出去巡回宣讲你怎么没有出去?"

"这是厂领导决定的事,我怎么知道,师兄,你听到什么啦?"

"没有,我是有些奇怪,就随便问问,你千万不要多想啊。"

"怎么会。"

"劲松,你没有什么事吧。"

"没有,师兄。"何劲松几乎就要脱口而出了,想到对军代表刘胜利的承诺,还是咬牙咽下了。

厂部近期发出了号召:全厂广大职工群众要利用工余时间,积极开展挖管沟大会战,推进油区冬防保温工作开展!还分配了具体工作任务。冬季油田生产,油水管线都得在一米二的地下,才能确保冬防保温工作,而现在石油生产建设加快了,油水管线铺设增加,矿建队伍力量有限,只能全厂动员,义务献工。何劲松清楚,在技术队里,广大团员和青年是这次会战活动的主力军。

钢镐啃着冰冷坚硬的冻土。一镐下去一个白点，两镐下去一个小坑，三镐下去蹦起巴掌大的一块冻土片，拿笔的手磨砺着镐把，先是水泡，接着是血泡，落下的是硬茧。天上飘着雪花，落在人们的头上身上，一条管线沟，叮叮咚咚，钢镐的啃击声此起彼伏，这是一种人的坚韧不拔对着一种冻土冰冷的较量，冻土层在坚韧不拔的人的面前退却了，人们开始挖取冻层下的暖土，有一种苦尽甜来的感觉，人们的笑声开始飞扬起来。

　　"'头'，在我们老家，隆冬腊月里打墓穴这样冻土的活儿都是先用草烂子堆在冻土上面点火沤上，一个晚上能化开很厚的一层，这样能省下不少人力。"刘辉收工的路上对何劲松献计献策说。

　　"你说的方法也许可行，可是我们哪有草烂子呀。"何劲松对这种方法明显不懂，说起来就不积极。

　　"你看，那个生产队的场院里堆着不少稻草烂子。"刘辉指指不远处田野里的一处场院说。

　　"那是农村生产队的，是你想用就能用的呀？"

　　"这都数九隆冬了，一直堆在那里，就是生产队的，应该也不会有太大用处了吧？再说了，'画家'给他们大队画过画，让他去联系一下，要是能行，咱们挖沟的效率肯定会大大提高的。"刘辉说。

　　"你说得还真有些道理呀。"何劲松说着马上喊道，"'画家'，你等一下！"

　　"'大拿'，你啥事啊？"张国安停下脚步说。

　　"你抽空去村里一趟，问一下这个场院里的稻草烂子是谁的，咱们用一些行不行？"

　　"我去行，'大拿'，我只能说试试呀。"张国安笑着说。

　　"'画家'，就这点事你要是办不成，你在外边可就真白混了。"刘辉笑着说。

　　"'疙瘩'也会用激将法呀。"张国安说。

　　"我说的是实话，你可是农场的姑爷子，这点事都办不成，可别让我笑话你！"刘辉说。

　　"'疙瘩'，人家要是没用了肯定行。"张国安说。

　　"'画家'，你就这点能耐呀，你得说有没有用都行。"刘辉说。

　　"这家伙，'疙瘩'你这是给我下命令啊。"张国安笑着说。

　　"'头'是不好意思这样说，我就算替他说了。"刘辉笑着挺了挺胸脯说。

　　"这样说我办不成都不行了。"张国安说。

　　"你自己想呗。"刘辉说。

　　早晨，张国安带着一架老牛车过来，拉了满满一车稻草烂子，刘辉笑着说："'画家'，不会就这一车吧？"

"'疙瘩'，这牛车今天全归你用。"张国安说。

"行啊，'画家'，你挺有面子呀。"刘辉说。

"小意思，'大拿'，这稻草烂子卸哪儿啊?"张国安说。

"'疙瘩'，这事你负责呀。"何劲松说。

"好嘞!"刘辉立刻招呼两个人，带着老牛车沿着管线沟摆放稻草烂子，然后点上火开始沤冻土。第二天早晨收到了实效，大大提高了挖管沟的进度。

刘克家一直以来都是无精打采的，挖管沟的时候，仿佛要把身上的力气都使出去似的，每一次都把自己搞得大汗淋漓的。这一天，技术队挖这条管沟最后的一段，大家挖完了自己的段落，扛着锹、镐往回走，这时候，夕阳西下，红霞在天边燃烧，有人就唱起了"日落西山红霞飞，战士打靶把营归"，表现着一种豪迈浪漫的情怀。

何劲松在管沟段上看了一眼，便向管沟最末尾一段走去，见刘克家还在挖着暖土，何劲松来到近前说："刘克家，这里够深了，你还挖什么呀，上来，回去吧!"

"是吗，我怕这里不够深。"刘克家直起腰看看说。

"早就有一米二了，快上来吧。"何劲松说着想拉刘克家上来，可眼前的土墙太高太陡了，碰一下都会有滑落的危险，何劲松看看说："刘克家，你怎么把土全都堆在沟的这一侧了，垛墙呢?"

"我顺撇。"

"你从那面上来吧。"何劲松说着，便跨到沟的另一边来拉刘克家。

"谢谢呀。"刘克家爬上来拍了拍手，看着那处高堆土的地方，有些怪异地笑着说，"我这样看着也不算高哇。"

"你还想多高哇，再高就滑下去了，走吧。"何劲松说。

"嗯。"刘克家跟上何劲松说，"师傅，前天我去看王慧了。"

"好哇，王慧挺好的吧?"

"看着挺好的，我们没说上几句话。"

"为什么呀?"

"人家说忙，我就回来了。"

"你有时间再去呗。"

"那还去啥了，我就是去告个别。"刘克家说得有些心灰意冷。

"同学间就该常联系。"

"还联系啥呀，师傅，你还别说，王慧现在真是越来越漂亮了。"

"你才发现哪。"

"我以前还真没有太注意。"刘克家这时站下了，说，"师傅，你先走吧，我肚子有些不舒服，我要方便一下。"

"你去吧，我等你一会儿。"

"师傅，我这个时间长，你还是先走吧。"

"那好，你也快一点啊。"

"嗯，师傅，你还会记起我吧?"

"刘克家，说什么呢，你什么意思呀?"

"嘿嘿嘿，师傅，我就是这么一说，你走吧。"

白雪梅今天接受一项临时性任务上了井，什么时候回来说不一定，何劲松想着要去托儿所接何聪，就先走了。回到调度室，放下工具，和刘辉说了几句话，就去幼儿园接何聪，白雪梅刚刚把何聪接走了，何劲松就直接回家了。

白雪梅在炕上哄着何聪玩耍，看到何劲松进来，说："你今天怎么这么早哇?"

"这一段管沟任务全部完成了。"何劲松说着，便去堂屋生火做饭。

金黄色的火焰在灶膛里欢快地燃烧，填进灶膛里的稻草不时有噼噼啪啪的声响，何劲松看着灶火，不时有些凝神，他隐隐感觉有什么不太对劲的地方，一时又搞不太清楚，到底是什么呢? 他捋着今天发生的事情，眼前浮现了刘克家堆起的那堵高土墙，耳边回响着刘克家有些怪异的话语? 他猛地站起来，开了门说："雪梅，你看一下火，我出去一下。"

"你这是又抽得什么风?"白雪梅的声音追了上来。

"我有事去队里看一眼。"

"又有什么事啊?"

何劲松没有回应，疾步跑到了队里，他先去了刘克家的帐篷，没有人；又去了调度室，也没有人；便去了食堂，刘辉刚好从里面出来，何劲松有些焦急地说："'疙瘩'，刘克家在食堂吗?"

"没有，怎么啦?"刘辉拿下剔牙棍儿说。

"我总觉着有点不太对劲，你快喊几个人过来。"

"'头'，去哪儿啊?"

"带上工具，来管沟现场。"何劲松说着，一个人先跑了出去，边跑边呼唤刘克家的名字，野地空旷，没有任何回音。他的眼前一直回闪那堵高高的土墙，待跑到近前，那堵土墙已经滑落在沟里了，上面有一根木杆，两头系着两根粗麻绳。何劲松一下明白了，高声号叫着："刘克家，你怎么这样傻呀?"用手不停地挖着冻土。

刘辉和几个人扛着锹、镐跑过来，看到何劲松在拼命地挖土，两手弄得血淋淋的，刘辉上去使劲拉开了何劲松，几个人小心地开挖着……

刘克家在挖管沟生产大会战中以身殉职，死得其所!

刘克家埋在了那个井场的东北角上。刘克家的姐姐刘克瑾从萨尔图过来了，她私下里和何劲松说，刘克家一直是个善良的孩子，他们的父亲是在"四清"运动时死去的，从那个时候起他心里就系上了一个结，他的性格就有些变异了，在萨尔图时他就有过很过激的行为，为这才让他去下辽河的。

春节前，技术队离开了沙岗子，迁往了厂部基地——红村。

何劲松向刘铁柱一家人告别，刘忠伟跑过来拉住何劲松的手说："何老师，红村很远吗?"

何劲松抚摸着刘忠伟的头说："不太远。"

"何老师，我一定会去看你的。"

"好! 记住了，忠伟，要好好学习呀!"

"何老师，咱们拉钩!"

"好的，忠伟，拉钩!"

何劲松按照规定这时分到了一间石油单位新建的红砖住房，在安置新家时，赵玉明说："下辽河的石油勘探形势很好，马上会有新发展的。"

"师兄，真的吗?"何劲松说。

"吴卫东说673厂的报告已经呈报了，就等高层批示!"

"这样说我们这三年的努力终于有了结果。"何劲松有些兴奋地说。

"是呀!"赵玉明眼里充满了憧憬。

二十五

1970年2月石油部军管会向国务院呈送了根据673厂报告的《关于加速下辽河盆地石油勘探的报告》，报告说："下辽河位于鞍山以西，沈阳——锦州铁路以东，营口海岸以北地区……根据已掌握的地质资料，我们认为下辽河是一个高产油气区……勘探和开发这样的油田，钻探成功率很高，花钱少，收效快，不仅可以很快解决鞍钢和辽宁的燃料问题，而且可以为海上勘探提供情况，为石油工业高速发展准备条件。"

国务院以"特急"下发了国发文第27号文件，批复和同意石油部军管会"关于加速下辽河石油勘探的报告"，"这个油田的建成，不仅对解决鞍钢和辽宁地区燃料结构具有现实意义，而且对加速我国石油工业的发展，进一步摸清渤海油田地质情况有重大意义……"

在天津大港开始了一场更大的下辽河活动。

五百辆汽车铁流滚滚，历时四十余天，千里搬迁，会战下辽河。

九列专列，将石油物资运往沟帮子火车站，转运到下辽河。

这个乍暖还寒的初春，3月22日，XN3井场红旗猎猎，彩旗飘扬，在下辽河隆重大会战开始的鸣炮声中，XN3、XN4井同时轰隆隆地钻进了，这是下辽河石油勘探具有里程碑的日子。

东线中段黄金带北边的那一片芦苇地苍苍黄黄，稀拉的枯草在乍暖还寒的冷风中萧瑟摇曳。新下辽河的第一批会战队伍集结在这里，在半尺高的苇茬地里立杆子，搭架子，挂草帘，抹泥巴，一幢幢简易泥草房就这样建成了，这里成为下辽河大会战的最初的大本营抑或指挥中心。

何劲松随同新组建的油田总指挥部领导一干人等来到这里入住后，就陪同总指挥部副总地质师戚乐天一行人等行走在东线的荒原上，按图索骥，找寻、部署着井位。大会战的新队伍初来乍到，方向一时还都搞不清楚，新任总部副总指挥的慕自清就点名让何劲松配合工作了。

白雪梅对何劲松这次回东线工作是不赞成的。按照白雪梅的说法，你就是一个不安分的人，也不是一个想好好做学问的人，更不是一个懂得生活的人，我们刚刚在红村稳当地生活两个月，过了一个安稳的革命化春节，你就又跑到外边去自由飞翔了。何劲松嬉笑着说谁会想到下辽河会一下子有这样的大部署大格局呀，看来咱们最初的小打小闹太有价值了！这次回东线又不是我一个人，你说说，谁不去啦？白雪梅这次没说话了，这次下辽河的队伍比之前下辽河的队伍多了好几倍，光整建制的井队就有十五个，还有地震、矿建、水电、运输等配套队伍，都是整建制来的，他们都去了东线，足见上边这次挥洒的是一个大手笔。

远方的大雁哪，请你快快飞呀！

又是大雁北飞的季节，天空的雁阵一排排地在空中掠过，在悠远清亮的鸣叫中不断变换着队形，振翅北去了。

今天的天空有些阴沉灰暗，笼罩着苍黄的原野。何劲松骑着三轮摩托稳稳地前行，挎斗里坐着戚乐天。摩托车行驶在乡间冻土公路上，有些凸凹不平的路面不时地颠簸一下，这时候，何劲松就会看一眼挎斗里的戚乐天，戚乐天挥挥手说，继续前进，走你！按说戚乐天正是年富力强的年纪，或是多年的石油生活让他有些多病、体弱，多天来的跑井位，熟悉东线环境，眼见他的气色越来越差，脸也有些窄了下来。何劲松曾劝戚乐天说戚总，你就歇歇吧，你动嘴，我跑腿。戚乐天就说小何呀，不是我不相信你，我也得对东线有个整体了解呀。戚乐天是对油田总部的参谋长直接负责的，他要在总部生产会议上汇报工作的。

到达HJ11井场，以钻井队为主的相干人等在更加阴沉的天空下等待着，北风那个吹呀，雪花开始飘落，渐渐地漫天飞舞，四野苍茫一片了。何劲松开始介绍情况，各个单位的人在记录工作内容，在相互交流着，修道路，打基础，立井架，上钻机，挖泥浆坑……一切都落实到位了，撤！

何劲松驾驶着摩托车迎着飞雪，小心翼翼地行驶着，飞雪迫不及待地密集贴在他的脸上，黏在大风镜的玻璃上，遮挡着他的视线，他不停地抹去飞雪，稳健地握住车把手前行着。

"停！停！停！"戚乐天急切招呼着，有些迫不及待的声调，何劲松立刻握两下刹车，摩托车顿了两下停了下来。何劲松将大风镜推上额头，看向戚乐天，戚乐天指指十四点方向，说："小何，你看看那边是什么呀？"

何劲松顺着戚乐天手指的方向看去，迷蒙的飘雪中似有一只纤细高足的白色大鸟伫立着，便说："像是一只什么鸟？白鹭？"

"不像，应该是鹤吧？"戚乐天眯着眼睛，这时候白色大鸟仰天一声鸣叫，戚乐天忙说："小何，快把摩托车熄了火！"

何劲松连忙关闭了摩托车，说："是鹤吗？"

"看着很像，如果是鹤的话不应该就一只，咱们下去看看吧。"戚乐天说着，先下了摩托车，蹑手蹑脚地走下路坡，踩进了田地里。

飞雪弥漫，不停地扑到脸颊和身上，戚乐天哈下腰，蹑手蹑脚地走近了白色大鸟，许是飞雪遮挡了大鸟的视线，它伫立着，张望着，头顶上闪现出一点朱红。戚乐天这时候压低声音，有些兴奋地说："小何，真的是鹤，还是丹顶鹤！"

何劲松听说过丹顶鹤，他也看到了那只鹤头上的朱红，便说："戚总，我听说丹顶鹤，人都称之仙鹤，说是数量已经非常稀少了。"

"是呀，我们真是太幸运了，你轻一点，应该不会就这一只。"戚乐天兴奋地说道。

何劲松默默地点点头，他隐隐看到丹顶鹤的身后是一条上水干渠的堤坝，堤坝上有排排的白杨树，向前方斜下去了。他们沿着堤坝平行的方向猫腰前行着，一只，两只，三只，四只，有好几十只呀！它们有的两两相依栖息，有的在梳理着羽毛，有的在嬉戏追逐，有的轻盈地翩翩舞蹈，让人感受一种轻灵的飘逸，戚乐天禁不住摇头赞叹着："这可真是太美太美太美了，这是飞禽中的精灵啊，太可惜了，我今天忘记带照相机了。"

"戚总，要不咱们回去取吧？"何劲松见戚乐天这样喜欢。

"时间来不及了，天马上就黑了。"戚乐天看了看手表说。

"戚总，要不明天天一亮咱们就过来。"

"那时候它们恐怕已经飞走了。"

何劲松望着暗下来的天空和弥漫的飞雪，这时候已经看不太清楚丹顶鹤的身影，便说："戚总，时间不早了，咱们也该回了。"

"好吧。"戚乐天有些不舍，一步三回头的。

摩托车亮起了灯柱，照在公路的白雪上，何劲松加大了油门，戚乐天大声说："我们真的太幸运了，能在这里看到美丽的丹顶鹤，还这样多。"

"戚总，你是够幸运的，我来这里三年了，从来都没有遇到过丹顶鹤。"

"真不知道明天它们还会不会在这里啦？"

"戚总，明天一大早咱们过来看一看吧。"

"好哇，怎么都应该来看一下，这次我一定要带上相机。"

早晨，天蒙蒙亮，雪已经停了，大地上银装素裹。何劲松踹着了摩托车，拧动着油门，摩托车欢快起来，戚乐天挎着相机坐进了摩托挎斗，何劲松驾驶摩托车驶上了公路，奔向那个目的地，他们都没有说话，内心都期盼着那个存在。摩托车停在路边，那条干渠的堤坝下这时已经一览无余，田野里只有铺陈着的晶莹白雪。

有些遗憾的戚乐天还是下到了田野里，他希望能看到这群丹顶鹤留下一丝半爪的痕迹，可一夜的寒风飘雪清扫得干干净净，包括丹顶鹤的足迹。戚乐天有些失望地举目向四下里眺望，太阳最初在天边挤出了一点红色的光亮，开始渐渐地生长，猛然喷薄而出，跃成一个红红的笑脸，光芒四射，辉耀着皑皑的雪野。何劲松掉转车头，向驻地驶去，戚乐天这时候饶有兴趣地说起了鹤，全世界的鹤只有十五种，我们国家有九种，鹤是大中型涉禽，最大的是黑颈鹤，最多的是灰鹤，最小的是蓑羽鹤，最少见的是沙丘鹤，最珍贵的是丹顶鹤，丹顶鹤夏季在黑龙江扎龙生活繁衍，冬季里回到江苏盐城……

何劲松回红村参加下辽河战区全体干部大会，大会是兵合一处，将打一家的誓师动员会。开完会，戚乐天很通情理地说："小何，你去东线忙了一段时间了，有机会回来，在家休息两天吧！"

"谢谢戚总！"

何劲松回到家，白雪梅刚好抱着何聪进门，何劲松接过儿子亲了亲说："想不想爸爸呀？"何聪被胡须刺痒到了，使劲推开他的脸，何劲松说："你怎么还嫌弃老子来了！"

"你走了这么长时间，胡子也不刮，看见你没哭就不错了。"白雪梅说。

"我的儿子不会的，是吧。"何劲松说着，使劲将何聪举了一个高，何聪就咯咯咯地笑了起来。

"何劲松，你的工作怎么安排的？"

"我服从组织安排。"何劲松说着继续逗着何聪玩。

"这跟着大领导才跑几天哪，看你这觉悟高的！"

"白雪梅，你什么意思呀?"

"没事你还是去队里看看吧，厂部的人员都在组合，你人不在，别被落下!"

"好，我知道。"

何劲松早晨去了队部，马烈在收拾着东西，见他进来笑着说:"老何，你来得正好，按照上级的精神，人员要重新组合了，你有什么想法?"

"马指导员，我服从组织的安排。"

"老何，现在我这里不是组织了，你有什么想法说说，我可以帮助你反映一下，过了这个村可就没这个店啦?"

"怎么，马指导员要离开?"

"下辽河不隶属萨尔图了，这个不重要，你有什么想法就说吧。"

"马指导员，真的没有。"

"老何，给你透露点消息，戚乐天戚副总有要你的意向，你是怎么想的?"

"谢谢马指导员，我还是那句话我服从组织上的安排。"

"那好，老何，好好工作，我去开会了。"马烈握了何劲松的手一下说。

"好，马指导员。"何劲松从马烈那里出来，刚好看到刘辉背着黄挎包从调度室出来往外走，就说:"'疙瘩'，你这是干什么呀?"

"回家探亲。"刘辉悄声笑着说。

"你怎么这么闲?"

"马烈他们马上就撤了，这几天也没什么事，过几天我怕没时间。"刘辉悄声说。

"你工作安排啦?"

"不知道，我服从组织上的安排，走了。"刘辉笑着说。

"'疙瘩'，你这跑得有点太勤了点吧。"

"没办法呀，想孩子了，走了。"刘辉笑着说，便奔了交通车站。

何劲松愣了一下，一笑，想到了赵玉明，便向人保组走去。

赵玉明这会正在人保组档案办公室挂着下巴愣神儿。

这一次下辽河声势浩大，鼓荡着他的耳鼓，他有些坐不住了。他去政工组找过吴卫东，吴卫东在开会，他回来了;他再去找吴卫东，吴卫东还在开会，他又回来了。这段时间里，厂部机关里会开得特别勤，只有他和宫大姐有些闲，他们把过去的档案全部归拢好了，封存。宫大姐行，有小孩儿需要照看，没有什么事就回家去了，可他呢?看着排列整齐的档案，他有些无所事事了，不时来一声长吁短叹，每当这个时候宫大姐都会关切地问赵副组长，你怎么啦?赵玉明笑了笑，起身说没什么，宫大姐，我去政工组一下。宫大姐说你去吧。赵玉明到了政工组，吴卫东又去开会了，他这次在吴卫东的办公室外边多坐了一会儿，吴卫东终于回来了，看见赵玉明就说赵玉明，有事长话短说，我还有个会。赵玉明就说吴组长，我申请调换工作！吴卫东看了门口一眼，马上把门推严了，极为认真地说赵玉明，你可想好了，人保组这次会升格人保处的，你的职位只有升，回去想想清楚再来找我！说完就要开门出去，赵玉明立刻说吴组长，我早就想清楚了，我还是想回去搞技术工作。吴卫东看了赵玉明一眼，说赵玉明你真的想好啦？赵玉明肯定地点点头，吴卫东说赵玉明，你这人怎么就一个心眼？回去等着吧。说这个话又过去两天了，怎么一点动静都没有？

何劲松拍拍门，探头向里面看了看，赵玉明说："进来吧，别探头探脑的！"

何劲松见是赵玉明一个人，就一屁股坐在桌子上，调笑着说："什么叫探头探脑，师兄，这叫尊重，怎么，还郁闷呢？"

"我看你来这里比较合适。"

"请我都不来。"何劲松有些鄙夷地说。

"你别瞧不起，这里马上还有上升空间的。"

"这是一定的，下辽河整个都升格了。"何劲松认真地看着赵玉明说："师兄，你现在变啦？"

"没办法，我就这个命。"

"师兄，你没有说实话？"

"真的。"

"得了，师兄，你说出大天来我都不信，你找领导了，是不是？"

"没有。"

"咱们打赌，输了我请你喝酒。"

"又过去两天了，怎么一点动静都没有？"赵玉明笑着说。

"师兄，我就说你不会这么老实嘛。"何劲松笑着说。

"劲松，你现在什么情况啊？"

"还没确定，师兄，你也别闹心了，现在还在完善建制，接着就该具体划分人员了，这是需要一些时间的。"

"哎，你这次去东线怎么样？"

"好哇，十多部钻机部署上，好大一片，就像一片丛林，很有气势。"

"东线又是重点啦？"

"目前一定是，东线是开发区域，队伍只能放在这边。哎，对了，师兄，你要求调工作征求金鸿雁意见了吗？"

"征求了，没问题呀。"

"你想去哪儿？"

"只要是搞地质的就行！你呢？"

"我也是。"

"也不知道什么时候能有结果？"

宫大姐这时进来了，何劲松和宫大姐打了个招呼，说了几句话，便说："师兄，我走了。"

"你能待几天哪？"

"我明天就回东线。"

LN11井喷了！

何劲松听到这个消息是在去一个井队的路上，戚乐天马上示意他掉转摩托车去LN11，这时的摩托车就有点风驰电掣的味道了。

距离井场很远就听到井喷巨大的呼啸声，井喷就是命令，油田职工从四面八方云集到抢险第一线。

从井口喷出的强悍天然气气流夹杂着原油吼叫着冲向五六十米高的天空，在空中聚集、弥漫、洒落、飘散，井场朦胧在黑色的油雨中，渤海湾春季大风强劲地吹过来，裹挟着井喷出的物质飘浮，下风口十五千米长扇形的区域充满可燃气体和原油沉降物，这东西一旦被引燃，后果是难以想象的。

本地驻军闻讯火速赶到现场，对危险区域进行严密布控。

油田总部成立抢险领导小组，在现场召开抢险紧急会议，研究压井方案。由于有HJN5抢险经验，抢险工作在紧张有序地进行。

赶到现场的各路队伍和人员纷纷请战，抢险领导小组确定着抢险队伍和抢险人员。

何劲松被排除在抢险队伍之外，他的任务是协助戚乐天监控和掌握井喷物质飘移的危险范围，他的摩托车巡游在这片区域的外围线路上。

抢险队员集结在一处，听抢险技术人员讲解抢险事宜和要点。

走近井场的人都用棉花球将耳朵眼塞紧，第一步是搞清井喷现场具体情况。第一波抢险队员进入井场查看井喷井口的具体情况，抢险队员匍匐在地下接近了井口，使用肢体语言和沾满原油的手指写出简单的文字成为现场的交流手段，井口没有放喷闸门，需要加装，以减低井口的压力。

第二步是抢险队员抬着放喷闸门进入井场进行安装，并开启了放喷闸门。

第三步是安装防喷闸门。防喷闸门五六百公斤重，在现场不能动用机械的情况下只有人抬肩扛移向井口，这是HJN5抢险时成熟的经验，在咆哮的气浪中，抢险队员爬上晃动的作业井架上，挂上了动滑轮，四条大绳拴住防喷闸门上，四组人员从四个方向拉紧了大绳，指挥员举起了红旗挥动着，统一所有抢险人员的行动。红旗举起了，大绳拉动了，防喷闸门拉起了，对准了井口，大绳放松着，防喷闸门徐徐降下，压在井口上，受阻的强气体从法兰的接口缝隙中横扫出来，几个抢险队员中枪般地或匍匐或仰身倒地了，这一次安装防喷闸门没有完全成功，抢险队员汇报总结失败的原因：承接防喷闸门的法兰盘上好像有一处裂缝，承接防喷闸门一刻间喷出强烈的气体，让接近的抢险队员中招，抢险指挥员重新部署，第四波抢险队员上去，将防喷闸门与法兰盘螺栓安装好，同时摸清法兰盘上裂缝的情况，因为这个裂缝，他们没法压井，怎么处理好这条裂缝是关键！第五波上去的是有着丰富经验的机修工，他们现场查看了裂缝，下来向抢险指挥员汇报，商议解决的办法——加工法兰盘卡箍，油田现在还不具备这种机加工条件，只能求助于鞍钢总机械厂。

一架直升机从鞍钢总机械厂起飞，向下辽河东线LN11井飞来了，机上载着机修工和加工好的法兰盘卡箍儿。机修工下了直升机直接奔向抢险井场，和几个抢险队员一起安装法兰盘卡箍，法兰盘卡箍安装好了，他们又将环氧树脂注入卡箍的细小缝隙里，凝固的环氧树脂彻底封住了法兰盘的破裂处，他们关闭了防喷闸门。

压井！指挥员一声令下，新配制的压井泥浆注入了井筒中。

抢险成功了，现场上一片欢腾，颂歌般的口号声激昂阵阵。

十一天里，中国人民解放军在抢险现场的建筑物上书写大标语，鼓舞着抢险者的斗志。

当地老大娘、学生箪食壶浆前来慰问抢险的石油工人，送来鱼水情的温暖。

油田文艺宣传小分队的文艺青年打着铿锵的快板书，激情演唱："下定决心，不怕牺牲，排出万难，去争取胜利！"鼓舞人心。

医护人员小心翼翼地给伤者包扎伤口。

很多记者聚集在现场不停地采访、拍照，将语音变成电波，将照片变成报刊上的图片。

戚乐天也不失时机地打开相机，抢拍了一些珍贵而有价值的照片留存了。

二十六

傍晚，赵玉明回到家里，金鸿雁正在做饭，赵玉明说："我回来了！"靓初哇的一声哭了起来，赵玉明笑着说："哎呀，闺女呀，你就用这种方式欢迎爸爸回家呀，快看看，我们的宝贝怎么啦？"说着，从金鸿雁手里接过炒菜的勺子。

"应该是饿了吧。"金鸿雁抱起靓初，解衣喂奶，靓初吮着乳头马上安静了。

"鸿雁，还是你了解闺女，咱们的闺女真乖！"

"你们那个井喷现在怎么样了？"

"今天终于制服了！"

"这次井喷的时间好像有些长啊。"

"前前后后十一天。"

"同样都是井喷，这次怎么这么长时间哪？"

"这次的情况比较复杂。"赵玉明说着把炕桌放上说，"吃饭吧。"

"好闺女，自己玩，妈妈吃饭了。"金鸿雁将女儿放在炕被上，靓初瞪着亮晶晶的大眼睛，嘴里"嗯嗯嗯"，挓挲着两只小手算作回应了。

"鸿雁，你忙吗？"

"还可以吧。"

"去年这个时候正是你去做'流脑'防疫的时候。"

"可不是嘛，真快呀，转眼就一年了。"金鸿雁若有所思。

赵玉明怕金鸿雁又想起那个给她让座的年轻人，马上说："鸿雁，有个事跟你说。"

"玉明，什么事啊？"

"我回原单位工作了。"

"这不正是你希望的吗？"

"我们又要过聚少离多的日子了，孩子要辛苦你一个人了。"

"玉明，这次你去哪儿？"

"东线，那里现在是下辽河勘探开发的重点区域。"

"听你的意思东线也不会太长久？"

"以我的感知是，西线发展的空间应该会更大些。"

"你怎么知道的？"

"之前我就有一些了解，我们那里又送上来一些资料，我认真翻阅了，有了这样的感觉。"

"你的心思一直都在石油地质勘探上。"

"鸿雁，还是你了解我，最初我就是来找油的，让我幸运地遇到了你，我们都是想做好事情的人。"

"谢谢你能这样想。"

赵玉明在温润的春风里来到东线报到了，东线的旷野里"遥见绿色近却无"。

技术一连指导员是新派驻的军代表林保国，林保国有些趾高气扬地对新任连长宗林说："老宗，赵玉明的工作你来安排吧。"说完就出去了。

"好的，林指导员。"宗林笑着说："玉明，欢迎你归队呀，你的工作能力我知道，可连里的组织机构已经健全了，你看看想先做什么具体工作吧？"

"宗连长，我服从组织上的安排。"

"那好，玉明，你去生产组，先做东线储量研究怎么样?"

"没问题，宗连长。"

"那好，玉明，那就这样定了。"

赵玉明扛着行李来到生产组那间草皮泥土房，刘辉在屋里守着电话，见赵玉明进来笑着说："我说'领导'，都说你要回来还真的回来了。"

"怎么，'疙瘩'，听你这话是不太相信哪?"

"那是当然了，人保组多好，风吹不着雨淋不到的，离家又近，老婆孩子热炕头，说是还要升格，你怎么一点都不留恋?"

"说不留恋是假的，还真有那么一点点，可人要有生活的目标哇。"

"'领导'，你什么目标哇? 能舒舒坦坦的是我最大的目标，真不知道你是怎么想的。"

"我的目标很简单，就是喜欢技术研究找油哇。"

"'领导'，我和你可不一样，多累呀。"

"乐在其中!"赵玉明看看屋内通长的木板铺说，"这屋里有我住的地方吗?"

"按连里规定还有两个空位。"

"那就好。"赵玉明将行李放下整理好，坐下说，"'疙瘩'，这个屋里都有谁呀?"

"'博士'是头，还有'诗人'和'画家'，说是'大师'也要回来。"

"是吗，这么说又是一次大会师呀。"

"这次不一样了，'大拿'开始跑单帮了，整天骑着个'屁驴子'，突突突地拉着总部的戚副总到处跑，老牛气了。"

"是吗?"

"你还是把'吗'字去掉吧，哎，'领导'，说真的你不会是有什么问题吧?"

"你看我像吗?"

"现在这时候的事哪说去呀。"

"'疙瘩'，你以后说话注意点，不要信口开河呀。"赵玉明警告地说。

"'疙瘩'，哪个办公桌没有人用啊?"

"那个。"刘辉指了指角落说。

赵玉明用脸盆倒了些水，洗了抹布，擦干净了桌面，这时候拉开了抽屉，里面竟盘着一撮翠绿的芦苇，不由得笑着感叹说："嘿，这芦苇的生命力可真顽强。"

"真的呀。"刘辉过来，凑到近前看风景，还把弯曲的芦苇拉直了。

林胜平进来，后面跟着扛行李的郝学仁，林胜平握住赵玉明的手，笑着说："欢迎'领导'归队呀。"

"你才是名副其实的领导，别混淆是非呀。"赵玉明笑着说。

"我说'博士'，你这回当我们的头了，欢迎工作可要落实到行动上啊。"刘辉眨了眨眼睛笑着说。

"'疙瘩'，你要是想喝酒你就直说，拐什么弯子抹什么角哇。"林胜平说。

"'博士'，我可什么都没说，可欢迎老战友是每个当头义不容辞的责任和义务哇。"刘辉笑着说。

"你没说比说得还厉害，好，咱们就今天晚上吧。"林胜平说。

"哎，这才像个当头的样子。"刘辉说。

"'大师'，一向可好？"赵玉明和郝学仁握着手说。

"回'领导'的话，还算可以吧。"郝学仁说。

"那就好。"赵玉明笑了笑。

下午，林胜平带郝学仁等三个人出了现场。赵玉明去宗林那里找了一些参考资料回来翻阅，刘辉睡醒了从床上爬起来，伸了一下懒腰，说："'领导'的作风一点都没有变！"

"'疙瘩'，我还有作风？"

"当然了，对工作有火一样的热情，对同志有太阳般的温暖。"

"嘿，'疙瘩'，你这是给我做鉴定吗？你说的是雷锋同志吧。"

"'领导'这两条搁你身上也挺合适的！"

"你可拉倒吧，哎，对了，你儿子现在怎么样？"

"挺好，正在健康地成长着。"

"你多长时间回去一趟？"

"一般情况下一个月，太勤了有点跑不起。"

"真挺好的。"

"我想天天回家。"

"你就知足吧。"

"不知足也没办法，你有这样的机会还不珍惜。"

"看你这点出息。"

"哎，'领导'，你说我儿子成乐长得怎么不像我呢？"刘辉走到了赵玉明近前压低声音说。

"'疙瘩'，这有什么奇怪的，有些男孩儿长得还像舅舅呢。"

"成乐也没有舅舅哇。"

"像他姥爷也未可知呀。"

"他姥爷早就入土了，像不像鬼才知道。"

"'疙瘩'，这事你也不用纠结，孩子不是管你叫爸嘛。"

刘辉还想说什么，传来轻轻的叩门声，赵玉明看了刘辉一眼，刘辉亮开嗓门说："装什么文明，进来吧。"

门开了，门口站着两个梳着短辫的年轻女工，穿着灰色新道道棉服工装上衣，有些拘谨的样子，其中一个怯生生的声音说："赵玉明赵技术员住这里吗？"

"'领导'，找你的。"刘辉扮了个鬼脸说。

"我是赵玉明，找我什么事？"赵玉明起身迎到了门口说。

稍前一点的女工看着赵玉明，笑着说："赵技术员，我是于小玲啊。"

"是玲子呀，我看着有些面熟，一时没想起来，来，快进来坐吧。"赵玉明笑着说。

"赵技术员，这是和我一起的刘玉梅。"于小玲介绍说。

"刘玉梅，你好。"

刘玉梅圆脸盘，眉眼端庄，稍显丰满，落落大方地伸出手，说："赵技术员好。"

"好，你们坐，喝点水。"赵玉明倒了两茶缸热水说。

"赵技术员，你们住的怎么还是这个样子呀？"于小玲四下看看说。

"油田还是创业初期嘛。"赵玉明看看于小玲说，"玲子，咱们有两年没见了吧？"

"嗯，两年多。"

"难怪呀，女大十八变，你都长成大姑娘了！"于小玲看了刘玉梅一眼，有些羞涩地咯咯咯笑了起来，赵玉明说："玲子，你找我有什么事？"

"没事，听说你们住在这边，我就是想过来看看你。"于小玲说。

"谢谢！谢谢！"赵玉明看看她们说，"玲子，你们怎么会在这里？"

"我招工来油田了。"于小玲说。

"是呀，我说你们怎么穿着油田工作服呢。"赵玉明听说了，这次下辽河石油勘探大开发，除了外部油田整建制调来了大批石油队伍外，还在周边市县招募了一大批知识青年和还乡青年充实到石油队伍里，赵玉明说，"玲子，你们分到哪个单位啦？"

"我们刚刚报到没几天，现在集中培训，进行入厂教育呢。"

"玲子，我记着你不是参加农垦局的赤脚医生培训班培训学习了吗？"

"是，我都在村里做了一段时间的赤脚医生了，刚好有这么个机会，我爸说赤着脚不好，还是端个铁饭碗牢靠，我就来油田了。"于小玲笑着说。

"你爸说得也对。"赵玉明说，这时刘辉看了看赵玉明，有点想说话的意思，赵玉明就说，"玲子，这位是我们的调度刘辉，他也在沙岗子住过。"然后对刘辉说："这是于小玲，家住离咱们不远的蓝河湾，是何劲松房东刘铁柱大哥的亲外甥女。"

"知道了，你舅舅挺好吧？"刘辉笑着说。

"挺好的，他还说让我见到你们给你们带好。"于小玲说。

"玲子，你舅舅、舅妈人都挺好的。"刘辉说。

"'疙瘩'，你吃了人家那么多的咸鸭蛋，再说人家不好就没良心了。"赵玉明笑着说。

"没良心的事我也不做呀。"刘辉说。

"赵技术员，金大夫和孩子都好吧?"于小玲说。

"都挺好的。"

"有时间我得去看看她们，我特喜欢靓初。"

"欢迎你去，金大夫还经常说起你。"

"赵技术员，没什么事我们就先回去了。"于小玲站起身说。

"玲子，没事你就多坐一会儿吧。"赵玉明说。

"不了，我今天来就是认认门，没想到还真的找到了，赵技术员，我们走了。"于小玲说着和刘玉梅出了门。

"玲子，有什么事你就过来，抽空我也去你们那里看看。"赵玉明送到了门外说。

"好的，欢迎你呀，赵技术员，再见。"于小玲说。

"再见，赵技术员。"刘玉梅笑着说。

晚饭时间，大家去食堂把饭打回宿舍。两张办公桌拼在一处，林胜平拿出两瓶大米酒，一个午餐肉，一个沙丁鱼罐头，白酒倒进白搪瓷缸子，飘出浓郁的酒香，刘辉抽动着鼻子，说:"这'大拿'怎么还不回来呀，这还让不让人活了呀。"

"谁说我坏话呢? 还想不想混了呀?"何劲松背着手，迈着方步，笑呵呵地进来了。

"哎，'领导'，你看看你看看，就这架子端的和过去还一样吗?"刘辉笑着说。

"是呀，是有些不一样，架子有点大呀。"赵玉明说。

"你们以后都注意点，不带这样夸人的呀。"何劲松笑着说，手从背后抽出来，将一个饭盒放到桌子上说，"来，大家上眼吧。"

刘辉抢先揭开了饭盒盖，一股香气马上溢了出来，忙说:"哇! 好香啊，这是什么肉?"

"你们猜猜看!"何劲松卖着关子说。

"还有什么肉，猪肉呗。"郝学仁擦着眼镜说。

"你可拉倒吧，'大师'，猪肉我会看不出来呀?"刘辉说。

"是牛肉吧?"陆鸣说。

"不像，要不是马肉?"张国安说。

"天上的龙肉，地下的驴肉。"何劲松说。

"行啊，你这哪儿来的驴肉哇?"刘辉哈喇子都下来了，马上捡了一小块放到嘴嚼着，还眨巴着嘴，说:"真香啊!"

"刚刚回来时，我拐到刘铁柱刘大哥家里坐一会儿，该着兄弟们有口福，来，吃、吃、吃！还等什么呀？"何劲松说着，又从裤兜里掏出几个咸鸭蛋敲在桌面上。

　　"大家还等什么，操家伙呀！"刘辉有些急不可耐了。

　　"等等，等等，怎么着'博士'也得说点什么呀。"赵玉明立刻说。

　　"师兄说得对。"何劲松说。

　　"没什么可说的，都是老同志，又聚在一起了，全都在酒里，来，干杯！"林胜平说。

　　"好！"大家回应着，酒瓶子、搪瓷缸子碰出了响声。

　　"'大拿'和刘大哥这个房东真是没白处一回呀。"陆鸣嚼着驴肉有些感慨地说。

　　"真是呀。"郝学仁也说。

　　"劲松，你的学生刘忠伟怎么样啊？"赵玉明说。

　　"好着呢！学习好，有上进心，有能力！"

　　"不错呀，这里也有你一份功劳哇。"赵玉明说。

　　"师兄，汗颜，汗颜，你怎么也这样说呀。"何劲松捂了一下脸，装着有些不好意思的样子。

　　"劲松，于小玲也来油田了。"

　　"哪个于小玲？"何劲松说。

　　"蓝河湾的，刘铁柱的那个外甥女。"

　　"啊，我知道了，就是跟金大夫做伴学习的那个小姑娘吧。"

　　"对，人家现在可是大姑娘了。"赵玉明说。

　　"说那么多干啥呀，来来来，再整一口。"刘辉提议说。

　　"好！"大家响应着，酒瓶子、搪瓷缸子又一次碰响了。

　　"'诗人'，你的个人问题有什么进展吗？"赵玉明说。

　　"回'领导'的话，黑暗就将过去，光明就在前面。"陆鸣笑着说。

　　"'诗人'，你说的前面的光明到底还有多远哪？"林胜平笑着说。

　　赵玉明看向何劲松，何劲松摇了摇头，轻声说："'诗人'的事有点让人说不明白了。"

　　"怎么回事啊？"赵玉明轻声问。

　　"有时间你还是问他自己吧。"何劲松说。

　　刘辉这时敲敲桌子说："哎，哎，哎，你们大家也关心关心我呗！我给你们大家提个比较高深的问题，男孩子长得真的有像舅舅的吗？"

　　大家看向刘辉，七嘴八舌地说这不是高深问题，是个高端问题，有人说有像的，也有人说不太可能，都说出了实证。赵玉明指指自己鼻子说："孩子像舅舅绝对可能，我就是个标准的样板，我有照片为证，可惜今天没带在身上。"

大家都说既然"领导"这样说了，这个问题咱们就不争论了。

这时候，大家说起近来越演越烈的传言，说军代表与石油领导不和。

陆鸣说："'大拿'，你现在跟着大领导跑，这些事情是不是真的呀？"

"'诗人'，我又没参加他们的会议，我怎么会知道？"何劲松说。

"你不是跟着戚副总吗，他没有说过吗？"陆鸣说。

"实话跟你们说吧，戚副总很少参加高层的会议，他也不太关心这类事情，他喜欢动植物，还喜欢摄影。"何劲松说。

"躲进小楼成一统，管他冬夏与春秋！这是个高人。"陆鸣说。

"现在主要的领导权掌握在军代表手里，石油领导这样顶牛没有什么好处吧？"郝学仁推了一下眼镜说。

"咱们的石油领导有很多都是从部队转业过来的，论起资历来有的比军代表的资格还老，还有参加过四二年延安整风的，心里当然不服气了。"何劲松说。

"此一时彼一时，还是别硬碰的好，别弄个两败俱伤。"张国安说。

"既然已经杠上了，就不会轻易甘休的。"陆鸣说。

"好了，好了，咱们别咸吃萝卜淡操心了，来，喝酒！喝酒！"何劲松说，酒瓶子、搪瓷缸子又一次碰响。

"'画家'，你现在干什么呀？"赵玉明说。

张国安向林胜平努了努嘴，林胜平看见了，说："上边有令，'画家'暂不安排具体工作，在组里先打机动。"

赵玉明看张国安，张国安说："我不知道，没人跟我说过，真的，'领导'。"

"人的命天注定，来呀，还是喝酒吧。"郝学仁说。

大家积极响应，然后转入分组讨论阶段，赵玉明说："我出去方便一下。"说着拽了陆鸣的衣袖一下。

朗朗夜空，一轮明月高悬，春风温润，赵玉明走到房头处，仰望着夜空，吟咏着："明月几时有，把酒问青天，不知天上宫阙，今夕是何年？"

"我欲乘风归去……'领导'怎么这么好的兴致呀？"陆鸣来到赵玉明身旁，解着手说。

"你现在到底什么情况啊？"赵玉明侧脸看着陆鸣。

"'领导'一言难尽哪。"陆鸣说起他开始是青睐王慧来着，王慧一点也不给他机会，后来偶遇了宋爽，和王慧的关系就淡了，现在王慧似乎又有点这个意思了，他倒没有什么兴趣了。

"这和宋爽有一定关系吧？"

"说不上，应该没有。"

"你和宋爽一直还有联系吗？"

"有，书信上的，不太多。"

"你觉得你们有可能吗?"

"我们没有谈过个人的问题。"

"陆鸣，你应该问问自己，心里是不是有她了? 还有就是你们有没有可能? 你现在不小了，别总这样吊着哇。"

"我和王慧已经没有可能了。"

"你先弄清楚了好吗?"赵玉明强调说。

"'领导'，我知道了。"

赵玉明拍拍陆鸣的肩头，他们一起回到了宿舍。

二十七

陆鸣认真想了想，决定去一趟河沿屯，看一次宋爽。

为了去沟沿屯，他做了些准备，他首先选了两首歌词进行了认真的润色，一首是《帐篷伴我走天下》:

从井架林立的北国荒原，

到钻机轰鸣的下辽河畔，

一顶顶帐篷迎着朝阳，

泊成石油人生命的港湾，

我爱帐篷，这里就是我的家，

帐篷里绘蓝，

勘探下辽河大开发;

帐篷里学马列，

艰苦奋斗雄心大;

帐篷里写家书，

心中思念远方的她;

我为祖国找石油，

奉献青春的好年华。

第二首是《下辽河》:

清亮美丽的下辽河，

悠悠河水唱着欢腾的歌,
白帆碧影水中游,
垂柳飘拂舞婆娑,
钻机轰鸣高亢唱,
苇笛悠远缥缈和,
河水奔涌向大海,
迎来朝阳送日落,
红旗猎猎卷荒原,
石油勘探勇开拓,
仰天长啸冲霄汉,
征程奋进敢拼搏,
两论起家来指引,
革命事业奏凯歌。

天际刚刚现出一线鱼肚白,陆鸣骑上自行车向沟沿屯出发了。

春风送爽,绿柳鹅黄,芦苇初露尖尖角。陆鸣这次去沟沿屯没能提前告知宋爽,他也没有办法告知,他们相距虽然只有三十几里,可没有电话,寄信要走几天的时间,实际上,这一次去不去陆鸣一直犹豫着,是赵玉明又一次问起了他,他才下定了最后的决心。赵玉明说得对,他该问问自己,王慧和他之前是不可能,他清清楚楚的,尽管现在有想和他试试的意思,他心里倒有些抵触了,天涯何处无芳草?当他决定放弃时,他听到心底一声叹息,这是他内心对他决定的一种叹惋?再就是这个宋爽,那个清丽高傲的身影常常出现在他的眼前抑或梦里,她现在怎么样?她今后会怎么样?他很想知道,他们不曾谈论这个话题,有一个梦藏在心底,被人说起才清晰起来。陆鸣之前计算过时间,这个时间出发,他会在宋爽练声的时间抵达沟沿屯,他就能在沟沿屯的辽河大堤见到宋爽,宋爽会惊喜吗?会有什么样的表现呢?

自行车有些忙乱地颠簸起来,陆鸣急忙下了自行车,推着车子走过泥泞后干涸的一段车辙混杂的路段,然后再上了自行车,加大了骑行的力度,自行车有了些飘逸的感觉。春天青岚的天空亮透了,露着一种迷人的色彩,田野里,东方红链轨拖拉机轰鸣着,不时吐出浓重的烟圈,书写着标点符号,亮闪闪的铧犁翻开淡黄的泥土,卷起黑色的波浪。一个农工在灌满水的农田里挥动着短鞭,吆喝着一匹骒马拖着一块长木板耙田,一排有十几个农工挥锹挖土在修缮一条水渠。

自行车骑上了辽河大堤,陆鸣的眼前一片空旷,太阳出来了,火红的笑脸一瞬间变得金灿灿了,将金辉洒满了大地,河水流出鳞光闪闪的波纹。陆鸣在河堤上巡视着,蹦蹦跳跳过来的是马凤霞,陆鸣喊了一声:"马凤霞!"

"陆叔叔，你来了！"马凤霞转头有些惊喜地说。

"你好哇马凤霞，怎么没见宋老师？"

"宋老师他们向那边去了。"马凤霞指指河堤的正前方说。

"他们？宋爽去那边干什么？"陆鸣有些不解地问。

"宋老师的一个男同学来看她，他们刚刚去那边了。"

男同学？陆鸣心里沉了一下，向远处张望，影影绰绰看到两个人影，便说："马凤霞，你回去吧，我去找宋老师。"

"陆叔叔，再见！"马凤霞摆手说。

"马凤霞，再见！"陆鸣说着跨上了自行车，一会儿就赶上了挽着男同学手臂的宋爽，自行车的铃声让宋爽他们不由自主地侧身张目，宋爽看清了陆鸣，有些惊奇地说："陆鸣，怎么是你呀？我刚刚还说到你，你从哪里来？"

"东线的单位。"

"好远吗？"

"不远，也就三十多里路。"

"你出来得很早哇。"

"天蒙蒙亮的时候。"

"你有什么事吗？"

"就是过来看看你。"陆鸣摇头说，看着宋爽身边那个高个子，宽肩膀，脸上有些瘦削，戴着黑框眼镜的男青年。宋爽马上介绍说："陆鸣，这位是我的同学霍普，学作曲的，我们是一个大院里长大的，青梅竹马，同在音乐附中上学。"然后对霍普说，"这就是我刚刚说的油田那个写歌词的陆鸣。"

"霍普，很荣幸认识你。"陆鸣伸出了手。

"陆鸣，你好。"霍普也伸出手。

"陆鸣，你的歌词我试着谱了曲子，拿给霍普看了，他提出了一些很好的意见。"

"好哇，谢谢！"陆鸣看着霍普。

"陆鸣，你的歌词写得不错，离真正的好歌词还是有一些距离的"霍普直率地说，举例说明了一番，比如，月亮在莲花般的云朵里穿行，比如一条大河波浪宽，每一首歌的歌词都有"词眼"，有着提纲挈领的作用等。陆鸣听得清楚明白，点头称是。霍普微笑："陆鸣，我说的也不一定全对，仅供你参考哇，我们可以在探讨中学习提高。"

"霍普，很高兴你的坦诚，我会努力学习提高的。"陆鸣笑着说。

霍普看看宋爽，宋爽笑着说："陆鸣，没有其他事，我们走了。"

"那好，再见。"陆鸣这会儿有种尴尬的感觉。

"陆鸣，你去哪里呀？"霍普这时候说。

"回单位。"

"你单位住在哪里?"

"东线。"

"什么是东线? 你说的我不懂,你就说你们驻地离哪里比较近吧。"

"黄金带。"

"啊,我们是一条路,我回刘家铺。"霍普笑着说。

"刘家铺我也不知道在哪里。"陆鸣说。

"就在你回去经过的路边。"

"是呀?"

"霍普,怎么,你这就回去吗?"宋爽看着霍普。

"是,宋爽,宋伯伯我已经见过了,我刚刚出来已经和他告别了。"

"霍普,你干吗这么急呀,你就再住一两天吧。"宋爽挽留着。

"不了,宋爽,我只请了一天假,正巧遇到陆鸣,我们就一块走了,再见!"

宋爽看了霍普一眼,透出有些失望的神情,霍普说:"陆鸣,咱们走吧。"

陆鸣看了宋爽一眼,犹豫了一下,摆摆手,便和霍普一起离开了。他们并肩走在辽河河堤上,霍普这时候沙哑着嗓子对着明亮宽泛的辽河水唱着:一条大河波浪宽,风吹稻花香两岸,我家就在岸上住,听惯了艄公的号子,看惯了船上的白帆……然后说:"这是多美的意境啊!"

"问君能有几多愁,恰似一江春水向东流。"陆鸣向后面看看说,"宋爽还在那里站着呢。"

"她还不知道什么是生活。"

"霍普,你住刘家铺?"

"我下乡去那里三年了。"

"下乡生活怎么样?"

"还好,我现在基本上会干田里所有的农活了。"

"那你什么时间作曲呀?"

"有时候就琢磨琢磨,曲在心中。"陆鸣笑了笑,霍普说,"陆鸣,你笑什么?"

"学作曲的下乡种田了,总有些荒诞的感觉。"

"这有什么,和生活实际相结合是个不错的选择,我不光学种田,我还认真学习伟大领袖的著作。"陆鸣还是笑了笑,霍普说,"怎么,陆鸣,你不相信?"

"相信。"陆鸣这次说。

"陆鸣,我说得是真的,我学种田,也认真学习马列和毛选,这让我其乐无穷!"

陆鸣看看霍普,说:"霍普,你让我有点不可思议,我以为很多人的学习都是做做样子,还有'讲用'什么的,只有你这样说。"

"我是在找答案。"

"找什么答案哪?"

"关于目前形势和今后社会的发展。"

"你找到了吗?"

"没有,所以特地跑来请教宋伯伯,他说他也不清楚,让我领悟,或许是他不肯告诉我吧。"

"你怎么没有跟你父母在一起呢?"

"我不喜欢,感觉也没有必要,我父亲十几岁就到外边求学,接着就跑出去闹革命了,他能我为什么不能? 陆鸣,这里路好走了,我骑车带你吧。"霍普说着骑上自行车,带着陆鸣在沙石路上颠簸,霍普说,"陆鸣,你要是不急着回单位的话,就到我们青年点坐坐吧。"

"也行,我还真没有进过青年点,如果你方便的话。"

"当然方便啦。"说着,霍普加快了骑行的速度,到了一个黄土路路口,霍普拐了进去,路两边是一座座土坯房子带篱笆的农家院落。

"这里就是刘家铺?"陆鸣四下看看说。

"是呀。"说话时,自行车已经骑到了两栋红砖墙泥拱顶的房子前。

一个个头稍矮,团脸,梳着短辫的女青年站在房门前,看到霍普,说:"霍普,你这么早就回来了。"

"嗯,梅子,你怎么没有出工?"霍普说。

"老支书说有事找我,我在等他。"

"陆鸣,这是我们点长许艳梅。"霍普对许艳梅说,"梅子,这是油田的地质技术员陆鸣,我新认识的朋友,爱好诗词写歌词的。"

"陆鸣,欢迎你。"许艳梅的声音很清甜,微笑着伸手与陆鸣握了一下。

"谢谢,很高兴能来你们青年点。"陆鸣说。

"陆鸣,走哇,梅子,我们进去了。"霍普说。

"好的。"许艳梅说。

青年点的房子大门是双扇对开的,走廊到底左右两分,他们向右拐,走到尽头的门进了房间,里面是一铺南炕,炕上并排卷着四铺行李。炕头下有一个砖砌的灶坑,有一口铁锅镶在上面,有些锈迹,里面有半锅水,地下并排摆着四个各式的木箱由红砖垫起,挨着炕梢有些老旧枣红木箱面上摆着毛泽东选集,边上放着一个笔记本。

"青年点就是这样的环境,有些简陋。"霍普笑着说。

"挺不错的,比我们那里好多了。"陆鸣笑着说。

"是呀。"

"你们青年点不太大。"

"是，这里是插队，才四十多人。"霍普指指炕梢的行李说，"陆鸣，那个是我的行李，你起了大早，累了你就躺下睡一会儿，我先出去一下，一会儿就回来。"

"霍普，我知道你这里了，有事你忙你的，我这就回去了。"陆鸣也要跟着霍普出去。

"陆鸣，不急，我没有其他事，你来了别急着走，我是去弄点喝的，你吃了午饭再走吧。"霍普极力挽留着。

"霍普，你真的没事？"

"真的没有。"

"那好吧。"

霍普出去了，陆鸣便坐在炕梢的箱子旁，拿起一本毛选，书页里画有重点的标记，翻到夹书签的地方，是那篇《中国社会各阶级的分析》，里面有多处画着的重点，看来霍普没有说假话，陆鸣放下毛选，拿起笔记本翻开看了看，里面写着一些词条和读书体会，什么马克思主义，两种宇宙观，矛盾的普遍性，矛盾的特殊性等，写得很认真。

霍普回来了，端着一个脸盆，放在炕面上，里面有一瓶白酒，一个猪肉罐头，几个咸鸭蛋，一个酸菜心，两双筷子和两个白粗瓷碗。

"陆鸣，上炕吧。"霍普说着上炕盘腿坐下，咬开酒瓶盖，将酒一分为二地倒到两个粗白瓷碗里，一双筷子递过来，说："来，咱们先喝酒吧。"

"就咱们两个啊？"

"今天不带其他人，他们都上工呢，来，喝酒！"

两只粗白瓷碗碰了一下，酒开始浓郁两个人的语言和情感。一会儿，有人匆匆进来，并不说话，拿了吃饭的家什就出去了。被叫作梅子的那个女点长进来了，送来一饭盒大米饭和一搪瓷盆红萝卜丝汤，透露着关切的眼神，和陆鸣客气了几句就出去了。

霍普说他有点喜欢哲学了，是蜻蜓点水的，陆鸣只是听或点头。后来，他们转到诗歌和歌词上，霍普鼓励陆鸣继续写下去，陆鸣说自己刚刚起步，说着就将那两首歌词交给霍普，霍普拿着歌词先默读一遍，接着就激情燃烧地朗诵起来，读完后说："好！好！好！"

陆鸣犹豫一下，还是说："霍普问你一个问题呀？"

"陆鸣，你说！"

"你和宋爽什么关系呀？"

"我们在一个大院里住，小时候，两家大人很希望我们能在一起，也常常说这样的话，我们就是在这样的环境下长大的，我都见怪不怪了，至于能不能生活在一起还真的不好说。"

"这样啊。"

"陆鸣，你觉得宋爽怎么样?"

"很好，她多纯净多优雅呀!"

"你说这个社会会有她生存的空间吗?"霍普摇头说。

"能有吧? 我不知道。"

"所以嘛，好了，不说她了，对了，陆鸣，你是哪里人哪?"

"祖籍江苏，我生在山西。"

"家里还好吧?"

"我是孤儿。"

"怎么会这样?"

"我父母是土改工作队员，在下乡工作时遇袭，被土匪还乡团杀害了!"

"你是烈士的遗孤哇!"

"我是在福利院里长大的。"

"陆鸣，触到你的伤心处了，我们的先烈为了革命的利益牺牲了他们的生命。"霍普举起酒碗说，"向他们致敬，来，咱们干了吧!"两只碗碰到一起。

"我当时很小，根本就没有什么记忆。"

"陆鸣，据我所知，像你这种情况的孩子不少哇。"

"是，我们一起的就有几十个。"

"陆鸣，歌词先放我这里吧，我试着给你谱个曲子。"

"霍普，谢谢了。"

"没说的，咱们已经是朋友了，我有些困了，咱们睡会儿吧。"霍普说这话的时候眼皮已经沉下去了，接着就歪在行李上睡去了。

陆鸣看了霍普一眼，有些尿急，便脚步蹒跚地出了房门，来到大门口，刚好遇到了许艳梅，许艳梅看看他，说:"陆鸣，你没睡一会儿吗?"

"霍普睡了，我方便一下。"陆鸣说，许艳梅指指房子的西边，陆鸣就走了过去。

陆鸣回到屋子里，许艳梅在，霍普躺得舒服多了，身上盖上了一件棉大衣，许艳梅说:"霍普不太胜酒力，他喝多点就睡。"

"许点长，我这就回去了，霍普醒了请你转告他，有时间欢迎他去我那玩。"

"陆鸣，你行吗? 你也睡一会儿再走吧。"

"我没事，许点长，再见。"陆鸣说着，出门就骑上了自行车。

"陆鸣，路上你可要小心哪!"许艳梅在大门口关切地喊着。

陆鸣回头挥挥手，说:"放心吧!"话音未落，自行车车把扭了一下，自行车歪倒了，陆鸣一下子摔倒在地上，那种感觉十分尴尬。陆鸣立刻爬起来，看见许艳梅向这边走来，忙扶起自行车，拧正了车把，蹿上自行车，急急地上路了。

陆鸣放下自行车，和赵玉明刚好碰了个对面，陆鸣说："'领导'好。"

"'诗人'，你这回可没少整啊。"赵玉明抽抽鼻子说。

"'领导'，这你都看出来啦？"陆鸣有些讪笑说。

"'诗人'，是闻出来的。"

"'领导'真的好鼻子。"

"你骂谁呢？"

"我骂人了吗？没有哇？"

"是没有，这酒可真闹人，你快进屋喝点水，躺下睡一觉吧。"

"天大亮的，我睡什么觉哇？"

"你不是喝酒了嘛。"

"'领导'，跟你说，我没喝多。"

"是，'诗人'，你没喝多，你去哪儿了？"

"沟沿屯，这不是你让我去的吗？对了，我这次去得太巧了，结识了一个新朋友，这个朋友太够意思，带我去了他们青年点，还留我喝的酒。"

"'诗人'，你说的是谁呀？"

"宋爽的同学，好像也是她男朋友，会作曲，有水平，你不行。"陆鸣比画着说。

赵玉明用心捋了一下，陆鸣去看宋爽了，赶巧遇到一个和宋爽熟悉的知识青年或是男朋友也去沟沿屯，他们去了这个人的青年点，又一起喝的酒，就说："'诗人'，我知道了，你还是先睡一觉吧。"

"赵玉明！你是不是赵玉明啊？"陆鸣醉眼蒙眬地说。

"我怎么不是赵玉明，我是。"

"我没说错吧，你就是赵玉明，我知道你也有水平，可你要和这个人比，你就不行了，人家是高干子弟，一点都不牛气，真让人佩服。"

"陆鸣，你说了半天了，他到底是谁呀？"

"嘿嘿嘿，'领导'，我忘记告诉你了，他叫霍普，对，霍普，刘家铺青年点的知青，他还要帮助我谱曲，人家专业就学这个的，肯定厉害！"

"我知道了，他叫霍普，会谱曲，'诗人'，你先睡下吧，我还有事要出去。"

"'领导'，你等一会儿，我还没说完，霍普不光会谱曲，他还认真学毛选，记笔记，深入思考，开始研究哲学问题了，你不行，赵玉明，你真不行，啥时候我叫他来，你见到他就知道了。"

"'诗人'，我知道了，咱们一定请他来呀。"

"这可是你说的，'领导'，咱们可一言为定啊。"陆鸣躺在了铺位上。

"好，一言为定，你睡吧。"赵玉明给陆鸣盖上了大衣。

"'诗人'怎么啦?"林胜平进来说。

"喝酒了。"

"在外边喝的?"

"好像在刘家铺青年点和一个叫霍普的人喝的。"

"他怎么会去刘家铺青年点,怎么认识霍普的?

"应该是通过宋爽吧?"

"谁是宋爽啊?"

"沟沿屯一个高干下放户子女,这也算是个了结吧。"赵玉明把其中的关系简单地说了一下。

"这样啊。"

"有空我去看看于小玲,把陆鸣也带上。"赵玉明说。

"这是件好事。"林胜平说。

二十八

星期天清晨,晴空如洗,南风轻柔地吹着,给人爽爽的感觉。

"陆鸣,走了!"赵玉明推起自行车喊着,陆鸣出来了,衣着整洁,看着赵玉明,赵玉明笑着说:"哎,这样才看出点意思来。"

"我一直都这样。"陆鸣强调说。

"是,要不怎么你是'诗人'哪,走吧。"

赵玉明、陆鸣一起往外走,这是昨天晚上说定的事。赵玉明昨天晚上对陆鸣说明天没事咱们去于小玲那里看看哪?陆鸣说要去你去吧,我还有事。赵玉明说你有什么事都得放下,我去主要是为了你。陆鸣说干什么为我呀?赵玉明说自己什么情况不知道哇,别老自我感觉良好哇。陆鸣立刻说好,好,好,我知道了,我有自知之明,我去还不行嘛。

上了沙石公路,赵玉明骑上自行车,陆鸣跳到后座上,自行车便向新工基地进发了。

新工基地在东线路西的一块空地上,是一片绿帐篷的港湾。进到里面一问,人家说所有的新工今天都去鞍钢输气管线工程挖管沟了。赵玉明知道,这是油田目前一项重点工程建设任务,是新项目,何劲松就是随着戚乐天督导这项工程。

听说管沟工程现场不远,赵玉明、陆鸣就奔了施工现场。沿路骑行一会儿工夫,就看到了挖管沟的队伍,公路边一线红旗招展,挖沟的队伍绵延了好长的距离,赵玉明沿途打听,刚好碰到了骑三轮摩托巡视管沟进度的何劲松,何劲松问:"师兄,他们这是干什么呀？"

"我们去看看于小玲。"赵玉明说着看了一眼陆鸣。

"我和你们一起去。"何劲松心领神会地说。

又走了一会儿，他们看到了于小玲所在的新工三连旗帜，挖管沟的段落上新工们正在席地休息，上前一问话，一个人似曾相识，说："赵副组长，你好哇。"

赵玉明猛然想起，这人是107队的技术员康勇为，不由得笑着说："康技术员，你怎么在这里呀？"

"调过来临时带队。"康勇为笑着说。

"你这个变化可有点大。"赵玉明笑着说。

"组织上的安排，干什么不是干。"康勇为笑着喊道，"于小玲！有人找！"

"康连长！"于小玲在不远处站起身，举了一下手，走过来，看清了赵玉明，笑着说："赵技术员，你来了。"

"赵副组长，你们聊，我还有事。"康勇为说。

"好的，康连长，你忙你的。"赵玉明说，两个人握了一下手，康勇为对何劲松、陆鸣笑着点点头，走了。

"师兄，你认识康勇为呀？"何劲松说。

"认识，他最初在107当过一段时间的技术员。"

"听说这人有些背景啊。"

"是吗？"赵玉明看看康勇为的背影，回头说，"玲子，我说来看你，可不知道你们今天出来挖管沟。"

"康连长开会动员说，这条管线是油田的重点工程，新工们这段时间都没有休息日啦。"

"玲子，你还好吧？"赵玉明说。

"挺好的。"

何劲松咳嗽了一声，赵玉明笑着说："玲子，介绍一下呀，这位何劲松，你舅舅家的那户房客，这位是'诗人'陆鸣，我们的诗词才俊。"

"你们好，很高兴见到你们。"于小玲笑着说。

"玲子，如果在路上碰到，我是肯定不敢认了。"何劲松说。

"没有吓到你就行啊。"于小玲笑着说。

"玲子的嘴巴还是那样的伶俐。"何劲松说。

"你们过去见过呀？"赵玉明说。

"见过一次，时间很短——就是一个照面，是那次给金大夫去送信，也知道了何舅平易近人。"于小玲笑着说

"玲子，你慢点，这个有点乱，从刘大哥那里论，你应该管我们都叫舅舅，可是

从金大夫这边又不是呀。"赵玉明笑着说。

"'领导'，水至清则无鱼，你搞那么清楚干什么呀？"陆鸣这时说。

"'诗人'说得好，你真是太有才了，陆鸣，你可是今天的主角呀。"赵玉明笑着说。

"早就听说陆舅很有文才，幸会呀。"于小玲笑着说。

赵玉明愣了一下，看了何劲松一眼，何劲松也回视赵玉明，有些无奈地说："托刘大哥的福，我们的辈分都水涨船高了。"

"我没有说错吧？"于小玲笑着说。

"赵技术员，您好哇。"刘玉梅这时候走过来说。

"你好，刘玉梅。"赵玉明说。

"我和玲子一直等着，您一直很忙吧？"刘玉梅说着，又看看何劲松和陆鸣。

"可不是嘛，今天才有时间过来，我来介绍，这位何劲松，一直跟着大领导做事，现在督导这条管线工程建设的进度，这位是'诗人'陆鸣，我们那的诗词才俊。"赵玉明说。

刘玉梅先和何劲松握的手："您好。"再和陆鸣握手说，"您好。"手和眼睛在陆鸣这边停留得多一会儿，然后就站在了陆鸣旁边，大家一起说着话，刘玉梅的眼睛不时地瞟陆鸣一下，有些盈盈的笑意。

干活的哨子响起了，新工们起身拿起了工具，于小玲说："赵技术员，不好意思呀，我们也得干活了。"

"师兄，我还有事情，你和陆鸣来了，就为我们的工程做点贡献吧。"何劲松笑着说。

"那是自然了。"赵玉明说。

"不用了，这怎么好呢。"于小玲说。

"这种活我们一直都没少干。"赵玉明说着和陆鸣来到于小玲、刘玉梅干活的地段，赵玉明拿起于小玲的桶锹，陆鸣拿起刘玉梅的桶锹，一边挖土一边说着话。

刘玉梅是省城下乡知青，插队到于小玲家蓝河湾相邻的八家子，这次有机会被选送到油田工作，刘玉梅喜欢语文，读过一些文学书籍，有一定的作文能力，现在是新工三连的业余报道员，这使得她和陆鸣谈话的共同语言多一些，这时候表现出一个小学生的姿态，不时地向陆鸣请教问题，赵玉明看着他们，心里不由得感叹，这也许就是人说的，"有心栽花花不活，无心栽柳柳成荫"？他真的有些不能相信可又不能不信，也许这就是人说的缘分吧？

中午收工了，赵玉明本意是想直接回驻地的，刘玉梅却力邀他们留在新工基地吃午饭，还特意跑到东线的国营商店买了瓶白酒和两个罐头。吃饭时，刘玉梅倒了一些白酒敬了赵玉明和陆鸣，一是欢迎他们的到来，二是有幸共同劳动，三是很荣幸结识陆老师这样优秀的诗文老师，获益匪浅，以后还要经常请教。笑意写在脸上，眸子传递情愫，意思有些不言而喻。

　　"'诗人'，你觉得刘玉梅怎么样啊？"回来的路上赵玉明说。

　　"看着还可以吧。"

　　"你说这是不是一种殊途同归呀？"

　　"'领导'，你觉得有什么不对吗？"

　　"没有，很好哇，'诗人'，就看你怎么加快脚步了。"

　　"什么脚步哇？"

　　"'诗人'，你别装傻了行不行啊？"

　　"这能看出什么呀？"

　　"这是很好的开端，你可一定要抓住哇。"

　　"我怎么没有看出来。"

　　"正所谓当局者迷嘛。"

　　"明白了。"

　　回到了宿舍，赵玉明看到桌子上有一封信，地址是大姐赵玉桂家的，他的心里涌起一阵儿喜悦和几分愧疚来，他有段时间没有给大姐写信了。

　　大姐赵玉桂的年龄比赵玉明大了一轮，受做区长工作的父亲影响，解放战争期间，十六岁就参加了妇救会，担任村子的妇救会会长。那一次，还乡团窜到乡下来抓村干部和他们的家属，接到了紧急通知后，村干部立刻组织和带领村干部的家属们紧急转移。姐姐查看人员时，见转移队伍里没有赵玉明，就叫大家先走，一个人在村子里寻找赵玉明。武装民兵柳铁锤挎着"汉阳造"追过来，焦急地对姐姐说赵会长，还乡团马上就要进村了，你还是赶快转移吧！大姐坚持说不，我一定要找到弟弟小明！柳铁锤说好，那我陪你一起找！他们由村东向村西寻过去，还乡团的枪声已经在村东边响起来了，他们是在村西一群玩耍的孩子中找到的赵玉明，赵玉明当时正和一群孩子打擂台，玩得正高兴。大姐惊喜地抱住了他，眼泪流了下来。柳铁锤这时焦急地说赵会长，赶快走吧！一把将赵玉明背在背上，快速地跑起来，钻进了一片高粱地里，后面跟着的是一阵儿弹雨，将高粱秆子打折了不少。这一次的事惊险极了，村干部和他们的家属要是被还乡团抓住，那是绝对没有好结果的。前几天，葛家村的妇救会会长就被还乡团抓住了，先是被众匪徒蹂躏了，之后又被割掉了乳头，拉到大街上示众，最后当着她的面把她八岁的儿子丢进枯井里活埋了。这一次，赵玉明的命是大姐给的，也是这次危机中的共患难，大姐决定嫁给武装民兵柳铁锤，柳铁锤就这样成为赵玉明的大姐夫。

　　赵玉明拆开信，信上的笔迹规整但有些生疏，大姐的字迹赵玉明是认得的，他们之间的通信都是大姐写的。赵玉明这时认真看了看，这个字迹他还是想起来了，这是自己童年的启蒙老师，村子的私塾柳大先生的笔迹，柳大先生是大姐夫柳铁锤的远房堂叔。赵玉明这时有一种不祥的预感，心不由得提了起来。

信中说大姐患了重病，一年多来一直都在咳血，去医院看，医院大夫说只能等着安排后事了，这时候，村子里来了个游方郎中，说是能治你大姐的病，十服汤药要八十块钱，能救活就活，不能救活只能认命，你大姐病了一年多，把家里仅有的一点钱都花光了，还借了不少外债，现在实在没有地方借钱了，为了你大姐和两个还小的外甥只有向你张口了，如果有可能的话，你就帮帮大姐夫吧！这件事只有我们两个人知道，我是背着你大姐跟你借钱的，你大姐是不许我向你开口的，这事你可一定要保密呀，有条件的时候我一定会将钱还给你的！

读到这里，赵玉明的眼睛已经湿润了。

"'领导'，谁的信让你这样感动啊？"陆鸣来到近前说。

赵玉明抹了一把眼睛，把信递给了陆鸣，陆鸣看了说："'领导'，这样的郎中肯定是骗人的，他能起死回生，他还游方干什么呀？"

"'诗人'，不管怎么样，大姐夫的心愿我一定要满足，我更希望大姐能有一线生机呀。"

"'领导'，你的心情我理解，我这里有三十元，你拿着，不够的话，我去储蓄所给你去取。"

"够了，'诗人'，其他的我从别人手里再凑一凑，谢谢。"

"'领导'，咱们就别客气了。"

赵玉明这时候不能向金鸿雁要钱，金鸿雁一直带着孩子生活，应该不会有多少余钱的，就是有，他也不好意思开这个口。他们结婚以来，从来没有说过有关钱的问题，赵玉明手里有了余钱就会不定期地给金鸿雁一些，现在赵玉明手里有的是这个月的工资，扣除生活费，他最多能余下二十元钱，差的钱，他还得想办法。刘辉这时候进来，看见赵玉明和陆鸣对面坐着，说："干什么呀，'诗人'？"

"'疙瘩'，你手里有多余的钱吗？借点用？"陆鸣说。

"'诗人'，你就一个人，还用向我借钱？"刘辉一头雾水地说。

赵玉明对陆鸣摇头示意着，陆鸣还是说："是'领导'，有点急用。"

"'领导'，真的假的呀？"刘辉看向了赵玉明说。

"真的，不用你。"

"'领导'急用，你先给应个急吧。"陆鸣继续说。

"我只能拿十元钱，我们家那位又有了。"刘辉有些勉强地说。

"'疙瘩'，不用了。"赵玉明说。

"'领导'，你别嫌少啊。"刘辉拿出十元钱放在桌上说。

"谢谢，这个钱我一时还不上你呀。"赵玉明说。

"'领导'，你还要多少？"刘辉问。

"二十。"陆鸣说。

"我说'诗人'，你就一个人，就帮着'领导'一块儿解决了吧。"刘辉笑着说。

"我说过要去储蓄所取的，是'领导'不让啊。"陆鸣强调说。

"是这样的。"赵玉明说。

这时候，林胜平拿着资料进来了，刘辉立刻说："'博士'，'领导'急需二十元钱，你有吗？"

林胜平看看赵玉明，赵玉明点点头，林胜平立刻掏出二十元钱，说："二十元够吗？"

"有三十就更好了。"刘辉伸手笑着说。

"够了，谢谢，这个钱我得慢慢还你呀。"赵玉明说。

"我这儿没问题，有需要你就说话！"林胜平打了刘辉手板一下说，便坐下来看资料。

赵玉明马上坐下给大姐夫写信，写好看看时间还早，便骑上自行车去了东线邮电所，他祈盼着大姐能够好起来。

大会战不停，小会战不断，特殊时期造就了特殊的日子，有人说这种日子叫火热。

这是盛夏里的一个早晨，天阴沉着，和风里夹着细细的雨丝，湿润润的。清晨六点整，赵玉明他们在门前整队出发。这是昨天晚上队里安排林胜平临时统计人员，没有极特殊工作安排的年轻力壮的人都去HJN3井扛井管。

这个活计本来是108队徐天亮的，他们井队完成HJN1-1井的钻探工作，这次转移到HJN3-1井，井架安装好了，几天的连天雨封闭了那条泥土路，送井管的卡车进不去，108队要大干快上，徐天亮的眼睛就盯在附近HJN3井场闲置的井管了。两个井场水田里的直线距离大约三百米，可运送井管必须靠人抬肩扛，108队那几十号的劳动力实在是有限，就恳请上级给予一定的人力支援。这是积极主动求进尺争油上产的大好事情，油田总部当然全力支持了，指挥长在大生产会上说，马上落实下去，我也算一个！东线的各指挥部就开始部署落实，一下子落实了上千人的队伍。

二十几辆卡车开到井场很远的一个路头前就望泥水兴叹了，会战的人员跳下卡车，一线长长的队伍，举着红旗，在蒙蒙细雨中踩着泥水前行，队伍到达一条干渠的一座木桥开始分岔，一部分人员去HJN3-1井的南坝，一部分人员走去HJN3井的北坝，何劲松在木桥头调度分配着参与运井管的人员。

"劲松，什么情况啊？"赵玉明走到近前说。

"师兄，在这条水渠上修一座管桥，运井管能省一些路。"何劲松指指沟渠前面说。

赵玉明他们向HJN3-1井方向走去，等在这一边的坝埝上。

这是一条下水干渠，二十几米宽，沟边是茂密的芦苇、蒲草，潺潺流水。对面一支队伍过来了，人们肩头上扛着装了泥土的稻草袋，一个接一个地下到齐腰深的水中，选定一个地点，一个个草袋投到了流水中，草袋露出水面垛成一个墩台，接着是第二个，第三个。"上井管！"一个人喊着，井管抬过来，从岸边架到第一个墩台上，从第一个墩台架到第二个墩台，再架到第三个墩台，再架到了对岸，一座简易的井管桥就架好了。再扛来或抬来的井管这时候就横旦在井管桥上，桥两边水里的人涉水将井管滚动着推过沟渠，对岸的人员接了井管，几个人或抬或直接上肩，踏着泥泞的田埂，向HJN3-1井场运送着。

人流在三百多米的田埂上不停穿梭着，"下定决心，不怕牺牲，排除万难，去争取胜利"的口号声在田野里回荡，肩上沉重，脚下泥泞，号子声声，脚步不停，指挥长在队伍中，参谋长在队伍中，军代表在队伍中，大家都在身体力行。

一些人在等架桥的几根井管的拆卸，刘辉揉着肩膀说："这肩膀压得明天肯定肿得像个馒头。"

"现在都火烧火燎地疼了，还等什么明天哪。"陆鸣有些苦着脸说。

"来呀，咱们这是最后一根！"赵玉明鼓动着大家的情绪。

几个人抖擞精神上手接住了井管，喊着号子：一，二，三，起！井管刚上到肩头，陆鸣"哎呀"一声，身子矮了下去，手按在腰上，赵玉明说："陆鸣，怎么啦？"

陆鸣蹲在地上，脸上有些扭曲，痛苦得说不出话来，一只手摆了摆。

"来，来，来！快上人接住管子呀！"赵玉明急忙招呼旁边的人说，有几个人立刻上手接住井管扛走了。赵玉明过来说："'诗人'，你怎么样啦？"

陆鸣的脸上渗出豆粒大的汗珠，按着腰间，说："腰扭啦！"

赵玉明扶住陆鸣，说："'诗人'，你试试看能不能站起来？"

陆鸣刚一动弹，"哎"了一声说："别动，别动，疼！"

大家只能围着陆鸣，有些不知所措，等待他自己能动。好一会儿，陆鸣咬着牙试着慢慢站起来，他想迈步，脚刚一动就疼得龇了牙，赵玉明说："算了，'诗人'，还是我背你出去吧。"说着，蹲下了身子，先背起陆鸣向外走去。

陆鸣去了东线医院，拍了张 X 光片，然后去的住院部，躺在外科四号房的病床上不敢动弹，赵玉明说："'诗人'，你现在感觉怎么样啊？"

"还是那个样子。"陆鸣苦着脸说。

"'疙瘩'，你看着'诗人'，我去打壶开水去。"

"'领导'，你去吧。"刘辉说。

赵玉明拎着竹皮暖瓶来到了茶炉房，在门口遇到刘玉梅拎着暖壶出来，刘玉梅看到赵玉明愣了一下，说："赵技术员，你好！你怎么来医院啦？"

"陆鸣腰扭了，我送他来看看。"

"是吗，严重吗？"刘玉梅关切地问。

"疼得不太敢动了，刚刚拍个 X 光片，躺在病床上等片子，刘玉梅，你在医院干什么？"

"我们女工班有个女工痢疾住院了，连里安排我来陪护。"

"刘玉梅，你忙你的吧。"

"赵技术员，陆鸣在哪个病房啊？"

"外科四。"

"知道了，我把水先送回去，有时间我抽空去看看。"

"好哇。"赵玉明看着刘玉梅匆匆的背影，不由得笑了，事儿怎么这么巧呢？

"'诗人'，你说这世界真的很小哇，我刚刚在茶炉房打水遇到刘玉梅了。"回到病房，赵玉明笑着说。

"是吗，她没说来看'诗人'哪？"刘辉说。

"当然说了，还一副很焦急的样子。"

"'领导'，这样看形势一片大好哇。"

"'疙瘩，'你说得太对了，不是大好，是相当之好哇。"

"'领导''疙瘩'，你们两个有点无产阶级感情没有？都这个时候了，你们没事还拿我寻开心？"陆鸣说。

"'诗人'，我刚才说的可都是真的。"赵玉明说。

这时候，有人敲门，刘辉笑着说："进来吧！"

刘玉梅推门进来，笑着说："谁没有无产阶级感情啊？"

"还会有谁呀，'诗人'在说我们，他受了伤，我们从工地把他背出来，又送医院拍片，又送住院部的，他一点都不感激，还数落我们拿他寻开心，这人也太不讲究了。"刘辉一脸坏笑地说。

"'疙瘩'，你住嘴吧！"陆鸣说。

"'诗人'，我说得不是事实吗？"

刘玉梅笑了笑，看看陆鸣，说："陆技术员，你怎么样？"

"还行吧。"

"伤哪儿了？"

"腰上。"

"你翻身过去。"刘玉梅说,陆鸣犹豫一下,还是慢慢翻过身去,刘玉梅问:"哪里疼啊?"

"这里。"陆鸣摸着说。

刘玉梅将陆鸣的衣服撩起来,手指按在脊背腰间说:"是这里吗?"

"往上一点点。"

"这里吗?"刘玉梅的手指往上滑动了一些,按住说。

"嗯。"陆鸣疼得皱了一下眉头。

"陆技术员,你忍着点啊。"刘玉梅的手指在那里摸了摸,上下游动了几下,用力按压了一下,似乎有一个声响,接着又捋了几下,说:"你动一下,试试怎么样?"

陆鸣慢慢动了一下,腰上的痛感明显轻了许多,说:"哎,感觉好多了。"便不停地摸着腰部。

"刘玉梅,你还会这个?"赵玉明奇怪地说。

"会一点点,也是碰巧。"刘玉梅笑着说。

"刘玉梅,这话我可不信,你坐着,我去看看陆鸣拍的片子出来没有。"说完,脚下踢了刘辉一下。

"啊,我去一趟厕所呀。"刘辉立刻醒悟,也跟着出去了。

屋里剩下两个人,陆鸣说:"刘玉梅,谢谢你。"

"你和我还客气什么呀?"刘玉梅有些含情脉脉地说。

"你怎么会这个呀?"

"家传的,我只会一点点皮毛,刚好用上了。"

"你说的是那种传男不传女的吧。"

"也可以这样说,我这些天一直想过去看看你,有些问题想请教,可我们管沟挖完又去修路了,一直都没有时间。"

"我们单位也一直挺忙的,刘玉梅,有时间的话,还是我去看你吧。"

"我是热烈欢迎!"

"刘玉梅,你刚才说有什么问题来着?"

"啊,就是李白那首'床前明月光',这么简单明了的诗,这里边说的床是什么床啊?这个床是放在什么地方的呀?"

"我觉得这个床不是真正意义的床,应该是指代或是古时候的一种坐具用品之类的东西。"

刘辉这时候进来了,有些笑嘻嘻地说:"'诗人',你们俩发展得可真够快的,这就说到床的事情了,真是可喜可贺呀!"

刘玉梅脸一下红了，看看陆鸣，陆鸣立刻说："'疙瘩'，你胡说八道什么呀！我们说的床是古诗里的床。"

陆鸣还要说点什么，赵玉明拿着片子，陪着外科的韩医生进来了，韩医生说："陆鸣，从片子上看你的腰椎有些错位了，你现在怎么样啊？"

陆鸣动了动身体，说："现在好多了。"

韩医生看了刘玉梅一眼，在腰椎处摸了摸说："这样说是复位了，你再拍个片子看看吧，没事的话就开些跌打损伤的药，回去慢慢养着吧。"

"也好。"陆鸣起来，自己走着去拍了片子，赵玉明去药房拿了药。

"陆技术员，我单位箱子里还有些自家的红伤药，明天有时间我给你送过去。"刘玉梅说。

"刘玉梅，谢谢你。"陆鸣说。

"咱们不要这样客气了。"刘玉梅妩媚地一笑说。

"就是嘛，这样显得多生分哪。"刘辉在一边嬉笑地说。

"'疙瘩'，你要是不说话，没有人会把你当哑巴卖了的！"陆鸣说。

"是呀，我咋就这么爱多嘴！"刘辉说着还装着扇了自己的嘴巴一下。

刘玉梅不由得会心一笑。

二十九

艳阳高照，一望无际的绿色田野，微风吹拂着稻田，绿色间闪动粼粼波光。地头的田埂上插着一排红旗，旗面上印着各个单位的名称，微风中的旗帜半开半合，没有一定的耐心是根本看不完整上面字迹的，有线高音喇叭甚是高亢，正在播放着革命歌曲《大海航行靠舵手》，声音雄浑激昂。

许多人散落在大片的稻田里拔草挠秧。没拔过草的水田里绿莹莹的一片，草苗相间，芦苇，三棱草等杂草欺压着稻秧，拔过草的水田露出秧苗条目清晰的直线，粼粼的波光更加清朗。

金鸿雁挠完最后一撮秧苗，将手里的杂草扔在田埂上，抹了一把额头上的汗水，迈上田埂，下到上水毛渠里洗手洗脚。她的手刚在右小腿上抹了一把，看到小腿肚子上有一条弯曲殷红的血迹慢慢游动着，她不由得跌坐在田埂上，失声惊叫了起来。

"鸿雁，怎么啦？"一边的刘兰芝急忙问道。

"血，有虫子！"金鸿雁指指小腿肚子上说。

刘兰芝看了看，金鸿雁的小腿肚子上有一道弯曲的血迹，顶端有两条一寸长的黑色软体在血流上吸附着，她的心里不由一颤，急切地喊道："廖股长！你快来！"

"刘秘书，怎么啦？"廖海涛急忙赶过来问。

"鸿雁的腿上出血了，上面好像有两条黑虫子！"刘兰芝指指说。

廖海涛忙搬起金鸿雁的右脚看了一眼，脱下一只黄胶鞋，抢起来，朝两条黑虫子的地方用力拍打着，啪！啪！啪……连续拍打了好多下，两条黑虫子才很不情愿地落到渠水中漂走了。廖海涛看看金鸿雁变得有些赤红的小腿肚子，说："是水蛭，本地也叫'水玛涕'，这家伙叮住人才狠哪，你还不能用手硬往下拽，拽断了，剩下的一点点就容易钻到身体里，只能用鞋底子使劲拍，把它震下来，现在没事了，小金子，你快洗洗吧！"

"廖股长，水蛭没有断掉吧？"金鸿雁有些紧张地问道。

"小金子，放心吧，肯定没！"廖海涛说。

"谢谢廖股长。"金鸿雁舒了一口气。

"谢什么呀，洗好了再抹点碘酒哇。"

金鸿雁洗完了，看到腿肚子还有血流出，有些担心地说："怎么还在流血呀，不会有虫子钻到里边去了吧？"

"不会的，小金子，你再好好洗洗，水蛭叮咬在伤口处会分泌一种溶血小板的东西，血就不凝固，你用碘酒多擦几遍就好了。"廖海涛解释说。

刘兰芝帮助金鸿雁又擦了几遍，血果真止住了，金鸿雁穿上鞋子站起来，没有感觉到什么不适，她又撸起裤脚看了看，伤口处还有些赤红。

看到所有人都站在了田埂上，刘兰芝拔起单位的红旗挥动了一下，廖海涛挥手喊了一声："走了呀！"队伍就沿着田埂向外边移动了，高音喇叭里这时播放着《社员都是向阳花》的歌曲，欢送着支农队伍。

这是医院安排农垦局落实伟大领袖走与贫下中农相结合"五七"道路的号召，医务人员具体支农的实践活动，规定里要求这段农忙时间里每周支农不少于两次，每次不得少于四小时，任何单位、个人都必须严格执行落实。今天是星期六，金鸿雁他们进行的是这周第二次的支农活动，她们一大早就下了田。医院这项活动的具体负责人是后勤股长廖海涛，活动的地点在县城边的城郊农场"五七"队水田里，队伍出了田地，上了公路，走进县城。医院支农队伍进入县城就开始四分五裂了，红色的旗帜下只有刘兰芝等几个人去了医院。

金鸿雁这时候急于回到家里。对了，金鸿雁的家庭住址发生了一些小变化，这是一周前的事情。实际上，金鸿雁结婚后就向医院递交了住房申请，医院说是分配住房太紧张，主要还是高大壮在作祟，金鸿雁想要分配住房的想法就很难落到实处，她只好一直租住在蔡大姐的家里。转眼一年过去了，金鸿雁在蔡大姐家的那间小房子里已经住得比较习惯了，加之赵玉明又去了东线，每一次回来都去匆匆的。应该是三个月前，金鸿雁接诊了一位叫明芳的大龄孕妇，明芳是三个女儿的母亲，她期待这一胎是儿子，按照她的说法，她这次怀孕的反应和过去三次是完全不同的，这让她既喜悦又紧张，不时地跑到医院来瞧瞧，也就遇上了妇产科的金鸿雁。金鸿雁一面给她做检查，一面和风细雨地安慰她，说一切都正常，你不要太紧张了，要放宽心境，这样才有利于妊娠保胎。明芳很高兴，也就很高兴和金鸿雁说说话，开始说的是孩子，后来的话题就宽泛起来，很自然地说到家庭生活、住房等情况，明芳问到了，金鸿雁如实相告。明芳有些奇怪地说金大夫，像你这种情况完全可以申请分配住房啊！金鸿雁说我申请过了，一直等着也没有消息。明芳说这样啊，我回单位帮你看看吧。金鸿雁这时知道明芳两口子都在镇子的房管所工作，他男人还是所里的副职，明芳说没有看到金鸿雁的住房申请，让她补写一份。一周前，金鸿雁收到分配一间住房的书面通知，虽然是一间房，可比她租住蔡大姐家的房子宽敞多了，金鸿雁拿到钥匙去看了看，房子里面挺规整的，只要清扫一下就能够入住。金鸿雁烧了一天地炉子，第二天就欢天喜地搬了进去。新分的住房就在蔡大姐家的后面这栋，房门斜对着蔡大姐家的后窗户。前天晚上，金鸿雁发现地炉子炉盖溢出淡淡的烟气，弥漫出些许刺鼻的气味，金鸿雁马上意识到这是煤烟，她听说过一些煤气中毒的事例，就将炉子里的煤火浇灭了，还打开了门窗透了好一阵儿气，直到闻不到煤烟的气味，才关闭门窗休息的。

金鸿雁一大早起来就跑到前院去找了蔡大姐，说了地炉子出现的状况，蔡大姐说一定是炕洞里的烟灰太多烟道堵死了。金鸿雁说那可怎么办哪？蔡大姐说只能扒开炕面清理烟道里的烟灰，蔡大姐还跟了过来，说了扒炕清理烟灰的方法。金鸿雁想，赵玉明不知道是什么情况，就打了个电话，刘辉接了电话说赵玉明这些天一直跑外忙着，现在还没有回单位，有什么事你留个话吧，我想法转达给他。金鸿雁想了想，就放弃了。看来一切还要靠自己！蔡大姐看出金鸿雁的心思，就说修炕这可是个技术活，修不好不如不修，还是找一个明白人修的好。金鸿雁就说找谁呀？蔡大姐说我知道有个叫林五的，是专门干修炕这种零活的，价钱也公道，我去给你问问吧。金鸿雁说行吧。蔡大姐一会儿回来说，林五说了明天下午有空！金鸿雁说好吧。

金鸿雁昨天中午请了假，回家等着林五过来修炕。林五过了晌午拿着修炕的家什晃晃荡荡地来了，看着走路有些闪脚。林五三十大几的年纪，身材不高，身体粗壮，方脸黑红，进门看见金鸿雁先嘻嘻笑了，说是你家修炕啊？金鸿雁嗅到一股酒臭味，心里不爽地说是。林五盯住了金鸿雁的胸脯，说你家的炕什么毛病啊？金鸿雁说从炉盖子上倒烟。林五说厉害吗？金鸿雁说不是很厉害，有一点，我怕煤气中毒。说着，给林五倒了杯开水，回头时见林五正色眯眯地盯着自己，金鸿雁感觉很不舒服，说林师傅，你喝水。林五接水的时候似有意无意间摸了她的手一下，金鸿雁皱了一下眉头。林五若无其事地说大妹子，你这个炕修不修都行啊。金鸿雁说那怎么行，煤气中毒可不得了！林五笑着说你家的炕面就是震动的少，多震动震动就好了。金鸿雁一时没有明白，就说林师傅，你说什么？林五有些淫邪地笑着说，大妹子，我说你家炕面震动得太少了，炕洞里的灰就挂得多了。金鸿雁的脸色立刻沉了下来，说林五，你说什么呢？走！走！走！这炕不用你修了！林五马上说大妹子，我不就是开个玩笑嘛。金鸿雁说你快走！听到没有！林五见金鸿雁脸色真的变了，拿起家什还说不就是开个玩笑嘛，你至于嘛。

金鸿雁气闷地坐在炕沿上，蔡大姐一会儿进来，说金大夫，怎么啦，林五还没来吗？金鸿雁有些生气地说这林五是个什么人哪？满嘴污言秽语的，让我撵走了！蔡大姐说金大夫，你别生气，他就乡下出来的一个粗人，在街里混得习惯了，接触的人也杂，嘴里总有些荤话，今天中午一定又多灌了点酒，嘴里就没有把门的了，你别生气，明天我让他给你赔个不是。金鸿雁说蔡大姐，算了，不用了。蔡大姐说金大夫，那你这炕还修不修啦？金鸿雁说修也不用他，不行我就自己修！蔡大姐将信将疑地说金大夫，你能行吗？金鸿雁说死了张屠夫，就吃带毛的猪，我就不信啦？金鸿雁想明天走"五七"道路是必须得去的，如果回来得早，自己就扒开炕洞试试看，能行当然好了，不行再说。

金鸿雁回到了家里，用煤油炉子烧了开水，吃了口泡饭。卷起炕席，拿起牛心锹，将地炉子通往烟囱那条炕面的土抢起来，露出里面的红砖，又将红砖敲了敲，一块块地掀起来，这时候，她看清楚了烟道里的结构，那些砖面上果然挂满了油滋滋的黑灰，走烟的通道真的不通畅了。她拿起一块立砖刮除了上面的黑灰，清理干净，再按原来的样子将砖放还到原来的位置上，再去清除下一块，然后盖上炕面的砖。她这时的心里还是有些忐忑的，她担心自己做得不好，这样弄完到底行不行？她感到有些疲乏的时候，这条炕面已经做好了。她在地炉子里放了一把引柴草点燃了，想看看修缮过的效果，地炉子里的火烧起来了，似乎有了些效果，好像并不太理想，金鸿雁就有些愁闷的感觉。这时候，蔡大姐进来说："嘿，金大夫，真有你的，看不出来，你一个女人家还真就自己修上炕啦？"

"我以为我行呢，可惜效果不理想。"金鸿雁苦笑一下说。

"金大夫，修炕得整个炕面都扒开了，你就修这么一条条，效果当然不会太好了。"

"那也应该有些效果呀，我看这个烟囱道也不宽大呀。"

蔡大姐看看北墙上的烟囱道说："金大夫，你说得也是呀，该不是你家的烟囱也要打打吧？"

"蔡大姐，这烟囱怎么打呀？"金鸿雁说。

"金大夫，你跟我来。"蔡大姐勾了一下手，说。

金鸿雁跟着来到蔡大姐家，蔡大姐从院子的小偏厦里找出了一卷沾了黑灰的细麻线绳，然后指指墙根下的一架木梯，说："金大夫，你抬着那头。"

两个人抬着木梯回来，她们将木梯竖在墙面上，蔡大姐在先，两个人颤颤巍巍地爬上了房顶，蔡大姐拿着细麻线绳将一块小半截的砖头十字花样地绑牢了，便将砖头从烟囱口放下去，上上下下收放了好几次绳子，说："这次应该行了，如果再不行，你可真的就得把炕面全都扒开了。"

两个人从屋顶下来，金鸿雁进屋，将一把引柴草塞进炉子里点燃了，火噼里啪啦地欢快燃烧着，火舌送着烟快乐地往炕洞里边跑去，没有一点溢出，金鸿雁感慨地说："都说没病不死人，这下可好了。"

"金大夫，你这样修炕只是一个应急的办法，这样修的炕就你修的这一条过烟一条热，到了冬季肯定是不行的，有空你还得重新修。"蔡大姐提示着说。

"知道了，大姐，我先把眼前问题解决就行了，其他等玉明回来再说吧。"

"是，金大夫，你得记着点啊。"蔡大姐叮嘱着。

金鸿雁和蔡大姐将梯子抬回去，回来带回了一把泥抹子。金鸿雁先将炉子生起了煤火，然后把那些炕土扒成一个环形，洇上了水，又剪碎了一些稻草段洒在泥土上，开始不停地翻动着，和成了稀乎乎的胶泥，又在砖面上洒了一些水，才将胶泥均匀地摊在那条砖面上，然后用泥抹子将它们抹平整。

炉火旺了起来。金鸿雁打来一壶水放在地炉子上，开始收拾屋子的卫生，之后再收拾个人卫生。收拾停当，炕面上湿润的泥土开始散发起热气，金鸿雁微微一笑，很有成就感地坐下歇息了一会儿，看看表，起身锁了门，去幼儿园接靓初了。

吃过午饭，赵玉明去连部向连长宗林告假休月探亲，宗林笑着说："玉明，你被钦点了，这假和我请不着了，你回家好好安排一下还是必要的。"

"连长，没有报到前我还是你的兵。"赵玉明笑着说。

"玉明，你的储量研究刚开了个好头，我是不希望你走的，可你去干的工作比这个更重要，我也就不好硬留你了。"

"谢谢连长的肯定，完成任务我还回来当你的兵。"

"你这样的兵谁都喜欢，快走吧，一会儿赶不上交通车了。"

"好，连长，我走了。"

赵玉明快步回到了宿舍，推门进去，看到刘玉梅在给陆鸣做腰部按摩，之前他们肯定有些亲昵的举动，不然不会有些慌乱的，赵玉明若无其事地说："刘玉梅来了，你这样按摩，陆鸣的腰伤好得就更快了。"

"赵哥，你忙什么呀？"刘玉梅脸上浮起了红晕，没话找话说。

"回家探亲。"赵玉明说。

"我说你怎么这么急。"陆鸣说。

"能不急嘛，又一个月没看见我闺女了，还真的有点想她了。"

"'领导'只说了一半吧。"陆鸣笑着说。

"随你怎么说，'诗人'，你还是乖乖地配合刘玉梅的按摩吧，男人的腰要是伤了可不是小事情，你可得听话呀。"赵玉明笑着说。

"'领导'，我说你怎么什么都知道哇？"陆鸣说。

"不光我知道，刘玉梅也清楚，要不她给你治疗得这么认真，是吧，刘玉梅。"

"我不知道。"刘玉梅回避说。

"好了，不打扰你们了，走了。"赵玉明笑着说。

"'领导'，给嫂子带好哇。"陆鸣说。

"赵哥，再见哪。"刘玉梅含笑说。

"再见。"赵玉明说着出了宿舍，带上门。他真为陆鸣高兴，陆鸣的腰伤竟成了一个重要的媒介，加快成就了一个美好的姻缘。刘玉梅先是在医院给陆鸣的腰椎复了位，第二天就送来了跌打红伤药，用了药又用独家的手法按摩，这些天来或早或晚每天都有一次，两人的关系已经到了炽热的程度。有一天晚上，赵玉明就说"诗人"，差不多就把事情办了吧！陆鸣说不急，不急，看看再说吧。赵玉明说你小子就不怕煮熟的鸭子飞了吗？陆鸣说这点自信我还是有的。刘辉说"诗人"，没事你就吹吧。陆鸣说这怎么叫吹哪，说明咱有这个魅力和自信。刘辉说看把你美的，鼻涕泡都要出来了。陆鸣说"疙瘩"，你还是住嘴吧，你一张嘴就埋了吧汰的。刘辉说可咱心里干净啊。赵玉明说你们这是整哪里去了？"诗人"，说正经的，你和刘玉梅到底怎么样啦？陆鸣笑着说"领导"，且听下回分解呗。

赵玉明站在等候交通车的队伍里，交通车全部是卡车改制的，两侧厢板加了高栏，顺着厢板是三面木椅，整个车厢在前面用帆布制作了一个半截的风雨棚，车厢呈半开放状态。交通车是开往红村的，由于是周末，乘车的人格外多，一些人嬉笑着，大呼小叫，表现出对归家真诚的渴望。

乘车的队伍在缓慢行进着，乘车人是通过两根铁栏杆通道上车的，赵玉明上了交通车，人挤得像沙丁鱼罐头，车行驶中，人拥来挤去的，开始有了些许的缝隙，赵玉明站在车尾的车厢边扶着车厢高栏板。绿色的原野在旋转着，不时有高耸的井架闪过，赵玉明的心里一时涌起了一阵阵的轰鸣，这种轰鸣将他带到了西线，那里他去过，不止一次！可这次不同，这次是技术指挥部书记、军代表林跃亲自找他谈的话，西线前线指挥部成立了地质技术小分队，要选一名"党代表"，在他前面听说已经找过几个人选谈了话，应该是不甚满意，不然不会找到他的。谈了一些基本情况后，林跃对他的满意指数在不断提升，从国家的政治形势说到油田的政治形势，说到党领导的重要性，说到思想政治工作，很是语重心长。他点头，他看报纸听广播，他对时事了解得要多一些，这是生活习惯的积累。林跃最后一锤定音，赵玉明你去西线技术小分队做党代表。赵玉明从林跃那里出来，在路上遇见何劲松，何劲松看看他说师兄，你去西线哪？他有些奇怪，按林跃的说法，刚刚定下他去西线，只有他们两个人知道，何劲松怎么会知道？他看看何劲松笑了笑，没说话。何劲松说师兄，我说错了吗？赵玉明说你是怎么知道的？何劲松说猜的，真的？赵玉明说你说说看。何劲松说这里的人都知道，你不会说你不知道吧？他当然不能说不知道，他只能把嘴角拉出几分嘲笑的意味，表示出一种认同来。目前有一阵风吹得实在是太强劲了，仿佛刮到下辽河石油队伍的各个角落，事情的起因是很明了的，XN3井钻探上出现了技术性问题，钻探到目的层时出现井涌。井涌是井喷的重要前兆，当班的司钻立即组织人员抢换方钻杆，准备加重压井，可方钻杆还没有接上，井喷就突然发生了，巨大的油气流呼啸着冲天而起，天然气遇到了柴油机的火星，井场立刻变成了一片火海，当班的工人及时撤离井场，没有发生人员的伤亡。兼任西线前线指挥部的指挥慕自清赶到了现场，组织力量准备抢险，发现井喷的压力开始变小，之后自己停息，大火也熄灭了。分析原因应该是井壁坍塌，将井筒堵塞了，井场上设备有一定程度的损失。军代表在油田总部例会上，在大讲突出政治时，就拿这件事说事，说是阶级斗争的新动向，要查找阶级敌人！指挥长说石油钻探这样的情况时有发生，况且下辽河地质情况又十分复杂，不要一出现一些技术性问题就上纲上线，搞得人心惶惶，草木皆兵的，这样正常生产还怎么进行？第二军代表首先发言，批评指挥长阶级斗争意识薄弱，这样说话是站在什么人的立场上？指挥长就说你说我站在什么人立场上，我们是在为国家打井找油，难道我们打井找油还找出错了吗？第二军代表说为国家打井找油没有错，最大的问题是立场问题，政治路线确定之后干部就是决定的因素，你的阶级立场关系到下辽河找油队伍的政治方向问题，你要提高认识及早回头！大家都说说自己的意见吧。立刻就有几个与会的军代表积极地发言，炮口一齐指向了指挥长，一番口诛嘴伐，轰得指挥长晕头转向，气冲斗牛，一拍桌子一跺脚，说我和你们尿不到一个壶里，你们的方向正确你们来指挥好了，老子还不干了！卷起行李就回了原籍。第二军代表以为指挥长是一时气急，过几天就没事了，也没有把这件事太当回事。可过了一段时间，指挥长一点音信都没有，很多行政工作的请示报告全都送到第二军代表的案头上。要说带兵行军打仗军代表那是没得说的，再硬的骨头他都敢啃，可这石油勘探的事他根本不知道甲乙，就更别说丙丁了，马上找来其他军代表过来碰情况、找对策，这时候方知事态有些严重，紧急商议中进行了自我批评，这不是在部队，我们对指挥长的批评是不是过头了？还是赶紧补救吧！有两个军代表主动请缨，开车去指挥长原籍想请指挥长回来，结果连个人影都没见到。第二军代表痛定思痛，一是立刻报告第一军代表，请示上级尽快选定新的指挥长；二是一定要在石油队伍中选择一些骨干力量，为我们所用。也不知道这里面有多少是好事者杜撰的成分。何劲松笑着说师兄，恭喜你呀！赵玉明说这有什么可恭喜的？何劲松说师兄，机不可失呀！赵玉明笑了笑，说走了呀。

交通车停在县城里一处固定的乘降点，赵玉明从交通车后箱板的铁梯子上下来，挥了挥手，交通车绝尘而去。

赵玉明来到了蔡大姐家，蔡大姐正坐在房门口择豆角，抬头见是赵玉明说："赵儿，你回来了。"

"蔡大姐，择菜呀，我家鸿雁不在家呀？"赵玉明看看屋里说。

"赵儿，你家搬家了你不知道哇？看你这个当家的让你当的。"蔡大姐笑着说。

"蔡大姐，鸿雁搬哪去啦？"赵玉明脸有些热。

"后栋房西边第三个门。"蔡大姐指指房后面说。

"再见哪，蔡大姐。"

"赵儿，你回来得可真是时候哇，金大夫刚刚把炕儿收拾完。"蔡大姐笑着说。

赵玉明听了这话，快步奔向后栋房，进了有些破败的高粱秸篱笆院，来到家门前，房门锁着，扒着窗玻璃看了看，炉火烧得正旺，裸露的炕面有一条白汽袅袅升起，他心里不由得有些愧疚，自己是这个家的男人哪，为家为金鸿雁做了什么呀？鸿雁应该去接女儿靓初了，赵玉明从院子出来，走向街口，远远看见抱着女儿的金鸿雁，赵玉明一溜儿小跑跑过去，接过靓初说："鸿雁，辛苦你了。"

"回来了，咱们回家吧。"金鸿雁笑着说。

开了房门，屋子里闷着潮气，有一种湿热之感，金鸿雁连忙又开了窗子，白色的湿热之汽奔涌而出。赵玉明端详着这个新家，一铺北炕刚刚修整过，裸着，黄土墙面上糊着淡蓝花的墙纸，虽然有些发黄，还算整齐，北墙正中张贴着一张伟大领袖的半身像，东面墙上是一幅毛主席穿长衫拿油伞去安源的宣传画像，南面除了房门，还有一对双扇开的木制窗户，玻璃擦得十分明亮，赵玉明说："鸿雁，不错呀，什么时候分给你的？"

"一个多星期了。"

"真不错，是廖股长帮你争取的吗？"

"不是。"金鸿雁说了房子的由来。

"鸿雁，你该给我打个电话说一声，我好帮助收拾搬家呀。"

"你要是有空早就回来了，再说了，咱这个家有什么可搬的，这个房子简单清扫一下，这点东西我自己就搬过来了。"

"你做事有条有理，真是个能干的好女人。"赵玉明在金鸿雁的脸亲了一下。

"你就不怕让人看见！"金鸿雁推了赵玉明一把，红了脸，看看外面说。

"谁会看见，就是看见了又能怎么样？这可是在我的家里呀。"赵玉明说得理直气壮。

"我发现你怎么有点没羞没臊啦？"

"我怎么没觉得呀?"

"那是你脸皮变厚了。"

"可能吧,这炕你自己修的呀?"

"啊,我又不知道你今天能回来,我是怕我们娘俩受凉或煤气中毒了,只好自己动手了,知道你今天回来我就等到明天修了,修得也能彻底些,对了,你今天怎么回来啦?"

"突击检查呀。"

"怎么,不相信我呀?"

"开个玩笑嘛。"

"这种玩笑以后还是不开的好。"

"怎么,生气啦?我自我批评,我错了,再自我处罚,做饭,怎么样啊?"

"看在你认识早的份上,这次原谅你,下不为例,赶快好好表现吧。"

"是!"赵玉明说着,开始淘米。

"玉明,你的储量研究进行得怎么样啦?"

"刚刚有一些起色,又接受了新任务。"

"什么新任务哇?"

"去西线。"赵玉明把要去西线地质技术小分队的事情说了一下。

"玉明,我知道这是工作,可这里面的关系你一定要梳理清楚了,不要让人当枪使呀。"金鸿雁有些忧虑地说。

"鸿雁,你放心,军代表的正确领导我服从,找油是石油人最重要的使命,我会更好完成的。"

"玉明,你能这样想我就放心了。"

天色暗淡了下来,赵玉明摸摸炕面已经有些干硬了,就把炕席整个铺开,让开修炕的那块地方铺上褥子,说:"鸿雁,你累一天了,早些睡吧。"

"好。"金鸿雁打了一个哈欠,躺了下来。

靓初今天应该是在幼儿园睡多了,这时候显得特别兴奋,一直躺在他们中间手舞足蹈的,赵玉明一胳肢,她就咯咯咯地笑个不停,赵玉明说:"鸿雁,你睡吧,我带靓初。"

"嗯。"金鸿雁闭上眼睛。

靓初的笑声渐渐小了,一会儿,也睡去了,赵玉明将靓初的被子盖好,看看金鸿雁,拉了一下灯绳,屋子陷入了黑暗,星光马上从窗棂爬进来,透着暧昧的色彩。

早晨,天气晴好,吃过早饭,赵玉明抱着靓初和金鸿雁去百货商店转了一圈,在卖布的柜台,金鸿雁想买一块花布做件罩衫,赵玉明指着一种花布说:"鸿雁,这个挺好看，清新淡雅。"

售货员立刻热情地说："这位男同志真有眼力，这块花布是新款，宽幅，母女俩套裁最合算，很省布票的。"

金鸿雁听从了售货员的建议，买了一块，交了布票和钱。

出了百货商店，他们沿着主街向大辽河码头走去。大辽河河运码头河面开阔，白帆点点，新使用的柴油机船宣誓身份般"嗒嗒嗒"地开进开出着，赵玉明说："这个码头还可以呀。"

"听人说，这个码头最繁华的时候规模好大好大，光泊船沿河就绵延数里，那时候镇子也非常繁盛，是甲午的一次陆战使这里一下衰败的。"金鸿雁说。

"甲午陆战还在这里发生过？"

"可不，说是规模还不小，非常惨烈。"

"是呀，我从来没有听人说起过。"

"我们是外来的，没有听说的事情多着呢。"

"你说得也是。"

这时候，一个拎柳条筐的妇女走近他们悄声问："买鱼吗？"

赵玉明看看是新鲜的踏板鱼，就买了一条大的。

"一平二镜三踏板"，踏板鱼很鲜美。吃过午饭，赵玉明哄着靓初玩，靓初一会儿就在赵玉明怀里睡着了。金鸿雁铺好褥子，赵玉明将靓初放在上面盖好小毯子，他们也并排躺下小憩。这时，金鸿雁有些担忧地说："玉明，我'例假'过去好些天了。"

"你是说你可能又有啦？"

"不知道，这次错后的时间有些长，过去我从来没有过呀。"

"不错嘛。"赵玉明笑着说。

"你美什么呀，要是真的可怎么办哪？"金鸿雁轻轻捶了赵玉明一下说。

"有什么怎么办的，要就是了。"

"你说得轻巧，我带一个靓初还行，再来一个，你叫我怎么带呀？你是不是不心疼你老婆呀。"

赵玉明轻轻刮了一下金鸿雁的鼻子，笑着说："怎么会？你绝对是第一位的，咱们可以动员全国的老百姓啊。"

"又贫嘴，跟你说正经的呢？"

"我说的也是正经的，咱们不是还有两位伟大的母亲吗？她们一定能来帮助我们的。"

"是呀，我怎么把这个给忘记了，上次我妈写信还说要来看她大外孙女。"

"问题好解决吧，咱们分别给家里写信。"

"你急什么呀，等我这里确定了再说吧。"

"你说得也对，就这么定了。"赵玉明说着起身下了地。

"玉明，你起来干什么？"

"我把院子的篱笆收拾一下，院子不能就这样大敞四开的。"

"咱们家里什么东西都没有，你怎么收拾呀？"

"我先简单地修整一下，等准备了东西再好好地收拾，这里就是我们的家了。"

"要是这么看着，你还真有个当家人的样子啊。"

"那是当然了。"赵玉明挺了挺胸脯，笑着走了出去。

三十

　　赵玉明起早坐第一班交通车回到了东线，他回到宿舍收拾好行李，看到桌子上有一封自己的信，拿起来看清是大姐夫来的，心里不由得莫名地紧张起来。打开信，信还是村里私塾柳大先生的笔迹，信的内容很简单，大姐因病已经故去了！他心里涌起极大的悲伤，眼泪不由自主地流了下来，这是给他第二次生命的大姐，年纪轻轻就撒手人寰了，他想到年迈的父母，他们将怎么承受这种打击呀！这是白发人送黑发人，那份痛有谁知道哇！

　　陆鸣吃早饭回来，看着他说："'领导'，你怎么还哭啦？"

　　"你瞎扯什么呀，我眼睛刚刚进了灰。"赵玉明抹了一下眼睛，这是他的家事，他不想说给别人听，泪水只能自己咽下，他说，"'诗人'，我走了，你结婚日子定好了，一定想着提前通知我呀。"

　　"那是一定的，对了，'领导'，你能不能明天再去西线呀？"

　　"那怎么行，去西线的车都安排好了，你有什么事情？"

　　"霍普、宋爽说他们今天过来。"

　　"'诗人'，实在不好意思呀，去西线的事我不敢耽搁。"

　　陆鸣摊了一下手，表示出一种遗憾，说："你们都走了，我只好自己接待他们了。"

　　"你说还有谁走啦？"赵玉明有些地疑惑。

　　"'博士'呀，去了西线。"

　　"什么时候？"

　　"昨天，何劲松接他一起走的。"

　　赵玉明若有所思地扛起了行李，陆鸣在后面提着旅行袋，刚出门口，一对青年男女迎面走来，那个瘦高脸色苍白的男生问："同志，请问陆鸣住这里吗？"

"是。"赵玉明连忙闪开身体，陆鸣暴露在一对青年男女的面前。

"宋爽，霍普，你们好哇！"陆鸣高兴地伸手握住，说，"来，我给你们介绍，这位是我的好室友赵玉明，这位是霍普，这位是宋爽。"

赵玉明和霍普、宋爽握了一下手，说："陆鸣早就说过你们，久仰啊。早就想见到你们，不过实在是不好意思，我有特别的工作任务，值班车在等我，我就失陪了，你们请进屋，咱们后会有期。"说完，和霍普、宋爽又握了一下手。

"没关系，后会有期。"霍普笑着说。

"再见。"赵玉明接过陆鸣手里的旅行袋向连部走去。

连部门口，有一辆值班卡车停着。赵玉明刚刚走近，驾驶员就从驾驶室里跳下来，来接赵玉明的行李，赵玉明看清是张志远，立刻笑着说："还是免了吧，张副主任今天怎么亲自上阵啦？"

"还不是听说'领导'要去西线，我们车队'革委会'非常重视，为了把'领导'安全送达，经研究决定派我来驾车，不知道'领导'对这个决定是否满意呀？"

"哎哟哟哟，看来你这两年的副主任真的没有白当，这话说得真受听，我这实在是不敢当啊，我还是回吧。"

"你看你看，'领导'，我这热脸怎么还贴了个冷屁股，我就是个工人出身。"

"工人怎么啦？工人可是领导一切的阶级呀。"

"'领导'，求求你了，放过我吧。"

"那你这到底什么情况啊？"

"队里一个司机的父亲去世了，回老家奔丧了，司机一时紧张。"

"我说嘛。"赵玉明点头说，要把行李放到卡车车厢里。

"哎，'领导'，车上没有别人，行李就放驾驶室吧，车厢一会儿装货会弄脏的。"张志远连忙说。

"放驾驶室我怕挤到你。"

"就咱们两个不会的。"

卡车开到物资供应库房，按单请"伽"（客人），装好了运送物资，张志远驾车往西线开进。夏季的沙石路经过风雨的洗礼，重型车辆的碾压，有些坑坑洼洼的，车行驶得缓慢而颠簸，张志远瞄着路面，不时打着方向，躲避着大些的坑洼，这时瞄了一眼赵玉明，说："'领导'，又有好长时间没见了。"

"可不，你不开车了，咱们碰面的机会当然少多了。"

"'领导'，我有一事不明，一直想问你，一直都没机会。"

"说吧，我一定从实招来。"

"'领导'，你说你在人保组干得好好的，干吗非要回东线哪？"

"说真话，我就是想干找油的活。"

"郝建军现在可是正科级了。"

"我真的不太喜欢那个工作。"

"干什么不是革命工作？那里有职位还能照顾家，你何乐而不为呢？"

"要是那样想的话，我早就有好多次的选择了。"

"'领导'，你是我最佩服的人之一！"张志远竖起大拇指说。

"彼此彼此。"赵玉明笑着说，"张副主任的照'老三篇'做人，做'老三篇'里的人讲得真好哇。"

"让你见笑了，领导让我讲用总得说出点啥吧，总不能都千篇一律吧。"

"你的这个啥可既有高度又有新意呀。"

"谢谢'领导'的充分肯定，我还得积极努力呀。"张志远这时猛打了一把方向，绕过一个稍大的泥坑，说，"'领导'，你这次的任务可不轻啊。"

"怎么这样说？"

"昨天不是把林胜平紧急抽调西线了吗？"

"我也是刚听说的，有什么特别情况吗？"

"不清楚，猜测应该是上级领导对现在的勘探开发状况不是很满意吧？"

"非常时期，有些差强人意，心急吃不了热豆腐哇。"

"你知道就好。"

卡车停在西线前线指挥部大门口，赵玉明下车挥挥手，张志远打个喇叭开车走了。

西线前线指挥部是在一片荒原里一处新建的简单住所，四根铁蒺藜线均衡地拉在齐胸高的木桩上围成一处简单的大院落，对开的两扇木架门开了半扇，院子荒草葱郁，前面次第坐落了几顶绿帐篷，相邻四栋草帘子抹泥墙屋顶压着苦油毡的房子，还有两栋在建的房子，正在往挂好的草帘子上抹泥巴。

赵玉明进了院子遇到一个人，问："同志，请问技术小分队住哪里？"

那人指指说："第三栋草帘子房。"

赵玉明扛着行李来到第三栋房子，见门就进，一栋屋子一分为二，大房间里空无一人，一排通长大板铺，上面摆着一溜的行李，只有最里面还有一个空位，赵玉明将行李和旅行袋放在了那里。他有些疑惑，屋里怎么一个人都没有？想想，便走出门来，恰好看见何劲松从房头处走过，便招呼了一声。何劲松本来已经走过去了，听到有人招呼，倒退着回来，探头看清是赵玉明，忙走过来说："师兄，你到了。"

"这屋里怎么一个人都没有？"

"一部分上了现场，其他人都在前边开会。"

"你干什么呀？"

"开会，出来放水，师兄，走，一起去吧，刚才领导还问到你。"

"好。"赵玉明跟上何劲松，去了前栋房子的会议室。会议室占据半栋房子，四张长条桌拼成一个大会议桌，周围长木椅上坐满了人，有人正在发言，何劲松进去在原来的位子坐下来，继续记录。赵玉明在后排拣了个空位坐下，他环视了一下，屋里有二十几号人，主持会议的是兼任西线前线指挥部指挥的慕自清，参加会议的有油田总部主管地质工作的参谋长，桌子周围坐着几位地质专家和一些技术人员，那些人里赵玉明最熟悉的就是闻昭。会议的主旨是讨论西线X区勘探方案，有人发言，有人插话，询问或质疑，各抒己见，气氛相当热烈。有一点是肯定的，下辽河地质情况有其特殊性，西线X区亦是，确定什么样的勘探方向是目前的突出问题。

"油气聚集在区域上受二级构造带控制，在二级构造带内受古构造、高断块的控制"这是下辽河前一阶段勘探工作的最新基本认识的总结，是不是还按这一方略走？参谋长在听意见。人说参谋长是留苏博士，有关石油的造诣是很高的，下辽河之前在原单位也受过政治审查，有段时间说是在炊事班做过炊事员，说是能够干一行爱一行，得到工人阶级的积极肯定，才有机会重新出来工作，这也许是句戏言。赵玉明感觉，参谋长年轻，很有定力，他的笔在本子上一直画动着。与会的人也不像都有什么充分的准备，很多人谈的都是个人的见地，发言和争论一直在持续着，已经晌午了，参谋长看看桌子上的手表说："慕指挥，到吃饭时间了，吃过饭再继续吧。"

"好吧，休会！"慕自清说，大家走出了会议室。

赵玉明回宿舍拿出了吃饭的家什儿，林胜平进来，赵玉明说："'博士'，现在什么情况啊？"

"我也不太清楚，何劲松昨天带我过来就说参加紧急会议，这么多专家介绍情况、发言，讨论，一直到现在。"

"'博士'，我住这里没有问题吧？"赵玉明指指角落说。

"有什么问题呀？走，'领导'，咱们先去吃饭吧。"林胜平说。

进了食堂，赵玉明换了饭票，然后排队买饭，和林胜平坐到一个人少的条桌上。闻昭等几个专家和参谋长、慕自清聚在一个桌子上，边吃饭边说着什么。闻昭抬头时看见了他们，悄然起身过来，赵玉明、林胜平马上站身，闻昭手掌压一压，示意他们坐下，自己坐在对面，说："玉明，你还好吧？"

"闻总好，我还可以。"

"听说你是强烈要求归队的。"

"是，闻总。"

"好哇！胜平、玉明，这次会议是各抒己见，你们在下辽河工作时间也不短了，有什么想法就说出来，特别是你——林胜平。"

"闻总，我还是想多听听。"林胜平笑着说。

"你一直都在一线搞地质研究，是真正的实践者，有什么新认识新想法就说出来，西线的勘探是件大事，关系下辽河的发展，参谋长想听，你们要积极主动才行！"

"闻总，明白了。"林胜平点头说。

闻昭回去，那边参谋长和专家们还在探讨。

何劲松这时端着饭盒过来，说："你们怎么样啊？"

赵玉明看看林胜平，林胜平笑了一下没说话，赵玉明说："能透露点消息吗？"

"没有，都摆在桌面上，有能力你就展示，特别是'博士'，要不也不会这样急着调你过来的。"赵玉明不明白，询问的目光看着何劲松，何劲松继续说，"'博士'是参谋长临时点的将，为了加强地质研究技术力量，有意让他出任技术小分队队长，事关重大，你们好好配合吧。"

"'博士'，这样说下午你一定要发言了。"赵玉明说。

"'领导'，我还没有想好。"林胜平略显为难地说。

"'博士'，按劲松的说法，你不发言参谋长也会点你的将，你还是积极主动的好。"

"多种方式搞好地质工作，不断探求下辽河地质的多样性应是石油勘探开发工作的方向，我怕不会得到广泛共识的。"林胜平说。

"也不尽然吧。"何劲松鼓励说。

"我感觉一些专家心理上还是有一定负担的，不成熟的想法是不会贸然摆到桌面上，就更别说实施了。"赵玉明说。

"师兄，你说得对，这确实是一个很重要的因素。"

"'博士'，你是一张白纸没有负担哪。"赵玉明说。

"'领导'，说心里话，我也不是没有顾虑的，好了都好，不好呢？"林胜平笑着说。

赵玉明点点头，若有所思。

参谋长起身出了食堂，与会人员随着去了会议室。人员齐了，参谋长说："这个会开得可以了，没有发言的都谈谈吧，有新思路、新想法的，别拘泥，别保守，林胜平，你是接触下辽河地质研究最多的，要不你先说说呀？"

林胜平立刻站了起来。

参谋长马上摆摆手说："林胜平，你坐下说。"

林胜平首先肯定了专家们关于高断块含油的共同认识，同时也提出低断块的高部位也可能含油的假想？能不能实践一下是问题的关键？参谋长就看与会者，许多与会者先是在底下交头接耳地议论，接着几个持反对意见的人发言，会议上没有正面的支持者。参谋长说："林胜平，把你的想法写个东西交上来，先交给何劲松吧。"

会议最后宣布了一个任命，林胜平任西线前线指挥部技术小分队队长，归西线前线指挥部直接领导。

　　明月高悬，夏季的夜空蓝艳艳的，微风习习。赵玉明在宿舍东面的一块空地上拢起一蓬篝火，火燃了以后，他将搂来的青草苫在火焰上，一股浓重的烟雾腾起，这时候的夜有一些清凉，只是蚊子更多了，有着穷凶极恶的劲头，时时环绕在人的身边，浓烟飘荡着，蚊子也躲避着。赵玉明之前是想在屋子里看会儿书的，灯光一亮，蚊子就向屋子里聚集，密匝匝的让人不得安生，十几个人都说熄灯吧，赵玉明就拉灭了电灯出来了。赵玉明还没有困意，他要静静地想些事情，他仰望着月空，想到了大姐，心里的悲怆又一次涌起，大姐还有三个未成年的孩子，他们今后的生活将会怎么样？林胜平这时候坐到他旁边说："'领导'，你怎么还不睡？"

　　"不太困。"

　　"有什么事情吧？"

　　"我大姐过世了，借你们的钱还要缓缓才能还给你们。"赵玉明叹了一口气，他一直有计划地每月还一个人部分借款，这次他还要给大姐夫寄些钱去，为了三个孩子。

　　"我不急着用，'领导'，你要节哀！"

　　"大姐留下三个未成年的孩子，没妈的孩子像棵草！"

　　"有你大姐夫呢。"

　　"他这个人心地很善良，就是太老实了。"

　　"离着这么远，你能做什么？别想太多了。"

　　"是呀，有心无力呀。"赵玉明点头，沉默了一会儿，说："对了，'博士'，你说的低断块高部位含油有什么依据吗？"

　　"更多的是一种感知，是下辽河地质的特殊性给我的一种认知。"

　　"曲高和寡呀。"

　　"'领导'，你是怎么想的？"

　　"下辽河这样复杂的地质环境，我倾向你的假设，一切都皆有可能。"

　　"哎，你们说什么呢？"何劲松来到了近前说。

　　"说你跟着大领导了。"赵玉明笑着说。

　　"什么呀，是戚副总，戚副总嫌这些事琐碎忙道，身体又不太好，就把我推到前台了，我也就是跑个道，干点零杂活，师兄，看着好你来呀！"

　　"这个我真的不行，还是你来吧，好好把握，机会难得！"

　　"师兄，我知道你是不稀罕，要不你也不能哭着喊着从人保组跑回来呀？"

　　"谢谢谬赞。"

　　"'博士'，东西写了吗？"何劲松说。

　　"没有，我和'领导'刚刚还说这个事，那就是一种感觉，一个假想，确实没有什么有力的论据，也就没什么东西可写的，你跟参谋长就这样汇报，我直接汇报也行。"

"我也倾向'博士'的想法，我有些不明白，这么多专家，怎么就没有一个人支持'博士'的想法呢？"

"这个怪不得他们，他们现在很多人什么身份哪，指挥长那样的老革命都给气跑了，他们真要是表态表错了，要担多大的风险，谁不想好好活几天哪？"何劲松悄声说。

"劲松，在领导身边没白混哪，问题看得精准了。"

"师兄，这可不是我一个人的见地，我也在不断地学习呀。"

"参谋长有什么打算？"赵玉明说。

"按照既定方针，继续先打高断块！"何劲松说。

"就怕有走不通的那一天哪。"林胜平摇头说。

"会吗？"何劲松说。

"怎么不会，情况都摆着呢。"林胜平若有所思地说。

"困了，你们也早点睡吧。"何劲松打了一个哈欠，走了。

上午，赵玉明准备好技术小分队的内业资料，去调度室给农垦局职工医院打了个电话，刘兰芝笑着说："赵玉明，你稍等一会儿，鸿雁正忙着，你要是急，有什么指示我负责转达。"

刘兰芝新任命了院办副主任，赵玉明笑着说："刘副主任，客气了，我想问问鸿雁什么情况？她要是给我打电话，就打到油田西线前线指挥部调度室。"

"好，我记下了，我一定会把你的精神转达到的。"

"谢谢刘副主任。"

"哎，赵玉明，你别放，鸿雁过来了！"

"玉明，我这里确定了，是真的！"话筒里传来金鸿雁的声音。

"太好了，鸿雁，你注意身体呀，我这就给家里写信。"

"玉明，先不用这么急，还早。"

"鸿雁，咱们还是早些准备吧，你说呢？"

"那好吧，玉明。"

技术小分队沿着高断块部署井位追踪勘探，一路追踪到西线东北部的一处小地块，失望之余出现了一抹亮色，打出了一个XN20高产小区块，西线的X区勘探一下子就陷入了一种未知的境地，让人有些茫然了。

这时候，下辽河东线的RH、YL、HJ等几个油田已经完成主要区域的勘探工作，开发井工作在紧锣密鼓地进行着，下辽河急需新的开发区域来接替。参谋长再一次开会研究勘探方略，是不是转移向M区，大家就看林胜平，林胜平还是说了自己的设想。他私底下对赵玉明说我这些日子常常做这个梦，有一个声音在不断告诉我，低断块的高部位也有油！你说怪不怪？赵玉明就说没什么可怪的，俗话说"日有所思，夜有所梦"，这不是唯心主义！林胜平说那"前指"怎么还不下决心？赵玉明说心有余悸，没有根据，谁会拍这个板儿啊！林胜平说你说得也是，那目前也只能这样了。

一天早晨，前线指挥部通讯员王力跑来说："赵代表，你不要外出，油田总部有位领导要过来找你。"

"小王，是什么人？"

"不清楚，要不你去调度室看一下电话记录吧。"

"好，我知道了。"

宿舍的人都出了现场，赵玉明一个人在宿舍里，他拿出工作日记，整理着里面的内容，这时候通讯员王力敲门，说："赵技术员，油田总部的领导到了，在小会议室里等你。"

"好的，我这就去。"

赵玉明来到了小会议室，门前停着一辆北京吉普，他敲门进去，看到的竟是吴卫东，这让他略有些惊讶。赵玉明听说吴卫东现在在油田总部政治部宣传组任职，是总部写作班子的重要成员之一，文笔更加了得，赵玉明去了东线，他们一直就没有见过面。赵玉明上前握住吴卫东的手，说："您好，老领导，很久没见了。"

"玉明，辛苦了。"吴卫东笑着说。

"老领导辛苦。"

"我一直都说，赵玉明什么时候都是好样的！"

"谢谢老领导的肯定！"

"玉明，来，坐下说话。"吴卫东指指椅子，赵玉明坐下来，吴卫东说，"玉明，你来这里一段时间了，工作上有什么问题吗？"

"老领导，X区勘探工作不理想，没有达到预期目标，我们技术小分队有不可推卸的责任。"

"主要是什么问题呀？"

"下辽河的地质情况实在是太复杂了，我也一脑袋糨糊。"

吴卫东皱了一下眉头，严肃地说："玉明，你钻研业务是对的，可派你来这里主要是加强党对技术小分队的领导，对你来说就是坚持突出政治这个主线，注意新动向，发现新情况，解决新问题，将阶级斗争和继续革命的理论在工作中不断地引向深入哇。"

"老领导说得是，具体需要我做什么？"

"玉明，西线 X 区这阶段勘探效果不太好，到底是什么原因？有没有人为的因素？"

"老领导，人为的因素肯定是有的！"

"玉明，你说得具体些。"

赵玉明沉吟一下，说："老领导，我感觉主要是科技人员都有些缩手缩脚，有畏难情绪，怕一旦技术问题上的失误，会被追究政治责任，这样思想就有些放不开，工作就不敢迈步，也包括一些一线的领导干部，林胜平就曾经提出过大胆的勘探设想，一直没有得到应有的肯定和支持。"

"还有这种事情？玉明，你说得详细一些。"

"好，老领导。"赵玉明就将林胜平的地质勘探假设说明了，同时也表明自己的态度和想法。

吴卫东一拍大腿，说："彻底的无产者是无所畏惧的，我们失去的是锁链，获得的是自由，这样缩手缩脚怎么能干成石油事业？只有具有大无畏的无产阶级革命精神，我们才能开创出一片广阔的新天地来，赵玉明，你们要积极准备，你们的想法我想油田总部党委一定会大力支持的。"

"老领导，能这样那可真的太好了。"

"玉明，好好准备，你们等消息吧。"

"老领导，谢谢你。"

"谢什么，我们是为了一个共同的革命目标走到一起来的。"吴卫东起身说。

赵玉明想想，吴卫东说得真对，不由得笑了，说："老领导，您慢走哇。"

三十一

赵玉明接到父亲的来信，大姐的离世给家人造成极大的悲伤，大姐夫和孩子们还好，家人们一直都在照应着，金鸿雁有孕的消息真的喜人，这是赵家的大喜事，说明赵家后继有人，实在可喜可贺，我们这边已经做好准备，只要需要我们立刻奔赴下辽河，去照顾还未曾谋面的儿媳妇。赵玉明带着这个消息回到了县城的家里，把这个消息告诉了金鸿雁，金鸿雁也有好消息告诉他，说自己母亲也来信了，说近期有空可能会过来看看。赵玉明笑着说："鸿雁，这可真的太好了，有亲人真好！"

"是呀。"金鸿雁也颇有感触地说。

这天下午，医院安排医务人员走"五七"道路，赵玉明说："鸿雁，你在家歇着，我顶替你去劳动吧。"

"你算了吧，玉明，还是我自己去吧。"

"鸿雁，我这么好的劳动力你们医院不欢迎啊？"

"玉明，你只说了劳动能力的问题，人家看的是对"五七指示"精神的思想态度问题，如果你去了，是你挨了累我还不讨好哇。"

"你们医院还分得这么清啊？"

"你以为呢？有些人巴不得抓到我点把柄，玉明，修篱笆的东西有了，有时间你就把家里的篱笆修上吧。"

"那好，鸿雁，我一定完成这项光荣的任务！"赵玉明笑着说，看一眼堆在墙根下的几捆芦苇、木桩、木板条，这是他闲暇时间里收集的，是请张志远帮忙找的顺风车捎到家里的。

金鸿雁去走"五七"道路了，赵玉明便开始修建篱笆，他先将旧篱笆拆除了，然后就地挖了一条一锹深的窄沟，栽上了密实的新芦苇，埋好踩实，在膝盖和胸口高处分别结了两道横梁，头顶高处剪去芦苇梢的部分，选了几块旧木桩和木板锯了，钉了一个简易的木门，安在篱笆墙东侧的通道上，这样，就构成了一个完整的院落。

做篱笆有个人搭手是最合适的，赵玉明还是做好了，他这时站在院落里欣赏着自己的杰作，可总感觉缺少点什么。对了，他不由得笑了，便找了些材料，在院落西南角的位置搭建了一个简易厕所，这个对金鸿雁今后是十分必要的。除去东侧进门的人行通道外，西面这片地方还可以种点蔬菜什么的，之前的人家也是这么做的。赵玉明将空余地方的土壤全部翻了一下，他看到了蠕动的蚯蚓，这块土地还有些肥力，到时候适时地种些白菜、菠菜、萝卜、小葱什么的还是不错的，有了这样的一个院落，这里就更像一个家了。

"玉明，你想的真周到。"金鸿雁回来看着简易厕所说。

"我是农村出来的孩子，耳濡目染，当然知道这些了。"赵玉明笑着说。

"你可真有本色呀。"

"谢谢夸奖。"

晚上，赵玉明抚摸着金鸿雁已经有些隆起的肚子说："鸿雁，又要辛苦你了。"

"你不是喜欢儿子吗，这次我一定给你生个儿子！"

"你别冤枉人哪，我们的孩子我都喜欢。"

"虚伪！我们有靓初了，要个儿子也很正常啊。"

"我媳妇说话就是受听，哎，鸿雁，要不要我爸妈他们早些过来呀？"

"不用了，你们家那边还有一大家子人。"

"我是有些不放心你，还有靓初要带，这样有些太辛苦了。"

"我知道，你放心，我心里有数。"

"鸿雁，以后我的工作或许会更忙，怕是不能每个星期都回来呀。"

"没事的，玉明，有什么特殊情况我会给你打电话的。"

"鸿雁，谢谢你的理解和支持。"

"咱们是一家人，要的就是理解和支持嘛。"

"鸿雁，你说得真好。"

赵玉明一段时间里一直在研究西线X区的地震资料，他在查找低区块高部位区域情况，进行相应地比较研究，林胜平进来说："'领导'，前线指挥部召集紧急会议！"

"什么事啊?"赵玉明沉浸在资料的思考中说。

"不知道。"林胜平看着赵玉明。

"好，我就来。"

会议室里坐满了人，陌生的是油田总部派来的一名军代表，介绍说是某某军某某部的一个副部长，现任油田政治部第一副主任。慕自清主持会议，请军代表代表油田党委发表重要讲话。军代表慷慨激昂，先讲了全国的一大片的大好形势，之后肯定了下辽河成立以来石油勘探取得的成果，随即说到西线X区的勘探形势，之前取得一定成绩，目前有些停滞不前了，特别需要有敢想敢干敢闯的大目标、大情怀，要运用《矛盾论》《实践论》大胆地去实践，结合石油勘探的目标迈大步，不是有的同志提出低断块高部位有油的设想吗？那就勇敢地实践一下嘛，伟大领袖毛主席不是教导过我们要变革梨子的滋味，就是要亲口尝一尝嘛！那我们为什么不能尝一尝呢？不要怕失败，失败是成功之母！对待新事物，我们一不能扣帽子，二不能打棍子，同志们一定要放开手脚！大家就看向了林胜平。

参谋长这时候不失时机地说："林胜平，你们技术小分队不是很有想法吗？有总部党委的大力支持，你们小分队就放手干吧，先选定两个有代表性的井位，进行钻探试验。"

晚上，赵玉明坐在篝火腾起的烟雾前沉思，摇曳不定的风将浓烟卷到他面前，他呛得大声咳嗽了起来。白天开会确定了低断块高部位的设想可以实施，确实是个令人振奋的好消息。赵玉明这时候明白了吴卫东上次的到来应该是授意于军代表的，他的反映让一种假想成为一种可能，而且是没有风险的。吴卫东怎么会得到军代表的信任呢？他现在的职位还不高，赵玉明有些想不太明白。

"真的没想到，这个决定像从天上掉下来的一样，我一直期盼着，现在说来就来了，没有想到还是军代表亲来拍的板，这可真是太好了！"林胜平坐到赵玉明的身边有些兴奋地说。

"'博士'，能实施就是大好事啊！"赵玉明说。

"'领导'，好当然好了，就是有些太突然了，我看参谋长好像都没有什么思想准备。"

"你说得是，'博士'，参谋长安排的选点工作你进行得怎么样啦？"

"我刚刚选了几个，你看看有什么意见。"林胜平说了几个井位号。

"'博士'，你都思考这么久了，还是你来决定吧。"

"'领导'，我知道这段时间里你一直也在研究这个问题，说说你的意见，这是个大课题，咱们求同存异嘛。"林胜平笑着坚持说。

"那好吧。"赵玉明说了自己的看法。

"'领导'，我就说嘛，你上手可真快呀，咱们就定这两个吧。"林胜平笑着说。

"'博士'，你还是认真复核一下吧，这事事关重大呀。"

"'领导'，跟你说心里话，我最放心的是不扣帽子，不打棍子呀。"

"是呀，'博士'，这确实最重要。"

"哎，你们聊什么聊得这么开心哪？"何劲松来到近前说。

"探讨参谋长安排试验井位的事。"林胜平说。

"'博士'，这样说有眉目啦？"何劲松说。

"嗯，你向参谋长汇报吧。"林胜平说了井位。

"'博士'，还是你们汇报的好，这不是小事情，他还会带一些专家听证的。"

"懂了。"林胜平笑着说。

"告诉你们个好消息，'诗人'要结婚了。"何劲松说。

"这么大的事'诗人'怎么都不通知一声啊。"赵玉明说。

"师兄，这就是'诗人'让我通知你们的呀。"何劲松立刻说。

"'诗人'这小子倒是知道现在谁的官大呀？"赵玉明笑着说。

"师兄，这个理儿你就别挑了，我接电话不是方便嘛，"诗人"这时一定老忙了，你们到底去不去呀？"

"如果没有极特殊情况，那是一定要去的。"赵玉明说。

"我也是。"林胜平说。

"好，那咱们就说定了。"何劲松说。

第一口试验井部署了，钻探工作由105队实施，何劲松、林胜平、赵玉明到达现场，队长李敢正带人做钻井前的最后检查，看到他们到了，李敢从井台上跑下来，笑着说："嘿，各位领导真够重视的，全都到位了。"

"你以为呢，关系重大嘛！"何劲松笑着说。

"你们千万别给我太大压力呀。"李敢挠挠脑袋笑着说。

"你自己掂量吧，这是大事，重量级的人物还在后面。"何劲松说。

"你说的真的假的呀？"李敢笑着说。

说话间，一辆吉普车开进了井场，副驾驶座位上下来的是参谋长，随从的是戚乐天一干人等，李敢马上吐了一下舌头，说："这是真的呀，大何，你怎么不早点说呀。"便马上迎了过去。

　　"我是瞎说的。"何劲松笑着悄声对赵玉明、林胜平说，他们也跟了过去。

　　"李敢，你可给我抓点紧，我急着要看成果！"参谋长笑着说。

　　"是！参谋长，保证提前完成任务！"李敢脚跟磕地说。

　　"完不成任务有你好看的！"参谋长说。

　　"完不成任务我愿意接受处罚！"

　　"李敢，这话可是你说的呀。"

　　"军中无戏言，愿立军令状！"

　　参谋长这时看到林胜平，立刻说："林胜平，你们小分队要重点做好配合呀。"

　　"是，参谋长。"林胜平立刻说。

　　陆鸣结婚定在七月里的第一个星期日。

　　赵玉明、林胜平、何劲松早晨乘坐最早那班交通车回到的东线。

　　新房在东线技术指挥部驻地最后一排简易房东边第一间房子里，新房收拾得很整洁，屋内房顶有十字交叉的彩纸拉花，墙面上少不了张国安手笔的装饰画，这给新房增加了满满的喜庆色调。

　　新房门前的空地进行了认真的平整，门前摆着一个条桌，桌上蒙着一条粉红色的线毯，上面放着装满硬糖、花生、瓜子盘、茶水壶、玻璃杯等，于小玲站在桌子前招呼着前来的客人，贺喜的人们送上了贺礼，有脸盆、暖壶、枕巾、被面等生活用品，张国安在那里记录着。赵玉明送的是几个人合买的一台半导体收音机，这是之前和陆鸣沟通过的。

　　陆鸣、刘玉梅闪亮登场，陆鸣穿着银灰色的中山装，神清气爽，刘玉梅穿着粉色的半袖衬衣，优雅大方。大家恭喜，两人还礼。

　　来人陆续进到新房里看看，两套行李放在拼在一起的两个单人床上，被一块印有红双喜字的白布帘盖着，一对新皮箱，两把皮革折叠椅，加上空中拉花和墙上的色调，甚是喜庆。

　　郝学仁挎着手风琴，手臂一动，手指按动，悦耳的琴声不断流动，节奏鲜明，大家立刻送上一阵欢快的掌声。何劲松头发油亮，器宇轩昂，昂扬上场，膛音悠扬，开始主持一场简单的婚礼，郝学仁一直在用手风琴点染配合，场面有声有色。大家都说不错！不错！刘辉说真不错，我什么仪式都没有，孩子满地跑都快能打酱油了。旁边几个人也附和着说谁说不是呀，时代在发展嘛。

　　于小玲站在赵玉明旁边，碰了他胳膊一下，说："'领导'，西线很忙吧?"

"还好，玲子，你怎么样啦？"

"挺好的，刚刚选送东线医院护士培训班集训了。"

"不错呀，你这是轻车熟路哇。"

"我觉得还行。"于小玲点点头说，"刘玉梅没有找过你吗？"

"没有，什么事啊？"

"她有些担心陆鸣。"于小玲似乎是犹豫了一下说的。

"陆鸣怎么啦？"

"他和那个叫霍普的人联系得挺多，常会说一些莫名其妙的话。"

"是那个知青霍普吗？"

"应该是吧。"

"我知道了，玲子，你现在什么情况啊？"

"'领导'指的什么呀？"于小玲有些调皮地说。

"刘玉梅可都结婚了。"

"我才多大呀，还早。"

"有中意的我可以帮忙。"

"谢谢，金大夫好吗？"

"挺好的，又要当妈妈了。"

"是吗？恭喜你们哪。"

何劲松这时高调宣布婚礼圆满礼成！大家一起随着手风琴欢快的节奏跳起了欢快的忠字舞，把一场婚礼推向了高潮。

手风琴停歇，很多人散去了，剩下的是非常亲近的十几个人，大家将两个条桌搬进新房，拼成方桌成了餐桌。

张国安已经去油田总部工作了，这时收了记录本，赵玉明碰了他一下说："'画家'，总部工作怎么样？"

"目前是借调。"

"关键是心情啊。"

"我是一切行动听指挥呀。"

"你现在听谁的指挥呀？"

"吴卫东。"

"有编制吗？"

"活多就无所谓了，吴卫东说是肯定没有问题的。"

一个年轻女人走过来，赵玉明认出是晏宝霞，说："小晏，你好哇。"

晏宝霞似乎愣了一下，笑了笑，看看张国安，张国安马上说："宝霞，你什么记性啊，这是我们'领导'赵玉明，咱们结婚时候到过场还讲过话的。"

"赵哥，恕我眼拙，不好意思呀。"晏宝霞马上歉意地笑着说。

"你别听'画家'说，咱们只见过一两次面，结婚那天人又那么多，谁记得清楚哇。"

"赵哥，你们说话，我还有点事没有忙完。"晏宝霞笑笑说。

"小晏，你忙你的。"然后对张国安说，"你媳妇什么情况啊？"

张国安明白赵玉明的意思，就说："这里的医生说是血凉，刘玉梅给介绍个省城的老中医，现在吃中药呢，说是调养一段时间就没有什么问题了。"

"这就好。"赵玉明说。

"'领导'，'画家'，你俩过来上桌呀。"陆鸣招呼说。

赵玉明、张国安马上就座，何劲松张罗着开席，先请陆鸣致祝酒词，陆鸣致辞前先将刘玉梅旁边的一对男女隆重介绍给了大家，他们是刘玉梅的二哥刘玉河、二嫂甄妮，大家响起热烈的掌声。

郝学仁坐在赵玉明的左手边，他们有些日子没见了，赵玉明碰了郝学仁一下，说："'大师'，家里什么情况啊？"

"生个丫头。"郝学仁有些木木地说。

"恭喜呀！多大啦？"

"四个月。"

"你什么时候回去的？"

"我一直还没回去呢。"

"有时间回去看看哪，不会是重男轻女吧？"

"来，'领导'，喝酒。"郝学仁明显不想继续这个话题，拿起酒缸碰了一下说。

"好，喝酒。"赵玉明说。

喜宴完美结束，赵玉明他们要回西线，陆鸣说一定要送好朋友到交通车站。走在路上，赵玉明给何劲松使个眼色，何劲松就和林胜平勾肩搭背地走到前面去了，赵玉明说："'诗人'，写多少歌词啦？"

"零零散散地写了一些，不全是歌词。"

"有谱好曲的吗？"

"没有，近来霍普的事情挺多的，又回省城了。"

"他的事情和你有关系吗？"

"没有。"陆鸣笑了笑。

"这就好。"

"'领导'，你什么意思呀？"

"关心你呗，你们认识不长，了解得也不深，别弄出什么不必要的瓜葛来。"

"很多话我们还是能说到一块的，他是高干子弟，小道消息知道得挺多的。"

"你现在结婚了，有了家庭责任，可要对刘玉梅负责呀。"

"刘玉梅跟你说什么啦？"

"绝对没有，我想到的只是随便跟你说说，今时不同往日呀。"陆鸣笑了，摇摇头，赵玉明很认真地说，"我说的是真的呀。"

"我一直都是相信'领导'的。"陆鸣笑着说。

"对了，'诗人'，油田出自己的石油战报了，你写的歌词、诗歌都可以投稿，红日东升照长空，油田处处披彩虹，'七一'佳节庆胜利，万众欢呼政权红！这就是王慧发表在副刊上的诗歌，你为什么不投稿呢？"

"我还没有看到过石油战报，就更不知道什么副刊了。"

"还是你不上心，人家王慧在井队工作是怎么知道的，你在总部这边，条件不是比她好多了，不是吗？当然了，你这段时间筹备婚礼也是实际情况，可以理解。"

"是，'领导'，我接受你的批评。"

"主要你得抓紧迎头赶上啊。"

"'领导'，我一定会努力的。"

"师兄，车来了，马上开了。"何劲松吆喝着。

"来了！'诗人'，记着我说的话呀，快回去吧。"赵玉明拍了陆鸣肩膀一下，紧跑了几步，跳上了交通车。

交通车在沙石公路上疾驶着，不时颠簸一下，何劲松看看赵玉明，说："师兄，也没见你高哇，怎么还磨叽上了！"赵玉明没有说话，何劲松继续说，"师兄，怎么还深沉上了？"

"劲松，你可又千言万语了。"

"高兴嘛，师兄，这也是一种境界呀。"

"今天可是陆鸣结婚哪。"赵玉明说。

"我替他高兴，不好吗？"何劲松笑着说，还晃了晃脑袋。

"好——"赵玉明拉着长音，看了林胜平一眼笑了笑。

"'博士'，你别跟着挤眉弄眼哪。"何劲松说。

"'大拿'，你看见我挤哪个眉弄哪只眼啦？"林胜平说。

"反正你就是挤了弄了。"

"哎，'领导'，你说这不是无赖嘛。"林胜平笑着说。

"他酒后一贯是这种作风。"赵玉明笑着说。

"师兄总结得就是到位。"何劲松笑着说。

下了交通车，出了出站口，何劲松拉住了赵玉明、林胜平的手，向那个西线新盖起来的红砖灰瓦的"东方红"国营商店走去，赵玉明说："劲松，你这是又要干什么呀？"

"买酒唯。"

"你有票吗？走啦。"

"别呀，咱是谁呀，买瓶酒还用票吗？"何劲松拉住了他们说。

"你喝高了吧。"赵玉明说。

"师兄，我还没有喝好。"何劲松说着，拉着两个人来到了卖酒的柜台前，柜台里是一个很年轻的女售货员，矮个、圆脸、微黑微胖，何劲松说："同志，你好！请问这个白酒怎么卖？"

女售货员看到的是一个帅哥，头发光亮、器宇轩昂，衣着得体，当时有些瞠目，一时有些慌乱地说："一块二。"

"你长得真漂亮！"女售货员得到夸奖，脸上浮起红晕，眼睛发亮，有些不知所措了，何劲松说，"这酒给我拿一瓶。"女售货员马上拿了一瓶酒奉上，何劲松立刻付钱，说，"同志，你的服务态度可真好，谢谢呀。"拿起酒就走，那个女售货员的目光一直追随着何劲松，何劲松又买了两个罐头，快活地走出了国营商店的大门。

"何劲松啊，何劲松，就这样的你还敢说漂亮啊？"出了门，赵玉明终于笑出声。

"师兄，这样很奇怪吗？这句话就当酒票用了不行吗？"何劲松举着酒瓶子晃晃说。

"何劲松，你这可是不择手段哪。"赵玉明笑着说。

"'博士'，你说，真的有那么严重吗？"何劲松说。

"没有，不过也不太地道了。"林胜平笑着说。

"既然你都这样说了，我以后一定注意这方面的问题。"何劲松之前说得挺严肃的，接着忍不住大笑了起来。

回到了前线指挥部，赵玉明、林胜平要向自己的住处走，何劲松立刻拦住他们说："师兄，干什么呀？你们都到我屋里，我这里没有人，戚副总明天一早才能回来。"

"酒还是留着你自己喝吧。"赵玉明说，他从那次借钱开始一直都在悄然实施还款计划，他坚持节俭计划，包括吃饭等一切花销，他不想吃人家的嘴短。

"你们回去干什么？咱们三个再坐一会儿，好长时间没在一起喝酒了。"何劲松一手拉住一个说。

"咱们不是刚在陆鸣那里喝完吗？"赵玉明说。

"师兄，我说的是就咱们三个人，你怎么一点面子都不给我？"

赵玉明看了林胜平一眼，有些无奈，只好从了。

三个人在何劲松的屋子里坐定，三一三十一将酒分了，何劲松举起酒说："'博士'，首先为了你新目标的实施呀！"

"'大拿'，亏你还想着。"林胜平说。

"我什么时候忘了，别以为假设是你提出来的，谁没有帮着推进哪，当然了军代表这一次支持的力度最大，你这样说可就有些狭隘了。"

赵玉明看了林胜平一眼，林胜平笑着说："我心里一直忐忑着。"

"谁不忐忑呀，参谋长一直都在关注着这件事，他去105的时候不比咱们少。"何劲松说。

"要不说我们都是来自五湖四海，为了一个共同的目标走到一起来了呢。"赵玉明说。

"看看，看看，'领导'就是不一般哪，人保组的领导都不干了，非要跑到荒郊野外来找油，这是什么精神？是高尚的共产主义精神？哎，不对，不对，应该是个高尚的人，纯粹的人，脱离了低级趣味的人……"何劲松说。

"哎，哎，哎！劲松，咱们说的是105，怎么扯到我这里来了，李敢他们是不是该打到目的层啦？"赵玉明说。

"这事'博士'最清楚了。"何劲松说

"应该就这一两天吧。"林胜平说。

"哎，'博士'，真的佩服你，你对石油地质这一块真有奇思妙想，怎么想到的呢？"何劲松说。

"什么怎么想的，有油不就三个条件吗，丰富的源岩、渗透的通道、可以聚集的岩层构造，按照这些找不就行了嘛。"林胜平说。

"你说得简单，我也想来着，可怎么就进不到里面去呢？"何劲松说。

"是，我发现你夸人还挺行的。"赵玉明笑着说。

"师兄，咱不带这样的呀，你们一定要把那件事忘了，更不能外传！"三个人一起笑了起来，何劲松这时候说，"哎，你们说这事啊，最初'博士'提出的假设没有一个人敢支持，可急转直下军代表突然就来支持了，他们要是早这样，指挥长也不会走。"

"嘘。"赵玉明悄声说，"小心隔墙有耳。"

隔壁是前线调度室，有人值班，何劲松说："没事，自己人，哎，对了，师兄，刚刚从东线出来时，你和陆鸣说什么啦？"

"就几句闲话，已经结婚的人，叮嘱他一下嘛。"赵玉明敷衍着。

"师兄，你是拿我们当外人哪？"

"你这是说哪儿去了！"

"这件事'领导'做得对，陆鸣是个小老弟，知无不言。"林胜平说。

说话间，隔壁调度室的电话铃急促地响起，值班调度接了电话，声音一下子高了八度说："什么？105井喷啦？知道了！"

三个人相互看了一眼，亦喜亦惊。何劲松马上跳起来了，跑过去接过电话询问清楚，然后，立刻向慕自清、戚乐天汇报情况。

一弯新月，夜色清亮，微风送爽，林胜平、赵玉明、何劲松立刻乘坐值班车赶往105队，井喷在持续，井场布满了浓重的油气味，抢险队伍不断赶过来，组建好的抢险队在整装待命。

李敢说这个班的钻工当时正在起油管，司钻看到井口有清水溢出，感觉有问题要发生，立刻下命令采取紧急措施，这时候油气流就冲天而起了，司机石杰涛见状立即关闭了柴油机，避免了重大火灾事故发生，当前主要的任务就是压井抢险！

慕自清赶到了105井场，看见林胜平、赵玉明，有些喜形于色地说："林胜平、赵玉明，这里没有你们什么事，早些回去休息吧，你们的工作是按照假设，尽快拿出这个区域新的勘探部署预案来！"

三十二

上午，赵玉明在写着技术小分队前一阶段的工作总结，林胜平将新的勘探预案拿给他说："'领导'，这个你先给看看吧。"

赵玉明翻阅了一遍，点点说："'博士'，你这个'下山头，出胡同，南北甩开，勇上低断块'这句话非常精辟，可以成为这次勘探经典的总结。"

"我随便捏的，'领导'，有这么高吗？"

"'博士'，你这绝对是真知灼见。"

"'领导'，我可有点受宠若惊。"

"'博士'，到时候你就知道了。"

在105队抢险表彰暨油田勘探开发工作阶段部署会议上，军代表高度评价了西线前线指挥部运用了《矛盾论》《实践论》的哲学思想，彻底解放了思想，使西线的石油勘探工作取得了突破性进展。

这是激动人心的时刻，面对胜利，你怎么定义都是对的，你是胜利者，你就是这时候的王，你就会赢得经久不息的掌声！参谋长最后做了西线石油勘探的指导意见，他说我们目前的勘探方针就是"下山头，出胡同，南北甩开，勇上低断块"，这是从胜利走向更大胜利的工作部署，绝对是令人欢欣鼓舞的。

"下山头，出胡同，南北甩开，勇上低断块"，技术小分队的队员们传诵着这句话，在西线的荒野里行走。有那么多的井队都在向这一区域集结，都在等待新井位的落实，都想马上在这块土地上站立，立地生根，在这片原野上生长成一道靓丽的风景，是呀，井队的进尺就是下辽河石油勘探的梦想啊。

田野里的芦苇一下子拉长了腰身，碱蓬菜、蒿子、灰菜等各种杂草蓬勃生长着，又是草长莺飞的季节，紫外线毫不吝啬地照射着，恨不得将世界上所有的颜色都渲染一遍。赵玉明那一天披星戴月地回到驻地，调度室调度给了他一纸电话记录，电话是金鸿雁从医院打来的，说她母亲因身体原因不能来下辽河了，只好请婆婆、公公来。赵玉明马上给家里写信，连夜投在西线邮电所门前站着的那个水泥邮筒里。

技术小分队还在奔走着，他们的工作从西线的 X 区域在向南部的 M 区域扩展着。林胜平带领一部分人查地震资料，筛选井位；赵玉明带着一部分人员在野外踏勘，风里雨里泥里水里困苦里，都不如石油在石油人的心里。

新部署的一口探井又一次喷出了高产油气流，军代表在现场会上兴奋地说，革命对了头，工作有劲头，相信我们会继续从胜利走向新的胜利！大家的掌声是热烈真挚的，找油人需要这样的胜利来礼赞。

赵玉明收到了老家来的电报，第二天早晨他就去西线火车站接站了。

为了下辽河勘探开发建设的需要，省里集了全省之力，紧急修建的沟海铁路已经通车，火车接站一下就近了几十公里。见到父母的那一刻，赵玉明有些心疼，他四年前离别时记忆中的父母，他一直信件中牵挂的父母，这个时候头发都花白了，腰身也有些弓，面目开始苍老了，赵玉明心里不由得一声轻轻的叹息，岁月真是无情！他牵起父母的手，带着他们乘上了客车。他们一路上都在说着家乡的人和事情，他们刻意回避了大姐，很怕碰触出太多的伤感。

金鸿雁和公公、婆婆有着一见如故的感觉，仿佛前世就认识，是最亲近的人，靓初一会儿爷爷、一会儿奶奶地叫个不停，有一种天然的亲近，这让赵玉明有些悬着的心一下子放了下来，亲情是这样的美好，没有隔阂，没有陌生，让他们很快陶醉其中了。

吃过饭，母亲要金鸿雁帮忙熟悉家里的一切，父亲则坐在门口的小板凳上吸了一袋旱烟，看着院子里那一小块地方，磕掉烟灰拿起铁锹在空地上开始松土，还说"头伏萝卜二伏菜"，明天早晨我去买些菜籽撒下去，过些日子咱们就有自己种的新鲜菜吃了。

赵玉明看到这样的情形心里想，这样我就可以安心地回西线工作了。

赵玉明这一天回东线参加指挥部党员干部大会，经过队调度室门口刚好遇到了刘辉，刘辉高兴地说："'领导'，好久不见了，进来坐会儿。"

赵玉明进了屋，刘辉立刻从抽屉里拿出几块水果糖来，赵玉明笑着说："'疙瘩'，有什么喜事啊？"

"我家老二出生了！"

"恭喜啊！'疙瘩'，男孩儿还是女孩儿？"

"又是个带把的，'领导'，跟你说啊，这个小子长得可有些像我。"

"你可得了吧，'疙瘩'，刚出生能看出什么呀？"

"真的，'领导'。"刘辉说得十分笃定。

"信你了。"赵玉明笑着说。

"哎，'领导'，你说都是我下的种，这两个儿子怎么会不太像呢？"刘辉这时问。

"'疙瘩'，你又得了儿子还不高兴啊，怎么这么多问题？是调度工作闲的吧？"

"不是，'领导'，我不就是有点想不太明白嘛。"

"这有什么想不明白的，俗话说，'一龙生九子，九子各不同'，我看你这脑袋是进水了，净琢磨些没有用的，真不能搭理你了。"赵玉明笑着说。

"'领导'，你说的也是呀。"刘辉直着眼睛看看赵玉明说。

何劲松进来了，看到赵玉明说："师兄，坐早班车过来的呀？"

"是，有些天没见刘辉了，进来说几句话。"

"师兄，开会时间要到了，走吧。"何劲松看看墙上的挂钟说。

"好哇！"赵玉明说着，和何劲松一起往外走。

"'领导'，没事过来呀。"刘辉在后面说。

"没事你别老胡思乱想啊。"赵玉明回身摆摆手说。

"师兄，'疙瘩'又说儿子不像他的事啦？"何劲松回身看了一眼说。

"可不是嘛，这次还有对比。"赵玉明说。

"这样可不好。"

"是呀，这个事长在他心里了，不是轻易就能剔除的。"

"'疙瘩'是不是有些太较真啦？"

"我也有同感，你昨天回来的？"

"是，搭领导的车。"

"白雪梅还好吧。"

"挺好的！"

赵玉明有些意味地看了何劲松一眼，何劲松立刻笑着说，"怎么，师兄，你不相信哪，她的肚子又鼓了。"

"恭喜你呀。"

"同喜！同喜！这是个意外。"

"你什么意思呀？"

"再说吧。"

到了会场，他们找到指挥部开会的位置，找个位子坐下来。会议是关于当前形势、任务的报告会，讲话的这位军代表是军政治部的一位副部长，肚子里有些墨水，从两论哲学思想讲到哥达纲领的批判，还有费尔巴哈，直讲到正午时分，还有些意犹未尽的。

赵玉明出了会场，何劲松说："师兄，去家里吃饭吧。"

"不了，我还有点别的事要办。"

"那好吧。"何劲松说。

赵玉明去指挥部食堂吃的饭，看看时间，便向陆鸣家里走去。

陆鸣在家，一个人吃着泡饭，见赵玉明进来，说："'领导'，过来开会呀，吃饭了吗？"

"在食堂吃的。"

"在食堂吃什么呀，怎么不来家里呀？"

"食堂挺方便的，刘玉梅不在家呀？"

"借调小学校代课去了，忙得很。"

"学校好哇。"

"开始她还不想去，领导几次找她谈话才勉强同意了，你说好吗？"

"女同志做老师很不错的，'诗人'，你怎么样啊？"

"还好。"

"这话说得有些笼统。"

"'领导'你想知道什么呀？"

"当然是关心你的业余爱好了。"

陆鸣去那对皮箱旁拿出一个手臂粗一尺半长一个土黄色纸板筒，递给了赵玉明，赵玉明拔开筒帽瞄了一眼，里面有一些卷曲的纸片，便将纸板筒倒过来，几十页纸片飘落在桌面上，里面有两张石油战报副刊登载的诗歌，赵玉明捏在手里说："'诗人'，不错呀，还真有些收获，欣赏欣赏。"

"'领导'，你随便。"

"你发表的诗歌怎么没有署实名啊？"

"没想。"

"你的歌词曲子谱多少啦？"

"霍普回省城了，根本没时间谱曲。"

"他抽调回城了？"

"没有，说是回城和一帮人探讨问题，哲学方面的。"

"你见过他？"

"回城回来回去的有时间都会到我这里站一站，有时候是手里拮据，他们有一个圈子，应该是和他一样的一些人。"

"宋爽呢？"

"这次宋爽没回去，说是她爸不让她到处乱跑。"

"你应该和'大师'探讨一下谱曲的事。"

"我说过，'大师'不太肯，他说没有学过，了解的曲调太土了。"

"你工作上又选什么课题啦？"

"还没有确定，单位成立了前进技术小分队，我报名参加了。"

"这个挺好的，多做些课题研究吧。"

"'疙瘩'又得了个儿子，金大夫怎么样了？"

"快生了，我父母已经来家了，刘玉梅现在什么情况啊？"

"有了，三个月。"陆鸣笑了笑。

"好哇，这样看，咱们下辽河石油人都后继有人了！"赵玉明说。

"可以这样说。"

"对了，那次张国安说晏宝霞有点特殊情况，刘玉梅找中医给看的，现在怎么样啦？"

"刘玉梅前些天陪晏宝霞去了一趟省城，说是已经没有问题了，太细的我也不清楚，她们两个人的关系现在亲姐妹似的，直接对话。"

"给刘玉梅带好，走了。"

"'领导'，你回西线吗？"

"是，回去还有一个论证会。"

　　赵玉明回到西线，前线指挥部确定晚上开这个论证会。108队在X区南端打了一口新探井，是关于这口井油层定性问题的，108队地质组王慧代表钻井指挥部地质队和技术小分队对钻探情况进行论证分析。钻探显示有两段显像，上段清晰，下段有些模糊，王慧代表井队地质组认为上段是油层，下段是水层，林胜平根据情况汇报和地层研究对比，认为两个都是油层，下段显像不清晰，应该是测试手段的原因，两家一时间争执不下，就有些刺刀见红的意味。看看时间已晚，戚乐天就说散会，深入研究一下，明天再议。戚乐天的真实意思是汇报给参谋长再做最后的定夺，王慧带人回了108队。

"没想到王慧这个小丫头还挺固执。"林胜平笑着说。

"没看是谁调教出来的呀。"赵玉明笑着说。

"师兄，我的徒弟怎么啦？在技术问题上人家那叫坚持真理。"何劲松笑着说。

"看看，这就庇护上了。"赵玉明说。

"这怎么叫庇护，王慧说得也有一定的道理，如果不是油层，做试油那不是一种浪费吗？师兄，贪污和浪费是极大的犯罪！"何劲松笑着说。

"行啊，劲松，你还挺有理论依据的。"赵玉明说。

"何劲松，你实事求是地说，从整体地质情况分析上看，下段是不是油层吧？"林胜平说。

"我又没看过那些地震资料。"何劲松打着哈哈说。

"这还用认真看吗？"林胜平说，何劲松笑着不说话。

"'博士'，你就别逼他了，一到关键的时候他就要滑头。"赵玉明笑着说。

"师兄，你们怎么争都没有用的，这种情况只有等参谋长来定盘子。"

"这倒是真的，那就让实践检验吧。"林胜平说。

"劲松，你早说呀。"赵玉明说。

"戚副总不是已经说过了嘛，是你们没有领会，这能怪谁呀？"何劲松说。

"和你在一块儿就是长见识。"赵玉明说。

"师兄，你怎么又这样夸我，我会骄傲自满的。"

"你总是自我感觉良好，哎，对了，要说你这个徒弟还是有些才气的，前几天的石油战报上又刊登了她写的宣传报道稿。"

"是吗，师兄，什么时候的，在哪儿啊？"

"前几天的，我屋里就有。"

"是呀，什么时候我也看看。"

"行啊。"

"王慧还这么有才气？"林胜平说。

"可不，之前还发表过诗歌，你没看谁培养出来的呀。"赵玉明笑着说。

"师兄，这个跟我真的没有关系。"

"你还行啊，挺有自知之明的。"林胜平说。

"'博士'，你也知道夸我了。"何劲松笑着说。

参谋长听了戚乐天、林胜平的汇报，思虑了片刻，说："不入虎穴，焉得虎子，你们就都按油层处理吧。"

试油那天，黑色的石油呼啸着射向蓄油池，看那劲头，会有日均上千吨的产量，戚乐天兴奋地说："这可是一个大'金娃娃'呀！"

"哎，'大拿'，你说这是怎么回事啊？"林胜平笑着问。

"'博士'，实践出真知嘛。"何劲松笑着说。

"你可得了吧，'大拿'，人都说'瞎子算卦——两头堵，话全都让你给说了。"林胜平笑着推了何劲松一把说。

"我说得不对吗?"何劲松笑着说。

"人都说墨索里尼总是有理,是不是就是说你?"赵玉明笑着说。

"对,我看就是!"林胜平说。

油建队这时候在焊接输油管线,赵玉明看看喷向蓄油池的原油说:"何劲松,你得抓紧协调,油建的焊接力量有些滞后,影响原油进站。"

"是咱们钻探的进度加快了,形势太好了,工作量增多了,油建一直都在努力,还是有些跟不上。"何劲松说。

赵玉明放眼望去,管线穿行在田野里,有一段管线在泥水中,焊工们就在泥水里焊接,焊花点点。迎面走过来一个人,一身的泥水,看着似曾相识,赵玉明猛然想起来了,说:"乐班长吧?"

那人愣了一下,看看说:"你是赵技术员吧?"

赵玉明热情握着手,乐班长瘦了,脚步有些沉重,赵玉明说:"你们真够辛苦的。"

"咱们不都是一样嘛。"乐班长笑笑说。

"你现在瘦多了。"

"还好。"

不远处有人喊:"队长!乐队长!"

乐队长举一下手,喊:"来了!"然后说,"赵技术员,再见。"

"乐队长,再见。"

"师兄,你怎么认识他的?"何劲松说。

"就是他给'爱情公寓'加装的天然气阀门哪。"

新年那天上午,赵玉明回到了县城,家门被铁将军把守着,他立刻奔了职工医院,刚走进妇产科的走廊,就听到分娩室传出一阵婴儿响亮的哭声,他紧走了几步,娘看到他笑着说:"生了,生了,这哭声多响亮啊,一定是个大胖小子!"

"娘,真是大胖小子吗?"

"你娘猜的。"爹说。

"你出生时就是这样的哭法。"娘笑着说。

"恭喜你们,大胖小子,七斤三两,母子平安!"一个护士出来说。

"闺女,谢谢你。"娘拿出两个红皮鸡蛋塞给护士说。

"恭喜你呀,赵玉明。"刘兰芝从里面出来笑着说。

"谢谢刘主任。"赵玉明说,娘给刘兰芝送上红蛋。

"赵玉明,你真是有福之人哪。"刘兰芝说。

"刘主任,我也有这个感觉。"

"这样最好了。"刘兰芝说。

分娩室的门开了，金鸿雁被推出来，赵玉明马上上前，金鸿雁闭着眼睛，他轻轻地招呼一声："鸿雁。"

"金大夫累了，让她休息吧。"护士说。

赵玉明推着金鸿雁来到病房，安顿病床时，金鸿雁睁开眼睛看了一眼，又安然睡去了，赵玉明说："爹，娘，你们接靓初回家吧。"

"玉明，你和你爹回去吧，我在这里吧。"娘说。

"娘，你们都忙一大天了，您和爹回去休息，晚上我陪鸿雁。"

"就按玉明说的办吧。"爹说。

"那好，我回去给你们做饭去，一会儿让你爹送过来。"娘说。

"爹，娘，辛苦你们了！"

"看这孩子这话说的。"娘说。

"养儿才知道父母恩哪。"爹说。

赵玉明坐在椅子上静静地看着金鸿雁，金鸿雁累了，她生了个儿子，她仅仅是生了个儿子吗？安详睡着的金鸿雁这时候睁开眼睛说："玉明，你回来了。"

"嗯，我早就回来了。"

"我知道你早就回来了。"

"辛苦你了，鸿雁，好好休息，有话以后咱们慢慢说。"

金鸿雁笑了笑，闭上了眼睛，护士进来说："姐夫，一切都正常，你也抽空休息吧。"

"谢谢你呀。"

"不客气。"

赵玉明看着金鸿雁和旁边的孩子，他的眼睛开始模糊起来了，一个声音说赵玉明，金鸿雁的想法和你怎么总会一致呢，你怎么看的？赵玉明说这样难道不好吗？那个声音说我是在问你？赵玉明说我可以不回答吗？那个声音说当然不可以了！赵玉明说我不知道。那个声音说你不能不知道。赵玉明吻了金鸿雁一下，金鸿雁甜甜地笑了，那个声音说，我知道了，是忍让和包容。可你为什么还有事情瞒着金鸿雁哪？赵玉明说我没有哇！那个声音说你敢说你没有吗？赵玉明一时无语，猛地睁开了眼睛，眼里竟有些迷茫，赵玉明的感觉有些奇怪。

婴儿响亮地啼哭起来，鸿雁立刻睁开了眼睛，赵玉明说："鸿雁，我来，你安心睡吧。"便拿起奶瓶试了一下水温，将奶嘴放到婴儿嘴里，婴儿在甜甜地吸吮着淡味的糖水。金鸿雁看了一眼，微微一笑，又睡去啦。

金鸿雁在医院里住了三天想回家，邵主任说："金大夫，也好，有什么需要通知我。"

"好的。"金鸿雁说。

回到家里，金鸿雁看看赵玉明说："咱们该给孩子起名字，好把户口上了。"

"爹，你看给你大孙子起个什么名字呀？"赵玉明转向爹说。

"玉明，你们两个都是文化人，名字还是你们起的好。"爹笑着说。

"爹，咱们家没有辈分排序吗？"赵玉明说。

"现在谁还讲这个，都要求突出政治，按说这一辈应该是'兴'字，这事还是你们商量吧。"爹说。

"鸿雁，儿子是在这里生的，你看叫兴隆怎么样啊？"

"'兴隆'好哇，喜庆！"爹说。

"爹说好，那就叫'兴隆'吧。"金鸿雁。

"鸿雁，西线前线的事挺多的，上完户口我就回去了。"赵玉明说。

"行，你忙你的吧。"金鸿雁说。

"玉明，放心吧，家里有娘和你爹。"娘说。

兴隆满月那天，赵玉明拿着二弟的来信回到家，他把信交给爹，爹看完信说："玉明，你弟、你妹问我们什么时候回去？"

"爹，你和娘商量定吧。"赵玉明看看金鸿雁说。

爹和娘商量了，娘说："玉明啊，你二弟也是一家人了，你弟弟、妹妹还小，还要人照管，特别是你小弟很调皮，不太服你二弟管，你爹回去，娘留下和鸿雁带孩子，行吧。"

"谢谢爹和娘。"金鸿雁说。

第二天早晨，赵玉明送爹上了回家乡的火车。

赵玉明站在落霜的冬夜里，望着寒光闪闪的星空有些凝神。下午，吴卫东打来电话，说是油田私下里传播一些政治谣言，要他关注一下这方面的动向。赵玉明立刻想到了陆鸣，这可不是小事情，油田私下里有不少的小道消息，陆鸣和霍普走得很近，霍普一段时间里经常往来于省城和这边，又时常在陆鸣家驻足，难免会说点什么，只是大家不太知道霍普的根底罢了，这种事得提示陆鸣注意，打电话也不能说明白。何劲松这时候走过来，看看夜空笑着说："师兄，你怎么也学诸葛孔明夜观星象啊？"

"这个本事我没有，就是出来清爽一下。"赵玉明揉揉脖颈说。

"师兄，干什么又把自己弄得这么累呀？"

"没办法，时间紧，任务急，井队都在等井位，谁敢懈怠呀。"

"现在弄得怎么样啦？"

"总算松了一口气。"

"师兄，去我屋里整口，放松一下。"

"是不是白雪梅生了呀？"

"师兄的判断完全正确。"

"这次生个什么呀？"

"还是小人儿！"

"劲松，你这话说得太对了，白雪梅要是能生出大熊猫来，她就是国宝！"

"哈哈哈！"何劲松大笑了起来，跷起大拇指说，"师兄，高，实在是高，和你说话就是长见识，今天这酒必须得喝。"说着，拉着赵玉明去了宿舍。

花生就酒，酒过了三巡，何劲松说："师兄，这个孩子最初我是不想要的。"

"为什么呀？"

"我和白雪梅的关系已经那个样子了，有了这个孩子更麻烦。"

"你已经有了那个想法啦？"

"是，或许是她看出来了，白雪梅坚持要的，她是想用这个孩子拴住我。"

"劲松，白雪梅还是想和你过日子，你就别想得太多了。"

"师兄，不然还能怎么样？看到这个孩子我还是很喜欢的。"

"你这就对了，这是亲情和责任。哎，你回东线时见过'诗人'吗？"

"没有，说是他去前进前线有段时间了。"

赵玉明听了这话心稍放下了些，吴卫东说的事情应该和陆鸣没有什么关系，就说："刘玉梅也该生了吧？"

"应该是吧，前进技术小分队的工作说是马上告一段落，陆鸣也该回来了，应该不会耽搁事的。"

"这样就好。"

"要不陆鸣也挺省心的，他不在家的时候，不是二大舅嫂甄妮来陪刘玉梅，就是晏宝霞过来陪。"

"'画家'媳妇还没有哇？"

"我前几天遇到了'画家'，他说有了。"

"真的可喜可贺！哎，这马上就春节，咱们前线指挥部这一块怎么安排的？"

"一线生产肯定不能停，二线部分人员放假，指挥部肯定要安排部分人员值班的。"

"这样还不错。"

"师兄，怎么着你不都得值班哪。"

"是呀，我得让'博士'回家过年，人家在外边又忙了一大年了。"

"想人之所想，和你一起共事就是愉快呀。"何劲松笑着说。

"我可没有你说得那么高尚。"赵玉明笑了笑，两人碰了一下酒缸。

三十三

小年那天，前线指挥部召开节前工作会议，安排春节期间的工作，总的原则是一线生产坚决不停，二线人员部分休假，骨干力量值班留守，为一线生产提供技术支持和后勤保障。

回到宿舍，赵玉明说："'博士'，你什么时候回家过春节呀？"

"不用了，'领导'，你妈在你家里，还是你回去陪她老人家过年吧。"

"'博士'，我这里近，你这一年年都在外边，春节再不回去可就说不过去了，这事你就别争了，等你回来我再休假。"

"'领导'，要不这样，节前这几天也没什么大事了，你先回家安排一下，你回来我再走。"

"'博士'，这样也好。"

赵玉明腊月二十八回到了前线指挥部，林胜平就回京了。大年三十早晨，慕自清带着留守人员把生产现场走了一遍，中午坐车回了红村，何劲松则随着戚乐天回了东线。

赵玉明回到空荡荡的宿舍，将办公桌搬到火炉子旁边，天然气的火焰呼呼燃烧着，热度从铁皮炉筒上散发出来，有些烘脸。赵玉明从抽屉里拿出一些资料，有笔记，有记录，还有一些零星纸片——他认为有用的东西，他想利用春节这几天时间认真归纳总结一下前一阶段的工作，提取一些有价值的东西。

时间过得真快，冬夜来得也早些，转眼夕阳西下，屋里变得暗淡了，赵玉明拉了一下灯绳，灯便亮了，这个时候，宿舍门开了，赵玉明以为是风鼓的，回手推上了，门又推开了，是有人进来，赵玉明抬头看清了来人有些诧异，说："'大师'，你怎么来啦？"

"'领导'，我怎么就不能来呀？"郝学仁笑着说。

"我以为你早就回家过年去了。"

"我不是怕'领导'孤单寂寞嘛。"

"'大师'，你就扯吧！到底怎么回事啊？"

"我在单位值班，领导临时派我到你这里来。"

郝学仁今年下半年开始做地层研究工作，按说没有什么特别的任务，完全可以回家过春节，除非他自己不想回去，赵玉明说："坐，'大师'，你到底干什么来啦？"

"'领导'，我真的是陪你值班的。"郝学仁说得很认真。

"'大师'，你可得了吧，我还用你陪呀？"

"王立成临时有急事回老家了，领导就派我过来了，说是就不给你打电话了。"

王立成是西线技术小分队的成员，原定的值班人员，今天没有回来，赵玉明点头说："哎，'大师'，你怎么没回家过年哪？"

"我没想回去。"郝学仁脸上暗了一下。

"每逢佳节倍思亲哪！"

"春节就这么几天假，火车上人满为患，跑得怪累的，没什么意思。"郝学仁解释说。

赵玉明知道郝学仁说的不全是实话，每逢春节，许多人都在为归家而努力，那不是辛苦和钱的事，是一种情感，一种心中的向往！人家不想说，他没有深问，问也没用的。

落黑了，繁星点点的除夕有些清冷，临近的几片住宅区里已经有稀疏的鞭炮声响了，以村落为甚，那是一种精神的欢愉！后勤管理员敲着门，吆喝着所有值班人员都去餐厅包饺子。赵玉明和郝学仁立刻去了餐厅，面团和饺子馅已经准备好了，就等着大家上手。揉面，揪剂子，擀皮，包馅，大小各异的饺子开始摆到了盖帘上。

厨房炊事员老史在灶台上挥勺炒菜，另一个灶台上烧滚了开水，腾起蒙蒙蒸汽，就等着饺子下锅。郝学仁说："史大厨，有大蒜没有？我整点蒜酱吧。"

史大厨指了指身后，郝学仁就找到了大蒜。

饺子下到锅里一会儿就漂起来了，白白的圆鼓鼓的看着就喜人。炒菜和饺子摆到餐桌上，管理员跑到外边点燃了鞭炮，一通噼噼啪啪的鞭炮声，宣告着一个辞旧迎新的开始，十几个人团团围坐着，举杯祝酒，辞旧迎新，开怀畅饮！

赵玉明扶着脚步有些散乱的郝学仁回到了宿舍，双双齐齐地躺在床铺上，郝学仁说："'领导'，我有事一直都想和你说来着，可又不好意思开口。"

"'大师'，你怎么和我还见外了，你要说什么呀？"

"我为什么不回家呀？"

"你不想说就别说了。"

"'领导'，咱们在一起好些年了，我相信你，不想瞒你，我也很想找个人说说，不然我心里憋得慌。"

"'大师'，你想说你就说吧。"

郝学仁姐弟两个，姐姐比他大六岁。郝学仁从小聪慧，村子里有个鼓乐班子，父亲是里边的乐师，常常把他带在身边，耳濡目染，不管是有眼的还是带弦的，所有的器件他都能弄出响动来，由于招人稀罕，得到许多的真传。年龄稍长，郝学仁入学，父母把一切希望都寄托在他的身上，郝学仁勤奋好学，没有辜负父母的期望。刚上初中时，父亲患了肺痨，为了给父亲治病，他参加鼓乐班子的活动。父亲临终时叮嘱他好好读书,他就一路读下来,直到考上了大学。为了让他能好好读书,姐姐早早就嫁了人,母亲也含辛茹苦地生活。大学毕业,他被分配到了萨尔图。去萨尔图前,他回家看望母亲,大学的四年里,他一直没有回过家,当他看到那个小村庄时,激动不已,见到母亲的渴望马上就要实现了,他不由得加快了脚步。家还是那两间茅草屋,还是那个小院落,院落里有几只鸡在觅食,菜园里的蔬菜长得正绿,一个长辫子姑娘从那两间茅草房里出来,看到他愣了一下,马上又回去了,叫了声,姨!郝学仁走进了房门,日思夜想的娘亲这时候站在堂屋中,"娘!"他当即跪了下去,娘说儿啊,你快起来,快起来,咱们进屋吧。

郝学仁进到家里,家里一贫如洗,还是那个旧柜子,还是那两床旧被子,这也是他四年里一直没有回家的原因,母亲有什么收入哇!他用什么做车脚路费呀?现在他毕业了,他去工作了,一切都会好起来的。他看了看那个长辫子的姑娘,娘说看我都乐糊涂了,都忘记介绍了,这是东院尹家的小芸。小芸看了他一眼,微笑着点点头,脸上有些绯红,转身出去了。他对这个圆脸大眼睛长辫子的叫小芸的姑娘没有什么印象。他告诉娘,自己毕业了,马上就要去萨尔图工作了。娘当然不希望他去那么远那么冷的地方去工作,可号召是高于一切的最高指示,这是公家的大事情!咱们还是说说小事情吧,娘说儿啊,你在家里能住多少日子呀?半个月。娘笑了,说半个月短了一点,怕是有些忙碌,但也够了。郝学仁说娘,忙碌什么呀,明天我就去给爹上坟去,还有就是看看姐姐和其他亲戚,时间足够了。娘笑着说我想把你们的亲事给办了。他笑了,说娘谁的亲事呀?娘说当然是你的亲事。他说娘,我还没有对象呢,和谁结婚。娘说娘已经给你定下了!他说娘,女方是谁呀?娘说就是刚才这个尹家的小芸哪。他看看娘,娘是认真的,就说她多大呀?娘说赶年就满十八了!他说娘,我还不想结婚!娘就说你净讲昏话,男大当婚女大当嫁,天经地义,娘已经跟人家说好了!郝学仁不想刚回到家就惹娘不高兴,就说娘,尹小芸还没到法定结婚年龄,就是年龄到了,我现在是公家的人,结婚也得和单位上提申请,不然就会被处分的。娘说你不是糊弄娘吧?他说这是件大事,我干什么糊弄你老人家呀。这时候,一个老妇人进来了,娘介绍说是小芸的娘。他就和小芸娘打了个招呼。小芸娘就和娘讲起尹小芸如何如何懂事,这几年把他的娘当作自己亲娘待,一点都不隔心。他知道这些话是说给自己听的,心里有些烦,便借故出去了,让娘有机会把不能结婚的理由说给小芸娘听。

郝学仁出了家门,沿着村路向东边走去,他想去看看村东的那条小河,那里承载着他许多童年的欢笑。刚出家门不远,他迎面遇到了郝学禄,郝学禄和他是一个曾祖父的同年兄长,小时候一起的玩伴,他该叫他四哥,现在说是当生产队长了。郝学禄说兄弟,你回来了。郝学仁笑着说郝队长,你好哇。郝学禄笑着说兄弟,你还逗我玩啊。郝学仁笑了笑说四哥,你忙什么呢?郝学禄用手指指说没什么事,到我老丈人家去看一看。郝学仁见郝学禄指的是尹小芸家，笑着说四哥，你结婚啦？郝学禄笑着说孩子都快能打酱油了，你什么时候结婚哪？结了婚咱们可就是连襟了。郝学仁笑着说结什么婚哪，我结婚得向单位打报告的，这是纪律。郝学禄说有个单位这么麻烦哪，不过我这个小姨子小芸真的很不错，心灵手巧，都说"捡豆腐捡边，娶媳妇娶三（女儿）"，这话一点不假，她家的门槛都快叫媒人给踢破了，条件不错的也不少，可是我这个小姨子就相中你。郝学仁笑着说我对尹小芸怎么没有什么印象呢？郝学禄说你一直上学，她那时候还小。他说小芸上过学吗？郝学禄说没有，她连自己的名字都不会写，可做鞋做衣服瞄一眼就能弄准尺码，心就是一个灵巧，尹家老太太是不是去你家了？你有心思没有？有心思先圆了房，回单位再补办手续。郝学仁笑着说四哥，那怎么行，这不是欺骗组织吗？郝学禄说你单位离咱这儿这么远，怎么会有人知道，没事的。郝学仁笑着说，结婚这事我还没想好。郝学禄说你是不是不同意呀？要是不同意你可早点说话呀，千万别耽误了小芸。郝学仁笑了笑，没说话。这时候，姐姐抱着孩子过来，笑着说兄弟，你可回来了。郝学仁说姐，你来了，就和郝学禄告了别，和姐姐一起回了家。

这时候堂屋里已经升腾起浓重的水蒸气，从大门门沿上边溢出来了，尹小芸在灶台前忙碌着，姐姐进门放了孩子，就和尹小芸一起开始忙活。郝学仁进了屋子，小芸她妈看到他回来就对娘说，老姐姐，那我就回去了。娘说她姨，你慢走哇。就看郝学仁，郝学仁连忙说姨，您慢走。

做好饭菜，娘留尹小芸在家里吃饭，尹小芸看了看郝学仁，郝学仁没有说话，尹小芸就坚持回了家。娘就有些不高兴，吃饭的时候就说尹小芸这么多年的好，说这桌上的菜还有小芸拿过来的，完全把尹小芸当自家的人。姐姐看着郝学仁，说学仁，你看小芸怎么样啊？郝学仁摇摇头说，她一个大字都不识，我看不行。娘说怎么不行啊？这样的媳妇你哪寻去？就她了！姐姐就说娘，这是学仁的终身大事，咱们得有商有量才行啊。娘说其他事都可以商量，只有这个事没得商量，就小芸了！这次你们不结婚也行，过年回来你们也得结婚！郝学仁想说什么，姐姐在一边摇头，说咱们还是先吃饭吧，来日方长。娘说小芸娘刚刚跟我商量来着，想要先圆了房，后办手续，我都给挡回去了，这不是咱郝家做的事，但小芸是咱家媳妇这事绝对不能变，娘是个要脸面的人，不说了，吃饭。

吃过饭，收拾停当，郝学仁送姐姐回家，路上姐说学仁，小芸的事娘是不会更改的，你要有这个思想准备。郝学仁说那我这次走了就不回来了。姐说难道你连娘都不要了吗？郝学仁说等小芸嫁人了再说吧。姐说小芸听娘的，不会嫁人的。郝学仁说姐，这几天我在家好好陪陪娘，以后你就多辛苦些呀。姐说你说的这个没有问题，可小芸的事怎么办？总得解决呀？郝学仁说等以后我再想办法吧。

到萨尔图工作后，郝学仁通过给姐姐、郝学禄分别写了信，由他们出面单独找尹小芸谈，想解决这个问题，可尹小芸坚持说娘要不说这个话，我就是郝家的媳妇。弄得姐姐、郝学禄都没有办法了，郝学仁也没有办法，他不敢考虑个人问题，他顾忌他娘，娘是一个一条道敢走到黑的人。

这些年里，每个春节前，娘都会来信要他回家过年，他都说萨尔图工作忙，下辽河工作更忙，是国家的战略任务回不去。上个春节前姐姐来信说，娘病了，不吃不喝，怕是要有个好歹，你快回来看看吧。郝学仁的心就有些慌了，他犹豫过，还是马不停蹄地跑回了家。

郝学仁这些年里没有回家，可一直定期给娘寄钱，娘已经把那座茅草房翻盖一新了，两间变成三间，宽敞明亮。娘躺在东屋炕头上，眼窝深陷，头发凌乱，尹小芸和姐姐守在娘的旁边。姐姐这时候说娘，你儿学仁回来了！郝学仁进门就跪在地下说娘，你怎么啦？娘说儿啊，你还回来干什么呀？郝学仁说知道娘病了，儿子当然得回来看娘。娘说你还是忙国家的战略大事吧，自古忠孝不能两全，看不看娘不要紧，娘死了就一了百了了，你不回来，你姐和小芸也能张罗着把娘弄出去埋了的。郝学仁哭着说娘，你怎么说这样的话呀？你这是干什么呀？娘说小芸在我们家等你好几年了，我对不起人家呀。我的儿子不听娘的话，我在村人的面前抬不起头，这样活还不如死了好。郝学仁说娘，你好起来吧，你说怎么样就怎么样。娘说儿啊，还是算了吧，要难就难为我一个人吧，你能回来看看娘，娘就知足了，我也想去见你爹多了，郝学仁说娘，我说的是真的，你好起来吧，你说什么我都听！娘说儿啊，这话可是你说的！郝学仁硬着头皮哭着说娘，是我说的，你好起来吧！娘就坐了起来，用手理理头发说，丫头，去找你大伯过来，张罗着给你弟弟办喜事。姐看看郝学仁，说娘，你这身子骨不行，咱们缓几天再说吧。娘说我说行就行，你不去找我自己去找去！说着就要下地穿鞋，姐忙说娘，行了，行了，我去！我去！

娘说的大伯就是郝学禄的爹，大伯是大队会计，大伯办事雷厉风行，有板有眼。按娘的意思，郝学仁和尹小芸三天后就得成婚。

新婚的夜晚，新房里，郝学仁对尹小芸说他们之间根本不了解，他也不爱她，结婚是娘逼的，他也没有办法，只能先走这个关口上，他们也不可能像李双双和喜旺那样先婚后恋爱，只能请她谅解了，尹小芸懂事地点点头，他们这夜就合衣而眠了。第二天的晚上，他不知道怎么没有把持住，竟然和尹小芸睡在了一处，早晨醒来的时候，他有些疑惑，问尹小芸怎么回事？尹小芸满脸羞红，有些怯怯地说学仁哥，我不知道，是你非要我的！接下来的晚上还是，郝学仁有些想不明白。

"你怨你娘啊？"

"开始有点，可是她是给我生命的人，她心里想着的一定认为是为我好哇。"

"那是一定的，你不想她们吗？"

"我有些想那个还没有蒙面的孩子。"

"你今后怎么办哪，就这样下去吗?"

"我也不知道。"

"你是心里那道坎过不去吧?"

"是，我的人生不应该是这样的。"

"也许时间会消磨掉一切的。"

"也许吧，可现在我还是不行。"

"我知道之前你和秦月辉的关系一直挺好的。"

"是，我们挺谈得来的，那次回来，我已经这种情况了，怎么面对人家呀? 幸好我们都没投入太深，也不知道伤没伤到她。"

"也是，这样的伤只有自己知道哇。"赵玉明起身出去方便了一下，回来说，"瑞雪兆丰年哪!"

"'领导'，下雪了?"

"还不小，睡个好觉吧。"

早晨，雪已经停了，外面原野白茫茫的一片，阳光耀眼，空气清冷。赵玉明起来就开始清扫院子里的人行通道。

吃过早饭从食堂里出来，慕自清的吉普车就驶进了院子，何劲松从吉普车里跳下来，看到了赵玉明、郝学仁，立刻抱拳拱手说:"师兄，'大师'，过年好哇!"

"劲松，过年好!"赵玉明也抱拳拱手说。

"'大拿'，过年好哇!"郝学仁说。

"哎，'大师'，你怎么跑这儿来啦?"何劲松说。

"陪'领导'值班，会来事吧。"郝学仁有些解嘲地笑着说。

"劲松，大过年的，你又跑来干什么呀?"赵玉明说。

"戚总去105队慰问，师兄，一起去吧。"何劲松说。

"好哇。"

管理员从库房里拿出半扇猪肉和一些糖果放到车上，赵玉明和何劲松上了吉普车，车里坐着戚乐天，赵玉明问候了戚乐天和司机陈耀光。

吉普车向亮白的雪野里进发，看着雪野，何劲松很适时地说起了那个雪天戚乐天发现丹顶鹤的事，引发了戚乐天的兴趣，戚乐天慢条斯理地说他后来在这里只见过蓑羽鹤，还见过一些鹭类。全世界的鹭类有六十多种，他在这里见过草鹭、池鹭、白鹭、夜鹭、牛背鹭、苍鹭，主要以苍鹭为多，苍鹭也称灰鹭，常常在水田、小溪、河边觅食，喜食小鱼，会打"窝"，等待鱼来了扑食，所以人们都叫它"长脖老等"。这里最多的是东方大苇莺，也就是这里人说的"嘎嘎叽"，话说到这里时，车行驶到一条离井队不远的南北路上，远远已经看到了井架，车在行驶着，戚乐天忽然说:

"陈儿，你快停车!"

陈耀光开始轻点刹车，吉普车慢慢停了下来，陈耀光看着戚乐天，何劲松、赵玉明也都有些疑惑，不知道发生了什么事。戚乐天开了车门下了车，径直向车后走去，走了不太远，蹲在地上察看着什么。何劲松、赵玉明立刻赶了过去，这时发现白雪路面上横着一条米八宽的密集爪痕，在公路两侧的雪野里延伸，从单独的爪痕看，和狗的爪痕大小无异，何劲松说："戚总，怎么会有这样多的爪印，哪儿来这么多的狗哇?"

"这不可能是狗的爪印。"戚乐天望着爪印去的方向说。

"戚总，难道说是狼的?"何劲松瞪大眼睛说。

"怎么会，这里怎么会有这么多的狼?"刚过来的陈耀光说。

"早就听人说过这地方有狼，在沙岗子时，有人就说村里的一条'四眼'就咬败过两只狼，这要是有这么多的狼可够吓人的!"何劲松说。

"这要是狼，这个队伍可真够庞大的!"赵玉明说，他想象着狼的队伍的情形。

戚乐天看看爪痕，望向西边说："这些狼应该是生活在东、西线这一大片土地上的，是人们垦荒或咱们石油勘探让它们失去了生存的空间，它们才集体向西迁徙!"戚总说的西边是那条曾叫双台子河的辽河，过了辽河就是那片苍苍茫茫的世界著名的大芦苇荡，那里除了冬季有人进去盘塘割苇子，平时是很少有人进去的，也许那里是它们栖息的新乐园?戚乐天回到车上的挎包里取来了照相机，从不同角度认真地拍摄了一组照片，一声轻轻的叹息，说："咱们走吧。"

"戚总，大芦苇荡里能容下这些狼吗?"赵玉明说。

"很难说呀。"戚乐天说。

"容不下怎么办?"何劲松说。

"找生存的空间，只能继续迁徙，闯山或向北的草原。"戚乐天说。

"野生动物也不容易呀。"陈耀光笑着说。

105队打的是XN17井，井位在X区域西边缘上，吉普车进了井场，李敢从井台上下来，戚乐天问了一下钻进的情况，李敢汇报说已经二开钻进了，一切正常，请领导放心。

"李队，你们的人昨天晚上发现什么异常情况没有?"何劲松这时候说。

"没有，何调，你指的什么呀?"李敢看着何劲松。

"我们在过来的南北路上看到一条很密集的爪痕，离你们这里不太远，如果晚上有人在井台上，稍微注意应该看得到的。"何劲松说。

"何调，你还别说呀，昨晚当班的工人还真说了一件奇怪的事情，说是深夜一点多钟看到了很长一排亮晶晶的东西，从东向西边移动，那到底是什么呀?"李敢说。

"戚总认为是迁徙的狼群。"何劲松说。

"戚总，真的吗？"李敢转向戚乐天说。

"应该是吧。"戚总点头说。

"乖乖，这里会有这么多的狼啊？"

"是聚在一块的。"戚总说。

他们一起向柴油机房走去，柴油机轰鸣着，司机石杰涛正在察看柴油机的运行情况，李敢说："老石，油田领导看你来了。"

戚总上前向石杰涛问好，石杰涛憨厚地笑了，石杰涛是油田表彰的先进模范人物，应该得到这个礼遇。

春节过后，作为重点勘探的M区域开始遍地开花，苍茫的原野变得火热。参谋长已经长驻前线指挥部了，进进出出忙忙碌碌的，技术小分队也忙得更加欢实了。

赵玉明这天接到二弟的一封电报；父病，母速归！他的脑子一下子有些混沌了，怎么会，父亲身体一直很好，这才走了小半年哪。他把事情跟林胜平说了，林胜平说："'领导'，你别着急，还是回家安排一下吧。"

赵玉明回到家里，先和金鸿雁说明了情况，金鸿雁说："这事咱们得慢慢和妈说。"

"从电报上看，我爹好像问题不太大。"赵玉明说。

"那也不一定，那几个字能说明什么呀。"金鸿雁说。

赵玉明想想也是，说："鸿雁，还是你跟娘说吧。"

"也好。"

吃过饭，赵玉明坚持去收拾碗筷，金鸿雁拉住婆婆的手说："娘，家里来电报了。"

"是呀。"娘看着金鸿雁。

"娘，有个事跟你说，你可不要着急呀。"

"娘不急，有啥事你就说吧。"娘看看金鸿雁又看看赵玉明。

"爹病了。"

"你爹啥病啊？"娘看了赵玉明一眼。

"电报上没说，说是要你回去。"

娘听了这话愣了，抹了一把眼睛，赵玉明马上安慰说："娘，你别着急，爹病得一定不重，电报都没说让我回去，明天我就送你上火车。"

娘的眼泪在默默地流。

"娘，你别急，要不明天我陪你回老家看爹去。"金鸿雁这时候说。

"那敢情好！"娘说完马上说，"不行，不行，兴隆太小了，这一路上折腾，不行！不行！”

"娘，没事的，还有你呢。"金鸿雁说。

娘看赵玉明，赵玉明看金鸿雁，金鸿雁用力地点点头，表示出一种坚定，这让赵玉明对金鸿雁又多了一层的敬重。

金鸿雁去医院找蔡院长请假，刚好遇见刘兰芝，刘兰芝说："鸿雁，要不把靓初交给我吧。"

金鸿雁说："不用了，还是交给幼儿园全托吧。"

刘兰芝说："也好，我会天天过去看靓初的。"

赵玉明去火车站送站，远去的长长的列车，载着他的思念和忧虑。

爹患的是脑血栓，当时半边身体没了知觉。金鸿雁来到县城医院和主治大夫进行了治疗方案的探讨和沟通，她的建议得到主治大夫的积极采纳，经过十几天的治疗，爹就能下地行走了。娘说你爹的病能好成这个样子，亏得这个做医生的儿媳妇了！

赵玉明收到金鸿雁归来的电报，去火车站接的金鸿雁和儿子兴隆。回到家里，金鸿雁说："你爹生病是一股急火攻了心，你小弟和同学打仗，失手把人家眼睛打伤了，你爹上门给人家赔礼道歉，人家家长还是不依不饶的，你爹是个要脸面的人，憋屈出这个病的，我回来爹还要娘跟我回来，是我没有同意。"

三十四

金鸿雁这天在内科门诊坐班。这时正是深秋季节，气候有些反常，感冒患者多一些。金鸿雁忙碌到近中午才看完所有的患者，她抽空去了趟厕所，回到诊室，见有个健壮的中年男人坐在候诊条椅上，金鸿雁忙坐到诊桌前说："同志，你哪里不舒服哇？"

"我没病，你是金大夫吧？"男人笑着说。

"我是，你怎么称呼？"金鸿雁有些奇怪，没病你来门诊干什么？

"我是邱少山，是专门过来看你，也是特意来感谢你的。"

金鸿雁心里默念了一下邱少山三个字，这个名字她似乎有些记忆但又不那么深刻，这张面孔也没什么印象，便微笑着说："同志，不好意思，我怎么对你没有什么印象呢？"

"金大夫，你是贵人多忘事啊，咱们不仅认识，你还救过我的命！"邱少山朗声说。

金鸿雁看看邱少山，想了想，摇头微笑说："邱少山同志，我真的没什么印象。"

"那一次在D农场我被打得尿血了，是你到小黑屋里给我看的伤上的药。"

金鸿雁这时候想起来了，说："你就是D农场的那个党委书记，当时你的头发铰得高一块低一块的，小屋子里又矮又暗，我对你没有什么印象，你现在身体怎么样啊？"

邱少山活动一下手臂，说："还不错，这得感谢你呀，金大夫，那次如果没有你可能就没有我的今天了。"

"邱书记，你这话可有些言重。"金鸿雁笑着说，看了一眼手表。

"金大夫，你是该下班了吧？"邱少山说着站起身来。

"是，我孩子在幼儿园，我该接孩子了。"

"那好，咱们一起走吧。"

"邱书记，你先走吧，我还要换一下衣服。"金鸿雁说。

"那好。"邱少山说着马上出去了。

金鸿雁换好衣服出来，看见邱少山站在医院大门口抽着卷烟，有些奇怪地说："邱书记，你还没走哇？"

"金大夫，我在等你呀。"邱少山扔了烟蒂笑着说。

"邱书记，你还有什么事吗？"

邱少山指着旁边的一辆卡车，说："金大夫，你先上车，我送你回家。"

"邱书记，我家又不远，坐什么车呀，再说我还要到幼儿园接孩子。"金鸿雁说完，径直快步向不远处的幼儿园走去。

邱少山跟在金鸿雁后面来到了幼儿园，幼儿园的老师正牵着靓初的手翘首以待，靓初见到金鸿雁，喊了声"妈妈！"小燕子般地飞了过来，金鸿雁说："靓初今天乖不乖呀？"

靓初看着李阿姨，李阿姨笑着说："靓初很乖。"

"李阿姨，辛苦你，谢谢呀。"金鸿雁笑着说。

"金大夫，要说感谢，得我感谢你才对呀。"李阿姨笑着说。

"李阿姨，再见。"金鸿雁笑着摆摆手，牵起靓初的手向外走。

"金大夫，你女儿啊，真漂亮！"邱少山走在旁边说。

靓初仰脸看看邱少山，说："你是谁呀？"

"靓初，不许这样没有礼貌，叫邱大大。"金鸿雁有些严肃地说。

"邱大大。"靓初招呼了一声。

"哎，这孩子可真乖呀。"邱少山满足地应了一声，说，"我就想有一个这样的闺女，可惜三个都是秃小子。"

"邱书记，你还有什么事吗？"

"金大夫，我送你回家呀。"

"邱书记，不用了，我家又不远，这就到了。"

"金大夫，咱们就别争了，等到了你家，我说句话就走。"

"邱书记，有什么话你就说吧。"

"金大夫，现在不太方便。"

金鸿雁见邱少山这样说，卡车还跟在后面，就不好再说什么了，便牵着靓初的手向家走去，到了院子的门口，蔡大姐抱着兴隆过来了，蔡大姐说："金大夫，才回来呀，兴隆有些饿了。"

"啊，大姐，今天患者多了点。"金鸿雁说着接了兴隆。

"山哥，你怎么这么闲着哇?"蔡大姐看到了旁边的邱少山主动打了招呼。

"是六妹子呀，你住这里呀，我是过来看金大夫的。"邱少山看清了蔡大姐说。

"蔡大姐，你们认识呀?"金鸿雁说。

"屯亲，一个辈分的，山哥，听说你恢复工作啦?"蔡大姐笑着说。

"是呀。"

"这下子可好了。"

"还行吧，六妹子，你挺好呗?"

"挺好的。"

"妹夫回来了吗?"

"还没，执行任务一走三年多了。"

这时，卡车司机扛着一个口袋，手里拎着两个荆条筐过来，一只筐里有两只母鸡在咯咯咯地叫着，司机叫了一声："哥。"

"把鸡放在门口，大米和鸡蛋送到屋里。"邱少山说。

"邱书记，你这是干什么呀?"金鸿雁马上拦住说。

"金大夫，这就是我的一点点心意，都是家里出的，不成敬意!"

"不行，绝对不行，邱书记，你赶快拿走。"

"金大夫，跟你说实在话，我来感谢你，还有我老娘的意思，六妹子知道我老娘，她老人家是个知恩必报的人。今天出来时我老娘还说，见面就让我给你磕三个响头，谢谢你的救命之恩，她还让把你当菩萨供着，我这头还没给你磕，这个是我亲表弟，老实厚道的人，我怎么做的，我娘一问，他就会如实告诉的。金大夫，头我就不给你磕了，菩萨的事咱也免了，共产党员不讲这个，人情我永远记着，收下这点东西的面子你得给我呀，要不回了家我没有法子跟我老娘交代呀。"

"金大夫，山哥家的婶子在家里是说一不二的，山哥也是孝顺的儿子，这事你还真得给山哥点面子，不然他回去见了老娘准得挨骂的。"蔡大姐说。

金鸿雁见蔡大姐这样说了，皱了一下眉头，就让他们进了屋。说话间，从木箱子里拿出一块布料，说："邱书记，谢谢你来看我，也谢谢你家大娘了，这块布料你替我捎给她老人家，算我对她老人家的一点心意吧。"

"金大夫，这怎么行啊？不行，不行！"邱书记有些涨红了脸急忙推托着。

"邱书记，不行你就把东西全都拿走吧。"金鸿雁坚持说。

"那好吧，金大夫，我敬重你，今后你有什么事只要说一声，我有能力的话，我一定会帮你的。"邱少山有些难为情地接过布料说。

"邱书记，我这心里还真有一件事一直都放不下呀。"金鸿雁犹豫了一下说。

"金大夫，你说。"

"是我的党籍问题，这几年一直搁置着。"金鸿雁就把事情的原委简略地说了一下。

"金大夫，这事我知道了，我会尽最大能力帮你反映的。"

"邱书记，那就麻烦你了。"

"金大夫，不麻烦，有这件事我心里还好过些，也算能对我娘有个交代。"

这时候，兴隆哭了起来，蔡大姐说："金大夫，兴隆一定饿急了，你快给他喂奶吧。"

"再见哪，金大夫。"邱少山见状马上说，走出了院子。

"邱书记，你慢走哇。"金鸿雁说。

"金大夫，你别出来了，我替你送送山哥。"蔡大姐说。

西线勘探区域进入了M区域大面积勘探阶段，诸多井位出现良好的显示，布井钻探开发在紧锣密鼓中进行着。

下辽河勘探开发重点大规模地向西线转移，油田总部也初步定位西线，几个二级指挥部在西线开始设点。赵玉明所在的技术指挥部也在西线定了点，划定了区域，开始了办公场所和生活区的建设。慕自清领导的西线前线指挥部回归油田总部驻地办公，林胜平、赵玉明的技术小分队回到技术指挥部的一栋板房里办公，继续肩负着过去的工作任务。

几天前，指挥部传达了油田总部的文件精神，油田总部开始解决部分两地分居职工的工作生活问题，对职工在外地的配偶进行摸底调查，按照先远后近的原则，兼顾油田急需岗位人员优先调入，诸如科技、教师、医生等岗位人员，这是下辽河第一次规模解决两地职工分居问题。

赵玉明这一次回家探亲和金鸿雁说起了这件事情，金鸿雁说："这件事情好是好，可你说的西线那块地方我下乡巡诊走过多少次了，特别是你说的建房那一块地，好大一片白刷刷的盐碱地，上边长得齐腰高的青蒿子和绿碱蓬，人都说是个兔子都不拉屎的地方，也不知道你们什么时候能建设得像点模样。"

赵玉明抱着兴隆笑着说："油田已经开始建设了，规划了好大的一片地方，油田的建设速度一日千里，你就瞧好吧!"

"这样当然好了，来，咱们先吃饭吧。"金鸿雁说着将饭菜摆上了桌子，今天的菜看挺丰盛。

"怎么这样丰盛啊?"

"知道你要回来，吃吧，一会儿告诉你。"

"这样看来一定还有喜事了，有酒吗? 这么多菜还是喝点酒吧。"

"早就给你备下了。"金鸿雁说着，拿出一瓶大米酒放在桌上。

"你也来点吧。"赵玉明说。

"我还是算了吧。"金鸿雁说。

赵玉明自己呷了一口，一副很陶醉的样子，看看金鸿雁，表现出愿听其详的神情。

"玉明，你猜前两天谁来看我啦?"

"金大夫菩萨心肠，行医送药也有十年了，救治的人也不算少，你这不是难为我吗?"

"邱少山。"

"谁是邱少山哪?"

"我一想你就不记得了，实际我也不太记得了，就是前些年在D农场，让人用钢丝鞭子抽得尿血的那个农场的党委书记，我跟你说过的。"

"鸿雁，我记起来了，你写信时告诉我的，是吧?"

"对，对，对，你还真行，还有印象。"

"他现在什么情况啊?"

"重新出来工作了，还当农场的党委书记。"

"这符合目前党的政策。"

"油田也这样吗?"

"全国一盘棋，我们油田邱少山这样的干部不多，倒是从省'五七'干校来了不少这样的干部，有一些又调回去了。"

"我说你怎么知道呢。"

"邱少山这个人有良心，知道感恩。"

"玉明，说什么呢?"

"鸿雁，我说错了吗?"

"你当我当初帮助他是等他来感谢我吗? 怎么想问题的?"

"鸿雁，我绝对没有这个意思，咱们谁做什么，都不可能也不应该是为了这个。"

"就是嘛!"金鸿雁笑了，然后就将邱少山来看她的经过说了一遍，接着说，"我要说的是我一直惦记着我的党籍问题，就跟他讲了，没想到他立刻就答应了，过后我又有些后悔了，党籍问题是组织上的事，我怎么通过他个人去解决呢？"

"你这也是没办法，高大壮还在你们医院，你又渴望解决这个问题，可以理解，再说了，邱书记能不能去上级说上话还未可知，就是真的说上了话，还是要走正常的组织程序的。"

"你说得对，我真希望我的组织问题能早些落实，这都成了我的一块心病了。"

"鸿雁，你说的我懂，不过，我觉得咱们一家人很快能够在一起生活，也是一个不错的消息呀，咱们是不是该报名啊？"

"当然了，玉明，我说过的，我这辈子跟定你了！"

"今年过去刚刚好，靓初明年刚好也该上学了。"

"是呀，有什么比一家人在一起生活更美好的事情。"金鸿雁满怀憧憬地说道。

赵玉明这时凝视着金鸿雁，金鸿雁的脸渐渐红了起来，说："干什么，你又想淘气啦？"

"还是老婆懂我呀。"

"美的你吧。"金鸿雁笑了笑，心旌荡漾地开始收拾着桌子。

那天上午，金鸿雁在住院部查房，刘兰芝匆匆进来说："鸿雁，你出来一下呀。"

"兰芝，你稍微等一会儿啊，我这儿还有几个患者，马上就完了。"金鸿雁说。

"大家稍等一会儿，科主任马上就到了，金大夫这边有点急事，不好意思呀。"刘兰芝笑着对患者们说。

"兰芝，什么事这么急，还把患者放着？"金鸿雁跟着刘兰芝出来说。

"鸿雁，你就只有患者呀，农垦局党委组织组来人找你，咱也不能让人家等着哇。"

"兰芝，什么事情啊？"

"说是关于你的党籍问题。"

"是呀。"金鸿雁愣了一下，心里不由得欢喜了起来，这么快，想不到这个邱少山挺有能量啊。金鸿雁随着刘兰芝来到医院小会议室，新任蔡院长在会议室里坐着，高大壮也在，许是听说工宣队也要撤出医院的风声，高大壮不太那样颐指气使了。会议室里还有两个陌生人，高大壮和他们攀谈着，还说到了田俊山的名字，刘兰芝说："程组长，金鸿雁同志来了。"

两个陌生人的目光投向金鸿雁，其中一个年龄四十岁左右的人说："金鸿雁同志，你坐。"待金鸿雁坐下后，那个人继续说，"金鸿雁同志，我们是农垦局党委组织组的，我是副组长程光，这位是组织员刘忠义，我们这次来主要是了解你的党籍问题的，我说的话你明白吗？"

有一股暖流从心里流过，金鸿雁立刻激动地说："程副组长，我明白！"

程光点点头，对高大壮、蔡院长说："两位领导，现在我们要和金鸿雁同志单独谈话，请你们回避一下吧。"

"好，你们谈。"蔡院长笑着说，和高大壮、刘兰芝出了会议室，刘兰芝拉紧了门。

"金鸿雁同志，对于你的党籍问题我们有个初步的了解，现在请你说说具体情况吧。"程光说。

"好的。"金鸿雁含着眼泪将自己党籍问题进行了说明。

"金鸿雁同志，你说的情况我们将找医院相关的党员和群众做进一步了解、核实，按照实事求是的原则会及早做出公正的处理。"程光说。

"程副组长，非常感谢农垦局党委，也谢谢你们。"

"金鸿雁同志，你先回去，你请刘兰芝同志来一下。"程光说。

"好。"金鸿雁出了会议室，进了院办，说："兰芝，程副组长叫你过去。"

"好，鸿雁，你们谈得怎么样啊？"

"该说的我都说清楚了。"

"相信这次你的问题会很好解决的。"

"我怕高大壮继续阻挠。"

"形势在发展，估计他已经没有这样的能量了。"

"但愿吧。"金鸿雁眼里充满着期待。

下辽河油田总部组织处的商调函发到了农垦局职工医院，蔡院长找来金鸿雁谈话说："金大夫，从工作需要的角度说，我是绝对不希望你离开咱们医院的，你是咱们医院重要骨干力量，工作积极肯干，是你父亲的原因一直影响了你，可你从不消极，一直都在积极努力地工作，这一切大家都是看在眼里的，这些年你很辛苦，一个人带着两个孩子，一家人是要在一起的，尽管医院舍不得你，可还是得放你走，我们就是希望你今后能生活得更幸福更美好。"

金鸿雁眼里盈满了泪水，说："谢谢蔡院长，也谢谢大家，这些年我虽然有些坎坷，我还是有些舍不得咱们医院，也舍不得大家，谢谢这些年大家的帮助。"

这时候刘兰芝敲门进来说："院长，农垦局党委组织组来电话了，金鸿雁的党籍问题由医院支部重新研究落实。"

"好哇，金大夫，恭喜你，这是个非常圆满的结局呀。"蔡院长感慨地说。

"谢谢蔡院长！谢谢兰芝！"金鸿雁兴奋地说。

这是一个明丽夏日的早晨，赵玉明带着一辆卡车回来，刘兰芝等一帮医生、护士来给金鸿雁送行，要搬的东西很简单，一对柳条箱，一个木箱，两个纸盒箱，几床被褥装在二条麻袋里，大家七手八脚地将东西送上卡车车厢里。刘兰芝笑着说："鸿雁，你们这个家可真好搬哪。"

赵玉明抱着兴隆说："谢谢大家了，面包会有的，一切都会有的。"

金鸿雁牵着靓初的手，含泪和送行的人一一握手告别，刘兰芝紧紧抱了抱金鸿雁，表现出深深的不舍，赵玉明说："刘主任，欢迎大家来油田哪。"

"赵玉明，你可要好好对待我们鸿雁哪，不然，我们娘家人是不会答应的。"刘兰芝笑着说。

"欢迎娘家人常来我家监督检查呀。"赵玉明笑着说。

卡车颠簸地驶进西线油田的基地，到处都是新起的建筑物，过去一望无际的白茫茫的盐碱地被新的道路和建筑物条块分割了，到处都是飘扬的彩旗。卡车在新沙石路的颠簸中来到了几栋新红砖红瓦房旁停下来，赵玉明抱着兴隆下了车，走在前面，他们来到前面数第二栋房子的第二个门前停下来。赵玉明开了房门，有些潮湿的气息涌了出来，他们在门口停留了片刻，金鸿雁这时候牵着靓初的手探头向里面看了一眼，地是红砖铺就的，墙是白灰抹平的，比他们那间房子宽敞明亮多了！赵玉明笑着说："鸿雁，都到自己家了，你还客气什么呀，进去吧。"

金鸿雁迈步进去，进门是个一平方米多些的短廊，短廊上有东、北、西三个门，东门是个顶部半圆形的空门，里面是个四五平方米大小的空间，墙边通着水和天然气的两条铁管线，南墙对扇的玻璃窗户下是一铺砖砌的水泥灶台，相连的是一个水泥抹就的洗涤槽，靠北墙立着一个对开门的储物柜，这里是个小厨房；推开北门，是一个八九平方米大的房间，一铺北炕占去一半的地方，南墙有一扇透亮厨房的小高窗，使得小屋里有些昏暗；西门里面是一个大房间，十五六平方米的样子，朝阳是四扇开的木窗，上面有一条两个椽子，屋子里非常明亮，一铺北炕上铺着新芦席，金鸿雁说："真的太好了，比我们原来的家可宽敞多啦！"

"我就说嘛，油田建设速度一日千里，没有让你失望吧？"赵玉明笑着说。

"当然没有。"

"没有就好。"

"爸爸妈妈，我住哪里呀？"靓初这时候说。

"你想住哪里呀？"金鸿雁说。

"我要住小屋子。"

"你确定？"赵玉明说。

"啊。"靓初说。

"好。"金鸿雁说。

"赵领导，快把你家东西卸了吧，我还有其他任务呢！"卡车司机杨师傅在外面喊。

"来了!"赵玉明回应着,冲金鸿雁一挤眼,将兴隆交到金鸿雁手里,马上跑出去卸车。

何劲松、刘辉、贺桂文等人闻声已经站在卡车旁边,简单的东西两趟就搬进了屋里。

赵玉明把贺桂文介绍给了金鸿雁,大家说了会儿话。金鸿雁这时知道这栋房子第一个门是何劲松家,第三个门是刘辉的家,他们成为左邻右舍了。贺桂文是昨天搬来的,白雪梅还在东线收拾东西,说还得一两天才能搬过来。

"师兄,屋里的东西你们自己摆放吧。"何劲松说。

"好的,没问题。"赵玉明说着,送何劲松、刘辉出去。

赵玉明把柳条箱放在大屋的炕梢,将行李等物品简单摆放好,这时候他们相互看了一眼,这时的屋子里显得有些太空旷了。赵玉明指指屋里说:"这里应该放个写字台。"

金鸿雁指着西面墙说:"那里应该放一个衣柜或一对木箱。"

赵玉明笑着说:"完全正确,咱们还是先解决吃饭的问题吧。"

新房子烧饭、取暖用的是天然气,这是清洁能源,让人喜欢,只是最初金鸿雁有些生疏,赵玉明便开始讲解天然气安全使用知识,接着进行示范操作,金鸿雁最初亲手操作时心里还是有些忐忑的,操作几次之后才放下心来。

吃过饭,忙碌一天了,赵玉明、金鸿雁早早躺下了,可是一时又兴奋地有些睡不着,他们开始描绘着一家人油田生活的美好未来。

三十五

金鸿雁按照时间要求,来西线第三天去油田总部组织处报了到,组织处将她的关系转到了油田卫生处,卫生处又开具工作关系,让她到西线医院去报到,金鸿雁拿着工作关系去了西线医院。按照路人的指点,她来到一片绿色的板房区,板房区的一些板房经过多年的风雨洗礼已经有些斑驳,其间的红砖甬路倒是四通八达的,初来者有些入了迷宫的感觉。幸亏板房的门口上方挂着门牌,金鸿雁转了好一会儿才找到院办,院办负责人柯岩接待的她。柯岩看完她的介绍信,笑着说:"金大夫,你稍等啊。"

柯岩一会儿回来,引进一个称作黎院长的人,黎院长看到金鸿雁先是一愣,马上笑了,指着她说:"金鸿雁,真的是你呀!"

"黎青,'人生何处不相逢'啊,你不是去省城了吗,怎么会在这里呀?"金鸿雁也笑着说。

"我先去干校走的'五七'道路，刚刚抽调到油田不久。"黎青笑着说。

"很高兴在这里见到你，黎青，你一点都没有变，不，应该是更成熟了。"金鸿雁说着，他们握握手。

"谢谢夸奖，不胜荣幸。"黎青说。

黎院长叫黎青，是金鸿雁大学同学，黎青的学业好，大学毕业保送去省城医大深造去了，可以说是前途无量，黎青说："金鸿雁，你不是在农垦局职工医院吗，怎么会到这里啦？"

"我嫁了个石油郎，才有这样的机会呀。"

"我说嘛，不错，咱们这也算是殊途同归呀。"

"黎院长，金大夫的工作怎么安排？"柯岩这时说。

"金鸿雁，你之前在医院做什么呀？"

"儿、妇、内、防疫我都做过。"

"金鸿雁，你现在最想做什么呀？"

"黎院长，还是看咱们医院的需要吧。"

"老同学一点都没有变哪，有觉悟，你去内科怎么样？"

"没问题。"

"那好，金鸿雁，我这边还有个外科手术，咱们有时间再聊，柯主任送你去内科报到。"黎青笑着说。

"好的，黎青，你忙你的吧。"金鸿雁说。

"金大夫，咱们走吧。"柯岩笑着说。

"好的，柯主任，麻烦啦。"

"金大夫，你别客气。"

金鸿雁随着柯岩去内科，走在路上，金鸿雁说："柯主任，咱们医院怎么这么简陋哇？"

"金大夫，这里原来就是油田的一个卫生所，油田勘探开发重点向西线转移，油田建设速度一下子加快了，求医人数猛增，便临时增加一些板房当诊室和住院部，总部搬迁过来，才成立的西线医院，现在看，这样还不够用，这只是个过渡，后面已经在新建医院门诊大楼了，地基已经打好，刚刚建起一层，说是年底交工，也不知道行不行啊？"柯岩说明着。

"这样啊。"金鸿雁向后面看了看，看到了建设中的门诊大楼指向天空的钢筋骨架，很多人在忙碌着捆扎钢筋、支混凝土模板。

"金大夫，你和黎院长在大学是同班同学呀？"

"是呀，柯主任。"

"黎院长外科医术很不错，年轻有为，是医院里少有的人才呀。"柯岩说。

"是呀，黎青在学校里学习就好，是我们全系同学学习的榜样。"

"难怪呀。"

来到内科诊室，这是一个大板房屋间，三个诊桌分布在三个角落，三个医生都在给患者看病。柯岩带金鸿雁来到里面的诊桌前，说："肖副主任，这位是新调来的金鸿雁金大夫，黎院说分到你们内科工作，具体工作你来安排吧。"

"好的，柯主任，稍等啊。"肖副主任说，继续看患者。

"金大夫，你先坐一会儿，我还有事。"柯主任说。

"柯主任，你忙你的。"金鸿雁说。

"那好。"柯主任说着就出去了。

肖主任四十岁的样子，圆脸，头发很浓密，看完这个患者，笑着冲金鸿雁说："金大夫，你先坐一会儿啊。"接着，继续叫患者看病。

金鸿雁坐在旁边的条椅上，静静地看着，肖副主任态度和蔼，业务娴熟。

肖副主任看完了三个患者，看看金鸿雁，说："金大夫，你什么时间能上班哪?"

"随时都可以。"金鸿雁说。

"这可太好了，金大夫，那你明天就来这里上班，行吗?"

"可以，肖主任。"

"金大夫，是副主任。"肖副主任强调说。

金鸿雁笑了笑，肖副主任给金鸿雁介绍了同诊室的女赵大夫和男孙大夫，又有患者陆续进来，他们寒暄了几句，金鸿雁就起身告辞了。

金鸿雁先去了托儿所，抱着兴隆、拉着靓初回了家。赵玉明说这几天他跑M区域，中午在现场吃饭。金鸿雁要靓初和弟弟玩，自己开始做饭。她明天就要上班了，按照她今天看内科诊室处置患者的情况，诊室的工作量不算很大，至于怎么工作，只能在具体工作中才知分晓的。

晚上吃饭的时候，金鸿雁说了去西线医院报到见到医学院同学黎青的事，赵玉明说："这么巧，他现在什么情况?"

"黎青很忙，我们就说了几句话，只知道他是从省'五七'干校调来的。"

"'五七'干校来了油田不少人，大到总部领导，各行各业的都有，你们是老同学，有空请他到家里来坐坐吧。"

"好哇，怕是他没有时间哪。"

"也是，这么大个医院筹建工作就够他忙的，还要从事业务工作。"

"黎青对专业一直都很专研的，他是不会放弃业务工作的。"

"这样也对，对了，鸿雁，陆鸣他们今天搬来了，在前栋房子，一会儿我们过去看看哪?"

"好哇，刚好陆鸣家的刘玉梅我还没有见过。"

赵玉明敲门进去，看到刘玉梅在厨房里收拾卫生，陆鸣刚刚在大屋的炕上坐定，半导体里播放着晚间新闻，见是赵玉明，刘玉梅忙出来相见，见过了金鸿雁，喜欢了一下靓初、兴隆，让了座，就去沏茶，拿了糖果给孩子吃。

赵玉明看到屋里摆着大衣柜，一对木箱，一张写字台，一张方桌，四把椅子都是本色，木纹清晰明亮，就说："陆鸣，你们的家具很不错呀！"

"她二哥帮的忙，次品，内部处理的。"陆鸣笑着说，记得陆鸣结婚时介绍说刘玉梅二哥刘玉河在县城木器厂当车间主任。

"看不出来有什么问题呀?"金鸿雁认真看着家具说。

"买的时候是有瑕疵的，我二哥又找了木工师傅重新维修的。"刘玉梅笑着说。

"我说的嘛!"金鸿雁说。

靓初带着兴隆和陆鸣的女儿陆淼玩得很高兴，不时传出咯咯的笑声。

赵玉明和陆鸣说到工作上的事。陆鸣说了他们技术小分队去前进探区的一些工作情况，那里第一次勘探时就发现了超稠油，这次进行的是二次勘探，超稠油的比重很大，以目前油田开采技术来说是很难进行大规模开采的。从前进探区回来，陆鸣就去了SS区域踏勘，选择了一个重点井位，基本没有路，春夏季节里设备根本进不去，只有等候秋冬季了。赵玉明说了M区域的钻探情况，说这个区域钻探形势真的太好了，日产百吨的油井比比皆是，已经出了个两个日产超千吨的高产井了，说今天有一口井又有可喜的发现，油气就有五层，有八十多米厚，理论预计肯定要超过那两口超千吨的井，就等着试油的时候一见高低! 接着说到了军代表撤出了油田，油田又迎来新形势，走向新方向。陆鸣有些默然，之后悄声说："'领导'，现在谁还能靠得住哇!"

"'诗人'，这种话不要随便乱说呀。"赵玉明以严肃的口吻告诫说。

"'领导'，你又不是外人。"陆鸣笑笑说。

"'诗人'，我一直担心你这个。"

"'领导'，你放心，我不会的。"

"你最近又写点什么?"

"没写几篇东西，心不太净，总是有些忙忙叨叨的，对了，霍普这次回省城了。"

"抽调?"

"特招的，他爸爸恢复工作了，还有宋爽他爸，宋爽去音乐学院学习了。"

"挺好哇。"

"是呀。"陆鸣有些怪相地说。

金鸿雁和刘玉梅说到孩子，刘玉梅说："金姐，我也喜欢有个男孩儿，陆鸣却说无所谓的。"

"玉梅，喜欢你就生一个，你还年轻，听说你家的正骨法很不错。"

"家传的，我只学点皮毛，哥哥他们学的才是真东西，大哥、三哥都干这一行。"

"玉梅，你过来做什么呀？"

"金姐，我一直都有些犹豫，还去不去做那个代课老师，陆鸣主张我去，我还没有拿定主意。"

"我觉得做老师挺好的。"金鸿雁说。

"金姐你既然这样说了，那我就认真再考虑一下。"刘玉梅笑着说，后面又说了些家庭的琐事。

回到家里，金鸿雁说："玉明，刘玉梅说她可以帮助咱们买写字台和木箱。"

"如果方便的话那就买吧。"

"你同意吗？"

"我为什么不同意呀？"

"那好，什么时间我和刘玉梅再落实一下。"

"可以。"赵玉明这时候若有所思，想到陆鸣说过的话有些担忧，陆鸣是个性情中人，幸好霍普已经回城了，金鸿雁说："玉明，你怎么了？要不家具咱不买啦？"

"你说什么呢？"

"我以为你对买家具的事有什么想法呢。"

"没有，我想的是工作上的事。"

"真的？"

"当然是真的，你这是怎么啦？"

"我不知道买家具的事我说得妥当不？"

"没事的。"

"知道了。"金鸿雁笑了笑说。

何劲松是他们这几户关系近的人家最后一个搬到西线的，家里安置好了，何劲松就张罗几家人一起聚一聚。按照他的说法，大家从单身到成家，从艰苦创业到步入稳定，从租住房、临时房到正式住房，这是令人欢欣的几大跨越，唯有坐到一处把酒言欢，才可以表达我们此时此刻激动的心情，师兄，我说得对吧？赵玉明说你说得不错，只是……何劲松马上高调宣布："那好，各位，我准备一下，明天晚上在我家，咱们庆祝一把！"

白雪梅当时用大大的白眼看了何劲松一眼，何劲松就当什么都没看见一般，开始和赵玉明确定参加的人员名单，并要赵玉明负责部分人员的通知工作。赵玉明看了白雪梅一眼，有些进退维谷，何劲松情绪却十分高涨，叮嘱赵玉明说："师兄，你负责通知的人一定要通知到位呀！"

回到家里，金鸿雁看看赵玉明说："玉明，你对何劲松的提议好像没有太大的兴趣？"

赵玉明吓了一跳，他没有想到金鸿雁会这样洞若观火，从心里说，他有过不想搞这个活动的念头，白雪梅的态度代表着一部分家属的态度，他也怕金鸿雁不太支持，这是其一；另外是何劲松如果做了，自己就必须要接着做，其他人如果接续下去，很容易引起周边住户的关注，传扬出去或许会造成不太好的影响，于是就说："鸿雁，你对这件事怎么看哪？"

"何劲松说得对，乔迁是人生里的一件大喜事，约几个亲朋好友聚一下也无可厚非。"金鸿雁说得很通透。

"我是怕接续下去会产生不太好的影响。"赵玉明强调说。

"每家就这么一次，应该不会吧？"金鸿雁不太肯定地说。

"但愿吧。"赵玉明点头说。

何劲松家的聚会按时举行，参加聚会的有赵玉明、林胜平、陆鸣、刘辉、张国安，郝学仁这天外出未归。赵玉明右手边是张国安，按照特殊岗位和先远后近的调动原则，张国安妻子晏宝霞这次没能调入，赵玉明给予安慰。张国安倒想得开，说："她不进来也挺好，单位本来就不想放她，她吃的全是细粮——盘锦大米，老丈母娘还能帮着带孩子，多好哇！"

"'画家'，你说得太对了！"赵玉明说。

何劲松这时候举起酒杯，开始煽情，忆往昔峥嵘岁月稠……每个人都有一段回忆，都有一番感慨，从北国冰封的萨尔图到辽宁南大荒的下辽河，从住漏风飘雪的牛棚、帐篷、草棚房，喝苦涩的"鸭子"汤，到现在住上了红砖瓦房，喝上深井自来水，从烧煤炉子、油渣鼻孔里都是黑灰到烧上了纯净的天然气，这是多么大的变化呀！人民，只有人民，才是创造历史的动力！我们要用我们的双手创造更加美好的未来！何劲松这时想起了刘克家，那个年轻的生命永远定格在那条管沟里，让人唏嘘不已……不管如何，锦绣河山美如画，下辽河油田也开始跨上建设的骏马，就让我们一起勇往直前吧！

好！大家报以热烈的掌声。

夜有些深了，大家有些意犹未尽，赵玉明说："诸位，没有不散的宴席，下一把我来安排，大家敬听通知呀，撤！"

大家纷纷向白雪梅致以谢意，白雪梅笑脸相送，出了那个门，一切如想象般美好并快乐地结束了，这是个很完美的结局，令所有人欣慰和向往。

在何劲松家杯盏交筹开始的时候，贺桂文带着两个儿子刘成乐、刘成功到金鸿雁家里来串门，金鸿雁表示了热烈欢迎。第一次见到贺桂文，金鸿雁心里就为贺桂文有些抱屈，贺桂文长得标致耐看，个子虽然矮了点，丰满也丰满得恰到好处，这让人想起了《羊脂球》的女主角，贺桂文和刘辉的疙瘩脸还有些翘着的下巴比怎么说都是不太般配的，说郎才女貌吧，也没有听说刘辉有什么才干，也没人说他有什么潜力，他们怎么会结合在一起呢？难道真应了老百姓的那句土话"王八看绿豆——对眼啦"？说到工作，贺桂文被安排到后勤队当了一名库房保管员，管理劳动工具、劳保用品什么的，贺桂文挺满足的。金鸿雁一接触就发现贺桂文是个比较容易满足的女人，心眼也直，有话就说。刘成乐、刘成功哥俩很欢实，做游戏时，很多时候他们都想突破靓初的管理和约束，惹得靓初不得不严厉地训斥他们。贺桂文看着靓初就喜欢，说："靓初长得多标致，又懂礼貌，给我当干女儿吧。"

金鸿雁笑着说："桂文，你喜欢就自己生一个，又不是没有这个能力。"

"金姐，谁知道我有没有生闺女的命啊。"

"桂文，看你说的，你生的闺女一定像你一样的漂亮。"

贺桂文欢喜地说："金姐，还是咱姐俩对脾气呀。"

这时候，听到何劲松家里有散席的动静，贺桂文立刻招呼两个儿子回家了。

赵玉明笑呵呵地进了屋，金鸿雁看看笑着说："看样子活动的效果很不错嘛！"

"那是当然了，我们这些可都是有知识有文化的人。"

"有知识有文化的人什么样啊？"

"我就是他们中的一员，是具有一定代表性的。"

"我听着怎么有点自吹自擂的意思呢？"

"我怎么这种形象啦？"

"一听这话就有些高了，洗洗脚，早些睡吧。"金鸿雁笑着说，过去端来了洗脚水。

"谢谢了，金大夫。"赵玉明看了看金鸿雁，有些惬意地洗着脚。

隔壁传来了一声响亮的声音，似什么东西摔在了地上，接着是刘辉的吼叫："滚，看见你我他妈的就烦！"接着，一个孩子呜呜呜地哭叫了起来。

"刘辉，你干什么，耍什么酒疯啊？"贺桂文这时喊道。

"贺桂文，你他妈的给我滚到一边去！"

"喝了酒就耍酒疯，刘辉，你不嫌丢人哪！"

"滚！"又是一声喊。

赵玉明马上擦脚穿上了鞋，金鸿雁说："玉明，你干什么呀？"

"我去看看，刘辉这是干什么呀！"

"玉明，你先稍微等一会儿，应该没有什么事了。"金鸿雁说，等了一会儿，果然没有了声音。

"金大夫的预见还是挺准哪。"赵玉明笑着低声说。

"没什么事了，玉明，你也早些睡吧。"

"刘辉过去没见这样啊。"

"你们可都是有知识有文化的人！"

"金大夫，咱不带这样的呀！"

金鸿雁抿嘴笑了笑，哼着小调，铺好被子，招呼靓初、兴隆睡觉。

之前就定好的MN20今天试油。天公有些不作美，一大清早天空就阴沉着脸，感觉空气里能拧出水来，一会儿天上就飘起了蒙蒙细雨。参谋长带着一干人等在试油现场，这是见证奇迹的时刻。按照技术小分队预测MN20的油层厚度，综合其他井的一些情况看，这口井的日产量肯定超越那两口超千吨井，所有人都有了个新期待！大家穿着雨衣，站在和风细雨中，外输管线在最后打压检查时发现了一处问题，油建队的乐队长一身泥水地跑过来向何劲松报告，何劲松皱着眉头，说："你们怎么搞的，大领导在现场看着，丢人怎么就丢在这个时候哇，赶快抓紧处理吧。"

"整改正在进行中，马上就好！"乐队长说完，马上跑步离开了。

何劲松向戚乐天做了汇报，戚乐天说了些什么，何劲松点点头，就向乐队长的方向赶去，大家关注的是试油的结果。

放喷的时刻到了，一股强烈的黑色液体呼啸着喷向了土蓄油池，油管在颤动着，奔涌的油气仿佛似野马般要挣脱一切束缚，气势蓬勃。参谋长竖起了大拇指，带头鼓起掌来，笑意写在脸上，这样的态势超千吨肯定是没有问题的，到底多少，一定要计量好，我听结果。参谋长叮嘱完，坐上车走了。何劲松立刻安排相关人员做好放喷记录工作，数据要及时上报。

"何劲松，还要抓紧原油的进站工作呀。"戚乐天这时说。

"戚总，放心吧，管线已经整改完成了，马上就可以改为进站了。"何劲松说。

"要加快实施，土油池就快要放不下了。"

"好的，戚总，我这就去落实。"何劲松说。

周日晚上，赵玉明召集人在家里聚会，想找的人都能参加。

郝学仁早到了一会儿，赵玉明便陪着在大屋里说话。郝学仁这次出去参加一个会，是关于渤海湾统一地层的工作会议，郝学仁说了些会议的基本情况，赵玉明猛然想起一件事情，说："'大师'，单位前几天开个会，传达关于油田农村户口家属进矿的文件精神，这个事你知道吗？"

"'领导'，我们头跟我说了。"

"'大师'你怎么想的呀？"

"实事求是说我还没有想。"

"为什么呀？"

"条条框框那么多，老同志也不少，我觉得机会不大，这次还是算了吧。"

"'大师'，这一次对一线技术人员有特殊优惠条件，是不是你心里还没有过了那道坎哪？"赵玉明直截了当地说，郝学仁没有说话，这时候，林胜平走进来，赵玉明就拍拍郝学仁的肩膀，说，"你自己再好好想想，我觉得你应该报名，这可是个好机会。"

"再说吧。"郝学仁说得有些勉强。

"'大师'，早哇，这次统层工作会议开得怎么样啊？"林胜平笑着说。

"很好哇，有一些新精神，统一了一些新标准。"郝学仁说。

"说说看。"林胜平笑着说。

"'博士'，你别急，我带回一本会议材料汇编，什么时候你拿去看吧。"郝学仁说。

"这可太好了，'大师'，先谢谢了。"林胜平说。

"'博士'，咱们先说清楚，我可是借你的呀。"郝学仁强调说。

"知道了，小气鬼。"林胜平笑着说。

"'博士'，你要这样说我可还不借了。"

"'大师'，我错了行了吧。"林胜平笑着说。

"看在你有悔改表现的面子就原谅你一次。"郝学仁说。

这时候，何劲松进来，看到郝学仁就说："我说'大师'，怎么我召集的时候你就不在家呀？"

"公务在身，我也没办法呀，我不在，不是给你省了吗？"郝学仁笑着说。

"'大师'，我这么大的'地主'还差你这一根垄啊！"何劲松有些不屑地说。

"'大拿'，那什么时候你给我补上呗。"郝学仁说。

"行啊，马上！"何劲松笑着说。

"'大拿'，你这不是要赖吗？"郝学仁说。

"我和师兄没说的。"何劲松说。

"这话让你说的，我有说的我能来吗？"郝学仁说。

陆鸣、张国安、刘辉陆续进来了，赵玉明立刻摆桌安排人员就座。

聚会开始，林胜平首先宣布一个振奋人心的好消息，MN20经测量日产油气超过两千吨，成为目前全国日单产第一井，《人民日报》为此还发了一期号外。

这是下辽河地质人的骄傲，也是下辽河石油人的骄傲，让我们大家共同举杯，庆祝这个历史纪录的诞生吧！赵玉明激情澎湃地说着，大家都举起了酒杯，这是个难忘的时刻，谁会不动情？

陆鸣满怀豪情地即席朗诵：追寻不畏艰，钻探不惧难，单井拔头筹，辽河写新篇！

大家给予热烈的掌声。

金鸿雁之前关照过赵玉明，让他多关注一下刘辉，有可能的话了解一下刘辉的心结。赵玉明说他要是想说早就说了，应该不会有什么大事的。尽管这样，赵玉明还是抽时间关注了一下，刘辉说那天晚上成乐不小心把一个新茶壶碰掉地下摔碎了，让他很恼火！这个说法很难让赵玉明相信。赵玉明很关注刘辉，刘辉注意到赵玉明的关注了，回以微笑以示明白，这天的聚会很圆满。散局时，刘辉高调宣布：下个周日晚我做东啊，请在座的各位届时光临，我就不另行通知了。

大家散去，金鸿雁不时地侧耳倾听，没有听到隔壁有什么动静，她对赵玉明思想工作到位予以了积极的肯定。

刘辉请大家聚会的这个周日，贺桂文好生忙碌了一番，客人进门时，她才急急地躲进小屋里换了下厨的衣服。何劲松、赵玉明、林胜平是按时进门的，进门见桌子上的菜肴制作得有些特色，何劲松笑着说："刘辉，这不是你的手艺吧？"

"都是桂文弄的，我哪有这本事啊！"刘辉咧着大嘴笑着说。

"欢迎大家的光临！"贺桂文出来笑着说。

"贺桂文，你的厨艺可以呀！"何劲松说。

"不行！不行！差得远了！"贺桂文谦逊着。

"怎么不行，看这菜色的搭配就可见一斑。"何劲松说。

"劲松，这么好的菜怎么才一般？"赵玉明笑着说。

"师兄，你这是钻我的空子，我说的一斑是斑马的斑，你不要曲解我的意思呀！"何劲松说，大家笑了起来。

"你这样急着解释干什么，好像有人听不明白似的。"赵玉明说。

"那就是我了，我将将读完初中。"贺桂文说。

"菜肴能做这样好和文化程度无关。"何劲松说。

"我妈是在饭店工作的。"贺桂文说。

这时候，其他人相继进了门，看见桌子上的菜肴都有夸赞之语。刘辉笑着请大家落座，还说菜是吃的不是看的，好不好吃是最重要的！然后举杯，热烈欢迎大家光临，还说："辽河水呀，浪打浪，谁举杯谁打样！"自己先下了一大口，让大家充分感受到刘辉的诚恳和热情。

聚会进行中，贺桂文不时地出来看一回，看看桌子上有什么需要，说些吃好喝好之类的话，这次贺桂文出来时，郝学仁说："嫂子，你菜做得这样好，辛苦了，我敬你一杯！"

贺桂文愣了一下，有些不知所措，何劲松马上说："贺桂文辛苦了，做了这么一桌好菜，下了真功夫，该敬！该敬！"

大家也都说这菜色、香、味俱全，手艺了得。贺桂文被认同了，高兴地拿起了杯子，倒了一些酒说："欢迎大家的光临，感谢大家这些年对我们家刘辉的帮助和深情厚谊，希望今后大家一如既往，祝大家家家幸福！人人快乐！我干了，你们大家随意呀！"贺桂文敬酒的自如让大家感叹，真是巾帼不让须眉呀，话说得敞亮，酒也喝得豪爽，这可不是一般的战士呀。

张国安看了一眼郝学仁说："'大师'，你这就不对了，嫂子的酒都干了，你怎么还留点呢，留着养鱼呀？"

"'画家'，嫂子不是说了，她干了，大家随意嘛！"郝学仁笑着强调说。

"'大师'，这杯酒是你提议敬的，嫂子干了你不干，你这不是有点玩赖吗？"张国安也在强调。

在大家的目光下，郝学仁豪气地举起杯，说："谢谢嫂子，我也干了！"一饮而尽，大家立刻叫好并给予热烈的掌声。

"谢谢，大家慢慢用啊！"贺桂文说着转身要回小屋，这时候，两个孩子突然一起跑了出来，刘成功跑在前边，直接投进了刘辉的怀抱，"爸！爸！爸"地叫个不停，挨着刘辉左边坐着的林胜平说："这小子真乖，长得也精神！"便夹了一块溜肉段送进孩子的嘴里。

"快，谢谢大大。"刘辉笑着说。

"谢谢大大！"刘成功咀嚼着说，林胜平又舀了一勺花生米放到刘成功的手里，刘成功仰头往嘴里一粒一粒放着。

这时候，倚在贺桂文腿边的刘成乐手指放在嘴里，仰头叫了一声："妈！"

"成乐，乖呀。"贺桂文说，"成功，来！"招呼刘成功一块回小屋去，刘成功黏在刘辉身边不愿离开。

离着近处的郝学仁看到刘成乐的样子，马上夹了两片炸虾片给了刘成乐，刘成乐接在手里，贺桂文说："快，谢谢叔叔。"

"谢谢叔叔！"刘成乐说。

话音未落，刘辉隔着赵玉明，扬手一筷子抽在刘成乐的手背上，说："你怎么这么没规矩！"

刘成乐手里的虾片掉在了地上，立刻咧嘴哭了起来，贺桂文马上说："乐儿，不哭哇，刘辉，你干什么呀？"

"真不懂事！"刘辉有些恨恨地说。

"刘辉！"赵玉明推了刘辉一下。

贺桂文瞪了刘辉一眼，拉过刘成功，哄着刘成乐回了小屋。

"这小子一点规矩也没有！"刘辉说。

"小孩子嘛。"林胜平说。

"来，大家继续呀。"刘辉说。

"你们大家慢用啊，我有点急事先走了。"郝学仁站起来，脸上明显有些不悦了。

"'大师'，你有什么急事啊，喝完了再办不行啊。"刘辉挽留着。

郝学仁一点回应都没有地走出去，大家相互看了看，感觉气氛有些凝滞，赵玉明立刻看了一眼何劲松，何劲松立刻说："各位，时间也不早了，咱们就杯中酒吧。"

大家都说，好！便一起举起了杯。

"这才几点哪，好容易聚在一起，大家就多坐一会儿嘛。"刘辉极力挽留着。

大家都说谢谢了！便鱼贯而出。

走到何劲松家门前，何劲松说："各位到家喝杯茶吧。"

大家都说，谢了，改日吧。

"'画家'，你顺路去看看郝学仁什么情况啊？"赵玉明低声说。

"'领导'，明白。"张国安说着就走了。

"刘辉唱的是哪一出？"何劲松说。

"没明白。"赵玉明说。

"师兄，过来喝杯茶？"

"不了，你也早点休息吧。"赵玉明说。

赵玉明进了家门，靓初带着兴隆在炕上玩，金鸿雁从一本医书上抬起头，说："今天怎么这么早？"

"出点小变故。"赵玉明把刚刚发生的事情说了一遍。

"好事不得好办，刘辉怎么这个样子，他是真的不喜欢刘成乐呀？"

一句话点醒了梦中人，赵玉明说："刘辉过去的语言表现里一直就不喜欢这个老大，说长得不像他，有了成功以后这种疑虑似乎更加重了。"

"这哥俩长得差异也确实大了些。"

"鸿雁，你觉得有什么问题吗？"

"这个事还真的不太好说。"

"怎么回事啊？"

"好了，你怎么这么好奇呀？洗洗脚，早些睡吧。"

"夫人，遵命！"

赵玉明刚刚擦干了脚，隔壁传来一声清脆的声响，接着是刘辉的叫骂："贺桂文，你把那个小杂种给我带过来！好好的聚会，都是他给搅黄的！"

"刘辉，你又要什么酒疯！"

"贺桂文，快把那个小杂种给我带过来，你听见没有？"

"刘辉，酒你喝了，我求你消停点吧，你不怕人家听到笑话呀。"

"谁笑话呀，有什么可笑话的！""啪"的又一声响，刘辉有些声嘶力竭地喊："快叫那个小兔崽子给我过来，你没听明白吗，啊！"贺桂文应该是叫刘成乐过来了，刘成乐"嗷"的一声哭叫了起来，贺桂文哭着说："刘辉，你要打就打我吧！"接着是孩子哭老婆叫的声音。

赵玉明看了金鸿雁一眼，立刻出门跑了过去。进了刘辉家，大屋地上一片狼藉，刘辉红着眼睛，挥着拳头说："我打死你这个小杂种！打死你这个小杂种！"拳头多数落在了贺桂文的身上，刘成功在旁边呆呆地看着，赵玉明一把抓住刘辉的手，说："刘辉，你干什么呀？"

刘辉看了赵玉明一眼，说："你别管，我打死这个小杂种！"

"刘辉，你醒醒！"赵玉明摇动着刘辉。

"你是谁呀？"刘辉有些死鱼状的红眼睛看着赵玉明。

"我你都不认识了，我是赵玉明！"

"赵玉明是谁？不认识！"

金鸿雁进来，拉着哭泣的贺桂文说："桂文，走，咱们去小屋吧。"

"金姐，这样的日子真的没法过了！"贺桂文抹着眼泪说。

"刘辉是酒喝多了。"金鸿雁解释说。

"他一喝酒就多，一多了就这样，呜呜呜！"

金鸿雁抚摸着刘成乐的头说："成乐，不哭了，啊。"刘成乐哭得更厉害了。

"哭，你就知道哭，你就那么馋吗？"贺桂文拽了刘成乐一下说。

"成乐这孩子才多大呀，你说他干什么呀！"金鸿雁劝解着。

"金姐，这就是人的命啊！"贺桂文抹了一把泪水说。

"桂文，你别想得太多了。"金鸿雁不知道该怎么劝解贺桂文了，赵玉明敲一下门，进来说："贺桂文，刘辉睡下了。"

"桂文，孩子还没有吃饭呢，时间不早了，你收拾一下，让孩子先把饭吃了吧。"金鸿雁说。

贺桂文默默地点点头，出来开始收拾卫生，赵玉明、金鸿雁相互看了一眼，一起出去了。

三十六

早晨，赵玉明到了办公室，做完手里的事，坐在那里想了想，想去郝学仁那里看一看，这时候，办事员进来，说指挥部通知，让他去政治处一趟，吴卫东找他。

军代表撤出了油田，历史又步入了一个新阶段，吴卫东在前阶段油田总部的大调整中，回新命名的地质指挥部任了政治处主任。

赵玉明来到指挥部政治处，通讯员柳力强引领着赵玉明过去，门开了，吴卫东在办公桌上看一份红头文件，见赵玉明来了，放下手里的文件，起身过来，指指单人沙发，赵玉明坐下，柳力强倒了水，看了吴卫东一眼，退出去带好了门。

"玉明，最近工作怎么样啊?"

"主任，还好。"

"不是还好，是相当好吧?"赵玉明一时没明白吴卫东的意思，有些询问的目光，露出愿闻其详的神情，吴卫东说:"这是广大职工群众的评价。"

"感谢大家的肯定。"

"这是你能力突出的表现，都说是金子总会发光的，这话真是一点都不假呀。"赵玉明有些不明白吴卫东找他就是为了说这些吗?应该不会吧，吴卫东笑着说:"指挥部对各基层部门进行重新组合，新成立的生产管理科要配备一名党务干部，有意安排你过去，你觉得怎么样啊?"

"谢谢老领导!我服从组织上的安排!"

吴卫东马上摆手说:"玉明，你懂业务，素质高，是不二的人选，这件事还没有上会，我只是代表指挥部党委先摸一下底，听听你个人的意见，你要是个人没什么意见，就回去等消息，记着，要谦虚谨慎哪。"

"谢谢主任，明白，我走了。"

"好。"

赵玉明明白，他的任职已经百分之九十九了，没有上会敲定就不是百分之百，关于这个事他不能乱说，包括对金鸿雁，指挥部上次就有个拟任干部，组织上内部刚谈完话，他嘴上没有把住门，放任了老婆的长舌头，事情还没怎么样，已经弄得满城风雨了，真到了党委上会的时候，没有在指挥部班子会上通过，搞得自己没有面子，主要领导也很尴尬，历史的经验值得注意。

赵玉明从吴卫东那里出来，心里有些喜悦，拐个弯去了郝学仁的办公室，办公室里有几个人在工作，看到他进来有的人说来啦，有的人点点头。郝学仁面壁沉浸地看着资料，赵玉明走到跟前敲了敲桌子，郝学仁抬头看看，指指旁边的椅子说:"'领导'，坐呀。"

"很忙啊?"赵玉明说着没有坐。

"还行吧。"郝学仁立刻起了身，和赵玉明一起出了办公室，走到一处僻静处，说，"'领导'，有事啊?"

"没有，就是过来看看你。"赵玉明笑笑说。

"'画家'昨晚到我宿舍坐了会儿,我没事。"

"你是没事了,刘辉在家里可闹翻天了。"赵玉明就把事情简单地说了一下。

"他还闹腾上了,都气死我了,都是他的儿子,他怎么那样对待那个老大呀,明摆着是瞧不起我吗?"

"'大师',我觉得刘辉对你不会有别的意思,你千万别多想。"

"'领导',那你说他什么意思呀?'博士'给他家老二东西吃,他高兴得什么似的,我给他家老大东西吃怎么就不行了,他拿着筷子是抽谁呢?"

"'大师',这件事我一时也说不太清楚,我想和你个人应该没有什么关系,你可千万别多想啊。"

"'疙瘩'这是什么人哪,这不是当大家的面打我的脸吗?"

"'大师',我找你就是想跟你说清楚这件事,我敢保证刘辉对你绝对没有不恭敬的意思,咱们同事都这么多年了,彼此都了解,是不是呀?"

"'领导',我明白你的意思,咱们是咱们,一如既往,至于'疙瘩',以后我也不想和他往来了,酒后无德的人,我是不想理的,这是我做人的原则!"

赵玉明听了郝学仁这样说,知道目前怎么劝也没有用了,便转移话题说:"'大师',你多长时间没有回家啦?"

"那一次过年到现在。"

"家里还好吧?"

"挺好的。"

"哎,你家农业户进矿的事怎么样啦?"

"我还没有问。"

"很多人都在忙这个事,'大师',还是抓紧问问吧,有时间请假回家看看,看看老妈。"郝学仁只是点点头,没有说话,赵玉明说,"走了呀。"

赵玉明这天在办公室看新来的下辽河石油战报,战报上登载着一篇运输六连指导员张志远活学活用先进事迹,这个张志远,三日不见,如隔三秋,学习上又有了新发展,思想上又有新提高,工作上又有了新进步!这时候,陆鸣进来,说:"'领导',又在学习呀。"

赵玉明收了报纸,说:"来,'诗人',怎么这样闲哪?"

"刚才我二大舅哥来电话了,你家的木箱做好了,'领导',什么时候咱们过去看看哪?"

"'诗人',那还看啥呀,什么时候找台车拉回来不就完了。"

"我的意思一是看看合不合你们的意,二是去弄顿酒喝。"

"你可算了吧,你舅哥看行就行了,就这样定了呀。"

306

"'领导'，那我就这样回复他啦?"

"没问题。"

"'领导'，还有个事，这个周末我想请大家聚一聚。"

"'诗人'，你还是别张罗了。"

"'领导'，你们都请过了，我怎么能不请? 这有点说不过去呀。"

"这不是出了特殊情况了吗，刘辉一喝就多，多了就闹，影响到家庭的安定团结了，还有郝学仁对刘辉有了想法了，这个客你怎么请啊?"

"'领导'，你说得也是，不叫谁都不好哇?"

"所以嘛，大家知道也能理解，谁真有想法我和他说去。"

"我总觉得不是那么回事，这是我家请客呀。"陆鸣心有不甘地说。

"谁家都一样，一言不合，真要是在你家闹了起来，就更没意思了，你说是不是呀?"

"好吧，'领导'，我听你的，刘辉过去也不这样啊。"

"我也弄不太明白，这件事只有他自己心里清楚哇。"

"'领导'，我听说你马上要有安排啦?"

"听谁说的，你看到红头文件啦?"

"那倒没有。"

"'诗人'，要以红头文件为准哪。"

"明白啦。"陆鸣笑着说。

金鸿雁这月轮到去住院部做值班医生。她来到住院部，最先接触的是护士长庄雅娴，庄雅娴初看就是一个有些洁癖的女人，她的头发总是一丝不苟地梳在脑后，绾成一个漂亮的髻，这在西线医院里是绝无仅有的，脸像一轮明月般洁净，看人时有些冷峻。据人说她的第一任丈夫是个国民党中下级军官，或阵亡或是去了台湾，不知所终。她现任丈夫是位抗日干部，是位聪明的大老粗，庄雅娴受过高等护理教育，是走"五七"到干校的，然后和黎青一起来的西线医院。初次见面，庄雅娴就端着架子，用挑剔的目光看着金鸿雁的一言一行一举一动，金鸿雁并不知晓，按规程工作，一轮巡诊下来，庄雅娴的脸松弛下来，对金鸿雁礼遇相待，也肯称金鸿雁为金大夫了。金鸿雁对庄雅娴是肃然起敬的，人家曾在省城大医院做护士长，肯定是见多识广的，牛一点是正常的，西线医院的护士中经过高级别培训的又有几个人呢，好多护士输液针头还扎不太明白。

那一天，金鸿雁在住院部上白班，巡视完病房刚刚坐下，贺桂文来了，金鸿雁说:"桂文，你干什么来啦?"

"金姐，我这两天一直都不太舒服。"贺桂文皱着眉头说。

"桂文，你坐，哪里不舒服哇？"

"嘴里苦，嗓子痛，头也浑酱酱的。"

金鸿雁给贺桂文做了检查，血压正常，嗓子有些红肿，就说："你发烧吗？"

"好像有一点烧。"

金鸿雁拿出体温计让贺桂文夹上，解衣服时看见贺桂文的肩胛处有一块瘀青，说："桂文，你这怎么弄的呀？"

"不小心碰的。"

"怎么这么不小心，是刘辉打的吧？"

"挡刘辉打刘成乐时落下的。"

"这个刘辉，下手怎么这么重，什么时候我真得让赵玉明好好说说他！"

"刘辉不喝酒的时候还是可以的。"

"酒后这样就更不好了。"金鸿雁拿下体温计看看，三十八度五，说，"桂文，你烧得挺厉害的，我叫护士给你挂瓶水吧。"

"我还真没多大感觉。"

"体温计是不说谎的，桂文，你是挂水还是吃药？挂水好得快一点。"

"金姐，那就挂水吧。"

"好，那你等会儿啊。"金鸿雁写好处方出去，一会儿，一个护士拿着一瓶水进来，带贺桂文去了隔壁的病房。

"金姐，你在医院，我们看病方便多了。"贺桂文笑着说。

一个护士进来说："金大夫，有个新患者。"

"知道了。"金鸿雁说，"桂文，你先点着，我去看一下就来呀。"

"金姐，你忙你的去。"

金鸿雁出去查看了新病人的病情，和庄雅娴交流了一下，下了医嘱回来，坐在贺桂文面前说："桂文，你这火太大了，回去还得吃些解毒的药哇。"

"都是刘辉闹的，喝了酒就耍酒疯，简直烦死人了。"

"现在没事了吧？"

"酒一醒他就好了。"

"那就叫他以后别再喝酒了。"

"我也这么想过，可是说起来男人要是不喝酒又不是那么回事，总感觉是媳妇管得太严了。"

"也是，听说刘辉过去不这样啊。"

"是，金姐，就是这两年的事。"

"为什么呀，你没问问他呀？"

"问过了，他说什么都没有，当时就是心里烦，这男人真的弄不明白，都有秘密。"金鸿雁笑了笑，摇摇头，贺桂文说，"金姐，你别不相信，你家赵哥也有秘密呀。"

"是吗，他有什么秘密呀？"金鸿雁笑着说。

"赵哥借别人钱的事情，你知道吗？"贺桂文笑着说。

"借钱，赵玉明借谁的钱啦？"金鸿雁愣了一下问。

贺桂文听了金鸿雁的语气，一时有些语塞，马上接着说："金姐，你看我这张嘴，一唠嗑就没有把门的了，是我记错了，是刘辉过去借了别人的钱，这次才告诉我的。"

"桂文，你和金姐说实话呀，赵玉明借谁的钱啦？"金鸿雁盯着贺桂文问。

"金姐，真的是我记错了。"贺桂文蒙住脸坚持不肯说。

金鸿雁见状也没有再深问，既然贺桂文说到了，这个话就绝对不会是空穴来风的，赵玉明借了谁的钱？他借钱干什么？

"金姐，你相信我呀，你可别问赵哥，真的是我说错了。"贺桂文走的时候还强调说。

金鸿雁笑着点点头，心里想，这不是"此地无银三百两"吗？

赵玉明今天去了SS区域，说是弄不好得明天回来。借钱，这个念头有些挥之不去，搅得金鸿雁心里十分惴惴不安，让她有些莫名其妙地发火，靓初用那双无辜的大眼睛看着她，甚至是审视着她，好像在问妈，你这是怎么啦？你从来没有这样过呀，我犯什么错了吗？这时候金鸿雁就将靓初拉到怀里，说："靓初，原谅妈妈，妈妈今天有些累了。"

"妈妈，累了你就歇着吧，有什么事情我来做，我来带弟弟玩。"

金鸿雁的眼泪一下奔涌了，她抱紧了靓初，说："靓初真是个好孩子，妈妈爱你们！"

赵玉明这次去SS区域，是复核这个区域里预布的几口探井，最重要的一口是SSN7，通往井场里面的路况差极了，一场绵绵的秋雨，十几里的盘塘路泡在水里，露出的地方也是泥泞的，脚踩下去就粘上一层，一会儿鞋上就粘成一个很大的泥坨，用力甩掉了，一会儿又粘起来，鞋上像永远粘着个泥坨，累死人了。其他井位不能去了，赵玉明他们就走出来了，傍晚回到单位赶上了大生产会，他在会上做了情况汇报，钻探SSN7的任务说是给了105队，队伍入秋后才有可能搬进去，如果钻探顺利，化冻前完钻刚好撤得出来。

赵玉明回到家里，靓初带着兴隆玩，看见爸爸回来高兴地招呼着，赵玉明应答着，抱起了兴隆亲了亲。金鸿雁刚洗完衣服晾上了，看见他愣了一下，说："你怎么回来啦？"

"我不是说过没有特殊情况尽量今天回来吗?"

"我忘记了,没有饭了,给你下碗面吧。"

"还是我自己来吧。"

"不用。"金鸿雁进厨房点燃了炉灶,将铝锅坐上,水一会儿就滚开升腾起水蒸气,她还在愣神儿。

"鸿雁,水开了,你怎么回事啊?"赵玉明探头说。

"啊,没事。"金鸿雁回过神儿来,忙拿了挂面,下到铝锅里。

"鸿雁,累了你就歇着,我自己来。"赵玉明进来说。

"不用,你出去吧。"金鸿雁推着赵玉明出去,用筷子搅动着锅里的挂面,赵玉明有些不解。

面条端到桌上,金鸿雁接过了兴隆,叫靓初去小屋,赵玉明有些疑惑,他开始吃面,一会儿,金鸿雁坐在他的对面,赵玉明说:"鸿雁,你怎么啦?"

"没怎么,吃你的饭吧。"金鸿雁说着脸上有什么东西纠结着。

"我看你怎么不太高兴,有什么话不能说吗?"

"我们真的有话就可以说吗?"金鸿雁竭力压低着声音。

"当然了,我们是夫妻呀。"

"你把面先吃完吧。"金鸿雁有些冷冷地说。

"好。"赵玉明看了金鸿雁一眼,有些疑惑,默默加快了吃面的速度。吃过面,赵玉明去厨房刷净了碗筷,回来坐下来,看着金鸿雁说:"鸿雁,有什么话你就说吧。"

"玉明,你有什么事情瞒着我吗?"金鸿雁清理了一下嗓子说。

"没有哇。"

"不许撒谎啊。"

"怎么会,鸿雁,你这是怎么啦?"

"我再说一遍,玉明,你真的没有什么事情隐瞒我吗?"

"真的没有。"

"玉明,有事就是有事,你还想瞒多久哇?"

"鸿雁,你说的是我工作安排的事吗? 组织上是找我谈过话了,可这件事还没有正式下文呢,我想还是等下了文再说吧。"赵玉明说。

"我说的不是这个事。"

"那还会有什么事啊?"赵玉明更加疑惑了。

"赵玉明,你简直是不可救药哇! 你说,是你离开这个家,还是我离开?"金鸿雁心中鼓起了一股怒气来,说着,就去收拾东西。

"鸿雁,你这是干什么呀,有什么话你就不能说清楚点吗?"赵玉明拉住金鸿雁说。

"赵玉明，你放手，别碰我，我不想让街坊邻居们听到了笑话。"

赵玉明见金鸿雁真的生气了，放开手说："鸿雁，你这到底是为什么呀？"

"赵玉明，你非得让我把话说破了吗？"

"鸿雁，你说，到底是什么事啊？"

"你向别人借过钱吗？"金鸿雁逼视着赵玉明说。

赵玉明愣了一下，避开了金鸿雁的目光，说："鸿雁，这话你听谁说的？"

"这个你就不要管了，我就问你这个事是有还是没有哇？"

"有。"赵玉明说，

"赵玉明！你真可以呀，这种事我竟是从别人那里听到的，我们是什么夫妻呀？你说，现在是你走？还是我走？"

"鸿雁，我们谈谈好吗？"赵玉明非常诚恳地说。

"不，你要是不走我就走。"金鸿雁气愤地说着，又收拾东西。

"好了，鸿雁，你别生气了，还是我走吧。"赵玉明说着，穿上衣服，出了家门，这时刚好遇见刘辉回家，刘辉笑着说："'领导'，这么晚你怎么还出去呀？"

"单位临时有点急事，刘辉，你刚下班哪？"赵玉明说。

"是，'领导'，你们搞技术的真是越来越忙了，亏得我没有做这一行。"刘辉笑着说。

赵玉明去了板房办公室，扭开天然气阀门，点燃炉子的天然气火管，火管吐出金黄色的火舌舔着铸铁炉体，炉子有些轻微噼噼啪啪的裂响声。赵玉明把军绿色搪瓷水壶灌上了水，放在炉子上，他在想着"若要人不知，除非己莫为"所具有的真理性。林胜平推门进来，看看说："'领导'，这个时候你怎么还过来啦？"

林胜平住在隔壁的宿舍里，两地职工调转摸底时，林胜平媳妇王雅茹带着儿子、女儿从北京专程来这里考察了一趟，说是孩子就要上学了，这里还没有一所像样的学校，暂时不来这里了，林胜平就继续享受着孤家寡人的待遇。

"没什么事。"

"那你来办公室干什么呀？"

"向你学习，享受一下孤家寡人的滋味啊。"赵玉明有些自嘲地说。

"我说'领导'，你怎么还有这种时候哇？"

"'博士'，你不要幸灾乐祸呀，我跟你们借钱的事，金鸿雁不知怎么知道了，非常恼火。"

"这个事你一直都没跟金大夫说呀？"

"可不是嘛，我本想自己紧一紧，再有几个月就还清了，没想到新的事情不是又出现了嘛。"

"'领导'，不是我说你呀，这件事真的是你不对，你们是一家人，是夫妻呀。"

"'博士'你说得没错，可我当时受了何劲松的事的影响想法被固化了，现在知道错了已经晚了。"

"你吃饭了吗？"

"吃了。"

"来，'领导'，到我屋里坐一会儿吧。"林胜平说，

赵玉明来到了林胜平的房间，林胜平将桌子上的书收起，拿出半瓶白酒，一包熟花生，一个面包说："来，'领导'，咱们将就喝口吧。"

"这个时候还喝什么酒哇？"

"你说你，都孤家寡人了，还有什么放不下？以我对女人的了解，你家金大夫现在正在气头上，缓一缓应该会没事的，你先吃好喝好睡好，明天穿针引线的事我来做，一定会灭掉她的火气的。"

"'博士'，一直没有看出来，你对女人还这么了解呀？"

"怎么的，'领导'，你不相信哪！我也是有老婆有孩子的人，这一年年的也回不了几趟家，我也总是在平衡家庭关系呀。"

"好的，'博士'，那就拜托你了。"

"这还像个话，来，'领导'，喝口吧。"林胜平说，两人端杯碰了一下，然后说起西线勘探和地质研究的要点，赵玉明从心里佩服林胜平，林胜平的地质研究要比他高出一大步，这是让他让有些望其项背的，需要他迎头赶上的。

第二天下午下班的时候，林胜平进来笑着说："'领导'，今天我儿这可没有酒了。"

"'博士'，什么情况啊？"

"你自己回家解释呗。"

"你真的去找金鸿雁啦？"

"当然了，我什么时候食过言？"

"你是怎么说服她的？"

"晓之以理，动之以情啊，主要还得说人家金大夫是个明白人。"

"明白了，谢谢呀。"赵玉明就往外走。

"'领导'，你可想着哇，你可欠我一顿酒！"

"好说，明天你来我家吧。"

赵玉明回到家里，金鸿雁正在厨房里做饭，赵玉明本想进去好好表现，争取宽大处理的机会，金鸿雁脸色平静地说："你别在这里晃来晃去的，屋里待着去。"

赵玉明回到屋子里，心里落了底，金鸿雁脸色、语气已经平和多了，看来林胜平的思想工作还是卓有成效的，兴隆这时"爸、爸、爸"地叫着爬到他的脊背上，

他反身将兴隆抱过来，用脸蹭兴隆的脸，胡楂刺痒了兴隆，兴隆咯咯咯地笑着用力推开他的脸，金鸿雁将饭菜端上来说："吃饭吧。"

一家人开始吃饭，靓初吃完饭下去和兴隆在炕上玩，金鸿雁收拾好碗筷，回来坐下说："玉明，那个事到底怎么回事啊？"

赵玉明就将大姐夫来信，要借钱给大姐治病的事情说了，说到大姐时他的眼圈不禁红了，大姐和他是一奶同胞，又是给他第二次生命的人，他不可能不出手的，他当时就想着自己省吃俭用能够还上这笔钱就行，不想麻烦金鸿雁。金鸿雁听着不由得也滴下泪来，她搭住赵玉明的手说："玉明，你是对的，我不应该那样责怪你！"

赵玉明又说了何劲松和白雪梅给家里钱闹矛盾的事情，然后真诚地说："鸿雁，这件事确实是我不对，我不该瞒着你，这里存在着一定的不信任因素，还请你多多原谅。"

"玉明，我明白！"金鸿雁点点头。靓初这时候说："爸爸，不许你欺负妈妈呀！"

金鸿雁拉起靓初的手说："靓初，爸爸没有欺负妈妈，是爸爸说的事情让妈妈感动了。"

"鸿雁，不管怎么说，这件事我做得确实是有些问题的。"

"人非圣贤，孰能无过，玉明，每个人看事的角度不一样，处理问题的方法也就不同，我们只有多多交流，才能相互了解和理解，这也需要一个长期的过程。"

"鸿雁，你说得太好了，以后我们就是要多交流，这样才能搞好咱们家庭的建设呀！"

"是呀，玉明，什么都不说了，当务之急是你把借钱的账理清了，咱们做一个计划，尽早地把钱还给人家，了了这件事。"

"鸿雁，真的谢谢你呀！"

"玉明，你不要这样说，咱们是一家人。"

三十七

郝学仁这天收到了一封家信，看完凝了一会儿神儿，揣好信，立刻去找赵玉明。赵玉明不在办公室，说是去指挥部开党员干部大会了。郝学仁犹豫了一下，还是去了指挥部新建的会议大厅。会议大厅大门紧闭着，里面主要领导的讲话言辞激昂，没有人随意走动。郝学仁坐在门廊的条椅上等待，心里边有些焦躁，不时看着会议室的双扇大门，心里说：尊敬的领导，行行好，快点儿吧！

会议大厅的大门终于开了，与会者蜂拥走出，赵玉明出现了，郝学仁迎了过去，赵玉明笑着说："'大师'，你怎么在这呀？"

"找你呀！"

"有事？"

"嗯。"

"走吧。"他们出了大厅，来到一处僻静处。赵玉明说："'大师'，什么事呀？"

"我老娘来信了，说是想我了，这几天要来看我。"

"'大师'，你这么久不回家，一定是把老太太逼急了。"赵玉明笑着说。

"'领导'，我从来没有忘记寄钱，也定期给家写信哪！"郝学仁强调说。

"'大师'，你说的不是那个事，你娘要的是你这个儿子，儿媳妇要丈夫，娃娃要爹！"

"你说得也是，刚才等你的时候，我认真想了一下，记得以前我娘来信说过，小芸有个表姐夫在钻井工作，是不是小芸从她表姐那边听说了油田农业户口进矿的事了，我老娘过来想看个究竟啊？"

"'大师'，农业户口进矿的事你没写信和家里说呀？"

"没有哇！"

"这么说户口进矿你也没报名？"

"是。"

"'大师'，你呀你，你让我说你什么好！"

"'领导'，我也没有想到会出现这样的事情啊！"

"'大师'，你真是无所用心哪，现在说其他的都没用了，你找我到底什么意思吧？"

"老太太要来了，我该怎么办？"郝学仁有些苦着脸说。

"老太太说什么时间来了吗？"

"具体时间倒是没说，来是一定要来的。"

"'大师'，你说她们会不会已经在来下辽河的路上啦？"

"这个还真的不好说，我娘做事有自己的一套。"

"信是什么时间写的呀？"

"已经一个星期了。"郝学仁拿出信看看说。

"老太太她们能找到这里吗？"

"小芸的表姐来过下辽河，还有我信封上的地址，应该没有问题吧？"

"刚才大会上领导还提到家属进矿的事情，'大师'，这样吧，咱们先去吴卫东吴主任那里问问户口进矿的事情吧。"赵玉明想想说。

"好吧。"郝学仁有些硬着头皮说。

赵玉明、郝学仁来到了政治处，吴卫东刚好开了门，看到他们说："赵玉明，你们有什么事呀?"

"主任,郝学仁想问问农村户口进矿的事。"赵玉明笑着说。

"郝学仁,我怎么听说统计农业户进矿你没报名啊?"吴卫东看着郝学仁说。

"主任,我怕自己条件不够,让组织上为难,就放弃了。"郝学仁的脸上有些赤红地说。

"嘿,我才发现,郝学仁是个好同志呀,会为组织分忧!"吴卫东用有些嘲弄的口吻笑着说。

郝学仁赤红着脸木在那里了。赵玉明立刻笑着说:"主任,单位传达文件时郝学仁刚好去参加渤海湾统一地层会议没有在家,回来就落实会议精神,一直还是比较忙的,就把这事给疏忽了。"

"这样啊,一线技术人员的工作忙我能理解,上级领导更加清楚,这一次是参谋长争取的,下辽河之前参加工作的老同志的家属都可以进矿,马上可以办理关系了。"

郝学仁一时有些愣神儿,赵玉明笑着说:"郝学仁,你怎么还傻了,还不谢谢主任。"

"谢谢主任!"郝学仁说。

"算了,算了!你们没别的事,我这还有其他事情要处理。"电话铃响起,吴卫东下了逐客令。

"主任,家属进矿具体谁经办哪?"赵玉明问。

"去农副业科找杨绅宁,他们已经着手安排了,郝学仁的名额不要就退回总部转给其他人了。"吴卫东说完拿起了电话。

"谢谢主任,我们走了!"赵玉明立刻说,吴卫东挥了挥手。

赵玉明、郝学仁出来,匆匆来到了农副业科的那栋平房,已经有一些人在咨询农业户口进矿的事情,正在忙碌的杨绅宁副科长(主持工作)抬头看到了赵玉明,笑着说:"赵书记有何贵干哪?"

"郝学仁家属进矿的事,想了解一下具体该怎么办。"

"赵书记真关心下属,是我学习的好榜样啊!"杨绅宁有些调侃地说。

"杨科长真会开玩笑,我和郝学仁是多年的室友。"

"有你这样的室友也开心哪!"

杨绅宁属于有些话痨的那类人,赵玉明不想和他多纠缠,便直接进入主题说:"杨科长,家属进矿怎么办理呢?"

杨绅宁拿了一张油印的单子递过来,说:"具体办法都在这上边呢。"

赵玉明接过单子给了郝学仁,郝学仁认真看着,杨绅宁大声说:"郝学仁,从有这件事情我都没见你露过面,还以为你有什么情况,早就想找你落实,你不要这个名额我就退回去了！"

"感谢组织感谢党，这个事我没敢想。"郝学仁说。

"不怪大家都叫你'大师'，这话说出来合辙押韵、有腔有板的，记着，明天早八点，都去农业基地看地方分房子呀！"杨坤宁提示他。

"杨科长，咱们的农业基地在哪里呀？"郝学仁问。

"去东线的那条路上，小道子、五里铺、十里铺、二十里铺，咱们基地在五里铺。"

"谢谢杨科长！"郝学仁说。

"走了，杨科长。"赵玉明说。

"赵书记，慢走哇。"

赵玉明、郝学仁出来，赵玉明问："'大师'，明天还用我和你一起去吗？"

"'领导'，你有空能去当然好了，我是怕你没有时间哪。"

"明天星期天，'大师'，没有特别的事情，我尽量陪你一起去。"

"那就麻烦'领导'了，明天见！"

"'大师'，说什么呢！"

农业基地，是油田为了解决油田职工农村户口的配偶安置工作的一项措施，经过油田总部和地方政府积极协商，得到当地政府的大力支持，在东线附近一带划拨了一部分土地，给各二级指挥部建立农业基地，由进矿的农业户口家属开荒种田，自给自足，目的是保障职工家属的生活，保证油田职工队伍的稳定。

赵玉明和郝学仁早晨乘值班卡车来到五里铺基地，同车来的有三十多人。实际上这次指挥部进矿的农业户分在农业基地的只有二十户，其余那些人是年龄大的职工配偶，类似陈工陈宏江的那种，他们的家属包括孩子早已经在矿区生活了。

杨绅宁下车领着看房的人围绕四栋家属住宅看了一遍，然后开始按工龄打分排号选定各户的住房。由于之前郝学仁的不作为，一些小分没能加上，他的序号就被排在了最后一名，他也没有异议。剩下最后一户住房是后面那排西边这栋最西边的一套房子，每户房子的结构都是一样的，重要的是他家这户房子的山墙下和房后院都有一些大洼坑，里面还汪着一些水，要想种菜什么的，目前还是不可能的。

"'大师'，你看看，这就是你不作为的严重后果，你有老娘，按正常打分怎么也不该排在最后一个吧。"赵玉明笑着说。

"'领导'，有这个机会我就接着，还不知道我老娘什么想法呢。"

"'大师'，你可别自欺欺人了，还是做好迎接你老娘她们的准备吧。"

"'领导'，你这么肯定啊？"

"信不信由你！"

"'领导'，说心里话，我是一点思想准备都没有。"

"那你现在就开始做好思想准备吧。"

"也只能如此了。"

分到房子的人家都在仔细检查着房屋门窗等情况，追着同来的基建科员吴小明报告房屋需要修缮的地方。郝学仁看了看屋内的墙面，又开关了各个门窗一下，见没有什么大问题，就说："就这玩意儿吧，'领导'。"说着，锁好门，回到路边的卡车旁等候着，和赵玉明说着闲话。

一挂马车从面前经过，车上拉着箱子、大柜一类的家什，大柜上背坐着的人戴一顶旧军帽，侧脸看着很像刘铁柱，赵玉明就招呼一声："刘大哥！"

坐在大柜上的人还真回头张望了，果然是刘铁柱。赵玉明立刻挥挥手，刘铁柱马上叫停了马车，拿起拐杖，要从马车上下来，赵玉明喊道："刘大哥，不方便，你就别下来了！"便快步走过去，说，"刘大哥，你这是干什么呀？"

"搬家呀。"刘铁柱笑着说。

"你这是往哪里搬哪？"

"二十里铺。"

赵玉明路上和杨绅宁说话时知道，二十里铺是钻井指挥部的农业基地，就说："刘大哥，你怎么搬到二十里铺啦？"

"我们畜牧场的大部分土地划拨给油田了，农场领导照顾我，协商让我进油田工作。"

"刘大哥，好事呀，恭喜你呀！"赵玉明说。

"还行吧。赵技术员，你这是干什么呀？"

"我陪'大师'过来看他家分的新房子。"

"刘大哥好！"郝学仁说。

"郝技术员好！赵技术员，你俩中午到我家吧，你嫂子酒菜都准备了，咱们一起喝口吧。"

"刘大哥，今天我们就不过去了，我们的车一会儿就回西线，替我给嫂子带个好哇！"赵玉明说。

"好！何劲松、金大夫他们都好吧？"

"都好。"

"你给他们带个好哇，有空你们都到家里来，我们都挺想你们的。"

"刘大哥，一定，也欢迎你们到西线来，走吧。"

"好！"刘铁柱摆摆手，车老板打了一个响鞭，三匹马嗒嗒嗒地将大车拉动了。

回去的路上，郝学仁听到看房子人的一些议论，什么时候搬家，置办什么东西，办理户口关系等等，弄得他一头雾水的。实际上一些人家的家属早就在油田附近住着，他们就和杨绅宁说马上想要搬家的事，杨绅宁说等回单位请示领导，再和调度室沟通，看看怎么安排专门的生活服务车辆，想搬家的人下车后报个名，预定一个时间，便于单位统一安排。

郝学仁认真想了一下，要在农业基地安顿下来，还真得置办一些基本的家庭生活用品，老家的那些东西这么远，只能带些行李、衣物的过来，其他东西就得舍弃了，具体怎么办只有等到老娘她们到的时候再落实。老娘她们到底来没有来呀？他回到单位还真得去打个长途电话问一下。

回到单位，下了车，郝学仁和赵玉明告别，准备去邮局打个长途电话，这时见陆鸣匆匆地跑来，说："'大师'，你可回来了，你娘和你老婆、孩子都来了！"

"'诗人'，她们在哪儿？"郝学仁一时有些愣神儿。

"在你宿舍门口呢，我请她们去我家，她们说什么都不肯哪。"

郝学仁看了赵玉明一眼，说："这怎么说来就到了，这是什么事呀！"说着就往宿舍方向赶，赵玉明、陆鸣跟在后面。

来到宿舍门前，但见一个老妇人，一个年轻女子抱着一个孩子，分别坐在墙脚下的两个背包的行李上，一副风尘仆仆的样子，老妇人是郝学仁的娘，年轻女子是尹小芸。郝学仁一出现，她们马上站起身来，老妇人有些哭腔说："学仁，我的儿，你这是去哪里啦？"

郝学仁眼里立刻有了泪花，马上扶住老娘说："娘，我去看房子了。"

"我还以为你不要娘了！"

"娘，怎么会！"

"郝学仁，先把门开开，有什么话进屋说吧。"赵玉明说，不远处有人向这边张望着。

郝学仁擦了一下眼睛，马上开了门，扶着老娘进了屋。

"嫂子，进屋吧。"陆鸣说着，和赵玉明将两件行李搬进屋里。

郝学仁给娘倒了一茶缸凉白开，他娘接过喝了一大口，递给了尹小芸。郝学仁问："娘，你们怎么找来的呀？"

"我们在沟帮子下的火车，一打听还有好远的路，先坐了一段客车，搭了一段马车，走了一段路，又搭了一段牛车，好不容易才找到你这里，你还不在家！"郝学仁娘说着又抹起了眼泪。

"娘，你怎么说来就来了，你该等着我的回信哪，咱们先定好日子或者打个电报，我好去车站接你们。"郝学仁说。

"小芸表姐说得挺清楚的，我想找到你这里也没什么难的，就打定主意来了，谁想还是有些曲折，你还没在！"郝学仁娘说。

"大婶，学仁和我一起去基地看你们家的房子了，也没有想到你和小芸今天会来呀!"赵玉明说。

郝学仁的娘看看赵玉明。郝学仁立刻介绍说:"娘,这位是'领导',也是我多年的好朋友,叫赵玉明。"

郝学仁娘说:"谢谢你,'领导'!"

"大婶,不用谢,我和学仁是多年的同事和朋友,您叫我玉明就行。"赵玉明转头对郝学仁说,"学仁,你先陪着大婶歇一会儿,我回家去准备一下,一会儿你们到我家里吃饭吧。"

"'领导',不用了,我们将就一下就行了。"郝学仁说。

"吃饭的家什都不够,你怎么将就?"赵玉明说。

"我一会儿去食堂,打些饭菜回来就行。"

"学仁,你就别客气了,就按我说的办,我也简单点,等吃过了饭再安排住宿的事,我先回去了。"赵玉明说。

送走了赵玉明、陆鸣,郝学仁将炉子点燃,灌上水壶烧上。娘说:"学仁哪,不是我们非要到你这里来,是家乡那边又遭灾了,收成不好,工分倒挂,人活得很难,我们就得到你这里来看看,你要是不高兴,我们住几天就回去。"

"娘,我没有不高兴,你们的户口可以进矿了,农业基地的房子也分给咱家了,你们还回去干什么!"

"那你媳妇儿和孩子来了,你怎么像没有看见一样啊?"

"小芸,辛苦你了!"郝学仁看看尹小芸说,把孩子接过来抱在怀里看了看。孩子怯生生的,有些咧嘴欲哭的样子。

"盼盼,叫爹,这是你爹。"尹小芸笑着说。

"爹!"盼盼怯生生地叫了一声。

郝学仁笑了笑,过去拉开办公桌的抽屉,找出几块硬糖和一个干面包,给了盼盼,盼盼拿在手里看了一下,立刻大口地吃了起来,显然是饿了。郝学仁说:"娘,你们还没吃饭吧?"

"下车赶得急,不碍事的。"娘说。

"娘,水烧好了,你们先洗一洗,我去给你们买些吃的。"郝学仁放下盼盼说。

"也好。"

郝学仁立刻去了"东方红"商店,买了几个面包回来,在门口遇到了赵玉明,赵玉明问:"'大师',你干什么去啦?"

"我去买点吃的。"

"刚刚不是说好到我家吃饭吗?"

"'领导',还不知道我娘肯不肯。"

"家里都准备了,必须去呀!"

到了宿舍门前，郝学仁敲敲门，说："娘，你们好了吗？"

"好了！"尹小芸开了门。

赵玉明看到洗去一路尘埃的郝学仁娘、尹小芸、盼盼都清爽了许多。尹小芸洗着衣裳，这时候说："她爹，没有水了，哪去打水呀？"

郝学仁指指说："房头有个水房，去那里直接洗就行了！"

尹小芸应了一声，看了赵玉明一眼，微微一笑，端起衣服去了水房。赵玉明这时候看清尹小芸生得挺标致的，粉嫩的团脸，明亮的大眼睛，乌黑的长辫子，匀称的腰身。赵玉明说："大婶，一会儿去我家吃饭吧。"

"学仁这不是买东西了，我们在这将就一下就行。"郝学仁娘看看郝学仁。

"那怎么行，咱们这讲究上车的饺子下车的面，我家里已经做上了，您老就去吃口热乎面吧。"

"我看不用了。"郝学仁娘说。

"娘，都不是外人，'领导'已经准备了，咱们就去吧。"郝学仁说。

"这不是给人家添麻烦吗？"郝学仁娘说。

"大婶，不麻烦！"赵玉明见尹小芸已经把衣裳晒在外边的晾衣绳上进来了，笑着说："大婶，咱们走吧。"

"那好吧。"郝学仁娘看看郝学仁说。

来到家门口，金鸿雁笑着迎了出来，两家人坐在一起，吃着炸酱手擀面，郝学仁娘不时地打量着赵玉明家的房子，郝学仁说："娘，咱们的房子和这个房子是一样的，就是在农业基地那边。"

"是吗，学仁，都弄好啦？"

"是，娘，搬进去就能住！"

"那可太好了！"郝学仁娘说。

吃过饭，尹小芸要帮着收拾碗筷，金鸿雁不让，尹小芸坚持，两个人在厨房一会儿就收拾好了，尹小芸出来了，郝学仁娘就说："学仁哪，咱们还是回吧，别耽误人家晌午歇息呀！"

"大婶，你们今天就在这里歇着吧，我和学仁去住宿舍。"赵玉明说。

"是呀，大婶，你们就住这里吧。"金鸿雁说。

"不了，玉明，金大夫，谢谢你们。"郝学仁娘说。

"大婶，学仁那里就两张单人床，你们一家没法住的。"赵玉明说。

"那我们就去基地吧。"郝学仁娘看看郝学仁。

"大婶，基地什么都没有哇，要去也得准备一下呀。"赵玉明看向郝学仁。

"行李我们都带着，其他东西让学仁想办法吧。"郝学仁娘坚持说。

"'领导'，我娘既然说了，先就这样吧。"郝学仁有些无奈地说。

"学仁，要是去基地，你得看看单位有没有方便车，还要准备一些必需的生活用品哪！"赵玉明提示说。

郝学仁把宿舍钥匙交给尹小芸说："小芸，你和娘先回宿舍去歇着，我去单位里看看有没有去基地的值班车。"

"她爹，知道了。"尹小芸接过钥匙，抱起盼盼和郝学仁娘一起走了。

郝学仁要去农副业科，赵玉明说："'大师'，要不我和你一起去吧。"

"也好。"郝学仁说。

两个人来到农副业科，看到还在办公的杨绅宁，郝学仁问了去基地值班车辆的事，杨绅宁笑着说："郝学仁，我才发现你这人的做事风格，抽冷子打快锤，一点预留都不给，要是人人都像你这个样子，我们的工作怎么做呀？"

"我这里事发突然嘛！"郝学仁有些无奈地笑着说。

"杨科长，他老娘和媳妇儿说来探亲突然就到了，都是他老娘的意思，他也没办法。"赵玉明解释说。

"下午三点钟有辆去基地的车，有两户人家要过去，你们没有太多的东西，应该坐得下的。"杨绅宁说。

"我家太多的东西倒没有，就是两件随身的行李。"郝学仁说。

"那就一起走吧。"杨绅宁说。

赵玉明看了看手表，时针指向了一点，便说："'大师'，还有两小时，你看还需要准备点什么呀？"

"我得先去食堂领些米、面、油，还就是买一些做饭、吃饭的家什。"郝学仁说。

"行了，'大师'，米、面、油我去食堂帮你领，其他东西你自己去买，咱们分头行动吧。"赵玉明说。

"'领导'，这样最好了。"郝学仁转头说，"杨科长，我要是来晚了，你可让车等我们一会儿啊！"

"你要是晚个十分八分的肯定没问题，时间太久了，值班车司机会不高兴的，他要是不愿意等，我也没有办法呀！"杨绅宁说。

"知道了，我们尽快！"郝学仁说。

他们一起出来，赵玉明说："'大师'，你家老太太太要强了，这事弄得多紧张啊！"

"金窝银窝都不如自己的草窝，'领导'，她就是这么想的。"

"'大师'，那咱们也快点行动吧。"

"好的！"

单位领导有安排，食堂保管有准备，赵玉明领取米、面、油很顺利，便拿着来到郝学仁的宿舍，敲敲门，尹小芸开了门，看见赵玉明笑着说："赵哥，你来了！"

赵玉明放下了米、面、油，看见老太太在床上睡着，放低声音说："学仁没有回来呀？"

"还没。"

"他买做饭的家什去了，尹小芸，你把外边的衣服什么的都收了吧，一会儿有值班车去农业基地。"

尹小芸马上出去收拾衣物，郝学仁娘坐起来问："玉明，有车呀？"

"是，大婶。三点钟，米、面、油我帮着学仁领回来了，学仁买做饭的家什儿去了，你们等会儿，我出去接学仁一下。"

"玉明，辛苦你啦！"郝学仁娘说。

赵玉明出了门，没走出多远，远远看到郝学仁拎着草绳子系着的两个破麻袋回来了，便急忙迎上去，说："'大师'，东西买齐啦？"

"做饭、吃饭是没有问题了，缺什么东西以后去东线再置办吧。"郝学仁抹了一把额头上的汗说。

"这就要三点了，咱们抓紧吧。"赵玉明看看手表说。

"好！"郝学仁说，他们回到宿舍，归拢着东西。

"你们这是干什么呀？"陆鸣进来了，看着郝学仁问。

"去农业基地。"郝学仁说。

"去什么基地呀，饭我家都准备了，晚上到我家吃饭吧。"陆鸣说。

"'诗人'，谢谢了，以后吧，我娘非要去基地，刚好又有车，时间来不及了，你快点帮着拿些东西吧。"郝学仁说。

"这事让你弄的，干啥这样急呀！"陆鸣说。

"走吧，别让车等咱们哪。"郝学仁说。陆鸣就拿起一件行李扛上了。

大家拿起东西，赶到了农副业科，去基地的卡车已经启动了，上边装了不少东西，坐了一些人。郝学仁将东西装上了车，卡车立即开动了，赵玉明、陆鸣向他们挥了挥手。

郝学仁领着娘和尹小芸来到五里铺农业基地的住房。娘进了门，放下东西，四下里看了看，然后坐在大屋炕上笑着说："金窝银窝，都不如自己的草窝，还是在自己家里待着舒坦！"

"娘，那是！"尹小芸笑着附和着。

娘前后窗子看了看，问："学仁，咱家的柴火呢？"

"娘，你要柴火干什么呀？"郝学仁说。

"没有柴火拿什么烧火做饭，烧大腿呀？"

郝学仁指指屋子里的铁管线说："油田这里烧的都是天然气，小芸，来，我告诉

322

你怎么使用。"

"好！"尹小芸应承着，看着郝学仁点火的过程，自己操作了两遍，又听了郝学仁讲了用气的小常识，很认真地点点头。

"我的亲娘啊，敢情这比什么柴火都好哇！"郝学仁娘笑着说。

几天的车马劳顿，尹小芸熬了些高粱米粥，一家人喝了。郝学仁和娘商量了老家东西的处理和户口关系邮寄的问题，娘说老家房子先放着，让小芸娘照看着就行了，户口关系让郝学禄给寄过来。郝学仁又和尹小芸说了家属站劳动的事，明确了事情、统一了思想，一家人就睡下了。

早晨，吃过早饭，郝学仁拿钱给娘，说："娘，这里离东线不远，路边铁架子就是站点，有交通车，东线有国营商店，有什么需要的你和小芸去那边买吧。"

"儿啊，你干什么去呀？"

"娘，我得回单位上班哪！"

"你不会把我们放在这里就不管了吧？"

"娘，怎么会，星期天休息我就回来！"

"你可别诳娘啊！"

"娘，怎么会！"

郝学仁没有诳他娘，他基本上两个星期回来一次，给家里带回些需要的东西，只是每次他都是星期天早晨回来，晚上就回去。娘说："儿啊，我看很多人怎么都是礼拜六晚上回来，礼拜一早晨才回去？"

"娘，我们的工作性质不一样，我单位的事比较多，有时候还要外出。"

娘看看郝学仁就没再说什么。

这段时间以来，郝学仁的家里是有些变化的，先是门前的土地翻动平整了，夹上了芦苇编的篱笆，地上也长出绿色蔬菜，就是有些黄皮拉瘦的，应该是土壤缺少粪肥的缘故，小芸就从后边的河沟里捞些黑泥撒在上面，意在改良土壤，可这不是一时的事，还有就是房山头和房后的两个土坑已经开始往里填土了，娘说是小芸从大地里的土包包上担回来的土。郝学仁看看身体并不强健的尹小芸，尹小芸只是笑了笑。

一个星期天，郝学仁回来，挑着土筐去担土。大地里那个土包离家足有一百多米远，他挑了两趟就有些气喘。尹小芸说："她爹，算了，算了，这个活不是你干的，你还是歇着吧，要是你有工夫就教盼盼认个字什么的吧。"

郝学仁觉着尹小芸说得对，他就教盼盼开始认字，还教盼盼吹口琴。盼盼好像很有音乐天赋，吹口琴长进得非常快，这让郝学仁很是欣喜。

按照以往的惯例，郝学仁星期天都是坐最后一班交通车回西线的。这一次他要出门的时候，娘的心口突然疼了起来，郝学仁见状立刻去家属站借来一辆手推车，推着娘去了三里远的十里铺农业基地中心卫生所。到了那里，一个女卫生员问了一下病情，拿了些胃舒平。娘吃了，坐了一会儿，说心口不那么疼了。郝学仁有些悬着的心才放了下来，推着娘回到家里。

这个时候天已经暗了下来，油田交通车早就收班了，郝学仁只能等第二天早晨起早回单位了。娘这时坐起来说："芸儿啊，做饭吧，娘有些饿了。"

"娘，这就好！"尹小芸爽快地答应着。

郝学仁早晨醒来，看着自己赤裸的身体，他知道自己又中招了，想想应该是那瓶山楂酒的问题，心里就有些气恼。他穿好衣服起来，见尹小芸面若桃花地进来把洗脸水倒好，便回厨房里做饭了。郝学仁洗好了脸，去敲小屋的房门，娘说："进来吧。"

郝学仁推开门，见娘坐在炕上给盼盼梳着头，这时候看着他，他也看着娘，好一会儿，他说："娘，你为什么呀？"

"我想抱孙子了，我要对得起你爹，对得起老郝家的列祖列宗，不行啊？"娘的话说得理直气壮的。

"娘，你做这事时考虑我的感受了吗？"

"你什么感受哇，书念得多了吧？这个事很难吗？你不想做以后就别回来了，这么多年了，娘能过得来，小芸也能过得去！"

郝学仁没有了话说，一跺脚，拿起挎包就往外走。尹小芸说："她爹，饭这就好了呀！"

"不吃了！"郝学仁有些气地说，尹小芸见状忙抓起两个煮鸡蛋追了上来，塞进了他的衣兜里，目送着他。

三十八

这一年的第一场雪，比过去几年来得要早一些。

落雪的那天早晨，指挥部召开党员干部大会，实际上开大会的日子之前就预定了，只是大会与落雪不期而遇了。当人们早晨开门的时候，发现洁白的雪花已经纷纷扬扬洒洒下来。很多人都笑迎它们，仿佛是迎接一位久违的老友，大地一会儿就银装素裹了。

参谋长与会，他兼任指挥部的最高领导——党委书记。吴卫东宣读组织工作文件时，赵玉明、何劲松相互看了一眼，他们都是组织上事先谈过话的人，结果却有了些差异，何劲松去指挥部行政办公室当头儿，直接服务于参谋长；赵玉明则去了区域室，和任主任的林胜平搭班子做党务工作，看来他们之前的组合是被组织上认可的。回到了办公室，林胜平笑着说："'领导'，你要是没有什么事，咱们碰一下，按照业务要求分一下组，落实人员分工情况。"

"好哇！"赵玉明也笑着说。

他们列出人员的大名单，在人员分组上反复推敲着，力争构建最佳配置，形成最好的技术生产力。

这次指挥部的会议还部署了几项重要工作，譬如做好勘探开发参谋工作已经落实到位，如SSN7井已经组织进场，很快就能钻探，这个继SSN1之后的第二口探井对SS区域的勘探开发至关重要。还有其他，其他里最重要的工作是油田总部要在这个春节前搞一次大规模的表彰庆祝活动，这是先生产后生活的一种具体体现，与之配套的是一场大型的文艺演出，怎么搞好这次文艺演出活动呢？总部要求广泛发动群众，群策群力，选拔优秀的人才和节目，将最优秀的节目呈现给油田的劳动模范、先进人物和广大职工、家属。为此，油田总部党委专门发文，强调了好几项要求。实际上大家都清楚，下辽河开发建设以来，一直都在加紧努力，多个区域的油田已经投产，东线的D、R、Y、H油田都在大力开发，石油早已通过罐车外运；西线的X油田也开始开发，M油田钻探硕果累累，亟待开发中，下辽河战区形势喜人，形势逼人，要通过这次活动，弘扬"看来发展石油工业，还得革命加拼命"的指示精神，继续振奋精神鼓干劲，力争上游创辉煌，让下辽河石油勘探从胜利走向新的更大的胜利！

这么多年，我们都是来自五湖四海，为了一个共同的革命目标走到一起来。石油队伍这么多的人，来自工、农、干、学、兵，怎么会不藏龙卧虎呢？不大浪淘沙，又怎么会见识到真金白银？这是一次重要的政治任务，指挥部按总部文件要求成立专门的领导小组，总部参谋长挂帅，建立组织机构，制定规划措施，业余文艺宣传队开始组建，确立了以工会负责人田研华为领队，主创郝学仁、陆鸣为编导的三人组。在三人组会议上，田研华毫不避讳地笑着说，两位，要说访贫问苦、关心职工生活我还将就着，搞什么文艺节目我就是个门外汉，你两个就看着弄吧，有什么需要我肯定全力支持！见田研华甩了手，郝学仁和陆鸣商议，先选定排练场地，然后张贴海报，不拘一格选拔文艺人才。田研华首肯了，一张海报就在指挥部会议大厅门前贴出了，海报是"画家"画的，立刻围拢了很多人来观瞧，马上引发轰动效应，从基层单位到个人报送的节目真的不少，郝学仁、陆鸣开始登记造册，去找田研华汇报，开始了宣传队员的遴选工作。

遴选那天让人眼界大开，小提琴、萨克斯、小号、二胡、唢呐、笛子、琵琶、竹板、山东快书、相声、现代京剧、评剧、革命歌曲等节目纷纷亮相，真可谓人才济济，这让三人组兴奋不已。咱就说那个叫石晓隆的小青年吧，穿着一身海军灰军装，一颗红星头上戴，革命的红旗挂两边，舞动着一面鲜红的绸子红旗上场，唰唰唰地那么一舞，全是芭蕾的范，立刻亮了全场人的眼睛，那才叫一个精彩，令人感叹不已。有人说，听说这小子从小当的文艺兵，在部队文工团干了不少年，怎么落到咱们这个小河沟就不得而知了。大家报以热烈的掌声，予以高度的肯定。贺桂文也报名参加了宣传队员竞选，她演唱的是革命歌曲《翻身农奴把歌唱》，声音原生态，高亢极了，把郝学仁、陆鸣都给震撼了，连连说没想到。

"这可太好了！党委会上说把这个任务交给我时我还有些愁苦，这可怎么弄啊？嘴角一下刺痒了好几天，谁会想到咱单位会有这么多的人才，咱们好好弄，一定要多搞些优秀节目来，上总部的晚会，为党委争光，为指挥部争光，为工会争气！"田研华有些感慨地笑着说。

"田主席，节目想弄好就得投钱，主要是乐器和服装，这得不少钱。"郝学仁笑着说。

田研华的头一昂，拿出老资格的派头说："钱是个球哇？你们认真筹划好，需要多少，我去请！"

"田主席，有您这句话我们就放心了！"郝学仁看看陆鸣说。

"你们俩就放心地弄吧，关键是弄好哇！"

"您老人家就瞧好吧！"郝学仁说。

郝学仁、陆鸣商议着从大名单里选了几个水平较高的人，组成文艺队的一个基本班底，组建了乐队，一起研究和确定文艺节目。选出的这些人果然了得，纷纷发表真知灼见，一帮人群策群力，一张文艺节目单新鲜出炉了，送到田主席手里："你去找大领导请钱吧，我们要买乐器、定服装啊！"

钱不是太大的问题，节目单是要经过指挥部党委会认真审核的。党委会在审核中坚持高屋建瓴，自然提出了一些意见和建议，最主要的是突出政治这个主题，这是必然的；再就是要有表现单位职工群众在石油建设中的精神风貌的节目。这个好说，咱们有"诗人"陆鸣啊，他可以编写诗朗诵什么的，既突出政治，又朗朗上口，一切妥妥的，天下事难不倒下辽河石油的地质人哪！

这里主要还是说郝学仁，贺桂文高亢的歌喉一下子把郝学仁给喊警醒了，他的目光灵动起来。贺桂文本来长得就不错，虽说身材矮些，还有些丰腴，那恰恰表现出成熟女人的一种美，正是这样的美牵动了郝学仁的目光。贺桂文嗓子不错，只是演唱缺少一定的技巧，这是有些可惜的一件事郝学仁就有针对性地给予一些指导，贺桂文非常虚心地接受和练习，演唱水平有了一定程度的提高。之后，贺桂文在排练场一出现，郝学仁的目光就像追光灯一样追上去，贺桂文是偶然发现的，最初她有些疑惑，可左右看看，旁边没有其他的人，心里立刻明白了，对着郝学仁很有风情地回眸一笑，这注定了他们的关系向良好的方向发展。

贺桂文闲暇时，时常会坐在郝学仁、陆鸣几个人的旁边，还会挎上郝学仁的手风琴按那么几下。贺桂文有一定的乐感，这给郝学仁手把手教授创造了机会，之后他们就多了眼神和语言交流的机会。贺桂文知道了郝学仁的婚姻状况，不禁为他惋惜，人生真是不尽如人意呀！他们都是过来人，都读得懂对方目光里的内容。

啊，对了，咱们忘记说刘辉了。刘辉一直都在做调度工作，这一次他担任了东线留守办公室的调度室调度长的工作。指挥部大部队从东线陆续西迁，东线驻地成立了东线办公室，管理东线的一切留守事务，调度室是其下属机构，刘辉和一名调度员每人一周在东线办公室调度室里轮流值守。对于贺桂文参加指挥部文艺宣传队，刘辉是有些异议的，两个孩子的妈首先要当好妈妈，且刘成功刚刚四岁，照顾好孩子是第一要务，幸好贺桂文的文艺节目仅仅是个独唱，她的排练时间自由度还是很高的，基本是孩子在托儿所的时间里，迟到或早退和郝学仁、陆鸣打个招呼就行，还有这是单位的一项重要的政治任务，作为一个股级新干部的刘辉是不好断然反对的。

刘辉只要去东线值班，贺桂文的自由度就明显放宽了，这天下午排练间歇，贺桂文又挎上手风琴开始练习，郝学仁面对面地指导，他们语言上交流的是手风琴，手里交流的是风情，眼睛里交流的是爱欲，郝学仁这时候眼睛里表现出强烈的欲火，这个欲火把他烧着了，从他心灵窗子里折射出去，投送到贺桂文心底，那里边有一束干柴，一下子就被点燃了，炽热的火光将他们带入缠绵的臆想中，如入无人之境。

"贺桂文，你的手风琴练习得怎么样啦？"陆鸣过来问。

贺桂文一下惊醒了，脸红到了脖颈，强作镇定地说："我是随便按着玩的。"

"名师出高徒哇！"陆鸣笑着说。

"名师也不好好教哇！"贺桂文看了郝学仁一眼说。

"不会吧？"陆鸣对郝学仁说，"'大师'，咱们该继续了吧？"

"继续彩排！"郝学仁喊了一嗓子。

乐队的音乐响起了，一组表演唱演员迈着欢快的步子上了场，载歌载舞地演唱着。

贺桂文和郝学仁请了假，悄声说："我回去烙馅饼，晚上给你送过去呀。"

"不用了。"

"等我呀！"贺桂文说。面对炽热的目光，郝学仁只能会意地点点头。

冬季的傍晚来得早，日头一偏西就早早拉起了夜的帷幕。贺桂文收拾好了厨房里的一切，出来叮嘱刘成乐说："乐呀，妈有事出去一下，你一定带好弟弟呀。"

"妈，你去吧。"刘成乐响亮地作答。

贺桂文拿上馅饼，锁上了家门。郝学仁宿舍离贺桂文家的直线距离并不远，为了掩人耳目，贺桂文出了家门南辕北辙绕了一个圈子，才去敲郝学仁宿舍的门。门开了，贺桂文进去，郝学仁探头左右看了看，立刻关上了房门。

贺桂文打量着这间单身宿舍，里边有两张单人铁床，床头各放着一只自制的木箱，一张写字台，屋角的火炉烧着天然气，呼呼呼地响着，屋子里还算整洁。郝学仁在后面熊抱了贺桂文，热乎乎的气息吹在耳鬓边痒痒的，让人心醉不已。

贺桂文穿好了衣服，郝学仁拉住了她的手，贺桂文深深地吻了郝学仁一下，整理了一下头发，撩开窗帘的一角，在窗玻璃处向外看了一会儿，然后拉开了门，匆匆地走掉了。郝学仁感受到一种满足，又有些依依不舍，这是贺桂文给他的，那凝脂圆润的身体，那成熟欲望的气息，那莺歌般呢喃让他有些沉迷，他这时想到了刘辉。

陆鸣感觉了问题的苗头，排练休息时间已经过了，郝学仁却没有招呼排练，还在指导贺桂文练琴。他走过去提醒，对贺桂文说话时，贺桂文的脸竟红到了脖颈，这让他有些疑惑。他看郝学仁时，郝学仁有些强作镇定，他提醒后，郝学仁真魂附体般吆喝了一声，排练才继续进行。他带着疑惑再次看向郝学仁时，郝学仁目送贺桂文出了排练场，郝学仁这是怎么啦？陆鸣的内心告诉他一个信息，这把他吓了一大跳，他们会吗？如果是真的，这样会出事的！他立刻想到了赵玉明。

赵玉明这天在资料室看着最新资料，SSN7已经钻探了，现场时有资料传递回来，这是勘探SS区域的重点井，需要他们格外关注，和之前的SSN1资料比对。陆鸣进来了，站在他旁边。赵玉明抬头看看说："'诗人'，怎么这么闲哪，都说你们搞得有声有色的，一直还没去观赏呢。"

"真的很不错，比你听说的还要精彩！"陆鸣话里有话地说。

"知道你们俩很能干哪！"赵玉明笑着说。

"你要真知道就好了。"

赵玉明这次听出了弦外之音，说："我们出去吧。"

他们去了办公室，林胜平不在，赵玉明记起林胜平上午说过，下午指挥部行政有个碰头会。赵玉明关上门，悄声说："'诗人'，有什么事？"

"我怎么感觉郝学仁和贺桂文有些不太对劲。"陆鸣犹豫了一下说。

"谁？什么不对劲啊？"赵玉明一时没明白。

"还能是什么，他们的关系有些不太正常啊！"

"你知道什么啦？"

"他们的眼神，都是过来人，我不会看走眼的。"

"这事还有谁知道？"

"不知道，我一有这个感觉马上就来找你了，对刘玉梅都没有透露半分。"

"你做得很对!"赵玉明拍拍陆鸣的肩膀。

"'领导',这个不重要,重要的是怎么解决这个问题,不然会出大事的。"

"我知道,'诗人',你说的事情有些突然,让我想一想该怎么办好吧。"

"'领导',你可得抓紧!"

"我知道!"赵玉明点点头。

林胜平这时推门进来了,看到陆鸣就笑着说:"陆大编导来了,你不好好组织排练节目跑这来干什么呀?"

"有段时间没有见林大主任了,想你了呗,特意登门拜访你还不在,看来你这是不欢迎我呀!"

"嘿,'诗人',你什么时候也学得这样油嘴滑舌了!"

"你这样说我也没办法,不领情就算了,大主任你也当上了,前途肯定无量啊,我不巴结你行吧,走了。"

"哎,你什么意思呀?我进来你就走,不会真的生气了吧?"

"你自己想呗。"

"'诗人',坐会儿,我这里还有瓶好酒。"

"现在是工作时间,大主任,你留好了,有时间我找你喝呀!"陆鸣说完就出去了。

林胜平看着陆鸣的背影说:"'领导','诗人'不会真的生气了吧?"

"怎么会,你看他那个样子像吗?"赵玉明笑着说。

"他到底干什么来啦?"

"真的说是想看看你我,来了一会儿了,许是排练间歇吧。"

"这样啊,不好意思呀。"

赵玉明被郝学仁的事情缠绕着,像是一条绳子上打了个死结,你要想绳子完好,就得想办法解开。郝学仁到底什么情况啊?他和贺桂文真的会有问题吗?尹小芸模样不比贺桂文差,甚至有过之,不会是陆鸣看走眼了吧?他能和郝学仁面对面谈这个问题吗?陆鸣来找他就说明郝学仁和贺桂文之间一定有了什么,或许是萌芽?如果是,郝学仁为什么要这样?仅仅是一种爱的欲念,还是对刘辉不满的一种报复?他不能佯作不知,必须要直面这件事情,这是对朋友负责任的态度,事不关己,高高挂起,不是他赵玉明做事的原则。他坚定了自己的认识,就要找到破解的办法,这件事情得隐秘迂回,有个词叫"曲线救国",他这时想到了张国安,张国安是这次油田晚会的执行组委之一,张国安也许会给他提供一些信息,在那里或许能找到解开这个绳结的办法。

张国安这时候在总部工会宣传组任组长,继续从事钟情的美术工作。张国安在吴卫东手下时，是政治部宣传处美术组的临时负责人之一，当然还有另外一个临时负责人，他们都是副组长，一起管理这个美术组。后来，吴卫东把张国安推荐到新组建的总部工会这边来了，做了宣传组组长，还做美术宣传工作。

张国安的办公地点在新建成的油田礼堂楼上，这是一间大屋子，说是办公室倒不如说是布景间或画室，除了墙边两张挤在一处的三屉桌，到处都是画和与画有关的一些东西，一幅以石油钻工为题材的大尺寸宣传油画正在创作中，黝黑的石油色调，烤蓝的钢铁天车和银亮的铝帽特别醒目，张扬着一种力量。张国安不在，一个英俊少年伏在墙边的一个三屉桌上作画，见有人进来抬了一下头，看了赵玉明一眼，说："您好！找张老师吧？他在小会议室里开会。"说完，低头继续作画。

赵玉明走到近前，英俊少年在素描本上素描，那是在画一个渔港码头的一角。英俊少年的功底不错，完全是一种记忆的自然流淌，素描惟妙惟肖。赵玉明走出来，去了小会议室，会议室的门有道缝隙，透露着里面浓烈的会议气氛，是油田文艺晚会节目的讨论会，发言者踊跃发言，落地有声，你没唱罢我就登场了。赵玉明看到这情形，会议一时半会儿是结束不了的，他回到了张国安的办公室，写了一个字条，对英俊少年说："小伙子，张老师回来，你把这个交给他呀。"

英俊少年看了赵玉明一眼，说："您先稍等一下呀，我现在就去交给他。"

"也好！"赵玉明说着坐下来，在桌上拿起一张石油战报看。

一会儿，张国安和英俊少年回来了，张国安笑着说："'领导'，你来了怎么不叫我呀？"

"你这里怎么说也是总部大机关呀，门槛太高，我敢随便造次吗？"赵玉明笑着回答。

"'领导'，你这是在夸自己素质高吧？"张国安拿起竹皮暖瓶晃了晃，说："赵丹，去打壶开水来！"

"好嘞！"赵丹爽快地答应着，接过暖瓶就出去了。

"行啊，'画家'，带徒弟啦？"

"什么呀，朋友的朋友的孩子，来油田参加工作，待分配，有这个爱好，叫我帮着带一带，这孩子功底很不错的，能学习深造会有些出息的，可惜现在没有这样的机会，只能先去生产一线。"

"去生产一线工作也不一定是什么坏事，张老师就是成功的范例呀！"赵玉明笑着说。

"'领导'，怎么就乐意听你说话呢，说得人心里这个舒坦，你来是有事吧？"

"路过，看看你不行啊？"

"'领导'你这话说得可不太实在呀，有事你就直说！"

"'画家'，你怎么就肯定我来一定有事？"

"'领导'，咱们在一起多少年了，你是那种没事到处闲逛的人吗?"

"受人之托，想知道你们晚会选节目的条件。"赵玉明笑着说。

"现在开会就在戗戗这个事，各抒已见，有些争执不下。"

"那就是说还没定下来呀?"

"大原则是定了，表彰会、领导讲话一个小时，文艺演出不超过两小时，每个单位选送三至五个节目，来总部这里综合选拔，再有就是细则了。"

"哎，郝学仁不也是你们编委会成员吗?"

"是，他说今天有事，要不今天的会议也应该参加的。"

"各个指挥部选送的节目怎么样啦?"

"这几天我们去了一些指挥部看了一下，好节目还真不少，还有不少比较专业的人员，下辽河可真是藏龙卧虎哇!"

"这么好吗?"

"我们也没有想到哇!"

"节目上来，不得在这里彩排吗?"

"是，大领导指示说时间太紧了，要求集中封闭彩排，提高节目的质量。"

赵丹打水回来了，往茶缸倒了水，说:"'领导'，你喝水。"

"赵丹，谢谢呀!"赵玉明说。

"不客气，这是我应该做的。"赵丹笑了笑，坐下继续素描。

"'领导'，需要我做什么?"张国安问。

"'画家'，有什么需要我会找你的，走了!"两人握了手，赵玉明出来，他这时心里基本有了定数。

宣传队选拔选送节目时，赵玉明去了会议厅，陆鸣看见他笑着说:"欢迎，欢迎，热烈欢迎!"

"'领导'，今天这么闲呢?"郝学仁笑着问。

"愉悦一下心情行不行啊?"赵玉明笑着说。

"谁说不行啊，谁敢说不行我和他急!"

"忙你们的，我就是路过坐一会儿!"赵玉明说着去旁边的条椅上坐下。

"有领导来观摩了，都精神着点，大家操练起来呀!"郝学仁大声吆喝着。

演员们立刻动了起来，等着郝学仁的指示，乐器一响，马上有演员上了场，载歌载舞，气氛欢快。

赵玉明看了一阵儿节目心里有了数，贺桂文的嗓子确实不错，但那是天然的，按陆鸣的说法，是没有开发过的，没有经过专业人士的点拨和一定时间的训练，想进入总部宣传队是根本没有可能的，这一点很重要。郝学仁如果去了油田总部搞晚会节目，就会割断他们之间的一段联系，特别是封闭排练，这个效果是可想而知的，至于以后情况怎么样谁也说不好，只能相机而动。赵玉明从会议厅出来，陆鸣跟了出来，问："'领导'，怎么样啊？"

赵玉明看看会议厅门口，见郝学仁已经回去了，就说了见张国安的情况，然后说："贺桂文选不上的。"

"郝学仁如果非要选送她呢？"陆鸣有些忧虑地说。

"你放心吧，去了她也会被刷下来的，他们分开一段时间也许就好了。"赵玉明说。

"他们要是继续来往呢？"

"我暂时也没有想到太好的办法，只能到时候再说了。"

"'领导'，你说的也是，现在也只能这样。"陆鸣说得有些无奈。

郝学仁是力主贺桂文选送总部文艺节目预选的，两人商议时，陆鸣也不好说什么，贺桂文就去了，真如赵玉明所说，贺桂文昙花一现地回来了，有了这个过程也好。郝学仁从选取总部文艺队人员和节目开始，就留在了总部油田礼堂参与迎新春晚会文艺节目的排演工作。距离春节演出的时间在迫近，排演工作快马加鞭地进行着，人员全封闭管理，纪律要求十分严格，郝学仁只匆匆回了宿舍两次，拿了些换洗的衣服。单位的业余文艺宣传队交由陆鸣全权负责继续排练。指挥部搞一回节目也不容易，乐器和服装的钱都花了，怎么也得让指挥部职工、家属饱一回眼福吧。郝学仁回来时，顺路来会议大厅看了看排练的情况，竟阴错阳差地没有见到贺桂文。

贺桂文和郝学仁又有过一次肌肤之亲，那是去总部选拔的前夜，留下的是缠绵的渴望。之后，郝学仁就留在总部的油田礼堂里集训。那一天，郝学仁回单位会议大厅看排练，贺桂文刚好带着感冒的刘成功在卫生所打点滴。有一天，一股极强烈的渴望推着贺桂文去见郝学仁，于是去了油田礼堂，到了大门口又退却了，大门口有几个武装民兵把守着，审查得很严格，她是进不去的，就是进去了，她能堂而皇之地去找郝学仁吗？张国安也在这里面，撞见可不是闹着玩的，她感觉十分不好受，抹了一把滴下的泪珠，默默地回转了。

在油田礼堂选拔节目时，郝学仁看到一个女孩子，十七八岁的年纪，亭亭玉立。女孩子一放开歌喉就惊艳了好多人，郝学仁深深地感叹说："这是天籁之音，是真正的可造之才呀！"

郝学仁和这个女孩子有了接触，知道她叫马凤霞，是新入厂的采油女工，是还乡青年，举家下放到沟沿，她的老师叫宋爽，是一个下放的大干部的子女，现在去省城音乐学院学习了。她认识油田井队一个叫陆鸣的人，懂诗词，歌词写得也不错，来油田就很想见到他，一直还没有找到呢。郝学仁笑了说："马凤霞，你认识我就对了，陆鸣是我的好朋友，他就在西线，有时间我叫他过来。"

"这可太好了，谢谢郝老师呀！"马凤霞兴奋地说。

陆鸣接到郝学仁的电话，这天来了油田礼堂，看到郝学仁说："'大师'，你现在有点干大了吧，什么事这么急，还非得我来见你呀？"

"'诗人'，我这里不是走不开嘛！"郝学仁笑着说，当时马凤霞就站在郝学仁旁边，陆鸣扫了一眼也没有太注意，郝学仁对着马凤霞又努了努嘴，陆鸣这时有些疑惑地又看看马凤霞，似曾相识，马凤霞笑着说："陆叔叔，你好，我是马凤霞呀！"

陆鸣愣了一下，认真地审视着，说："都说女大十八变，原来的毛头小丫头长成漂亮的大姑娘了，马凤霞，你要是不说，我还真的不太敢认哪！"

"陆叔叔一点都没变，现在更精神啦！"马凤霞大大方方地说道。

"马凤霞会说话了，你老师还好吧？"

"宋老师很好，她在音乐学院学习，她说会给你写信的。"

"我之前收到过宋爽的信，马凤霞，你要继续努力，别辜负了宋老师这几年对你的培养。"

"陆叔叔，我会努力的，有机会也去音乐学院去学习。"

"马凤霞，有目标好哇，努力就有了方向！"

"陆叔叔，你写了多少歌词？"

"你陆叔叔是个多面手，为了这次的文艺会演，现在什么都写。"郝学仁说。

"这是没有办法的事，'大师'，马凤霞可是棵好苗子，宋爽教了好几年，在这里你可好好帮着带带呀！"

"'诗人'，那是自然的，看到她成长我也高兴啊。哎，'诗人'，我想让她唱你写的那首《苇笛》怎么样啊？"

"这是你的事，我管不着！"陆鸣笑着说，《苇笛》之前是贺桂文演唱的，唱得总感觉缺点什么。

"《苇笛》的曲调很适合马凤霞，演唱效果肯定会更好的。"郝学仁肯定地说。

"'大师'，我没有意见，马凤霞，以后有时间来陆叔叔家玩啊！"陆鸣说。

"好的，陆叔叔！"

这时有人在喊郝学仁，陆鸣说："'大师'，马凤霞，你们没什么事我就回去了。"

"陆叔叔，马上就中午了，你坐一会儿，咱们说会话，你在这里吃午饭吧，我们这儿的伙食很不错的。"

"就是呀，'诗人'。"郝学仁也说。

"一看'大师'红光满面的就知道伙食错不了，不了，我还有事，马凤霞，再见了。”陆鸣说。

“陆叔叔，再见！”马凤霞送陆鸣到礼堂大门口。

陆鸣走在路上，掩饰不住心中的喜悦，直接去了赵玉明的办公室。赵玉明正在修改部门先进事迹材料，见陆鸣面有喜色地进来，就说：“‘诗人’，怎么这么闲情啊？”

“什么闲情啊，是件大好事！”陆鸣就把郝学仁叫他去油田礼堂，见到马凤霞的事情说了一遍。

“‘诗人’，这么巧，不错呀！”

“可不是嘛，马凤霞简直就是上天派来拯救郝学仁的！”陆鸣低声笑着说。

“‘诗人’，你这么有信心吗？”

“‘领导’，这应该说是一种期待吧！”

三十九

油田战区先进模范表彰暨迎新春晚会如期举行。林胜平是油田战区先进个人标兵，赵玉明是油田战区先进集体代表，他们披红戴花，双双参加这一场盛会。油田礼堂门前张灯结彩，灯火通明，八面大鼓激情敲响，唢呐齐鸣，震撼人心，门前大广播喇叭里播放着激昂的革命歌曲，气氛异常热烈，十位油田战区先进个人标兵披红戴花骑马步入会场，十位总部领导牵马坠镫，这是下辽河油田历史上一场空前的盛会。

大会在激昂的革命歌曲《大海航行靠舵手》中开始，总部第一副政委主持会议，指挥长宣读表彰决定，十位油田总部领导在台上颁奖，政委最后做了重要讲话，表彰会在热烈欢快的气氛中圆满完成。

先进模范表彰会完成稍息了一刻钟，迎新春晚会隆重开始，一对俊男靓女上台报幕，迎新春晚会的大幕徐徐拉开，文艺宣传队汇报演出现在开始。一阵激昂欢快的锣鼓声响，一队文艺队员隆重上场，石晓隆第一个出场，他一连串的箭步、跃步，唰啦啦地舞动着一杆红绸旗，轻盈有力，一个仙人指路，芭蕾动作在前，后面的年轻人等一串踺子、空翻、小翻跟进，渲染着热烈喜庆的气氛，这是油田人一次精神的大餐，精彩的开场自不必说，赢得的掌声当然是热烈和经久不息的。

第二个节目是歌颂下辽河建设的诗朗诵，两男两女昂扬上台，每人右手握着一本“红宝书”放在胸前，左手背在身后，昂首挺胸开始朗诵。第一小节每人一句朗诵完，是四个人的和声，他们慷慨激昂地齐声道：“石油工人一声吼，地球也要抖三抖！”声音未落，大地真的颤动了，礼堂顶上的照明灯全部摇晃了起来。“地震了！

请大家有序地疏散！"一个人跳到台上对着麦克风高声喊叫着，油田礼堂所有的大门全部洞开，人们蜂拥而出，那个人还在喊："不要拥挤！请保持秩序！"这个时候，灯光一下子熄灭了，那个高亢的声音也被黑暗和人潮一齐淹没了。

关于这一次的地震，之前省里是有预报的。那条叫郯庐断裂带的渤海湾地带近期有些活跃的迹象，省里地震台网预测，海城—营口一线是地震的重点，油田总部传达了省防震指挥部工作会议精神，油田各二级指挥部也都进行了动员教育活动，宣传了一些地震基本知识，诸如水井水位变化、老鼠、蛇等动物出洞，鸡、鸭、狗等家禽家畜异常。单位组织了一些防震演练活动，其间西线也出现了几次微小的地震，人们也有些震感，诸如白炽灯有些晃动，广播里说震级在四级左右，无伤大雅，仍要做好防大震的准备。一段时间下来，都说狼来了，狼来了，大灰狼一直也没有来，来了两次小耗子，鸡舍都平安，人们就有些懈怠了，正常的石油生产要开展，正常的家庭生活要进行，对下辽河油田来说，表彰会还要开，迎新春晚会也要搞，都说这次地震的等级在八级左右，礼堂是新近建成的，抗震等级设计是十级，应该是没有太大问题的。表彰会和晚会就是在这样的情况下进行的，当然，总部党委和组委会之前也召开了会议，有针对性地做了一些防震预案。

人们这时聚集在礼堂的广场上，外边地上出现了裂缝，有黑色的泥水不断地冒出。从对面家属区跑出的人向广场集中，人们议论纷纷，有人说地震时房子咯吱咯吱地响，墙上出现很大的裂缝，还有人说一个烟囱掉下来，正巧砸中了一个人的肩膀。隆冬的夜晚，一片漆黑，寒冷马上向人们包抄过来，让人有些不能忍受，孩子哭老婆叫。抗震救灾是当前的首要任务。指挥长这时高声喊叫着："各单位领导马上回到指挥部岗位上，查清单位地震灾害情况，及时汇报！"所有人立刻做鸟兽散。

赵玉明、林胜平跑回办公室，找到手电筒，查看了一下办公室的情况，除了办公室地上有几处冒些黑水青沙外，木板房是十分完好的。林胜平说："'领导'，咱们这里没有什么事，我去向指挥部汇报，你先回家去看看吧。"

"也好，'博士'，有什么事马上叫我。"赵玉明说。

赵玉明开会走了，金鸿雁收拾好厨房，坐在炕上歇了一会儿。靓初这时候拿着连环画给兴隆讲欧阳海的故事，兴隆很认真地听着，不时还提出一些问题，金鸿雁看着笑了笑，拿起了一本医书，翻到了书签页，抬头看了一眼头上悬着的白炽灯，白炽灯稳稳地悬在头顶上。一段时间以来，医院里一直都在进行防震救灾教育，有宣讲，有图板，还有地震警报演练。每个家庭也做了一些必要的准备工作，最简单的就是将木箱从地下搬到了炕梢，让孩子挨着箱子边上睡，有条件的人家还在炕上支上钢铁的架子。金鸿雁一直比较警觉，不时就会看一看头顶上的白炽灯。前一段时间，有几次有震感的小震，有的感觉到了，有的没有什么感觉，有震感白炽灯肯定是晃动的。对于有较大地震的说法，金鸿雁相信不会是空穴来风，震感来了，她仰头看了白炽灯一眼，白炽灯晃动的幅度很大，地震了！金鸿雁立刻抱起了兴隆，拉过了靓初，快速地冲出了家门，向东边路上的空旷处奔去，一阵剧烈有跳跃感的颠簸将她重重摔倒在地，她想爬起来，完全没机会，她听到大地里有呜呜呜的低吼声，带着恫吓的气息，东方黑暗的天际上闪耀着一束束蛇形亮蓝色奇幻般的光亮，十分诱人。

"妈妈！妈妈！"靓初喊叫着。

"哎，靓初，妈妈在这里！"金鸿雁回应着，牵住靓初的手安抚着，抱紧了兴隆，勉强站起来，踉跄着跑到房东头路边的空旷处。白雪梅领着何聪、何明已经站在那里了，贺桂文拉扯着成乐刚刚跑过来，怀里的成功不停地哭叫着。金鸿雁问："桂文，成功怎么啦？"

"刚刚我们摔了一跤，许是把他摔疼了吧。"贺桂文说。

金鸿雁在成功的头上、身上摸了几下，动动手臂，说："应该没有什么大事。"

"功儿，不哭哇！"贺桂文安抚着。

四周一片漆黑，寒冷开始挤压过来，增加了恐惧的氛围，地上有裂缝，还在喷沙冒水，一些孩子在哭泣，有的女人在喊叫，让人心焦不已。这时候，有人找来了一些柴草，堆在空地上点燃了，篝火的亮光成了一种希望，将人们聚拢到一处，一堆、两堆、三堆，有人不断点亮篝火，有人不断给篝火添东西，希望能驱除寒夜的冷，可隆冬夜的寒冷还是包抄了过来，寒意在不断加重，让人瑟瑟发抖，又有孩子哭叫了起来，他们刚刚都跑得太匆忙了，穿出的衣衫都有些单薄。贺桂文说："金姐，你帮我带一下孩子，我去拿些棉衣来！"

"桂文，你先别去了，小心余震，太危险了。"金鸿雁劝阻着。

"没事，金姐，别没埋在里边，再冻出个好歹的。"贺桂文说得很坚决，径直跑回家去，一会儿跑出来了，拿来了棉衣棉被，给成功、成乐穿上蒙好了。

赵玉明拿着手电跑过来，看到她们说："你们没事吧，走，还是先到我们办公室去吧，那里是木板房，安全也暖和些。"

几家人来到了办公室，赵玉明找到一截蜡烛点燃了，摸到天然气阀门打开，没有一点气息声，想来是气管线被震断了，他关闭了角阀。这时候，何劲松找来了，赵玉明说："劲松，你来得正好，咱们回去找些棉被、劈柴来，让孩子们休息。"

"好，师兄，领导去总部汇报了，说不定一会儿回来就会有任务的。"何劲松说。

"那咱们就抓点紧干吧。"赵玉明说。

指挥部早晨召开了紧急工作会议，部署抗震救灾的工作。

实际上油田抗震救灾工作在地震发生那一刻就已经展开了，他们是以钻井、采油、运输、矿建、电水等一线生产单位为主导的，早晨蜡刻的带着油墨芳香的下辽河石油战报抗震救灾专刊已经登载了抗震救灾英雄人物和先进事迹，足见总部政治部宣传处的敏感和重视。下辽河油田不但自己在抗震，还派出了几支救援队奔赴海城、营口等地的灾区，支援地方的抗震救援工作，取得很好的战绩。大家都是来自五湖四海，海城—营口大地震和下辽河是紧密相连的，各种震情以各种渠道传到了油田，激起人们心里的波澜，救灾的行动就壮阔了。

抗震救灾，棉帐篷和木板房安全和实用的优势一下子凸显出来。物资库里的库存物资充分启用了，油田职工、家属有很大一部分还住在板房、棉帐篷里，基本上是安居的，当前最重要的工作是照明和取暖问题，矿建、水电及各指挥部的后勤队都在排查电路和天然气管线，加接照明线路和气管线，电灯一亮，天然气火焰一明，人们的生活就看见光明了。

金鸿雁、白雪梅、贺桂文他们三家住在住宅边的一栋新搭建的帐篷里，金鸿雁医院的工作紧张和忙碌，照看孩子的事主要靠白雪梅和贺桂文完成，六个孩子并知道地震危害的严重性，他们在帐篷里玩得十分开心。在这个帐篷里，要么白雪梅，要么贺桂文陪着孩子们，白雪梅在时会给孩子们讲十万个为什么，讲英雄人物的故事，贺桂文带孩子时主要教他们唱歌、跳舞，帐篷里总是欢声笑语的。贺桂文有时候也会坐在那里凝神，她听说地震发生后，油田总部的文艺宣传队分成几支文艺小分队，跟随总部领导组成的慰问分团下基层慰问演出去了，郝学仁是跟着第二慰问分团走的，他们要在基层过抗震救灾的革命化春节。贺桂文这时候已经有一种预感，她和郝学仁完了，这时候她的心里涌起一股苦涩的味道，她和刘辉苦涩的情感外，刚刚寻求到一丝甜蜜蜜的慰藉，给自己感情生活增加了一丝丝的亮色，可眼见着那一点亮色渐行渐远，最后消失了，这真是天意弄人哪，留给她的只能是无奈和叹息。

赵玉明、何劲松奉命来到SSN7井时，李敢正带着井队队员在冻土上开挖新井台基坑，等着向里填毛石和灌水泥砂浆，打新的井架基础。

地震的那天傍晚，钻机正在钻进，地震突然发生了，当班司机石杰涛果断地关闭了柴油机，确保了钻机的安全。等到天光大明时，李敢带人仔细检查井上的情况，井架基础上斜裂开一条很长的通缝，直达井场的西北角，那里的缝隙处有大量的青色泥沙涌出，很大的一片青黑色，也是这个原因，井架向这一边微微出现一点点的倾斜，是有绷绳牵拉着，井架的整个情况不算太糟，不过想要继续钻井就得重新打井架基础，将井架移到新基础上进行。这样在时间上和最初的设计就相左了。当初钻探SSN7井的设想是入冬进场，初春撤场，一切都在掌控之中。那句话怎么说来着，人算不如天算，不可抗拒的地震让他们必须重新开始，他们就得无条件执行！

赵玉明、何劲松和李敢坐在一起，讨论这口井重新开钻的时间进程。实际上这时，李敢已经被任命为副大队长了，因为这口井的特殊重要性他没有离开井队，现在重新计算时间，钻探非得进行到夏季不可，按照去年夏天踏勘的情况看，到了那个时候，这里四周除了潮沟就是茫茫芦苇荡，那条狭窄低洼的冬季盘塘用的土路就会半浸泡在塘水中，就是拖拉机进出都没有太大的可能。这里会成为一座孤岛，除了固井的水泥外，其他能储存的物质都要先期储备好。至于几十个人的生活保障只能到什么时候说什么话了。听过往的老百姓说，距离井场东七八里的地方是那条叫双台子的辽河，它也是通海的，那里有个叫三岔沟的小码头，搁置着一些出海的渔船，还有一艘摆渡的木船，他们可以坐木船过来，码头通向外边有一条沙石路。李敢他们前段时间去过那边，河中的河水冻结了，海潮水倒灌过来，会将河冰托起拱裂，潮水退下后，会落下各种形状的冰排缝隙，有些缝隙处可见潺潺流水。他们跨着冰缝走过河对岸，渔船看到了好几艘，都搁浅在寒风料峭的河滩上，渔民没有见到一个，想是都在家里"猫冬"。

赵玉明、何劲松了解清楚SSN7井的基本情况，出了李敢的铁皮屋，准备乘值班车回西线，一个瘦高的小伙子从井场外走进来，看见他们愣了一下，小伙子笑着说："何老师，赵叔叔，你们好！"

何劲松看看说："是忠伟吧？"

"是我，何老师。"

"嘿，忠伟长这么高了，我都有些不敢认了！"赵玉明说。

"忠伟，你在这里工作呀？"何劲松问。

"是，何老师，上班两个月了，回家探亲刚回来。"

"你爸妈在农场还好吧？"何劲松说。

"挺好的，何老师，他们经常念叨你和赵叔叔，说有空请你们去农场玩。"

"忠伟，你在这里怎么样？"何劲松问。

"挺好的。"

"你做什么工作呢？"赵玉明也问。

"场地工。"

"喜欢吗？"何劲松又问。

"还行吧。"

"怎么，你们认识呀？"李敢说。

"住沙岗子的时候，我房东家的孩子。"何劲松说。

"刘忠伟这小伙不错，爱学习，掌握技术快，是新工人里的佼佼者。"李敢说。

"李大要是看着好，就帮助好好教育培养吧。"何劲松笑着说。

"何主任的指示我一定照办！"李敢笑着说。

"净整没用的，我这里先谢谢了。"何劲松立刻拱手说。

"还说我，你这是干什么呢！"李敢说。

"忠伟，还要坚持学习呀，有机会还是要读书。"何劲松叮嘱着。

"我记住了，何老师，书本我都带着呢。"

"这就对了，忠伟，温故而知新，好好干哪！"何劲松拍了拍刘忠伟的肩膀说。

"忠伟，记着，上班一定要注意安全，特别是上夜班的时候哇！"赵玉明也拍了拍刘忠伟的肩膀说。

"知道了，何老师，赵叔叔！"

金鸿雁在内科门诊一直忙到快中午时才稍有停歇，她将门诊记录看了看。一个护士走进来，在屋子里徘徊了一会儿，站在诊桌前，金鸿雁没太在意，做着自己的事情，护士这时笑出声来，金鸿雁才抬起头看她，护士摘下口罩说："你好哇，金大夫！"

金鸿雁笑着说："玲子，你这丫头，怎么这么调皮呀！"

"人家就是想让你高兴一下嘛。"于小玲吐了一下舌头说。

"玲子，调西线来啦?"

"嗯！"

下辽河西线勘探开发的形势进一步地向好，有继续向西开拓发展的大势，油田总部决定向西线总体大搬迁。西线医院门诊大楼刚刚落成，重心转移，加强西线医院医护力量势在必行，于小玲就是在这种情况下调转过来的。金鸿雁说："玲子，住处安排啦?"

"金大夫，刚安顿好就跑过来看你了。"于小玲笑着说。

"好，刚好下班了，跟我回家吃饭吧。"

"好哇！"于小玲挽起金鸿雁的胳膊就往外走。

"玲子，你二十三了吧?"出了医院大门，金鸿雁看看于小玲说。

"金大夫，你记得可真清楚！"

"清楚什么呀，就是个大概，个人问题怎么样啦?"

"稀里糊涂吧。"

"玲子，这是什么话呀，婚姻大事不是儿戏，怎么可以稀里糊涂?"

"金大夫，我就是这么随便一说嘛。"于小玲撒娇地说。

"你可不是小孩子啦！"金鸿雁刮了一下于小玲的鼻子说。

"我妈也总是这样说我。"于小玲笑着说。

到了托儿所，靓初等在门口，于小玲见了就喜欢，说："靓初，你也太漂亮了！"就把靓初抱在了怀里。

靓初看看金鸿雁，对于小玲说："阿姨，你是谁呀?"

"我不是阿姨，我是玲子姐姐，很早我就看过你，你不记得啦。"

"玲子姐姐好！"

"我们靓初可真乖呀！"

金鸿雁抱着兴隆出来说："靓初大了，下来自己走。"

靓初挣脱着要下来，于小玲说："我喜欢，让姐姐抱一会儿啊！"

回到家里，金鸿雁做饭。

吃饭的时候，金鸿雁说："玲子，你的个人问题真得抓紧了！"

"金大夫，还真有一个，你知道的。"

"是东线医院的？"

"不是。"于小玲笑着说。

"不是你笑什么呀，说说，谁呀？"

"在蓝河湾时跟你说过的，我们村当兵的那个叫王志义的。"

"我记得是有这么个事，你怎么和他啦？"

"金大夫，你要是觉得不好，我和他就拉倒。"

"玲子，你怎么这么孩子气呀，我什么时候说不好了，我是说，他现在是什么情况？你们怎么处上对象的？"

"金大夫，我说过他早就看上我了，先是参军了，找人到我家提过亲，我当时没有答应，后来他复员了，在村里劳动了一段时间，去年招工，到了油田矿建处工作，他知道我的情况，这次又找人到我家提亲了，我爸看他一直不错，在部队里入了党，家里又知根知底，又在油田工作了，叫我回家见了一面，经过部队锻炼，他和过去真的大不一样了，给人的感觉变得成熟和稳重了，我就同意接触了。"

"经过解放军大学校锤炼过的人当然错不了！"

"王志义在部队上立过功，入的党，现在在一个筑路连当排长。金大夫，什么时候我让他过来，你给看看，给把把关吧。"

"你这丫头，我看什么呀？你看着好就行，我就等着喝你们的喜酒了。"

"金大夫，你的眼光好，一定得让你看，你说行才行。"

"净瞎说！"金鸿雁看了下时间说，"哎呀，光顾说话了，上班时间就要到了！"说着，抓紧时间收拾了碗筷，抱起兴隆，带着靓初，送了托儿所。

晚上，赵玉明回来，金鸿雁说了于小玲调西线医院工作的事，也说了于小玲处了个对象，就是蓝河湾同村的小伙子。赵玉明摇摇头笑着说："鸿雁，我当时的关注点都在你身上，对他们没有什么印象。"

"现在还拍马屁，是不是有什么企图哇？"金鸿雁笑着说。

"没有，我是实事求是！"赵玉明说，然后说起今天去了SSN7井105队，看到何劲松房东刘铁柱的儿子刘忠伟已经在 105 工作了。这时间过得可真快，两个人不禁地感慨。

"玉明，看看你哪个星期天有空，咱们请于小玲和她男朋友到家吃个饭吧。"

"我同意，最近这两个星期应该都行，鸿雁，时间你来安排吧。"

"好的！"

"鸿雁，黎青你可一直还没邀请呢。"

"人家忙，我都很少看到他，除非院里开大会。"

"这样啊，鸿雁，于小玲的事你尽快安排呀，过段时间我们恐怕要上西斜坡了。"

"玉明，油田勘探开发重点又开始转移啦？"

"是呀，我们一直都在为这件事做前期准备工作。"

"好，我知道了。"金鸿雁说。

西斜坡是西部凹陷的一部分，顾名思义，是西部凹陷西边一个狭长的斜坡形洼陷，它的中南端在茫茫的大苇塘里，最南端紧靠着中国最北的海岸线，那里曾是先民发现自燃火的地方。这之前，油田已经在这个区域预探了两口井，钻探表明有油气显示，有地质人员综合分析说可能存在地层、岩性和构造油藏，推测可能会找到和西线一样规模的油气田，这当然是令人振奋的好消息，于是向上级打报告，请求加强西斜坡勘探的力度。

年初，下辽河东线开发的几个油田已经投入了规模化生产，长长的油罐火车不断从装车站驶出；西线油田勘探也取得决定性的胜利，正在进入规模开发阶段，下辽河原油年生产能力已经突破了两百万吨，从加强石油勘探工作的角度说，这时候加强西斜坡的地震工作已经势在必行了。

这次西斜坡的地震采用了全部覆盖方法，获得最新的资料资源，地质人员进行深入分析，重新划分了二级构造带；之后又设计钻探三口探井，实际结果表明，沙三段发育巨厚的暗色泥岩，砂层发育好有四套组合，这些砂层的渗透性好，大段砂岩与大段泥岩互层构成良好的生储盖组合，地质研究人员认为西斜坡油源条件好，不仅生油洼陷可供油，西斜坡上也有厚层生油层，在广阔的斜坡背景上，沙三段可能大面积含油。这样的推论当然令下辽河找油人精神振奋。

年末，国家召开石油工作会议，下辽河的勘探开发得到上级部门的充分肯定，同时也对这个年幼的油田提出严苛的生产要求，快速提高生产能力，实现年生产能力两千万吨。

下辽河开始重新部署，加大勘探工作步伐，这年末和次年初对西斜坡首次使用最新技术——数字地震仪地震勘探。通过地震勘探，地质人员分析发现，西斜坡下第三系构造层是由四个鼻状隆起构成的。

前线指挥部开始部署勘探工作，成立了西斜坡技术小分队，由林胜平带队跟井工作，喜讯连连，通过对西斜坡地质进行综合研究，他们提出了SG地区发育有五套油层的最新认识，这为下辽河石油地质认识提供了更大的空间。

四十

"大干红五月，不插六月秧"是下辽河地区稻作生产规律具有标志性的口号，油田农业基地的水稻生产当然也要沿用这个地区的规律标志性口号，所有油田农业基地的生产人员——家属工，不管她们怎么大干，都不可能在农业季节时令里完成那么一大片水田的插秧任务，接下来还有挠秧、除草等环节，这一时节，所有指挥部都会抽调部分职工，支持农业基地的农业生产。为此，指挥部召开了动员会，要狠抓一个"早"字，突出一个"快"字，落实一个"好"字，积极打胜水田插秧大会战。

这天，指挥部组织了百余人的队伍，在农副业科长杨绅宁的率领下，乘坐两辆大卡车，举着猎猎红旗，唱着革命歌曲，在劲吹的春风里，来到了五里铺基地，进行一场声势浩大的支农大会战，赵玉明也参加了这次大会战。

支农的职工分为两类工作——插秧和挑秧。赵玉明是挑秧队伍的人，两只土筐一条扁担，他担起秧苗行走在水田的埝埂上，扁担颤悠悠，一路春风一路歌，两趟下来，他也有些气喘，气喘归气喘，秧苗足够插秧人插一阵子了。赵玉明放下扁担，拿起秧苗抛向水田，白粼粼的水田里有了绿色秧苗的装点，一下子生动了起来。赵玉明供应插秧的对象是方敏和秦月辉，方敏没有干过人工插秧这种活计，难免有些生涩。人工插秧除了手疾眼快，还需要一定的腰部耐力，谁低头哈腰时间长了都会酸痛难忍的。方敏和秦月辉每人沿着一条三十米长的尼龙绳插秧线插秧，秦月辉过去插过秧，她那条线绳插完秧苗，方敏这边总要差三五米的样子，方敏刚一插完秧苗就要挪尼龙绳，挪完了绳子就要继续插秧，方敏完全没有了直腰的时间。方敏在工作上一直是积极向上的，她有些不太服气，一直咬牙坚持着，这时就不时地开始捶腰，汗珠子也有些下来了。秦月辉看到了，就喊："方姐，咱们歇会吧！"

方敏立刻就坡下驴，说："好吧！"马上躺在埝埂上直腰，舒坦得不想再下到田地里去了。

赵玉明看得明白，再起来插秧时，说是学着插秧，就插在方敏这条绳子上，方敏才感觉轻松了不少。

午饭是在五里铺基地管理站吃的。这是那四栋住宅前面的一栋砖瓦房，套了一个红砖墙的大院落，砖瓦房有办公室，有库房，有厨房，厨房外放着一个木条桌，饭是二米饭，菜是菠菜汤和咸菜条，摆着几大摞白粗瓷碗，大家排着队盛饭舀汤。

赵玉明排队时，看到厨房里那个人像是尹小芸，等到尹小芸端着一盆菠菜汤送到条桌上时，赵玉明确认了这个事实。这个确认是在脸上，不能确认的是她的腰身，尹小芸的腰身不匀称了，肚子已经微微地隆起，行动明显有些不便。尹小芸送完这盆菜汤又端来一盆米饭，赵玉明这时候已经排到桌子近前了，尹小芸放下饭盆抬头时，正好遇到了赵玉明的目光，她愣了一下，旋即笑着说："赵哥也来支农了。"

"尹小芸，你好哇!"赵玉明笑着说。

"好!"

"大婶还好吗?"

"挺好的，赵哥，有空家里坐吧。"

"好，一会儿吃过饭我去看看大婶。"

"赵哥，那我先忙去了。"

"好的!"

尹小芸进了厨房，里面出现了一个壮实的中年男人，尹小芸坐在里面的条椅上，男人端着一盆菜汤出来。

赵玉明碰了一下杨绅宁说："这个人是谁呀?"

"基地聘请的农业技术员黄景洪，你认识呀?"

"我认识还会问你呀?"

"你问得有些奇怪嘛。"

"家属站怎么会有男人?"

"赵书记，你是少见多怪，别的单位还真有男家属的。"

赵玉明吃完饭，来到厨房说："尹小芸，我去看大婶了。"

"黄大哥，我出去一下，一会儿就回来。"尹小芸对黄景洪说了一声，出来说，"赵哥，我陪你去吧。"

来到家门口，尹小芸喊："娘，赵哥来看你了!"

郝学仁娘开了门，说："谁?"看到赵玉明笑着说，"是'领导'，来了，快进屋吧!"

"大婶，您就叫我玉明吧。"

"好，玉明，你坐吧。"

尹小芸倒了一茶缸水，说："赵哥，喝水，你坐着，我那边还有事。"

"你去忙你的吧。"看着尹小芸出去，赵玉明说："大婶，您老的身体还好吧?"

"马马虎虎，还过得去。"郝学仁娘叹了一口气。

"大婶，你有什么不舒服吗？"

"有时候迷迷糊糊的。"

"您老没去医院看看哪？"

"看啥，老毛病了，不碍事的。"

"大婶，这房前屋后都垫起来了，菜也种上了，尹小芸和学仁没有少下功夫哇。"

"玉明啊，跟你说真话，这些全都是小芸弄的，学仁有些日子没回来了。"

赵玉明有些惊讶，想了一下，抗震救灾表彰会是三月末开的，按说也过去一个多月了，郝学仁在忙什么呢？就说："大婶，学仁忙是肯定的，我也有些日子没见他了。"

"玉明，不瞒你说，学仁是新年前跟我赌气走的，一直都没有回来，说是工作忙，可小芸身孕五个多月了，他不该不管吧？"说着，掩面抹泪起来。

"大婶，学仁是孝敬您的，年前那段时间，他先是参加油田文艺节目的排演工作，后来随领导慰问团到抗震救灾一线进行文艺演出，您别急呀，回去我找找他，让他早些回家来。"

"玉明，我们家里的事总是麻烦你。"

"大婶，您和我还客气什么呀，我和学仁工作就在一起，是好朋友，好兄弟，应该的，地里该干活了，我先过去了。"

"玉明，你慢走哇！"

赵玉明出来，走在路上想郝学仁怎么又和他娘生气了，该不会是他娘又给他下药了吧？

傍晚，吃完饭，天已经蒙蒙黑了，赵玉明看看窗外，说："鸿雁，我出去一下。"

"你支农挑了一个星期的秧苗，不累呀？"

"我去看一下郝学仁，他和他娘生气了，有些日子没回基地了，我得找他劝劝他。"

"早去早回呀。"

"一定！"赵玉明出了家门，来到郝学仁宿舍前，见里面亮着灯，上前敲敲门，郝学仁在里面说："进来！"

"'大师'，你还真在呀！"赵玉明拉门进去说。

"'领导'，你怎么这么闲哪？"郝学仁擦着脸说。

"有段时间没见你，有点想你了呗。"

"'领导'，你说的真的假的呀？"

"真的假的都让你说了，你让我还怎么说呀？"

"'领导'，我说不过你行了吧。"

"'大师'，最近你忙什么呢？"

"收集地层资料去了几天，这不刚进的门，你要是早来一会儿，我都不在呀！"

"这样说咱们是心有灵犀了。"

"可以这样说，'领导'，最近你忙什么呢？"

"去五里铺支农插秧会战了一个星期。"

"你去我家啦？"

"当然了，我得看看大婶啊！哎，'大师'，你小子的运气不错呀！"

"'领导'，你说什么呢？"郝学仁明显有些蒙。

"尹小芸有了你不知道哇？"郝学仁愣了一下，有些尴尬地笑了笑，没有说话。赵玉明又说："你娘说尹小芸五个多月了，你该回家看看，你娘也挺惦念你的。"

"'领导'，我知道了。"郝学仁点头说。

星期天，郝学仁怀着复杂的心情回到了五里铺基地，来到家门口，碰到的是门锁，他有些不解，娘和尹小芸干什么去了？许是去东线采买了？菜园子里的蔬菜长得正旺，就是土壤有些干了。郝学仁担起墙根下的水桶去就近的水渠里挑水，水担回来，拿着水瓢扬了一桶，这时候，一个中年妇女从篱笆外经过，说："小郝师傅，你娘怎么样啦？"

郝学仁抬头看看不太熟悉，就说："大姐，我娘怎么啦？"

"你娘迷糊了，一大清早送的东线医院，小郝师傅，你还不知道哇？"

"大姐，我刚刚回来，我娘什么病啊？"

"我也不清楚，就说迷糊得都走不了路了！"

"大姐，谢谢你呀！"郝学仁说着扔下水瓢，匆匆地往外走。

郝学仁来到东线医院病房，娘在病床上躺着，手上挂着水，尹小芸搂着盼盼守在旁边。郝学仁来到病床前说："娘，你怎么样啊？"

娘没有说话，尹小芸说："娘迷糊得要命，现在好些了。"

旁边病床上坐着的男人说："大兄弟，大夫说大婶是急性高血压，这会血压降下了一些，没什么大事。"

郝学仁看了看，男人是个三十几岁农民模样的人，脸膛黑红，身体健壮，尹小芸立刻说："她爹，这是基地聘的农业技术员黄景洪黄师傅，是他开手扶拖拉机送娘来医院的。"

"黄师傅，谢谢你呀！"郝学仁笑着说。

"这有啥谢的，都在一个农场里。"黄景洪憨厚地说。

"黄师傅，你忙一大早晨了，还是早点回去歇着吧。"尹小芸说。

"不急，不知道大婶怎么样呢。"黄景洪说。

"小黄师傅，你回吧，小芸，你也带着盼盼回家去吧。"娘这时睁开眼睛说。

"她爹，你带着盼盼回家去，我在这里陪着娘。"尹小芸看着郝学仁说。

"小芸，你回去，你有身孕，在这里不方便。"娘说。

"小芸，你回去吧，我来照顾娘。"郝学仁说。

"那好吧。"尹小芸说着领着盼盼随着黄景洪出去了。

娘看看郝学仁，有些意味地说："小黄师傅这个人真的挺不错的！"

"娘，你现在感觉怎么样？"

"好多了，我说要回家的，大夫说最少也要观察个一两天，这个病还用观察呀？"

"娘，有病咱们就得听医生的。"

"那好，这事娘听你的。"

仲夏的一天，赵玉明、何劲松去了SSN7井。SSN7钻进接近尾声，急需固井水泥。春风吹起的时候，大地复苏，随着第一次海潮的涌入，SSN7立刻就成了一座孤岛，芦苇在四面悄然生长着，转眼就生长成翠绿苍茫的芦苇荡，井场变成了一座方舟，井架像方舟上的一根桅杆，远远地立在绿海之上。值班车行到芦苇荡深处戛然停止了，接下来是苇塘冬季里盘塘的泥泞土路，几乎全部卧在塘水中，路的边缘有挤压出的土埂，他们就是不时跳跃着步行走向井场的。湛蓝的天空，和煦的阳光，苍翠的芦苇，欢快的东方大苇莺的鸣叫构成一幅优美的画面，让人心旷神怡，翠绿起伏的波浪优雅地推向远方，那座高高的井架是他们目标地的坐标，两个多小时他们才完成了二十来里路的行程。李敢在井场等待着他们，他们此行的目的就是了解SSN7井的钻探情况和选定固井水泥运进井场的最佳方案。按照李敢的建议，距井场东面七八里路是那条叫双台子河的辽河，斜对面的小码头从化冻开河就已经有人活动，渔船出海捕鱼，一只小木船开始摆渡行人。芦苇生长起的日子里，井队的一些生活物资都是请人从这里托带过来的，水泥运进井场走这条路是目前最便捷的途径。

赵玉明、何劲松歇息一会儿，喝了口水，了解了目前的钻探情况，就随着李敢一起向小码头方向出发了。他们走的是一条米八宽的土埝埂，埝埂有些湿润，脚踩上去有些暄软，两边是齐肩高的芦苇，不时有芦苇叶飘在他们脸上身上。走了一个小时的光景，到达了河边，河边是一片泥土岸，水际线处长着一溜儿强壮的芦苇，更显葱郁，眼前是一条临河的堤坝，应该有拦海潮和保证苇塘水位两个功能。他们沿着堤坝向上游走了十分钟的路程，下面是一块小空地，和对岸的小码头对应着，是人们候船活动时留下的场地，这时候是回潮期，河的水迹线向下裸露着，有水亮色散现的泥滩，浑浊的河水在不断回流着。李敢指着河对岸，见一只小木船停在百米外的河岸，一个人坐在小木船的遮阳棚下。李敢这时双手在嘴上拢成喇叭状，向着对岸高声喊着："哎！哎！哎！"

遮阳棚下船中的人听到了呼喊声，起身看了看，开始解绳划桨，木船一会儿工夫就划到这边的河岸泊住了。李敢这时脱掉翻毛短靴，拎起来说："走，咱们下去吧。"

赵玉明、何劲松也脱了工鞋拎起，赤脚踏着泥泞走向了木船。

木船有些斑驳，撑船人是个身材适中的老者，蓄着花白的胡须，脸庞黑红，略显瘦削，眼睛明亮有神。李敢打了个招呼，给赵玉明、何劲松介绍："这是摆渡的胡老伯。"

胡老伯微微一笑说："有客人哪！"

"单位的，过去看看那边路的情况。"

"哦，坐好哇！"胡老伯说了一声，掉转着船头，开始回渡。他们坐在船上看着流动的河水，何劲松问："胡老伯，您在这里撑船多少年啦？"

"我从记事时起就在这里了。"胡老伯说。

"这样说也有五六十年啦？"何劲松说。

"有了！"胡老伯说着，后面似乎嘀咕一句，"逝者如斯夫！"

赵玉明离着胡老伯且近，看看胡老伯说："胡老伯，您说什么？"

胡老伯看了赵玉明一眼，笑着说："我说应该有了。"

赵玉明看着胡老伯，他不相信自己听错了，有些疑惑地看着胡老伯，胡老伯有些意味地微微一笑。

船靠上了码头，胡老伯拴牢了船，他们就踩着制作粗劣的原木梯上了岸。李敢在前，沿着一条黄土路走了大约十分钟，一条坑洼的沙石公路横在了眼前，沙石路上多有坑洼，少有机动车辆通行，多数是马车。李敢指指公路两个方向说："向北是通省城方向的，向南再向东是通西线方向的。"

何劲松看看这个路口没有什么特殊的标识，说："不知道这条路怎么样啊？"

"我没走过，听说这里有客车通行。"李敢说。

"光听说不行，不如明天从西线方向找寻一下，再做定夺，这个小码头叫什么？"赵玉明说。

"三岔沟。"李敢说。

"要不明天咱们来找一下这个三岔沟码头怎么样啊？"赵玉明看看何劲松说。

"行，师兄，那就这么定了！"

三个人转回到码头，胡老伯坐在木船的遮阳棚里，嘴里衔着长杆的旱烟袋，黄铜的烟袋锅锃明瓦亮，看见他们下船来问："看完啦？"

"看完了。"李敢说。

"歇会吧。"胡老伯说。

"好,胡老伯。"李敢说。

他们坐在遮阳棚里,遮阳棚是用细白的芦苇编制的,席子的纹路很别致,可见技艺的精巧。李敢和胡老伯说了句什么,胡老伯说:"渔船还得等一会儿。"便向河的下游张望着。

"来,咱们先坐会儿吧。"李敢这时候说。

三个人在船里坐下,看着河水,河面越来越宽泛了,何劲松说:"这潮水涨得可真够快的!"

赵玉明这时坐在胡老伯的对面,认真端详着胡老伯。胡老伯应该有六十几岁的样子,神情给人处变不惊的感觉,这让赵玉明有些疑惑,这个人绝非一个普通的撑船人,何况之前听到他"逝者如斯夫"的低语。胡老伯看到了赵玉明的注视,笑了笑,拿出一个酒葫芦,说:"赵老弟,河边湿气太大了,你们喝口小烧压压寒气吧。"

李敢也不客气,接过酒葫芦,不知道在什么地方摸到一个崩了漆的白搪瓷缸子,把酒倒进去,递给赵玉明说:"来,喝口吧!"又从什么地方摸出两个小布袋打开了,一个里面是锅包鱼,一个里面是壳花生。赵玉明接过酒缸喝了一口,把酒缸递给何劲松,拿起一条锅包鱼咬了一口,干硬中有些咸香。赵玉明问:"胡老伯,您老贵庚啊?"

胡老伯捏着手指说:"七十有一了!"

"不像,您老这么硬朗,一定会高寿的!"赵玉明说。

"老朽了,何求高寿哇!"

"胡老伯,您老不会就是个船夫吧?"

"何以见得?"

"都说大隐隐于市呀。"赵玉明想到一句古语。

"你说的我不懂,你们是文化人,希望寄托在你们身上。"胡老伯笑着说。

"胡老伯,您老在这河边几十年了,特别了解这条河吧?"赵玉明说。

"算是多少知道一些吧,这条河之前叫减河,实际上就是一条通海的大潮沟,1908年,盘山驿迁至'减河前横,铁路旁亘,交通便利、行止气蓄、天然巨镇'双台子,就又叫了双台子河,双台子河变成现在这个样子,和一个叫刘春烺的人有绝对关系的,是他循冷家口故道,别浚了减河,分流了辽河经双台子河入海通道,解决了辽河本流二狼洞至三岔河一段多年的淤塞成灾,十年九涝的情况,造福了两岸的百姓啊!"胡老伯说。

"胡老伯,你说的这个刘春烺很不简单哪!"

"那是,他可以称为东北的大儒,早年中过秀才,有人说他仗义济友胜宋江,学禹治水品高尚，忧国忧民平生事，一代英才刘春烺！"胡老伯说得有些兴奋。

"胡老伯，您说的这些事可不是一般的船工能够知道的呀。"赵玉明笑着说。

"我这些都是听乘船的客人说的。"胡老伯马上遮掩说。

"胡老伯，这条河常有洪水泛滥吗？"

"过去是十年九涝，现在好多了，就是来了洪水到了这里也平缓了。"

"是这片苇塘的缘故吧？"

"是呀！"

"胡老伯，您对这条河的水性了如指掌吧？"

"那倒不敢说，不过人有人言，水有水语呀！"

"胡老伯，河水还有语言吗？"赵玉明问。

"当然，你没看到这河水流淌的各种形态吗，它所表现的就是不同的语言。"胡老伯指指平缓的河水说，"你看它们现在多么沉静啊，像是在窃窃私语。"

赵玉明不由得点点头，都说这里是荒蛮之地，豕突狼奔，在这样的河边怎么会有这样一个人哪？难道说仅仅是生活阅历的感悟吗？他知道如果胡老伯不想说，你想知道也只是枉然，他的身上应该背负着一些东西吧？赵玉明说："胡老伯，您老最远的地方去过哪儿啊？"

"年轻时候去过奉天，也就是现在的省城沈阳。"

"这边的路好走吗？"何劲松说。

"好走，不然怎么会有这个小码头，就是这几年路有些破败了，也没有个人修哇！"何劲松点点头，胡老伯望向河下游说，"我们的渔船回来了！"

河下游几艘渔船乘风破浪向小码头驶来，船上的红旗在风中猎猎跃动放大着，一会儿就靠到码头上。这时候，小码头不知从什么地方钻出好多人来，去渔船上收取卸下的海货，一时间有些喧闹。

赵玉明、何劲松有些奇怪，李敢许是见怪不怪了，剥了几颗花生，又喝了一口酒。胡老伯这时起身去那边的渔船，一会儿回来，用手对李敢示意了一下，三个人接着传递着酒缸。一会儿，两个赤着上身的小伙子拎来两条湿腥的麻包，放在船舱里走了。胡老伯看了李敢一眼，李敢点点头，胡老伯敲掉烟袋锅里的烟火，解开缆绳开始划桨，船掉过头来。李敢说："胡老伯，我来试试呀？"胡老伯也没有客气，把船桨交给了李敢，李敢就有模有样地划起桨来。

"李大，你可以呀！"何劲松笑着说。

"我家住在阳澄湖上，现在的河水是平潮，我才敢比量一下，要是涨落潮时，我就不太敢玩喽！"李敢笑着说。

船到了岸边泊好，岸上有两个井队工人等待着，这时下到船舱，拿起两个袋子扛到肩上先走了。赵玉明和胡老伯握手话别，胡老伯划着小木船回去了。

走在路上，李敢问："两位领导，事情怎么定啊？"

"看完三岔沟那边的路，一起向领导汇报吧。"何劲松说。

"如果从三岔沟码头走，用船运水泥过去不会有问题吧？"

"应该没有问题的。"李敢说。

到了井场，赵玉明说："李大，时间不早了，我们就回了。"

"你们稍等一下，吃口饭吧。"李敢说。

"不了。"赵玉明说。

"鲁师傅！"李敢对着食堂喊。

鲁师傅从食堂里出来，拿出三包东西说："你们把这个带上吧。"

"什么呀？"赵玉明问。

"海鱼、海虾。"李敢说。

"算了吧，还是队上留着吃吧。"赵玉明推辞说。

"这是胡老伯特意送给你们的，他说和你是有缘人，以后一定还会再见面的！"李敢笑着说。

"胡老伯真是这么说的？"赵玉明有些疑惑地看着李敢。

"李大，真的假的呀？"何劲松也笑着问。

"我什么时候说过假话呀！"李敢说得很认真。

赵玉明没有再说什么，接过东西，心里生出更多的疑惑。

回去的路上，何劲松掂着手里的东西说："师兄，你和胡老伯都说什么啦？"

"我说的话你们都听到了。"

"那他怎么偏说和你是有缘人？"

"我怎么知道哇，我当时就是用你现在的眼神看他来着。"

"师兄，你都把我弄糊涂了。"何劲松笑着说，眼睛看着远方的地平线，好像那里能找到答案似的。

"跟你说吧，我也糊涂着呢！"赵玉明说，也看向远方。

赵玉明、何劲松回来向戚乐天做了汇报，并请示第二天从通往省城公路去找寻三岔沟小码头，看看路况究竟如何。戚乐天表示了赞同。

第二天，赵玉明、何劲松坐着卡车沿着去省城那条路找向三岔沟小码头的路径，下到这条破旧的沙石路上，两边路肩的黄土泛着白碱色，树木生得矮小稀疏，且被茁壮的芦苇包裹，靠着顽强的生命力苟延残喘。路上通往河边相似的路口很多，人却稀少，他们只记得大概的位置，第一次还是把路口错过了，觉得有些走过头了，又返回来寻找，好容易遇到一个人打听，才找到了那个有些隐蔽的小路口。卡车行进到小码头，渔船停在岸边，一些蒙着头巾的妇人在芦苇的凉棚下说笑着织补着渔网，胡老伯的木船正向对岸摆渡。赵玉明看看何劲松说："情况清楚了，没什么事咱们回吧。"

"师兄，不等你那个有缘人啦？"何劲松笑着说。

"既是有缘，一定还会见面的，刻意就没有什么意思了。"赵玉明笑着说。

回到了西线，他们向戚乐天做了汇报，戚乐天想想说："这些水泥怎么运到河对岸是个问题，从河对岸再运到井场至少得千八百人的队伍，要抽调这么多的人得向参谋长请示汇报，由总部做个总体方案，你们先等消息吧。"

星期天的早晨，一支由机关干部和二线人员组成的上千人的会战队伍，乘坐二十几辆大卡车来到通往三岔沟小码头的路口处，下车整队的每支队伍都擎着各个单位的红旗，进入路口，逶迤在一段芦苇荡中，歌声嘹亮，响彻云端。经过十分钟的行进，队伍排列在三岔沟小码头的河岸上。戚乐天是这次运送水泥会战的总指挥，一位副总调度长次之，何劲松、赵玉明负责具体协调，指挥长、参谋长都站在运送水泥的队伍中。这次运送水泥任务的是油田新拨付来的铁壳运输船，是从营口港沿河而上的。它先卸下了运送的水泥，这时停靠在三岔沟码头岸边等待着，正是潮水平潮时，何劲松指挥一队队人员上到运输船上，运输船向河对岸驶去，靠得岸边，过河的人员跳下船，上到堤坝上，将二十五千克一袋的水泥，或背或扛地搬起，向SSN7井场进发。

赵玉明、何劲松他们一队人员收后。俗话说"远路无轻载"，二十五千克的水泥本身就不是轻载，那七八里的路途都是湿地，少有放下水泥歇息的地方，人们扛着水泥喘着气往井场方向走去，炎炎夏日照在人们的头上，汗水从脸颊下来，遇到水泥包装袋上的水泥粉，强力的盐碱刺疼了人的皮肤，人们咬牙坚持着。通往井场的那条稀暄的长长土埂这时已经全部没进泥水中，有些体弱的人或跪或坐在泥水里喘息，将水泥扛在肩头或抱在怀中，歇息或等待着他人的接应。泥水中有陷落的鞋子，失落的帽子，何劲松发现了一只断了皮带的上海牌手表，回来时便一直举在手里。

赵玉明、何劲松回到河边洗涤了身上的泥污，这时候胡老伯正在摆渡客人，运输船运送最后一批会战人员渡河，卡车司机也在招呼乘车人上车，他们就匆匆上车了。

傍晚时分，赵玉明、何劲松有些疲惫地往家走。赵玉明说："劲松，一会儿来家喝酒吧。"

"师兄，有什么节目哇？"

"于小玲带男朋友来我家了。"

"这事我还是算了吧。"

"从刘铁柱那边说你就该来，有你也热闹些。"

"没有其他人啦？"

"没有。"

"那好，我回去向白雪梅同志请个假就过去。"

"我发现你现在学得越来越乖了，快点啊！"

"主要是师兄指导有方啊！"

赵玉明进了家门，看到于小玲和一个穿一身的确良草绿军装的男青年坐在炕沿上，见赵玉明进来忙站起身，于小玲做了介绍，男青年叫王志义，国字脸，个头偏高，身材壮实，性格沉稳。赵玉明握手让座，说了一会儿话，这时知道王志义复员回乡劳动，油田招工分到矿建指挥部筑路营三连工作，目前油田公路修建任务量很大，基本都是人工进行，很难满足油田勘探开发迅速发展的要求。这时候，金鸿雁从厨房出来，说："玉明，何劲松怎么没有过来呀？"

"我和他说过了，他说回家和白雪梅请个假，他这假请的时间确实有点长。"

"菜都好了，你去看看吧。"

"好的，金大夫！"赵玉明说着往外走，刚开了门，何劲松刚好进来，赵玉明笑着说："你这假请的，怎么还正式行文啦？"

"我想起有两瓶酒放在单位里，就去取回来了。"何劲松笑着说。

"让你来是陪酒的，用你拿什么酒哇？"

"好酒就该这个时候喝呀！"

于小玲介绍说："这位叫何舅，也是大知识分子出身的领导。"

王志义说："幸会，今后一定好好向你学习！"

大家上了桌，王志义一直是笑脸、谦虚、真诚。何劲松直言说："小王，你的工作不错，咱们油田现在最缺少的就是路和桥，你是这个！"何劲松竖起了大拇指。

赵玉明也颇有感触地说："可不，咱下辽河现在缺少的就是路和桥哇，路、桥要是上去了，建设的速度还会加快的。"

"可不，要是有路，今天至于动用这么大力量去扛这点水泥吗？连总部领导都亲临现场了。"何劲松说。

于小玲听到他们这样说，有些喜笑颜开地说："我真不知道修路架桥在油田建设中这么重要！"

"我文化水平低，不能和两位舅舅比，组织上安排我修路，我就修好路，努力当好油田建设的开路先锋！"王志义笑着说。

"大学校培养出来的人就是有气魄，有担当，来，咱们喝一个！"赵玉明笑着说。

"好，干一个！"何劲松说。

四十一

这个火热的夏季里，西斜坡钻探取得新的重大突破，DJN4、DJN7井获得了高产优质油气流，下辽河上下一片欢腾。为巩固这个突破性成果，油田总部指示地质指挥部成立综合科研小分队，跟井调查研究，根据取得新的资料及时调整勘探部署，使西斜坡勘探研究工作进一步加快，推进下辽河石油勘探再上新台阶。

综合科研小分队的任务历史性地落在林胜平、赵玉明的头上，小分队进驻西斜坡"前指"，积极加快工作节奏和步伐。

在阶段性勘探技术工作摸底座谈会上，综合科研小分队对下辽河地质工作提出了新认识。过去，下辽河从构造因素分析油气聚集条件是不全面的，油气的聚集与富集不仅受二级构造带控制，而且还受岩相带控制，构造岩相带是控制油气聚集的基本单元，这是下辽河石油勘探地质认识的又一个新飞跃；在此基础上，在勘探方法上，提出勘探先行方案，按预探—整体解剖—详探进行，在解剖的基础上，首先勘探油气富集区。这些认识和建议得到油田总部高层的认同和采纳，西斜坡首先开始了实施。

上级派遣的地震队和下辽河地震队联合作战，成立了地震会战指挥部，在西斜坡摆开了战场，一个冬季完成剖线两千多千米、二百五十九口井的测量。经过这一阶段紧锣密鼓的工作，综合科研小分队进行了阶段性技术总结，赵玉明做了全面的整理和归纳：西斜坡存在多套含油层，上台阶一套，下台阶五套，第五套油层分布广泛，有大面积连片分布的特点，生储盖组合好，圈闭多，地温梯度高，有利于油气转化，主要油层厚度大，井段集中，充满程度高，具有地层油藏的特点，有大面积含油可能。结论一，西斜坡大面积含油，可以建成一个大型油气田；结论二，西斜坡构造鼻和高点含油，可建成中等规模的油气田。这是让所有下辽河人都振奋的消息。油田总部研究决定，集中力量打歼灭战，先开发西斜坡中部SG区域，下辽河工作的着眼点都在这一工作目标上，这里勘探开发完成，下辽河石油的年生产能力可以提高五十万吨水平。

赵玉明休假回来，在家门口看到何劲松在门口剥蒜。何劲松说："师兄，从西斜坡回来呀？"

"是呀，劲松，你这段忙什么呢？"

"比你早回来一小会儿。"

"又出门啦？"

何劲松环视了一下，压低声音说："跟大领导去了趟京城。"

"你现在可以呀！"

"马马虎虎。"

"何劲松，你的蒜剥的怎么样啦？"白雪梅在屋里呼唤。

"好了！"何劲松回应着，说，"师兄，吃过饭我去你家。"

"好哇！"

赵玉明进了屋，金鸿雁说："快洗洗吃饭吧。"

赵玉明去厨房洗了脸，回到饭桌上吃饭。靓初夹了一块肉片，放到赵玉明的碗里说："爸爸，你吃！"

"靓初怎么不吃？"赵玉明说。

"爸爸在外面工作辛苦哇！"靓初说。

"靓初吃，靓初正在长身体。"赵玉明说着把肉夹给靓初。

"爸爸的身体更重要！"靓初又夹回来说。

"妈妈更辛苦，又要上班又要照顾你和弟弟。"赵玉明说。

"妈妈吃这块儿。"靓初把一片肉夹给了金鸿雁。

"好女儿，长大了，真的懂事了，靓初吃吧！"金鸿雁又把肉夹给靓初。

"我也要！"兴隆说。

"好，这一块给你，试一试，看你能吃动吗？"金鸿雁说，一家人笑了起来。

吃过饭，兴隆拿着连环画《小兵张嘎》要赵玉明讲故事，赵玉明刚讲了两页，何劲松敲门进来了，金鸿雁送上茶水，回厨房里继续收拾卫生。靓初说："何叔叔坐！"便带着兴隆去了小屋。

"这次北京一行怎么样啊？"赵玉明说。

"一言难尽！"何劲松说得有些无奈。

"怎么啦？"赵玉明有些惊讶，下辽河现在勘探形势这么好，正在一步一个脚印往前走，全面整顿是当前鲜明的旗帜，一切都在向好发展。他看着何劲松，万分不解，说："有什么新情况啊？"

"下辽河发展势头很好，国家的形势大好，咱们领导汇报的也好，上级领导也认同。"

"这不都是好事吗？"赵玉明说。

"是呀，这不是全面整顿吗，师兄，还有一个提高呢！"

"这个没有错，整顿的目的是什么，不就是提高吗？"

"可怎么提高是关键，师兄，你说该怎么提高吧。"

"这是石油的大政，你问我我问谁去？"

"石油大政咱不说，师兄，你就说说咱们下辽河的石油年增长能力能有多少吧。"

"这件事很清楚，年初总部不是定下了，努力向五十万吨的目标迈进。"

"小脚女人了，一点气魄都没有！"

"这是下辽河实际的总体布局，进一趟京城就变化啦？"

"不是咱们要变，是让咱长见识呀。"

"有话你就说吧，就别掖着藏着啦。"

"师兄，不是我掖着藏着，是难以启齿，怕吓到你。"

"说来说去不就是让下辽河挑担子吗，五十万不行就八十万或是翻一番，下辽河努力就是了！"赵玉明有些不以为然地说。

"如果真是你说的这个数字，咱们大领导根本不会说什么的。"

赵玉明想想也是，这些年里下辽河没少努力，就是跷脚跳起来也不是没有过的，这些事下辽河人都清楚，就说："你就说到底多少吧。"

"年生产能力两千万吨！"

"什么，两千万，你不是开玩笑吧？"赵玉明诧异地说。

"指挥长当时没有说话，参谋长说这个数字绝对没有可能。上级领导立刻就不高兴了，说你不知道你的身份吗，这个态是你表的吗？参谋长低声说我是实事求是，是在说明情况。上级领导说你什么意思呀？就你实事求是，我们都不实事求是呗？指挥长马上说我们回去马上研究，积极落实上级的工作部署。上级领导说落实是一个方面，两千万的目标一定要实现，为了实现这个目标，部里会马上组织和调集其他油田的有生力量，大上西斜坡参与下辽河会战，你们要做好配合工作，我就不相信下辽河完不成两千万！指挥长说我们一定落实部里的指示精神，充分准备，努力工作，积极进取。上级领导这时冷眼看了参谋长一眼，一甩袖子说你也太狂妄了，简直有些目中无人！"

"其他油田的有生力量上来就能完成年两千万吨的生产能力？"赵玉明说。

"参谋长回来路上也是这样问指挥长的，指挥长说我说能完成了吗？我只是说努力，你跟着较什么真儿啊？你怎么还这样书生气呀！参谋长说这种时候我就有些管不住自己，现在知道错了也晚了。指挥长说你这样是要害己害人的。参谋长说真的不好意思。指挥长说算了，算了，我也就是这么一说呀。"

"劲松，你相信真的会没事吗？"

"师兄，你考我？"何劲松笑着说，"我记得有这样一个故事，说的也是类似的事情，这件事按建议人的主观意志圆满完成，一切会皆大欢喜的，没有完成，就会迁怒于持反对意见的人。"

"《三国演义》里就有一个这类的故事，说的是言多必失呀。"赵玉明说。

"师兄说得不错，西斜坡SG区域勘探工作进行得怎么样啦？"

"一直都在紧锣密鼓有序推进着。"

"不知道这个局面还能持续多久。"

"你说的什么意思呀?"

"师兄,其他油田的有生力量上来了,你说SG区域会战将会是个什么局面哪?"

"谁知道呢!"

郝学仁喜得贵子,这个星期天满月。女儿叫盼盼,这个儿子就叫可可吧,娘和尹小芸欣然同意。可可是在家里出生的,郝学仁赶上了,看着七斤的大胖儿子,心里还是很欣喜的,他在家里忙了一天,就回西线上班了,第一个星期天他回家看看,再回西线就去西斜坡 GS 区域驻了二十几天的现场。

郝学仁再进家门时,尹小芸正在给可可喂奶。郝学仁看了一眼可可,可可吃得十分香甜。二十几天时间,可可的变化蛮大,小脸大了一圈,头发黑黑的。尹小芸喂完奶,把可可放在炕上,就去厨房做饭了,郝学仁伏在旁边看着可可甜美的睡相,有些美美的感觉。

尹小芸做好饭,放好桌子说:"他爹,吃饭吧。"

"小芸,拿酒来,我们喝个满月酒吧。"娘大声地说。

"好,娘!"尹小芸拿来一瓶大米酒和两个酒盅。

郝学仁给娘倒上了酒,娘说:"学仁哪,今天是个好日子,我大孙子满月,我高兴,咱们娘俩喝一个!"说完,一饮而尽了。郝学仁又给娘倒上了,娘说:"学仁哪,是娘对不住你,没有考虑你的感受。"又喝下一盅,郝学仁有些无语,看着娘,娘说,"我的儿,看什么呀,快给娘倒上,娘喝不多的!"郝学仁就给娘又倒上了。

"娘,你吃些菜。"尹小芸说。

"还是小芸和娘贴心,小芸哪,是娘对不住你,娘知道。"

"没有,娘!"尹小芸笑着说。

"学仁哪,娘知道你对小芸这个媳妇儿不如意,千错万错这都是娘的错,俗话说得好'强扭的瓜不甜',娘这会儿也想明白了,不行你们就分了吧,小芸就当是我的闺女,遇到合适的,我再给她找个好人家。"郝学仁愣了一下,看看尹小芸。尹小芸很平静,娘继续说,"小芸,你的意思呢?"

"我听娘的。"尹小芸看看郝学仁。

"学仁,你怎么说?"娘说。

"娘,我没有想。"郝学仁说。

"儿啊,你想想吧,我不想让小芸再过过去那样的守活寡的日子了,你想好了,早点回个话呀!"娘说。

"娘,你到底什么意思呀?"郝学仁说。

"学仁,我的儿,难得你读了那么多年的书,我说得还不够明白吗?"娘反讥道。

郝学仁看了看尹小芸，说："娘，我知道了。"仰头喝下一盅酒。

入冬，油田高层下发了关于组织下辽河西斜坡SG区域会战的通知，确定SG区域年产量五百万吨的目标，努力将下辽河建设成为第二个大庆。

大会战的队伍轰轰烈烈地来了，是专列运送到下辽河火车站的。

这是一个冬日的上午，那个火车小站聚满了人，欢迎远方来的大会战的队伍。地方政府党委、油田总部党委积极组织，通往火车站的街道两侧站满了挥动彩旗的人群，红旗招展，锣鼓喧天，口号阵阵，披红戴花的解放牌汽车从中心街区缓缓驶过，摆脱了欢迎的阵势，就冲进了茫茫的荒野，奔向了SG，那里是一处新的战场，海阔凭鱼跃，天高任鸟飞。

何劲松受命也来到了SG。参加SG会战的队伍是独立的建制，从钻探到开发队伍一体化，只是一时对地域等情况不熟悉，需要多方的联系和配合，何劲松是联络官，是专门来配合工作的，他过来就和赵玉明他们兵合一处，将打一家了！

傍晚，陆鸣走进了木板房的食堂，有些气呼呼的样子，赵玉明知道他今天出去给外来井队交井位，就说："'诗人'，怎么啦？"

"下次这样的活谁爱去谁去，我是不去呀！"陆鸣的话明显是说给林胜平听的。

"'诗人'，有事说事啊，怎么还情绪化啦？"赵玉明立刻劝阻说。

"接井的那位牛哄哄的，一口一个他们那边怎么怎么样了，你们这边什么什么没做好，自己不明白，还装腔作势的！"陆鸣说。

"人家远道而来，是帮助下辽河开发建设的，对下辽河的情况不太清楚，咱们要理解和支持。"赵玉明说。

"这不是理解的事，瞧他那副腔调，这里根本放不下他似的。"陆鸣说。

"'诗人'，人过百，形形色色，有的人就是那样一种性格，都是为了一个共同的目标，你就算了吧。"赵玉明说。

"哼，这么多年了，我还是头次见过这样的。"陆鸣说。

何劲松端着饭盒过来，笑着说："'诗人'，气大伤身哪！"

"就是嘛！"赵玉明说。

"师兄，我今天出去转了一圈，这里离着三岔沟小码头不是太远哪？"

"应该是吧。"赵玉明说。

"师兄，你没过去转转哪？"

"没有。"赵玉明说。

"师兄，你这可不太对劲啊，怎么也该去看看那个有缘人哪！"何劲松笑着说。

"是该去看一看，过来一忙不就给忘记了。"赵玉明说。

"哎，你们说什么呢？什么有缘人哪？"陆鸣一脸困惑地问道。

"离这里不远有个叫三岔沟的小码头，那里有个摆渡的胡老伯，和师兄一见如故，还说他们俩是有缘人。"何劲松笑着说。

"还有这事？"陆鸣说。

"我主要觉得这个胡老伯有些不一般。"赵玉明说。

"是吗？听着就有些神秘感，我喜欢，"领导"什么时候去一定喊上我呀！"陆鸣说。

"现在还去什么呀，河已经封冻了，码头上早就不会有人了，只能等明年开河的时候了。"赵玉明说。

"你说的也是！"何劲松说。

说话间，有两个陌生男人走进来，说是找林胜平。林胜平立刻站起来，两个人走到林胜平面前说："林队，不好意思，我们是××队的，今天在交接井位工作中，我们队一名技术员的工作态度不好，请你们多多原谅！"

林胜平立刻喊了声陆鸣，陆鸣过去了，来人笑着向陆鸣表达了歉意，陆鸣却说："现在都在大力号召向你们学习，是我没有学习好，还是请你们原谅，你们不会有错的，没必要给我道歉！"说完，转身就走开了，弄得来道歉的人脸上一阵阵的赤红。

林胜平的脸上有些热了，连忙说："两位领导，不好意思，我们这位同志思想还没有转过弯子，放心吧，我们会做好他的工作的。"

来的两个人还是一再地致歉，才走的。

"'诗人'，你怎么能这样？巴掌不打笑脸人！"赵玉明说。

"'领导'，我怎么啦？他们是来道歉的吗？分明是来做戏的，真要是来道歉的话，做错事的那个人怎么没有来？他是孩子呀，让领导当监护人，没意思吧，你想想是不是这么回事啊！"

"'诗人'，你别那么偏激好不好，至于吗？人家来了，代表的是一级组织，你何必拒人千里之外。"赵玉明说。

"我就是觉得他们这样冠冕堂皇的文章做得实在没什么意思！"陆鸣坚持说。

赵玉明一时也没什么话好说了，陆鸣的话自有他的道理，什么事情不能只看表面要看本质，陆鸣在这样本质问题面前一点都不肯让步。

上午，赵玉明在帐篷里写旬总结报告，有人在外边喊："赵玉明，有人找！"

赵玉明撩起帐篷帘出来，面前站着王志义。王志义看到赵玉明说："赵舅，你好！"

"王志义，你来了，快进来。"赵玉明拉过一把椅子放在帐篷中央的炉子前，说，"王志义，你坐，今天有些冷吧？"说着，拎起绿搪瓷壶倒了缸开水递过去。

"还行!"王志义摘下羊剪绒棉军帽夹在腋窝下,接过茶缸说,"谢谢赵舅!"

"王志义,你怎么来这里啦?"

"我们队调到里面修路了,路过,顺路看看赵舅。"

赵玉明点点头,这个秋天油田修路的规模很宏大,说是省军区的一个副司令员亲自挂帅,调动了几个市、县的好几万民兵,在西斜坡一线动用土方,扩建一条专为西斜坡油田建设的南北主干线,便问:"王志义,你们修的是哪一段哪?"

"我们在最里面,是主干线下的一条重要的支线路。"

"那里的施工环境怎么样啊?"

"进入隆冬时节,冻土层越冻越厚,施工变得越发困难,进度明显缓慢了,我们正在想办法努力改变这种状况。"王志义笑着说。

"你和玲子什么时候办喜事啊?"

王志义憨厚地一笑,说:"我的工作一直都很忙,上次我们商量了,想等到春节放假时两家先串个门,征求双方老人的意见再定。"

"王志义,你们都不小了,早点把事情办了吧。"

"是,赵舅,我也是这么想的。"

"好哇,我看玲子对你还是挺满意的,那就抓紧吧。"

"我们尽快,赵舅,没什么事我走了。"

"你急什么呀,马上中午了,在这吃了饭再走吧。"

"不了,赵舅,值班车在外边等着,我还得赶回驻地去。"

赵玉明见王志义这样说,就送出来说:"王志义,有时间你过来呀,有什么好消息提前通知我们哪!"

"好的,赵舅!"王志义爬上解放卡车,挥挥手,卡车颠簸着向荒野深处驶去了。

这是一个阴沉沉的早晨,天空中飘着细雪。赵玉明走进西线礼堂,总部在这里隆重集会,传达了党中央最新精神。

赵玉明开会中间去了一趟卫生间,在走廊里遇到了郝学仁。郝学仁已经借调到总部工会文体部文宣科,在油田礼堂里办公。郝学仁这会儿脸色有些暗晦地说:"'领导',你有时间吗?我有话想和你说说。"

"好,'大师',开完会我去找你。"赵玉明说。

会议结束,赵玉明去了郝学仁的办公室,郝学仁脸上一副苦相,赵玉明笑着说:"'大师',工作如愿了,看着怎么不高兴呢?"

"高兴什么呀!"郝学仁把儿子满月回家老娘喝酒时说的话学了,说,"'领导',你说我该怎么办?"

"'大师',这有什么怎么办的,这个得问你自己呀。"

"我有些弄不明白。"

"是你娘和孩子都割舍不下吧?"

"是呀!"

"你讨厌尹小芸吗?"

"那倒没有。"郝学仁摇摇头。

"这就不是什么问题了,走了。"

"'领导',你还没有说明白。"

"'大师',你已经说得很明白了。"

"当事者迷,看来我这是蒙住了!"郝学仁狠狠拍了一下脑门说。

赵玉明回西线休月休假。早晨,他把兴隆送到托儿所,回到家里刚刚坐稳,准备着手撰写酝酿好的一篇技术论文,题目刚写下,家门就让人敲响了,赵玉明忙去开门,见是指挥部政治处通信员柳力强。柳力强有些气喘地说:"赵书记,吴主任找你!"

"小柳,什么事啊?"

"应该是大事,你快点去吧!"

"好!"赵玉明立刻回屋穿了大衣,出门奔向指挥部,他有些疑惑,会有什么大事发生?吴卫东办公室门半开着,吴卫东正在打电话,见到赵玉明进来,指了指沙发,柳力强倒完水退了出去。吴卫东放下电话,脸色有些凝重地说:"玉明,你还不知道吧?"

"主任,什么事啊?"

"陆鸣贴了一张小字报,被保卫处抓了!"

赵玉明匆匆地走向总部保卫处,他有些搞不明白,他曾经多次告诫陆鸣注意了注意了,陆鸣怎么还会这样一意孤行?来到保卫处大门口,赵玉明在大门登记处说要找郝建国,门卫立刻打了电话,郝建国一会儿就从里边出来,笑着握住赵玉明的手说:"你好,我可有日子没见你了。"

"你好,郝处,你是越来越精神了!"

"赵书记就是会说话,有事吧?"

"有点急事。"赵玉明放低了声音说。

"来吧。"郝建国将赵玉明引进自己的办公室,关上门,说,"赵书记,你是为陆鸣的事来的吧?"

"是呀,郝处。"

"赵书记,这个事太大了,谁也救不了他。"

"我能看看他吗?"

"现在谁都不能见。"

"明白了,郝处。"赵玉明说着,重重地叹了一口气。

"赵书记,你在这件事上一定要谨慎!"

"谢谢!"

赵玉明回去向吴卫东做了汇报,吴卫东听完,脸色沉重地说:"我知道了,玉明,这事到此为止。"

"主任,我明白!"赵玉明退了出来。

赵玉明回到家里,坐在写字台前握着笔,一个字也写不下去了,陆鸣的事让他陷入困局,看看时间,便起身去做午饭。一会儿,金鸿雁回来,放下了兴隆,问:"玉明,陆鸣被抓你知道吗?"

"鸿雁,你是怎么知道的?"

"这么大的事,西线早就传得沸沸扬扬。"

"是,吴卫东跟我说了,我去了保卫处,没能见到陆鸣!"赵玉明说。

"陆鸣到底是怎么回事啊?"赵玉明把知道的情况说了一下,金鸿雁说:"这么严重啊,这刘玉梅可怎么办哪?"

"还能怎么办,没有办法!"赵玉明摇头说。

"刘玉梅身孕七个多月了,陆鸣怎么回事,做事怎么一点也不计后果?"

"鸿雁,该叮嘱的我早就叮嘱过他,就差提拉他耳朵了,谁想还会出这种事情啊!"

这时候,有人敲门,金鸿雁忙去开门,刘玉梅挺着大肚子,牵着陆淼进来了,神色有些紧张地说:"赵哥,陆鸣真的被抓啦?"

"玉梅,来,你先坐下,千万别急呀,靓初,带着兴隆和妹妹去小屋里去玩。"金鸿雁抓住刘玉梅的手说。

靓初答应一声,拉着兴隆、陆淼去了小屋。

赵玉明看看金鸿雁,说:"刘玉梅,你先别急呀,事我也是刚听说的,什么情况我还不清楚,我已经找人去问了,现在还没有回音。"

"赵哥,你可一定要帮帮陆鸣啊,他最信赖你了。"刘玉梅带着哭腔说。

"刘玉梅,我一定会尽力的,这个你放心!"

"陆鸣,你真的好糊涂哇!"

"玉梅呀,你不能太着急了,你还有没出生的孩子呢,你得多为孩子着想啊!"金鸿雁劝解着。

"陆鸣,你怎么就不为孩子着想呢!"刘玉梅泣声说。

"刘玉梅,情况还不是很清楚,你也不要太担心。"赵玉明说。

"是呀，玉梅，只要有可能，大家都会帮助陆鸣的。"金鸿雁说。

"现在是什么时候哇，陆鸣怎么就这么傻呀！"刘玉梅说。

"玉梅，事情已经发生了，你可一定要想开点啊！"金鸿雁说。

"不想开又能怎么样，陆淼，咱们回家吧！"刘玉梅摇着头，站起来说。

"玉梅，你们就在这吃饭吧。"金鸿雁说。

"不了，谢谢金姐。"刘玉梅拉着陆淼的手向外走。

"我送你。"金鸿雁扶着刘玉梅出去了。

好一会儿，金鸿雁才回来，赵玉明说："刘玉梅怎么样？"

"哭了一会儿，陆淼说饿了，抹了把眼泪，说不管怎么样日子还得过下去，就进厨房做饭了。"

"这样还好些，刘玉梅不是那种小心眼认死理的女人，她会面对现实的。"

"也许你说的话给了她一些幻想。"

"这是必须的，面对需要一个过程，时间会让她仔细思考的，她的心理需要这样一个承受过程，你没事的时候过去看看她，陪她说说话！"赵玉明叮嘱着。

"我知道，可陆鸣的事情总要和她说实话呀？"

"这个我知道，我想这件事刘玉梅一定会找她二哥刘玉河的，真实的事情我只能和她二哥说清楚了！"

"你是对的，这样也许会好些！"金鸿雁点头说。

傍晚时分，刘玉梅和二哥刘玉河来到赵玉明家里了解陆鸣的情况。

"二哥，你来得正好哇，我晚上约了一个人，咱俩一块过去见见吧。"赵玉明说。

"那好吧。"刘玉河说。

赵玉明带着刘玉河来到自己的办公室，刘玉河进去后有些疑惑，赵玉明说："二哥，陆鸣的事情我不能全部如实地跟刘玉梅说，她有身孕，我怕出个什么意外，只能先稳住和避开她了。"

"我懂了，陆鸣到底怎么回事啊？"赵玉明就将事情的原委详细说了一遍，刘玉河的脸色异常凝重地说，"这么严重啊？"

"二哥，处罚肯定是十分严厉的，你们要有充分的思想准备，刘玉梅离分娩期越来越近了，怎么安抚好她非常重要，我们不想她这里再出什么意外。"赵玉明说。

"玉明，你说得很对，谢谢你呀！"

"谢什么，二哥，陆鸣是我的好朋友，说起来惭愧呀，是我没有尽到做朋友的责任。"

"玉明，这件事不怪你，是陆鸣有些太书生气了。"

"二哥，陆鸣的最终判决归地方中院管，你还是看看那边有什么办法没吧。"

"我知道，我马上回去想想办法，现在这种时候这样的情况真的很难说呀！"刘玉河十分为难地说。

四十二

料峭的北风不停地拍打着棉帐篷，把铁支架的接卯处磨出轻柔的吱吱呀呀的声响，让人心里生出有些烦躁的感觉，炕炉子里的煤火旺旺的，也不见帐篷里面有多少热度，像有一只无形的手把炉火散出的热度给抓走了。王志义坐在亮黄色的三屉桌前，摸了一把靠炉火那面桌子的堵头，上面温温的，可他的脚下却有阴冷的凉风在缠绕着，他下意识地从膝盖上捋下去，要把那股风赶跑似的，可手刚刚放到桌面上，凉风就又在下面开始莫名地缠绕。

坐在对桌的连长赵有财这时候点燃卷好的漠河烟，有些起皮干裂的嘴唇一努，吐出一口浓重的烟雾来，眼神有些迷离地追随着，那缕烟雾慢悠悠地飘向帐篷顶，撞上人字铁就散去了。赵有财舒坦地咳了一声，摸了一把瘦削露出花白胡楂的下巴，眯起有些干涩的眼睛看着王志义说："王啊，指导员一时半会儿回不来，传达营里会议精神和'一帮一'的事你就抓紧落实吧。"

王志义笑着看向赵有财，立刻点点头说："连长，行，我尽力吧。"

赵有财盯着王志义，眼睛里有一道光闪过，说："王啊，要弄就弄好，要不就别弄！"按赵有财的说法就是要做老实人，说老实话，办老实事。赵有财是老石油，从玉门到大庆又到下辽河，最初还进驻技术队"领导一切"。说起都可乐，他只有高小文化，让他给一大群知识分子做宣传，时常会出现尴尬局面，念个文件和报纸，有些字还认不全，靠查字典做功课有时不及时，肯定会闹出笑话来，比如推荐念成推存，破绽念成破定，下面就有低低的嘲笑声，难免尴尬，幸好后来撤出了，算是一种解脱，回到原单位，很多人说他有"水"了。这一次，总部矿建指挥部增加筑路队伍，组织上调他们过来带队伍——这个队伍是以知识青年和还乡青年为主的。

王志义认真地点下头说："连长，我知道了。"

赵有财这时想起什么事，站起身来，裹紧羊皮大衣，撩起帐篷门帘出去了。

王志义翻开了工作日记本，手里旋转着那支于小玲送给他的金色钢笔，看着里面新记的会议内容，若有所思。

王志义刚刚和赵有财去营部开了一个会，会上，筑路营教导员康勇为传达了矿建指挥部的会议精神，主要是油田战区英模会的盛况，指挥部近期的重点工作，对他们筑路队伍来说就是利用秋冬季大好时机，把油区的道路建设搞上去，没有路，说是把石油勘探搞上去那是扯淡！这事省革委会、省军区是真重视也是动真格的，这不刚一入冬就组织了几个市区的五个民兵师五万多人搞了一个筑路工程大会战，一下子就把西斜坡那条横贯油区南北的百里长的主干线分割承包了，沿线上人声鼎沸，车水马龙，已经搞出了大模样。他们这些油田新组建的筑路队伍，就被安排进大苇塘里面去干应急的支线路。他们连在这里已经驻扎三个多月了，深秋和刚入冬是干土方的好时机，隆冬时节土层越冻越厚了，光靠钢镐刨，这一百多号人就是使出吃奶的劲，收效也不大。许多人开始献计献策，说得最多的也是可能实施的就是使用炸药，北方地区冬季搞大的水利工程都是这么干的，外面主干线工程上有的民兵队伍已经这么干了。领导也知道当前冻土施工的困难，计和策收上去了，什么时候落实得层层审批，教导员康勇为要他们先回连队广泛宣传战区劳模的先进事迹，像×××井抢险，那可都是咱们战区里响当当的人和事啊，要发扬这样的精神，有条件要上，没有条件创造条件也要上，革命加拼命，跑步学大庆，一定要把油田筑路生产建设搞上去。这事落实到王志义头上，还有一项非常紧要的工作，那就是"一帮一"，"一对红"。

说起这项工作王志义还是有些蹙眉的，营部会议在落实"一帮一，一对红"时，教导员康勇为看着他说王志义，你们连怎么样啊？王志义这时看旁边的赵有财，赵有财就说王志义，你看我干啥，教导员问你呢！王志义有些窘。教导员康勇为是钻井过来的干部，赵有财是他带来的，赵有财几斤几两他知道，所以就直接问了王志义，接着还说，你们连不是有个"崔三爷"吗，怎么样，这次能转变不？王志义心里真的没底，有些窝着嗓子说能。康勇为就笑了，说王志义，我看你底气好像不太足，到底能不能啊？王志义和当兵时一样，噌的一下站起来，声音一下高八度说能！康勇为笑了，说王志义，好，好，好，这才像个当过兵的，干工作就是要有这样的决心和信心！王志义看看赵有财，赵有财微黑有些刻痕的脸上没有什么特别的表情。

王志义刚刚被任命筑路三连副指导员，他们连指导员孙德田前些天胃溃疡犯了，挺刚强的一个人，眉毛拧成了八字，牙齿要咬碎的样子，进医院就让医生按在病床上住院治疗了，说是差点胃穿孔了，也是命不该绝，什么时候出院不好说，不然也轮不到他王志义去开这个会。王志义年轻，是和这一批知识青年、还乡青年一起招工来油田的，他身份有些特殊，不仅当过兵，经历了解放军大学校的锤炼，还是新工里唯一的党员，入厂时就被连里任命为一排长。他工作主动性一直很强，一排带得不错，得到了孙德田、赵有财的一致肯定，直到这次被推荐到副指导员工作岗位上。王志义是农村出来的，从小就和农活打交道，修过水利工程，懂得土方施工，带队伍上路干土方是他主要的工作任务。这也难怪，孙德田、赵有财都是钻井出身的"老钻"，从半年多的接触中，王志义知道他们年龄大了，身体也都不太好，钻井队那块的活就要干不动了，在单位提拔又没机会，上级就统筹安排，让他们这样一批人来矿建指挥部来带这些新工队伍。实际上带这个队伍也着实够人操心的，每个新工连都二百来号人，来自各个地方的知青点和还乡青年，难免有些"藏龙卧虎"，不知道谁会给你捅个"猫蛋"。前几天营里四、五两个连的"棍棒"就掐起来了，伤者住院了，"头"被圈了起来。这事让指挥部的领导很紧张，康勇为召开紧急会议特别要求各基层连队领导要严防死守，防患于未然。孙德田就是坚守岗位，成天和大家一起吃"高粱米籽"，把胃溃疡整复发的。王志义从医院离开时，孙德田还叮嘱说王志义呀，你年轻有能力，在连里你要多操点心！王志义很感慨，孙指导员这样的老石油工作责任心是真强啊！

王志义明白孙德田说的主要指的就是教导员康勇为说的"崔三爷"。"崔三爷"本名叫崔长湖，年龄大王志义一些，在四排十二班，也就是住在连队一字形摆放的最里面那栋帐篷里，据说崔长湖一住进帐篷就开始有人围着他转了。说起"崔三爷"，王志义是有些耳闻的，说是在省城时这个名号就有了，下乡到知青点又被发扬光大了。崔长湖应该是最后一个到王志义帐篷里的，除了连部和两个女宿舍，王志义住的帐篷是最靠外边的。

崔长湖个头偏矮，生得一张娃娃脸，有红似白的，挺受看，只是他眼睛看人时会透出一股凶狠来。崔长湖当时戴了一顶揪出尖的新单军帽，穿着一件黄哗叽的老军服，一条新军裤，一双礼服呢白边板鞋，身边跟着俩人，脸都绷绷着，眼神狠狠的，那个叫"老狗"操着公鸭嗓喊都起来吧，还不见过三爷呀！

屋里有人从铺位上坐起来看向王志义，王志义躺着没动，"老狗"就走到通铺前，拍了拍王志义的腿一下，说哎，你小子咋这么牛呢？

王志义脚一扬，踢在"老狗"的手腕子上，顺势坐了起来，盯着"老狗"，"老狗""哎呀"一声，王志义微微一笑，说实在不好意思呀。

"老狗"眼睛立了起来，上来就是一拳，被王志义一下钳住了手腕，另一手跟上，也被钳住，动弹不得，龇牙咧嘴地回头看着崔长湖，想逞口舌功夫，面对王志义有些犀利的目光又立刻憋了回去，求救地看着崔长湖。崔长湖来到近前，拍了一下王志义的手，盯住王志义好一会儿说怎么，练过？

王志义笑着说没有，当过几年兵。崔长湖说知道我吗？王志义说听说过。崔长湖说怎么样啊？王志义说不怎么样。崔长湖用有着狠劲的眼睛盯了王志义好一会儿，才嘿嘿冷笑了一声，说你知道就好哇，走！就再也没有走进过王志义的帐篷。

王志义听人说过，崔长湖会个三招两式的，最主要的是黏人，下手狠，一黏上你会没完没了，非常赖皮，只有彻底地降服他，他才不再黏你，要做到这一点，也不是很容易的事情。

按指导员孙德田的说法，崔长湖一到连里就吃香的，喝辣的，好逸恶劳，出工不出力，四排长只会安抚，怎么就不想个办法转变他呢？埋头苦干的四排长满脸委屈地说崔长湖这个人油盐不进。孙德田就说他崔长湖到油田这里"是龙也得盘着，是虎也得卧着"。便找崔长湖来谈话，说了好几抬筐的道理，崔长湖却嬉皮笑脸地说指导员，你就别整这些没有用的了，知道是扛铁锹抬土筐我能上这里来吗？这是什么鬼地方啊？我都没有看见兔子拉的屎，还不如我们青年点，我这人是好马不吃回头草，能在这老老实实待着已经不错了，我也不折腾，等考验期过了，你送我走，学个司机什么的都行，你满意，我消停，咱们俩好归一好！孙德田听了这话，有些气冲斗牛，一拍桌子说好你个崔长湖，还反了你了！你小子是在这跟我叫板呢？你以为这是你下乡的地方呢？这里是石油！崔长湖笑着说不敢，指导员，你就别拍桌子吓耗子，这样的事我见得多了，没用的，来，抽烟！抽烟，消消气呀。一包"红玫瑰"扔在三屉桌上，走了。孙德田目送崔长湖，"红玫瑰"跟着摔了出去，气得呼呼直喘粗气。赵有财就说，我说老孙，你这又是何必，和他生气都不值当，在连里他是没大折腾，真要折腾大了就送他进"局子"。孙德田说老赵哇，送他进"局子"好办，咱们干什么来了，你我好看吗？这是下下策！赵有财说老孙，不然你说怎么办？孙德田想想说先看看再说吧。

现在该着王志义出手了，该怎么让崔长湖转变呢？王志义知道光谈是不管用的，任你把大道理嚼成糨糊，也粘不住崔长湖迷失的心，王志义一时还真没有想到什么办法来，过去他们一直是井水不犯河水，现在要实实在在地面对面了，看来只能随机应变了！过去王志义在学校、在农村、在部队也曾帮助过后进，就是没帮助过崔长湖这样的。

帐篷门帘一动，一个人进来，说："副指导员，你在呀！"

"啊！"王志义回应道。

进来的是食堂保管员韩玉香。韩玉香拎着一把绿搪瓷水壶，往桌子上的暖水瓶里灌开水，灌完水，一双杏眼笑盈盈看着王志义说："副指导员，你有什么东西要洗吗？"

"没有，谢谢呀。"王志义说。

"副指导员，你怎么老和我这么客气，是嫌我洗得不干净还是怎么的？"

"不是，你在食堂一天也挺忙的，我自己又会洗。"王志义说。

"这我知道，你是不肯把我当自己人。"韩玉香轻声低语地说。

意思很明了，王志义不知道说什么好，一时无语，马上转个话题说："韩玉香，食堂今天午饭吃什么呀？"

"老三样，高粱米籽、白菜片、蒸咸芥菜疙瘩。"王志义点点头，韩玉香这时候掏出一个纸包放在他的面前说："给你！"脸有些红，装着若无其事地看了王志义一眼出去了。

王志义一看这种食用品包装纸就知道里面包着的是那种散装大块饼干，面上有白砂糖粒的那种，这是连队食堂管理员马立华出去采买捎带的。韩玉香长得稍显娇小，模样可人，被公认为连里的一枝花，是很多小伙儿钟情的目标，而韩玉香的眼睛却偏偏瞄上了王志义。上次韩玉香给王志义洗褥单，缝褥单时缝上了一个狗皮褥子，这让他既感激又紧张，感激就不必说了，紧张的是新入厂指挥部是有严格纪律要求的，新入厂的工人考验期内不许谈情说爱是最重要的一条，他是党员，现在又是连队领导，还有他心中早就有了于小玲，这可不是闹着玩的。幸好韩玉香还算懂事，只是在行动上有积极具体的表现，眉眼之间的传情也只有意会，她冰雪聪明，现在做的是充分铺垫，要做的是水到渠成，这让王志义更加担心，他怕这样会让韩玉香受到伤害，他真想找个合适的时候对韩玉香说清楚，我们不合适，我已经有心上人了，可一直没有找到合适的机会。这让他想起了于小玲，那个在油田西线医院里的白衣天使。

王志义十分清楚连里"一帮一、一对红"的这块工作，铁定的只有自己上手去对应崔长湖，崔长湖如果能转变，连里所有新工就会有整体性的改观，崔长湖会接受吗？这个真不好说，崔长湖一直桀骜不驯，想要撬动他，是需要下一定功夫的。"你要知道梨子的滋味，你就得变个梨子，亲口吃一吃""方法对了头，工作上层楼"。他需要和崔长湖面对面了，过去他没想过，现在必须要办！

上午，营部通信员来连部送了信，说总部武装部批准了矿建指挥部筑路冻土施工可以使用炸药爆破，要求各连队马上选派一个三人组参加指挥部的爆破人员集训，这对王志义来说真是个绝好的契机。

下午，工人上工走了，王志义安排施工员大郝带工负责，自己便向崔长湖住的帐篷走去。

下午，崔长湖多数时候是在帐篷里睡大觉的。王志义进了帐篷，见崔长湖躺在通铺的行李上，身上盖着一件军大衣，美美地打出轻柔的鼾声。帐篷里的煤火有些灰暗，阴冷在增加，王志义拿起炉钩打开炉盖，往炉子里添了一牛心锹头的煤粉，炉盖的磕碰声惊扰了崔长湖的好梦，崔长湖睁开眼睛，抻着脖子看了看，说："稀客呀，有劳王大指导了！"说完，翻了个身，闭上了眼睛。

王志义走到崔长湖的铺位旁，坐在了崔长湖的脚边，木板搭的通铺有些微微颤动反应，崔长湖翻过身来，看着王志义说："你怎么没走，有事？"

"是，我想和你谈谈。"

"王大指导，你可千万别跟我说什么没有上工的事，按你的要求，分给我的活我上午已经干完了，不信你问我们排长去。"崔长湖懒洋洋地说着。

"这个我能不知道吗？"

"那你还有什么事呀？"

"就想和你随便聊聊。"

"呦！你怎么这么好哇，太阳从西面出来嘞？你不会是来给我下套的吧？"崔长湖笑了，有些讥讽地说。

"你要是非这么想，我也没办法呀。"

崔长湖转动着眼珠，看了王志义一眼说："我是真不敢相信你们这些当官的呀。"

"怎么，被人伤过呀？"

"这不关你的事，有话你就说！"

"哎，崔长湖，你怎么会想起来油田的？"

"你这不是废话吗，咱们不是都一样吗？"

"咱们一样也不一样，你是省城知青，我是农村坐地户，我不出来就在农村里种地，你不是还有回城那条路吗？"

崔长湖看看王志义，眼睛有些黯淡地说："我父母没了你不知道哇？"

王志义摇摇头说："不好意思呀，我还真就不知道。"

崔长湖冷笑一声说："所以呀，我现在在哪儿都一样，回城的路有些遥远，不知道要等到哪一天，来这里也不错，起码有工资拿，就是没有想到是这个环境干这种累活。"

"这些都是暂时的，油田在发展，我家就在这边住，油田这几年变化得很快，西线那片地方原来就是一片盐碱滩，只长碱蓬菜，你看看现在，大楼建成多少了，这是今非昔比呀！"

"这我知道，不看到这一点我早就走了。"

王志义马上提高了热度，说："哎，崔长湖，你对今后怎么想的？"

崔长湖哼了一声，说："喊，一点亮光还没有呢，有什么可想的？"

"俗话说得好，人无远虑，必有近忧哇！"

崔长湖翻了王志义一眼，说："怎么，给我上课来啦？"

王志义笑了笑，说："我没那个意思，我说的只是道理，我就是这样想的，你不想听就算了，哎，你不是想去学司机吗？这可是需要一定过硬的条件的。"

崔长湖立刻坐起来，摸出了一包"红玫瑰"，向王志义示意一下，咬住一支点着了，吐出一口烟雾，说："哎，王大指导，你慢着点，我什么时候跟你说过我想去学司机啦？"

"你是没跟我说过，那次在连部，指导员找你谈话你可说过呀！"王志义提示说。

"我当时也就是那么随便一说。"崔长湖想想说。

"不会吧？"王志义笑了笑。

"你到底什么意思？你不是想说真要有这样的机会，我走不上吧？"崔长湖盯住王志义的眼睛说。

"这不是我个人说的事，全连广大干部群众的眼睛是雪亮的！"

"我对咱连的群众基本上还是挺有信心的。"崔长湖有些轻蔑地说。

"连队领导也有主持公道的权力呀!"王志义看了崔长湖一眼笑着说。

"哎,我说王大指导,你今天是不是没事了,专门来给我添堵的?你这样可不好玩,谁要想和我玩,我就敢陪他玩到底!"崔长湖的脸沉下来说。

"怎么会,崔长湖,咱俩往日无怨,近日无仇的,我主要是和你探讨今后出路问题的,我也是一样的。"王志义把话头往回拉了拉说。

"是呀,王大指导,你千万别说为我好,让我遵守纪律呀,天天上工,早来晚走,埋头苦干什么的。"崔长湖看着王志义有些讥笑地说。

"埋头苦干倒也未必,不过有个活得天天上工,或早来或晚走是必须的,还有一定的风险性,真需要有一定胆识的人才做得来,不是随便什么人都能做好的。"王志义投出了一枚石子。

崔长湖的眼睛里闪出些许的兴趣,却装作若无其事地说:"什么活呀?说出来听听。"

"放炮,就是冻土爆破。"

"你说的这个我还真有点兴趣!"

"那好,晚上连里开会时会进行动员报名,连里一个爆破组三个名额,明天早晨去指挥部参加爆破集训。"

"好,这个我一定参加!"

崔长湖动手能力强,胆子肥,脑子还是满聪明的,集训时受到培训教员的多次好评。回来就当上爆破班班长,牛哄哄地带着新配置起来的一个班组人员挖药洞,装炸药,插电雷管,连接起爆器,放警戒线,信号旗一挥,起爆器一按,一连串的闷响,望着飞起的那股黑黝黝的烟尘和冻土块,心里升腾起一种成就感来。每一次放炮,王志义都跟着,这雷管和炸药,不管理好可不是闹着玩的。现在看到崔长湖这样工作,王志义心里很是安慰,这绝对是个良好的开端。

有一次放完早炮,崔长湖对手下的人说:"你们先走,我和'头'有点事要说。"

王志义看看崔长湖,站在那里等他。崔长湖走到王志义跟前,望向天边刚刚跳出地平线金灿灿的太阳说:"'头',实际上我也没什么大事。"

王志义看着崔长湖,说:"'老崔,这话说得可不像你呀,怎么,有什么话不好说的吗?"

"'头',你和西线医院那个叫于小玲的护士现在关系发展得怎么样啦?"崔长湖问。

王志义这时有些惊讶了,随即笑着说:"哎,老崔,你这家伙可以呀,连这个你都知道,了不得呀,看来我真的还要高看你一些呀,你什么意思呀?"

"就是想知道,行不行吧?"崔长湖这会儿的表现竟有点腼腆了。

王志义盯住崔长湖的眼睛，说："老崔，我想你不会是光想知道这么简单吧？"

崔长湖避开王志义的目光，有些不自然地说："我没那么复杂，你不想说就算了，就当我没问过行吧！"

"老崔，怎么还有点不高兴了，我知道了，这个对你很重要是不是？好，那我就告诉你，我们一直保持着很好的关系，有可能的话，春节放假期间我们准备先串门再订婚。"

"'头'，你说的是真吗？"崔长湖笑着盯住王志义问。

"哎，不对呀，我的事情你至于这么高兴吗？"

"'头'，你要是这么说我就可以放手追韩玉香了！"

王志义愣了一下，看着崔长湖，这家伙原来是这个意思呀，就说："老崔，这件事恐怕也不太容易呀！"

"'头'，怎么，我差啥呀？"

"连里可有好多对韩玉香有想法的人，好多人的条件并不比你差呀！"

"这有什么呀，没有了你，其他的人都是小菜一碟！"

"这么有信心？"

"不信你看着！"

"好，我看着你！"

教导员康勇为来路段上检查工程进度，身边跟着那个背步话机的通信员"蔡包子"。康勇为笑着说："王志义，你的工作能力很不错嘛，'一帮一、一对红'的工作做得很到位，要好好总结一下，尽快写个材料送到营里，我让政工组的同志帮着好好润色一下，报到指挥部，争取参加这次指挥部总结讲用活动！"

"教导员，我的工作刚起步，很多地方做得还很不够。"

"王志义，你谦虚谨慎是对的，但目前的工作意义已经很重大了，需要在单位里发扬和光大！"康勇为强调说。

"明白了，教导员！"王志义立刻说。康勇为说参加讲用就一定行，听人说康勇为在出材料方面也是一个大手笔，他在筑路营就是一个过渡，很快就会有新的发展空间。

天边刚刚露出一丝鱼肚白，白霜摇曳着孤寂的芦苇，远处的钻机送来悠远的轰鸣。王志义站在落霜的地上，看着崔长湖他们在安放最后一炮的炸药。他和崔长湖今天要去指挥部里参加"一帮一、一对红"先进事迹交流会，送他们去开会的篷布大解放卡车在不远处的路头上等着他们。

崔长湖拿着线拐子快速地放好了导线，来到王志义的跟前，蹲在地上利落地往起爆器上接导线头，接好导线，崔长湖大声吆喝着，声音空旷悠远。为了参加指挥部先进事迹交流会，他们把今天早晨放炮的时间提前了，天空还是灰暗着，信号旗用不上了，他们用呼喊传递着讯息。

平安无事嘞！

平安无事嘞！

平安无事嘞！

南、西、北方向的人传来高亢的电影里的台词声，崔长湖这时果断地按下了起爆器，一声闷响，一股烟尘腾空，像一大群惊飞的鸟群突地飞起了，顶到高空，然后开始散落。崔长湖麻利地去收拾导线，突然"啊"的一声大叫，猛地跌倒了。一旁的王志义吃了一惊，看到导线的那端落在那排动力线上，那上面有电弧光闪过，他急速地扑向崔长湖，猛地将崔长湖拽开，随即栽倒在崔长湖的身边。

其他人见状，有人用木杆挑开了导线，有人急忙招呼篷布解放卡车，解放卡车载上王志义、崔长湖，向西线医院疾驰。

四十三

金鸿雁这天是在急诊室值夜班，早晨收拾一下，回到更衣间准备换衣服下班时，看到一辆解放卡车急停在急诊室大门口，接着是一阵零乱的脚步声，有患者被人背进来，放到急诊床上，爆破手高广明高声喊叫着："大夫！大夫！大夫！"

金鸿雁穿上白大褂立刻赶过来，外科柳大夫也赶了过来，说："你们赶快挂号去！"

"已经有人挂号了，你们赶快给看看吧！"高广明急切地说。

"患者怎么回事呀？"金鸿雁问。

"爆破的导线搭到高压电线上了！"高广明说。

金鸿雁扒开一个伤者的瞳孔看了看，马上压胸进行心肺复苏。

"这个人已经死亡了！"柳大夫在一边说。

"大夫，怎么会，他们俩几乎是同时触电的！"高广明强调说。

"他的瞳孔已经放大了，呼吸早就没有了。"柳大夫也在强调说。

一个工人匆匆跑进来，送上了挂号单，柳大夫拿过单子说："谁是崔长湖哇？"工人指指金鸿雁按压抢救的那个人，柳大夫说："那这个人就是王志义了。"就把单子分放在诊桌上。

"大夫，王志义怎么一点措施都没有？你快救救他，他是为救崔长湖才触电的！"高广明有些焦急地说。

"你喊什么呀，我不是已经跟你们说过了吗，这个王志义已经死亡了！"柳大夫大声说。

听到王志义的名字，金鸿雁不由得一愣，一边按压一边问道："同志，你们是哪个单位的？"

"矿建的。"挂号工人说。

"那个人叫什么名字？"金鸿雁问。

"王志义，我们连的副指导员。"挂号工人说。

"柳大夫，麻烦你过来给崔长湖下医嘱吧。"金鸿雁看了一眼有了气息的崔长湖说。

"金大夫，王志义已经死亡了。"柳大夫坚持说。

"柳大夫，我知道。"金鸿雁走过去端详了一下，这个人真的是王志义，心里不由得一紧，王志义的手和脚都有电击焦煳的痕迹，她翻了一下眼皮，瞳孔放大了，脉搏和鼻息已经没有了，她还是对王志义的胸部进行了一阵按压，然后对高广明说："同志，王志义确实早就死亡了。"

"明明是崔长湖先触的电，王志义是为救他才触电的呀！"挂号工人争辩说。

"关于电的原理你们不懂啊！"柳大夫说。

挂号工人愣在那里，他确实不懂，他是还乡青年，只有小学文化程度，他看向高广明，高广明也在摇头。

赵有财、韩玉香等人匆匆地进来了。韩玉香听说王志义死了，抓住王志义的手，眼泪一串串地流下来，有些哀婉地说："王志义，你怎么这样就走了，怎么一句话都没有留下呀，我有好多好多的话想要对你说！"

金鸿雁看到这个情形，一时竟有些愣了神，这个女青年是谁呀？她和王志义是什么关系呀？

赵有财知道了确切的结果，还是问："大夫，王志义真的一点希望都没有啦？"

金鸿雁忍住悲伤说："是，你们还是抓紧送他去太平间吧。"

赵有财一挥手，几个工人将王志义移到一副担架上，盖上一条白床单，抬起送往医院东南角处的太平间。

金鸿雁和白班医生交接完，匆匆地往住院部内科病房走去，她去找于小玲，告诉她这个不幸的消息，也想尽最大努力地开解她。庄护士长说："金大夫，于小玲昨天晚上临时顶替的夜班，刚刚交班回宿舍了。"

"庄护士长，再见！"

"金大夫，你不是下的急诊吗？"

"是，我找玲子有点急事，走了呀。"

"金大夫，慢走，有空过来坐呀。"

"好的，庄护士长。"

金鸿雁向于小玲宿舍快步走去，来到宿舍前，她轻轻叩了叩门，里面没有回音，她就加大了叩门的力度，还是没有回应，她有些疑惑，又加重了叩门声，这时里面才传来于小玲的声音："谁呀？"

"玲子，是我呀，金鸿雁！"

"来了！"门开了，于小玲一脸疲惫，揉着眼睛，有些诧异金鸿雁怎么一大早来自己的宿舍，她用疑惑的眼神看着金鸿雁，拿了一个方木凳，又倒了一杯热水，然后将零乱的被子推了一下，坐在床边上，打了一个大大的哈欠，说："金大夫，你下急诊哪？"

"嗯，玲子，你的脸色不太好哇，昨晚夜班很累吗？"

"还好，凌晨时趴在桌子上睡着了，做了个很奇怪的梦，刚刚睡下不知怎么又开始了，你敲门的时候我还在梦境里挣扎，真的累死人了！"

"玲子，你梦到什么啦？"

于小玲认真想了想，摇摇头，说："全都乱七八糟的，不是很清晰，刚才这段有一点点印象，好像是我们村子里的一群青年男女去爬千山了，大家走在一条狭窄的山脊上，我不小心脚下一滑，一下滑倒了，滚到了一个陡峭的山坡上，王志义立刻扑下来救我，我们一起滚落了下去，滚落中，王志义抓住了坡上的一棵小树，那棵树很小很小，埋得也很浅，这时候开始松动了，它承受不住我们两个人的重量，王志义就说小玲，你快抓好了！自己松手向山坡下滚去了，我大声呼喊着，王志义！王志义！眼看着他消失在陡坡下边，我拼命地呼喊着……这时候听到了你的敲门声。"

金鸿雁有些愣怔怔地看着于小玲，说："怎么会这样？"

"金大夫，你说什么呢？"于小玲有些迷惘地说。

"如果你梦里的事情是真的呢？"

"金大夫，怎么会？"

"玲子，我给你带来一个不好的消息！"金鸿雁挺了一会儿说。

"金大夫，你开什么玩笑？"

"玲子，我会开这样的玩笑吗？"

"金大夫，你说的到底是什么事呀？"

"玲子，我说了你可一定要冷静。"

"到底什么事情啊，金大夫，是我家里有什么事情吗？"

"不是。"

"那还会有什么事？是我爷爷、奶奶吗？他们年龄都挺大了。"

"不是，玲子，是王志义出事了！"

"王志义，他不是在西斜坡那边修路吗，他怎么啦？"

"他为了救人受了电击伤！"

"电击伤，怎么会？修路不是用锹镐吗？"于小玲愣愣地，一下站起来，焦急地问，"金大夫，王志义在哪儿？他伤得怎么样啊？"

金鸿雁立刻拉住了于小玲的手，将她按坐在床上，说："玲子，你听我说，王志义为了救人受了电击伤，很重很重，一大早送到急诊室抢救来了。"

于小玲的眼泪落了下来，她抹了一把，说："金大夫，王志义在哪里？我要去看他！"说着，挣脱了金鸿雁就往外跑。

"玲子，你这样就出去呀？先把衣服穿好！"金鸿雁马上拽住于小玲。

于小玲看了一下自己，抓起衣服，急忙往上套着。金鸿雁叮嘱着："玲子，你听我说，不管遇到什么情况，你可一定要冷静啊！"

"金大夫，你别总拽着我，王志义在哪儿？我现在就要看到他！"于小玲极力挣脱着。

"好，好，好！玲子，你不要急，我这就陪你去，王志义伤得真的很重很重，你一定要有一定的思想准备呀！"金鸿雁继续强调。

"我们快走吧！"于小玲抢先一步迈出了宿舍。

金鸿雁在走廊里一直劝解着于小玲，直到来到了急诊室，说是要看一个电击伤的患者，值班医生查看了记录说早晨来了两个人，患者崔长湖转到住院部治疗了，王志义死亡，已经送往太平间。

这个消息如一记惊雷，于小玲的脸色一下惨白了，她扑在金鸿雁怀里哭了起来，引来周围人疑惑的目光。金鸿雁拍拍于小玲的后背，轻声耳语着："玲子，你冷静点，听话呀，咱们换个地方说话？"说着，搂着于小玲向走廊里面的医生休息室走去。进了门，金鸿雁扶于小玲坐在床上，说："玲子，你想哭就哭出来吧！"

于小玲呜呜呜地哭了起来，说："金大夫，怎么会这样啊？"

"玲子，我们老家那边有这样一句话'人的命天注定'，按现在说法是封建迷信，从另外的角度说你们可能真就没有这个姻缘哪。"

"我们已经说好的，春节时就串门订婚！"于小玲不停地哭泣着说。

"玲子，你想去看看王志义吗？"

"想！"于小玲抹着眼泪，点点头。

"那好，玲子，你等一下，我这就陪你去。"金鸿雁说，于小玲立刻起身往外走，金鸿雁拽住于小玲，帮助她擦干了泪水，她们都穿上了白大褂，出了休息室，向太平间走去。

"玲子，等到了那里你可一定要听话呀！"金鸿雁叮嘱着，于小玲点点头。

太平间的门前聚拢了很多的人，门两边的墙壁旁已经开始摆放着送来的花圈，花圈的挽联上署着诸多单位的名字，一些人在奔忙穿梭，一口枣红的棺木刚刚从一辆解放卡车上卸下来，摆放在太平间西侧的山墙边。

太平间里十分阴冷，王志义躺在里面那个冰冷的水泥台上，遗体套上了一身新军装，戴着一顶新军帽，一块白床单刚将遗体盖好，赵有财、韩玉香等人守候在旁边。金鸿雁挽着于小玲来到近前，说："各位，请让一下呀，王志义的表妹要看一下王志义。"

人们让出一条通道，韩玉香马上走过来，挽住了于小玲另一只胳膊，说："表妹!"接着有些哽咽得泪雨涟涟了。于小玲看了韩玉香一眼，来到了王志义遗体前。韩玉香揭开了王志义脸上的布单，王志义脸上很安详，于小玲摸了一下，肤感凉凉的，不由得抽泣了起来，心如刀绞般地疼痛，他们说好的，春节就串门定亲，谁会想到现在竟阴阳两隔了，眼泪不由得滴落下来。韩玉香也哭得更伤心了，于小玲看看韩玉香，有些不解。

赵有财在一边高声喊叫道："眼泪不要滴到死者身上啊!"

金鸿雁帮着于小玲抹一下泪滴，问韩玉香说："同志，你是?"

韩玉香擦了一把泪眼，说："我是连队食堂保管员韩玉香，和王副指导员一直相处得很好。"

于小玲看了韩玉香一眼说："谢谢你了!"

"表妹，不客气。"韩玉香说。

"玲子，咱们走吧。"金鸿雁说。

"表妹，单位里已经派车去接王副指导员父母了，一会儿他们能到，你不等他们啦?"韩玉香说。

于小玲有些犹豫，看了金鸿雁一眼，金鸿雁扯了一下于小玲的衣袖，说："玲子，咱们还是先出去吧。"

"那好吧。"于小玲说。

"表妹，你慢走哇!"韩玉香说。

冬日的阳光有些耀眼，于小玲随着金鸿雁木木地出了太平间，这时不由得眯起了眼睛。门口的人又多了许多，一辆吉普车响着喇叭开过来，人们自动让出了一条通道，吉普车停在了太平间门口，一个老妇人下得车来，凄厉地哭叫起来："我的儿啊! 我的儿啊!"跌跌撞撞地奔进了太平间，幸好身边有人忙着搀扶住了，才没有跌倒。

于小玲这时候想要过去，被金鸿雁拉住了。金鸿雁说："玲子，你先不要过去，咱们先回宿舍，听话呀!"

回到了宿舍里，金鸿雁安抚于小玲坐在床上，面对面地说："玲子，我知道你和王志义已经有了一定的感情，可你们还没有定亲，你不应该再出现在那样的场合，你应该明白我的意思!"

"王志义的爸妈早就知道我们的事情了!"

"玲子,我知道,也明白,你是一个好姑娘,我不知道你们当地有什么样的风俗习惯,可有一点是肯定的,你们没有串门定亲,王志义已经牺牲了,你今后还要生活,是不是?我看这样吧,咱们先给你舅舅打个电话,你先听听他的意见,好吗?"金鸿雁说,于小玲点点头。

金鸿雁和刘铁柱通了电话,说明情况后把电话给了于小玲,刘铁柱立刻说:"玲子,你先到二十里铺舅舅家里来,好吗?"于小玲勉强答应了。

金鸿雁将于小玲送上去二十里铺农场的交通车。交通车开走了,金鸿雁才重重地松了一口气。

赵玉明这几天回来休月休假,他在家里修改着那篇技术论文,眼见得都晌午了,还不见金鸿雁回来,心里不由得有些焦急。金鸿雁下急诊晚班回来晚的时候是有的,可是像今天这么晚的时候他还没有碰到过。赵玉明穿好大衣,准备出门去看看,这时候,金鸿雁走到了家门口,赵玉明立刻开了门,笑着说:"金大夫今天怎么这么晚哪,我可马上就要去医院寻人了!"

金鸿雁脱了蓝棉猴大衣,有些疲惫地说:"岂止是晚哪,简直累死了!"

赵玉明倒了一杯温开水,递给金鸿雁,关切地说:"鸿雁,怎么,工作很忙啊?"

金鸿雁喝了口水,说:"不是,是王志义为了救人牺牲了。"

赵玉明不由得一愣,说:"王志义,你怎么知道的?"

"一大清早送的急诊,电击伤,被他救的那个人活下来了。"

"于小玲知道吗?"

"下班我就告诉她了,先陪她去太平间看了一眼,安抚了好一阵子,刚刚送她上了交通车,去二十里铺她舅舅家了。"

"这对于小玲是个不小的打击呀!"

"是呀,毕竟他们已经交往一段时间,已经到了谈婚论嫁的时候了。"

"王志义很不错,是个挺有发展的小伙子。"

"是呀,他们连里一个叫韩玉香的保管员应该是王志义的忠实追求者,在太平间里一直守在王志义遗体旁边,很有些凄凄切切的样子。"

"是吗?王志义前一段时间去前线驻地看过我,下午我也去太平间看看吧。"赵玉明有些惋惜地说。

"真的困死了,我得躺一会儿。"金鸿雁说着进了小屋。

"你睡你的,饭好了我叫你。"赵玉明说着进了厨房。

吃过午饭，金鸿雁接着进了小屋。赵玉明收拾好厨房，领着靓初，抱着兴隆去了托儿所，刚好看到何劲松从托儿所出来。赵玉明放下了兴隆，靓初将兴隆领进了托儿所，赵玉明转身对站在大门外的何劲松说："何组长，怎么样啊？"

"师兄，谁遭罪谁知道哇！"何劲松有些感慨地说。

"怎么着？看样子何组长的情绪不太高哇！"

"一步一个榔头，一脚一个绊子，真的有些没法弄啊！"

"怎么，有些后悔啦？"

"我何劲松从来不知道后悔两个字怎么写。"

"那就好，坚持就是胜利嘛。"

"能不能胜利就看我的造化了。"

"你这样说可有点悲观。"

"我现在才感到了'谋事在人，成事在天'哪！"

"你这可有些唯心了。"赵玉明笑了笑说。

"管他呢，实际上就是这么个事。"

何劲松前不久以指挥部工作组的名义被派驻到下属的矿机厂去做一项调研工作，这是参谋长关于目前油田钻采机械战略的一步重要布局。随着下辽河石油生产钻采需要，特别是钻进、采收率、稠油出现等问题，石油矿机在生产建设中的矛盾日见凸显，亟待加强，而目前的实际情况是我们矿机厂的技术研究几乎为零，只做一些矿机维修工作，一些技术人员无所作为，为此，对矿机厂必须摸清底数，树立开拓、创新、提高的观念，为下辽河石油开发做好技术服务。参谋长在与他们两人的谈话中说何劲松，你先去调查研究摸个底，再寻求突破，最后整合下辽河全部矿机资源，我的最终目标是将矿机建设这一块做大做强，发展成为独立的建制单位。

何劲松带着工作组满怀使命和信心去了矿机厂，见到了矿机厂一把手——党总支书记伍林川。伍林川是抗战时期入伍的兵，解放战争立过功，就是文化程度太单薄了，身体健康又有欠缺，就给他安排在这个工作岗位上，一直被放在这里，像是被放在遗忘的角落里，眼见得同事和不如自己资格老的人都在一步步地上台阶，心里不免焦灼。前几天，那个一个连队搭过班子的生死战友来了电话，笑呵呵地说已经进京到了部里，弄了个副司长干。伍林川回到家里跟老婆学了话，老婆数落他说你看看人家再看看你自己。伍林川刚刚喝了点小酒，有些挂不住脸了，说你看他好你跟他过去！老婆气笑了，说要是放在二十年前你以为呢，我已经上了你的贼船了，只能先这么着了。

吴卫东送何劲松去矿机厂和伍林川见面，说明了指挥部党委的意图，也说明了工作组的工作方向，开了一次职工大会进行全员动员。伍林川淡淡一笑，说何组长，你就看着弄吧。何劲松说谢谢伍书记的支持。

何劲松在单位走了一圈，召开了几次座谈会，各阶层人员开始积极发言，特别是身上有"政治包袱"的技术人员看到了形势的亮点，很想发挥些聪明才智，也不枉肚子里的才学，纷纷敞开了心扉，这让何劲松找到了整顿、提高的切入点和着眼点，很快起草了一份技术研究工作报告，拿着去找伍林川商议。伍林川将报告拿在手里看了看，淡淡地说何组长，报告先放这里，我看看再说吧。何劲松说那好，伍书记。

何劲松继续调查研究，又写了一份设备能力报告来找伍林川。伍林川看看报告，说何组长，你先放在这里吧。何劲松说好，伍书记。对了，上次那个技术能力报告您有什么意见？伍林川说我看不行啊！何劲松说伍书记，您说哪里不行啊？我来修改。伍林川说我看哪都不行。何劲松说伍书记，具体有哪些方面呢？伍林川说我不是说过了都不行吗！何劲松说伍书记，您是不是没看报告哇？伍林川说是又怎么样啊？我就是不同意你搞的这一套！何劲松马上明白了，伍林川是对自己的工作有想法，就说伍书记，这可不是我个人的事情，整顿、提高是上级的指示精神，是指挥部党委安排的工作部署，有什么意见您可以提出来，咱们可以交流哇。伍林川的脸色马上就变了，高声吼道有什么意见我不敢提的，老子脑袋别在裤腰带里干革命，出过生，入过死，还怕提个意见吗？何劲松压住气说伍书记，那您就说说您的具体意见嘛。伍林川一拍桌子，站起身来说你个乳臭未干的毛孩子，我的意见和你说不着，哼！走了。这是今天上午刚刚发生的事。

"真的很同情你的境遇呀！"赵玉明笑着说。

"干什么，师兄，看笑话呀，怎么不给点中肯的意见哪？"

"兵来将挡，水来土掩，你聪明过人，还用我建议呀？"

"他是老同志，我是想给他留些余地。"

"那你就找时间和他交流交流。"赵玉明说着往外走。

"我也是这么想的，就是不知道行不行啊！"何劲松点点头，说，"师兄，你这是干什么去呀？"

"去西线医院太平间，王志义为了救人触电牺牲了，我想过去看一看，也算送送他。"

"谁？王志义，就是于小玲那个男朋友？"

"可不是吗，有点太可惜了！"

"那小伙儿是不错，师兄，我和你一起去吧。"

太平间门前的花圈层层叠叠的。好多人在忙碌着，更多的人是有组织或自发地瞻仰英雄的遗容。门前有一个讣告，明天在礼堂召开追悼会，追思英雄，缅怀英雄，送别英雄。赵玉明、何劲松随着人流在太平间里转了一圈出来了。

"师兄，怎么没看到于小玲啊？"

"她怎么能出现在这里呀？去她舅舅家了。"

"也是，师兄，你回家呀？"

"是，我有个技术论文还需要完善。"

"师兄，关于伍林川，我再和他交流我想也不会有什么好结果的。"

"伍书记这个人我有过一点接触，也有些耳闻，我觉得这种情况下该汇报你就汇报吧，他这样做是有多重因素的，他针对的不仅仅是对你个人，你说呢？"

"我也是这样想的，就是下不了决心，他也算是位老革命了，应该得到应有的尊重。"

"你说的不错，你尊重他了，他并不领情，你整顿提高的工作怎么完成啊？油田工作大局和个人关系恐怕不能两全。"

"师兄，我明白了！"何劲松点头说，本来已经向矿机厂走去了，想了想，他还是应该找吴卫东汇报一下目前的情况，听听吴卫东的意见。

吴卫东在看上级的红头文件，当前的政治形势十分严峻，谣言四起，有些让人搞不清方向了，这时正沉思着。

何劲松敲门进来，吴卫东起身坐到沙发上，听何劲松汇报工作组工作的进展情况。说到伍林川，吴卫东也有些头疼，伍林川有些资历，历史清白，原来放在这里就是让他发挥些余热，谁会想到矿机厂会成为参谋长整顿工作发展的一个重点呢。吴卫东说："劲松啊，鉴于这种情况，从利于开展工作角度考虑，我看还是把伍林川调离吧，你觉得呢？"

"吴主任，我听从组织上的安排。"

"劲松啊，你们工作组要积极加快矿机工作的发展步伐，这是下辽河石油开发重要的一环，时不我待呀！"

"吴主任，我明白，我会尽力的！"

吴卫东向参谋长请示汇报后，就找到伍林川谈了工作调动的事。伍林川看着吴卫东说："吴主任，我哪都不想去，我在矿机厂有什么错误吗？你们要是嫌我绊脚，我就回家养病去了。"

四十四

按照从重从快的原则，陆鸣被开除党籍、开除厂籍，移送相关机关依法处理。油田建议判处有期徒刑十五年，地方中级人民法院则判处陆鸣有期徒刑二十年，尽管刘玉河四下里奔走，没有起到一丁点的作用。

刘玉梅对陆鸣的事情已经有了一定的心理准备，听到这个消息还是有些愣神，二十年，这一走不知道要送到哪里，什么时候能够回来，能不能看得到都未可知了。陆鸣实际上是个很倔强的人，心中认准的东西是不会回头的。

　　傍晚，刘玉梅想再收拾一些衣物给陆鸣送去，她过去拉开了大衣柜门，就在这一刻，她感觉有些不对劲，立刻捂住了肚子，慢慢地爬到炕上，喊道："淼淼，淼淼，快去叫你金阿姨！"

　　"妈？"陆淼有些愣神儿。

　　"快去喊你金阿姨来！"刘玉梅再次说。

　　"啊！"陆淼慌忙地往外走，一推开门，金鸿雁刚好拉门进来，看见陆淼，说："淼淼，你干什么呀？"

　　"金阿姨，妈妈叫你！"陆淼焦急地说。

　　金鸿雁立刻进了大屋，看到刘玉梅躺在炕上，忙上前说："玉梅，怎么啦？"

　　"金姐，刚刚开大衣柜门找东西，好像抻了一下，感觉不太好！"刘玉梅皱紧眉头说。

　　"日子是不是要到了？"

　　"应该还有几天。"

　　"玉梅，你头朝外躺好！"金鸿雁说着拉上窗帘，插上了门，上到炕上，给刘玉梅检查一下，说，"玉梅，你躺着不要动，我去去马上就回来！"

　　金鸿雁对刘玉梅分娩的事情是有所准备的，按照刘玉梅的说法她的预产期还有几天，每天傍晚金鸿雁都会来刘玉梅家里看一看，坐一会儿，和她说会儿话，准备了一个药箱放在家里，以备急需。她这时候跑回家里，拿起了药箱，出门拍拍何劲松家的窗户，说："白雪梅，刘玉梅要生了，你有空过来帮帮忙啊！"听到了白雪梅的回应，她又跑到刘辉家拍拍窗户说："贺桂文，刘玉梅要生了，你快过来帮帮忙啊！"然后，立刻跑回了刘玉梅的家。

　　刘玉梅这时皱紧着眉头，脸上流露着痛苦的表情。金鸿雁查看了一下，说："玉梅，你感觉怎么样？"

　　"我好像要生了！"

　　"玉梅，你不要着急呀，咱们就在家里生，有我在，没事的，你现在要放松！"刘玉梅点点头。何劲松、白雪梅这时进来了，金鸿雁说："何劲松，你去厨房把开水烧上，不要进来了。"

　　贺桂文进来，大着嗓门说："刘玉梅怎么样啦？"

　　"贺桂文，你就不会小点声说话呀！"白雪梅说。

　　贺桂文吐了一下舌头，有些不好意思，降低了声调说："我一着急总这样。"

　　白雪梅看着准备器械的金鸿雁说："咱们现在听金大夫的，金大夫，需要我们做

380

什么呀？"

"贺桂文，你去弄盆温水来，给玉梅擦一擦。"金鸿雁说。

刘玉梅越发难受，白雪梅抓住了她的手，看着刘玉梅痛苦的表情，贺桂文不时用温毛巾给刘玉梅擦着汗，金鸿雁说："玉梅，使劲，已经露头了，使劲啊，对，就这样！"刘玉梅在拼尽全力，脸部变得有些扭曲，声音极其尖厉，似乎是在做最后一搏，金鸿雁继续鼓励着："好，玉梅，再使一把劲，对，好，出来了，出来了！"金鸿雁剪断了脐带，在孩子的后背拍了一下，一声响亮的啼哭在屋子里回响着。

"玉梅，是个男孩！"白雪梅说。

刘玉梅笑了，眼泪滴了下来，喃喃地说："叫他陆岩吧，这是陆鸣早就起好的名字。"

"玉梅，你累了，先睡一会儿吧。"金鸿雁说，然后开始擦洗陆岩。

刘成乐这时候哭哭唧唧地站在门口，贺桂文过去说："乐，你怎么来啦？"

"他打我！"刘成乐哭着说道。

"这个刘辉，又耍酒疯，我不是告诉过你别在他眼前晃荡吗？"贺桂文有些恨恨地说道。

"妈，我没有，是他叫我我才过去的。"

"走，跟我回家睡觉去。"贺桂文拉起刘成乐的手说。

"桂文！"金鸿雁喊住贺桂文，出来压低声音说，"晚上你能陪一下刘玉梅吗？"

"行，金姐，我回去把孩子哄睡了就过来。"

"好，桂文，你先去吧，我先在这里，等你回来换我。"

"好，金姐，我尽早过来。"贺桂文说完搂着刘成乐走了。

"雪梅，你在这里先照看一会儿玉梅，我回家找个电话号码，让劲松去打个电话。"金鸿雁说。

"金大夫，你去吧。"白雪梅说。

金鸿雁回到家里，找到了记事本，抄下一个电话号码（这是刘玉河之前给赵玉明的）交给何劲松说："劲松，这是刘玉梅二哥的电话，你马上去联系一下，告诉他刘玉梅现在的情况。"

"好，我这就去。"何劲松说完，立刻去了指挥部调度室。

"靓初，你一会儿带着弟弟先睡，妈妈还要去淼淼家待一会儿，淼淼妈妈生了小弟弟，需要人帮助照顾，妈妈很快就会回来的。"

"妈妈，你去吧！"靓初说。

金鸿雁笑了一下，锁上门，回到刘玉梅家里，悄声说："雪梅，你先回去吧。"

"金大夫，这里不需要我啦？"

"不用了，你先回去安排孩子睡觉，劲松去调度室打电话了，有什么情况再说吧。"

"那好，金大夫。"白雪梅说着出去了。

金鸿雁给在炕头上睡着的陆淼盖上了被子，刘玉梅这时睁开眼睛，金鸿雁说："玉梅，你饿了吧，我给你熬小米粥、煮鸡蛋吧。"

"我不饿，金姐，谢谢你。"

"玉梅，咱们就不要客气了，不饿你也要吃一点，为了陆岩！"

何劲松回来进了厨房，悄声说："金大夫，刘玉梅二哥联系上了，他说他们明天起早就能赶过来。"

"那好，劲松，明天早晨六点让白雪梅过来一下，帮着照看一会儿刘玉梅，贺桂文早晨要给孩子做饭，刘玉梅二哥如果到了就算了。"

"知道了，金大夫，回去我告诉白雪梅。"

陆岩响亮地哭了起来，金鸿雁说："何劲松，这里没事了，你先回去吧。"然后进去给陆岩喂了些温糖水，又将小米粥、鸡蛋端给了刘玉梅。

"金姐，还需要我做什么呀？"贺桂文这时进来说。

"你家里都安排好啦？"

"他们都睡着了。"

"桂文，今晚就辛苦你了，明天早上给刘玉梅熬些小米粥，六点钟白雪梅能来换你，我有时间也会过来，玉梅二哥说是明天早晨也会过来。"然后，又说了一些关于产妇的注意事项。

"金姐，你就放心吧，我生过两个孩子，这点事情还能做不好哇？"

"当然了，我这是做大夫的习惯，桂文，有什么特别的事你就喊我呀。"

"金姐，我知道了。"

"玉梅，事情都安排好了，没什么事我就先回去了。"金鸿雁拉了刘玉梅的手安抚着说，刘玉梅点点头。

清晨，天色还黑着，金鸿雁匆匆地赶到刘玉梅家里，贺桂文在厨房里熬着小米粥，二哥刘玉河已经到了，二嫂甄妮在给陆岩换尿布。金鸿雁和刘玉河交流了几句，和贺桂文一起出来，回家照顾孩子吃早饭了。

强劲的海风从渤海湾最北海岸线吹了过来，进入广袤萧瑟的大苇塘，带着侵人的冷峭降临到SG区域，戴着风晕的黄灿灿的太阳投下暖光，和吹入的冷风融合到一处，在悄然地消融着这片冻土地，冻土地变得不那么生硬了。

赵玉明这时候看着窗外，窗外的风吹到板房的窗玻璃上磨出沙沙的声响，林胜平坐在对面说："今天的风可真够大的。"

"可不，'博士'，你什么时候过去呀？"赵玉明转回头来说。

"应该快了吧，说是有车顺路来接我。"林胜平说。

"你还有什么要交代的?"

"没有了。"

这时，有人在外面喊林队长。林胜平背上挎包，说:"'领导'，我走了呀!"

"好!"赵玉明帮着拎起行李送到门外，来的是一辆新北京吉普，林胜平上去，新北京吉普留下一道扬尘。

林胜平这次去的是SG区域设立的另一个"前指"，是围绕整个SG会战的，它的领导是下辽河油田总部的指挥长，油田总部各部门都派出精兵强将配合指挥长的工作，这是件大事。这次上级调集SG会战的队伍是整建制的，目前已经多达万余人，建制齐全，直接对上级负责，下辽河只有积极配合的份，还要全力配合，这是指挥长品味出来的。实际上，SG区域的勘探工作整体认识已经比较清晰，林胜平、赵玉明他们的科研小分队的工作目标已经开始向西苇区域转移，林胜平这个临时任务不得不中断他的整体工作设想，转移工作便交给赵玉明带领科研小分队去实施，值班的解放卡车已经到了，响着喇叭停在了赵玉明旁边，赵玉明这时回过神儿来。立刻带人上了车。

赵玉明带队去交SSN19井，SSN19井离河边很近，赵玉明到达井场时，接井的人已经到了，为首的是徐天亮，徐天亮已经升任大队长，赵玉明握住徐天亮宽厚的大手打趣地说:"这种事情徐大怎么还亲力亲为呀?"

"赵书记还不是一样嘛!"徐天亮宽厚地笑着说。

"我怎么能和徐大比?"

"咱们的目标是一致的!"

两人相视而笑，退到井场边上，看着手下人在交接工作，赵玉明说:"徐大一向可好?"

"好什么呀，简直累死了人!"

"谁让你事事都亲力亲为。"

"这任务压下来，总得努力去做吧。"

"你觉得能够完成?"

"累吐血能完成我都乐意呀!"

"你说得是，林胜平去指挥长那里配合工作了，咱们干了七八年，还没有这个生产能力，大上一个SG，一年就能干上去，上边这次脑门拍得可真够大的。"

"谁说不是，还说要广泛宣传，深入动员，很多职工都在当笑话说呀。"

"要有愚公移山的精神嘛!"赵玉明笑着说。

"愚公是子子孙孙挖下去，我们可是要当年见效的呀!"

"现在还是冬季里，马上就要春融了，接下来这个区域的这条土路怎么运送钻探设备呀？"

"我们已经开始犯愁了，很多地方已经开始陷车了。"徐天亮慨叹着，井队长这时候过来，向徐天亮汇报交接的情况。

赵玉明向河面望去，苍黄稀疏的芦苇在风中摇曳，满眼的苍黄连接着灰白的天空，一条亮色在不远处闪动着，赵玉明沿着有些坑洼的小路走向不远的河边。

站在古河边，正是河水满潮初落的时候，裂开的冰排铺满了河面，随着退去的潮水浩浩荡荡地向下漂流，一些白色的鸥鸟在空中展翅翱翔，不时送来一两声清亮的鸣叫，或滑翔着落到一个冰排上漫步觅食。开河了，这是春的讯息，他不由得想起了胡老伯，那个说和他有缘的摆渡人。赵玉明刚刚来这里，经过了那个通向三岔沟小码头的路口，他当时心里动了一下，想到胡老伯这个时候会不会在小码头上。现在看到漂浮下泄的冰排，他想胡老伯也许会去小码头了。他很想去看一看胡老伯。徐天亮这时走过来说："这时候的河水还是挺有气势的。"

"风在吼，马在叫，下辽河也在咆哮。"

"赵书记，我先走了。"徐天亮笑着说。

"好，徐大，再见。"他们回到井场上握手告别。

赵玉明指引着司机找到三岔沟小码头的路口，值班车进入了小码头。

小码头上有一些人在活动，或检查渔船或收拾网具。摆渡的那只船搁浅在岸边上，胡老伯坐在船舱里，吸着旱烟袋，望着河面的流水凝神，吐出的烟雾转瞬即逝。赵玉明下了车，对司机说你们回来时到这里接我，值班车就开走了。

潮水落下去一些，变窄的河床上漂浮的冰排在缓慢地流动，裸露的河滩上有一些遗落的大小冰排，它们是否能等到下个潮汐将它们带走？赵玉明跨上木船，找个地方坐下来，他没有招呼胡老伯，只是静静地看着他。胡老伯有些苍老，甚至木讷，花白的胡须在风中飘动，许是一个冬季没有河水滋润的缘故吧。

胡老伯回过头来，看到赵玉明愣了一下，旋即笑着说："你来啦？"

"胡老伯，您好哇！"

"说不上好，也说不上不好。"胡老伯微微一笑。

"胡老伯，怎么这样说？"

胡老伯拍拍船板，赵玉明坐了过去，胡老伯用烟袋锅指指河水说："你说这流下去的河水在下一个潮水回流时，哪些河水是刚刚流下的，哪些河水是从大海里来的？"

"胡老伯，你这个问题有些深奥了，我说不明白。"

"这没有什么深奥的，我天天看着河水流下涨起的，这能说得清楚吗？"

"胡老伯，是说不清楚！"赵玉明笑了笑。

"你今天怎么有空啊?"

"早就想过来看您的,那时候封河了,今天看到开河了,就想着看看您老在不在。"

"我没有说错,咱们真是有缘的人,我也是今天想了想才来河边的。"胡老伯笑着说。

"胡老伯,这可太巧了!"

"和你一起的小何呢?"

"组织上安排他新的工作,在西线。"

"你还好吧?"

"还可以,就是心里感觉有些乱乱的。"

"有什么特别的事情发生吗?"

"之前约好也想一起来看您的一个多年的老同事,一个革命烈士的遗孤,前不久被抓,判了重刑,被送进监狱了。"

胡老伯点头,说:"你多看看这个河水会好些的,你看它们,一会儿流下了,一会儿又涨起了,还有短暂的平潮,总是循环往复,你不觉得挺有意思吗?"

"胡老伯,我没有这样的思考。"

"如果你在这河边待久了,自然就会有的,河水的变化是经常的,不变只是暂时的。"

"胡老伯,您说得很对。"

"想听一个故事吗?"

"我从小就喜欢听故事!"

胡老伯望着流动的河水讲述起来。

民国初年,这里有一个少年叫陶钧,生长在西河沿一个殷实的家庭里。他从小跟着村上小学校的年轻老师王先生学习,乐此不疲。陶钧天赋异禀,王先生为有这个聪慧的学生而感到自豪,有时候有事情外出时,常常让陶钧代课。陶钧完成小学学业,王先生建议他到县城中学去读书,陶钧就去了县城中学。陶钧在县城看到了一个新的天地。那时候,社会激烈动荡,时局很不太平,这个地区的匪患又十分严重。

在中学生的一次联谊活动中,陶钧结识了年龄和自己相当的女子学堂学生兰静怡。兰静怡漂亮大方,成熟饱满,思想开放,他们结识后,兰静怡常常到学校里来找他,约他一起去读书、看戏、逛街,表现出新时代新青年的新思想,他们在接触中感情不断升华。有一次,兰静怡说邀请陶钧到自己家里去做客,陶钧只当她是在开玩笑,可是,有一天,陶钧真的接到兰家的正式邀请。陶钧来到了一个大宅院里,受到了兰家的热情款待,可坐在主人位子上的却是兰静怡的小姑妈,兰静怡说她的母亲早逝，父亲去京城做生意未归。

陶钧暑期里回到了西河沿，他去小学校拜见了老师王先生，王先生询问了一下陶钧的学习情况，知道了他和兰静怡有些接触的事情，就仔细了解一下兰静怡的家庭背景，听陶钧说明一些情况后，王先生皱起了眉头说陶钧，开学回了学校，你一定要尽量疏远这个兰静怡。陶钧说先生，为什么呀？王先生说兰静怡的父亲表面上是个生意人，实际上他的身份比较复杂，你可一定要当心哪！

陶钧虽然点了头，心中留下的却是一个大大的疑问。

开学后的一天，兰静怡来学校找到了陶钧，他们一起看了戏，兰静怡说父亲兰良臣回来了，想要见他。陶钧有些好奇又心怀忐忑，他去见了兰良臣。这是个面相极其和善的中年男人，着长衫马褂，彬彬有礼，谈吐不俗。兰良臣对陶钧相当满意，吃饭时说陶钧哪，静怡是我的掌上明珠，我希望你能去省城里学习，改变和提高自己，这样才能在这个世界安身立命，我会帮助你安排好一切。兰静怡高兴地说爸，这可太好了！陶钧说兰伯伯，谢谢您，这件事情我一定要先禀告家父才行。兰良臣宽厚地说这是自然了。"

陶钧回家将这件事禀告了父亲，父亲脸上有些不情愿之色，但还是说钧儿，你去吧。这是陶钧不曾见过的，也是让他有些疑惑的地方，陶钧说父亲不愿意我就不去了。父亲说钧儿，你还是去吧。

陶钧去小学校见王先生，王先生这时候刚好外出了。

陶钧学习的地点比较隐秘，这是一个特殊的组织机构，进行的是特别的军政训练，两年的学习结束后，他回到县里担任了地方治安督察员，这时候他带回了一个随从——古月喜。

陶钧回来刚刚安定下来，兰静怡家就差人来谈婚论嫁了，陶钧立刻回到西河沿禀告了父亲，父亲说家里没有意见。陶钧又去小学校见王先生，王先生有些忧患地说国难就要当头了。

陶钧回到了城里，先是应下了兰家的婚事，大婚的日子定下来，陶钧在县城租了一处住宅，紧锣密鼓地准备婚事。谁也没有想到"九一八"事变突然爆发了，很快就波及开来，东北军在不断撤退，整个东北都在不断沦陷，日本警备队也开进了下辽河的县城。

陶钧这时候隐匿在三岔沟一带乡下，一段时间里，下辽河的岸边，一些仁人志士纷纷举起了抗日的义旗，下辽河地区出现不少抗日的武装，有过去的绺子"老北风"、项清山、盖中华、蔡小嘎等不少支队伍，他们相互呼应，不断骚扰和打击着日伪政权，队伍也在不断壮大。

陶钧看到这种情形，立刻召集人马，他的手里很快就有了一支百八十号人的队伍，他们和其他抗日武装遥相呼应活跃在这片土地上，西河沿到三岔沟小码头一线是他们活动的主要区域，也参与袭击日本关东军和日伪政权的活动，一时间，这个地区的抗日势头风起云涌。接到报告的关东军高层十分震怒，开始集结力量对这个区域的抗日武装进行疯狂清剿，由于汉奸引路和叛徒的出卖，很多抗日武装受到重创，一些抗日队伍的领导人被出卖和追杀，其中一些家属也未能幸免。当时，时局的形势变得十分险峻，很多人开始隐匿，察看着时局的变化。

为了彻底"剿灭"下辽河地区的抗日武装，日本关东军和日伪政权开始了另外的一手——策划招抚。由于一些抗日武装队伍的人员鱼龙混杂，生存是人最大的需求，也是为了家人和族群不受牵连，一些抗日武装的人员相信了"既往不咎"的宣传。这一次，替日本人出面招抚这里民间武装的是兰良臣。陶钧一直带着队伍蛰伏在乡间，有一天，兰良臣派出的亲信通过"眼线"找到了陶钧，和他谈到归顺日伪政权成立"自卫军"的事情，说这实际也是国民党的命令，他们走的是"曲线救国"的道路，同意，就给他个中校营长干，和兰静怡马上就可以结婚，不行，很有可能会连累到家人和族人，这是一种利诱和威胁，陶钧考虑再三，还是屈从了，他的家在什么地方兰良臣是清楚的，他的至亲有几十口，族人有上百口，他知道自己在做什么，他只能牺牲自己拯救家人和族人，答应了兰良臣的那个亲信。陶钧召集了队伍，和大家说明了情况，让下属们采取自愿的原则选择出路。按照兰良臣的计划安排，被招抚的队伍成立自卫军独立保安团，陶钧的队伍是二营的主力，受辖于上校团长兰良臣。

那是一个秋阳高照的早晨，陶钧带着队伍从三岔沟出发了，按照当时的约定，一支支被招降的队伍从不同方向出现了，他们在县城西校军场列队集结，队伍集结完毕，前来受降的日本关东军羽田中佐宣布了任命，接着开始重新列队集结，一架关东军的飞机飞临了校军场的上空，在空中不停地盘旋着，受降的队伍这时有些恐慌，兰良臣马上解释说这是日本关东军长官在空中视察咱们的队伍。就在这时，三辆日本关东军的铁甲车和一队日本关东军围拢上来，羽田中佐退到铁甲车处，让兰良臣组织队伍列队操练，接受检阅。兰良臣刚刚把队伍整顿好，策马准备去报告的时候，日本关东军的铁甲车上的机关枪首先吐出了长长的火舌，一时间枪炮声大作，招降队伍中的许多人还没明白怎么回事，就已经倒在了血泊中，就连骑在高头大马上的兰良臣也未能幸免。陶钧是在兰良臣宣布整队操练接受检阅时，突然感觉肚子特别不舒服，一股气疼着向下蹿，他印象里自己没吃什么不好的东西呀。他犹像了一下，想坚持一下就会过去，可这股气不依不饶的，他不得不跑到西校场后边的一条大潮沟里去解手。他一蹲下去，一股污秽就喷了出去，感觉肚子好了许多，便站起身系上了腰带，刚走出潮沟，西校场上一下子枪炮齐鸣了，他立刻矮下身子，攀在沟沿一看，西校场上十分惨烈，一些活着的人四散奔逃着，子弹在不停地追逐，不少人在不断栽倒……陶钧见势不妙，不敢怠慢，立刻退下身形，借着那条潮沟和芦苇的掩护奔逃了。陶钧一口气逃到了三岔沟小码头，这时候天色已晚，陶钧在码头上遇到我，我给了他一些干粮，然后把他送过了河，陶钧从此就不知所终了。胡老伯说完，一声叹息。

赵玉明看着胡老伯有些疑惑，心里想，你说得这么清楚，是不是陶钧也未可知呀？

"小赵，你怎么啦？"胡老伯笑着说。

"没什么，胡老伯，你还遇到这样的事啊？"赵玉明笑着说。

"是呀，这个故事我还是第一次说给别人听啊！"胡老伯笑着说。

汽车喇叭声声，值班车回来了，赵玉明起身说："胡老伯，谢谢您的故事，有时间我还会来看您的，再见！"

"再见！真不知道咱们还有没有见面的机会啦。"

"胡老伯，您怎么这样说？西线离这里这样近。"

"很多事都世事难料哇，听人说上游已经开始修建跨河大桥了。"胡老伯的烟袋锅指向上游说。

"是吗？"赵玉明向河的上游看了看，看到的只是蜿蜒的河流。

"人说是北京来的建桥队伍。"

"胡老伯，建一座大桥怎么也得两年时间。"

"是呀，欢迎你再来！"

"胡老伯，一定会的！"

四十五

渤海湾吹来的风柔和了一些，芦苇又一次钻破冰封一个季节的大地，那些紫红色尖角的芦苇很倔强，带着顽强生命的渴望开始仰望苍穹。赵玉明这时候望着窗外苍茫的大地有些凝神，金鸿雁打来电话问他这个周末能回来休假吗，他笑着有些暧昧地悄声说金大夫有什么想法啦，金鸿雁笑着说是陆岩满月，刘玉梅要请亲朋好友一起坐一坐，你是极其重要的一员。赵玉明说行吧，没有特殊情况我一定回去。

陆岩的满月酒是小范围的，有刘玉梅二哥刘玉河、赵玉明、何劲松、刘辉、张国安夫妇，算起来十一个大人八个孩子，主办人是刘玉梅，实际上是刘玉河，刘玉河开杯敬酒感谢大家对妹妹的关照和诚挚帮助。大家就说忆往昔峥嵘岁月稠，这么多年一起经历了风和雨都是应该的，希望陆岩茁壮成长。酒宴完成，赵玉明带领大家告辞，刘玉梅这时说："赵哥，你和金姐稍等一会儿，我还有一件事情要和你们说一下。"

赵玉明、金鸿雁相互看了看，坐回了原处。二嫂甄妮收拾了桌子，送上了茶杯。刘玉梅这时脸色凝重地说："赵哥、金姐，你们是我最信任的人，也是陆鸣最敬重的人，有件重要事情我想和你们说一下。"

赵玉明看了看金鸿雁，说："刘玉梅，你说吧。"

"陆鸣落得这样一个罪名，一下判了二十年，今后对子女的影响会很大的，淼淼就要上学了，我思前想后，为了孩子们的将来，我得和陆鸣办理离婚手续，就想听听你们的想法。"刘玉梅说完，眼泪流了下来。

赵玉明一愣还是说："刘玉梅，你说的这个事我们完全能够理解。"

"赵哥，金姐，这个事我是真的不想做，可是一想到孩子的未来，我也只能这样做了。"刘玉梅有些泣不成声地说。

大家的脸色都很凝重，只能慨叹劝慰刘玉梅。

回到家里，金鸿雁有些悔意地说："玉明，没有想到刘玉梅还会有这个请求，知道这样我就不叫你回来了。"

"鸿雁，刘玉梅的理由也是客观现实的，我回不回来她是都要这样办的。"

"陆鸣会怎么想啊，他还有希望吗？"

"刘玉梅也难哪，孩子是无辜的，希望寄托在他们身上，希望陆鸣能够明白。"

"如果放在我身上，我是绝不会这样做的！"

"刘玉梅完全是为了孩子，我们应该理解。"

"那我也不会非走这条路的！"

"谢谢金大夫，我的心里很感动！"

"光说不练是假把式，怎么不落实到行动上呢？"

"金大夫，你说，是上刀山，还是下火海呀？"

"那倒不用，赵书记，马上打盆洗脚水来！"

"遵命，金大夫！"赵玉明说着兑了一盆温水端过来。

"有劳赵书记了！"

"别客气，这是我应该做的。"

这时，隔壁传来孩子的哭叫声。金鸿雁说："这个刘辉呀，喝了酒，成乐又遭罪了！"

"刘辉也太不像话了，我得过去说说他。"赵玉明马上起身说。

"你还是别过去了，去了也没用，看到有人他要得也许更欢了。"

"贺桂文怎么一点都说不了刘辉？"

"说他？这个时候刘辉会连贺桂文一起打骂的，酒醒了又是道歉又是认错的。"

赵玉明摇摇头没有再说话，若有所思。

金鸿雁洗完脚，打来一盆温水，说："赵书记，想什么呢？你也烫一下脚吧。"

"好的！"赵玉明笑了笑，坐下来洗脚。

"玉明，你别费神了，这样的事你能想明白吗？"

"是想不明白，我倒不是光想陆鸣他们的事，冬天在SG前线，我和何劲松说到三岔沟小码头的胡老伯，说等到春天开河的时候一定去三岔沟去看看，陆鸣当时还说去的时候一定喊上他，现在开河了，结果只有我一个人去了。"

"是呀，世事真是难料，你去怎么样啊？"

"胡老伯给我讲了一个故事。"赵玉明把故事说了一遍，然后说，"我怎么觉得胡老伯就是那个陶钧呢！"

金鸿雁笑了笑，看着赵玉明，说："你别胡乱联想了，他就是摆渡的胡老伯！"

赵玉明想了想，默默地点点头说："你说得很有道理呀！"

赵玉明在家休假继续完善着那篇技术论文。论文先前已经完成了，赵玉明有次去专家组闻昭那里征求了一下意见，闻昭谈了一些个人的看法，赵玉明受到一些启发，便进行了进一步的修改。金鸿雁见赵玉明忙着写论文，吃过早饭收拾完，就带着孩子逛街去了。赵玉明修改完论文，看看时间快中午了，就去厨房准备烧饭，这时候有人敲门，赵玉明忙出来开门，见是贺桂文，就说："小贺，有事呀？鸿雁带着孩子逛街去了！"

"赵哥，你见到我们家成乐了吗？"贺桂文神情有些焦急。

"没见哪，鸿雁一早就带着孩子出去了，不知道能不能和他们在一起，成乐怎么啦？"

"成乐一大早吃了饭就跑出去了，这一上午都没见影。"

"成乐没和何聪哥俩在一块吗？"

"没有，何聪哥俩刚回的家，说今天根本没有见过我们家成乐。"

"贺桂文，你着什么急呀，一会儿玩够跑饿了，他自己就跑回来了。"刘辉的声音传过来。

"这都一个上午了，没有人看到过咱家成乐，我能不急吗？"贺桂文急切地回应着。

"你急有什么用啊，他还没有野够呢！"刘辉接着说。

"你们家成功呢？"赵玉明说。

"成乐一早出去就没有带着他弟。"

"这可就怪了，也许真的和鸿雁他们一起逛街去啦？"赵玉明说。

这时候，金鸿雁拎着菜篮子，带着靓初、兴隆兴高采烈地回来了，旁边没有成乐，金鸿雁说："桂文，进屋吧，怎么站在门口？"

"金姐，你见过我家成乐吗?"

"没有哇!"

"这下坏了，我家成乐该不是让'拍花'的给拍走了吧?"贺桂文一下子激动了起来。

"桂文，不会的，你先别急呀，咱们大家分头再去找一找。"金鸿雁马上安抚说。

"我的孩子我能不急吗，弄不好真的叫'拍花'的给拍走了，呜呜呜!"贺桂文哭了起来。

一段时间以来，西线街面上风传着有"拍花"的流窜到了这个地区，说是专门拐走小孩儿，不知道是用的蒙汗药还是什么东西，说是只要小孩子被迷住，很轻易地就会被带走，说得有鼻子有眼的。可风传就是风传，这里还真没有发生丢失小孩儿的事，可既然有这样的风传，发生在刘成乐身上也不是没有可能的。

刘辉迈着稳健的步子从家里出来，说:"我说贺桂文，你个败家老娘们瞎嚷嚷什么呀，成乐这个小兔崽子晚回来一会儿有什么呀，他又不是没有晚回来过，你快回家做饭吧，一会儿他就回来了。"

"刘辉，你有心没心哪，我问了这么多的人，谁都没有见过成乐，如果找不到成乐，这次我和你没完!"贺桂文哭唧唧地说。

"你放心吧，肯定不会有事的!"刘辉坚持说。

"成乐还经常和哪些孩子在一块玩?"赵玉明打断他们的话说。

"知道的孩子我全都问过了，人家都说没有见到过成乐。"贺桂文强调说。

"成乐今天穿的什么衣服?"

"灰衣服，蓝裤子。"贺桂文说。

"咱们大家还是分头找一下吧，我先去汽车站看一看。"赵玉明说。

"那我先去火车站。"贺桂文说。

"我去街里转一转。"何劲松这时候出来说。

赵玉明一路巡视着来到了汽车站，查看了所有的角落，也询问了一些站务人员和候车的人，没有人见过这样的孩子，他转了一会儿出来，便去了火车站。

火车站里，贺桂文还在寻寻觅觅，赵玉明和贺桂文又转了一圈，没有什么发现。实际上这个火车站就一点点地方，候车室里一目了然，火车的班次也是有数的。赵玉明说:"小贺，咱们回去吧，也许成乐在什么地方玩够了，这会已经回家了。"

贺桂文点点头，他们一起往回走，贺桂文有些愤愤地说:"成乐这回要是有个什么好歹的，我这次绝饶不了刘辉!"

赵玉明有些错愕地说:"成乐自己跑出去玩，怎么会怪到刘辉头上?"

"赵哥，不瞒你说，刘辉喝完酒就要酒疯，常拿成乐当出气筒，昨天晚上又给了成乐两巴掌。成乐大了，他恨我们，特别是刘辉，现在连爸都不叫了。"

"小贺，你想得太多了，成乐不会的。"

"赵哥，我是当妈的，什么我都看得真真的！"

赵玉明、贺桂文回到家，何劲松也回来了，刘成乐还是没有回来，这时候刘辉也有些紧张，马上出去转了一圈，还去单位保卫科报了案，大家也有些怀疑，难道说西线真的有"拍花"的？

贺桂文在家哭哭啼啼数落着刘辉，放着狠话，刘辉默默无语。这时候，家门被人敲响了，贺桂文急忙跑去开门，门口站着单位调度员老易，老易说："刘辉呢？"

"在屋！"贺桂文让出了一条路。

老易进来说："刘辉，你儿子刘成乐在他大姨家里，你大姨子来电话让告诉你们一声。"

"成乐怎么会跑到他大姨家里去的？"贺桂文悲喜交加中有些诧异地说。

"这个你姐在电话里没有说，我走了。"老易说。

"易师傅，谢谢你！"贺桂文说。

"不客气，怕你们着急，我放下电话就跑来了。"老易说完就往外走。

"易师傅，你慢走！"贺桂文送到外边。

"这个小杂种，等他回来看我不打断他的腿！"刘辉这时跳起来，有些恨恨地说道。

"你敢！刘辉，你以后要是再敢动成乐一个手指头，我就和你玩命，不信你试试！"贺桂文也恨恨地说道。

刘辉见贺桂文这次少有的强势，立刻闭了嘴。

贺桂文简单收拾一下，拿了些钱，立刻奔公共汽车站，坐上破旧拥挤的公共汽车前往锦州城，她那颗一直悬着的心终于有了安放之处。公共汽车在砂石路上不时颠簸几下，烟尘如影随形飘荡着。贺桂文这时候开始思考，成乐怎么会跑到他大姨家里去？他们这些年回锦州城没有几次，成乐才七岁呀！今年的春节，他们回了刘辉父母家过的年，返回下辽河的那天上午去了姐姐家里看了看。她去下辽河以后一直都没有见过姐姐，转眼四五年了，这次借机算是见上一面，在姐姐家吃一顿午饭，傍晚坐那趟经过下辽河的火车回西线。姐姐家这时有二女一男，快吃饭的时候，那个出去玩耍的男孩儿回来了，这把贺桂文吓了一大跳，这个孩子和成功的年龄相近些，这时的长相和成乐有着诸多的相似之处，说是亲哥俩没有人不信，也就是说刘成乐很像她的姐夫，这是明眼人都看得格外明了的。贺桂文这时候后悔不迭，她真不该带着家人到大姐家里来，刘辉这次找到了确凿的证据，再有酒后就说刘成乐是她姐夫的种，七个月早产就是一个弥天大谎。贺桂文也不去争辩，心里说要不是这样我会找你，一朵鲜花会插在你这坨牛屎上？昨天晚上，刘辉酒后又耍起了酒疯，磨磨叨叨的还是这点破事，扇了刘成乐两巴掌，再一次说，你他妈的有本事就去锦州城找你的亲爹去！刘成乐这次算是给足了刘辉的面子，还就真的跑去了。

往事不堪回首哇！

这些年里，贺桂文真的没有深入思考一些事情，因为和刘辉婚姻不幸的不断加深，才让她有了一些思考。她是怎么和姐夫有的那个关系的呢？她懵懵懂懂感觉到姐姐是清楚这个事情的，姐姐还可能就是姐夫的帮手。在她的记忆里，姐姐最早是有过一个男朋友的，关系也到了很亲密的程度，不知道怎么就分开了，应该是那个男朋友离开了锦州城，姐姐为此哭了好些天。姐姐后来嫁给了现在的姐夫，姐夫个头不高，长得也一般，人很和善，工作也不错，是个卡车司机，交际也挺广，有一些普通的朋友。姐姐和姐夫的婚姻最初看着还是挺美好的，这从姐姐的脸上就看得十分清楚。有了第一个孩子以后，他们的关系好像开始有了摩擦，有一次，姐姐还赌气回到家住了好些天，最后还是自己回去了。那年的春节，她在姐姐家里吃的年饭，她不知不觉喝多了酒，醒来的时候，竟然和姐夫睡在了一起，有了这个事情，她发现姐姐和姐夫的关系竟又融洽了。姐夫有时候就来找她，给她买一些小礼物，他们一直有着那一种关系。那次，她发现意外地怀孕了，当时没有好的办法处理，姐夫、姐姐开始紧急托人给她介绍男朋友，她就是在这种情况下才嫁给刘辉的。将去下辽河的那个晚上，她和姐姐告了别，姐姐含泪莫名地对她说文哪，是姐姐对不住你呀！她当时并不太明白姐姐的意思。

走进那处熟悉的平房，姐姐在家，刘成乐和模样相似的表弟玩得很有兴致，看到她进来才露出些低眉顺眼的样子来。贺桂文叫了一声姐，拉起刘成乐的手，说："成乐，走，跟妈回家！"可以看得出成乐是想说个不字的，可能是感觉到了贺桂文手的坚定而没有说出来。

"文，既然回来了，时间不早了，你们就住一宿吧。"姐姐说。

"不了，姐，明天我还有班呢。"贺桂文说着，拉着刘成乐出了姐姐的家门。

姐姐追上来，送了一包饼干，说："文，给成乐路上吃。"

"姐，不用了。"

"拿着吧。"

"谢谢姐！"

贺桂文匆匆地赶往火车站，他们要赶上那趟经过下辽河的火车。进了火车站，那趟火车已经开始检票了，贺桂文拉扯着成乐上了火车刚刚站稳，绿皮火车就咣当当咣当当地开了。贺桂文找到座位坐下来，给刘成乐开了一瓶八王寺汽水，说："成乐，你是怎么去的大姨家呀？"

"坐火车呀！"刘成乐摇晃着脑袋说。

"跟妈说，你是怎么上的火车？"贺桂文点了刘成乐脑袋一下说。

"跟在一个阿姨的后边。"

"你是怎么找到大姨家的呀?"

"上次来的时候我就记下了。"

贺桂文没有想到刘成乐的记性会这样好,就说:"成乐,以后不许这样啊,你把妈妈都急死了!"刘成乐看看贺桂文没有说话,仍旧吃着饼干。贺桂文有些恼火,口气严厉地说:"成乐,你听到了没有哇?"手指杵在成乐的头上,成乐龇了下牙,这才默默地点点头。

一个人从过道上经过,停下脚步看看说:"贺姐呀!"

贺桂文仰起头,看到穿着米色风衣、风度翩翩的石晓隆,笑着说:"小石呀,这么巧哇,你干什么去啦?"

"姐,我回家探亲去了。"

"你结婚啦?"

"没有,姐,我回家看看我爸妈。"

"我记得你家好像是在兴城吧?"

"姐的记性可真好!"石晓隆笑着说,看看里边座位上的中年男人说,"同志,我们一个单位的,咱们调个座位好吗?"还让那个男人看清楚了车票。

刘成乐上车后就一直在不停地活动,要么向车窗外探头,要么站到座位上前后张望,没有一会儿的老实,那人一直忍受着刘成乐的折磨,这时候可算有了解脱的机会,欣然而去。刘成乐这时靠上了车窗,可以尽情地浏览外面的大好风光了。

石晓隆坐下来,从挎包里掏出一把奶糖给了刘成乐,刘成乐接过来就吃。贺桂文说:"这孩子,真没有礼貌,成乐,快谢谢舅舅哇!"

"谢谢舅舅!"刘成乐剥着糖纸说。

"哎,成乐真乖!"

"乖什么呀,就知道淘气。"

"男孩子嘛,淘气很正常,脑子好使呀!"

"小石,你怎么还没有成家呀?"

"一直没有遇到合适的。"

"是你的眼光太高了吧。"

"高什么呀,要是遇到姐这样的肯定早就成了。"石晓隆看着贺桂文说。

"净胡说八道!"贺桂文笑着说。

"真的,姐!"石晓隆脚下有意无意地碰了贺桂文的脚一下,贺桂文看了石晓隆一眼,遇到了有些炽热的目光,这种目光她懂,脸不由得热了起来。石晓隆笑了,拿出槽子糕给刘成乐和贺桂文吃,刘成乐这时候已经吃得五饱六饱的,拼命摇着头以示拒绝,贺桂文的肚子倒是有些饿了,推让了几下,就开始享用了。

石晓隆人长得精神，身材笔挺，他在单位一出现，就有一些传言随之而来，说他从小当的文艺兵，因为男女问题被文工团开除的，因为有一定的关系，从改退原籍转到油田工作的，来到油田，吃苦受累的工作他不想干，可高技术性的工作，他的文化程度又有限，只能安排干个勤杂工。鉴于这些原因，条件好的姑娘看不上他，条件差些的他也瞧不上眼，婚姻大事就这样荡了秋千。

吃过蛋糕，贺桂文去洗了手，火车还在咣当咣当地晃荡着，每个小站都停的慢车让人的旅途变得昏昏欲睡，刘成乐就是在这样的情况下睡去的。贺桂文和石晓隆是有些共同话题的，他们说了一会儿在宣传队时的事，石晓隆说自己那时候就想和贺姐走得近一些，可惜贺姐眼睛根本不看咱哪！贺桂文说哪有的事呀！打了一个哈欠，眼睛就有些睁不开了，这时候，她的身上盖上了东西，她撩了一下眼皮，是石晓隆的风衣，她就安然地闭上了眼睛。一会儿，她的手被石晓隆握住了，她想抽回来，可只是想想。

贺桂文回到家里已经夜半，敲门时，刘成乐一直拉着她的手惴惴不安，贺桂文给他打气说："成乐不怕呀，有妈呢！"这样才勉强稳定了刘成乐的情绪。

门开了，刘辉睡眼惺忪地扫了他们一眼，趿拉着鞋，什么话也没说，转身就扑回到大屋的炕上蒙头大睡了。

傍晚，金鸿雁在厨房收拾卫生，想着今天见到黎青时的情形。黎青是医院例行大检查去的住院部，他们面对面只说了几句话。金鸿雁这次发出了邀请，黎青说他忙得什么似的，一点时间都没有，谢谢了。金鸿雁点头，表示理解，作为院长，业务、行政都得抓，还要抓好确实很累人的，实际上仅业务一项就够黎青累的了，院内的手术，许多患者或家属都想要他主刀，难怪黎青比之前清瘦了许多。陆淼这时候匆匆跑进来说："金姨！金姨！我妈妈哭了！"

金鸿雁急忙擦了一下手，对大屋里的靓初说："靓初，你带好弟弟呀，妈妈去陆淼家里看看。"

"好的！"靓初响亮地答应着，跑了过来，见妈妈出去，立刻把门推上了。

来到刘玉梅家里，刘玉梅正抱着陆岩号啕大哭，弄得陆岩也啼哭不止，二嫂甄妮站在跟前怎么劝说都没有用。金鸿雁来到近前说："玉梅，你这是怎么啦？"

刘玉梅还是不停地啼哭，甄妮说："金大夫，玉梅今天去看陆鸣了，刚回来一会儿，进了门就这个样子，什么话也不说，就是一个劲地哭。"

"玉梅，快把孩子给我，你这样会吓到陆岩的！"金鸿雁说着，从刘玉梅手里抱过陆岩，交给了甄妮，甄妮抱到一边不停地哄着。金鸿雁扳住刘玉梅的肩膀，说："玉梅，你跟姐说，到底出什么事啦？"

"我不该和陆鸣提出离婚哪，他是不会原谅我的！"刘玉梅有些激动地说。

"玉梅，有事你慢慢说，到底怎么啦？"

"我今天去看陆鸣，给他带去了衣物，说了陆淼马上就该上学了，说陆岩很好，就是太小没敢带着去，等到大一些的时候再带着陆岩去看他，把陆岩的百日照片给了陆鸣，陆鸣看了很高兴。后来我就说到了我们办理离婚手续的事情，我说得很清楚，让他在离婚协议书上签字，他什么也没说就签了，当他签完字后，抬头看我的目光十分冷峻，就像一道冰冷的寒光把我的心一下子给冻结了，尽管我跟他说得明明白白，这一切都是为了我们的孩子，只是一种形式，可他什么话都没有说，就那样无声地消失在那扇铁门里！"刘玉梅说到这里，又大声地哭泣起来。

"玉梅，你不要想得太多了，如果说陆鸣一时想不开也是情有可原的，当时也许有些突然，回到了里面他会慢慢想的，你是为了孩子，我们的生活不都是为了孩子嘛，陆鸣会理解你的苦心的，时间也会证明一切的。"金鸿雁耐心地劝导着。

"陆鸣会吗？他真的会吗？他的目光告诉我，他不会的，我就不该这样做呀！"刘玉梅仍然有些激动地说。

金鸿雁拉着刘玉梅的手，抚摸着说："玉梅，你要相信我，陆岩还小，你们有两个孩子，你要带好他们，你已经牺牲了个人的感情，还要继续牺牲下去，我们大家理解你，也相信你，有机会的话，赵玉明会去看陆鸣的，陆鸣不是一个糊涂的人！"

"金姐，陆鸣的目光真的太冷太冷了，如果不是想到这两个孩子，我真的就不回来了！"

"玉梅，你可千万别傻呀，你为的什么呀？你说的意思我明白，但你不能这样去想，更不能去做，生活就是这样的，有多少顺意的？你不面对又能怎么样啊？我们都还有很多未尽的责任，这是需要一定勇气去面对的，你明白吗？"

"谢谢你，金姐！"

"谢什么呀，玉梅，我们都是女人，你只是心里系了一个结，现在解开就没事了。"

"金姐，陆鸣的那个目光一直让我挥之不去呀。"

"玉梅，一切的一切都终将会过去的，你要相信这一点。"金鸿雁看到摆着的饭桌，说，"你们还没吃饭吧，还是赶快吃饭吧，我们每个人都要好好生活，去放眼未来呀！"

"金姐，你说得对！二嫂，吃饭吧！"刘玉梅这时说。

"玉梅，这样就对了，什么情况都要看到希望和光明，要提高我们生活的勇气呀。"

"金姐，你放心吧。"

"玉梅，我相信你！"金鸿雁拍了拍刘玉梅的手背说。

四十六

　　苍茫的大苇塘以广袤的葱绿展现在人们的面前，随风起伏的绿色波浪显露着无限的生机和魅力，让人心旷神怡。

　　去年秋冬修建的那条贯穿西斜坡南北的油田公路大动脉，在夏季殷勤雨水的浸泡下变成了一条脱节的蛇，疲软得没有了冬季的生机和活力，整条路上到处都是泥泞的坑洼，沿线上总有运送石油物资的车辆陷落，前来营救的拖拉机不时地喘着粗气，像是在叹息这条路糟糕的状况和无奈。SG前线指挥部早就知道会有这种情况发生，已经提前安排给这条油田大动脉上了一些山皮石和矿渣，进行铺垫和维护，无奈运送进来的山皮石和矿渣的数量非常有限，这样的维护在淅淅沥沥的雨水面前，在载重汽车无情地碾压下，整条公路还是变得千疮百孔，陷进泥洼里的汽车司机跳下汽车，不停地诅咒着这该死的公路和阴雨天气。

　　赵玉明乘坐的解放卡车被堵在前往西苇的公路上，看着堵塞的望不到尽头的汽车，只好步行，他已经看到支线路上106队坐标一样矗立的井架。赵玉明这一次去106队，主要是找106队技术员冯喆，106队上一口钻探的是SGN2-2井，钻到SHJ地层出了事故，使这口井报废了，井队的情况被搁置了。林胜平在指挥长"前指"听到了这个情况，心里有些疑问，主要是SGN2-2钻遇的地层情况和他了解的其他油田近期发现的古潜山油藏存在着一定的相似性，林胜平现在被绑在了指挥长"前指"，事务性工作比较多，没有办法分身出来，就给赵玉明打了电话，请赵玉明有空就近去一趟106队找一下冯喆，了解一些钻探SGN2-2时的具体情况。赵玉明今天刚好有空，就去了106队。

　　106的井场正在二开钻进，钻机轰鸣，人影晃动。

　　赵玉明在井队驻地帐篷里找到技术员冯喆，这是个工作不久的川娃子，生着一张白生生的娃娃脸，看着有些腼腆。赵玉明做了自我介绍，直截了当地询问SGN2-2井钻探的一些情况，冯喆就有些躲躲闪闪的，顾左右而言他，表现出心中的忐忑和不安。这也难怪，一个事故井有人再来重提，谁知道你是何种居心？捎上谁可都不是闹着玩的，弄不好让你吃不了就得兜着走！赵玉明明白了，就说："小冯，我来就是想了解一些技术性的问题，SGN2-2井地质方面的，你知道古潜山吗？"

　　冯喆一头雾水地说："赵书记，什么古潜山，是在这附近吗？"

　　赵玉明笑了，说："古潜山是外部油田最近新发现的一种油藏形式，你们钻探的SGN2-2的地质情况和它有很大的相似性，我们就想了解一些详细的地质情况。"

　　冯喆这时明白了，有些放松地说："赵书记，您吓死我了，您不说明白了我敢随便乱说吗？"然后就说了一些钻探时的情况，最后说，"赵书记，那些记录都在，岩芯也保存得挺完好，入了钻井地质的五号库，需要的话，你找我们领导批一下，可以查得到的。"

"谢谢！"赵玉明离开了106队，回到公路上，值班车没有向前移动多少，他找到了值班车，立刻掉头折返。

回到了驻地，调度通知，说是上边来了一位大员现场调研，明天前线要召开大会，宣布SG区域会战的最新决定。赵玉明一时有些疑惑，上次来SG宣布会战决定的是大帅，这一次又是哪一路神仙哪？

这次来的是一位副帅，鉴于SG区域会战的实际情况，经过现场实际调查研究决定，SG区域会战即刻开始实行一元化领导，会战队伍全部交由下辽河油田总部统一指挥，干部进入下辽河总部编制序列，年生产能力争取增加五十万吨以上。

林胜平回归前线指挥部，赵玉明说了去106队见过技术员冯喆的一些基本情况，然后说："'博士'，要不你再去见见冯喆，又不太远。"

"不用了，有时间我还是去钻井库看资料和岩芯吧，这是最直接的方式。"

"也好，'博士'，今天这个会开得有些突然哪。"

"'领导'，实际上说突然也不突然，一段时间以来，指挥长一直用数据材料上报上级，多找油、多产油的愿望是好的，可和现实情况相差太远就脱离实际了，上报材料有理有据的，许是和来会战队伍上报的情况有着极大的相似性，引起了上边的认同，副帅下辽河也有些天了，又进行了实地的调查研究，这应该是得到了多方面认同的结果吧。"

"这样大帅会高兴吗？"

"实事求是，他应该有这个胸襟吧。"

"你说得也是，不然就不会有今天的结果了。"

"经过了近一年的努力，SG区域勘探工作基本清楚了，我们下一步的勘探目标应该转向西苇了。"

"指挥长亲自着手部署啦？"

"没有，他说具体的运行等和参谋长商议了再定。"

"下辽河应该稳步推进，欲速则不达，这是实践已经证明了的，SG的会战已经是很好的例证了。"

"是呀，'领导'，你也有段时间没回西线了，现在有些空闲，你回去休个假吧。"

"我这里这样近，怎么都好说，'博士'，要不还是你回京城吧。"

"'领导'，前些天进京送了一个汇报材料，我回过家了，真公也济私了。"

"嫂夫人她们都好吧？"

"还好，都一样，带着两个孩子，辛苦自知。"

"既然这样，'博士'，那我就回西线了。"

"好，'领导'，对了，那个叫康勇为的你还记得吗?"

"107那个技术员，他不是转行去矿建工作了吗?"

"现在又回来了，这次他在指挥长身边搞文字材料，真是个精明强干的人哪!"

"那一次的接触我就看出来了。"

"'博士'，我走啦!"

"'领导'，给金大夫带好哇!"

来到家门前，赵玉明刚好遇到白雪梅从家里出来，说："白雪梅，你好!"

"你好，赵书记，回来休假呀?"

"嗯，劲松现在忙什么呢?"

"瞎忙呗，净干些挨累不讨好的事，刚刚去火车站接何琼，这会儿也该回来了。"白雪梅带着笑意说。

"何琼回来了呀?"

"是，老家那边上小学高年级要走挺远的山路，不太安全，还是回来方便。"

"你说得也是，再见!"

"再见!"

赵玉明放下挎包，看了眼时间，到厨房里看了看，开始淘米做饭，这时候有人敲门，赵玉明喊了声："进来!"

"师兄，回来就开始积极表现哪!"何劲松进来笑着说。

"这是我一贯的生活作风，你又不是不知道，接到何琼啦?"赵玉明笑着说。

"接到了，是我岳父送回来的，一会儿过去喝酒吧。"

"你们一家人，我就不过去了。"

"师兄，我接到了岳父，他老人家首先就问到你，他喜欢热闹，和你又谈得来，你就过来吧。"

"也好，我先把饭做上，一会儿就过去。"

"好，你早点来!"

赵玉明记得家里有两瓶汾酒来着，去箱子里看了看，酒还在，心里有了主张，回到厨房炖上菜，看到了下班的时间，准备去幼儿园接兴隆。这时候，靓初牵着兴隆的手回来了，脖子上挂着门钥匙，见到他高兴地叫着："爸爸，你回来了!"

"靓初，妈妈呢?"

"妈妈还没下班，我带弟弟先回来的。"

"靓初怎么不在幼儿园等着妈妈呀?"

"爸爸，我现在长大了，能带弟弟了，我们晚些走，阿姨就要陪着我们，妈妈说阿姨也有家，也要回去给家里人做饭的。"

"靓初说得对，但是带弟弟回家时一定要注意安全哪，比如说过马路，回到家里的电和天然气都不能乱动啊！"

"爸爸，这些事情妈妈已经告诉我了，我会带好弟弟的，你就放心吧。"

"我们靓初真的长大了，也特别懂事。"

"爸爸，我还学习做饭呢。"

"是吗，靓初，你现在还有些小，不是不得已的情况还是不要做，懂吗？"

"爸爸，靓初明白！"

"玉明，你回来了。"金鸿雁开门进来说。

"又有危重患者？"赵玉明说。

"可不是嘛，刚刚交接完。"

"师兄，过来呀！"何劲松敲敲门说。

"好的，劲松，马上就来。"

"你们又要干什么呀？"金鸿雁说。

"雪梅她爸送何琼回来了，我请师兄过去陪着说说话，金大夫，跟你请个假，可以吧？"何劲松笑着说。

"这事不用请假，何琼回来了，我们一会儿也过去看看。"金鸿雁说。

"劲松，走吧。"赵玉明拎起两瓶汾酒说。

"师兄，你这是干什么呀？"

"老人家难得来，走吧。"

几年不见了，白敬良的背有点驼，头发已经花白了，问一下贵庚，小六十了，也难怪呀，岁月这把刀对人真是毫不留情啊！

何琼见过赵玉明，叫了声赵伯伯，就不再说话了，自顾自地吃饭。何琼长得端庄、漂亮，酷似白雪梅。

三个人坐下喝酒，赵玉明问询了白敬良的现状。白敬良还在村支书的位置上，说是已经选定了村子里的接班人，所以才能走得出来，有个一年半载的就该居家养老了，说这话的时候带出一声轻轻的叹息。赵玉明看何劲松，何劲松马上笑着说："爸，你老要是没什么事了，就和岳母到我们这里来住吧。"

"劲松，我没看错你呀，有你这句话，我和老太太就知足了。"白敬良笑着说。

"看您老说的，都说'一个女婿半个儿'，您就一个女儿，我就当是您的儿子。"

"好，劲松，这话我记下了，咱们喝酒！"白敬良抹了一下有些潮湿的眼睛。

"人都说忠臣孝子人人敬，今天我看到了，劲松，向你学习呀！"赵玉明说。

"师兄，你过奖了。"

"劲松，你那边工作怎么样啦?"赵玉明这时问何劲松，也是说给白敬良听。

"师兄，一切还算顺利，我已经把报告交给参谋长了，参谋长找我仔细了解了一下情况，设想怎么整合总部所有的钻采工艺资源，组建新的研究单位。"

"劲松，你会留在新单位吧?"

"参谋长有这个意思，不过要整合下辽河钻采工艺资源，总部是要专门例会讨论的，还需要一些时间。"

"这个应该会加快吧，下辽河已经发现可观的稠油资源，这个开发还能等下去吗?"

"师兄说得是，按理说是应该积极加快的。"

白敬良这时看着他们，赵玉明就对白敬良说明了他和劲松说话的基本意思，主要说明何劲松工作上取得很好的业绩，会有新的进步空间的，白敬良笑着说："你们年轻人进步好哇!"

"他忙得不亦乐乎的，弄得我一个论文好几年才能完成。"白雪梅有些抱怨地说。

"你是个女人，相夫教子才是你的本分，其他都是次要的。"白敬良说。

"爸，你这是老观念，我有意见哪!"

"好，好，好，等回去我和你妈商量商量，我们早点过来给你们做饭看孩子，你就有时间工作写论文了。"白敬良笑着说。

"爸，真的吗?"白雪梅问。

"这个我得回去和你妈商量啊。"

"我妈肯定会同意的!"

"那是再好不过的了!"白敬良笑着说。

这时候，金鸿雁领着靓初、兴隆进来，问候了白敬良，白敬良给孩子们拿些特产零食。金鸿雁看到了何琼，夸赞何琼长得漂亮，白雪梅喜笑颜开，引金鸿雁去小屋里说话，几个孩子也玩到了一处。

白雪梅看着金鸿雁，有些欲言又止，还是悄声说："金大夫，我怎么看贺桂文有些不太对劲。"

金鸿雁看看白雪梅，说："你指的是什么事呀?"

"有一次我上班中途回家取一份资料，看见那个油头粉面叫石晓隆的维修工背个工具袋从她家出来，有些匆忙、鬼祟的样子。"白雪梅压低声音说。

"是不是贺桂文家里有什么东西需要维修哇?"金鸿雁说。

"我感觉着不太像。"

金鸿雁也记起来有一次下夜班回家时，刚巧看到过石晓隆匆忙地、有些鬼祟地进了贺桂文的家门，她当时也有些疑惑，这时便转移了话题，说何琼的转学关系，开学的事，何琼该上三年级了，靓初、何聪、刘成乐也都该上学了，这日子过得可真快，西线的基础设施建设也有了一些模样，这些孩子能过上好日子了。

赵玉明上午去了指挥部政治处，见到了吴卫东，汇报一下前线科研小分队的党务工作情况，拿了一些学习材料，他想了解一下组织上对陆鸣的态度，这缘于刘玉梅和陆鸣的离婚关系。吴卫东也说不清楚，开除党籍、开除厂籍已是铁律，其他的是二十年徒刑以后的事情，就算是减刑，还要十几年以后，况且陆鸣的事还在十二分敏感期里，还是不过问的好。吴卫东给赵玉明透露了一个好消息，从职责范围要求出发，机构分立，赵玉明的工作部门要升格成一个直属副处级单位，不出意外，他们个人都有升格的空间，这是让赵玉明万万都没有想到的。

赵玉明怀着喜悦的心情走回了家，见门前一个穿新工作服，肩挎黄书包，手里拎着纸包装槽子糕的男青年站在家门前左顾右盼着。赵玉明走来到近前，似曾相识。男青年说："姐夫！"

"是鸿鹄吧？"赵玉明想起来了，男青年笑着点点头。赵玉明上去握住他的手说："鸿鹄，你什么时候来的呀？"

"刚刚，我先去的医院，姐姐忙着，说姐夫在家，我就自己先过来了。"

"来，鸿鹄，快进屋吧。"赵玉明开了门，让进了金鸿鹄，倒了杯开水送上，说，"老太太还好吧？"

"好，她说也很想过来看看。"

"好哇，怎么没来？"

"我也是这么说的，老太太又说等过一段时间再说吧。"

"鸿鹄，你这是参加油田工作啦？"

"是呀，姐夫。"

"怎么之前没听你姐说过呢？"

"这一次油田在我们那里招工，我报了名，当时也没抱太大的希望，谁想最后的时候还有一个名额，通知我报到的时间要求挺紧的，我回家看看老妈，就赶到单位报到了。"

"我说的嘛，你分到什么单位啦？"

"水电指挥部。"

"水电指挥部是在SG建点的吧？"

"是呀，那里有点太荒凉了。"

"油田最初建点都是这样的，西线这边建设也不过两三年时间，你工作分了吗？"

"还没有，正接受入厂教育和职工培训呢。"

"鸿鹄，你在家里歇着，我出去买些菜去。"

"姐夫，家里有什么就吃什么，你就别麻烦了。"

"那怎么行啊，鸿鹄，你这是第一次到姐姐家里，不能太简单。"赵玉明笑着说，出门去了旁边的小市场，买了几条鲫鱼和一只白条鸡回来，收拾好就烹饪上了。

金鸿雁带着两个孩子匆匆回来了，拎了两个午餐肉罐头，进到厨房看看说："赵书记，辛苦了，弄得不错呀！"

"谢谢金大夫的充分肯定，马上就可以开饭了。"

靓初、兴隆见到了鸿鹄，围着"舅舅舅舅"地叫个不停，金鸿雁放好桌子，说："你们别缠着舅舅了，都去洗手吃饭吧。"

"鸿鹄，能喝酒吧?"赵玉明说着开了一瓶大米酒。

"鸿鹄很能喝酒，你自己小心点啊！"金鸿雁笑着说。

"太好了，男人嘛，就该能喝点酒。"

"别给自己找借口哇。"金鸿雁笑着说。

"我是实事求是。"说着，就给金鸿鹄倒上了，一家人开始吃饭。赵玉明夹个鸡腿放到鸿鹄碗里，鸿鹄夹给了靓初，靓初说："谢谢舅舅！"鸿鹄又夹了另一个鸡腿给了兴隆。

"鸿鹄，你这是干什么呀?"赵玉明立刻说。

"小孩子长身体，我喜欢这个！"金鸿鹄说着夹起了那个鸡头。

"鸿鹄，你今年二十四吧?"金鸿雁说。

"是呀，姐。"

"我听鸿霞说，下乡时，有个姓闵的女同学和你关系挺不错的，现在怎么样啦?"

"姐，人家去年回的城，一切就结束了。"金鸿鹄说。

"你们的感情这样脆弱呀?"金鸿雁说。

"在乡下和回到城里能一样吗? 每个人都有自己的想法和选择，她当然也不例外。"

"鸿鹄，男子汉大丈夫何患无妻? 这回咱们在油田里找！"赵玉明说。

"姐夫，这个我倒还不急，我得先站稳了脚跟哪！"金鸿鹄笑着说。

"有道理，鸿鹄，来，咱们喝一个！"赵玉明举杯说。

"好，姐夫！"金鸿鹄立刻回应着。

"鸿鹄，干工作和谈恋爱并不矛盾哪。"金鸿雁说。

"你姐说得对，鸿鹄，咱们要两手抓呀！"

"鸿鹄，我喜欢你姐夫的这个提法。"

"姐，知道了。"

"这样才对嘛！"金鸿雁笑了。

吃过饭，坐了一小会儿，说了老家的一些人和事，金鸿鹄说："姐，我得回单位了。"

"鸿鹄，怎么这样急，你就住一晚吧。"金鸿雁说。

"培训班就是这样准的假，来到新单位我可不敢耽搁。"金鸿鹄笑着说。

"到了新单位，纪律约束还是必要的，我送你。"赵玉明说，送金鸿鹄去了交通车站。

交通车站是砖坯混砌的一栋简陋平房，里边是一排排二寸铁管焊就的通长条凳，表面磨得有些乌亮，他们拣了一个靠边的地方坐下，赵玉明说："鸿鹄，听你姐说你在学校学习很不错呀。"

"姐夫，还算可以吧。"金鸿鹄也不谦虚。

"鸿鹄，有时间把学习捡起来，油田已经开办了'七二一'大学，还有保送上大学的机会，你要先保证基本条件哪。"

"姐夫，都一张'白卷'了。"

"鸿鹄，说是那样说，这件事你得听我的。"

"姐夫，我学的那点东西，这几年在农村也都扔得差不多了，我试试看吧。"

"不是试试，是一定要捡起来，手里有课本吗？"赵玉明认真地说。

"学校的课本我带来一些。"

"这就好，鸿鹄，再有需要就到姐夫家里来找我。"

"知道了，姐夫！"

卡车交通车来了，金鸿鹄爬了上去，在车厢里挥挥手，赵玉明回应着，交通车扬尘远去了。

金鸿雁下午看了几个患者，门诊静了下来，她拿出一本医书翻阅着，于小玲这时走了进来，坐在她的面前。

王志义牺牲那天，于小玲去了舅舅刘铁柱家，被舅舅留在家里，她的父母随后赶到了。她和王志义只是初步的恋爱关系，就像琴弦断了，琴声就戛然而止了，于小玲还要生活，还得嫁人，家人们给她说明着这个道理。

于小玲回医院上班后，性情上有所变化，她变得有些沉静了，虽然还时常到金鸿雁这里来，很多时候是什么话也不说，坐一会儿就默默离开了，这让金鸿雁有些诧异。金鸿雁有一次忍不住问了于小玲，你和王志义相处到什么程度了？于小玲说就是拉过手。金鸿雁说我发现你怎么有些变了？于小玲说可能是懂得珍惜了。金鸿雁拿起于小玲的手，说那好哇，可你也要知道向前看。

现在，于小玲就坐在她面前，静静地看着她，金鸿雁说："玲子，下午没事啦？"

"夜班，刚睡醒，没有什么事，就想到你这里坐一会儿。"

"好哇，你多久没有回家啦？"

"一直都没有回去。"

"为什么呀？又不远。"

"就是不想回去！"

金鸿雁看看于小玲，于小玲的眼睛在躲闪，金鸿雁明白了，那个村子里还有王志义的家人和亲戚，一旦遇上了，该说些什么？金鸿雁说："也是呀！"

于小玲眼里滴下了几滴泪，她抹去说："一切都过去了。"

"玲子，你说得对，你还年轻，人生的路还长着呢！"

"我知道，金大夫，一切还得重新开始，我走了。"

金鸿雁点点头，看着于小玲的背影，心里说，真是个好姑娘。

吃过晚饭，赵玉明在看政治学习材料，金鸿雁笑着说："赵书记怎么总是在忙啊？"

"金大夫有什么指示呀？"赵玉明放下了材料说。

"想和赵书记交流个问题。"

"是想说金鸿鹄吗？"赵玉明做出洗耳恭听的样子。

"不，是于小玲。"

"于小玲怎么啦？"

"没怎么，下午她到我班上坐了一会儿，很沉闷的样子。"

"你不是光想说这个吧？"

"我觉得于小玲不错，挺重感情的。"

"你是想介绍给鸿鹄哇？"

"赵书记觉得可以吗？"

"金大夫有点乱点鸳鸯谱了。"

"赵书记怎么这样说呀？"

"鸿鹄的心思绝对不会在于小玲这样的女孩子身上的。"

"你怎么这样看？于小玲不好吗？"

"金鸿鹄的骨子里就有一种傲气。"

"我觉得于小玲还不错，我想试试。"

"随便你，什么时候鸿鹄来，你约于小玲一起吃个饭，到时候你就清楚了。"

"赵书记的这个办法很可行啊！"

四十七

那是一种撕心裂肺的无望，那是一种沉痛缅怀的思念，继而变为对英明领袖的坚决拥护，紧紧地团结在他的周围，和党中央保持一致！这样的口号化作下辽河人的行动，他们宣誓，继承遗志，不负使命，努力去创建一个新的大庆！

秋风将金黄悉数收入囊中，飞雪又进入新一轮的曼舞。下辽河石油人马不停蹄，西斜坡就盼着这个秋天这个冬季，枯黄的芦苇在恣意的寒风中摇曳，土地在彻骨的寒风中冻结，下辽河石油人终于可以肆无忌惮地行进在这块土地上，去探寻这块土地下的石油奥秘，这是他们的终极目标。

前线前移，西苇成立了前线指挥部。这是一个叫小道子的地方，没有人去探究这个名字的来历，也没人可探究这个名字的来历，这里没有人烟，只有几栋盘塘人住过的房子。这一天是元旦，天空有些迷蒙，细小的雪粒在天空飘零，赵玉明带着小分队来到前线指挥部驻地。林胜平已经随同参谋长等一干人等先期到达，正在帐篷里召开大生产会，落实西苇勘探工作部署，这个部署比SG还要重要，是落实英明领袖发出的最新指示，要在这里建设又一个大庆。

百废待兴，谁都知道任务的艰巨和紧迫，参谋长部署着西苇区域勘探方案，参谋长身边坐着慕自清、戚乐天、闻昭和相关指挥部、总部处、室的有关领导。闻昭看着图纸，参谋长讲到哪里，他的红蓝铅笔就指向那个地方，仿佛在进行着曾经有过的战役推演。

赵玉明到达指挥部，安置好队伍，后勤管理员找到他说井上的天然气还没有过来，中午大家吃饭都成问题。赵玉明看看会议室，说："先搭简易炉灶做汤馏馒头。"这是他们之前已经预计好的。然后就分派一些人去捡拾柴草，苇塘里的柴草还是不缺乏的。

中午吃饭时，参谋长说今天是元旦，中午让大家吃这个不好意思，晚上我一定让大家吃上饺子，新年要有新气象嘛！

管理员午饭后就带领炊事班的人开始包饺子的准备工作，赵玉明也组织闲杂人等到炊事班助力，和面、擀皮、包馅，一盖帘一盖帘有模有样的饺子摆在外面冻着，就等着晚上下锅。

"赵书记，天然气怎么还没有来，这饺子还能吃上吗？"食堂管理员跟他说。

"我这就过去看看。"赵玉明看看外面阴晦的天空，再看看已经进户的天然气管线，没有天然气，整个指挥部冷得萧瑟，人都缩缩着。赵玉明来到外边，有人捡来芦苇、苇叶，在院子中燃起一堆篝火，一蓬烟火飘摇着，人们围着篝火抽烟、说话，看着领完任务的人兴高采烈地坐车离去了。

赵玉明坐卡车去了西苇4号井，那里是天然气供应源头。作业队长葛前进正领着一班人在井上忙活，赵玉明上前问："葛队长，你这什么情况啊？"

葛前进推了一下狗皮帽子，抹了一把汗津津的额头说："赵书记，什么都弄好了，可就是不上气呀！"

"这口井试气时不是说出气了吗？"

"是呀，也不知道这会儿它抽的什么风啊！"

"葛队长，你们得抓紧哪，前线指挥部那么多人可都冻着呢！"

"赵书记，我知道！"葛前进一把把狗皮帽子摔在地上，对一班人说，"大家抓紧再好好查一查，看看问题到底出在哪里，要是弄不好，咱们就连夜查，谁都别睡！"一班人又开始忙碌起来。

冬日里的夜幕开始拉起，参谋长的吉普车进了井场，参谋长来到井口前看了看，葛前进恭恭敬敬地站在一边，参谋长问了情况说："小葛，这口井里肯定有气，问题会不会出在'抽子'上啊，你们重点查一下吧。"参谋长说完就走了。

"吴班长，你快重点检查一下'抽子'！"葛前进这时说。

吴班长立刻带人检查了"抽子"，果然发现了其中的问题，立刻进行了处理。葛前进这时候就有些没好气地说："吴班长，你们是怎么搞的，连着检查好几次了，怎么就没有发现这里有问题呀？"

"头，这里之前从来也不出问题呀！"吴班长有些委屈地强调说。

"之前不出问题不代表永远，你们的工作还是不够细致！"葛前进严肃批评着。

"头，你可一直都在这里呀！"吴班长明显有些不服气。

"吴班长，你检查不到位还有什么可说的？"葛前进有些生气。

"葛队，咱们还是抓紧试气吧。"赵玉明立刻打断他们说。

"好，赵书记！"葛前进立刻喊道，"安装好了没有？抓紧试气呀！"

"葛队，这样的天气，你们真的很辛苦哇！"

"钻井苦，作业累，这活不好干，队伍也难带呀！"葛前进说。

"队长，上气了！"吴班长这时候喊。

"赵书记，咱们参谋长还真有两下子呀！"葛前进笑着说。

"你以为人家的墨水是白喝的？"赵玉明笑着说。

"有机会咱也去喝些墨水！"

天然气来了，灶火呼呼地烧起来，蒸汽升腾，饺子下到锅里，厨房里雾气迷蒙。饺子端上来，大家热热闹闹地围着桌子吃饺子，笑语朗朗，人们开始了辞旧迎新的话题。

赵玉明来到外面，仰望着深邃的夜空，阴沉的乌云不知什么时候四分五裂地淡去了，月亮在白莲花般的云朵中穿行。林胜平来到赵玉明身边说："'领导'，一个人看什么呢？"

"月亮！"

"今晚的月亮真好哇！"

"这西苇旷野下的月亮真的不一样，又大又圆！"

"听出你的不舍了。"

"西苇是个好地方，到处都充满激情和火热。"

"'领导'，新的岗位更需要你呀！"林胜平笑着说。

"'博士'，你什么时候回去呀？"赵玉明说。

"我还得在这里住段时间。"林胜平刚被任命为地质指挥部副指挥。

"'博士'，多多保重啊！"赵玉明握住林胜平的手说。

"好，'领导'，咱们后会有期！"林胜平笑着说。

傍晚，赵玉明回到家里，金鸿雁笑着说："恭喜赵书记呀！"

"金大夫就用嘴恭喜呀？"

"怎么会，我知道赵书记喜欢理论联系实际，我这里已经准备下了！"说着，就把菜肴端了上来。

"谢谢，让金大夫费心了！"赵玉明倒着酒说。

"不客气，鸿鹄给你打电话了吗？"

"没有，什么事呀？"

"鸿鹄说明天过来，我以为他告诉你了。"

"没有，我是回来接手新工作的。"

"鸿鹄明天来，我想约于小玲。"

"可以！"

"赵书记，你这次的态度不够诚恳哪！"

"金大夫，不是我不诚恳，是感觉不太看好。"

"咱们还是看看实际情况吧。"

"我原则上同意。"赵玉明笑着说。

金鸿雁早饭后上街采购，赵玉明在家里打扫卫生，这时候，金鸿鹄挎着军挎包进来，看到赵玉明高兴地说："姐夫，你还真的在家呀！"

"知道你要来嘛。"

"你真是我的好姐夫！"

"鸿鹄，你们现在做什么呢？"

"入厂教育和第一阶段职工培训已经完成，通过考试进入第二阶段的培训，再次考试继续进行培训，这下真的感觉知识不太够用了。"

"鸿鹄，什么学习要这么多次的考试呀？"赵玉明有些奇怪。

"领导没有明确说，好像单位有个什么重要新项目，应该是和热电工程有关系的，姐夫，我觉得不学是不学，要学咱就得学好！"

"鸿鹄，你这个态度我是非常赞同的，有什么需要吗？"赵玉明没有想到一段时间后金鸿鹄会有这样的变化。

"姐夫，你们家里有高数书吗?"

"有!"赵玉明说着，打开一个木箱，在里面翻着，拿出几本书，递给了金鸿鹄。金鸿鹄拿起一本高数书就看，看了几页，遇到不明白的地方来问赵玉明，赵玉明就诲人不倦地讲解着。

金鸿雁买菜回来，一同进来的是于小玲。于小玲今天穿了件小翻领紫红格呢上衣，衬托得脸色粉白，半高跟黑漆皮鞋，身材挺直，亭亭玉立。赵玉明笑着说:"玲子来了!"

"赵书记好!"于小玲说。

"玲子，这样叫你就见外了。"

"主要是恭喜赵书记。"

"谢谢!谢谢!"赵玉明说着，把金鸿鹄介绍给于小玲。

金鸿鹄说:"你好，你请坐!"

于小玲坐下，他们寒暄了几句。这时候靓初从小屋里出来了，叫着小玲姐姐，然后，开始说这说那地不停地和于小玲饶舌。金鸿鹄继续看着高数，不时地问赵玉明些问题。

"鸿鹄，你怎么这样用功啊!"金鸿雁从厨房过来说，使了个眼色，分明要金鸿鹄和于小玲说话，金鸿鹄点头，看看于小玲，于小玲和靓初说得热闹，金鸿雁就说:"靓初，你不要老缠着玲子姐姐好吗?"

"妈，我好久都没见玲子姐姐了，我保证，就一小会儿啊!"靓初举着一个指头笑着说。

"好，就一会儿啊!"金鸿雁有些无奈，又去厨房里去忙活，赵玉明跟进去说:"金大夫，需要我做什么呀?"

"不用了，赵书记，我这个弟弟有点傻，你就在屋子里照应吧。"金鸿雁笑着说。

"遵命!"

吃饭的时候，金鸿雁才有时间问一下金鸿鹄在单位工作的情况。金鸿鹄说经过了第一轮的培训，考试筛选出八十人，又进行了第二轮培训，考试筛选出四十人，开始了第三轮的培训，说是培训重要项目的骨干。领导说是暂时保密，他也懒得去打听。这一轮培训来个教数学的女教师，是新毕业的大学生，教学水平一流，人长得也不错，瀑布般的披肩长发，特别有气质。

赵玉明看了看金鸿雁，金鸿雁马上笑着说:"玲子工作很不错的，刚刚做了护士长!"

金鸿鹄没说话，赵玉明马上说:"玲子，恭喜你呀!"

于小玲笑着说:"谢谢!"

金鸿雁见金鸿鹄情绪不高，马上说："鸿鹄，你给妈写信了吗?"

"姐，写了。"

"妈可是一直在关心你的个人问题!"

"知道了，姐。"

吃过饭，金鸿雁的意思是想让金鸿鹄和于小玲再聊一会儿，赵玉明就在前面穿针引线说："玲子，你舅舅刘铁柱怎么样啊?"

"我有段时间没有去舅舅家了。"于小玲说。

"玲子，你现在的工作怎么样?"赵玉明说。

"还可以，就是有些压力了。"于小玲说。

赵玉明看向金鸿鹄，金鸿鹄却在看高数，便说："鸿鹄，你们培训学习紧张吗?"

"还可以吧!"金鸿鹄并不去理会赵玉明的暗示，接着说，"姐夫，我该回单位了，再不走就赶不上交通车了。"

金鸿雁听到这话立刻过来，有些埋怨地说："鸿鹄，你怎么每次都来去匆匆的，就不能住一宿哇?"

"姐，没办法，我没有假呀，于小玲，再见!"

赵玉明送金鸿鹄出去，金鸿鹄说："姐夫，你就不要送了。"

"送送吧，我也顺便活动活动。"他们向交通车站走去，赵玉明说："鸿鹄，你觉得于小玲怎么样啊?"

"不怎么样!"

"说具体点。"

"姐夫，她最多算个小家碧玉。"

"鸿鹄，你这眼光有点太高了吧，是不是心有所属哇?"

"可以这样说吧。"

"不会是那个新来的女教师吧?"赵玉明笑着说。

"姐夫，我说你怎么这样有洞察力呀，不怪能当领导哇!"金鸿鹄有些惊讶地说道。

"鸿鹄，你跟我说好话没有用的，人家的情况你了解吗? 你别剃头挑子一头热呀?"赵玉明有些警示地提示说。

"姐夫，你说如果没有一头热的开始，怎么会有两头热的未来呢?"

"鸿鹄，你这话说得倒是挺有道理的，符合唯物辩证法。"

"很荣幸能得到书记姐夫的肯定!"

进了交通车站，那个方向的交通车正好待发，检票员在喊人，金鸿鹄回应了一声，快走几步说："姐夫，我走了!"

"祝你好运!"赵玉明举手目送着交通车远去了。转身正要离去，猛然听到有人喊自己的名字，扭头观瞧，见是方敏和一个男青年从出站口出来，衣装挺括，每个人手里拎着一个大旅行袋。

"赵玉明，真的是你呀！"方敏走近笑着说。

"方敏，你好哇，好久不见了，这是出门啦？"赵玉明说。

"去市里采购些东西。"方敏笑着说。

"这样清闲哪！"赵玉明看了一眼方敏身旁的男青年。男青年浓眉大眼的，似曾相识。

"赵玉明，看到你一激动都忘记给你介绍了，这位是我未婚夫婿林海，林海，这位是赵玉明，我梦中的前男友！"方敏嘻嘻哈哈地说道。

"林海，幸会，你在哪个单位呀？"赵玉明和林海握着手说。

"我之前在105队当司钻，现在派女队帮助工作。"林海笑着说。

"我说看着你怎么有些眼熟，林海，你千万不要听方敏乱说呀。"赵玉明说。

林海笑了笑，看向方敏，方敏却笑着说："赵书记，我家林海是经过抗击打能力考验过的，他没那么脆弱，是吧，林海！"

林海笑了笑，只是点点头。

去年夏季，油田组织成立了女子钻井队，方敏响应组织的号召，积极报名参加了，在井队任技术员，女队在油田很快风生水起了，成为油田学习的一面旗帜，方敏的大名也常常在战报上出现。赵玉明说："方敏，你在女队干得很不错呀！"

"有什么不错的，林海是来女队帮助工作的，谁想到一来二去的把我帮助到他手里去了。"方敏继续嘻嘻哈哈地说。

"方敏，你知足吧，林海这小伙儿多帅呀，恭喜你们哪！"赵玉明说。

"谢谢，听说你书记升格了，恭喜你呀！"方敏说。

"谢谢，方敏，什么时间喝喜酒招呼一声啊。"

"一定！"

"再见！"

"再见！"

赵玉明回到家里，于小玲已经走了，金鸿雁在收拾卫生，这时说："玉明，你说我这个弟弟，怎么一点也不知道好歹呢？"

"金大夫，是你太看好于小玲了。"

"于小玲有什么不好哇？"

"于小玲确实没什么不好，可金鸿鹄就是不看好她，这是个人感情问题，也是缘分。"

"我是在努力完成我妈交给我的光荣任务，鸿鹄都说什么啦？"

"他迷上了那个新来的女教师。"

"嘁，人家能看上他吗？"

"这个我就不知道了，我看鸿鹄的意思会积极争取的。"

"难怪你说他骨子里有股傲气，他的心气一直都很高，真的挺像我爸的。"金鸿雁叹了口气说。

"所以说嘛，这就是金鸿鹄，你就别为他个人问题操心了。"

"谁让我是他姐姐。"

"在他个人的情感面前你也无可奈何的。"赵玉明笑了笑说。

赵玉明新办公地点在油田总部大楼东厢楼二楼。在这里他不仅知道西苇前线的勘探开发情况，还知道其他区域的勘探生产状况，从职位的角度说他是比较年轻的副处级，从专业的角度说他没有彻底离开专业技术岗位，他们这里的岗位人员基本都是专业技术性的行政工作。

按照新职责要求，赵玉明整整忙了一个多月时间，工作关系才基本上理顺了，有了闲暇的时间，他想起了吴卫东。这天下午，他抽空去了吴卫东办公室，敲了几下门，里面没有回音。他想，也许来得不巧，吴卫东去开会了。便抬脚向外走，后边一扇门开了，一个声音说："赵书记呀？"

赵玉明回头见是通信员柳力强，便说："吴主任不在呀？"

柳力强"嗯"了一声，神秘地勾着手指示意着，赵玉明有些疑惑地走过去，柳力强立刻关上门，说："赵书记，你还不知道哇？"

"小柳，什么事呀？"

"吴主任去接受审查了！"

腊月二十八那天中午，金鸿雁回来笑着说："赵书记，我妈说这个春节想到咱们家来过年。"

"好哇，欢迎，欢迎，热烈欢迎！"

"鸿霞也过来呀。"

"知道了，还有鸿鹄。"

"你怎么知道？"

"你妈到咱们家过春节，鸿鹄会去哪里呀？"

"聪明人就是聪明啊！"

"你就不要给我戴高帽了，金大夫，你看看咱们还需要再准备些什么东西吧。"

"不用了，鸿霞电话里说她们会带一些年货过来，其他的我都已经办得差不多了。"

"金大夫，东西要准备得充分点，咱们结婚这些年，老太太还是头一次来咱们家呀!"

"知道了,我绝不能给我们赵书记的脸上抹黑,是吧?"

"金大夫真是个明白人,她们什么时间到哇?"

"客车,大约明天中午吧。"

"那好,到时候我们去接她们。"

除夕,外边不时有鞭炮声,金鸿鹄在向赵玉明请教高数书里的问题,金宁氏、金鸿雁、金鸿霞围在炕桌上包着饺子,靓初这会儿却在端详金宁氏穿着袜子的小脚,金宁氏发现了,说:"靓初,你看什么呀?"

"姥姥,你的脚怎么这个样子呀?"靓初说。

"小时候裹的呀!"金宁氏笑着说。

"姥姥,小时候为什么要裹脚哇?"

"旧社会的一种习俗。"

"姥姥,为什么有这种习俗哇?"

"小脚是那时候女人美的一种标志。"

"这还美呀,我怎么没有看出来?"

"那时候还是封建社会,现在是新社会了。"金鸿雁说。

靓初看看自己和妈妈的脚,说:"姥姥,你的脚是怎么裹的呀,裹得那么小不疼吗?"

"姥姥就像你这么大的时候,用长长的布把脚裹住,姥姥疼得直哭直叫,那也没有用,你太姥姥对这件事一点也不手软。"

"姥姥,你对我妈手软啦?"

大家笑了起来,金宁氏说:"你妈生在旧社会,可长在红旗下,破'四旧'把很多事都破除了,你妈才没有遭这个罪呀!"

"姥姥,什么是'四旧'哇?"

"'四旧'有旧思想、旧文化,还有姥姥也记不住啦。"

"还有旧风俗、旧习惯,靓初,你怎么这么多问题呀,你看姥姥包的饺子多好看,快,你跟着姥姥学习呀!"金鸿雁说。

"妈,我一会儿还要学习,写寒假作业。"靓初看看金鸿雁说。

"靓初,姑娘家是要学些家务的,你妈妈很多家务事都会做,也没有耽误学习,还考上大学了!"金宁氏说。

"那好吧,姥姥,我来试试。"靓初说着,拿起一张饺子皮,开始学习包饺子。

"我包几个有硬币的饺子,看看谁能吃到,谁吃到谁有福气呀!"金宁氏说。

"姥姥,万一我要吃不到呢?"靓初立刻说。

"姥姥会为靓初祈福的!"

"谢谢姥姥!"

"饺子包好了,咱们下饺子吧。"金鸿雁说。

"靓初、兴隆,咱们放鞭炮去!"金鸿鹄这时说。

靓初、兴隆欢呼说:"舅舅,好哇,咱们放鞭炮去!"

金宁氏和金鸿霞是初五这一天回家的,送她们上了客车,赵玉明说:"你家这个老太太,鸿霞也没有什么事,多住几天怎么都不肯!"

"我妈实际是个非常讲老礼的人,她能来我们这里过这个春节已经是破格了,鸿鹄回去上班了,咱们就随便她吧。"金鸿雁笑着说。

四十八

这年早春,天气有些多变,四月下旬的一天,纷纷扬扬地飘了一场很大的雪,赵玉明踩着乱雪刚刚回到家,一个穿着警察制服的年轻人就来敲门,说:"赵书记,郝建军郝副处长请您去总部招待所小餐厅,那里有人要见您。"年轻警察说完就走了。

赵玉明一时有些疑惑,郝建军请他去招待所小餐厅,有人想见他,要见他的人会是谁? 他在脑海里搜寻了一阵子,没有找到确切的答案,便对厨房里说:"鸿雁,我去了!"

"玉明,饭马上就好了。"

"不吃了,别让人家等着。"

"天气不好,没什么事你早去早回呀!"

"知道了!"

出了家门,赵玉明见何劲松也从家里出来,一搭话才知道,他们是为了一个共同的目标走到一起去的,何劲松笑着说:"师兄,郝建军和我并不熟,怎么会想到喊我?"

"你都不知道我怎么会知道,我还没想明白。"

"师兄,难道说今天要见的人和咱们两个都熟悉?"

"劲松,你说得有道理,这样的可能性非常大。"

"师兄,你说这个人会是谁?"

"我还真没有想出来。"

说话间,他们来到招待所,寻到了小餐厅,角落里的一个餐桌上背对门坐着三个人说着话,侧脸对门的是郝建军,看到他们进来,郝建军立刻站起来招招手,他们走了过去，这时，背对门口的两个人也站起身，转头照了面，赵玉明不由得一愣，其中一个人竟是陆鸣，另一个有些面善。陆鸣整个人瘦削了很多，面色苍白，赵玉明心里很不是滋味，立刻抓住陆鸣的手说："'诗人'，你什么时候回来的？"

"'领导'，刚刚到了一小会儿。"陆鸣有些僵硬地笑了一下说。

"'诗人'，我和师兄刚刚还说，脑袋都有些想大了，怎么也没想到是你回来了！"何劲松抓住陆鸣的另一只手说。

"没有霍普的话，我出来得不会这样早的！"陆鸣说着，将另外那个人介绍给他们。

"霍普，谢谢你！"赵玉明这时想起来了，握着霍普的手说。

霍普推了一下眼镜，说："这是我应该做的，陆鸣不仅是你们的朋友，也是我多年的朋友，他是勇敢的斗士，是下辽河的英雄，令人敬佩，上级有关部门对他的事情很重视，就特事特办了。"

服务员这时候送上了菜肴和一瓶白酒。郝建军拿起酒瓶给每个人倒上，然后举杯说："我今天很有幸接陆鸣回来，这第一杯酒为咱们的英雄归来干杯！"大家碰出了一个响。

"'诗人'，这一年，你在里面怎么样？"何劲松说。

"监狱里的日子真不好过，特别是我这样的政治犯，幸好有霍普照应着，我比其他人要好过一些。"陆鸣感慨地说。

"霍普，谢谢你！"赵玉明举杯敬了霍普。

"不客气！"霍普笑了笑。

"郝处，你辛苦了！"赵玉明敬了郝建军。

"不客气，赵书记，我是工作。"郝建军说。

大家说了一下油田现在的情况。

"'诗人'，你回来了，什么时候回家呀？"赵玉明说。

陆鸣苦笑一下，没有说话。郝建军说："我去接陆鸣时，总部领导已经打过招呼了，知道陆鸣现在无家可归，就安排先在招待所吃住。"

"'诗人'，不管怎么样，你都应该回家看看哪！"何劲松说。

"那个已经不是陆鸣的家了，他已经离婚了，这样的家还回去干什么呀？"霍普有些不屑地说。

"这里是有些误会的，'诗人'，咱们不说刘玉梅，家里可还有你两个孩子。"赵玉明强调说。

"好了，你们都别说了，咱们还是喝酒吧。"陆鸣有些烦躁地说，端起酒杯一饮而尽，然后拿起酒瓶看了看，直着嗓子喊："拿酒来！"

郝建军看了看赵玉明，赵玉明立刻说："'诗人'，咱们今天就这些吧。"

"'领导'，不行，这才哪到哪呀，你们喝好了吗？我刚刚出来，还没喝好，拿酒来！"陆鸣继续喊着。

郝建军看向霍普，霍普点点头，郝建军便起身找人拿酒。酒来了，倒上了，陆鸣情绪明显攀升，嬉笑着和大家碰杯，好不快活的样子。

见陆鸣有些喝高，赵玉明对何劲松悄声说："还是让'诗人'早些休息吧。"

何劲松点头说："好！"

赵玉明看郝建军，郝建军也点点头。赵玉明说："'诗人'，今天就这样吧，咱们还是去你房间坐坐吧。"

"我的房间，我的房间在哪儿？"陆鸣一时蒙住了，看向霍普。

"陆鸣，你怎么把这个都忘了，你不是住106吗，咱们刚刚还去过。"霍普说。

"对了，106，走，去我的房间！"陆鸣说着，却没能一下站起来。

赵玉明、何劲松见状，一边一个架起陆鸣的胳膊，在霍普的引领下，来到了106房间。他们把陆鸣放在一个单人沙发上，何劲松给陆鸣倒了杯水，大家说了一会儿话，陆鸣的眼皮开始打架了，还在嬉笑地强撑着。

"'诗人'，你早点休息吧，我们明天来看你。"赵玉明说。

"'诗人'，走了呀！"何劲松也说。

"你们别走哇！"陆鸣说着站起来，拉住赵玉明的手说，"'领导'，你急什么呀，知道你现在真的当领导了，你又不日理万机，咱们有一年没见了，坐着！坐着！"

"'诗人'，今天真的不早了，你累一天了，也早点休息吧。"赵玉明说。

"那好，'领导'，我问你最后一个问题，我儿子陆岩好吗？"

"陆岩、陆淼都很好！"

"'领导'，陆淼是谁呀？"

"陆淼是你女儿啊！"赵玉明皱了一下眉。

"对，陆淼是我女儿，嘿嘿嘿，看我这记性，我差点忘记了！"陆鸣笑着说。

"陆鸣，早点睡吧，我们走了。"何劲松拍了拍陆鸣的肩膀说。

"'领导'，我想见我儿子和女儿了。"陆鸣拉住赵玉明的手说。

"好哇，'诗人'，今天有点太晚了，明天吧，好吗？"赵玉明说。

"明天，行，那就明天，'领导'，咱们说定了呀！"陆鸣说着坐在沙发上，笑着闭上了眼睛。

"'诗人'，你去床上睡呀！"赵玉明说着，见陆鸣没有反应，看了何劲松一眼，两人将陆鸣拉起扶到床上，将衣服褪去，盖好被子。霍普一直冷眼看着，赵玉明看了霍普一眼，说，"霍普，时间不早了，你也休息吧，我们走了。"

"夜路不好，慢走哇！"霍普点头说。

三个人出来，走到招待所外面，赵玉明说："郝处，陆鸣怎么回来的呀？"

"我们政委安排的，我直接去监狱接的。"

"霍普怎么和你们一起来的？"赵玉明说。

"他老子是这个系统老资格的大领导，这次又恢复工作了，陆鸣的事情是霍普出面办理通知我们和油田的，我去接陆鸣的时候，霍普已经在那里了。"

"郝处，辛苦了，再见！"赵玉明说。

"再见！"郝建军说。

赵玉明回到家里已经午夜，大屋窗帘透出微光，金鸿雁和衣起来，睡眼惺忪地说："玉明，你怎么才回来呀？"

"是陆鸣回来了。"

"陆鸣？他怎么不回家呀？"金鸿雁彻底醒了。

"我也是这样说的，郝建军说是油田总部安排他住招待所的。"

"这事关键是在他自己，你没说说他呀！"

"说了，他应该也没有想回来的想法吧。"

"看来他的心里结着疙瘩，他现在怎么样啊？"

"身体瘦弱，面色苍白，我看着状况不怎么好。"

"有什么特别的表现吗？"

"精神上有些萎靡，喝了酒以后感觉要好一些。"

"他在里面待了一年，打击肯定是不小的，出来以后应该好好检查一下。"

"这个事油田总部肯定会有安排的。"

"陆鸣就没有说到孩子吗？"

"回到他住的招待所房间里说了，说是想看看孩子。"

"这世事可真是弄人，陆鸣心里有孩子就行了，和刘玉梅见了面也许会更好，你也早些睡吧，什么时候方便，叫陆鸣到家里吃个饭，咱们一起做做他的工作。"金鸿雁叹息了一声说。

"你说得对，我也是这样想的。"赵玉明说着，打了一个哈欠。

赵玉明早晨先到班上驻足了一下，然后就去了总部招待所，106房间里空着，一个服务员在整理房间，说是住宿的两个人吃完早饭就出去了。赵玉明就回班上做事了。中午下班出来，赵玉明又去了一趟106房间，没有见到陆鸣，就回家了。

赵玉明进了家门，见刘玉梅在大屋里坐着，金鸿雁陪着说话，见赵玉明回来了，刘玉梅忙站起身说："赵哥回来了！"

"刘玉梅，你坐，想知道陆鸣的情况吧？"

"嗯，陆鸣怎么样啊？"刘玉梅点头说。

"这次是霍普帮的忙，陆鸣才能提前释放，也是霍普陪着他回来的，昨天晚上我们一起吃的晚饭。今天上午我去过招待所，没有看到他们，陆鸣的身体还可以，就是瘦了些，念叨孩子来着，我现在知道的就是这些。"赵玉明说。

刘玉梅抹着眼泪轻轻抽泣着，泪水还是不停滴落着，金鸿雁的眼圈也有些湿润，说："玉梅，陆鸣出来就是好事啊，你们签那个协议也是不得已的事情，见到陆鸣怎么说，我们大家心里都有数，你放一百个心哪，陆鸣也不是一个不明事理的人，这可能需要一些时间。"

"金姐，我知道，也明白，谢谢赵哥，谢谢金姐，我走了。"刘玉梅说着抹着眼泪出去了。

赵玉明第二天上午又去了一次106，还是没有见到陆鸣，以后就没有再去。他想，陆鸣一定很忙，如果有时间的话，肯定会找自己的。这个样子隔了有几天，下辽河石油战报一版刊登了一篇长篇通讯，题目是《勇于坚持真理的英雄斗士——陆鸣》，写的是陆鸣在非常时期勇于斗争的革命英雄事迹，记者的名字是王慧，这篇通讯的文字较长，主要内容转到了三版上，下面还登载了陆鸣的几首诗歌，战报的二版还有一则陆鸣在××指挥部讲用座谈的报道，记者也是王慧。人说王慧去年调入了石油战报社做记者，非常勤勉，现在已经是大手笔了，看来她是在跟踪报道陆鸣。

小满那天上午，林胜平来到赵玉明办公室，赵玉明笑着说："林副指挥，欢迎，欢迎，真是想谁谁来呀!"

"'领导'，你说的真的假的呀?"林胜平笑着说。

"我赵玉明什么时候说过假话，'博士'，有日子没见了，你一向可好哇?"

"'领导'，托你吉言，真的不错，西苇区域会战顺利展开，勘探形势十分喜人，发现了两个重点区块，储量潜力很大，前几天陪指挥长去京城开了一个汇报会，下辽河得到上级的充分肯定!"林胜平话语里的自信心明显增强。

"'博士'恭喜你呀，又上新台阶!"

"'领导'，是闻总有事去不了，我比较了解情况，临时顶上去的。"

"'博士'，你就别谦虚了，这可不是随便什么人都能顶得上去的。"

"'领导'，都说'诗人'回来了，你见到他啦?"林胜平笑笑说。

"回来都有半个多月了。"

"我只听到消息了，还没见到人影。"

"'博士'，我也只是他回来的那天晚上见过一面，一起吃的饭，以后一直都没见到人哪!"

"'诗人'干什么呢，怎么这样忙啊?"

"'博士'，你看看，这石油战报上三天两头有他的消息，在某某指挥部开会，座谈开展'三大讲'活动，帮助推进'揭、批、查'工作的进程，能不忙吗?"赵玉明把石油战报推给林胜平说。

林胜平拿起石油战报看了看，说："'诗人'可瘦多了!"

"是呀，精神状态也就一般。"

"他回家啦?"

"还没有。"

"他有什么想法呀?"

"不知道，他没说。"

"家还是该回的，他还有两个孩子。"

"我想陆鸣是在犹豫和逃避，这也是他一直以来在其他单位驻留的重要原因吧。"

"'领导'，你说得有一定的道理，离婚也是事实呀。"

"'博士'，你什么时候回西苇前线哪?"

"书记说我先不用回去了，说是要进一步部署搞好'三大讲'活动和'揭、批、查'工作。"

"我怎么感觉这一次动员工作好像有些提高层级了呢?"

"应该和指挥长这次去北京有着一定的关联吧。"林胜平犹豫了一下，还是说，"进京回来的前一天，上级领导单独召见了指挥长，回到住宿的地方，指挥长有些不爽的样子。"

"发生什么事情啦?"

"回来的火车上，指挥长的眉头一直微锁着，说了一句很奇怪的话，'一个人如果知道有机会能够明哲保身就明哲保身了，别人以后会怎么看他?'我听得有些莫名其妙的，没有回答，指挥长挥了一下手说算了算了，心里像藏着难于启齿的事，让我一直很疑惑。"

"'博士'，现在是非常时期，有些事情真的说不清楚哇!"

"是呀，'领导'，真不如做些技术研究省心哪!"

"'博士'，你还是有这个条件的。"

"关键是我回不去呀!"

"事是那么回事，可有什么办法?"

"'领导'，走了呀!"林胜平笑笑说。

"'博士'，欢迎再来呀!"赵玉明说，看着林胜平的背影若有所思。

上午，赵玉明在写一份综合报告，何劲松进来，赵玉明放下笔，说："何组长怎么这么闲哪?"

"矿机整合方案一直没上会，还不知道怎么弄，去看'诗人'又不在，顺路到你这里看一看。"何劲松有些无精打采地说道。

"你没有看报纸呀，'诗人'现在多忙啊！"

"看到了，谁想到他会这样忙啊！"

"你那个女徒弟现在真的可以呀，文章写得真不错，都成大手笔了！"

"师兄，你说的是王慧呀？"

"那还有谁呀？"

"我没有想到她会喜欢这一行。"

"无冕之王，多好哇！"

"人各有志呀。"

"这样说你是不知道啦？"

"我有好长时间没见她了，哎，听说指挥长这次从北京回来，到家就召开了总部高层会议，特别要求总部领导做好这些年个人的自检自查工作。"

"我也听说了，不知道进行得怎么样了。"

"说是汇报材料报送上去了，上边对总部主要领导的自检自查非常不满意。"

"怎么会这样，省里对咱们下辽河的工作一直不是比较满意吗？"赵玉明说。

"师兄，省里是省里，有些事情说不清楚哇！"

何劲松这天来到赵玉明办公室，一脸苦笑，他去工作的矿机厂不需要他再去工作了，上级工作组责令他撤出解散，伍书记回去继续领导矿机厂的工作。赵玉明说："伍林川不是在养病吗？"

何劲松有些冷笑地说："师兄，什么病啊，现在气色好得很，一副扬扬得意的样子。"

"劲松，这个事你说的不太对劲啊，下辽河有好多重大事项都在决策和敲定之中，像之前 GS 区域发现的莲花油层、高升油层，关涉 GS 区域会战如何部署，稠油怎么开发，还有前进区域超稠油如何勘探开发，怎么也不会轮到他们先去关心一个小小的矿机厂吧？"

"师兄，这你就有所不知了，伍林川和现在的工作组副组长解放战争时是一个战壕里的战友，在一个连队上搭过班子，有着过命的交情，说是一到下辽河就去他家家访了，逢人就大讲特讲，很是扬眉吐气的样子呀！"何劲松说。

"我说嘛，你怎么办哪？回办公室啦？"

"没有，我去政治处报了到，宗林说先待命吧。"

"为什么呀？"

"应该是新书记的意思吧。"

"好好的怎么这么乱哪，真是世事难料哇！"

"是呀，我的脑袋也有些大，木木的，不说了，走了。"

送走了何劲松，赵玉明坐在那里有些凝神，这时有人敲门，"进！"赵玉明抬头看时，有些意外地说："'诗人'，怎么是你呀？"

"'领导'，怎么就不能是我呀？"陆鸣笑着说，有些自嘲的意味，脸上还是那样瘦削和苍白。

"'诗人'，你不是在指挥部忙着漂流吗，现在怎么没事啦？"

"忙什么呀，每天都在说同样的话，做同样的事，走走看看，闲适得很，是上边工作组召唤我回来的。"

"何劲松刚从我这里出去，你没遇到哇？"

"没有，他干什么呀？"陆鸣摇头说。

"说是去106看看你，没有遇到，就到我这里坐一会儿，闲聊了几句。"

"'领导'，我也是刚回来，先到工作组那里报了个到，然后就到你这里来了。"

"'诗人'，你想清楚了吗？"

"'领导'，你说的什么呀？"

"当然是回家看看。"

"这有什么想不清楚的。"

"就是嘛！你离开家一年了，刘玉梅生了陆岩，一个人带着两个孩子生活，这些就足以说明问题了。"

"这我知道，'领导'，你说，刘玉梅会一直这样生活下去吗？"陆鸣盯着赵玉明说。

"老实说，'诗人'，这个我还真的不知道。"赵玉明没有回避，笑着说。

"'领导'，你说谁能知道呢？"

"'诗人'，如果现在你非让我说的话，我只能说只有天知道！"

"就是嘛，'领导'，是吧。"陆鸣说。

"'诗人'，你什么意思呀？"

"天知道的事情为什么还要纠结？"

"就是嘛！"

"'领导'，我是不想一错再错呀！"

"'诗人'，问你一个一直困扰我的问题。"赵玉明看着陆鸣说。

"'领导'，你说吧。"

"我记着一段时间里，我一直都叮嘱你谨言慎行，你也答应得好好的，怎么就突然闯祸了呢？"

"'领导'，跟你说实话，那天我喝了点酒，开动员会时和几个人有过一些辩论，没能把控住自己的情绪。"陆鸣笑着说。

"那段时间里霍普对你的影响很大吧?"

"可以这样说,问题主要还是我自己,我也是看书学习的,也在看社会看现实。"陆鸣说这话时竟有些羞涩的神情。

"不愧是'诗人',有忧患意识好哇!晚上去我家吃饭吧?"

"'领导',实在不好意思,晚上我有安排了。"

"真的假的呀?"

"'领导',真的!"

"那你什么时候有时间哪?"赵玉明看着陆鸣说。

"如果没有特殊情况,就明天晚上吧。"陆鸣回避着赵玉明的目光说。

"那好,'诗人',咱们一言为定啊!"

"好,一言为定!"

四十九

中午吃饭时,赵玉明说:"鸿雁,陆鸣回西线了,说好明天晚上到家里来吃饭。"

"这个陆鸣可真是的,刘玉梅有什么错呀?生了陆岩,一个人拉扯着两个孩子,容易吗?"金鸿雁说。

"鸿雁,从某个角度说,我们也得理解陆鸣,离婚在他心头插了一把刀,也像放了一块石头,这一年和二十年相差的时间很长,那些日子里会发生什么谁又能说得清楚呢?他能想明白也算可以了,怎么发展,是以后的事情,你抽空告诉一下刘玉梅,看看她什么意思,我一会儿告诉何劲松一声。"赵玉明说。

"好的,我知道了。"金鸿雁说。

吃过饭,金鸿雁去了刘玉梅的家,一会儿回来说:"刘玉梅说了,到时候她会带孩子过来的,说好了,我去接她。"

"金大夫做事就是周到,这样最好了。"

"谢谢赵书记的夸奖。"

"别客气,我去看看何劲松。"

赵玉明走进何劲松家,何劲松正在训斥着何聪,说是何聪的老师找了何劲松,何聪在学校冷不防地将何琼班里的一个小男生推了一个前趴,下巴磕破了,人家家长不干了,找了老师要说法,老师自然要找家长何劲松沟通。何聪辩解说谁让他欺负我姐的,他活该!何劲松立刻给了何聪两撇子,说何琼被欺负可以自己告诉老师,你这是狗拿耗子!何聪见赵玉明在旁边,很有些英雄气概地说你打吧,我就拿他这个小耗子了,怎么的!何劲松又举起了巴掌,说你个小兔崽子,还反了你不成!赵

422

玉明拦住了何劲松，笑着说："劲松，你算了吧，这里面有是非，你得给何聪讲明白才行，巴掌是解决不了实质问题的！"

"何劲松的作风一贯简单、粗暴！"白雪梅在一边说。

"棍棒下边出孝子，你懂什么呀！"何劲松白了白雪梅一眼说。

"我不懂你懂，那你就好好管教吧！"白雪梅说。

"你先去小屋给我反省去，今天拍球五百个！"何劲松说，"师兄，你坐，有事啊？"

"你上午刚走陆鸣就到我办公室去了，说明天晚上来我家吃饭，我先跟你打个招呼。"

"师兄，我来安排吧，我在家里正好没有什么事。"

"不用了，金大夫明天刚好休班。"

赵玉明下午下班就去了招待所，陆鸣见到赵玉明进来，拎起两袋东西和赵玉明一起出来了，赵玉明看看陆鸣拎的东西有些不好说话，不知道这些东西是不是给陆淼、陆岩准备的。

到了家门口，何琼、靓初几个女孩子在跳皮筋，何聪在拍篮球，刘成乐几个男孩子在滚铁环，陆鸣拿出两把糖果分给了孩子们。

金鸿雁在厨房里忙碌，何劲松在旁边帮忙，见陆鸣进来，金鸿雁笑着说："陆鸣来了。"

"金姐，辛苦了！"

"别客气，快进屋坐吧。"

"我说我们的大英雄，你也有点太难见了吧。"何劲松洗了手进来笑着说。

"还工作组长呢，是你不诚心，下辽河很大吗？"陆鸣笑着说。

"你说得也有些道理呀，哎，这是怎么了，怎么就我没有道理呀？"何劲松笑着说。

"听着这话里面就有故事呀？"陆鸣说。

"可不是嘛。"赵玉明就说了何劲松管教何聪的事。

"弟弟为了姐姐，敢以小对大，'大拿'，你应该提出表扬才对呀。"陆鸣笑着说。

"'诗人'，你可算了吧，这是人家的孩子只擦破了点皮，要是磕出个好歹的，人家家长会放过我们吗？"何劲松说。

"你说得也是呀。"陆鸣说。

"实际上这里面有一个关键性的问题，那孩子的家长是怎么教育孩子的，一个男孩子怎么会去欺负一个女孩子？"赵玉明说。

"这是个教育问题，这方面我们得请教刘玉梅刘老师，是吧，师兄？"何劲松说。

"对头哇！"赵玉明笑着说，陆鸣没说话。

"赵书记，请你把桌子摆上，你们边吃边讨论行吧？"金鸿雁从厨房探头说。

"金大夫，遵命啊！"

三个人坐下来喝酒，自然说到下辽河的时局，总部领导班子的主要领导停职审查了。

"我听人说指挥长之前是有机会的，是自己没有把握，人家就没有再给他机会？"陆鸣说。

"每个人都有自己做人的底线，他不想突破，满足不了某些人的要求，当然也就成为靶子了。"何劲松说。

赵玉明想起林胜平说过的话，心里非常不舒服，说："难道人心真的这样不古了吗？"

门开了，刘辉进来笑着说："刚进家门就听说咱们的大英雄回来了，我得赶快过来看看哪。"

金鸿雁忙起身拿来凳子，说："刘辉，你坐。"又给刘辉添了副碗筷。

刘辉坐下打量着陆鸣，说："大英雄，你一直挺好的呗。"

"刘辉，咱们之间就别整这些没用的了。"陆鸣有些不悦地说。

"大英雄，报纸上就是这么说的，我是实事求是呀。"刘辉不知道深浅，继续说。

"刘辉，这个场合你总说这样的话我听着扎耳朵呀！"陆鸣的脸色有些沉下来说。

赵玉明对刘辉使了个眼色，笑着说："大家都是老朋友，来，还是喝酒叙旧吧。"

"'诗人'，不好意思呀，我敬你！"刘辉端起酒杯一饮而尽，还倒过杯子示意一下，陆鸣没再说什么，也举杯示意，把酒喝下去，场面变得和谐了。

何劲松问起了霍普，知道霍普父亲是位有些声望的政法系统老干部，之前已经工作了，一些过去的老同事、老部下都在一些重要部门工作，霍普做事方便多了，他主要是感谢陆鸣那时候没有把他供出来，不然，霍普也会有些麻烦的。

金鸿雁这时看着赵玉明，赵玉明点点头，金鸿雁会意地出去了。

一会儿，金鸿雁拉着陆淼，刘玉梅抱着陆岩进来了，刘玉梅脸上明显有些局促的神情，默默地坐在炕沿上，金鸿雁将陆淼推到陆鸣近前，说："淼淼，看看还认识爸爸吗？"

陆淼抓住了陆鸣的衣襟，叫了一声："爸爸！"就呜呜呜地哭起来了，边哭边说，"爸爸，你去哪里啦？你怎么不回家呀？你是不是不要我们啦？"陆淼的哭声撕心裂肺，让人泪垂。

赵玉明抹了一把脸，站起身，走出门去，他深深地叹了一口气，望着深邃的星空，何劲松、刘辉也出来站在他的旁边。

陆鸣的眼睛湿润了，他拉住陆淼的手，说："淼淼，不哭，爸爸爱你，有些事情你还小还不懂，等你长大就会明白的。"

"好的，爸爸，那咱们现在回家吧。"

"乖女儿，爸爸现在还不能回去。"

陆淼看看刘玉梅，刘玉梅抹了一把泪，将陆岩抱给陆鸣，说："陆鸣，看看你儿子吧。"

陆鸣接过陆岩，那张肉嘟嘟的小脸，竟绽开了笑容，那是血缘亲情，让他的心头不由得一颤，刘玉梅说："陆鸣，千错万错都是我的错，你回家来吧，我可以搬出去。"

"刘玉梅，我没有说过都是你的错，那毕竟已经成为事实，咱们先不说这个好吗？"陆鸣说。

"好，陆鸣，只要咱们的孩子好，我愿意背负一切！"见陆鸣没有说话，刘玉梅说，"陆鸣，我明天还要上课，陆淼也要上学，那我就带孩子先回去了。"说完，抱过了陆岩。

"也好。"陆鸣站起来，拿起一袋东西，说："这是给孩子的，你拿上吧。"

陆淼牵着妈妈的手，看着陆鸣，可怜巴巴地说："爸爸，咱们一起回家吧。"

陆鸣摩挲着陆淼的头，说："淼淼乖，听妈妈的话，啊！"

陆淼仰脸看着陆鸣，说："淼淼乖，听妈妈的话，爸爸就会回家吗？"

陆鸣没有说话，金鸿雁接过那袋东西，拉起陆淼的手，送刘玉梅他们回家了。

陆鸣明显有些不胜酒力，或许与当时的情绪有关，回招待所的路上，赵玉明说："陆鸣，我发现你的心变得有些坚硬。"

"'领导'，是这段监狱生活改变的我。"

"'诗人'，你经历了我们不曾经历过的，我能够理解。"

"'领导'，这不是一句理解就能够完结的，二十年已经是一种无望了，又加上了家庭的无望，我思考了再三给你写了一封信。"

"信？什么信？我没有收到过呀。"

"幸好你没有收到，收到了，我现在就不会站在你的面前。"

"是什么改变了你？"

"有一个和我一样的人实在忍受不了了，就想着要逃出去，这一天的早晨，我们发现他挂在了电网上，很多人都说他轻于鸿毛！"

"你被触动了？"

"是。"

"'诗人'，一切都过去了。"

"'领导'，可那个影子在我心里一直挥之不去呀。"

"'诗人'，面对自己的孩子你也无动于衷吗?"

"'领导'，我是幸运的，只是我还没有想好，日子还长着，我不知道今后会怎么样，我必须想清楚了才行。"

"'诗人'，也许你是对的，人经历过了，才说得清楚想得明白，我不是你，没有你那样深切的感受。"

"'领导'，真有幸认识你呀。"

"'诗人'，怎么还抒上情了。"赵玉明笑着说。

"'领导'，我说的是真的!"陆鸣强调说。

"谢谢呀!"

他们来到了106，陆鸣开了门说:"'领导'，进来坐一会儿吧。"

"不了，'诗人'，时间不早了，你也早点休息吧。"

"来吧，'领导'，你就不想知道昨天晚上我和谁一起吃的饭吗?"陆鸣卖个关子说。

"你想说一定会告诉我的。"赵玉明笑了笑说。

"'领导'，来吧。"陆鸣坚持着，赵玉明这才走进去，坐在沙发上，陆鸣倒了水也坐下来，有些羞涩地说，"王慧。"

"看来我的揣测还是挺准的嘛。"赵玉明笑着说。

"'领导'，真的吗?"

"'诗人'，你回来这段时间里接触最多的就是王慧，不是吗?"

"你说得很对。"

"王慧可以呀，从地质工到油报记者，步子迈得不小哇。"

"那只是人们能够看到的一面，'领导'，实际上每个人生活得都不太容易，王慧也是一样的，她婚后一年后，才发现丈夫有间歇性精神病，发作起来谁都不认识，残忍地对着她施暴，有些令人发指，她丈夫家人之前是知道的，却刻意隐瞒了，按照他们的说法以为他已经康复了，谁想这一次发作得更加严重，为了女儿和自己，王慧选择协议离婚了!"

"这可真让人没有想到哇!"赵玉明有些感叹地说。

"每个人都有不为人知的一面哪。"陆鸣说。

"王慧的文字能力还是很不错的。"

"是呀，她聪明也非常努力，私下里下了不少功夫，才走到今天的，没有想到生活会这样不幸啊!"

"你们的关系怎么样啊?"

"我们一直都谈得很愉快的。"

"有向那方面发展的可能吗?"

"有，应该说很大，我还不能确定。"

"是你自己不能确定吗？"

"是呀，'领导'，所以我很想听听你的意见。"

"'诗人'，恕我直言哪，这种关系一切都取决于你的内心，这可能需要一定时间的考量。"

"'领导'，我也是这样想的，也很想找个人交流探讨。"

"你是对的，'诗人'，好了，早点休息吧。"赵玉明起身拍拍陆鸣的肩膀说。

赵玉明回到家里，金鸿雁笑着说："赵书记怎么去了这么长时间哪。"

"和陆鸣说了一会儿话。"

"陆鸣怎么样啊？"

"很难说呀。"

"陆鸣是不肯原谅刘玉梅啦？"

"陆鸣伤得很深，不是我们能够想象到的，他需要慢慢地恢复，这需要一些时间。"

"欲速则不达，这也是没有办法的事啊。"

上午，赵玉明在赶写一份汇报材料，陆鸣敲门进来，赵玉明给他倒了一杯开水，说："'诗人'，今天怎么这么闲哪？"

陆鸣从衣兜里掏出几页稿纸，递给赵玉明，说："'领导'，你看看。"

"工作组让我在大会上做主题发言。"

"你是什么意思呀？"

"这里面说的很多事我不清楚也不知道，搞得我头都大了。"陆鸣有些苦着脸说。

"'诗人'，你来我这里干什么呀？"

"'领导'，说真的，我不想做这样的发言，想让你帮我拿个主意。"

"'诗人'，恕我直言，这件事我真的帮不了你。"

"'领导'，我知道找你是难为你，我就不上台发言了！"陆鸣有些气闷地说。

赵玉明沉默了好一会儿，说："'诗人'，你回来也有一段时间了，你的身体还是那个样子，脸色也不太好看，你没有去医院检查一下吗？"

"总部工会之前有过安排，是我自己没有去。"

"'诗人'，我劝你还是抓紧去医院检查一下吧，金大夫也这样跟我念叨好几次了，她今天在班上，我劝你还是过去看看吧。"

"'领导'，我也没有什么特别的感觉呀。"

"'诗人'，人的身体是件大事，况且你在里面待了一年多，你不听我的，也该听金大夫的吧，她跟我强调过，我觉得你还是看看的好，检查一下，没问题不是更好吗，你安心我们也放心了。"

"'领导'不愧是领导哇，说服人的道理都一套一套的，那我这就去看看，可这发言稿的事到底该怎么办？"

"'诗人'，你先去把身体检查了再说吧。"

"那好，'领导'，我去了。"

中午，赵玉明赶完了那份材料才回家吃饭，金鸿雁笑着说："赵书记怎么这样晚？"

"赶个材料，金大夫有事啊？"

"陆鸣去医院检查身体了。"

"这个事我知道。"

"你怎么知道的？"

"陆鸣去了我那里，我劝他去的，他怎么样啊？"

"不太好。"

"怎么啦？"

"血糖偏高，血压偏低，他竟没有什么感觉，我给他办了住院，要他做个全面的体检。"

"情况严重吗？"

"目前还不好说，从耐糖实验看会有糖尿病的倾向，血压偏低是什么原因，还有没有其他的问题，只有全面检查后才会清楚。"

"没有想到陆鸣还真有问题呀！"

"在咱家吃饭时我看他的脸色，就知道他的身体一定有些问题的，你劝他检查是完全正确的！"

"实际上我就是想帮帮他，一时间没有什么太好的办法，就劝他去医院找你，没想到会歪打正着哇！"赵玉明有些自嘲地说。

"玉明，你这次真的帮了陆鸣，血糖高都不知道，持续下去后果会很严重的！"

"住院检查，发言的事陆鸣就可以避开了，但愿他有惊无险哪。"

"现在还真的不好说呀。"金鸿雁强调说。

上午，赵玉明去了医院住院部，这是个单间病房，陆鸣高卧在病床上点水，于小玲坐在椅子上和他面对面地说话，画面很温馨，见赵玉明进来，于小玲嫣然一笑，说："欢迎赵书记光临，您请坐。"

"于护士长怎么这样见外呀？"

"不是见外，是尊重。"

"不愧是护士长，素质就是不一样啊。"

"谢谢赵书记的鼓励。"

"'诗人'可不是一般人，于护士长的责任很重大呀。"

"知道，我一定发扬白求恩同志的精神，给他以革命人道主义的关怀和温暖！"

"对头，就要有这样的认识高度！"

"我们院领导还真的就是这样交代的。"

"'领导'，你们行了吧，千万别拿我当羊肉哇！"陆鸣开始抗议了。

"'诗人'，这个我可绝对不敢哪。"赵玉明说。

"你们聊，我有事出去一下。"于小玲说，出去带上门。

"'诗人'，你这待遇可以呀。"

"看个病还讲什么待遇呀？"

"'诗人'，这可不一样啊，单间，护士长特护，你得感谢组织，感谢总部领导哇！"

"'领导'，跟你说吧，我首先最感谢的就是你，我躺在这里才琢磨明白了，我住进了医院，就能躲过这次发言了，这可真是个好主意呀。"陆鸣压低声音笑着说。

"'诗人'，你不要乱讲啊，这事和我没有一点关系，你是真的有病，不然，金大夫会收你住院吗？"

"'领导'，我明白，我能走能撂的，点这些水还用住院哪，就是那么多的检查真的挺麻烦的。"

"'诗人'，你以为医院没事干了，这是组织上对你的关心和爱护！"

"'领导'，我懂，工会领导来看我，我已经非常诚恳地说了感谢组织！感谢党！"

"'诗人'，你现在真是越来越懂事了。"

"'领导'，批评谁呢，我原来不懂事吗？"

"懂事，现在又有了很大的进步，这样行了吧。"

"哎，'领导'，这还差不多。"

"于小玲怎么样？"

"挺好的。"

"真的吗？"

"哎，'领导'，你到底什么意思呀？"

"我就是随便问一问嘛。"

"'领导'，你可不要往歪处想啊。"

"怎么会，是你红得有些耀眼了，很多人都把你当偶像崇拜呀，况且你独身哪。"

"'领导'放心，咱知道怎么样保持革命的本色。"

"对了，'诗人'，你住院的事情还是告诉一下刘玉梅吧。"

"'领导'，不用啊。"

"那好吧。"赵玉明点点头。

于小玲这时候进来，拿了一瓶水挂到架子上，准备换水，赵玉明说："'诗人'，我先走了，祝你早日康复！玲子，再见哪。"

"赵书记，慢走哇！"于小玲送到了门口。

吃完晚饭，收拾完厨房，金鸿雁拿出洗好的旧毛线圈，要赵玉明帮忙撑着，开始缠旧毛线团，赵玉明撑着旧毛线圈说："鸿雁，陆鸣的检查怎么样啊?"

"情况不太好哇。"

"怎么啦?"

"陆鸣的肺子长了一个东西。"

"是肿瘤哇?"

"是，很清晰的，有一点五大小。"

"陆鸣知道吗?"

"还不知道，现在知道的只几个人。"

"下一步怎么办哪?"

"黎青已经上报了，总部领导指示，不惜一切代价做好救治工作，黎青已经派人拿着片子去省城的大医院咨询了。"

"会是恶性的吗?"

"这个可不好说，只有术后病理切片才能最后确定。"

"黎青能做这个手术吗?"

"应该能吧，他做过这类的大手术，可现在西线医院各方面的条件都不理想，还是去省城医院做比较稳妥。"

"这样是对的，陆鸣这也太不幸了。"

"谁说不是，对了，这事要不要告诉刘玉梅呀?"

"先不要，这事得征得陆鸣的意见，你说呢?"

"你说得也是。"

五十

赵玉明接到了金鸿鹄的电话，说是周日来西线。赵玉明说你来吧，我们热烈欢迎！金鸿鹄笑着说可能不光我一个人，冷老师也许会一起去的。金鸿鹄说的冷老师就是那个大学生女教师，赵玉明说你们确立关系啦？金鸿鹄打着哈哈说目前我们还是师生关系。赵玉明想说这种关系你带她到你姐家干什么？可又不能说。金鸿鹄说冷老师不一定会去，她不去我也一定会去的，总之，你们先有个思想准备吧。赵玉明说明白了。

赵玉明回家就把金鸿鹄的意思传达给了金鸿雁，金鸿雁说："这个金鸿鹄到底唱的是哪一出哇？"

"我也有些糊涂了。"

"赵书记，你不是很有分析判断能力吗？"

"金大夫，这个你叫我怎么分析呀，但有一点是肯定的，金鸿鹄和冷老师的关系还是可以的，不然怎么会一起来西线，金鸿鹄肯定是在追人家呢，目前无果。"

"赵书记，你这和没说不是一样嘛。"

"金大夫，这就是现实，为了你们家金鸿鹄能追求到向往的爱情，我们可要做好必要的准备，我们可不能打无把握之仗啊。"

"赵书记说得有道理。"金鸿雁有些庄重地点点头。

金鸿鹄周日上午进了姐姐的家门，靓初、兴隆舅舅、舅舅地喊着，金鸿鹄拿出香水梨给了他们，金鸿雁看看后面，金鸿鹄笑着说："姐，别看了，没人了。"

"鸿鹄，怎么回事啊？"

"姐，冷老师去看她同学去了。"

"这样说我们家鸿鹄是自作多情啦？"

"姐，也不能这样说，我是在积极地给自己创造些机会。"

"你知道人家去看的是男同学还是女同学呀？"

"姐，这个我不管，你弟弟我会问人家这么愚蠢的问题吗？不过我们约好了，下午三点钟一起坐车回单位。"金鸿鹄笑着说。

"就这你就高兴的什么似的？"

"姐，这就是一个美好的开始呀。"

"真搞不懂你。"金鸿雁摇头说。

赵玉明拎着菜篮进来，金鸿雁接过去了厨房，赵玉明坐下来看看金鸿鹄，说："鸿鹄，你们还在培训学习吗？"

"是，姐夫，还在进行中。"

"鸿鹄，你们单位挺投入。"

"说是原定的项目有些延迟了，还要等些时间，姐夫，你这听说恢复高考的消息了吗？"

"报纸上登载了召开教育工作会议的消息，具体怎么搞还在讨论中，倒是有很多这样的风传。"

"冷艳冷老师说，京城那边传来的消息，倾向于立刻恢复高考制度，年底有望进行第一次高考，我有些不太相信，时间这么紧，姐夫，你说会吗？"

"我也觉得这个可能性不会太大，鸿鹄，不管怎么样，你都要做好应考的准备呀。"

"姐夫，那是一定的，我今天来就是想再找些复习参考书的。"

"我家里的书都在这里，你自己挑吧。"赵玉明将装书的木箱子打开说。

"谢谢姐夫。"金鸿鹄说着，将木箱里的书籍都翻了出来，将不需要的书籍放了回去，将选好的书放进了书包。

"鸿鹄，现在看准备高考应该是你目前人生的第一件大事！"赵玉明强调说。

"姐夫，我知道，对冷艳我也不会放弃的。"金鸿鹄看着赵玉明笑着说。

"上大学可要不少时日呀。"

"那句话怎么说的，只要人长久，千里共婵娟。"

"鸿鹄，可以呀。"

"好了，吃饭了。"金鸿雁端上菜说。

吃饭时，金鸿雁和金鸿鹄谈了工作和高考的选择，金鸿鹄倾向于参加高考，金鸿雁也赞同金鸿鹄的选择。

赵玉明送金鸿鹄去交通车站，进了候车室，金鸿鹄环视了一周，没有看到冷艳，就说："姐夫，你先回去吧。"

"没关系，我没什么事，还是等你上车吧。"

"姐夫是要看看冷艳吧？"

"你觉得可以吗？"

"这有什么呀，丑媳妇总得见公婆呀。"

"没怎么样呢就这样有信心哪。"

"没有这样的信心能干成什么事啊，姐夫，我说得对吧？"

"这话倒是有些道理的。"

这时候，有几个青年男女说笑着走进来，金鸿鹄发现了目标，冲着那边举了一下手，那边一个女生回应了一下，金鸿鹄立刻走了过去，和那几个人握手寒暄。

交通新客车停靠在候车口上，工作人员招呼SG方面的乘客检票上车，金鸿鹄和冷艳排队上车，金鸿鹄向赵玉明这边摆摆手，和冷艳说了什么，冷艳看了赵玉明这边一眼，露出一个明媚的笑脸。

晚上，何劲松来到赵玉明家，说起了陆鸣的身体情况，金鸿雁说："陆鸣血糖异常的治疗收到一定的成效，已经没有什么大问题了，肺肿瘤的治疗定在省城医大医院。"

"陆鸣什么时间走哇?"何劲松说。

"就这两天吧。"金鸿雁说。

"刘玉梅知道吗?"何劲松说。

"还不知道。"金鸿雁说。

"我觉得应该让她知道。"何劲松说。

"要不明天问问陆鸣?"赵玉明说。

"陆鸣现在还不知道,医院专门安排人和陆鸣谈转院治疗的事。"金鸿雁说。

这时候有人敲门,金鸿雁去开门,来的是刘玉梅,手里拉着陆淼,怀里抱着陆岩。金鸿雁很稀罕地接过陆岩,然后招呼靓初,靓初出来带陆淼进小屋去玩了。刘玉梅和何劲松打了招呼,坐在炕沿上说:"金姐,陆鸣生病住院啦?"

"是。"

"陆鸣什么病啊?"

"血糖有些异常。"

"现在怎么样啊?"

"已经没有太大问题了。"

"金姐,那我怎么听说陆鸣还要转院去省城医院治疗?"

金鸿雁看向赵玉明,赵玉明点点头,金鸿雁说:"玉梅,不是金姐瞒你,是陆鸣的病情有很大的不确定性,他本人现在还不知道。"然后,就将陆鸣检查身体发现肺部有肿瘤的情况说了,也将西线医院治疗方案讲了。

"这些都怪我,是我对不起陆鸣啊!"刘玉梅的泪水滴了下来。

"玉梅,肿瘤的发生不是短时间的事情,和你没有关系,你不要太自责。"金鸿雁安抚说。

"这一次我一定要去照顾他!"刘玉梅说。

金鸿雁一时有些语塞,稍后说:"玉梅,陆鸣现在还不知道转院治疗的事情,你先等等吧,等医院和他谈完了,我再告诉你,还有,陆淼、陆岩都需要照顾,你还有教学工作,能脱离得开吗?"

"金姐,我会安排好一切的。"刘玉梅坚持说。

"玉梅,我知道了!"金鸿雁说。

上午,赵玉明去医院看望陆鸣,见病床前坐着一个梳"柯湘"头的年轻女人,陆鸣有些眉飞色舞地说着什么,见赵玉明进来,说:"'领导'来了。"

"'诗人',你还好吧。"赵玉明点头说,这时候看清了女人是王慧,王慧起了身,对着赵玉明点头示意。王慧成熟干练,显示几分孤芳自赏的高傲,许是做了记者的缘故？这是赵玉明不曾想到的。陆鸣给两个人做了介绍，赵玉明在过去的工作中和王慧见过多次，只是近些年不见了，自然生疏了许多，这时候说起了过往，恢复了些记忆，王慧便微笑谦和了。赵玉明夸赞了王慧的文字能力，话就谈得轻松愉快，王慧稍后就告辞了。

"'诗人'，王慧现在真的很知性啊。"赵玉明笑着说。

"看着不错吧。"陆鸣有些自得。

"那是，我们都是局外人。"

"我觉得还行。"陆鸣笑了笑，转移话题说，"'领导'，你说我会有事吗？"

"肯定不会的。"

"不会干吗非让我去省城做手术？"

"你是油田的大英雄，职工群众关注你，组织上关怀你，总部领导重视你嘛。"

"扯淡，这个我可不信。"陆鸣冷笑一声说。

"你不信我信，你也应该相信哪。"赵玉明强调说。

陆鸣没有说话，不知心里在想些什么？何劲松、郝学仁这时候走进来，何劲松看看他们说："师兄，你们说什么呢？"

"说'诗人'去省城治疗的事，我说这是组织上对他的重视和关怀，你们说是不是呀？"

"当然是了，这不是很清楚的事情吗，有什么可质疑的？"何劲松说。

"我就想在这里手术，去省城，搞得那么麻烦干什么呀？"

"'诗人'，你这话说得可有些不知道好歹了，咱们西线医院才成立多长时间哪？是什么条件和水平啊？省城是什么条件和水平啊？根本就没有可比性！有些人想去省城医院治疗还去不上，这需要层层审批！我说'诗人'，你是不是害怕啦？"郝学仁笑着说。

"笑话，'大师'，我死都不怕，还会怕这样一个手术！"陆鸣铿锵有力地说。

"这不就完了嘛，'诗人'，你安心去，好好地配合治疗哇。"何劲松说。

"就是嘛。"郝学仁说。

这时候，金鸿雁和刘玉梅进来了，大家说了几句话，赵玉明、何劲松、郝学仁拍拍陆鸣的肩头，一起出去了。

金鸿雁问了一下陆鸣的身体情况，然后说："玉梅，你们谈吧，住院部那边我还有事。"也出去了。

陆鸣看看刘玉梅，说："你今天没有课呀？"

刘玉梅剥个橘子，递给陆鸣说："学校已经安排别人了。"

"陆岩送托儿所啦？"

"没有，二嫂在家里看着。"

"陆岩怎么啦?"

"没事,二嫂过来是帮助我照顾淼淼上学的,我去省城照顾你。"

"刘玉梅,我就不用你照顾了,你把两个孩子带好就行了。"

"陆鸣,事情我都安排了,学校我也请好假了,我这次跟你去省城。"

"我的事油田总部都安排好了,刘玉梅,你就不要费心了,不然要麻烦很多人的。"

"陆鸣,我知道,油田组织是油田的,我们刘家是刘家的,二哥给省城大哥、三哥都打了电话,二嫂管陆淼,我带陆岩回省城,希望你能明白和理解,不然我不放心!"

陆鸣知道刘玉梅的家人在省城医疗圈子里是有一些人脉的,便淡淡地说:"随便你吧。"

刘玉梅见陆鸣没有继续反对,笑着说:"陆鸣,中午你想吃什么?三鲜馄饨?我做给你吧。"

"算了吧,吃饭医院食堂都有安排,你就别再费这个心了。"

"那好吧,陆鸣,你现在感觉怎么样啊?"

"挺好的,早晨黎院长和我谈话,我还以为是让我出院,没想到添了这个事。"陆鸣下了床,说:"刘玉梅,你坐着,我去趟卫生间。"

"我陪你去吧。"

"不用了,我自己行!"

陆鸣从卫生间里出来,在走廊遇到了张国安和晏宝霞,张国安手里拎着营养品,看见陆鸣笑着说:"'诗人',这么巧,我还到处找你呢。"

"'画家',你们怎么知道的?"

"昨天遇到了何劲松,何劲松说的。"张国安说。

"这个'大拿',就爱多嘴!"

"'诗人',这话让你说的,咱们谁和谁呀,你不告诉我我可挑你呀!"

"知道你特别忙,不是说在创作全国国画大赛的作品吗,现在弄得怎么样啦?"

"再忙也不差这点时间哪,你什么都知道,画作基本上已经完成了。"

"'画家',祝你取得好成绩呀。"

"'诗人',借你吉言哪。"

说话间进了病房,见过刘玉梅,一起坐下说话,晏宝霞说:"姐,实在不好意思呀,什么忙也没有帮上你。"

晏宝霞在农场机关工作积极努力,进步很快,新升任农场党委宣传委员了,说是还有进步的空间,组织上不批准她调入油田的申请,她服从了,刚刚又生下一个儿子,工作加哺乳,忙得很,亏得有母亲的帮助,刘玉梅清楚这些,就说:"宝霞,你忙你的，做好自己的事情，我们这边都安排好了。"

"'诗人'，你什么时间去省城啊？"张国安说。

"明天下午的火车。"陆鸣说。

"'诗人'，一路顺风，祝早日康复，回来给你接风啊。"张国安说。

"'画家'，借你吉言，谢谢！"陆鸣说。

赵玉明、何劲松、郝学仁从医院里出去，何劲松说有点事先走了，赵玉明看看郝学仁，笑着说："'大师'，你现在什么情况啊？"

"'领导'，你猜？"

"这我可猜不出来。"

"'领导'这都猜不出来呀？"郝学仁指指自己的笑脸说。

"'大师，'你就直说吧，没工夫和你做游戏。"

"尹小芸又有了。"

"是呀，这次不是你娘下的药吧？"赵玉明笑着说。

"去你的吧！"郝学仁推了赵玉明一把说。

赵玉明、何劲松在火车站台上和陆鸣握别，刘玉梅抱着陆岩、工会委派的两名干部一同上了火车，火车一声长鸣，驶向了省城。

赵玉明、何劲松凝神望着远去的火车，好一会儿才收回了目光，赵玉明说："希望陆鸣平安归来，和刘玉梅和好如初哇。"

"师兄，你说陆鸣和刘玉梅和好会有问题吗？"

"这个事还真不好说呀。"

"师兄，你有什么发现吧？"

"王慧昨天来看过陆鸣，他们这段时间里联系得比较多，关系很不错的，你对王慧知道多少哇？"

"师兄，我知道王慧和一个副指挥的儿子结了婚，副指挥的儿子长得很不错，在指挥部工会电影队里做放映员，王慧这样才有机会调进指挥部宣传科的，也改变了身份。后来，发现副指挥的儿子精神有问题，发病了还打人，王慧就从家里搬出来了，先是调入报社，现在已经协议离婚了。"

"你最近见过王慧吗？"

"见过，之前她对矿机厂工作组的事进行了先期的采访和报道。"

"王慧的目光挺敏锐呀，总是追重要的新闻。"

"师兄，你是说陆鸣和王慧有些可能？"

"我什么都没有说呀。"赵玉明笑着说。

"是，师兄，你确实什么也没说。"何劲松笑了笑说。

这个秋天，金风送爽，硕果累累，金风里又送来恢复高考的重大喜讯，渴望中的学子们惊喜之时闻风而动，立刻投入文化课复习的大潮中，为参加高考创造有利的条件。

这天上午，何劲松在办公室翻着报纸喝着茶水，关于他的工作岗位还在"研究"之中，组干科科长张文山见到他都有些不太好意思了，言外之意一切都是新书记的事情，新书记不说话事情只能放着，意思是要何劲松自己去找一下新书记，何劲松坚决摒弃了这个做法，他不想为难自己和别人。这时候，有人敲了一下门径直进来了，何劲松抬头瞄了一眼，放下了报纸，来人是刘忠伟，刘忠伟穿着洗得有些发白的劳动布工作服，挎着绿色帆布工具袋，蹬着翻毛短工靴，活脱脱一个青年钻工的装扮，刘忠伟笑着说："何老师好！"

"来，忠伟，坐。"刘忠伟放下工具袋，在条椅上坐下来，四下看了看，何劲松说："你没上班哪？"

"何老师，我休班，刚从二十里回来。"

"你爸妈都好吗？"

"挺好的，他们让问你好，说有空让你过去玩。"

"谢谢他们，你来我这有事啊？"

"何老师，这不恢复高考了吗，我想参加，想请何老师给一些指点。"

"这是好事啊，忠伟，我支持，你需要哪些方面的？"

"何老师，听我单位的一个工友说，你们指挥部要开办高考辅导班，我要是能过来听课是最好的。"

"忠伟，你说的这个事情确实有，不过具体情况我不太清楚，我还得找人问一下。"

"行，那就麻烦何老师了。"

"忠伟，你现在住哪里呀？"

"二工地。"

"那好，忠伟，我知道了，等我问清楚了会尽快通知你的。"

"谢谢何老师！"刘忠伟说着，从工具袋里拿出一包东西，说，"何老师，我妈给你带的咸鸭蛋，刚刚好！"

"谢谢了。"

"我走了，何老师。"

单位里要开办高考辅导班的事何劲松之前是知道的，事是教育科科长方长青同他讲的，大体意思是指挥部职工有要求，职工子女有需要，指挥部领导有想法，支持开办这个高考辅导学习班，只是缺少一些师资力量，希望有闲的何劲松能参与进来，发挥一下光和热，为指挥部青工和职工子女的高考做一些贡献！何劲松听了这话当时没有表态，心里是有些气的，参谋长不再兼任指挥部书记，新任书记到任就撤销了工作组，对自己的工作安排也不提到议事日程上来？难道是工作组上位的新领导有什么授意？这会儿要用他，竟要教育科科长个人出面来说话，方长青见他迟疑，就说老何，你考虑一下，就算为了这些青工和职工子女吧。现在想想，这次复习到考试还不到五十天时间，真是时不待我呀！刘忠伟的到来促使他下定了决心，为了青工和子女，为了油田的未来，这点力他还是应该出的。想到这里，何劲松起身去了教育科。

"老何，你坐，我说的事情你考虑得怎么样啦？"方长青笑着说。

"我想知道些具体情况。"何劲松坐下说。

"目前这个高考辅导班统计人数有六十多人。"方长青说明了辅导班的规模情况，课程安排等情况。

"方科长，外单位的人员可以听课吗？"

方长青明白何劲松的意思，笑着说："原则上不行，不过授课老师当然可以特殊照顾些限制性名额，具体情况等我请示了单位主管教育的领导林胜平再做定夺。"

"方科长，如果这样的话我可以参加授课，以教授物理或数学为宜。"

"何组长，非常感谢你的加入，我代表教育科和指挥部青工、职工子女对你表示诚挚的谢意呀！"

考虑到单位青工白天都有工作的实际，高考辅导班授课时间定在每天晚上六点钟开始，两节大课，持续到午夜。

按照时间安排，何劲松开始在办公室备课，有人敲门，进来的是郝学仁，后面跟着一个女青年，似曾相识，郝学仁介绍说："我的学生马凤霞。"

何劲松马上想起来了，是油田文艺宣传队那个女高音独唱演员，让了座，便笑着说："郝老师来我这有何见教哇？"

"'大拿'，你别跟我整用不着的，我敢在你面前称老师，这不成笑话了嘛，找你来就是有事，马凤霞要参加高考，想参加你们的高考辅导班学习，你帮忙给安排一下呗？"

"你'大师'说的事我敢说不行吗？在小礼堂，每天晚上六点开始。"何劲松说。

"这么说我是找对人了！"郝学仁高兴地说。

"'大师'，你是来巧了，单位规定给授课老师两个名额，我用掉了一个，这个正好给你了。"

"一个高考辅导班还这么严格呀。"

"没有规矩，不成方圆，指挥部青工和职工子女已经不少了，加上你这样的你说人会少吗？"

"真的谢谢了。"郝学仁笑着说。

"谢谢何老师。"马凤霞诚挚地说。

"马凤霞，别忘了，每天晚上六点准时上课，今天是我的物理课。"何劲松叮嘱着。

"好的。"郝学仁说，马凤霞摆摆手，一起走了。

傍晚，何劲松来到小礼堂准备授课，刘忠伟先到了，把黑板擦干净，又打扫了一下环境卫生，何劲松看了很满意，这时候，马凤霞走进来，微笑着喊了一声："何老师好。"

"马凤霞，你来了，对了，忘记问你住哪里啦？"

"何老师，我住在一工地。"

"夜里回去有伴吗？"

"没有。"马凤霞摇摇头。

"刘忠伟，你过来一下。"何劲松招呼一声。

"何老师。"刘忠伟马上跑了过来。

"忠伟，这位是马凤霞同学，你郝叔叔的学生，你们认识一下，晚上上完课，你负责送她回一工地呀。"何劲松说。

"好的，何老师，放心吧，保证完成任务！"刘忠伟说。

"你们去吧。"何劲松说。

刘忠伟带着马凤霞去找了座位。

"老何！"何劲松闻声见是张国安，张国安笑着走到近前，说："'大拿'，听说你在这里授课教徒了，还真让我遇到了，怎么，改行啦？"

"我是学习张思德同志，全心全意地为人民服务，哎，'画家'，你今天怎么这么闲着哇？"

"无事不登三宝殿！"张国安说着，招了一下手，门口处的一个男青年快步走过来，何劲松感觉似曾相识，张国安说："有印象吗？你见过的，赵丹。"

何劲松想起是那个在张国安处学画的少年，就说："你好，赵丹，经过风雨洗礼了，看起来成熟多了。"

"何老师好！"赵丹笑着说。

"'画家'，你是送赵丹来听课的吧？"

"可不，听说咱指挥部办了高考辅导班，我就带他过来了。！"

何劲松拉了张国安一下，说："来，'画家'，借一步说话！"他们回避了赵丹，何劲松就把单位办辅导班的具体规定说了一下，然后说："'大师'，你已经带赵丹过来了，今晚我保证他在这里听课，明天你还得找林胜平或方科长落实听课名额的事。"

"行，我知道了。"张国安说。

何劲松又喊来了刘忠伟，让刘忠伟带赵丹到座位上去，然后问张国安说："'画家'，你参加大赛还没有走哇？"

"画作已经送上去了，就等着评选结果。"张国安说。

"怎么样啊？"

"初评已经过了，其他还不知道。"

"'画家'，恭喜呀。"

"高手云集，什么结果还不好说。"

"能过初评就是好的开始呀！"何劲松看了下手表说，"'画家'，我这里马上开始了，就不和你聊了。"

"你忙你的，我正好去找一下'博士'。"张国安摆摆手，出了小礼堂。

五十一

早晨，赵玉明在办公室里刚处理完一些琐事，电话铃又响了起来，他拿起了电话，电话里有笑声说赵书记，你好哇！你这电话可真难打呀，我一直还没恭喜你。赵玉明一时没听清是谁，就问你哪位呀？电话那头说我是张志远！赵玉明立刻说你好，你好，张营长，怎么想起给我打电话啦？张志远现在是运输指挥部三营营长。张志远说有点特别的事情，想屈尊赵书记来东线一下可以吗？运输指挥部还在东线，运输三营驻地和地质指挥部东线基地毗邻。赵玉明说张营长，什么事电话里不能说吗？张志远说是刘辉出了点事，需要"领导"过来亲自帮忙协调一下，行吗？赵玉明犹豫了一下，说行！张志远说那好，我在办公室等你呀。

当时的电话是人工交换机，有些话务员或其他人员有意无意地想听就能听到一些重要的信息，张志远对这事一定是有耳闻的，事情在电话里肯定是不方便说的，刘辉的事肯定不是小事，刘辉会出什么事呢？赵玉明坐在交通客车上一路也没有想明白，张志远既然给自己打电话，事情肯定是有些棘手的。到了运输指挥部站点，赵玉明下了交通车，找到张志远的营长办公室，办公室里只有张志远一个人，赵玉明进屋坐下说："张营长，什么事情搞得这样神秘呀？"

"事关重大，要不怎么会惊动你赵书记的大驾！"

"你可拉倒吧，张营长，还大驾，打架吧。"

"'领导'，我说的是真的！"

"刘辉到底怎么啦？"

"刘辉把人家的儿媳妇给睡了，被人家的婆婆发现了，人家的婆婆找到我这里了。"张志远压低声音说。

"刘辉，怎么会？"

"'领导'，千真万确，我已经核实过了，刘辉供认不讳呀！"

"那你要我来干什么呀？"

"当然是解决问题。"

"张营长，开什么玩笑唯，我能解决这样的问题？"

"'领导'，你先别急，先听我说呀。"

刘辉睡的女人叫黄小环，三十岁左右，她的丈夫梁克斌是运输三营的一名卡车司机，因为酒后打架斗殴，致人重伤被判处劳动教养三年，送了马三家子。梁克斌的媳妇是农村户口，还没有进矿，家就住在三营驻地后边自己搭建的临时简易房里，住的地方和刘辉的办公室隔路相望。黄小环和刘辉两个人平常应该是经常能够看得到的，从认识到熟悉再发展到了那种关系，黄小环婆婆是个有眼疾的老太太，不知道从什么地方发现了他们关系的端倪。昨天早晨，黄小环婆婆跟黄小环说自己要出几天门，去看一个远房亲戚，黄小环就将婆婆送上了路边的大客车，过了一阵，黄小环婆婆自己拄着木拐杖回来了，一推门，门从里边插上了，黄小环婆婆就开始拍门，叫门声一声比一声高，黄小环一定是怕惊动了邻近的人家，很快就把房门打开了，黄小环婆婆堵在门口说小环，谁在咱家？黄小环说妈，没有人哪。婆婆说小环，没有人大白天的你插门干什么呀？黄小环说妈，我刚刚收拾了一会儿菜园出了一身汗，在屋子里擦擦身子。婆婆听黄小环这样说，有些将信将疑地走进了屋子开始察看。刘辉这时候蹲在屋子的一个角落里，看准了机会，伺机从黄小环婆婆身旁悄然闪过，匆匆夺门而逃了，黄小环婆婆闻声回身抢了一拐杖，没有打到刘辉，就大声喊叫了起来，黄小环立刻捂住了婆婆的嘴巴，跪在婆婆面前痛哭流涕，请求婆婆原谅。黄小环婆婆守寡多年，这些年和黄小环关系相处得一直都不错，想到黄小环种种的好，想到自己不争气的儿子，想到年幼的小孙子，想到还要过下去的日子，就原谅了黄小环。不过，她要黄小环必须说出这个男人的名字，并保证不再和他来往，黄小环无奈，只好供出了刘辉。黄小环婆婆因为儿子梁克斌的事之前和我比较熟悉，也是比较相信我，就找到我这里，要我找刘辉的领导好好说说，对刘辉进行批评教育，保证不能再和黄小环来往，赔偿损失，大事化小，小事化了。张志远说："黄小环婆婆这么一说，我认真地想了想，这件事情只能先找你过来商量，看看怎么处理了。"

"你张营长早就想好了吧，你就说现在该怎么办吧？"赵玉明笑着说。

"我也不知道行不行，我想咱们先去黄小环家里看看再说吧。"

"黄小环婆婆说的损失是什么呀？你说该怎么赔偿啊？"

"'领导'，这事我也说不清楚，只有等到见了黄小环婆婆再说了。"

"你都说不清楚，怎么就想着叫我来呀？"

"我这还不都是为了刘辉吗？"

"你说得也是，我兜里可没有多少钱哪。"赵玉明强调说。

"我这里还有俩子，走，'领导'，你都来了，咱们就先过去看看吧。"

"好，现在也只能这样了，张营长，烦你前边带路吧。"赵玉明笑着说。

"赵书记，请！"张志远说。

黄小环是个瘦削的女人，这时候埋头躲在低矮小屋的一个阴暗的角落里。黄小环婆婆听了张志远的介绍，就说："你这单位当领导的也来了，这种事传出去怎么做人哪？我什么都不说了，你这个当领导的要好好管教自己的下属，不要再来找我们家小环了，我们一家人就想好好过日子，等着我儿子回来。"

赵玉明马上说："大婶，你说得是，没有管好下属是我这个当领导的责任，这种事一定不会再发生了，我来你这儿也没什么准备，这里有二十块钱，你们留着买点吃的吧。"

"领导，你太客气，那就谢谢了。"黄小环婆婆说，并没有其他诉求。

"大婶，你要是没有什么事，我们就走了。"张志远这时说。

"张营长，又给你添麻烦了。"黄小环婆婆说。

"大婶，不麻烦，有什么事你就找我，能办到的事我一定办，我们走了。"张志远说。

"张营长，你们慢走哇，我这眼睛不好就不送了。"黄小环婆婆说。

赵玉明出来，和张志远告别，张志远说："'领导'，这都中午了，到我那里吃饭吧。"

"张营长，下次吧，我去看看刘辉，省得他胡思乱想的。"赵玉明说。

"也好，'领导'，那我就先回了。"

"好，去西线时到我那儿啊。"

"一定。"

刘辉一个人在调度室里，正坐在椅子上看着白色棚顶凝神，这时看到赵玉明进来，满是坑坑洼洼的脸红了一下，说："'领导'，你来了。"

"'疙瘩'，我说你怎么回事啊？什么样的女人你都行啊？"赵玉明有些生气地说。

"'领导'，实在不好意思，给你添麻烦了。"刘辉低着头说。

"你说你这个麻烦添的值得吗，你没有老婆吗？"刘辉看看赵玉明，欲言又止，

442

赵玉明说，"'疙瘩'，你怎么不说话呀?"

"说出来丢人哪?"刘辉低头轻语着。

"你们这是什么夫妻呀，有没有想过分开呀?"

"贺桂文提出过离婚，是我坚决不同意的!"

"你们要么好好过，要么分开，这样两个人都痛苦哇。"

"我还是挺喜欢贺桂文的，我不想失去她。"

"既然这样你就该包容贺桂文的过去呀。"

"我一直都是这样想的，可是总是失败。"

"这个黄小环怎么回事啊?"

"黄小环过去我们就认识，她家有菜园子，有时候我会过去掐些葱叶，劈个生菜叶，摘个黄瓜、尖椒什么的，有一天夜里，黄小环孩子发高烧了，她跑到调度室找我找车，我就帮着她把孩子送到了东线医院，还帮助她挂的号，交了医药费。"

"你之前为什么那样对待刘成乐、贺桂文哪?"赵玉明摇头说。

"'领导'，我喝了酒就开始胡思乱想。"

"'疙瘩'，既然是这样你听我的，你从戒酒开始吧!"

"'领导'，你说这样还会有用吗?"

"不试试你怎么会知道?"

"好，'领导'，这次我听你的，我一定把酒戒了!"刘辉的态度很坚决。

晚上，赵玉明在修改一个总结材料，金鸿雁坐在炕沿上织毛衣。赵玉明这时放下钢笔，起身双臂向上伸展，这是材料修改完成的讯号，金鸿雁说："赵书记，你的材料完成啦?"

"金大夫，有什么指示呀?"

"陆鸣的手术做完了。"

"是呀，什么情况?"

"切除一个肺叶。"

"恶性的?"

"原发的，幸亏发现得早，刘玉梅说这件事你是功不可没的!"

"实际上，这件事和我的关系并不太大，主要还是陆鸣自己，是他救了自己!"金鸿雁看着赵玉明，做出愿听其详的神情，赵玉明笑着说："金大夫，你想啊，陆鸣如果对那份发言稿没有什么异议的话，他就不会来找我的，不看到他那样为难的样子，我也不会想到让他去医院找你看病，他不去医院就不会住进医院，因为他的品质好，才有这样好得结果，你说是不是这样啊?"

"赵书记这话说得很有道理呀!"金鸿雁笑着说。

"陆鸣什么时间回来呀？"

"说不好，开胸这样的大手术肯定是要恢复一段时间的，况且他之前血糖异常，血压偏低，身体一直有些虚弱，这需要好好调养，说是中西医结合。"

"刘玉梅给你来的电话呀？"

"是，回到省城她有些自如了，两个哥哥有能力帮助她，让她信心满满，听话音情绪好多了。"

"真希望他们的关系通过陆鸣这一次治疗会有个非常好的转机。"

"我相信一定会的！"

上午，赵玉明在办公室做月度勘探生产情况汇总，有人敲门，进来的是机关工委组干科长尤学文，尤学文说："赵书记，总部政治部来个通知，要你下午去'三查'工作组一下。"

"好的，尤科长，谢谢呀。"赵玉明笑着说。

"赵书记，没什么事，我走了。"

"你慢走哇。"赵玉明关上门，认真想了一下，怎么也没有想明白怎么会通知他去"三查"工作组。不过，过去一段时间里，听说油田里被叫去总部"三查"工作组的大有人在，不能说去的人都有什么事，可被留在"三查"工作组的人也不在少数，他们和"三查"都有说不清理还乱的关系，可自己没有哇。下班时间到了，他走出了办公室。

赵玉明回到家，见金鸿雁没有回来，马上去幼儿园接儿子兴隆。到了幼儿园，见兴隆站在门口抹眼睛，林音老师拉着手哄着，赵玉明说："林老师，对不起，有点晚了。"

"没关系，兴隆刚才和一个小朋友争吵了。"

"林老师，让你费心了。"赵玉明抱起兴隆，说，"我们的小男子汉怎么还哭鼻子啦？"兴隆哭了两声就住声了。

赵玉明回到家，背着书包的靓初正在开门锁，看见他喊了声："爸爸！"

赵玉明将兴隆放下，说："靓初，带着弟弟，爸爸做饭。"

"好。"靓初牵着兴隆的手进了大屋。

金鸿雁今天是白班，不知道什么事情又被绊住了？听说原政委、指挥长现在都在医院里住院。

赵玉明把饭做好，金鸿雁才匆匆地回来，说："赵书记，不好意思呀。"

"金大夫，怎么这么客气，吃饭吧。"赵玉明说着，叫靓初带兴隆洗手吃饭。

金鸿雁吃饭时看看靓初，几次欲言又止。

靓初吃完饭，看看闹钟，说："爸、妈，我上学走了。"

"和同学一起走，路上注意安全！"金鸿雁叮嘱着。

"知道啦！"靓初背上书包出去了。

"指挥长上午突然犯了病，颅压升高，不断呕吐，把整个医院都给惊动了。"金鸿雁说。

"那你怎么回来啦？"

"血压基本稳定了，人也清醒了，留下一拨人值班，我们这拨人换班吃饭。"

"有事吃完你就走吧，我来送兴隆。"

"赵书记，辛苦了。"

"没事，金大夫，忙你的去吧。"

金鸿雁吃过饭匆匆走了，赵玉明收拾好桌子去厨房洗刷，收拾停当看看时间快到了，拉着兴隆的手送了幼儿园，交给林音说："林老师，兴隆他妈在医院抢救一个危重患者，下午我有个会，晚上或许回来得会晚些，麻烦你照顾一下兴隆啊。"

"赵书记，没问题，你就放心吧！"林音说。

赵玉明出来了，想想还是有些不妥，马上想到了何劲松，这时，何劲松刚好送何明来幼儿园，见赵玉明站在路边，说："师兄，你站在这里干什么呢？"

"等你。"

"何明，自己进去吧。"何劲松松了何明的手，看着赵玉明笑着说："师兄，怎么这么严肃？"

"政治部通知我下午去'三查'工作组去一趟。"

"师兄，你不会真有什么事隐瞒组织了吧？"

"开什么玩笑！"

"师兄，有什么事情啊？"何劲松开始端正态度地说。

"金鸿雁今天一直参加抢救指挥长的工作，时间说不好，我去'三查'工作组不知道什么时间回来，如果回家晚了，你帮助照看一下孩子们哪。"

"我现在身轻如燕，绝对没问题。"何劲松说，"指挥长怎么啦？"

"一时颅压升高，挺危急的，现在平稳多了。"

"师兄，你不会真有什么事情吧？"

"咱们一直都在一起，我有没有事你不清楚吗？"

"也是，你就像个玻璃人，可你这么一交代，让我心里倒有点没有底了。"

"现在有些事情说不太明白，你能说明白吗？"

"是呀，真的有些说不太明白。"

"想着哇，我回去晚了帮着照看好孩子。"赵玉明叮嘱着。

"师兄，放心吧，你也别草木皆兵。"

"我也不想啊。"

"愿你好运！"

"三查"工作组办公地点设在总部招待所二楼，门上贴着纸质临时标识。赵玉明到"三查"工作组接待室先行登了记，坐了好一会儿，一个姓庄的年轻工作人员将他引到一个房间里，房间里一张条桌，两把椅子，对面孤零零一把椅子，条桌后边坐着一个人，年龄稍长，面目显得有些冷峻，小庄介绍说是凌科长，是上面派下的工作组的人。

凌科长示意赵玉明坐到那把椅子上，赵玉明心里有些抵触，犹豫了一下，还是坐了上去。凌科长这时从姓名、性别、单位等开始询问，赵玉明逐一作答，这时候，凌科长切入正题说："你有什么要对组织说清楚的事情吗？"

"没有。"赵玉明摇着头。

"真的没有？"

"真的没有。"

"你再好好想想！"凌科长语气有些严厉。

"这有什么好想的，有就是有，没有就是没有。"

"赵玉明，你不老实呀。"

"凌科长，你说这话要负责任，你说明白，我怎么不老实？"

"赵玉明，组织上不会平白无故地叫你来这里，希望你能把事情说清楚。"

"凌科长，我什么都不知道，你让我说什么呀？有什么问题你就直截了当地问！"

"好，赵玉明，我可以给你一点提示，你在萨尔图期间是不是做了什么隐瞒组织的事情？"凌科长想想说。

"萨尔图，"赵玉明低语着，沉吟了一下，想了想，摇头说，"没有。"

"真的没有？"

"我曾上台发过言，仅此而已。"

"就这些吗？"

"就这些，我在过去的自查材料上已经写得清清楚楚了。"

"赵玉明，你很不老实呀！"凌科长有些急。

"凌科长，按照你的逻辑，我说没有就是很不老实？你说我有，我立刻承认就是老实吗？"

"赵玉明，你这是在对抗组织，抵触调查工作！"凌科长彻底恼怒了，提高了嗓门。

"凌科长，你想怎么说就怎么说！"赵玉明冷笑了一声。

"赵玉明，我劝你好好想一想，在萨尔图期间，你没有'打、砸、抢'行为吗？"

"我以人格保证，绝对没有！"赵玉明肯定地说。

"赵玉明，你说没有，那怎么会有人检举你？"

赵玉明这时明白了，自己是被人检举了，可自己什么也没做呀，便说："既然这样，凌科长，你们调查好了。"

"赵玉明，我们找你就是调查工作的第一步，可你不配合组织的调查，这是要从严处理的。"

"凌科长，这个话我觉得你说得有问题，我怎么才算积极配合调查呀？你说我有我就承认，是这样吗？"

"赵玉明，尽管你隐藏得很深，可群众的眼睛还是雪亮的。"凌科长冷笑说。

"凌科长，你说这些干什么？我到底做了什么？你拿出证据来，让事实来说话！"

"赵玉明，证据不是没有，不然组织会找你吗？现在是组织上给你争取主动交代的机会。"

"凌科长，这个机会我不需要，请你把证据拿给我看。"

"赵玉明，你很不老实呀，很多东西是你想看就能看的嘛！"凌科长一拍桌子说。

"凌科长，你觉得你说的话合适吗？作为调查人员，难道你不知道你的工作是以事实为根据，以法律为准绳吗？"

"赵玉明，组织上是希望你能够争取主动，省去我们不必要的麻烦！"

"凌科长，过去做了什么，没有做什么，我心里十分清楚，工作进行这么长时间了，真有什么问题，之前我会和组织上说清楚的，这是一个共产党员起码的思想认识和觉悟！"

"企图凭侥幸蒙混过关的人也是大有人在的呀。"凌科长讥讽地说。

"你说的这个和我没有任何的关系，我只想看到检举我的事实根据！"

"适当的时候我们会让你看到的。"

"我希望我能尽早看到你说的事实。"

房间沉寂了好一阵，他们沉默地对视着，赵玉明看看有些黯淡的窗外说："凌科长，时间不早了，我爱人在医院工作，正在参与一个病危患者救护工作，我家里还有两个孩子需要照顾，你如果没有其他的事情，我得回去了。"

凌科长看了小庄一眼，起身说："赵玉明，你先等着。"便出去了。

凌科长迟迟没有回来，赵玉明有些焦急，看看手表，已经过了下班的时间，便说："庄同志，凌科长怎么去了这么长时间哪？"

小庄笑了一下，说："赵书记，你别急，凌科长应该是在请示领导吧。"

赵玉明看着小庄，觉得小庄知道自己，想和他攀谈，想想还是算了，这个时候别给人家找麻烦，就坐在那里耐心地等待着。

凌科长终于回来了，面色依然冷峻地说："赵玉明，今天你先回去，回去好好想一想，我们不会无缘无故找你来的，明天上班时间你继续来这说明情况。"

"凌科长，我已经说得很清楚了，我没什么要说的。"

"这是组织上的规定。"

"我单位那边呢?"

"赵玉明，这个你就不用管了，我们会和总部政治部说明情况的，如果你有什么事情事先要跟我们请假，得到批准才行，你明白吗?"凌科长申明了纪律要求。

"好，我现在可以走了吧?"

"走吧。"凌科长摆摆手说。

赵玉明匆匆地赶回家，家门上着锁，他马上去了何劲松的家，白雪梅在厨房里忙碌着，几个孩子在大屋里玩得热闹，何劲松见他进来，悄声说："师兄，怎么样?"

"还不知道。"赵玉明摇摇头，马上招呼说，"靓初、兴隆，咱们回家了。"说着抱起了兴隆。

"你们就在这儿吃吧，饭这就好了。"白雪梅从厨房里探头说。

"不用，谢谢了。"赵玉明说。

五十二

赵玉明吃过晚饭，收拾好一切，金鸿雁还没有回来，看样子是临时加夜班了。赵玉明让兴隆睡觉，兴隆精神得很，在炕上一直翻跟头打把式的，靓初去小屋里写作业了。赵玉明将天然气火管点着放进炕洞口烧炕，斜靠在炕头墙边坐着，回想着下午在"三查"工作组的经过，他疑惑这件事的由来，搞不明白怎么会出这种莫名其妙的事。有人敲门，赵玉明起身开了门，是何劲松，赵玉明说："进来吧。"

"师兄，金大夫没有回来呀?"

"应该是指挥长那边的危险还没解除吧。"

"师兄，你这到底是怎么回事啊?"

赵玉明就将下午去工作组的事说了一遍，说："我怎么也想不明白，这个时候怎么会出这种事情?"

"师兄，你说的这个事真的挺怪诞的，工作已经进行这么长时间了，怎么才会有人想起举报你，如果说是下辽河这边的人，这也太不合乎常理了吧?"

"我也是这么想的，石油系统一盘棋，劲松，你说会是萨尔图那边的人吗?"

"按理说萨尔图那边也不会的，师兄，这个事都进行多久了? 你再好好想想，近期你遇到什么特殊情况没有哇？"

"没有哇，我想不出来。"

"这可真的太奇怪了。"

"我无所谓，你也清楚，我什么都没做过。"

"师兄，话是这样说，俗话说得好，'贼咬一口，入骨三分'，这个事你得重视起来呀。"

"白的就是白的，还能说成黑的不成？"

"现在的事情很难说的，听人说政委、指挥长到现在也没有什么实质性的问题，不是还在被审查吗？其他有些总部领导也是战战兢兢的，大气都不敢出，很怕被捎上了嘛。"

"这个我不管，被冤枉我是肯定不干的！"

"师兄，你还是要稳定情绪，捋清事情的由来呀。"

"关键是我捋不清楚哇。"

"那就慢慢捋，还有哇，师兄，对审查你的那个凌科长你要注意自己的态度，我听说这个人邀功心切，急功近利，你还真得小心这样的人哪。"

"我知道了。"

"师兄，你早点休息吧。"

夜深了，银色月光爬进了窗棂，铺在大屋的地下，有霜一样的感觉。兴隆睡了，赵玉明翻了个身，瞪着眼睛，看向朦胧的棚顶，他的脑子里在不断过着这一段时间里日常工作、生活的片子，一帧一帧的，一帧画面浮现了，一个中等个头，梳着分头，穿着银灰夹克的中年男人走进他的办公室，男人看到他，脱口而出是赵玉明吧。赵玉明看着这个男人，认真地打量一下，说是王景非？王景非笑了，立刻握住赵玉明的手说赵玉明，你怎么一点都没有变呢，你一直都在下辽河呀？赵玉明说是呀，王景非，你可有些发福了。王景非解嘲地说心宽体胖嘛。王景非是跟上边的一个勘探开发巡视组下来检查下辽河勘探开发情况的，赵玉明将准备好的材料交给了王景非。因为是十年没见的熟人，他们就多交流了一会儿，王景非调部勘探司工作两年了，现在在科级干部岗位上，赵玉明恭喜了王景非前途似锦，随即问郑月茹还好吗？王景非摇头说不知道哇。赵玉明说王景非，开什么玩笑，你怎么会不知道郑月茹？王景非说这不奇怪呀，我被人家给踹了呗。赵玉明说王景非，你可真能开玩笑。王景非说赵玉明，你看我像开玩笑吗？赵玉明这才说王景非，不好意思，这事我一点都没有想到哇。王景非说一切都过去了，我现在倒更好了。赵玉明说祝你有新的开始。王景非说赵玉明你怎么做总支书记啦？赵玉明笑着强调说组织上的安排，是个副处的岗位。王景非离开时笑着说赵玉明，你在下辽河混得可以呀，都干到处级了。赵玉明有些自得地笑着说是组织的信任。难道说是王景非吗？赵玉明和郑月茹是大学同班同学，在萨尔图工作期间，赵玉明曾和王景非在一个井队实习了一段时间，回到研究院后，王景非就向郑月茹发动了猛烈的爱情攻势，弄得全单位的人都知道了。当时，郑月茹的父亲是单位的一位中层干部。郑月茹有一次找到赵玉明，想了解赵玉明对王景非的看法，赵玉明立刻回避说郑月茹，我和王景非过去不认识对他根本不了解。郑月茹说赵玉明，你们不是一起在一个井队实习一段时间吗？赵玉明说我们在一起的时间很短，交流得也不多，没有什么深入的了解。郑月茹说赵玉明，你们还是有过接触的，都说旁观者清，请你告诉我，有什么你就说什么，这对我很重要，咱们是老同学，你可要实事求是，我非常信任你。面对这样诚恳的语言，赵玉明直言说王景非很多地方都不错，我感觉他有些言过其实。郑月茹怔怔地看着赵玉明，似乎有些失望。赵玉明立刻说郑月茹，我和王景非接触的时间真的很有限，我看到的问题也不一定准确。郑月茹说王景非向我求婚了，我答应他了，可我心里总感觉有些不踏实，就来征求你的意见。赵玉明马上说郑月茹，这种事情你还是应该相信你自己的感觉。郑月茹说我不知道，我在一种甜蜜和幸福中，可一直还在犹豫着。赵玉明说郑月茹，这件事谁也帮不了你，鞋子合不合适，只有穿在自己脚上才会知道的。郑玉茹点头说谢谢老同学了！过了不久，郑月茹就和王景非结婚了，看样子很恩爱的，难道说什么情况下，郑月茹把我说的话说给了王景非？他们现在离婚了，王景非看见我，想起了这个往事，生出了嫉恨，采取了报复性的行动？如果真是这样，打个电话问问郑月茹就会清楚的。

早晨，赵玉明把兴隆提前送到了幼儿园，立刻跑到了邮电局门前等待着，几经周折，长途电话打到了郑月茹的单位，接电话的人说郑月茹休病假一直没有上班。赵玉明说我这个事很急，能不能给她捎个话？那边人说郑月茹现在不在萨尔图，说是去哈尔滨看病去了，说不好什么时间回来，要不你留个电话，她回来的时候告诉她。赵玉明的心有些凉，这件事情就如风筝般在空中飘荡着。

赵玉明赶到了工作组，凌科长严肃地说："赵玉明，你怎么迟到了，做过领导干部的人要有纪律和时间观念。"

"实在对不起，凌科长，我根本没有想到我还会有这种时候。"赵玉明笑着调侃着。

"好了，你还是坐下吧，咱们今天继续？"

赵玉明想了想，开始侃侃而谈，他有汇报材料的基础。

"赵玉明，在萨尔图时，你打过别人的耳光吗？"凌科长突然发问道。

"绝对没有！"

"真的没有？"

"我用人格保证！"

赵玉明还想说点什么，想想算了，别做无谓的争辩，情况说明就完了，便说："凌科长，我有个问题可以问一下吗？"

"你说吧。"

"写我检举信的是不是一个叫王景非的人？"

"赵玉明，这个问题我无可奉告，还有，赵玉明，检举你的不是一个人，光检举信就好大一包！"

"那就请组织上尽快外调，及早搞清我的问题吧。"

"这还用说吗，不过，赵玉明，从现在开始你停止工作，接受审查，每天到工作组报到，参加'三查'学习班的学习，提高认识，反省你的问题！"

赵玉明想说我有什么问题呀？想想还是沉默了，他在人保组工作时，也旁观过组长郝建军审问犯罪嫌疑人，装腔作势、拍桌子威慑是常用的手法，他冷笑了，自己怎么也具备一定反侦察能力啦？赵玉明说："知道了。"

中午，从工作组出来，赵玉明到幼儿园接兴隆，兴隆已经被接走了，回到家里，金鸿雁已经做好了饭，赵玉明看见金鸿雁眼圈有些黑，说："鸿雁，你怎么没多睡一会儿啊？"

金鸿雁探询的眼神看了他一眼，说："我已经睡好了。"

赵玉明知道金鸿雁应该是听说自己的事情了，就说："咱们吃饭吧。"

吃完饭，金鸿雁收拾下去，靓初说："爸，妈，我去上学了。"

"和同学一起走，路上注意安全！"金鸿雁叮嘱着。

"知道了。"靓初背上书包出了门。

金鸿雁坐在赵玉明的面前说："玉明，到底怎么回事啊？"

赵玉明把事情的原委说了一遍，有些愤愤地说："这个王景非，真是个无耻小人！"

"王景非是什么人不重要，关键是咱们自己。"

赵玉明明白金鸿雁的意思，说："鸿雁，请你相信我，我真的是清白的。"

"玉明，我相信你，我更希望你能正确面对这件事，尽快证明你的清白。"

"鸿雁，我正在努力。"

"玉明，你要有充分的思想准备，一些人已经经历了很长时间的审查，还没有结论，你的审查工作刚刚开始，你一定要经受住考验哪。"金鸿雁叮嘱说。

"鸿雁，你听到什么啦？"赵玉明看着金鸿雁。

"有人私下里说，你是一条漏网的大鱼，准备拿你邀功！"

"这么说我的外调工作很快就会进行啦？"

"我不知道，也许是这样吧。"

"这是好事呀，清者自清，也许这件事很快就会见分晓了。"赵玉明说。

"玉明，你也不要把事情想得太简单了。"金鸿雁有些忧虑地说。

"我知道，这个阶段会倾向无情打击的，而甄别工作进行得也许要缓慢些。"

"玉明，你知道就好。"

"鸿雁，这些你是怎么知道的？"

"那个小庄的姐姐在我们科里当护士长。"

"这样啊，指挥长现在怎么样啦？"

"病情基本上算是稳定了，黎青建议指挥长转到省城医院去治疗，部队的医院积极接收，这是一种变相保护的措施。"

"指挥长是抗日干部，在大学里工作了不少年，工作踏实，威望很高的，'文革'初期也受过冲击，现在又面临这样的境遇，有些让人不能理解呀。"

"谁说不是，按指挥长昏迷状态时吐露的话语，这次是他在关键节点上不识时务，被卷进别人纷争的旋涡。"

下午，赵玉明按时来到"三查"工作组学习班，这是一个会议室，里面坐着四十几个人，三三两两地在交头接耳，见一个陌生人进来了，也不知道谁挑的头，有些调侃地说："来呀，欢迎咱们的新战友哇！"大家就噼噼啪啪地鼓起掌来。

赵玉明立刻抱拳拱手，说："谢谢，谢谢各位！"然后，就在前面选了个空位子坐下来。

这时，一个戴眼镜叫叶问舟的精干青年走进来，手里的材料扔在桌上，敲了敲讲台，翻开一个花名册开始点名。之后，组织大家学习。很快到了学习休息时间，赵玉明去了卫生间，站在小便池的台阶上，一个人站在他旁边，说："你是赵玉明？"

赵玉明侧脸看了一眼，说话人脸色微黑，嘴角叼着卷烟，青烟袅袅着，熏眯了那边的眼睛。赵玉明点点头，觉得卫生间不是进行正常交流的地方，又不是搞地下工作，就先回了会议室，坐在原来的位置上。那个人随后进来，坐到了赵玉明的旁边，说："我也来自萨尔图，SG会战期间过来的，早就知道你。"

"是吗？"赵玉明说。

"1966年，你去北京参加过国庆观礼。"

"你也去啦？"赵玉明仔细打量着他。

"没有，我们队长去了，我叫王俭。"

赵玉明对王俭这个名字似乎有些印象，好像是在SG会战的英模榜上见过，便笑着说："幸会呀，就是有些不是地方。"

王俭笑了，有些冷嘲的意味说："人生何处不相逢！"

"你说得也是。"

"老赵，你为什么来学习呀？"

"我也不清楚，说是有人检举我。"

"有目标吗？"

"你认识一个叫王景非的人吗？"

"认识呀，他在我们一个井队当过一段时间的副队长。"

"是，这个人怎么样啊？"赵玉明问。

"我不知道你们什么关系呀，我只是实事求是，这个人太虚了，心眼小得像针鼻，嫉妒心也特别强，为了坐上队长的位子，竟然检举陷害队长！"赵玉明点点头，王俭说，"老赵，你不会是得罪他了吧？"

赵玉明轻轻叹了口气，说："也许是吧。"

"俗话说得好，'宁得罪君子，不得罪小人'，这一壶可够你喝的了。"

"有什么办法？"赵玉明苦笑了一下。

晚上，刘辉敲门进来，赵玉明让座，金鸿雁送上茶，刘辉有些关切地问："'领导'，你的事情怎么样啦？"

"一直都在参加学习班。"

"'领导'，我们相信你，你肯定会没事的。"

"谢谢，刘辉，你有事啊？"

"'领导'，我是来和你告别的，我报名去西苇采油厂了。"

西苇区域大开发，全油田动员调集力量，各单位动员选送人员，刘辉主动报名了，赵玉明说："刘辉，你一个人去呀？"

"'领导'，我们全家一起去。"

"好是挺好的，就是地方有些偏远，还要再艰苦几年哪。"

"哪儿的黄土不埋人哪，西苇离我们老家近了很多，这样回家就更方便了。"

"一晃这么多年了，一直都在一起，说分开又要分开了。"

"可不是嘛，'领导'，感谢你这些年对我的帮助，我铭记在心！"刘辉说着有些泪湿。

"说什么呢，刘辉，应该给你们践个行，咱们明天晚上吧？"

"谢谢'领导'，明天早晨我们就来车搬家了。"

"刘辉，怎么这样急呀，我在学习班学习，有纪律要求，送不了你们了。"

"'领导'，我知道，谢谢，咱们后会有期，去西苇时你一定到我家呀，走了呀。"刘辉说。

"好的，刘辉，再来西线时到我这儿，希望你们家有一个新的开始呀。"赵玉明送到门口，握了握刘辉的手说。

"'领导'，我会想你的。"

五十三

一直灰蒙蒙的天空，下午开始纷纷扬扬地飘着棉絮般的雪花，傍晚时，雪已经停了，却把世界装点得银装素裹，赵玉明踏着松软的积雪回到了家里，金鸿鹄坐在炕上拿着小人书给兴隆讲着欧阳海的故事，兴隆听得津津有味，不时地指点着画面给金鸿鹄提问题，赵玉明说："鸿鹄，你考试怎么样啊？"

"应该还算可以吧。"金鸿鹄说。

"看着挺有信心哪！"

"姐夫，基本上都是基础知识。"金鸿鹄参加了全国恢复高考的第一次考试，今天下午完成最后一场的考试。

"玉明，菜好了，你去叫一下何劲松啊。"金鸿雁说。

"好。"赵玉明过去叫了何劲松。

"金大夫，我在家都吃上了。"何劲松进来笑着说。

"刚刚我不是都跟你说过了吗？"金鸿雁说。

"我想就不给你们添麻烦了。"

"麻烦什么呀，刚好鸿鹄也在，高考也完了，没事你们坐一坐，来，坐下吧，你们边吃边聊。"金鸿雁说。

几个人坐了下来，先说的还是高考的事情，何劲松问了金鸿鹄试题情况和应考情况，金鸿鹄大略说了一下，何劲松给予恭贺，金鸿鹄笑着说："何大哥，还不知道最终结果。"

"老三届是这次高考的主力军，其他考生相对要弱一些。"何劲松说。

"你是有调查才有发言权的，辅导老师的任务完成了，你的工作落实了吗？"赵玉明说。

"师兄，说出来你都很难相信，组干科长张文山昨天找我谈的话，说是新书记的意思，想要我去'五七'连当连长，还美其名曰说干什么都是为人民服务，让我一口就给回绝了。"何劲松苦笑了一下说。

"就没有下文了？"赵玉明说。

"张文山见我拒绝了，问了我个人的想法，我说干和油有关的工作什么都行，他今天告诉我说单位的编制都满了，让我去'XBQ前指'报到，到那里听'前指'的安排，我同意了。"

"来，咱们干一个，也算为你壮行啊。"赵玉明说。

"谢谢！师兄，你的事情怎么啦？"

"学习、提高、等着证明清白。"

"事情已经这么长时间了，调查清楚有那么难吗？"何劲松说。

"就我这段时间的观察和了解应该不是那么回事。"赵玉明笑着说。

"这样说你也只有等待啦？"何劲松说。

"是，学习班几十人呢。"赵玉明说。

"师兄，你和一些人不一样。"

"你们应该适时地找工作组问一下。"金鸿雁说。

"怎么不问哪，每天都有人去问，得到的回答是千篇一律的，'这是组织上的政治考察，你们是党员干部，要经得住组织上的考验哪！'你还能说什么吧？"赵玉明说。

一时间，大家都沉默了。

这时候金鸿雁招呼说："靓初，别玩了，你们也过来吃饭吧。"

靓初答应着，拉着陆淼从小屋里出来了，何劲松说："金大夫，陆淼怎么在你们家呀？"

"她二舅妈甄妮临时有事回县城了。"金鸿雁说。

"陆鸣现在怎么样啊？"何劲松说。

"说是恢复得不错，过些天就能回来了。"金鸿雁说。

"这可是大好事啊！"何劲松说。

元旦，金鸿雁节日值班去了。

新年伊始，赵玉明剁馅和面，准备中午吃饺子以示庆祝。正忙碌的时候，听到有人敲门，赵玉明出来开门，门口站着刘玉梅，赵玉明有些惊奇地说："刘玉梅，你什么时候回来的？进来呀。"

"昨天晚上。"刘玉梅进门后看了一眼厨房，说："金姐没在家呀？"

"今天她值班。"

"赵哥真能干，自己还能包饺子呀。"

"马马虎虎，陆鸣回来了吗？"

"回来了。"

"他身体怎么样啊？"

"挺好的，还是有些虚弱，还得慢慢养。"

"这样的大手术很正常，我一会儿去看看他。"

"赵哥，陆鸣说今天是新年，要你们中午过去一起吃个饭。"

"刘玉梅，吃饭就算了吧，你们一路劳顿的，还是让陆鸣好好休养吧，吃饭以后有的是时间。"

"赵哥，陆鸣回到家里了，说到了这个想法，我想尽量满足他，你们还是过去的好！"刘玉梅满是期待的眼神，还抹了一下眼角的泪滴。

"好，刘玉梅，我知道了，稍等一会儿我就过去呀。"赵玉明马上说。

"谢谢赵哥，我走了，你早点过去呀。"刘玉梅说着出去了，去敲何劲松家的门。

赵玉明抓紧把剩下的一些饺子捏完，放到盖帘上，端到外边一处阴凉处冻着，收拾好厨房，进屋说："靓初，爸爸出去买些东西，一会儿就回来，你带好弟弟呀。"

"爸爸，我知道了。"靓初响亮地说。

赵玉明拎着奶粉和罐头回到家里，金鸿雁刚好回来了，说："玉明，你这是干什么？"

"陆鸣昨天晚上回来了，刘玉梅过来找我中午过去吃饭。"

"陆鸣回来了，我们过去看看行，吃什么饭哪？怪累人的，他该好好休养才对呀。"

"我也是这样说的，可刘玉梅说陆鸣回到家里了，她得尽量满足陆鸣一切要求，我就没有话说了。"

"你说得也是，那就去吧，别坐太长时间哪。"

"金大夫，明白，饺子我都包好了，在外面冻着，你回来就下了吧。"

"知道了，赵书记，辛苦你了。"

"那我走了。"

刘玉梅和二嫂甄妮在厨房里忙碌，赵玉明进门打了个招呼就进了大屋，陆鸣倚在炕头卷起的行李上，身边是蹒跚学步的陆岩，嘴里含混不清地似乎在喊着"爸！爸！爸"的字眼，陆鸣的手边放着个半导体收音机，里面播放着广播电台教授的日语课程节目，看到赵玉明进来，陆鸣马上坐起来要下地，赵玉明上前握着他的手，说："'诗人'，你还是坐着别动了。"

陆鸣就没有再坚持，说："'领导'，你坐。"

陆鸣的脸上有了些红润，腮上好像也添了些肉，赵玉明说："'诗人'，看着你的气色还不错呀。"

"'领导'，不行啊，伤了元气了。"陆鸣说着，撩起了衣服，胸前赫然露出肉红色长长的疤痕。

"'诗人'，这个你不能急，只能慢慢地调养。"

"是，医生也是这么说的，'领导'，你知道吗？我上手术台前想了很多很多，把过往的事情全都想了一遍，想完了就对自己说，陆鸣，如果下了手术台你还活着的话，一定要好好活一回，还有，你这个想法一定要先告诉赵玉明和何劲松！"

"'诗人'，谢谢呀。"

"看你说的，'领导'，要说感谢的话应该是我谢谢你们才对呀，你们帮了我们很多很多，现在怎么样，你还有机会吧？"

赵玉明看看陆鸣，知道他还不知道自己的近况，就说："我这里突然发生了一些变故。"然后，就把自己目前的情况说了一下。

"'领导'，怎么会这样，你得抓紧找他们说清楚哇。"陆鸣表现得十分焦急。

"'诗人'，现在是非常时期，一时间也说不清楚，只能等等再说了。"

"'领导'，我能帮你做些什么呀？"

"'诗人'，好好养好你的病吧。"

"'领导'，这次我真知道有啥别有病了，这次大手术的滋味真的太不好受了，我在病床上恢复意识后的那种痛楚真是难于言表哇，不敢动，不敢咳，浑身酸痛，虚弱无力，那种无助就像要死掉了一般，可你还有一口气，你还在喘息，这个世界还在，亏得有刘玉梅守护在我的身边，陪我度过了那段最无助的日子呀。"

赵玉明笑了，他明白陆鸣有一些是说给自己听的，陆鸣说的是当时身体上的病痛，而自己现在则是经受着精神上的一种折磨，陆鸣是在以诗人的一种敏感传递的，赵玉明立刻故作轻松地说："'诗人'，一切都会过去的，你现在不是好了很多嘛。"

"'领导'，真的是这样，你看我现在，真的有一种从死亡的泥沼中走出来的感觉。"

"看到你现在的样子真让人高兴啊！"赵玉明笑着点头，说，"'诗人'，你怎么想起学日语啦？"

"我过去学的就是日语，这些年已经扔得差不多了，有一次拨半导体时听到这个电台开办了这个节目，现在不是说百废待兴吗，我就捡起来了，以后肯定会用得上的。"

"'诗人'，你说得对，但还得以养好身体为前提呀。"

"是的，'领导'，身体是革命的本钱嘛。"

何劲松这时候进来，握着陆鸣的手，看看说："'诗人'看着真不错呀，是刘老师呕了心沥了血吧。"

"'大拿'，你这话说得非常到位呀。"陆鸣笑着说。

"'诗人'咱可要知恩图报哇。"何劲松笑着说。

"要你说呀，我想得比你明白多了，对了，金大夫、白雪梅她们怎么没来？"陆鸣问，赵玉明、何劲松马上都说算了，算了，人多了太闹腾。陆鸣说，"新年的第一天，我喜欢，东西不多，都准备下了，一起乐呵一下嘛。郝学仁回农场基地，张国安回媳妇家里，没办法叫他们了，刘玉梅，你还是去请一下金大夫、白雪梅她们吧，要她们务必都来呀。"

"好，我这就去。"刘玉梅清脆地回应着。

人很快都到齐了，白雪梅搬来一张餐桌，金鸿雁端来煮好的饺子。陆鸣以水代酒敬大家，他情绪激昂地说："今天是新的一年第一天，愿在场所有的人，美好的生活从今天开始，祝福大家呀，干杯！"

大家一起举杯说干杯！

金鸿鹄给金鸿雁打电话说姐，明天我去西线填报高考志愿，冷艳和我一起过去，中午到家里吃饭，请适当地准备呀！金鸿鹄高考成绩不错，进入省大专以上录取分数线，他和冷艳说，他不想报石油院校，冷艳坚持要他报石油院校，这样他才能回下辽河，他们才能再见面，他们才会有美好的未来！这样，之前还有些谜一样的关系一下就明朗化了，他们接了吻，还海誓山盟了，这是金鸿鹄用的一点小计谋，冷艳竟让他轻易地得逞了。

冷艳长得并不"闭月羞花、沉鱼落雁"，只是她的披肩长发、婀娜多姿的身材和青春气息完美地结合在一起，给人特别美好的青春感受，还有就是她的谦和。金鸿雁看清楚这些的时候就从心里接受冷艳了，更加看好冷艳的是靓初，她对这个初次见面的阿姨的气质相当着迷，只可惜上学时间到了，她只能去学校了，却仍有些不舍地说："阿姨，再见哪！"

金鸿鹄走时说过几天会回家看看妈去。金鸿雁点头赞同，看着他们远去的身影，金鸿雁说："鸿鹄还要在学校里读好几年书。"

"两情若是久长时，又岂在朝朝暮暮。"

"没想到你还有这样的情怀。"

"我们一直都是浪漫主义和现实主义相结合的呀！"赵玉明说。

北风在旷野里横行着，飘飞的枯叶在空中有些迷蒙，木板房的缝隙不时地吹出刺耳的口哨声，让人有些难以忍受。何劲松坐在桌前对XBQN16区块几口探井的油层进行对比性研究，确定开发方案。这时候有人拍门，何劲松喊了声："进来！"

门开了，刘忠伟进来说："何老师。"

"是忠伟呀，来，坐吧。"何劲松起身拎起来火炉上的绿搪瓷水壶倒了一茶缸开水放在刘忠伟面前说："今天够冷的吧？"

"还可以，何老师，就是风大了点。"刘忠伟喝了口水说。

"你们队搬迁到西苇16区块啦？"

"是，何老师。"

"你今后怎么想的呀？"

刘忠伟这次高考成绩离录取分数线相差十几分，这时说："何老师，我想下次接着考!"

"好哇，忠伟，世上无难事，只怕有心人!"何劲松鼓励说。

"何老师，我这里有个疑问想请教您。"

"什么事？你说吧。"

刘忠伟从工作服上衣口袋里掏出一张折着的草纸片，递给何劲松，说："何老师，这是招生办新下发的一个通知。"

何劲松接过草纸片，打开看了看，草纸上是手刻蜡纸印出的墨迹，上面略显模糊地排列着十几个学校的名字，何劲松认真地辨析地看了一遍，说："忠伟，这是什么呀?"

"何老师，说是省内的小中专，没上线的考生可以报名，学校将会择优录取的。"

"你想报名啊?"

"我有些犹豫，就来找老师请教了。"

何劲松想想说："忠伟，我来帮你分析一下吧，这次上分数线的多数是老三届，下次考试老三届还是主力军，同时会增加新一届的应届毕业生，以你的能力能上多少分的台阶呀?"

"我不知道，何老师，应该说还是没有太大的把握。"刘忠伟摇摇头说。

"你再好好考虑一下吧。"

"何老师，我就想听听您的意见，我爸也是这个意思。"

"我建议你报名，如果你想回下辽河工作，这里边刚好有个石油小中专。"

"何老师，我就是这么想的!"刘忠伟高兴地说。

"但愿我的建议不会误人子弟呀。"

"不会的，何老师，我相信你!"

"对了，忠伟，马凤霞怎么样啊?"

刘忠伟和马凤霞在辅导班那段日子相处得不错，刘忠伟脸有些微红地说："说是没问题，她去见过老师宋爽，说是等通知。"

"那个赵丹呢?"

"考试成绩有些差距，没有参加面试，张老师推荐他到美院开办的一个培训班去学习了，说是脱产半年的，他非常高兴!"

"这样也不错，你们算都有个初步的结果，以后的路怎么走就看你们自己了。"

"何老师说得对，我走了。"

上午，学习班照例是叶问舟领着学员们学习，每人传读一段学习材料的内容，这时候有人敲门，叶问舟开门出去，一会儿进来说："赵玉明，有人找!"

走廊门口站着机关工委组干科长尤学文，尤学文说："赵书记，这里有个电话号码，是一个叫郑月茹的女同志打来的，说是你在萨尔图的同学，让我转交给你的。"

"尤科长，谢谢了。"

"赵书记，不客气！"尤学文左右看看，低声说，"你单位安排了新书记了。"

"知道了。"赵玉明点头说。

"走了。"尤科长说。

赵玉明送到大门口，反身回来，见楼梯上下来几个人，脸上全部冷漠的表情，吴卫东走在中间，显得有些清瘦，目光相对时，赵玉明想打招呼，吴卫东目光却游离开了，头左右摆动着过去了。赵玉明听说二楼里面住着一些重点隔离审查的人，吴卫东这是干什么去？他凝了一下神，目送一行人出了招待所大门。

赵玉明回到座位上拿着电话号码看了看，王俭的头凑过来，说："老赵，什么呀？"

"一个老同学的联系电话。"赵玉明悄声把事情说了。

"老赵，你该抓紧联系她呀。"王俭说，赵玉明点点头。

赵玉明课间休息时跑到邮电局打了长途电话，当下就找到了郑月茹，简单的问候，赵玉明就将自己发生的事情说了一遍，郑月茹说王景非为了一个队长的位子写了检举信，事情败露了想要岳父出面灭火，她就是这样和王景非呕起气的，那句话就是这个时候脱口而出的，王景非就是一个混蛋，这样的事情他干得出来，我这就给你写证明材料，很快会寄到你们油田组织部门的。赵玉明说谢谢了。郑月茹说赵玉明，该我对你说声对不起，这样的一句话，给你惹出了这样大的麻烦！赵玉明说算了，算了，你别放在心上，你也不想。

周一早晨，叶问舟来到了学习班，点完名后，说："赵玉明，你到凌科长那里去一下。"

凌科长这时候正在办公室里挂着下巴蹙着眉头思考什么重大问题，见赵玉明进来，面孔不那么冷峻了，说："赵玉明，你来得正好，坐。"

"凌组长，我还是站着吧。"

"赵玉明，经工作组深入的调查，你的问题有结果了，萨尔图工作时候，打人的好像没有你。"

赵玉明听到这话有些生气地说："凌科长，你说这是个什么结果呀，或有或没有，好像没有是什么概念？和没有的区别是什么呀？"

"赵玉明，那边来函行文就是这么说的，我就这么传达了，没有增加也不能减少，这是原则问题！"凌科长立刻解释说。

"那就是说我还没有最后结论？"

"你可以这样说，我不知道。"

"我有个人证和我联系了，她可以证明我是清白的，也可以证明检举信是她前夫无中生有捏造的!"

"你的那封检举信没有署名，我们走的是组织程序，采信的东西也是那边组织部门提供的。"

"凌科长，咱们第一次见面谈话时，我记得你不是说我有一包检举信吗?"

凌科长这时有些尴尬了，立刻解嘲地说："赵玉明，事情已经结束了，这个你就不要太较真了。"

"那好，凌科长，你跟我说这些是什么意思，我的问题到底怎么办?"

"鉴于目前情况，经过上级领导研究决定，你学习班的学习结束了，明天到总部政治部报到，听从组织上的安排。"

听了这话，赵玉明心里的一块石头落了地，他看看凌科长说："那好，凌科长，咱们就不说再见了。"

赵玉明回到学习班和班上的人告别，王俭送他出来说："老赵，你的运气不错呀，最晚进来，最早出去。"

"老王，我这个人是心强命不争，这是我都没想到的事。"

"老赵，那你也比我强多了。"

"老王，留步吧。"

赵玉明回到了家里，他哼着我当个石油工人多自豪的曲子在厨房里忙乎着，金鸿雁拉着兴隆的手进来，探头看看笑着说："今天回来得这样早，看着心情不错呀。"

"还行吧，金大夫，咱们这就开饭了。"赵玉明说着，开始放桌子。

吃饭时，金鸿雁笑着说："玉明，怎么回事啊?"

"我的审查结束了。"

"是件好事，怎么没有喝一杯呀?"

"还没到那个高度。"

"你回原单位吗?"

"还不知道，工作组通知说先到总部政治部报到。"他原岗位已经上人的事他之前没有跟金鸿雁提过。

"这样啊。"金鸿雁对一直瞪着清亮大眼睛看着他们说话的靓初说："你爸爸的问题清楚了，不再去学习班学习了。"

"爸爸，真的吗?"赵玉明庄重地点点头，靓初笑着说，"爸爸，这可太好啦!"眼里竟有泪水盈满了。

赵玉明知道，自己在学习班这段时间里，作为小学大队委的靓初在学校里也承受着一种压力，只是她一直不说，或是有刘玉梅的保护。

五十四

早晨，天空湛蓝如洗，几朵白云在悠然地散步，赵玉明信步向总部政治部走去。政治部接待室已经坐了几个人，管接待工作的小林子进来说领导们正在开早会，各位都稍等一会儿啊！

赵玉明在报刊架上拿起了《下辽河石油战报》的报夹子，坐在米黄木条椅上翻阅着，今天头版有GS开发会战成果的消息，形势很是喜人；二版有一则是关于古潜山油藏研究的最新认识的消息，他不由得认真地看了看，消息是写林胜平为首的地质人关于古潜山的最新发现，新井出现了高产油气流，可喜可贺呀！这时候，身边坐下一个人，赵玉明抬头看了一眼，发现是闻昭，马上起身说："闻总好！"

闻昭看到赵玉明，说："玉明啊，坐吧！坐吧！"还拉了他衣服袖子一下，赵玉明便坐了下来，闻昭说："玉明，你来一会儿啦？"

"嗯，领导们在开早会，闻总，您这是？"

"通知我这个时间来，说是组织上找我谈话。"闻昭淡淡地说。

赵玉明知道闻昭的工作关系还在指挥部，可好多的时间要到总部专家组给勘探开发项目决策当参谋，一直还没有很明确的名分，下辽河勘探开发转眼十年了，闻总的鬓角上又多出了不少白发，赵玉明说："闻总最近忙什么？"

"GS区域打出莲花、高升油层，稠油面积很大，开采有一定的难度，总部一直在研究怎么样开发。"

"闻总，难度大吗？"

"难度肯定大，井深油稠，对全国的油田都是个新课题，对了，玉明，你干什么来啦？"

"报到。"

"干什么？又调换新工作啦？"闻昭说。

"闻总，不是。"赵玉明说，看了看闻昭，知道闻昭两耳不闻窗外事，一心只做石油地质研究，肯定没有听到自己的事情，就把自己的事情简要地说了一下。

"行啊，玉明，你能这么快就弄清楚了也算是幸运了，别有负担，好好工作呀。"闻昭安慰说。

"是呀，闻总，我明白。"

"闻昭闻总到了吗？"小林子这时候进来喊。

"来了！"闻昭举手站起身来说。

"闻总，您请跟我来吧。"小林子来到近前笑着说。

"玉明，再见哪。"闻昭说着随着小林子进去了。

"闻总，再见。"赵玉明说，拿起报纸继续看着，三版刊出了GS区域稠油开采实验的一些报道，说是采取一些积极性的措施取得一定阶段性成果；报刊的边角处有一则关于生油问题研究的小知识，吸引了他的目光。这时，小林子进来说："赵玉明到了吗?"

"到了。"赵玉明说着起了身。

"请跟我来。"小林子说着向里走去，赵玉明马上跟了过去。

赵玉明没有想到接待他的是康勇为，康勇为是最新任命的政治部副主任。赵玉明有些疑惑，人说政委、指挥长是康勇为的伯乐，他们被审查并没有影响到康勇为，康勇为这时候和蔼地说："赵玉明同志，你坐！鉴于你类似的情况，经组织研究决定你们这样的技术干部全部技术归队，这也是下辽河勘探大开发的需要，西苇在重点开发建设中，二上前进凹陷又有新突破，GS区域稠油试采技术实验都在如火如荼进行，真是时不待我呀，技术人员匮乏是下辽河现在突出的矛盾，特别是经验丰富的技术人员，你想去哪个单位都行，我们政治部负责协调安排。"

赵玉明一听到技术归队的字眼，心里一下子不舒服了，他这不是变相地被处理了吗？话到了咽喉想说点什么，想想还是咽了下去，自己也当了几年领导干部了，该有一定的思想觉悟，就说："康副主任，我服从组织上的安排。"

"赵玉明同志，搞技术的人也是有所偏爱的，这一点我还是知道的，关于去哪个单位你可以自主选择，这也有利于你才能的发挥。"康勇为笑着说，这是一个善意的提醒，如果你联系到了一个好单位或是单位领导认同你的，会有利于你今后的发展和任用的，人都说"人挪活树挪死"嘛！

"康副主任，既然是技术归队，我还是回老单位吧。"赵玉明说。

"赵玉明同志，你就不认真考虑一下呀？"康勇为仍然笑着说。

"不用了，康副主任。"赵玉明坚持说。

"那好吧，赵玉明同志，周一你去指挥部报到可以吗？"

"没问题。"

"那好，赵玉明同志，我们就这样通知下去了。"

"好，康副主任。"赵玉明说着从政治部出来，外边的阳光静好，可他的心里却有些冷飕飕的感觉。

晚上，金鸿雁在急诊室值班，接诊完几个急诊患者已经午夜了，她拿出一本医学书翻阅了两页，这时，门开了，一个老者架着一个中年男人进来，老者将男人放到诊床上，抹了一把汗，有些喘息地说："大夫，你快给看看吧，他肚子疼得要命。"

金鸿雁站起身来到患者跟前，说："你哪里不舒服？"

患者身体蜷曲着，捂着下腹部，瘦削的脸上现出痛苦的神情，老者说："他肚子疼得厉害。"

"多长时间啦?"金鸿雁说。

"有一阵子啦。"

"你躺平了，手放开，伸开腿。"金鸿雁对患者说，患者勉强躺平了，金鸿雁将患者的手拿开，撩开衣服，手在患者腹部上移动按压着，说："这里吗? 是这里? 这里? 还是这里?"患者"哎呀"一声给了明确的回答，金鸿雁知道患者多半是急性阑尾炎，马上喊外科的柳医生。柳医生过来又检查一下，确定了，马上打电话给手术室，一会儿，外科的护士进来将患者推走了。

柳医生将开好的单子交给老者说："你去把周志国手术费交了吧。"

"好。"老者说。

金鸿雁听到名字不由得一愣，周志国? 怎么会，难道是同名吗? 她刚刚只顾着诊断，没有注意老者和患者容貌，现在看看，老者胡须浓密，面部有些苍老，已看不出是那个周大叔了，患者脸上瘦削、憔悴，也没有记忆里的模样。正在这时，一个女人踮着脚步，一脚高一脚低地匆匆走进来了，手里牵着一个七八岁大的男孩儿，看到老者焦急地说："爸，志国怎么样啦?"

"说是急性阑尾炎，马上要动手术，四新，你带钱了吗?"老者拿着单子说。

"带了一些。"被叫作四新的女人说。

"那你快去把手术费交了吧。"老者把单子交给女人说。

"好，闯儿，跟爷爷在这待着呀!"被叫作四新的女人将男孩子推到老者身边，踮着急切的脚步，出去交钱了。

女人是高四新，患者是周志国，老者一定是周大叔了，周志国不是去省城工作了吗? 他不是和高四新离婚了吗? 怎么回到了西线? 金鸿雁有些疑惑。高四新急切地踮着脚步回来了，有些苦着脸说："爸，我带的钱不够哇。"

"不够哇?"老者立刻说，"没关系，四新，我这就回去张罗去。"

"爸，这深更半夜的，你去哪儿张罗呀?"

"怎么着都得张罗，志国的手术不能不做呀，四新，你带好孩子，先去手术室那边等着，我这就回去想办法。"周大叔说完就往外走。

"大叔，你别急着借钱了，这大半夜的也不好借，你们还是等患者做完手术照顾他吧。"金鸿雁这时说。

"大夫，不交钱医院能给做手术吗?"老者说。

"救死扶伤是医院的宗旨，你们的情况比较特殊，医院能照顾的，你不要太着急了。"金鸿雁说。

"大夫，这样能行吗?"老者有些忐忑地说。

"你们放心吧,我去给你们说一下吧。"金鸿雁说着,立刻去了收款处。

"谢谢大夫,麻烦你了。"老者感激地说。

"大叔,没事了,我已经给你们说好了,你们就放心吧。"金鸿雁回来说。

"大夫,谢谢你,我这是又遇到贵人了。"老者立刻给金鸿雁点头行礼说。

"大叔,你千万别这样,这我可承受不起呀。"金鸿雁说。

"大夫,你就是我们的贵人和恩人,承受得起!承受得起!"老者接着说,"大夫,你能把口罩摘了吗?我想看到你的真容,我得永远记着你,记住你的好哇!"

"大叔,你们还是快去看患者的手术吧!。金鸿雁说。

"大夫,我怎么觉得你像我认识的一个小金大夫呢?"见金鸿雁没说话,周大叔惊喜地说,"你就是小金大夫吧,小金大夫,真的是你吗?"说着,急忙拉过那个男孩儿说,"闯儿,快过来,你快给咱们家的恩人跪下磕个头。"

金鸿雁马上起身扶起男孩儿说:"孩子,你快起来!大叔,你们救命恩人是做手术的那些大夫。"

"金大夫,你真是我们家的恩人,十年前你就救过我,这一次你又帮助了我们志国,这是多大的恩德呀。"周大叔眼泪滴下来,有些动情地说。

"大叔,你千万不要这样说,这点小事不值得一提。"金鸿雁说。

"周志国的家属快来签字!"手术室的护士在喊。

"大叔,你们快过去照看周志国吧。"金鸿雁说。

"好!金大夫,我们过去了,我们明天一定会把手术的钱交上的。"周大叔说着,和高四新牵着孩子匆匆地走了。

赵玉明带着靓初、兴隆吃了饭,有同学来喊靓初,靓初说:"爸爸,我上学去了。"

"路上注意安全!"赵玉明叮嘱说,靓初响亮答应着背起书包出去了。赵玉明收拾好桌子,将兴隆送到了托儿所,回到家里坐下来,一种不舒服的感觉又从心底蹿上来,平白无故地受了冤枉,结论又不清不白的,说是清白了吧,职位和岗位全都没有了,他不由得一声叹息。赵玉明刚巧遇到闻昭,闻昭也去了政治部,闻昭该有个结论了吧?闻昭的历史问题这次又背负了十年,他仍然默默地为石油事业工作着,不说其他的,就是为下辽河的地质工作他做了多少贡献哪,他自己得到什么啦?人有很多时候是不是不要太计较了?赵玉明这时候想到当年激情报名去萨尔图工作时的情形,他们就是一颗红心,两手准备,时刻听从党的召唤,根本没有什么个人的利益;他想到1966年北京的国庆观礼,他在荣耀的同时不是感受到已经提前透支荣誉了吗?还有那次的北京地质会议,是人家主动找到他给他机会的,是他不要那个机会,执意留在下辽河的;还有他从人保组岗位上下来,坚持要回地质第一线,他要的是一个找油人的坚守，他现在怎么啦？那个职位就真的那么重要吗？他的脸有些热了，心理开始平复了，他想到了何劲松，何劲松在XBQ前线指挥部，说是搞综合工作，实际上就是在打零杂，干自己熟悉的一份工作；他想到陆鸣，陆鸣的身体休养得怎么样啦？他有些天没有看到陆鸣了。

赵玉明拍拍陆鸣的家门，听到陆鸣不大的声音说进来。赵玉明走进去，陆鸣披着大衣坐在写字台前，写字台上摊着书、本、纸、笔，看到他进来，陆鸣站起来，指指写字台边的椅子说："'领导'，你坐呀。"

"'诗人'，现在的身体怎么样啊？"

"好一些了。"陆鸣说着，拿起一个玻璃杯，泡了杯茶，茶是绿茶，开水冲过"一枪一旗"在杯底舒展开来，放到赵玉明跟前，甚是赏心悦目，说："'领导'，喝茶。"

"这可是好茶呀。"赵玉明看看说。

"她大哥拿的，说是明前龙井，我不懂茶，喝着味道确实有些不一样。"

"近朱者赤呀。"

"我没有研究，她大哥说得挺明白的。"

"接受任何知识都有个过程。"赵玉明看清桌面上有一本日文资料，一本新日汉科技词典，一本打开的稿纸，说："'诗人'，你这是干什么呀？"

"试着翻译一份日文资料。"

"谁的呀？"

"机关处室找到单位的，那天我去单位赶上的，人家要的急，单位的日文翻译有些忙不过来，我就接过来试试。"

"'诗人'你这身体行吗？我看着你的气色可不如刚回来的时候。"赵玉明说。

"我感觉还可以。"

"你千万不要累到自己呀。"

"刘玉梅也这样说的，我有分寸，'领导'，你怎么样啊？"

"现在算是解脱了吧。"

"'领导'，这是个好消息，我一直都惦记着呢。"陆鸣笑着说。

"也有不如意的一面哪。"赵玉明就把技术归队的事情说了。

"'领导'，怎么会这样？"陆鸣有些不解地说。

"不知道哇，开始时我的心里老不舒服。"

"现在我的感觉就很不舒服哇。"陆鸣说。

"我认真想了想，能做些技术研究也挺好的。"

"'领导'，有什么办法？现在叫百废待兴，或许过了这个阶段会好的？"

"或许吧。"赵玉明点头笑了笑，那笑里还是有些苦涩的。

"'诗人'，实际上我想明白了，干什么都是工作，咱们起码要对得起自己，我明天就去单位报到，找一份技术性工作，咱们最初去萨尔图的目的不就是为国家多找油吗，现在我就继续找，也不枉人生啊！"

"可不是嘛，问石油，汝为何物，直教我们生死相许？"陆鸣有些感慨地说。

"你不愧是'诗人'，这句话说得真好哇！"赵玉明说。

赵玉明早晨去了指挥部政治处，柳力强见到他笑着说："'领导'来了。"

"我是来报到的。"赵玉明说明着。

"跟我来吧。"柳力强笑着说，领他去了主任办公室。

政治处主任已经由宗林正式接任了，大家都是熟人，没有什么急事，好久没在一起说话了，闲话的时间就长一会儿，还是赵玉明把话题收拢到工作岗位问题上，宗林问："玉明，你看看对工作有什么具体想法呀？"

"老连长，我服从组织上的安排。"

"玉明，说心里话，你的情况比较特殊，还是看看你自己有什么意见吧，我会尽量满足你。"

"老连长，没关系。"

"玉明，你就说说你的意见吧。"

"我听说单位开始生油研究的课题啦？"

"玉明，你对单位技术情况还是蛮了解的嘛。"

"老连长的话我没有明白。"

"单位的生油研究工作之前只是摸索，也只是设岗，根据下辽河石油勘探开发的需要，单位最新确立了逐步探索生油地球化学常规指标在下辽河凸陷的应用项目，进行初步的研究工作，正式成立生油研究组，确定了基本的人员构成，就是缺少个合适的负责人，你来了正好哇。"宗林笑着说。

"老连长，负责人还是算了吧，我能参加生油研究工作就行。"

"玉明，生油研究业务这一块具体由闻总负责，你要是没什么意见就去找他报到吧。"

"那好，老连长，那就这样啊。"赵玉明说着，出来就去了闻昭的办公室，敲门进去，闻昭不在，同屋的詹总说闻昭出门几天了，明天应该能回来上班。赵玉明就出来，想想还是回家吧。

金鸿雁盖着一个小棉被在小屋的炕上睡着，赵玉明看了一眼，轻轻拉紧了房门，放轻了动作在厨房里开始做饭。

金鸿雁过来了，拢了两下头发，说："玉明，你怎么回来得这么早哇？"

"去单位报到，闻昭不在，我就回来了。"

"玉明，你把我弄糊涂了，你报到怎么和闻昭扯到一块啦？"

赵玉明就把去总部政治部报到的过程说了一遍,然后说:"鸿雁,你觉得我哪儿做得不合适吗?"

"没有,玉明,我希望你真的没有心结,这件事真的能够放得下。"

"鸿雁,说实话,最初我有些不行,现在真的没事了。"

"这样最好了,我来做吧。"

"不用,还是我来吧,你再去睡会儿吧。"

"我已经睡好了,要不我去接兴隆吧。"

"也好。"

"我们回来了!"靓初这时候开门进来说。

"我们回来了!"兴隆也高声嚷嚷着。

"好哇,咱们马上开饭了。"赵玉明笑着说。

吃过午饭,金鸿雁在厨房里收拾卫生。赵玉明开始查阅生油研究方面的相关资料,他手里书中相关知识内容少之又少,看来他要在这个领域再学习了。这时候,刘玉梅突然推门进来,焦急地说:"金姐,你快到我家看看,陆鸣不知道怎么不省人事了!"

金鸿雁忙擦着手,说:"玉梅,你说陆鸣怎么啦?"

"不知道,我就是叫不醒他!"刘玉梅的眼泪立刻下来了。

"陆鸣怎么啦?"赵玉明立刻过来问。

"你先别问了,去把诊箱拿着,快来!"金鸿雁说着和刘玉梅一起先跑了出去。

陆鸣平头朝里躺在大屋炕头的行李上,陆淼摇着陆鸣的胳膊哭着叫着爸爸! 爸爸! 陆鸣没有一点回应。

金鸿雁上到炕上将手指放在陆鸣的鼻息处,她清楚地感觉到陆鸣的气息,就拿起陆鸣的手,按压手腕的脉搏上,陆鸣的脉搏也清晰可辨,就是稍显微弱。赵玉明这时将诊箱放在炕上说:"鸿雁,怎么样,要不叫救护车呀?"

金鸿雁没有说话,拿出听诊器戴上,开始听陆鸣的胸部,心跳稍快,她有些疑惑了,拍拍陆鸣的脸说:"陆鸣,你醒醒! 快醒醒!"陆鸣没有反应,她用手指尖按压着陆鸣的人中,压得很深,好一会儿,陆鸣才有了反应,渐渐睁开眼睛,有些迷茫地看着他们,金鸿雁说:"陆鸣,你怎么啦?"

陆鸣迷蒙中轻语着:"没怎么呀,你们干什么呀?"

"陆鸣,你哪里不舒服哇?"金鸿雁提高声调说。

"我有些累了,就是想睡觉。"陆鸣摇头低语着,又闭上了眼睛。

"玉梅,陆鸣怎么累成这样啊?"金鸿雁皱着眉头说。

"是不是急着翻译那份日文资料累到了?"赵玉明立刻说。

"应该是吧,这几天陆鸣每天都弄到很晚,我劝他早些睡,他说没有多少了,抓点紧这几天就能完成，总部的处室还急等着用，我也没有太深劝他，也不知道他夜里是什么时候睡下的，可是一大早他就又起来了，今天中午我回来的时候，他说这下可算译完了，我得好好睡一觉了，我给他盖好大衣就去做饭了，等做好叫他吃饭，就怎么也叫不醒他了！"刘玉梅抹着眼泪说。

"这个陆鸣，是身体重要，还是资料重要哇！是不是低血糖了，玉梅，赶紧冲些糖水给他喂下去！"然后说，"玉明，你快去叫救护车，还是把陆鸣送医院，做个全面检查吧。"

"好。"赵玉明匆匆地跑出去。

"金姐，陆鸣没事吧？"刘玉梅紧张地说。

"许是劳累过度或是发生了低血糖，玉梅，你也真是的，陆鸣的身体什么情况你不是不知道，你就不该由着他的性子来，我说这话是为你好，也是为你们这个家好。"金鸿雁严肃地说。

"金姐，我知道，都是我的错！人生如果犯了一个错，也许就得用一生来偿还！"刘玉梅抹了一把眼睛说。

"玉梅，你也不要想得太多了。"金鸿雁安抚着说。

救护车鸣啦鸣啦地开来了，医护人员扛着担架匆匆地进来了，金鸿雁说："玉明，你照看一下两家的孩子，我和刘玉梅先跟着去医院。"

"好，你们去吧。"赵玉明说。

刘玉梅、金鸿雁跟着上了救护车，救护车闪着蓝灯，鸣啦鸣啦地开走了。

晚上，金鸿雁在急诊室处置完几个急诊患者，夜半，刚清静下来，周大叔进来笑着说："金大夫，刚刚一直都有病人，没有敢进来打扰你。"

"大叔，您好！周志国好些了吧？"

"好多了，金大夫，多亏你了，手术的钱我们已经给医院交上了。"

"好哇，周大叔。"

"金大夫，你是什么时候来西线医院的？"

"大叔，我过来有几年了。"

"我说怎么一直看不到你到我们那里去巡诊。"

"大叔，周志国不是到省里工作了吗？"

"嘻，金大夫，不瞒你说呀，志国这孩子心像一朵花似的，可有什么用啊，说是问题干部，给下放回来了，直接安排到农场场部工作了，好在还有个公职在，不怕你笑话呀，省城那个和他也离了，倒是原来的四新一点也不嫌弃他，带着孩子过来照顾他和我们，人哪，命有一尺，难求一丈啊！"周大叔感叹地说。

"大叔，一家人在一起也挺好的。"

"我也是这样想的，金大夫，你家都好吧？"

"我家挺好的。"

"金大夫，你几个小孩儿啊？"

"两个，一丫一小。"

"这也太可心了，好人有好报哇，金大夫，你家在哪儿住哇？"

"在油区家属区里。"

"具体在哪一块儿啊？"

"大叔，您有什么事啊？"

"那我就说实话呀，金大夫，咱家也没别的东西，大米还是不缺的，我想给你家拿点大米过去，你们吃的是供应粮，细粮不多。"

"大叔，这可不行啊。"金鸿雁立刻说。

"金大夫，这就是大叔和你大婶的一点心意，你告诉我住处，我明天给你送到家里去。"

"大叔，您的心意我领了，我家的细粮足够吃的，我今天有些累了，您也早点回去休息吧。"

"金大夫，你真是个好人哪，你这样客气让我们无以回报哇！"

"大叔，咱们用不着这个呀。"

五十五

赵玉明上班就去了闻昭办公室，闻昭在办公室看资料，看到赵玉明，指指旁边的双人黑皮革条椅，说："玉明，你坐。"

"闻总，您出门啦？"赵玉明坐下说。

"回了一趟母校，还是老事情，本来不想去的，又碍于政治部领导的面子。"

赵玉明明白一定是那天政治部主任找他说的事，许是让他落实学校那边的一些事情，就说："闻总多长时间没回母校啦？"

"小二十年了，一直也没有回去过。"

"闻总，有什么感受哇？"

"物是人非，许多人都不在了！哎，对了，玉明，你是要去生油组报到吧？"

"是，闻总，我听您的安排。"

"好，玉明，你去生油组任组长吧，组里还有陈工、白雪梅他们几个人。"

"闻总，做生油研究我还是一个新人，还是让陈工他们做组长吧。"

"玉明，陈宏江和我一个样子，搞技术研究还说得过去，管人的事就不要勉强他了，你这个组长搞技术只是一个方面，重要的是协调组里的人员关系，为他们做好服务工作，他们会很欢迎你的。"

"知道了，闻总，生油组的工作方向是什么?"

"陈宏江、白雪梅他们过去都有了一些研究，也取得了一些成果，下辽河开发加速了，我的想法是你们首先要研究下辽河凹陷各区域的主要生油层，分析生油条件和生油母岩的有机质类型，重点开发区域在前，加快研究步伐，为下辽河的石油勘探开发服务好，具体课题情况你和组里人员结合下辽河勘探开发的实际情况研究选定吧。"

"闻总，我知道了。"

"那好，我们走吧。"闻昭说着起身和赵玉明去了生油组办公室。

陈宏江、白雪梅见赵玉明到来，带头鼓掌欢迎，还说有你赵玉明当组长，我们组的工作就能上台阶!

闻昭送完赵玉明就回去了，赵玉明和大家说了会儿话，初步了解了每个人的研究课题情况，大家就做自己事情去了。看看没有什么事情，赵玉明就出来，去后勤申请办公用品。后勤科保管员说："赵工，办公桌今天没货了，最快明天上午能送到，送到了直接给你送到生油组。"

"好，谢谢。"赵玉明说，从后勤库房出来了，走到十字路口时，想了想，便向西线医院住院部走去了。

陆鸣早晨抽了血，做完几项检查刚刚回到病房，一个护士给他挂了水，刘玉梅见赵玉明进来，笑着说："赵哥来了。"

赵玉明应了一声，看看陆鸣，说："'诗人'，感觉怎么样啊?"

"'领导'，有点小题大做了。"陆鸣笑着说。

"你昨天的样子可够吓人的呀。"赵玉明强调说。

"有那么严重吗?"

"怎么招呼都不醒，弄得我紧张得要命。"

"不好意思呀。"

"以后要管好自己，这可不是你一个人的事情啊。"

"谨听'领导'教诲!"陆鸣笑着转向刘玉梅说："哎，刘老师，那份翻译资料你给单位送去了吗?"

"一早就送过去了。"刘玉梅笑着说。

"'领导'，你的工作怎么安排的?"陆鸣说。

"去生油组搞生油研究，刚刚报的到，明天就正式上班。"

"真好，我什么时候能上班?"

"没上班你也没闲着，要不会又住进医院哪，你还是老老实实先把身体养好吧。"

"我现在这不是挺好的嘛。"

"还说呢，差点把我们吓死，好好休养啊，没什么事我回去了。"赵玉明笑着说。

"赵哥，你慢走哇！"刘玉梅送到了门口说。

"刘玉梅，你留步吧。"

赵玉明下了楼，走到住院部大门口，看见于小玲匆忙地跑过去，就招呼一声："于小玲！"

于小玲猛地站住了，回头看到了赵玉明，有些歉意地说："'领导'，不好意思，有些着急，没有看到你。"

"玲子，干什么这样急呀？"

"刘忠伟受伤了，我过去看看。"

赵玉明有些意外地说："走吧，我也去看看，玲子，忠伟怎么受伤的？"

"我也不清楚，只听说是井场抢险时挤的，小腿骨折！"

说话间，他们到了骨科病房门口，病房门前聚着不少人，于小玲提高了声音："让一让啊！"

见是位穿白大褂的，门口的人自动闪开一个过道，赵玉明来到病床前，刘忠伟躺在床上闭着眼睛，头上缠着白绷带，脸上的擦伤涂了碘酒，一块一块的，右小腿裸着，用夹板固定了，放在叠好的被子上，手上挂着水，这时候像是睡着了，何劲松坐在对面病床的里边，看到了赵玉明，摆了一下手，从里面出来，他们一起来到走廊上，何劲松说："师兄，你怎么来啦？"

"刚刚去看陆鸣了，出来在住院部大门口遇到了于小玲，刘忠伟怎么样啊？"

"右小腿骨折，头磕了一下，有些轻擦伤，没什么大碍。"

"怎么弄的呀？"

"钻井到了目的层突然发生了井涌，抢换方钻杆时发生的意外，我到现场时抢险工作已经结束，刚好要休月休假，就跟着送刘忠伟的车一块回来了。"何劲松说话时看了走廊远处一眼，说，"应该是刘大哥他们过来了。"

刘铁柱那根木拐杖点在地上的声音有些急促，赵玉明、何劲松马上迎了上去，何劲松说："大哥，大嫂，你们过来了。"

刘铁柱抹了一把头上的汗，说："何老师，玉明，你们都在呀，忠伟怎么样啊？"

"大哥，你们别着急，忠伟只是小腿骨折，已经处置好了，在病房休息呢。"何劲松说。

"没什么危险吧？"怀里抱着孩子的王桂花焦急地说。

"大嫂，没有，放心吧，你们进去看看吧。"何劲松说，陪着他们进了病房。

刘忠伟还在酣睡，于小玲坐在一边看着点水，看到他们进来，马上站起身说："舅，舅妈！"过去拉住王桂花的手。

"玲子！"王桂花透着焦急的神情。

"舅妈，你别着急，我问过医生了，忠伟没有事，就是有些累了，你们先坐会儿，让忠伟睡会儿吧。"于小玲说。

"玲子，听到这事真的吓死我了！"王桂花眼里盈起泪花说。

"舅妈，这下放心了！"于小玲说着，握住王桂花的手安抚着，还看了一眼王桂花怀里的孩子，说，"这孩子真乖呀！"

何劲松跟刘铁柱说明了情况，又将井队蒋副队长介绍给刘铁柱，大家说了一会儿话，刘铁柱就说："蒋副队长，我知道井队井上生产任务忙，没什么事你就带着大家伙回去吧，忠伟这里有我们。"

"刘叔，我们领导有交代，留下两个人陪护刘忠伟。"蒋副队长说。

"不用了，蒋副队长，你们都走吧，我们自己就行了。"刘铁柱说。

蒋副队长便看向了何劲松，何劲松马上说："大哥，队里怎么也得留个人在这里，忠伟有个什么事的，和单位联系起来也方便一些。"

"那好，蒋副队长，咱们就听何老师的，你们就留一个人吧。"刘铁柱说。

蒋副队长安排了一个叫郭振东的青工留下来，和刘铁柱握了握手，便带着其他人回去了。

"大哥，嫂子，你们中午到家吧。"何劲松说。

"何老师，改天吧，我知道你和玉明都挺忙的，忠伟这里没有什么事了，你们也回去吧，谢谢你们了。"刘铁柱说。

"大哥，看你说的，咱们什么关系呀，还用说谢吗?"何劲松说。

"忠伟没少麻烦你们，我和他妈心里都有数。"刘铁柱动情地说。

"大哥，你这话可越说越远了。"何劲松笑着说。

"大嫂，你抱的这个孩子是?"赵玉明笑着说。

"老来得子，既然来了，我说就要着吧。"刘铁柱笑着说。

"大哥、大嫂，恭喜你们哪！"赵玉明说。

"谢谢，谢谢！时候不早了，你们也早回吧。"刘铁柱说。

"好，大哥、大嫂，没什么事我们就先回了，再见哪。"何劲松说。

"玲子，照顾好你舅，你舅妈呀！"赵玉明说。

"知道了！"于小玲说。

何劲松、赵玉明出了住院部，何劲松说："师兄，你的工作怎么样啦?"赵玉明就把技术归队的事情说了，何劲松笑着说："师兄，恭喜你呀，还给白雪梅当领导了。"

"哎，哎，哎！你埋汰谁呢？"

"师兄，我没那个意思呀，对了，你说陆鸣怎么又住院啦？"

"翻译一份日文资料累的。"赵玉明把情况说了一下。

"今天我有点累了，就不去看陆鸣了。"何劲松说。

"你回来能待几天哪？"

"一个月的月休假，四天。"

赵玉明回到家，金鸿雁已经做好饭了，看看他说："玉明，你回来得正好，吃饭吧。"

"好！"赵玉明放了餐桌。

"第一天上班就这样忙啊？"

"没有。"赵玉明就将去医院看陆鸣，遇到于小玲，知道刘忠伟骨折住院的事情说了一遍，还说了刘铁柱又得一子的事。

"我说嘛，刘大哥的这个孩子和刘忠伟可相差不少哇！"

"应该有十五六岁吧。"

"也挺好的，对了，看望刘忠伟的营养品你买呀！"

"好，我知道了。"

第二天上午，赵玉明去看刘忠伟，刘忠伟手上点着水，刘铁柱在，还有井队那个青年陪护郭振东，刘铁柱接过东西说："玉明，让你破费了。"然后说王桂花回家去炖老母鸡了。

"忠伟，现在感觉怎么样啊？"

"还好，赵叔，就是躺在这里有些难受。"

"你报考油校中专有消息吗？"

"前两天刚收到录取通知书，开学肯定是赶不上了。"

"忠伟，恭喜你呀！"

"和赵叔、何老师比，我这算得了什么呀？"

"忠伟，你还年轻，先走好万里长征的第一步。"

"赵叔真会鼓励人。"

"你年轻还有机会呀。"赵玉明说。

这时候，两个姑娘进来了，一个手里拎着竹皮暖瓶，梳着"柯湘"头，挺有些文艺范的是马凤霞，那个扎着两把小刷子的应该是刘秀儿，马凤霞笑着说："赵老师好。"

赵玉明点头说："马凤霞也在呀？"

马凤霞略显羞涩地笑了笑，点点头。

"秀儿，怎么不知道喊人哪，这不是你赵叔叔吗？"刘铁柱这时候说。

"赵叔叔！"刘秀儿有些腼腆地说。

"见人说句话都费劲！"刘铁柱有些责怪的口吻说。

"真快呀，秀儿都长成大姑娘了，上学呢？"赵玉明说。

"初中毕业，等着分配工作。"刘秀儿说。

"挺好，马凤霞，你还上班吗？"

"上啊。"

"听说你高考面试的成绩不错，通知书还没有到吗？"赵玉明问。

马凤霞眼里掠过一片阴影，摇头说："没有，说是政审没通过，太具体的我也不清楚。"

"马凤霞，千万不要气馁呀，以后会越来越好的！"赵玉明说。

"宋爽老师来信也是这样说的。"马凤霞说。

"宋爽老师比咱们更清楚。"

"你们大家都在呀。"何劲松拎着营养品进来说。

"何老师，你看你，怎么又破费呀！"刘铁柱笑着说。

"大哥，说不上破费，这不是看我的学生嘛。"

"何老师好。"马凤霞说。

"马凤霞，今天休息呀？"何劲松说。

"没有，和工友串了个班。"

何劲松看看刘忠伟有些双关地说："忠伟，怎么样啊，今天好多了吧？"

刘忠伟看了看马凤霞，笑着说："那是当然了！"

又有一帮人进来，是刘忠伟队上的，有些人满，赵玉明说："刘大哥，我先走了，忠伟，好好休养啊！"

"师兄，你走哇。"

"我来一会儿了，你待会儿吧。"赵玉明拍拍何劲松说。

"师兄，好的。"

赵玉明出来转到了陆鸣的病房，陆鸣在点水，于小玲坐在对面床上说话，赵玉明说："'诗人'，今天怎么样啊？"

"本来没什么事，一躺在医院就像有多大事似的，'领导'，你快叫金大夫放我回家吧。"

"这个话我可不能说，人家有职业规范的，主要看你的病情。"

"想你就会这样说，哎，刘忠伟怎么样啊？"

赵玉明看了于小玲一眼，说："俗话说'伤筋动骨一百天'，住些天医院，差不多就得回家慢慢养了。"

"我舅舅就是这个意思，这个伤回家养着还要方便些。"

"就是上学要耽误些时间了。"赵玉明说。

"刘玉梅她们家祖传整骨，问她有什么好办法没有。"陆鸣说。

"那感情好了，忠伟还急着上学呢！"于小玲说。

星期天上午，金鸿雁在家里洗衣服，刚刚把衣服晒好了，金鸿鹄拎着旅行袋进来，金鸿雁看看后面说："鸿鹄，怎么就你自己呀？"

"姐，怎么就不能我自己呀？"金鸿鹄嘻哈着说。

"你回家了吗？"

"这不是刚回来嘛。"

"冷艳没和你一起回呀？"

"她说不想去，我也没有硬性要求。"

"你们对今后怎么想的啊？"

"我们深入地沟通过了，在学校那边我遇到心仪的就告诉她一声，她在这边碰上中意的会告诉我一声，简单吧？"金鸿鹄笑着说。

"鸿鹄，我跟你说正经的，你严肃点好不好哇？"

"姐，我说的可都是实话呀。"

"不跟你说了，妈怎么样啊？"

"挺好的，有鸿霞陪着，她高兴！"

"鸿霞的工作怎么样啦？"

"说是在纺织厂做了库房保管员。"金鸿鹄笑着说。

"鸿鹄，你笑什么呀，保管员工作不是挺好吗？"

"当然好了，主要是能做保管员和鸿霞的对象有很大的关系！"

"鸿霞有对象啦？"

"那人叫洪峰，也是知青，曾经的小学同学，洪峰的老子复职了，做了纺织厂的技术副厂长。！"

"这样啊，妈没说来我这里呀？"

"说了，说是等过一段时间看看，她也挺想靓初和兴隆的。"

"鸿鹄，你坐着哇，我去做饭。"

"姐夫呢？"

"去单位了。"

"他的事怎么样啦？"

"就算是完结了吧。"

这时候，赵玉明走了进来，说："鸿鹄来了。"

"嗯，姐夫，星期天你也不休息呀?"

"刚刚上班，要做的事情多一些。"

"你学习班怎么结束的?"

"不清不白的，就那么回事，无所谓了。"赵玉明坐下来将事情简单地说了一下。

"姐夫，这种事情哪里都有。"

赵玉明明白鸿鹄是安慰自己，点点头说："你什么时候去学校报到哇?"

"过两天就走。"

兴隆这时从外面跑进来了，看到金鸿鹄高兴地喊着："舅舅! 舅舅!"

金鸿鹄抱住兴隆说："好外甥，又长高了，对了，舅舅差点忘了。"说着，拉开旅行袋，从里面拿出一些零食，说："这些是姥姥带给你们的。"

"谢谢舅舅!"兴隆高兴地说。

"还有姥姥。"赵玉明说。

"姥姥也没在呀。"

"舅舅会帮助你转达的。"

"那好吧，谢谢姥姥!"兴隆说。

金鸿鹄刮了兴隆的鼻子一下，说："我们兴隆就是乖!"

靓初从外面进来，看到金鸿鹄说："舅舅好!"

"靓初又长高了。"

"姐姐是个大班长，又去学校积极了。"兴隆笑着说。

"去，就你嘴快!"

"姐姐，我说错了吗?"

"兴隆当然没说错。"靓初说。

金鸿雁放好桌子，说："大家吃饭吧。"

赵玉明送金鸿鹄去交通总站，候车时，赵玉明将一个信封交给金鸿鹄，金鸿鹄没接，问："姐夫，什么呀?"

"给你上学用的。"

"姐夫，不用了，我自己有。"

"你有是你的，这是我和你姐的一点心意，穷家富路，拿着吧。"

"谢谢姐夫。"

"你和冷艳的关系怎么样啊?"

"现在看情况还不错。"

"你还要读好几年书呢。"

"姐夫，我知道，该说的话我们都说了，告诉我姐，让她也放心吧。"

车来了，赵玉明拍拍金鸿鹄的肩膀，金鸿鹄上了客车，在车窗处摆摆手，客车扬起一道微尘远去了。

晚上，赵玉明在家里看生油研究参考资料，何劲松敲门进来，赵玉明给何劲松倒了茶。

"师兄，金大夫上班啦？"

"是，她这周急诊夜班。"

何劲松看看桌子上的资料、纸和笔，说："师兄，我发现你怎么没有闲着的时候。"

"不搞技术久了，勤能补拙，抓紧赶一赶。"赵玉明笑着说。

"师兄，你咋还谦虚上了。"

"我是实事求是。"

"师兄，我发现了，没有你不喜欢的工作。"

"你不是也一样吗？"

"咱俩绝对不一样，师兄，我这人容易见异思迁，最坐不了的就是冷板凳。"

赵玉明看看何劲松，笑着说："你这是又要去哪里高就哇？"

"师兄，真佩服你的洞察力，戚总去 GS 牵头搞稠油开采试验，要我跟着过去，你觉得怎么样？"

"好哇，全新领域，大有可为，太应该去了！"

"我也是这么想的。"

"对了，刘忠伟怎么样啊？我有几天没去医院了。"

"我昨天去的，刘忠伟回家休养去了，刘大哥说在家照顾起来也方便些。"

"这倒也是，一直想请刘大哥过来吃个饭，也没有约上啊。"

"师兄，刘忠伟这种情况，刘大哥心里焦躁，根本不会来的，幸好没有什么大事，前些天单位派人专程去的省城，在刘玉梅哥哥那里取了整骨药，说是效果肯定会不错的。"

"学校就要开学了，刘忠伟上学的事怎么定的？"

"刘忠伟是在抢险中受的伤，总部共青团已经把他树为青工典型，当然特事特办了，学校通知他先在家里休养，等到正式上课再接他到校学习，说是学校团委已经安排成立一个学雷锋小组做好照顾他的事宜。"

"这样挺好，你什么时候去 GS 稠油开采前线？"

"明天，和一支新队伍一起上去。"

"祝你马到成功！"

"师兄，借你吉言。"

五十六

赵玉明的生油研究试验在逐步推进着，他看到了希望之光，陈宏江、白雪梅各自研究的课题都有新的进展，这是令人欣喜的。

晚上吃饭时，赵玉明有些愣神儿，金鸿雁说："玉明，陆鸣的检查结果全都出来了，有一点不太好哇！"

"鸿雁，你刚刚说什么？"赵玉明看了金鸿雁一眼，金鸿雁重复着，赵玉明说，"怎么回事？"

"陆鸣染上了乙型肝炎！"

"怎么会？"

"我也不太相信，可化验结果很清楚，我怀疑多半是住院期间感染的。"

"那现在该怎么办哪？"

"隔离，马上送专业传染病医院治疗。"

"刘玉梅知道吗？"

"知道，她和孩子也都做了相关的检查，结果还不错，应该是不在开放期。"

"陆鸣昏睡的原因找到了吗？"

"没有，这个现在已经不重要了，身体虚弱劳累过度或是血糖控制不好都可能是重要的诱因。"

"我去医院看到他感觉还不错呀？"

"血糖现在控制得不错，身体虚弱可以慢慢调理，最让人担心的就是这个乙肝哪。"

"陆鸣的事单位知道吗？"

"医院已经做了沟通和汇报，总部领导非常重视，指示总部工会全权负责，说是由他们联系专业性医院，一定做好陆鸣治疗和康复工作！"

"我明天看看陆鸣去。"

"去了注意卫生安全哪。"

"我知道了。"

早晨，赵玉明到生油组站了一下脚，见组里没有什么特别的事，便出来去了医院。一个护士有些无聊地守在病房里，见到赵玉明进来，立刻借机出去了，陆鸣躺在病床上点水，另一只手里端着一本日汉词典，赵玉明笑着说："'诗人'，住院还这么用功啊？"

"没什么事，闲着也是闲着，'领导'，坐吧。"陆鸣放下了词典。

"'诗人'，看你现在的气色可以呀。"

"就是，我要出院，主任说不行，没道理呀。"

"在医院就得听医生的，人家是对你负责任，幸福吧?"

"幸福什么呀，躺在这里憋屈死了，你看人家何劲松这次又去搞稠油了。"

"来日方长嘛，现在好好休养，以后就有机会好好工作。"

"话是不错，我现在也可以了，起码可以做点力所能及的事情啊!"

"急什么呀，'诗人'，以后有的是机会呀。"

"'领导'，你的生油研究进行得怎么样啦?"

"我是新人，刚刚起步，手里的这个课题差不多了。"

"真的羡慕你们哪。"

"'诗人'，你就别谦虚了，你那份资料译得很好，受到总部处室领导充分肯定和好评，指挥部大会上领导还提出了特别表扬。"

"我这点事算什么呀!"

"精神非常可嘉!"

这时候，门外有人说话进来了，走在前面的是政治处主任宗林、陪同的是医院政治处主任江嘉陵，后面是指挥部宣传部部长刘渝和石油战报的两个记者，其中一个是王慧，赵玉明马上起身让位，宗林笑着说:"赵玉明，你在呀，你先不要走哇。"

"好的，宗主任。"赵玉明说着退到了一边，王慧冲他笑着点了点头。

宗林代表指挥部党委问候了陆鸣，说明了指挥部宣传部宣传了他的先进事迹，得到总部政治部的充分肯定，这次特意责成石油战报记者做一次深度采访，加大对他的先进事迹宣传工作的深度和广度，记者王慧早先就了解、掌握陆鸣先进事迹宣传报道的一些内容，将了几条线索，拟进行深度采访和报道。陆鸣对这样的阵势早就不陌生了，回答问题思路清晰，井井有条。王慧这时候看到了那本日汉词典，正好做了道具，拍了几张陆鸣在病床上仍然坚持看书学习的照片。宗林将赵玉明介绍给了记者，说赵玉明是陆鸣的好友，还需要了解什么情况可以问赵玉明，记者和赵玉明握了握手，问了几个问题，赵玉明给予圆满的回答。采访完成，宗林问:"赵玉明，你在这里还有事情吗?"

"主任，没有，要不我也想着回单位。"

"那好，咱们一块走吧，刚好有个事要和你说一下。"宗林说。

"好的，主任。"赵玉明对陆鸣说，"'诗人'，好好休养，我先回去了。"

"'领导'，再见!"陆鸣摆了摆手。

赵玉明出来跟上了宗林，宗林对宣传部部长刘渝说:"你们先走吧。"

"好的，主任。"刘渝和王慧她们走到前面去了。

"赵玉明，你现在的工作怎么样啊?"宗林说。

"还可以，主任，生油研究又有一个新课题正在研究。"

"好哇，你进入工作状态真的很快，就没有其他想法啦?"

"老连长，你指什么呀?"赵玉明变换了称呼增加了亲近感。

"想不想换个工作岗位呀?"

"如果是组织上的安排，我肯定服从，如果不是那就算了吧。"

"玉明，你真是这样想的呀?"

"老连长，干什么不是工作呀? 生油研究我已经入门了，感觉还挺好的。"

"玉明，精神可嘉呀，你能这样想真的太好了。"他们走到新建成的指挥部办公大楼门前，宗林说:"上去坐会儿啊?"

"不了，老连长，我还有实验要做。"

"再见，玉明，有什么事你就过来呀。"宗林说完，向办公楼里走去。

"再见!"赵玉明看了宗林的背影一眼，略微凝了下神，便向生油组走去了。

赵玉明进了办公室刚刚坐下，白雪梅走过来，笑着说:"组长，回来了。"

"别说没用的，有什么话你就直接说吧。"

白雪梅拿出一沓稿纸，放在办公桌上，点点说:"组长，麻烦你给看一下呗。"

赵玉明看了一眼，是一篇关于生油研究方面的论文，就说:"白雪梅，这一行我是新人，知识、能力都很有限，真的看不好，我想你还是让陈工看比较合适。"

白雪梅立刻撇了一下嘴，压低声音说:"他有点小心眼，不肯劳这个神，组长的文字能力没说的，麻烦你了呀。"说着就离开。

赵玉明转头看了一眼陈宏江，陈宏江正在办公桌的一个角落里伏案疾书，给人很拼的感觉。赵玉明将白雪梅的论文先放进了抽屉，锁好，然后穿上褂衣，去旁边的实验室做实验了。

按照论文研究工作目标，赵玉明这一篇论文已经进入收官阶段，只是在后边的实验过程中又产生了一些新的想法，就使实验内容又增加了一些，这是个新领域，对他有一定的吸引力，他想做好，也想尽快出成果，舍弃了很多的休息时间，论文研究就加快了步伐。

晚饭后，赵玉明又去了生油办公室，从抽屉里拿出白雪梅的那篇论文，这种时候赵玉明需要安静，这样质量和效率都会最佳，白雪梅的论文写得不错，观点鲜明，论据充分，不愧是何劲松他们学校的高才生，虽然白雪梅不是学地质的，她现在已经完全进入状态了。赵玉明将论文看了两遍，只在文字上做了一些润色，当然，也记录了一些纲目的东西备考，他听人说白雪梅有这样的嗜好，别弄得自己受累不讨好，好像对别人的成果不重视似的。赵玉明将论文放进抽屉里锁好，再站起身时，一阵强烈的眩晕感袭来，他马上坐下来稳定心神，双手大拇指按住了太阳穴，开始不停地按揉，过了好一会儿，眩晕感似乎消除了，他慢慢站起来，感受一下，应该没什么问题了，这才试着走了几步，确定没有问题了，他才关闭取暖炉子的天然气阀门，锁上门，向家里走去。

月朗星稀，清凉的空气，赵玉明感觉又好了许多，他疑惑刚刚是不是办公室里太热或是天然气燃烧不好有些缺氧轻微中毒啦？

何劲松在西线采油指挥部搭乘值班卡车去的莲花采油前线。在卡车的颠簸中，何劲松认识了身边站着的单仲奇。单仲奇三十五六岁的样子，戴着一顶洗得有些发白的蓝布单帽，中等个头，方脸，有些黑瘦，眼睛挺有神的，穿着一件右肩头有块巴掌大补丁的蓝布短大衣，挎着一个刷白的帆布工具袋，手里拿着一顶狗皮帽子。单仲奇是采油队队长，这次回家是休假，他是莲花区域试采时就带队上去的采油队干部。莲花区域最早勘探开发时开了两口探井，一口日产二十吨，一口日产不到十吨，喷了不久就不出油了，技术人员信誓旦旦地说地下肯定有油，而且很富集，只是被命名的第四套油层是稠油，流动性要差很多，这种情况在这个区域勘探开发中不断发生，单仲奇笑着说："稠油让人愁，有油它不流！"何劲松笑了笑，单仲奇说："一直都净听我瞎咧咧了，何同志是哪个单位的？"

"地质指挥部。"

"何同志，你是有大学问的人，是过来研究稠油的吧？"单仲奇瞪大眼睛说。

"单队长，不敢，不敢，我是个例外。"何劲松笑着说。

"何同志，你们这些知识分子哪儿都好，就是有一点不太好，老是假假咕咕的，还美其名曰谦虚谨慎！"单仲奇直言道。

"单队长，真的不是，我对稠油一窍不通，领导叫我我就来了，主要是来学习的。"何劲松立刻强调说。

"老人家说过虚心使人进步！何同志，你有文化，就是学习起来也比我们这样的人快得多呀。"

"谢谢，谢谢，单队长，关于稠油开采你们有没有想些办法呀？"

"怎么能不想？这两年里，前线指挥部领导一直带领我们组成'三结合'攻关小组，群策群力，想了也用了好多办法，什么'底水带油'了，'大泵抽油'了，'电缆井筒伴热降粘'了，有点成效，效果都不够理想。"

"这也难怪，稠油开采是个难题，况且咱们稠油在井深一千六七百米的地下，听说克拉玛依油田的稠油在地下才几百多米，开采得都不是很容易的，咱们这里不是世界性的，起码也得算国家级的难题呀。"

"看看，看看，何同志，还说你不懂，你这不是说得挺清楚吗？"单仲奇笑着说。

"单队长，真的不是，这些都是我刚刚了解到的。"何劲松解释说。

苍黄的荒原里不时有矗立的井架闪过，隐隐传来钻机的轰鸣声。卡车进入莲花区域，单仲奇说："何同志，你看哪，这么多的井队在打井，油井是越打越多了，可是油采不出来这不是事吗？听说总部主要领导都急了，这阵子常常跑来转一转，看一看。"

　　"有投入就要有产出，投入多产出少，谁能不急呀？咱们国家需要油哇！"何劲松说。

　　"你说得是呀。"单仲奇看着远处的荒原说。

　　卡车停在了一片绿帐篷区中间的路上，右手边有一栋晒白的天蓝色木板房，单仲奇下了车指指木板房，说："何同志，这就是前线指挥部调度室，我住最前边第一个帐篷里，有空你过来坐呀。"还对着东南方向指了指。

　　何劲松和单仲奇握握手，说："单队长，一定！"

　　"何同志，再见！"

　　"再见！"何劲松说着，拎着行李走过去，看到木板房第一个门上有调度室字样的牌子，就敲敲门进去了。

　　值班调度是一个五十岁上下的老同志，姓姜，何劲松叫了姜调度，自报了家门，姜调度从老花镜上边认真审视了何劲松一眼，然后从调度记录本里拿出一张纸片看了看，说："何劲松，安排你住对面的那个帐篷。"

　　"谢谢你，姜调度。"何劲松拎起了行李，出门去了前面的帐篷。挑开帐篷门帘看了看，帐篷里面没有人，里边环帐篷摆着六张铁架木板单人床，五张床上都有了行李，何劲松就将行李放在那张空床上，打开了铺好。收拾停当，坐下来想想，自己已经到了这里，还是去找戚总报个到吧，看看有什么工作安排。

　　何劲松回到了调度室，说："姜调度，戚副总戚乐天住哪里呀？"

　　姜调度翻到调度记录本的前页看了一眼，说："戚副总住西边第一个帐篷里。"

　　"姜调度，谢谢呀。"何劲松说完往外走。

　　"何同志，戚副总不在，他们都陪着总部的大领导去现场了。"姜调度的声音追上来。

　　"姜调度，戚副总去哪个现场啦？"何劲松马上转回来问。

　　"这个就说不太好了，应该是去实验井，总部大领导来了，或许还会去其他地方转一转，说不好的。"

　　"姜调度，实验井在哪儿啊？"

　　"挺远的，少说也有十几里，马上晌午了，你就别去了，他们也该回来了。"何劲松一听这话，要去实验井的想法就放弃了，姜调度一定看出他的心思，说："何同志，一会儿他们就会回来吃午饭的。"

　　何劲松点点头，坐在木条椅上，说："姜调度是从哪里来下辽河的？"

"省城。"

"大城市呀，您愿意来吗？"

"说愿意来是假话，可我老婆是农村户口，我有四个孩子，已经有三个在油田参加工作了，你说这样不好吗？"

"姜调度，他们在省城不能参加工作吗？"

"我家的这四个孩子学习都一般般，都是农村户口，考不上学，就得在农村撸锄把子，最多有一个能接我的班，你说我让谁接我这个班哪？"

何劲松笑着点点头，姜调度来下辽河解决了他家庭的大问题，便说："姜调度，你的选择是正确的呀。"

姜调度笑了笑，说："话是这样说呀，刚来的时候，我家那个大小子分到井队了，他当时还有些不愿意，说这什么工作，成天的油脂麻花，还不如在农村种地好，叫我狠狠臭骂了一顿，现在成家了，看出好来了！"

外面有吉普车的声响，何劲松从窗户看到是辆北京吉普停在隔壁的门口，车上下来的是参谋长、戚乐天、郑副总调度长，还有两个不认识的人，一行人下车进了隔壁会议室，木板房不太隔音，隐隐能听到几个人说总部书记今天来，是部里边对稠油重视程度更高了，咱们实验压力可不轻啊！参谋长说马上通知下去，下午有关人员开会，动员做好明天的实验准备工作！郑副总调度长答应着。

外面传来一阵清脆的钢管敲击声，姜调度说："何同志，开饭了，食堂在后面。"

"姜调度，你不吃饭哪？"

"何同志，一会儿副班调度吃完会来换我的，你先去吧。"

"好的，姜调度，我先去啦。"何劲松说着出来了，参谋长他们也出了板房去食堂，戚乐天回头时看到了何劲松停了下来，何劲松便紧赶了几步，赶了上去说："戚总！"

"劲松，你什么时候到的？"

"到了一会儿了，本来想去找你报到，姜调度说总部有大领导来，你陪着去现场了。"

"是书记来了，我们陪着去现场看了看。"戚乐天指指会议室说："下午一点在这里开会，你也参加，走，先去吃饭吧。"

前线指挥部食堂在一栋木板房里，里面有六张木架圆桌，就餐时间，里面满是人，一饭一菜，个人在卖饭窗口排队买饭，戚乐天进了门，管理员过来对戚乐天说参谋长在里面那张桌上等你，戚乐天马上过去了。何劲松先换了饭票，排队买饭，找到一个空位子坐下吃饭，戚乐天应该和参谋长说到了自己，参谋长往他这边看了一眼。

吃过饭，何劲松回到帐篷，看到相临床上坐着的人有些面熟，想起是油建指挥部焊工队的那个乐队长，两人握了手，何劲松说："乐队长，现在该怎么称呼你呀？"

"你这样称呼不是挺好的吗？"乐队长笑呵呵地说。

"我听说你之前改行去了筑路营啊？"

"干什么还不是领导一句话的事吗？"

"你说得也是，那你现在这是？"

"回来还干老本行，说是这次的实验很重要，要我到现场盯着点，老何，你呢？"

"我们是为着一个共同的革命目标走到一起来的！"何劲松笑着说。

"老何，我印象里你过去一直跟着参谋长来着？"乐队长看看何劲松，笑着说。

"准确地说是跟着戚副总，时代在发展，社会在进步，情况也是不断变化的，是吧？"何劲松打着哈哈说。

"老何，你说得也对！"乐队长笑着说。

会议室坐满了人，一点钟准时开会。郑副总调度长主持会议，参谋长做了动员讲话。不讲不知道，一讲吓一跳，开发下辽河第四套油层是下辽河石油的当务之急呀，不仅仅对下辽河，对整个石油系统乃至全国都具有十分重大的战略意义；先说稠油，也叫重油，不仅是动力燃料，还是化学工业的重要原料，对国家建设意义十分重大；再说GS前线这一区域，油田的投入是很大的，初步探明地质储量大约有上亿吨了，可我们这两年的试采还不到三十万吨，这只是其一；我们油田不仅是GS、像西苇、DJT、SG和其他一些区域也相继发现或是早就发现不少第四套油层的储量，当时缺乏认识也需要开采，这是其二；国内的其他油田也相继发现了第四套油层的储量，这是其三；可第四套油层埋藏深，开采第四套油层技术在我国还是个空白，可见我们这次实验意义的重大！我们在以前的试采中，广大干部、职工群策群力，出主意，想办法，进行了多种的试验，像利用天然能量采用大管径自喷，"底水带油""掺活性水降粘抽油""电热井筒降粘""热水循环"等方法都没有能从根本上解决第四套油层稠油的开采问题，还相继出现了油井停喷，油层损害，管线堵塞，含水急剧上升，计量误差大等多方面的问题，面对这些问题，需要我们找到更好的解决办法。根据第四套油层的特点，我们的技术人员查找了一些国外的技术资料，目前国外兴起的是热力采油新技术——也叫蒸汽吞吐技术，也就是将高温高压的蒸汽注入油层，降低稠油的黏度使之流动，这条路子明确了，可具体怎么搞，我们并不知道，这就是这次实验的初衷；我们这次经过商议，调运了国内先进的简易直流蒸汽锅炉来做这个实验，看看情况会是什么样子，能不能找到稠油开采的好办法？自力更生，这项工作肯定不容易，你要知道梨子的滋味，你就得变革梨子，亲口吃一吃呀！

会议结束，与会人员乘坐卡车去了实验井现场，乐队长的焊工队正在做锅炉和井口焊接的工作，乐队长在现场进行了整体指挥，完成后向副总调度长报告。

晚上，何劲松和乐队长躺在床上，头顶头地说了会儿话，何劲松这才知道乐队长说不久前调回原单位了，做的是主管生产的副营长，现在该叫乐副营长或乐副大，他们的这个焊工队上来半个多月了，配合试采前线指挥部在实验井上进行简易直流蒸汽锅炉管线焊接和安装工作。

早晨，金灿灿的太阳冉冉升起，给人以温温的暖意，这是难得的好天气。何劲松来到实验现场，锅炉已经烧热了，参谋长、戚副总、副总调度长听取了锅炉运行状况汇报，下达了开启闸门注汽的命令。

闸门开启了，蒸汽开始进入了采油管线，大家都在关注锅炉和油井的变化，注水，加热，送汽。何劲松和乐副营长说着话，看到戚副总向他招手，便跑步过去，参谋长看了他一眼，给他介绍了那两个陌生人，他们是锅炉生产厂家派来的工程师，一个姓张一个姓李，是专门协助这次稠油开采实验的。参谋长说："何劲松，这次实验的意义重大，技术上你协助戚副总工作，全程跟进哪。"

戚副总看了一眼何劲松，何劲松高声回答说："报告参谋长，明白！"

整整一个上午，油井持续注汽，油井却一点动静都没有，下午继续注汽，日偏西时，锅炉蒸汽达到上限N度，锅炉管已经微微发红了，蒸汽不能继续注入，可油井一点反应都没有！戚副总看看厂家的技术人员，两个技术人员也相互看了看，张工程师商量地说："戚副总啊，用锅炉进行这种实验我们是第一次，关于地下油井里什么情况我们也不清楚，在哪发生堵塞也未可知，咱们能不能换一口油井再试试呀？"

戚乐天看看参谋长，参谋长看看天色暗了下来，挥了挥手，戚乐天就发出停止实验的命令。

晚饭时，大家在食堂饭桌上分析蒸汽注不进去的原因，有人说不是管线堵了或是岩层堵了或是锅炉压力不够。张工程师说："只有换口油井，做个对比才会清楚的。"

参谋长看看副总调度长，副总调度长立刻去调度室安排吊车和卡车，准备将锅炉运送到另一口实验油井，由乐副营长带队连夜抓紧锅炉的拆解和安装工作。

经过一天的拆解、吊运、焊接，锅炉安装到了第二口油井上，锅炉又开始注水、加热、注汽，一天时间又过去了，锅炉管烧得微红了，温度又升到N度，蒸汽又注不进去了，油井还是一点反应都没有，张工程师面有难色地说："这油井的情况真的很复杂，这稠油真的很难开采，我们也没有什么好办法了。"

"张工，一台锅炉的压力和注汽量是不是不太够用啊，如果用两台锅炉，是不是能提高注汽量和注汽压力呀？"何劲松这时说。

张工程师看了李工程师一眼，说："两台锅炉可以提高一定的注汽量和压力，但锅炉压强要求也是有规定的，N20是安全极限，绝对不能超过，否则，出了安全问题我们负不起这个责任哪。"

大家的目光落到了戚乐天的脸上，何劲松立刻说："张工，这样温差20摄氏度，有试验的可能就应该进行试验，在安全极限范围内试验，说不定会有所收获的！"

"这个情况我们就说不好了。"张工说，看向戚乐天。

"那好，我向参谋长报告一下，在保证安全的情况下继续试验。"戚乐天说。

厂家的两位工程师忙出去打长途电话，去联系调运第二台锅炉。

第二台锅炉很快运抵了，送到第三口实验油井安装，乐副营长在现场督导组装着。

这一天早晨有些雾霾，温和的气息让天空有些迷蒙，两台锅炉已经烧到了沸点，限气阀不时发出尖厉的哨音。

参谋长、戚乐天等人来到现场，何劲松上前报告了目前锅炉运行状况，一切工作准备就绪。参谋长挥手示意，何劲松下了开闸注汽的命令，蒸汽迅猛地进入了油井，所有人都关注着锅炉和油井的变化，可它们像是商量好了似的，还是一点反应都没有，一个上午就这样悄然地过去了。

下午，实验继续进行着，何劲松和厂家的两位工程师一同监督着蒸汽气压和温度，这时，锅炉的温度表的读数已经上升到N5，锅炉管线烧得微红了，油井的管线有了些许的反应，开始轻轻地颤抖着，注汽在继续，温度在持续上升，管线的抖动幅度在不断增大，有些撼动人心。两个工程师在低声交流着，张工程师这时说："何工，咱们的实验绝对不能超过N20啊，这可是安全极限啊，否则……"

何劲松看了一眼温度表，说："张工、李工，我明白，现在还不到N10，你们就放心吧，我们绝对不会随便突破安全极限的！"何劲松向现场人员发出继续加压注汽的命令，注汽在持续进行着，锅炉汽管线烧得通红了，向采油树方向延伸，管线抖动的幅度在不断地加剧着……

这时候，守在采油树旁边的单仲奇高声呼喊着："何工，快来看啊，采油树动了！"

何劲松闻声跑了过去，眼见着采油树被连接着的地下管线慢慢地举离了地面，难道是地下的油管受热膨胀推动的吗？还是压力太大？会不会……何劲松急忙招呼乐副营长，乐副营长马上跑过来查看，何劲松说："乐营，这种情况下，采油树和管线的承受力不会有问题吧？"

"何工，按说应该没有问题的。"乐副营长肯定地说。

何劲松的心有些放下了，两个工程师这时盯着温度表，表的指针正在向N20贴近着，这是锅炉安全规范的最高极限，他们是绝对不允许超过这个临界点的，采油树在继续举升着，下部的油井管已经高出地面一米多高了，现场许多人的神情都变得凝重起来。

"N20到了，危险，停！停！停！"张工程师立刻高声喊叫着。

"张工，这不是刚刚才到N20，你紧张什么呀？"何劲松看看温度表说。

"不是紧张，这是锅炉安全极限的要求。"张工嘴唇有些颤抖地说道。

何劲松看了参谋长一眼，参谋长脸上没有什么表示，何劲松有些恨恨地说："这稠油真的让人愁，有油真的就是不流哇。"

"要不咱们的实验就先到这里吧。"张工借机马上说。

"不行！"何劲松走到参谋长面前说，"参谋长，我请求你们都离开实验现场，撤到安全距离以外，我想继续提高一定的温度。"

"何工，绝对不行，我不同意呀！"张工马上黑着脸说。

"张工，从现场情况看，锅炉目前的运行还是很安全的，继续加高一定的温度应该不会有什么太大问题的。"何劲松坚持说。

"何工，一根稻草就能压垮骆驼的道理难道你不明白吗？"

"张工，也许增加一两度就会出现新的希望。"

"何工，同样也会发生危险的，难道不是这样吗？"

"张工，要不你们也离开现场吧。"

"何工，不行，我们就是离开了现场，出现事故我们也是有着不可推卸的责任的。"

"张工，出什么问题我负责，这样总行了吧。"

"何工，这个责任不是你能够负得了的，我们既然在这里，就必须按安全规范办！"

"张工，锅炉的温度刚刚达到临界点，咱们再升高一二度总行了吧？"

"何工，我说不行就不行！"

"张工，你这人怎么这样死心眼！"

"何工，这是原则问题！"

"张工，原则也可以在一定情况下变通的。"

"何工，我说不行就是不行！"

两个人正在争执不下的时候，在井口看守的单仲奇忽然高声呼喊着："你们快来看哪，管线里上油了！"

大家一起奔过去，油管线口真的有石油流出了，从线性的流淌呈现着不断增加的态势，令人欣喜不已。何劲松看看温度表读数有些减缓的势头，高声喊叫着："继续注汽！"

"慢着，何工，极限注汽时间不能太长，否则也是很不安全的。"张工立刻阻止说。

"张工，现在温度已经降到极限以下了，在极限范围内能注入就尽量多注入些蒸汽，关于温度和时间问题咱们根据锅炉运行和出油的具体情况确定好吗？现在井口已经出油了，最好能给我们多提供一些实验的数据，我想这些数据对你们今后的锅炉生产也许会有一些借鉴意义的，不是吗？"何劲松商量的口气说。

张工程师看了看李工程师，李工程师点点头，张工程师说："何工，那好吧，不过咱们一定要密切观察锅炉的运行情况，绝不能突破温度极限哪。"

"这个我可以保证！"何劲松说着喊道，"注意温度，继续注汽！"

何劲松拿到了下辽河稠油井第一次注汽实验的数据，这一次油井运行了二十八天，注入蒸汽五百零六吨，总共采油四百八十七吨，这是一次成功的尝试。

采油前线指挥部一班人坐下来进行了认真的实验总结，注汽开采稠油的路子是正确的，也有了初步收获，只是我们国家目前的锅炉技术难于满足稠油注汽N20以上温度的要求和配套设备及深一千六百多米油井持续注汽的技术要求，必须学习和吸收国外的热采技术，引进国外热采工艺和锅炉等附属设备，这些还需要一定的时间。目前情况下，下辽河稠油开采还是要坚持独立自主的方针，采用常规降稠开采的方式，积极探索稠油开采的新路子。这次实验工作由何劲松形成工作报告，上报总部有关部门，呈报给上级勘探开发研究院，为洋为中用提供借鉴。

五十七

紫荆山由斑驳变得葱绿了，空气里流淌着野草和紫荆花的芬芳。

陆鸣在紫荆山传染病院住院治疗，两个多月下来，他的转氨酶不但不降反而略有升高了，这让陆鸣有些焦躁不安。在紫荆山医院治疗头一个月的时候，刘玉梅过来看他，就是这样的情况，陆鸣还安慰刘玉梅说你别急，医生说这个病第二个月有效果也是很正常的事情。一个月又过去了，没想到还是这样的结果，医生看着这个结果也有些挠头，说像陆鸣这样的情况在传染病医院是少之又少的，少之又少也是存在的！

五一节前夕，陆鸣被总部推荐为石油系统的劳动模范，总部工会的杨副主席携工会一行人等和刘玉梅一起来紫荆山医院看望陆鸣，先是向陆鸣表达了组织的慰问，送上了荣获劳动模范称号的祝贺和奖章。得知陆鸣目前的病情，杨副主席说油田领导对陆鸣的身体康复很重视也很关心，总部工会还想着安排陆鸣在适当的时候去杭州西湖的一个疗养院去休养。

"老陆，要不你还是去我们老家的大山里去住一段时间吧。"刘玉梅这时说。

"行吧。"陆鸣说，"杨副主席，我想去刘玉梅老家治疗可以吗？她二叔是位老中医。"

"这事我回去向刘主席汇报一下，我想应该没有问题的。"杨副主席笑着说。

"老陆，那咱们今天就出院回家吧。"刘玉梅说。

"也好。"陆鸣说。

去刘玉梅老家大山住段时间一直是刘玉梅的想法，刘玉梅的二叔是位老中医，"文革"初期被遣送回辽南老家那个小镇上，刘玉梅家的祖上在镇子上有一处老宅子，分在她家和二叔的名下，二叔家回去后，房子就由二叔家里一直照管着。新近有了返城的政策，二叔家有的孩子返回省城了，二叔年龄大了，习惯小镇的生活，感恩小镇人这些年的厚待，不想回省城了，就想在老家颐养天年。陆鸣上次在省城医院治疗时，大哥就曾对刘玉梅说过，陆鸣身体好一些，行动方便时，应该去大山的老家住上一段时间，那里山清水秀，空气清新，二叔可以用中草药为他调理身体，绝对会有很好效果的。这次说到乙肝感染，西药治疗的效果又不理想，大哥就更主张陆鸣回到老家去，春天的大山气候宜人，风景如画，是个休养生息的好去处，刘玉梅记下了，之前也和陆鸣商量过，只是先前是冬季的缘故，加之这次在紫荆山传染病院住院治疗，这件事就一直没有成行，现在看来是势在必行了。

这是一座有着千余年历史的小镇，一条国道从镇子边掠过，连接着镇子的正街，镇子上的这条正街是正南北向的，镇子口有一座高大的牌楼，街面是用青黑色的石板块铺就的，有些向上的缓坡，伸向青绿色的大山；街道的两边有石砌的水渠，阶梯式容水造就了泉水叮咚，流水潺潺，想来是大山上流下的泉水；渠外是面南背北的民居住房，呈台阶式坐落，井然有序；临街的民居的墙基和两处到顶的墙角都是青黑色块石砌就，山墙的中间区块是粉白灰抹成，黑白分明；临街的粉白灰墙面这时候成了当然的标语牌，房子增加了红色元素的符号，有些醒目；屋顶是人字尖顶，扣着黑色的小瓦；屋前面有院子，张扬着绿了树冠的树木，院子的围墙也是青黑色各式毛石片石砌就的，彰显了砌垒者高超的技艺。

陆鸣、刘玉梅在镇子口下了客车，客车撩起一溜轻烟跑掉了，路上升腾起一股淡淡的烟尘。阳光明媚，和风阵阵，绿树青青，芬芳怡人。陆鸣站在那里，观赏着整个小镇，他一下子就喜欢上这里了，刘玉梅拎起鼓囊囊的旅行袋，笑着问："老陆，你看这里怎么样啊？"

"真的太好了，完全超过了我的想象，把旅行袋给我吧。"陆鸣说。

"不用，咱们走吧。"刘玉梅向正街的上面指指说。

"好。"

走了一里路的光景，来到一个十字路口处，四面矗立几栋稍大些的建筑，是镇子里的商店、卫生院、粮店、邮局等一些公共设施的所在，十字街口的东北角的建筑就是卫生院，门楣上有个大红十字，挨着卫生院东侧的民居开着木栅栏的院门，刘玉梅指指说："这就是二叔的家。"

　　这个院落的甬道要宽敞些，两边立着手腕粗原木搭起的木架，粗壮的葡萄藤卧在上面，已经枝繁叶茂了，阳光斑驳地滤在甬路上，两边园子里的一畦畦韭菜、蒜苗、香葱、白菜绿得可人，一树桃花在微风中落英缤纷；院子里有正房五间，门在正中，他们走到门口，一个梳着头髻，面目和善、清爽、利落的小脚老妇人迎了出来，见到他们满面春风地说："玉梅回来了，这就是姑爷吧？"

　　"二婶好！这是陆鸣。"刘玉梅介绍说。

　　"二婶好！"陆鸣点头问候着。

　　"好！想着你们也该到了，快，进屋吧。"二婶说。

　　一个蓄着花白胡须精神矍铄的老者坐在锃明瓦亮黑漆八仙桌旁的圈椅里，看到他们进来只是微微欠了一下身子，刘玉梅亲切地叫了一声："二叔！"来到近前，把陆鸣介绍给二叔。

　　"二叔好！"陆鸣行了点头礼。

　　二叔微笑着指向边上的椅子说："陆鸣，你坐。"

　　陆鸣坐下，四下看了看，屋里摆设很简单，北墙有一口紫红的躺柜，南炕梢有一个放被褥的炕柜，二婶泡了茶，刘玉梅忙接过来倒茶，几个人说着话，这时候，一个少女进了院子，喊："妈，玉梅姐他们还没有到吗？"

　　刘玉梅立刻迎了出去，说："玉菡妹妹回来了。"

　　"姐，你可来了，都想死我了！"玉菡说着和刘玉梅挽着手，亲昵地走进来，玉菡看到陆鸣也不拘谨，说："姐夫好！"

　　"二叔家的小女儿玉菡。"刘玉梅介绍说。

　　"玉菡妹妹好！"陆鸣笑着说。

　　玉菡看看刘玉梅，笑着说："姐，姐夫长得很有气质呀。"

　　"一个姑娘家的，不要这样没规矩！"二叔有些沉下脸说。

　　玉菡做了个鬼脸，说："妈，饭好了吧？"

　　"好了。"二婶说。

　　"那我放桌子了。"玉菡说。

　　"放吧。"二婶说。

　　炕桌放上去，二婶将菜碗摆上，然后送上一烧杯烫热的药酒，两个酒盅，二叔看看陆鸣，说："陆鸣喝酒吧？"

　　"陆鸣转氨酶高，医生说不能喝酒。"刘玉梅说。

"我喝三盅，你们随便吧。"二叔说。

"这是二叔泡的养生药酒，喝三盅是二叔多年的习惯。"刘玉梅说。

"二叔，我就不陪您了。"陆鸣说。

"那就吃饭吧。"二婶盛饭送上说。

"二婶，还是我来吧。"刘玉梅说。

"陆鸣，回自己家了，你随便些呀。"二叔的筷子指指菜说。

"好的，二叔。"陆鸣说。

主菜是小鸡炖榛蘑，里面散出淡淡的中草药的味道，另外还有三个山野菜，二婶又特别给陆鸣盛了一碗鸡汤放在面前，大家边说话边吃饭，玉菡话多，总是问刘玉梅一些下辽河油田那边的事情。

"玉梅，东院的房子已经收拾好了，炕也烧了，你和陆鸣在那边休息，吃饭在一起，有什么需要跟你二婶说。"二叔说。

"谢谢二叔，谢谢二婶。"刘玉梅笑着说。

"姐，我也出力了。"玉菡笑着说。

"谢谢玉菡妹妹。"刘玉梅笑着说。

二叔家和刘玉梅家的东院就是一墙之隔，屋下的院墙特意留着一处通道，陆鸣、刘玉梅饭后收拾完桌子，就从通道去了东院，这是和二叔家房子一样结构的民居，屋子收拾得干干净净，锅灶上浮散出一缕水蒸气。

"这一晃好多年都没有回来了！"刘玉梅坐在东屋的炕沿上说。

"感觉亲切吗?"

"当然了，它让我想到童年时的美好时光。"说着，眼睛里竟有了几分湿润，然后摸摸炕面说："炕烧得刚刚好，陆鸣，你躺下休息一会儿吧。"

"玉梅，你也休息吧。"陆鸣说。

"好。"

刘玉梅铺上了炕被，两个人躺下说话。陆鸣这时知道，二叔就在旁边镇子的卫生院上班，中医室多数时间都是玉菡去坐诊，有疑难或慕名而来的患者，二叔才会出诊的；卫生院的房子最早也是刘家的祖产，合作化以后充公的；刘玉梅的父亲因工作需要先去的省城，二叔是之后进城的，那时候奶奶还在世，老人家哪儿都不想去，说是刘家的祖坟在这里，她就守在这里，二婶就留下来陪着老人家；老人家刚过世，安顿好后事不久，二叔就被遣送回了原籍，在卫生院工作，转眼十年了，现在虽然有了政策，他也不想回城了，玉菡这个老闺女想进城可以办理接班，玉函现在不想回去，她的书读得一般，留下来一是陪着父母，二是要得到二叔中医的传承。

清早，山乡里不断传来雄鸡的报晓声，刘玉梅叫醒了陆鸣，陆鸣一看窗外，天光已经大亮，忙起身穿好衣服，洗了把脸，来到院子，看到二叔穿着黑绸子练功服，玉菡穿着月白绸子练功服，已经站在院子里，他马上来到二叔的旁边站好，这是昨天晚上吃饭时候说好的事情，陆鸣从今天早晨开始，跟随二叔练习五禽戏。

二叔让陆鸣跟随着他们先做了一遍，然后由玉菡教授，从虎式开始，每天早晨学习一式，循序渐进。

吃过早饭，歇息一会儿，二叔在八仙桌上给陆鸣号脉，看了舌苔，问了陆鸣一些身体情况，便给陆鸣开了一个方子，让玉菡把中草药抓回来，二婶找出一个砂锅，将院子里那个棚子下的一个炉灶口点燃，开始给陆鸣熬中草药。

"二婶，我来吧，你告诉我们注意事项就行了，陆鸣也要学的，以后让他自己熬。"刘玉梅说。

"是呀，二婶，现在我就开始学习。"陆鸣说。

陆鸣吃过汤药，刘玉梅看看上午还有些时间，就说："二叔，二婶，我想去拜祭一下爷爷、奶奶。"

"好哇，让玉菡带你们去，西屋里有烧纸，玉菡，你去拿上些吧。"二叔说。

"知道了。"玉菡说。

刘玉梅是第三天早晨返回西线的，她有班有课要上，还有陆淼、陆岩要照顾，来老家的这几天，她又是请二嫂甄妮来家帮助照看孩子的。

送走了刘玉梅，陆鸣熬好了汤药，喝下后，看看时间还早，阳光灿烂，暖风习习，告诉了二叔二婶一声，出了院门，沿着正街向大山方向走去。那天下车时，看着青黛色的大山，陆鸣就在想，那大山里面会是个什么样子？

正街的尽头连着一条通往山里的路，那是一条能容得下一挂大车的自然沙石路，路下是一条清澈的小溪，泉水潺潺。进得山来，面前的山坡很缓，按地势阶梯状造了很多的梯田，梯田上种植着多种果树，眼前一大片白茫茫的梨花如雪般开得正旺，冰清玉洁。陆鸣进了梨园，沿着曲里拐弯的小径流连，嗅着花的清香，接着飘下的白色花瓣，看着蜜蜂在花间翻飞忙碌，一股微风过来，一阵梨花雨般飘洒，落英缤纷。听得有人语，陆鸣寻声走了过去，眼前是一块空旷地，有一伙社员说笑着，在挥锄翻地出垄，播种着玉米。走过播种的空地，一树树粉红的桃花绽放着，煞是喜人，许是山上的气温稍低的关系，这里的桃花和山下院落里的桃花要差十几天的节气，这时候，一个女生悠远高亢的歌声飘了过来，哎！谁不说咱家乡好！很像沟沿屯时的宋爽，陆鸣深切地感受到一种心旷神怡，有一些诗句在心底澎湃激荡着。

仲夏一天的夜半时分，赵玉明在家里将关于沙三段生油研究的论文画上了最后一个句号，他深深地舒出了一口气，将手稿归拢好，用曲别针别好，放在案头上。

这时候，他的头又疼了起来，他用食指压住太阳穴加力按揉着，好一阵子他才感觉头疼有些缓解，他又按揉了好一会儿，感觉好了一些，这才起身去厨房兑了温水，开始洗漱。洗漱完，他推开小屋的房门，借着廊灯的光线看了看，兴隆又把被子蹬掉了，他进去给兴隆盖好，出来带好了门，检查了一下天然气阀门，这才上炕躺下。

金鸿雁这周在住院部值夜班，又赶上指挥长发病住了院，她们又忙乎开了。这头怎么又疼起来了？赵玉明又开始按压太阳穴，他一直在用这种方法减缓出现的头疼。这种状况在他身上已经出现有一段日子了，并且逐渐地增多，他过去一直没有太当回事，也就没有对金鸿雁说起过，他的身体状况一直还是不错的，他以为是一直以来忙碌实验有些劳累的关系，没有想到这种情况会越来越严重，症状也明显多了起来。

早晨，闹钟铃响得紧张而急促，赵玉明尽管感觉身体有些乏力，还是马上爬起来给孩子做了早饭，照顾他们吃了饭，送他们出门上学。

赵玉明上班到生油组看了一下，组里的人都在做自己的课题，他来到陈宏江身边，压低声音说："陈工，我去西线医院一下呀。"

陈宏江看了他一眼，有些关切地说："组长，你是该去看看了，我看这段时间你的脸色一直不大好看。"

"谢谢，我走了。"

"去吧，好好看看哪。"

赵玉明去了内科，坐诊的是一位年轻漂亮的女大夫，赵玉明不认识，女大夫询问了赵玉明的身体情况，他说了症状，这时候头又疼了起来，女医生开出单子，说："赵玉明，你先去验个血吧。"

赵玉明拿着单子去验血，抽完血，坐在走廊的木条椅上等着化验结果，他微微闭目，双手继续按压着太阳穴，一个人站在面前说："'领导'，你坐在这里干什么呢？"

赵玉明睁开眼睛，仰面看到了于小玲，便说："玲子呀，我验个血。"

"你怎么啦？"

"最近一段时间经常头疼，感觉不太舒服。"

"金大夫呢？"于小玲左右看看说。

"鸿雁昨晚值夜班。"

"金大夫不知道你来医院哪？"

"还不知道。"

"你等一会儿啊。"于小玲说着，去了化验窗口，敲敲窗玻璃，和里面的人说着什么，回来说，"'领导'，你稍等一会儿，马上就好，我有点事，去一下就来呀。"

"玲子，你忙你的，谢谢了。"

"'领导'，看你说的，一会儿见。"于小玲灿烂地一笑说。

赵玉明拿到化验单，回到了内科诊室，女大夫看看单子，说："赵玉明，你的白细胞怎么这样低呀，你做什么工作的？"

"生油研究。"

"做化学实验吗？"

"经常做。"

"接触含苯的化学试剂吗？"

"接触。"

"除了头疼，还有过什么症状？"

"恶心、浑身无力，还有过酒醉的感觉。"

"牙龈出血吗？"

"刷牙时有过，不多。"

"赵玉明，从你的化验结果和你的职业环境、症状看，我初步诊断你是慢性苯中毒，建议你住院检查治疗。"

"这个还需要住院哪？"

"当然，你的白细胞已经很低了，慢性苯中毒持续时间应该比较长了，也许你的造血功能已经存在一定问题了，继续下去会发生再生障碍性贫血甚至白血病的风险，你要引起足够的重视呀。"

赵玉明听了吓了一跳，说："大夫，有这么严重吗？"

"赵玉明，你别紧张，我是说可能会出现的最坏结果。"女大夫安慰说。

"梅大夫，你的班哪？"于小玲进来说。

"于护士长，有事啊？"梅大夫笑着说。

"梅大夫，这位是金鸿雁金大夫的爱人，我来看看他。"于小玲看着赵玉明说。

"于护士长，我看赵玉明的症状应该是慢性苯中毒，我建议他住院做进一步的检查，既然是金大夫的爱人，他把化验单拿着，回去让金大夫看看，再做决定吧。"梅大夫笑着说。

"好，梅大夫，谢谢呀。"于小玲说。

"谢谢梅大夫。"赵玉明说。

金鸿雁正在做午饭，看见赵玉明回来，笑着说："赵组长今天怎么回来得这样早哇？"

"我刚刚去了趟医院。"

"你怎么，感冒啦？"

"感觉有些不太舒服。"

"哪里不舒服哇?"

赵玉明说了一下症状,然后把化验单递给了金鸿雁,金鸿雁看了化验单有些皱起眉头说:"玉明,你的这些症状出现多长时间啦?"

"有三个多月或许半年了,我也记不太清楚了。"

"你怎么没早说呀?"

"最初我以为只是有些劳累过度。"

一种不祥在金鸿雁的心头萦绕着,她还是故作轻松地说:"玉明,咱们先住院吧。"

"鸿雁,这真需要住院吗?"

"当然,这些年你一直都在忙工作,住院可以做个全面体检,查清你到底是不是苯中毒,便于对症用药,尽快康复。"

"鸿雁,你说我这种情况造血功能会受到损伤吗?"

"应该不会吧,我也说不清楚,这需要住院做进一步的检查才能知道。"

"那好,这事你来决定吧。"

"就是,谁让我是大夫,你先休息一会儿,我去做饭了。"金鸿雁笑着说,转头进了厨房,抹了一下眼睛,她曾接诊过一位苯中毒患者,一直都没有治愈,最后不幸离世了。

五十八

总部街边的白杨树枝繁叶茂,沐浴在夏日的微风中,哗啦啦地拍着手,浅唱着青春的歌谣。何劲松走在树荫下,认真倾听着,看了一眼前面的总部机关大楼。他刚刚回到了西线,他是GS前指最后的留守人员之一,GS区域的开发工作最新纳入西线采油指挥部的管理范围,不相关的人员全部撤回了。

何劲松到了戚乐天的办公室,戚乐天正在桌子前观赏一大沓照片,这时候看到何劲松进来,说:"劲松,回来了。"

"回来了,戚总,看什么呢?"

"照片,有两个胶卷一直都没时间洗,今天刚刚洗出来,你看看。"戚乐天把一沓黑白照片递给了何劲松。

何劲松接过来,一张张翻看着,有一些照片是现场的情况,有一些景物和动物,动物多是飞禽,什么白鹭、夜鹭、苍鹭、布谷、东方大苇莺等,一只有着凤头的鸟很特别,身体的颜色有些层次,应该是一种挺漂亮的鸟,何劲松拿给戚乐天,说:"戚总,这是什么鸟?"

"戴胜。"

"戴胜？"

"这种鸟挺漂亮的，有亮黄的颜色，大约三十厘米长，尖嘴很长，大多寄居在天然树洞或啄木鸟啄出的树洞里，在这里我也是头次见。"戚乐天笑着说。

"我从来都没见到过。"

"这和你平时不注意有些关系。"

"也是。"何劲松放下照片，说，"戚总，还有什么工作需要我做？"

"没有，你先回家休息几天，参谋长出门了，等他回来再说吧。"

戚乐天说的等参谋长回来再说里面有一层意思，就是何劲松的任职问题，地质指挥部那边没有给他安排工作岗位，总部机关有两个处室的领导有意要他去做副职，报告已经打上去了，等着开会研究了，何劲松说："戚总，参谋长又去前进前线啦？"

"也许，不太清楚，他不太愿意待在总部，或许陪老指挥长受邀去部队看看。"

"老指挥长去部队啦？"

"曾经的军代表邀请的，说是让他过去看看病。"

"这样也挺好，可以到处走走，顺便散散心，戚总，没事我走了，有事通知我呀。"

"好。"戚乐天说着，继续看着照片。

何劲松知道之前参谋长提议的项目几乎每次都被否决了，心里是不太痛快的，这是事关下辽河发展的大事，他又是主管生产和地质工作的领导，曾经的老班子成立之初就约定了"五同"，班子成员相互之间称同志，有事勤商量，讨论工作要摆事实，讲道理，反对一个人说了算，那是一种轻松愉快的氛围。走到楼梯上，后面有人招呼，回头看是林胜平，便笑着说："林指挥好哇。"

"我说'大拿'，你不闹不行啊！"林胜平笑着说。

"我可是诚心实意的，这样叫旺人。"

"那你就加个副字，副指挥，别让人听了以为我要抢班夺权似的。"

"'博士'，至于嘛？"何劲松笑着说，他们一起往下走。

"你以为呢，人心隔肚皮，做事两不知。"

"好，林副指挥，你这也太谨慎了吧。"

"都说小心行得万年船嘛！"

"你说得也对，忙什么呢？"

"到专家组开个会，你从GS撤回来啦？"

"是，到戚总这里报个到。"

"又有新安排啦？"

"暂时没有，等参谋长回来再说吧。"

"参谋长什么时候回来?"

"不知道,你有事啊。"

"有个研究课题想向他汇报。"来到地质指挥部楼前,林胜平说,"上楼坐一会儿啊?"

"不了,回家好好休个假。"

"真幸福哇。"

"我可两个月没有回来了。"

"那是该好好休息一下了,小别胜新婚!"林胜平笑着说。

赵玉明躺在住院部病床上点水,他微微闭上眼睛,这是下辽河最酷热的季节,湿热的风从窗口涌进来,在身体上环绕着桑拿,微微吸出一丝丝的细汗。赵玉明入院已经三个多月了,每天都在滴水,每周都做一次血液检查,白细胞没有一点升高的意思,近两次的检查,从金鸿雁的脸上已经看到焦虑的神情。不光金鸿雁焦虑,赵玉明心里也十分焦虑,入院这么长时间了,他对于苯中毒有了一些了解,苯这个无色无味的气体进入了他的身体,少量的但长期的吸入造成他现在的结果——慢性苯中毒,可以引起造血器官的损害,血细胞被破坏,白细胞和血小板减少,凝血功能受损,严重的会造成再生障碍性贫血或白血病。他现在的情况在哪个阶段?现在的情况距离严重的程度到底有多远?谁又说得清楚?医院里的许多大夫都说真的说不好,这样悬着也是最令人焦虑的地方。黎青咨询了省里有关方面的专家,得到的回答是这种病目前国内还没有特别的治疗方法,但也不必谈虎色变。

宗林来病房看过赵玉明,表露着十分关切的神情,也有几分悔意,就是那次记者到医院深度采访陆鸣,单位当时正组织三上前进的技术小分队,林胜平曾私下里建议抽调赵玉明上去,宗林便以私人方式和赵玉明先沟通一下,如果是组织上的决定,赵玉明去了技术小分队,怎么会有这种事情发生呢?赵玉明笑了,说老连长,谁都不是诸葛亮,我们老家农村常说知道尿床就睡筛子了。

金鸿雁进来,脸带微笑坐在床前的凳子上,赵玉明感觉到金鸿雁的到来,睁开眼睛看看说:"鸿雁,化验结果出来啦?"

"出来了。"

"还是老样子?"

"是,玉明,你不要着急,我正在想办法,黎青的意见,要你去省城职业病医院去治疗。"金鸿雁握住赵玉明的手说,实际上,金鸿雁一直在《千金方》里找方子,想用中草药试一试,可也在犹豫,苯中毒损伤的是神经系统,中草药会有用吗?

"鸿雁,不是说职业病医院也没有什么特别治疗的手段吗?"

"毕竟人家是专业性医院,也许在治疗中会有新想法、新措施。"金鸿雁强调说。

"你是大夫，这种事还是你来决定吧。"

"玉明，咱们要有信心哪。"

"这个我知道。"

"那我就先去联系省城职业病医院吧。"

"好，你去吧。"

这时候，刘忠伟和马凤霞进来了，和金鸿雁打了招呼，刘忠伟看着赵玉明笑着说："赵叔叔，感觉怎么样啊?"

"还可以，忠伟，学校放假啦?"

"嗯，暑假有，可待不了几天，学校布置了实践课，要学生到井队实习，还要写实习报告。"

"这是好事啊，学以致用，你有工作经历，又是学生会干部，一定要有好的表现哪。"

"我会努力的，赵叔叔。"

"忠伟，你的腿好利索啦?"金鸿雁说。

"金姨，完全好了。"刘忠伟说着还动了动腿脚。

"你们坐呀，我有点事情要去办。"金鸿雁说。

"金姨，您忙您的。"刘忠伟说。

"马凤霞，这一次高考怎么样?"赵玉明说。

"刚刚收到了通知书。"马凤霞笑着说。

"终于如愿了，马凤霞，恭喜你呀。"

"谢谢赵叔叔。"马凤霞掩饰不住心中喜悦说。

何劲松这时候走进来，刘忠伟、马凤霞马上起身，说："何老师好。"

"你俩挺整齐呀，这么巧，都在这儿?"

马凤霞脸有些红，刘忠伟马上说："何老师，是我约马凤霞一起来看赵叔叔的。"

"这就对了，男子汉嘛，就应该积极主动些。"

"何老师说得是。"刘忠伟看着马凤霞笑着说。

"马凤霞，你的录取通知书来了吗?"何劲松说。

"来了，何老师。"

"真不错，你是下辽河飞出去的一只百灵鸟，一定不要忘记继续歌唱咱们下辽河呀。"何劲松说。

"何老师说得是，我不会忘记下辽河对我的培养，我会永远记住下辽河的!"马凤霞笑着说。

"说得好哇。"何劲松说。

"何老师，你坐呀，我和马凤霞还得看看郝老师去，赵叔叔，你好好养病，过两天我们再来看你。"刘忠伟说。

"我也有些日子没有看到'大师'了。"何劲松说。

"你们去吧，给郝学仁带好。"赵玉明说。

"郝老师想为马凤霞举办一台小型音乐会，一是定地方，二是定时间，三是定人员，等安排妥当了，一定会邀请你们参加的。"刘忠伟说。

"好哇，不过你们告诉'大师'可要早些通知呀，我们也好有个准备，也好上台助助兴。"何劲松说。

"好，何老师、赵叔叔，再见。"马凤霞说。

刘忠伟、马凤霞出去了，赵玉明说："刘忠伟和马凤霞两个还是挺般配的。"

"现在看着是不错，今后还真的不好说。"何劲松说。

"你怎么这样说呀?"

"一个在下辽河，一个去了音乐高等学府，环境不同了，人能不变吗?"

"我那个小舅子金鸿鹄目前还没有变。"

"每个人都是一个个例，情况是在不断变化的，说不好的，师兄，你的病怎么样啊?"

"愁死人了，还是老样子。"

"师兄，不行就换个治疗环境吧?"

"关键是哪儿都没有什么特别的治疗方法呀。"

"专业性医院的医生和经验也很重要哇。"

"黎青和金大夫也是这个意思，金大夫正在联系省城职业病医院。"

"师兄，这是对的。"

"去了看看再说吧！哎，你怎么样啊？稠油开发有什么新进展吗?"

"上级领导重视是肯定的，这是个世界级难题，井深是其他国家都没有的，要达到目标还要分几步走哇。"

"你们那一次实验不是效果不错吗?"

"效果是不错，原理基本也清楚了，重点是怎么推进的问题，之前由戚副总牵头，带领我们进行了深入的研究，目前的国产锅炉和技术没有一点的可能，深入了解和掌握美国德士贝、谢福龙、贝克——休斯等石油公司以及加拿大、委内瑞拉等国家开采稠油的经验，引进设备，为我们所用，还需要一个认识和实践的过程，看来要有很长的路要走哇。"

"干什么都不会一蹴而就的，我从报纸上看到GS区域已经进行规模稠油的开采，收益率有了很大的提升啊。"

"是，这是第一步，先利用天然能量和相应的技术能力进行开采，等引进技术和研究成果成功了，就可以接续开采了。"

"这样的想法也不错，符合两条腿走路的方针。"

"大家也都这么说，可又起波澜了。"

"前途是光明的，道路是曲折的。"

"道理是不错，可这得耽误多少时间哪。"

"这也是没有办法的事，好事多磨呀。"

这时候，陆鸣走进来，笑着说："'大拿'，一听声音就知道你在这里。"

"我说'诗人'，让我看看，你这简直变成另外一个人了。"何劲松有些惊喜地说道。

"'大拿'，你说得是真的吗？"陆鸣摸摸自己红润的脸庞，有些自得地说。

"真的，'诗人'，你让'领导'说说，哎，你这是吃了什么灵丹妙药啦？"

"有什么灵丹妙药哇，就是中草药，一壶一壶的，都是自己熬的，现在打个嗝都是中草药的味！要说好，大山里真的好哇，山好，水好，空气清新，景色宜人，美得让你流连忘返，人的心境一下子变了，一切都变得空灵起来了。"

"看见没，师兄，小半年不见，'诗人'会吹牛皮了。"何劲松笑着说。

"这怎么是吹牛皮，'大拿'，不信有空咱们一起去看看，保证你会乐不思蜀的。"陆鸣笑着说。

"'诗人'，你有空我还没空。"

"'大拿'管你吃管你喝管你住，你还想怎么样啊？"

"我怕在白雪梅那里请不下假呀。"何劲松笑着说。

"'大拿'，你还有这种时候哇，那我就没办法了。"陆鸣说。

何劲松耸耸肩膀，摊开双手做无可奈何状，说："这么逍遥的事谁不想啊，'诗人'，你彻底好了！"

"完全好了。"陆鸣笑着看向赵玉明说："'领导'，我昨天晚上到的家，刘玉梅说你病了，你的脸色真的不太好，说是已经治疗三个多月了，效果一点都不理想，不如我陪着你去刘玉梅二叔家看中医，吃中药，学五禽戏，爬大山，看风景，去大山里住上一段时间怎么样啊？"

"'诗人'，你说得我都心动了，这事要听金大夫的意见。"赵玉明笑着说。

"也是，不过'领导'，我跟你说呀，这人的心境真的太重要了，我在那里每天都去大山里走一走，心境真的不一样啊，那叫一个开阔，什么都放下了。"陆鸣说。

"我说'诗人'，你这次一定是被洗脑了，回来就说大山的好。"何劲松笑着说。

"'大拿'，信不信由你，反正我信，就说我那个叔丈人吧，现在落实政策了，都不想回省城了，开始我还纳闷，后来我才明白了，好山，好水，好地方，特别有魅力，把我的灵感都激活了，我还写了不少歌词和诗歌。"

"'诗人'，好哇，马凤霞说，过几天'大师'要开一场小型音乐会，你选几首，让'大师'谱上曲子，到时候唱出来大家听听。"赵玉明说。

"好哇，我抽空一定去找一下'大师'。"陆鸣笑着说。

"哎，劲松，你这两天有时间吗？"赵玉明说。

"有哇，'师兄，你有什么事啊？"

"咱们之前不是说过要一起去趟三岔沟看看胡老伯吗？这一晃两年了，我想这两天去看看。"赵玉明说。

"我也有时间哪。"陆鸣积极响应说。

"行啊，师兄，我联系一下张志远，看他能不能给咱们弄台车过来。"何劲松说。

"好，那就这么说定了。"赵玉明说。

张志远这一天驾驶着一辆双排座轻卡过来，见到大家就笑着说："尊敬的各位领导，我这台车刚刚大修完，为了保证磨合的质量，加了限速，各位领导千万别嫌慢哪。"

"我们要饭吃还有嫌馊的道理吗？况且是张大营长亲自驾驶，我们感到万分荣幸才对呀！"何劲松笑着说，大家一齐笑了起来。

"你'大拿'就这么放着真是太屈才了，是下辽河的一大损失呀。"张志远笑着说。

"张营长，你千万别这样说。"何劲松笑着说。

夏季雨水的浸泡，老旧的沙石路更加破败，路上到处坑坑洼洼的，刚好适合大修车的限速，轻卡像一叶小舟，在路上悠然游弋着。田野里一片翠绿，水稻开始吐穗染黄，天空湛蓝，有几朵白云悬在空中慢吞吞地游走着，何劲松说："师兄，你上次见到胡老伯，你们都说些什么啦？"

"胡老伯是个善于思考的人，他给我讲了一个故事。"赵玉明便复述了那个故事。

"师兄，你说这个故事是真的吗？"何劲松说。

"你们大家怎么看？"赵玉明说。

"有些许是真的，有些是编的吧。"张志远说。

"我觉得应该是道听途说的。"陆鸣说。

"我认为应该是真的，他编这些干什么呀？"何劲松说。

"渡船等人闲得无聊解闷啊。"陆鸣说。

"还有呢？"大家都摇头，赵玉明说，"等见了胡老伯，我问问他。"

轻卡停在三岔沟小码头上，码头上空荡荡的，渔船应该是出海捕鱼了，河水这时涨成了平潮，河面显得有些壮阔，两岸芦苇青青，水天一色，铺向了远方。渡河的木船游在水中，已经摇到了河对岸，有人在上船，头戴草帽的摆渡人开始掉转船头，木船向小码头这边悠悠地摇来了，四个人坐在河岸边，静静地看着平静的河水和木船。

木船靠了岸，几个渡河人拎着包裹走了过去，摆渡人拴着缆绳。赵玉明站起身，拴好缆绳的摆渡人也站起身来，摘下草帽扇动着向上走来，赵玉明一下子愣住了，这是一个剃着光头的精壮中年汉子，赵玉明走向前，看着中年汉子说："老哥，请问先前在这摆渡的胡老伯呢？"

中年汉子上下打量着赵玉明，说："你是？"

"我是西线油田的，胡老伯说过，我和他是有缘的人。"赵玉明笑着说。

"我知道了，他老人家说起过你，你来晚了，他老人家已经过世了。"中年汉子眼睛有些湿润地说道。

赵玉明吃了一惊，忙说："老哥，这是什么时候的事啊？"

"再过两天就是他老人家的'五七'了，你稍等啊。"中年汉子说着，下到船舱里找了找，上来，将一张折着的黄表纸递给赵玉明，说："这是他老人家留下的。"

赵玉明展开了黄表纸，上边是一行遒劲的行书：逝者如斯夫——陶钧。

五十九

初秋的清晨，微风清爽，何劲松穿着运动背心、短裤走回家，何聪跟在后面，不时地拍两下手里的篮球。

"好了，好了，快进屋洗脸吃饭吧。"白雪梅对在门口继续拍球的何聪说，何聪还在拍球，还做了个过人的动作。

"何聪，你听到没有哇？"白雪梅加重语气说。

"今天是星期天，又不上学。"何聪说着又重重地拍了两下，才收了篮球进屋。

"我们还有事，你怎么和你爸一个德行！"白雪梅说。

"他要是像我就好了。"何劲松洗着脸说。

"像你连西北风都喝不上！"白雪梅有些讥讽地意味说。

"妈，你就少说两句吧，我爸带何聪打篮球又不是什么坏事，有事你忙你的去，卫生我来收拾。"何琼吃着饭说。

"就是嘛。"何聪附和着说。

"你们要造反哪！"白雪梅提高了声调。

何劲松没有说话，他洗完脸，换了衣服，来到饭桌前坐下，冲何琼笑着，竖了一下大拇指。何劲松知道白雪梅心里有气，脸面上有些下不来，这缘于这一次总部机关的干部任用。何劲松在指挥部里没有了机会，可总部机关里有两个处长都想要何劲松出任本处的副职，报告递到了党委组织处，总部一位主要领导审阅时，当即就把他给去掉了，理由很简单，专业不符！这种话说出来实际上是让人贻笑大方的，无非是给不与任用找个借口罢了，主要原因还是矿机厂工作组时留下的隐患，何劲松并不认为自己有什么过错，用不用是你的事，怎样工作是我的事，可有人对白雪梅说这么多年，你家老何没有功劳还有苦劳，HN5井抢险那次可是立过大功的，那个康勇为，工作得还晚，三转二转的，这次已经坐上总部政治部主任位置了！白雪梅就拿这事和何劲松理论，何劲松心里说你们知道个屁呀！嘴上还得说：人比人得活着，货比货得留着！我就是这人这货！

这时候，陆鸣、刘玉梅从家走过来，看到赵玉明、金鸿雁从家里出来，迎了几步，在瓦房的阴凉处站定，陆鸣笑着说："'领导'早哇。"

"'诗人'怎么这么高兴，是有什么喜事吧？"赵玉明笑着说。

"'领导'，真佩服你的洞察力呀！"陆鸣笑着说。

"这么说是真的了，能说出来听听吗？"赵玉明说。

"我父母当年土改工作队长马永祥马伯伯给我来信了，他出来工作了！"陆鸣说得有些兴奋。

"马永祥马伯伯？'诗人'，你过去从没有说起过呀。"赵玉明说。

"是，我小的时候，马伯伯经常到保育院和学校去看我，每一次他都会教我朗诵一首唐诗宋词，是我刚上初中的时候，他突然没了音信，这一晃儿二十年了，没有想到他还记着我，还会找到我。"

"二十年？真的不能想象啊。"赵玉明感慨地说。

"谁说不是。"陆鸣说。

"他应该是没有忘记和你父母之前的约定啊。"

"'领导'，你说得太对了，他在信里就是这样跟我说的，他还邀请我去山西。"

"你是应该去看看他。"

"有机会我一定会去的，'领导'，你什么时候去省城医院哪？"

"计划下周。"

"你要治疗多长时间哪？"

"不知道，看情况吧。"

"祝你早日康复哇。"

"谢谢。"赵玉明说，"哎，劲松，你们什么情况啊？"

"师兄，来了。"何劲松说着，开门出来，白雪梅跟在后面。

"哎，何组长，头次发现你怎么还磨叽了。"陆鸣笑着说。

"我已经运动一个多小时了。"何劲松说。

"这一点咱们都得向何劲松学习。"金鸿雁说。

"白雪梅，你听到没有？"何劲松笑着说。

"别金大夫一夸你就得意，我也想锻炼，你做饭收拾卫生啊？"白雪梅说。

"可以呀。"何劲松说。

"光说不动。"

"咱们走吧。"赵玉明说，六个人说着话，一起向文化宫走去。

星期天上午九时，马凤霞音乐会在文化宫排练厅里进行，尽管控制了人员的数量和范围，一些闻风的人还是早早赶来了，看着都有些人满为患。

赵玉明他们一行六人来得稍早些，排练厅里还在布置，门紧闭着。张国安、晏宝霞这时候刚好进来，张国安笑着说："各位女士、各位领导，你们还是先移步楼上坐会儿吧。"

"好哇，咱们正好可以欣赏一下'画家'获得金奖的大作呀！"陆鸣说，大家都说好。

"各位女士，各位领导，那就请吧。"张国安笑着说，在前面引路。

来到张国安办公室，墙上挂着，地上立着不少画作。大家欣赏着张国安获得金奖的作品和新近的画作，对张国安获得金奖表示祝贺，对一些新画作进行品评和赞赏。

"'画家'，这一次真不错，今后有什么打算哪？"何劲松说。

"学习，这次获得金奖给了我去国家美院高研班一年深造的机会。"张国安有些兴奋地说。

"是吗？'画家'，你也太牛了，恭喜呀。"何劲松说。

"'画家'，你可真是好事连连哪。"陆鸣说。

"谢谢！谢谢！"张国安笑着说，见晏宝霞一直喜笑颜开的，就说，"跟你们说，我们宝霞又有新进步，刚刚调入恢复的县委党校任科级秘书了。"

"是呀，恭喜呀。"金鸿雁、刘玉梅、白雪梅立刻上前祝贺晏宝霞。

这时，林胜平西装革履，满面春风，风度翩翩地走进来，手里卷着一本期刊，说："'画家'这好热闹哇，各位，来晚了，不好意思呀。"

"嘿，这才像个'博士'的样子嘛！"陆鸣上下打量着林胜平笑着说。

林胜平去京城参加石油科技工作大会，他主笔的论文《下辽河凹陷石油勘探研究》获得这届大会的一等奖，赵玉明也是论文的参与者之一，关于这则消息下辽河石油战报上已经做了特别报道，林胜平马上笑着说："'诗人'，都说'人靠衣裳马靠鞍'，这话真的一点不假呀。"

"'诗人'，怎么这么不会说话，人家'博士'本来就有博士的派头哇。"何劲松笑着说。

"'大拿'说得对，真就是这么回事，瞧我这张嘴！"陆鸣马上说。

"'诗人'，你别听'大拿'的。"林胜平立刻说。

"人家说得有道理，值得我学习嘛。"陆鸣笑着说。

"'博士'，你什么时候回来的?"赵玉明说。

"昨天晚上。"林胜平把期刊送给赵玉明，说，"'领导'，你的生油研究大作又发表了，恭喜你呀。"

"谢谢! 谢谢!"赵玉明接过刊物笑着说。

"'领导'，你身体现在怎么样啊?"林胜平关切地说。

"还那样，准备去省城医院再看一看。"赵玉明说。

"'领导'，抓点紧，身体是革命的本钱哪。"林胜平说。

"'博士'，你说得非常对。"赵玉明说。

"哎，'博士'，都说你还要去北京，什么时候哇?"陆鸣说。

"明天。"林胜平笑着说。

"真的假的呀?"陆鸣说。

"我什么时候说过假话呀。"林胜平说得很认真。

"'博士'，什么事这样急呀?"赵玉明说。

"参加国外一个石油项目勘探考察工作，上边要求的，没有办法呀。"林胜平说。

"'博士'，大家刚好都在，今天晚上给你践个行吧。"赵玉明说。

"我非常赞同。"何劲松说。

"还是算了吧，'领导'，我手里的事情太多了，好些工作怕交接不过来，所以，特意过来和大家见个面的，谢谢大家的美意了。"林胜平笑着说。

"'博士'，这次关系和人一起走吗?"赵玉明说。

"上边有这个意思，还没有最后确定，部里还要和省里沟通协商。"林胜平说。

"下辽河这些年里'博士'真是大有可为呀。"何劲松说。

"这是下辽河人共同努力的结果。"

"'博士'，你这一走也不知道以后什么时候还能见面了。"陆鸣说。

"看见没有，咱们的'诗人'还有点多愁善感了呀。"何劲松笑着说。

"'大拿'，你说咱们在一起多少年了。"陆鸣认真地说。

"咱们下辽河都十三年了，加上之前的一共在一起十五六年了。"张国安说。

"人生有多少个十五六年哪?"陆鸣深情地说。

"'诗人'说得是呀。"何劲松也有些感慨地说。

"何劲松，十五六年了，你都做些什么呀?"白雪梅这时候说。

"做了我应该做的!"何劲松瞪了白雪梅一眼。

"你们要是想我就到北京来，我请你们吃'全聚德'烤鸭。"林胜平笑着说。

"好，'博士'，你可要记住你说过的话呀。"陆鸣笑着说。

"放心，我绝不会食言的，对了，'诗人'，恭喜你到情报室任职呀。"林胜平说。

陆鸣这次回来，就到指挥部报到了，这时候笑着说："感谢组织，让我做些力所能及的工作。"

"'诗人'，现在管理情报室工作可不轻松啊。"林胜平笑着说。

"我?"陆鸣指着自己说。

"科学的春天，新技术的引进会越来越多，怎么样啊?"林胜平说。

"'诗人'，你千万别辜负组织上对你的信任哪。"何劲松笑着说。

"'大拿'，我做事你放心!"陆鸣笑着说，"对了，你去总部处室任职的事情怎么样啦?"

"没有通过，理由还挺充分，实际上谁都知道怎么回事，这有什么呀，我做工程师的权利他剥夺不了吧。"何劲松说，"不行我去你情报室。"

"情报室的水太浅养不下你。"陆鸣笑着说。

"劲松，别太在意了，机会会有的。"赵玉明笑着说。

"师兄，你说得太对了，东方不亮西方亮嘛。"何劲松有些意味地说。

"何老师、赵叔叔，音乐会马上就要开始了，郝老师请大家过去。"刘忠伟快步进来说。

"好的，我们这就下去。"何劲松说，一行人依次下了楼。

排练厅里人员爆满了，林胜平、赵玉明、金鸿雁、何劲松、白雪梅、陆鸣、刘玉梅、张国安、晏宝霞在前排就座，送别音乐会正式开始。

刘忠伟客串主持人，第一个节目是郝盼盼、郝可可等农业基地的石油娃的民乐合奏，虽然演奏得略显生涩，还是十分热闹和喜庆的，大家都说"大师"这件事做得好，培养了新一代的石油娃!

马凤霞这时倾情演唱着陆鸣的新作《石油人》。

一双坚实的脚板
支撑着挺立的脊梁
剪影朝阳晚霞
看雁南飞鹤归故乡
结满茧子的大手
弹拨着钻塔的理想
和着钻机的高唱
牵出油流飘香
我们是石油人，我们发愤图强

一双睿智的眼睛
探寻第三系的魔方
寻"兴隆"与"莲花"
追逐石油的梦想
高亢悠远的喉咙
唱响着走四方
又唱鹅毛雪大风沙
抒出思念和渴望
我们是石油人，我们心向远方

　　赵玉明的脑海里闪现着结缘石油十几年的历程。陆鸣说得好，问石油，汝为何物，直教我们生死相许？他就要去省城职业病医院治疗了，生活是美好的，他对治疗充满信心，也对未来充满了信心。

　　郝学仁这时拉起了手风琴，曲调是那首熟悉的《我为祖国献石油》，在场的人都站起身来，和着巴掌的节拍，放开了喉咙高歌：

锦绣河山美如画
祖国建设跨骏马
我当个石油工人多荣耀
头戴铝盔走天涯……